柏桦 说 三十六计与中国古代政治智慧　中

飞龙在天或见野

——攻战计与混战计

柏桦 等　著　　王山甲　插画

北方联合出版传媒（集团）股份有限公司

万卷出版公司

ⓒ 柏桦 等 2018

图书在版编目（CIP）数据

飞龙在天或见野：攻战计与混战计 / 柏桦等著．—沈阳：万卷出版公司，2018.8
（柏桦说三十六计与中国古代政治智慧）
ISBN 978-7-5470-4981-5

Ⅰ.①飞… Ⅱ.①柏… Ⅲ.①兵法—中国—古代—通俗读物②政治制度史—中国—古代—通俗读物 Ⅳ.
① E892.2-49 ② D691.21-49

中国版本图书馆 CIP 数据核字（2018）第 123817 号

出 品 人：刘一秀
出版发行：北方联合出版传媒（集团）股份有限公司
　　　　　万卷出版公司
　　　　（地址：沈阳市和平区十一纬路25号　邮编：110003）
印 刷 者：鞍山市春阳美日印刷有限公司
经 销 者：全国新华书店
幅面尺寸：145mm×210mm
字　　数：480千字
印　　张：18.25
出版时间：2018年8月第1版
印刷时间：2018年8月第1次印刷
责任编辑：胡　利
装帧设计：范　娇
责任校对：高　辉
ISBN 978-7-5470-4981-5
定　　价：65.00元

联系电话：024-23284442
传　　真：024-23284448
E－mail：vpc_tougao@163.com
网　　址：http://www.chinavpc.com

目　录

混战计——乱中制胜

攻战计

——置敌死地

引　言

　　"攻战计"是三十六计的第三套计，由打草惊蛇、借尸还魂、调虎离山、欲擒故纵、抛砖引玉、擒贼擒王等六计构成。

　　所谓的攻战计，强调的是"攻"与"战"，如同"计"与"谋"一样，是密不可分的一对孪生兄弟。既然三十六计是授给人们以诡道之术、对战之策与攻防之谋，那么，其中的攻战之技，则是其计中之计、核中之核、术中之术了。何以言此？凡是运用、实施、使用三十六计者，无论其本身水平如何、才技参差、智能高下等，会有所不同，但其初衷则一定是要克敌制胜，战胜对手！"攻战"六计，则是强者对强者、弱者对强者、强者对弱者、弱者对弱者之间，进行较量和殊死决斗，直至获胜的战略、战术、战技、战法的秘诀、高招、套路所在。它们具体是：一引、二借、三擒。

　　一引：即打草惊蛇、抛砖引玉；二借：即借尸还魂；三擒：调虎离山、欲擒故纵、擒贼擒王。

　　所谓"引"，即是引诱波及之意。打草惊蛇计、抛砖引玉计的共同特点，则均有施计者在行计时，对政敌、对手有着以此引彼的意思。或是抛出砖而引出玉；或打此草而惊出彼蛇，然后，再施行进一步的策略，将敌手制驭或降伏，以实现其预定的政治目标。

所谓"借"，即是指借用外力之意。借尸还魂计则有着暗中借用外力，来实现己方的政治意图和欲实现的政治意图，待政敌、对手发现、清醒、悟觉时，为时已晚，只得承认其既成、既定、既铸之事实。因此，它是一种暗借而明胜的战术与策略。

所谓"擒"，即是指擒拿、擒驭、降伏之意。在实施擒计时，则又有轻重缓急之别与手法之异。调虎离山计主张施计者使政敌脱离特定的环境，也就是离山，然后再加以制伏，手法是先调后降。欲擒故纵计则主张先暂时放走政敌，然后再加以消灭。手法是先纵后擒。擒贼擒王计则主张对主要的政敌贼王，采取直取智擒，然后再消灭其他对手众贼，手法是先擒王而后擒贼。

在中国历代形形色色的尖锐、复杂、激烈多变的政治斗争中，三十六计中的攻战之计，从来都受到政治家的高度重视与格外青睐，使用者临阵揣摩，深悟其道，谙习其术，巧用其策，以克敌制胜。然用计者，成功与失败皆有，致使代不乏人，更是史不绝书。在攻战计使用之中，既有成功者的凯歌，更有失败者的悲叹，不但表现各异，而且丰富多彩。自古以来，宦海是血海，官场是战场，在围绕权力和财富的较量争斗中，运用攻战之计，不仅在历史政治舞台上上演过英雄的悲歌，更有着弄臣权奸们的闹剧，还有耐人寻味的思考。

"尔曹身与名俱灭，不废江河万古流。""青山有幸埋忠骨，白铁无辜铸佞臣。""沉舟侧畔千帆过，病树前头万木春。"用计多少兴亡事，成败恰似过眼云。天若有情，历史若有情，人间则更有情。多少历史的风云变幻、多少历史的血雨腥风、多少政治角逐的悲喜剧，恰似历史长鸣的警钟，向人们告诫、启迪、提示！多少用计者的曲折故事，则更像历史的老人，在述说着昨天的权谋厮杀，叮嘱着今天的人们，千万别再掉进他人的陷阱。

打草惊蛇

——观彼动静　实欲聚而歼之

本计云："疑以叩实，察而后动；复者，阴之媒也。"其大意是：如果发现有可疑的情况，就需要以试探的方法侦察确实，也只有在准确无误地掌握了敌方的情况之后，才可以行动。而反复了解、判断和分析敌方的情状，则是发现敌人秘密隐藏而又情况不明的主要手段。

打草惊蛇计，源于唐代的一则成语故事。据唐人段成式的《酉阳杂俎》一书记载：唐朝的当涂县（今安徽省当涂县）县令王鲁，生性贪鄙爱财，在任职时，便采用各种手段，大肆进行贪污受贿，日营己身私家资产甚巨。一日，当涂县的百姓联名写下状纸，控告他手下的主簿贪赃枉法的不法之事。由于县令王鲁与主簿是同伙，且贪赃之事瓜葛颇深，害怕自己的劣迹也会因此而败露，所以在审理此案和宣读百姓的状纸时，胆战心惊，且情不自禁地在状纸上批了八个字："汝虽打草，吾已惊蛇。"意思是说，你们百姓虽然状告的是县里的主簿，而我作为县令，自己也感到惊恐，受到警告。此事后来遂演绎成为"打草惊蛇"的成语典故。本意为打草时惊动了暗中伏潜在草丛中的蛇，且以

佯忽醉臣策百官，精明过人宋太祖

此比喻甲乙事情相类似，当甲方受到打击惩戒时，便会使乙方感到惊惧慌乱。随之衍化为喻凡做事不周密，致使对方知晓了自己的意图而有所戒备。

一、勿使敌惧　以阳谋诱阴谋

《周易·复卦第二十四》云：复：亨。出入无疾。朋来无咎。反覆其道，七日来复，利有攸往。《象》曰：雷在地中，复。先王以至日闭关，商旅不行，后不省方。

【一爻】初九，不远复，无祇悔，元吉。《象》曰："不远之复"，以修身也。

【二爻】六二，休复，吉。《象》曰："休复之吉"，以下仁也。

【三爻】六三，频复，厉，无咎。《象》曰："频复之厉"，义无咎也。

【四爻】六四，中行独复。《象》曰："中行独复"，以从道也。

【五爻】六五，敦复，无悔。《象》曰："敦复无悔"，中以自考也。

【六爻】上六，迷复，凶，有灾眚。用行师，终有大败；以其国，君凶，至于十年不克征。《象》曰："迷复之凶"，反君道也。

据秘本兵法《三十六计》原文记载，打草惊蛇之计是由《周易》的地雷复卦和纯阴坤卦推演而来的。《周易》中有十二个卦代表十二个月，称为消息卦。纯阳乾卦为四月，阳极必阴，所以一阴之卦天风姤就是五月，姤卦的初六阴爻，为纯阳乾卦向阴转化的媒介。纯阴坤卦为十月，阴极生阳，所以一阳之卦地雷复就是十一月。复卦的初九阳爻，就是纯阴坤卦向阳转化的媒介。这就是"复者，阴之媒也"的含义。复卦："初九：不远复，无只悔，元吉。"意思是说："初九（倒数第一阳爻），人出行不远就回返，则无大悔，而且大吉。"《象》曰："雷在地中，复。先王以至日闭关，商旅不行，后不省方。"意思是说：雷在地中安静不动，这就是阳气回复的最初阶段。因而古代的君王在阳气开始再生的冬至日，将边界的关口闭锁，不使商人旅客通行，君王也不巡视四方。

复卦的卦义是复归。去是归的前提，有去才能有归，所以复卦的另一含义必是离去。此卦上卦坤为地，下卦震为雷，是雷在地中的形象。当阴阳相互激发时，才能产生雷。复卦一阳刚刚萌生，力量薄弱，不足以激发雷，所以雷在地下安静不动。一阳回复，在节气上就是冬至。由于阳气初萌，至为柔弱，必须安静摄养，才能调理此一阳，使其生长壮大。民间至今尚存在冬至日卧床以养阳的习俗，究其原因就在于此。古人圣哲是极其重视天时季节的，甚至国家大事、君王起居，都要顺应节气而行。冬至之日，既然惊雷都蛰伏地中以养阳，所以君王要封关闭路，停止巡视，以效法自然，顺应天时节气。

在作战时占得复卦，必有万籁俱寂之象。此象既合天时，又顺人情，所以最容易被人相信。内卦震为己。雷在地中，虽是安静之象，但雷之本性毕竟为动，只不过一阳初生，动而不着良迹，是微动小动而非巨动大动。初九爻辞又为"不复远"，意思是走得不远就回来。既然走得不远，那就是走过，也就是动过。这表明，我方已经搜索过敌人，但没发现什么。外卦坤为敌，坤乃至静之体，表明敌人毫无动静，不见丝毫动静。坤之性格又为至顺，表明敌人顺应时节，已经全部撤离，休养阳气去了。这一切都显得如此合情合理，没有任何值得怀疑的地方。然而，侦察敌情就跟侦破凶案一样，凡是过于合情合理，显得天衣无缝之事，多数总由人为制造而成。阴谋诡计、韬晦之术，常常是利用人之常情而得逞的。坤虽然至静至顺，但也是至阴之体，复卦卦义又为去而复返，表明敌人的深藏不露必有重大阴谋在内，其表面的退却只是为了掩盖进攻。初九阳爻是微动小动，表明我方只进行了小规模的探查，只是走马观花草草搜索。初九爻辞"不远复，无只悔，元吉"，是告诫我方，必须立即返回搜索现场，才不会后悔，才会吉利。

参考坤卦，由于一阳复卦是纯阴坤卦开始向阳转化的媒介，所以，只要按照复卦的指示行事，就可以使敌人的阴谋暴露无遗。坤卦六爻皆阴，复卦五爻皆阴而初爻为阳，其差别全在初爻，用卦形来比拟，初爻为最低处，最底部，象征山洼草丛、芦苇茂林之深处。阴爻主静，阳爻主动。复卦之初九阳爻动，表明要在山洼草丛、芦苇茂林深处仔细搜索，必然会发现敌人的踪迹。打草惊蛇，原意是指打击次要人物，结果惊动了主要人物，此处用作计名，已经改变了原意，指有心打草惊蛇，目的在引蛇出洞。

打草惊蛇计用于军事，主要是一种攻战之计与谋略。两军对垒时，由于敌军隐蔽很深而又情况不明，或者是虽然了解一些事情，但情状可疑时，为着防止因盲目行动而误中敌军的圈套和阴谋，避免不必要的损失和牺牲，在发动、举行大的军事行动之前，必须先发动试探性佯攻，诱使敌军将自己的真实情况和意图暴露出来。只有经过全面反复和仔细的间接侦察，准确分析、辨清、断明敌情之后，才可以投入行动。

在政治斗争中，打草惊蛇之计，也经常成为政治家、阴谋家、野心家们所应用的手法。应用者在与政敌对手的斗争中，为摸清敌手的真实意图和实力，便用佯攻、伪饰、巧欺等方式，先触扫与之瓜葛、牵连颇深的外围人物、事情，以探得对方的实力布局和反应如何，然后反复，如此再三，以使政敌的真实情况、实力、行动意图，了若指掌。再决定方略，攻其不防不备，战胜、制伏、惊惧敌手。这样，致使此计在政治斗争中的反复、频频或与其他计谋交替使用，并且成功、失败之事例，历代皆有，不绝于书，更使它赋有突发性、袭击性、神秘性、惊惧性的色彩。

二、驱之使动　窥其实攻其虚

打草惊蛇计在政治斗争中，经常成为政治家、阴谋家、野心家们的惯用手法，虽事例各有不同，手法亦多种多样，但归结起来，可分为以下互为关联的三种手法：

第一，观彼后举，察情伺机，待胜之计在其中。

这种手法的重点是"观"，察其动静、察其详情，然后再伺寻其机，取得胜利。采用的具体手段，则又有佯攻、佯忽、佯错、明试、暗探等。

1．佯攻

所谓佯攻即是对敌手的实力进行火力侦察，一般多派出小股力量或地位、职务卑贱者，进行对敌方地盘、势力范围的加速式冲撞试探，气势汹汹，佯装要发动强大的攻势，诱使敌手反击，又通过反击来判明对方实力强弱。

事例：吴将佯败观蜀军，打草惊蛇获全胜

军事是流血的政治，更是政治的延续。三国时期，魏蜀吴既是军事上的老对手，又是政治上的宿敌。因此，每当双方在战场上相遇时，总是施展各种政治谋略，以期将对手战败。其中，运用打草惊蛇计谋取胜利的典型事例，便是蜀吴两军对阵时，吴将陆逊派兵佯攻，故作兵败观察蜀军，然后举兵，一气大败蜀军的史事。

据《三国志》等书记载，蜀主刘备为报蜀国大将关羽（云长）被东吴斩杀之仇，便在一怒之下，亲率大军伐吴，行军到达虢亭时，摆开阵势，连营七百余里，与东吴军相对峙。东吴军的主帅大将陆逊，见蜀军来势凶猛，便力排众议，首先采用坚守不战的策略，等待时机。在蜀吴双方相对峙七八个月以后，陆逊为实施胸中的战略计划、核实自己的判断是否有误，便对蜀营采用佯攻之计，以观察对方实力。这时，他派营中的一员低职末将淳于舟，带上五千人马去攻打江南的蜀军大营。交战结果，吴军虽拼死交战，却仍大败而回。淳于舟因败而请罪，诸将也埋怨此战为白白消耗，陆逊却分辩说："我只为探察一下蜀军的虚实，现在已经知道破敌的方法了。"当晚，即命士兵每人握一把茅草，到蜀营中，每隔一营烧一营。一刹那，蜀军营中火光冲天，喊声四起，首尾不能相顾。混战之中，许多大将战死，蜀主刘备败后，只得只身逃回白帝城，吴军取得大胜。此战中，吴将陆逊虽已知晓对手蜀军的一些情况，但为进一步掌握其弱点，便故意派小股力量进行侦察，且以佯攻战败为掩护，实施自己胸中已定的火攻计划。这是运用打草而惊蛇夺取全胜，制伏敌手的成功事例，进而使东吴在对蜀、魏的外交上，争取到政治的主动地位。

2．佯忽

所谓佯忽即是在政治斗争中，与对手进行较量时，对其实情（实力、品德、忠诚度）所进行的一种佯忽（视）其小而实求观（察）其大的方法。佯装忽（视）小节（事），诱使对手得寸进尺，然后通过反击来辨明其大节和真相。

事例：佯忽醉臣察百官，精明过人宋太祖

宋代立国之初，百废待兴，百事待举，作为开国之君的宋太祖赵匡胤，首先抓吏治的整肃，百官的任免考察。在这场君主与百官的政治较量中，宋太祖便通过佯忽醉臣而察百官的事例，成功地运用了打草惊蛇的计谋，并取得了一些实效。

据《续资治通鉴》记述，乾德元年（963），翰林学士、中书舍人王著，平日不拘小节，为官行为不端，曾经乘着酒兴在娼妓家过夜，被巡逻的官吏抓获，但知道身份后又释放了他，又秘密将此事奏报，宋太祖置而不问。随后，王著在宫中住宿值班，夜里，敲滋德殿大门请求召见；太祖让宫中使者带领登上大殿，手持蜡烛审视王著，见其酩酊大醉，披头散发。太祖大怒，触发前日之事，就贬黜了他的官职。此年二月初一日，将王著责罚后授予比部员外郎。与此同时，宋太祖又通过此例，考察百官是否尽职，结果，御史中丞洛阳人刘温叟等人，都因为未曾弹劾失职，被削夺了两个月的俸禄。这是宋太祖由佯忽醉臣之失而后遇事责罚失礼失职（打草）之臣，以儆百官（惊蛇）群臣，整肃吏治，制伏失职臣下，建立、巩固皇权君威、统治秩序的成功事例。这既是宋太祖着眼全局、政治上的精明过人之处，又使他通过此计谋略的实现，在百官朝臣面前，处于赏罚分明、树威立望的主动、有利位置上。

3．佯错

所谓佯错，系指按照常理，本来不会出错，但在政治斗争中，根据需要，却故意失误出错，以引起他人注意，且将此失误通过他人之口传递到政敌的耳里。然而，此种失误，要大到足以引起政敌注意的程度，又要小到不会被政敌利用。将佯错自然、适度地流露出来，不留破绽，不引怀疑。待政敌的真实意图获悉、核实、印证，即以"错"换正后，方可采取相应对策。

事例：商臣佯错获王情，江芈恼怒激政变

春秋战国时，楚成王办事优柔寡断，在确立王位继承人的问题上，总是举棋不定。先是将商臣立为太子，但事隔不久，却又想改变主意，要立职为太子，正当成王犹豫不决的时候，太子商臣对此事有所觉察，但未知消息是否为确切，如不尽快了解实情，就会束手就擒、坐以待毙，此时他在老师的帮助下，决定采用佯错的办法，进行试探。商臣设宴款待他的姑母、楚成王的妹妹江芈，在宴席间故意装作无礼和不尊敬的样子，用以激怒江芈，其姑母果然真被激怒了，十分气愤地说："怪不得成王要废掉你，立职做太子，原来你真是个不争气的东西。"商臣听了姑母的话，证实楚成王要废掉自己的消息确属无疑，便发动宫廷政变，逼迫楚成王自杀身亡，一举夺取王位。这便是春秋时期的楚穆王（前625—前614年在位）。这是楚太子商臣使用佯错而获王情的打草惊蛇之计，获得一举成功的典型事例。当然，准确地说，这是一种佯错激怒法，宴其姑母，佯错无礼，激怒吐实，获而后举，这便是全计实施的"成功四部曲"。

4．明试

所谓明试，是指在政治斗争中，不知政敌准确实力、部署、意图等，却掌握与敌手相关的事物（或人或物）的情况，便通过"打草"，触动相关事物的办法，以侦知实情，察其意图，再决定行动。

事例：徐庶以马探人品，刘备仁德收能臣

东汉末年，徐庶是有名的谋士，与司马徽、庞士元、诸葛亮等人齐名，享誉甚隆。徐庶为寻求报效的人主时，听闻刘备人品高尚贤达，是一位爱惜人才的贤明之主，又不知刘备是否如人们传说的那样，很想亲自试验一下刘备的虚实和人品。这种试探又须当面验证，否则，再听别人辗转相传，也不过是传闻而已，耳听为虚，无法探得真底。只有当面试主，方能眼见为实，来得真切痛快，远较诸多"耳食之辈"强之万倍。故只能用"明试"之法，此法亦只有巧用，方为得宜。徐庶不愧为谋士之才，长于心计，终于把握时机，妙用打草惊蛇之法。

有一日，徐庶突然发现刘备正在专心致志地欣赏自己的坐骑战马，便走上前去，很恭敬地对刘备说："我以前学过一点相马之术，让我来看一下您的马。"刘备命人把战马牵出来，徐庶故作惊讶地说："这不是的卢马吗？它虽是一匹千里马，但将来却要伤主人的。"刘备很不在意地笑着说:"死生都是命里注定的,与马有什么关系,何况在檀溪的时候,是它救了我。"徐庶听罢则说:"这匹马终究要伤害一个人,您可以把这匹马先送给您所痛恨的人,等到伤害了他之后,您再骑它,就不会有事了。"刘备一听此言,大为不满,便愤愤地说:"我希望先生能讲述大道理,而您现在却教我害人的事情,我实在不敢领教。"徐庶一听此话,连忙向刘备赔礼道:"我一直听人传说明公仁德,但一直不敢相信,今天特意用这番话来试探您,果然不错。"从此以后,徐庶便开始辅佐刘备,且尽其全力。不仅如此,还向刘备推荐了卧龙岗的奇才诸葛亮,致使刘备作为蜀主,能与曹魏、东吴呈三分天下的鼎足之势。

谋士徐庶,在不了解刘备真实人品的情况下,采用试马而明探人的手段,诱使其急中暴露真实品德,这是运用"打草惊蛇"策略的典型成功事例。在此事例的"打草"(相马)而"惊蛇"(试主),探得实情的过程中,徐庶对此计策略手法的运用,有如下的机、巧、权、变的显著特点:

其一,机敏。东汉末年,天下各派势力纷争不已,政治斗争舞台上,各种力量进行重新组合、排列,变化之快、分合之速、争战之频、更迭之繁,绝非平时可比。另一方面,身处乱世,却也为各种人才的聚合、显示才能,提供了盛世所难以达及的广阔纵深舞台。各派势力,无论是地盘上、军事上、政治上的争霸,起关键、决定性作用的,则是人才的竞争。谁拥有的奇才、谋士多,谁就能拥有天下,永葆不败;否则,有了地盘、军队,也不能久存。因此,这对于像徐庶这样深藏不露的谋士来说,提供了千载难逢的选择机会与机遇。他机灵、敏锐地觉察到这一点,也深悉自身正在陡增的政治价值，但又不是"待价而沽"，而是大体上瞄准了方位，即多方打听刘备的为人、品质、胸怀、气量等，先进行有针对性的调查准备，决不盲目从事。从而，为此计策略的运用，做了大的、有力的铺垫。这也是徐庶政治上机敏、深邃的表现。

其二，巧妙（巧用）。身处乱世的徐庶，作为谋士，拥有智力和一定的政治资本，但毕竟只是一个游离于政治核心人物、势力之外的孤家寡人。因此，他既有苟全性命于乱世的悲哀，又有摆脱困境，以求闻达于诸侯、施展抱负才华的强烈愿望。政治舞台上，各种头面人物，均粉墨登场，各种脸谱纷呈，各色叽叽喳喳主张议论，时时鼓噪，使人一时忠奸莫辨、贤愚难分。徐庶在此情此景下，能否择其"英主""贤君"，便成为攸关自身政治前途、政治生命、身家性命的大事，稍有疏忽不当或闪失，便可能身陷囹圄，或为虎作伥，事业抱负付诸东流不说，还会落下千古骂名。更何况，古代的谋士策臣，讲求忠信二字。良臣择主而侍，良禽择木而栖，古已有之，且代不乏人。只有主上圣明，良臣策谋之士才愿效犬马，虽肝脑涂地，才会在所不辞。但主上是否真的圣明，则要经过事实检验才行，否则，即使众口皆碑而藏奸，万人皆骂却真诚是常有的事和人，何况谋士徐庶，更不会听一面之词。但要试验，则须当面、快速、巧妙、隐饰才行，形为明试，实则暗探。徐庶巧用相马之术，以马代人、以马拟人、以马试人，又以马定人，真可谓巧之又巧，妙之又妙。徐、刘以马作题，一对一应、一策一计、一意一否，你来我挡，急中生智，笑怒无常，却应对如流，双方均达到了目的，却又不露破绽。此计筹谋，徐庶运用之高妙，真是蜻蜓点水，轻捷快速，而又妙趣横生，至今读来，如闻其声，如睹其颜，如见其面，又如相其马。使人眼界大开，而又余味无穷了。

其三，权衡（得失、利弊）。当徐庶故意给刘备的卢马出主意，要他嫁祸转害于人时，刘备的愠怒以及对徐庶的反唇相讥，既是刘的人品、气量、胸怀、爱憎的真实流露，也是对相反之策、之行、之人、之品的轻蔑和鄙视，徐庶深知，"打草"到此，"惊蛇"的目的，即刘备的人品明白无误地呈现在面前。徐庶在权衡利弊、得失之后，也将自己的真面目、真实目的和想法，在未来的侍主面前，坦陈出来。这样，彼此的信任则由此时开始，奠定了成功、合作的基石。

其四，变应（变化、变换）。在此计的施展运用中，徐庶做法几经变动，一是听闻，二是核实，三是借相马试探，四是激怒吐实，五是转善陈述相拜，六是实心辅佐，并且力荐诸葛亮作为刘备建立蜀国的重臣。这一切变应、变换、变化，均据时、遇机、合情、逆理（反激）而行，结果，以"打"而"核"，再由"惊"而"实"，真是步步应用，得心应手，恰到好处。徐庶作为谋士的运筹帷幄之深厚功力，此时已初见端倪了。

5．暗探

所谓暗探，系指在政治斗争中，为探得敌手、敌国、敌军的真实行动意图，以决定后举的策略时，用巧妙的"打草"方法，去暗中深探，既能取得真情，又能使"惊蛇"改变行动，"惊走"或化害为利。这里的暗探，关键在于"打草"是否巧妙、机警、灵活、多变。其中，春秋时期，郑国商人弦高以牛犒秦师，而巧避亡国之祸的故事，是以巧用"打草"（以牛犒师）而使"惊蛇"

（欲灭伐郑之秦军）溜走不致为害的计谋运用成功的事例。

事例：弦高牛酒犒秦师，惊敌避祸救郑国

前 627 年，秦晋两个大国争霸中原，秦穆公为了建立霸主地位，不顾晋国刚刚亡君，礼不应出兵，决定偷袭郑国，以对晋形成东西两面夹击之势。但郑国距离很远，又要经过晋国的境地，秦国的上大夫蹇叔认为，秦军到那么远的地方去偷袭郑国，不但师出无名，而且弊大于利。同时，劳师远征，长途跋涉，也必然会损失战斗力。远征行军，兴师动众，也必然会走漏风声，使郑国有所准备，无法偷袭，因而劝秦穆公放弃这个想法。秦穆公却根本不听蹇叔和百里奚的主张，认为自己有三名将领在郑国北门（即郑国都城北门）做内应，晋国又正遇国丧不便出兵，因而要以迅雷不及掩耳之势，一举占领晋国河东之地。秦穆公命令孟明视为大将，西乞术、白乙丙为副将，率领精兵三千，车三百辆，自秦都章东门出发。孟明视是百里奚之子，白乙丙则是蹇叔之子。他俩率军出发的时候，蹇叔和百里奚哭着对孟明视、白乙丙说："我只能看见你们今天出去，再不会见你们回来了。"秦穆公听了这话很生气地说："你们不要动摇军心了。"蹇叔只好又对孟明视他们说："你们这次出兵，不必多虑郑国，应对晋国多加小心。晋境内有个叫崤山的地方，是来去郑国的必经之路，那里山高地险，晋国很可能在那里埋下伏兵。如果你们不小心，我只好到那里为你们收尸了。"孟明视自恃才勇，以为伐郑必然成功，并没有把蹇叔的话放在心上。

孟明视等率军一路耀武扬威地向东进发，就连路过周天子王都的大门时，也不下马礼敬，在当时已经是很失礼的举动。一直走了三个月，越过晋国境内，才到达了离郑国不远的滑国。这时，忽然有人来报，说有个郑国的使臣要拜见。孟明视暗自吃惊，原本偷袭，而如今对方却派使臣前来，不知道是凶是吉。孟明视叫使臣报名而进，得知使臣名叫弦高，便问所来何意。弦高说："我们国君听说三位将军出师到我国来，特派我带来肥牛远道相迎，以犒劳秦军。"孟明视问："既是郑君犒劳我师，为何没有国书呢？"弦高则说："你们是去年十二月就出发了，郑君唯恐犒军太迟，遂口授臣下，未暇修书。"孟明视心想，郑国不但知道我们十二月份就出发来了，还派人及时来犒劳，想必是在军事上早已经做好准备，肯定偷袭不成了，便对弦高说："我们这次出师，不是到郑国，而是为滑国而来。"弦高称谢而退。

弦高究竟为何许人，他根本不是什么郑国的使臣，只不过是郑国的一个商人而已，以贩卖肥牛牟利。前不久，弦高在滑国遇到刚从秦国来的一个朋友，听说秦军要出师攻打郑国，急中生智，便假扮使臣犒劳秦军，还真把孟明视给骗住了。西乞术和白乙丙对孟明视不去偷袭郑国产生了疑问，孟明视则说："郑国既然有了准备，便不好偷袭了，不如灭了滑国，把滑国的珍珠财宝献给穆公，这次出师也算有个交代。"秦军灭掉了滑国，把滑国的粮食、财宝装了几百辆大车，班师回朝了。郑国则因弦高的挽救，终于免除了一场被灭国的大灾祸。

这是一个巧用打草惊蛇之计谋，并且获得成功的例子。在整个计谋实施过程中，秦军虽然强大，来势浩浩荡荡，但却始终处于守势。郑国商人弦高，虽然孤身弱小，却以自己的智慧，在待发强敌面前，为自己的国家赢得了时间和免祸的胜利。弦高即是此计的主要实施者，当然处于攻势。其全过程，充满着惊、奇、妙、化的特点。

其一，是惊（惊险）。春秋时期，大国争霸，小国遭殃受害，这是常见的事情。郑国虽远离秦国，但因秦晋争霸，所以秦军要不远千里，去偷袭郑国，以对晋国形成东西夹击之势。在秦王的战略棋盘上，郑国只不过是一个可任意牺牲的小卒而已，更何况是偷袭了。也就是说，郑国在丝毫没有准备、戒备的情况下，即将遭到秦国的大军压境，真是危在旦夕。此惊且险为其一。郑国是一个小国，秦国是一个大国，派出的精兵有三千，车有三百辆之众，统军的三员大将，又都是年轻气盛、威武有为的战将，郑国和郑军当然远不是对手。此惊且险为其二。秦军从秦都出发，行军三月，过周王之地，穿晋国之境，一路浩浩荡荡，抵达滑国，郑国已近在咫尺，而郑国和军队却对秦军的真实意图，毫无所知，郑国的生死存亡，在于瞬间，此惊且险为其三。这就使弱对强（郑对秦）之间，实施打草惊蛇之计谋，如何变被动为主动，如何观其情、察其势，定其举、施其行，继而惊其走、避其害，既提供了特定的场合、政治舞台和斗争策略实施空间，也使计谋实施的全过程，带有强烈的惊险性、神秘性、惊惧性和戏剧性的色彩。政治斗争双方，彼此较量和胜负的紧迫性、急剧性，大有一触即发之势。

其二，是奇（奇特）。孟明视、西乞术和白乙丙率秦国三千精锐之师，企图偷袭郑国，目的在于攻其不防、袭其不备，这样才能以最小的代价获取最大的成果与成功。如果郑国有所警觉和防备，则偷袭获胜的可能性便不复存在。正待秦军师驻滑国，欲行偷袭郑国之举时，奇人、奇事、奇举却出现了，完全出乎秦军与统帅的意料之外。一是自称郑国使臣弦高的出现，且亲自来到孟明视帐下，要求拜见秦军统帅。这自然会使秦军与统帅大惊。对偷袭之师与偷袭之计来说，将有暴露的危险，此谓奇人。二是弦高身为郑使却无国书，而只有口授之诏，虽是半疑，但因秦军离国已有三月之久，音讯久隔，成为盲人瞎道之军，加之弦高的巧于应对，致使孟明视对其身份深信不疑，此可谓奇事。三是郑使弦高要求远道来迎秦师，并以肥牛犒军。此举表明郑国军队早有戒备与警觉，也表明郑国对秦军可能的偷袭，早已森严壁垒，众志成城，以逸待劳，更是有信心对付、战胜秦军的。这一切，使秦军陷于措手不及与十分尴尬的境地，不仅偷袭已不可能，而且在郑国派使臣犒军的义举面前，再行征伐，则真正成为不义之师，必败无疑，此可谓奇举。

其三，是妙（巧妙）。在郑国贩牛商人弦高实施打草惊蛇之计的过程中，其巧妙之处有三：一是巧扮、二是妙对、三是智打（打草）。弦高在探得秦军将偷袭郑的消息时，深为着急，急中生智，巧扮郑使，来到滑国秦军统帅的帐下，关键时刻出场，且在政治军事激烈斗争舞台上，扮演重要角色，此谓巧扮。二是秦军疑无国书，弦高却巧于应对、妙于口才，声言口授国诏，致使秦军深信不疑，不露破绽。三是为探得秦军的真实意图和动向，弦高舍其大群肥牛，以犒劳秦师，面对劳师、饥乏的秦军，弦高此举与其说是"雪中送炭"，倒不如说是"饮鸩止渴"。此种智打（打草），"打"得有理、有利、有节，机智沉着，却又使秦军难以推辞，不得不在弦高以肥牛犒师面前，乖乖地随郑使之"请君"而"入瓮"中，上其圈套，中其计谋。结果，这一"打草"，倒真使秦军意图大白之后，不得不"蛇惊"起来。这是巧妙之处，更是弦高妙用此计，及时、准确、谙熟地把握施计的有利时机之处，使"打草"打得妙、打得巧、打得准。同时，"草"既肥，又诱人，且动得快、动得响，致使"蛇"不得不惊，不得不动，不得不走。

其四，是化（化解、化避）。由于弦高巧妙打草之后，秦军成为惊蛇，为自下台阶，便佯称是为讨伐灭取滑国而来，非为伐郑。秦军统帅眼见袭郑不行，灭滑取财，班师回朝，以报秦王。这样，"惊蛇"便闻打草之草动而惊避转走，郑国亡祸遂解、偷袭之危已化。实施"打草惊蛇"计谋的目的，终于全部达到有惊无险、避害为利了。

这是中国古代春秋时期，由一个贩牛的小国商人，实施、参与、导演、谢幕的一出政治军事斗争，以弱胜强、以智胜盲、以计（打草惊蛇计）胜勇的绝妙活剧。区区一牛贩，舍血本犒敌军，施计而赢敌手，使国家免遭绝灭之灾的事迹，不但是政治军事斗争中，也是应用打草惊蛇之计，以政治策略权谋而解军事之围和灭顶之灾的成功范例，给后世留下诸多机巧权变的启迪，以及耐人回味的效仿余韵。

第二，驱甲赶乙，实势虚声，创胜之计在其中。

这种手法的重点是"驱"（打）其使动、赶其使惊，然后再创有利之势以取胜。采用的具体手段，则常有恐吓、激怒、欺骗、驱力等。

1．恐吓

所谓恐吓，即是在政治斗争中，对与政敌有直接牵连、关涉的人，寻其间隙，抓住把柄，施加威慑和压力，晓以利害，使之在恐吓之余而有惊惧之态。这样，则可扫清政敌的外围，然后顺藤摸瓜，使真正的、核心的、权大势重的敌手，在惊恐、惧慑之余，成为瓮中之鳖，迫于情势，只得俯首就范。

事例：巡抚严审贪考官，总督弥缝被罢官

清代统治者为延揽、招募人才，有三年定期举行殿前会试、地方乡试的科举考试制度。每遇考期，恰是各种政治势力、官场各色人等，进行角逐、较量的关键时刻。在康熙年间，江南的一场乡试中，受贿贪官与清官、巡抚与总督、满官与汉官、皇帝与地方官员们之间，进行过一场生死较量与搏斗，由于江苏巡抚张伯行一身正气，及时、准确、巧妙、熟练地在这场政治斗争中，运用打草惊蛇之计，终于得到皇帝的支持，伸张了正义，使大小贪官伏法。历时甚长，屡经波折，且又牵涉多人，最终才算了结，实属耐人寻味。

康熙五十年（1711）六月，乡试发榜了。江南乡试榜名公布后，一些不学无术的富户子弟金榜题名，不少有真才实学的考生却名落孙山。参加考试的士子们群情激愤，将考场的匾额"贡院"二字改为"卖官"，同时联名上书告状，要求查办。当时，江苏巡抚张伯行是个正直、清廉的官员，接到考生们的状子后，立刻表示要查办此事，究其原委。后经初步调查得知，原来是副考官赵晋受贿，正考官则畏于权势，对受贿之事不敢过问。张伯行即上书康熙皇帝，对肇事官员进行弹劾。

康熙皇帝看了奏本之后，十分生气，决定派尚书张鹏翮、侍郎赫寿，到江南会同两江总督噶礼和张伯行一道对此案进行追查。

张、赫到达江南后，噶礼设宴盛情款待皇帝钦派的朝廷大吏，终日歌舞宴乐，当问及此案时，噶礼则说："已查明副考官赵晋私漏考题，依法逮捕了。"随后当堂会审。赵晋则跪在众官面前，只承认全系自己的过失，与他人毫无干系。但在回答问题时，却吞吞吐吐，并不时偷看噶礼的脸色。这一切，立即引起了巡抚张伯行的怀疑。

张伯行秘密提审赵晋，查出了行贿的考生为吴泌、程光奎。张伯行又顺藤摸瓜，审讯吴、程，二人虽然承认贿赂了考官，却宁死不把事实真相全盘托出。再审问赵晋时，赵则痛哭流涕地说："大人，奴才不敢再说了。否则一家人的性命难保哩！"张伯行感到这案子的背后，还有一股无形的压力，有更为隐秘、深藏的"蛇"在从中作梗。因此，犯人才会如此惧怕，这定有原因。

张伯行立刻派人连夜追查，从犯人的家眷那里，得知两江总督噶礼曾派人关照警告过。张伯行又继续秘密提审一行人犯，终于招出噶礼受贿最多，是他一手策划了这次舞弊案。张伯行将此情状通报给钦差尚书张鹏翮、侍郎赫寿，却不想他们与噶礼有说不清的关系，一直袒护噶礼，仅仅想处理副考官赵晋与行贿的考生，就要结案。张伯行反对，却先被噶礼倒打一耙，奏上张伯行七条罪名。张鹏翮、赫寿则落井下石，上奏云：赵晋与考生串通作弊是实，噶礼参与作弊则是张伯行的诬陷，要求朝廷罢免其江苏巡抚之职。

张伯行不畏权势，再次上书康熙皇帝，坚决要求对有关受贿官员依法惩办。康熙皇帝接着只好再派尚书穆和伦等人去复查此案。穆和伦等到江南后，同样得到噶礼的许多好处和甜头，主张维持原钦差的调查问拟。

张伯行虽一再受到诬陷打击，却毫不畏惧，再次上奏康熙皇帝，详明案情和审理经过，并附上案犯亲笔口供及旁证，表示了宁可丢官，也要依法办事的大义凛然精神。作为政治上颇为精明、清醒的康熙皇帝，在接此奏折后，感到一方要追查，一方不让追查，其中必定有鬼，便派了身边靠得住、信得过的人，前往江南秘密调查，其结果与张伯行的审理结果完全一样。经过康熙帝的核实无误，即下令将噶礼等人依法治罪，申饬各钦差之后，各自给予降级降职处分，升张伯行为尚书。

在这场围绕江南科场舞弊案的政治较量中，作为江苏巡抚的张伯行，在追查案犯、探究元凶的过程中，巧妙地运用了打草惊蛇的计谋，一步一个脚印，虽一波三折，险些夭折，甚至被蛇所咬，但最终却水落石出，使真相大白于天下。这其中，运用得法在于是一"驱"，二"赶"，三"打"，四"惊"，步步为营，稳扎稳打，致使计谋预期的案情、惩凶、伸正（气）、压邪（势）的目标，全部得以实现。

张伯行实施此计时，采用的手法，是驱甲（赵晋、贿主考生）赶乙（两江总督噶礼、此案元凶），实其势（人证物证在握）却又虚其声（即秘密严审案犯人等），终于打草惊蛇，使噶礼露其原形，自己跳出来，上奏不准再追查此案，而张坚持追查到底，相持不下，最后由皇帝辨其贪正，惊蛇被惩。这里"驱"的具体办法则是"恐吓"策略，却非一般意义上的恐吓、恫吓，是张伯行抓住赵晋在众官会审时的眼色、口供破绽，立刻单独秘密严审。经过威之以法，晓之以情，谕之以理，进行攻心，终使赵晋与行赇考生只得如实招供，再亲取物证，查明元凶。此种驱打（草），步步进逼，直抵蛇穴，致使蛇（噶礼）不得不惊，不得不惧，而终被捉住。

2. 激怒

所谓激怒，即是用激将法将甲驱打，以使乙动而惊。这种打草之法，对于深藏之蛇（政敌、潜在敌人），确有牵一发而动全身之效。使蛇惊起而走，或避，或削其势。"激"则多用实势虚声，使之闻声而起，见势则怒。如此，则打草奏效，蛇必致于惊。

事例：太祖激变伐李筠，北汉兵败惊契丹

五代末年，后周殿前都检点赵匡胤，手握重兵，陈桥兵变，黄袍加身登上帝位，建立了宋王朝。当时，北有敌国北汉及与之相勾结的辽国，更有后周的旧部将李筠等拥重兵镇守西潞州，与北汉、辽等早有往来。建隆元年（960），宋太祖审时度势，在宋、李筠、北汉、辽四方的政治势力角逐中，便以激变李筠，而后征讨，以惊北汉、辽国等敌手，且削夺其外围势力（实为政治盟友的李筠）。致使通过激怒之法"打草"，达到既惊慑北汉、辽国"敌蛇"，又除掉边镇之患的多重目的。宋太祖应用此计，运筹帷幄，实现方略的具体推进步骤如下：

第一步：抚（招抚）。建隆元年（960）四月，宋太祖诏令原后周昭义军节度使、太原人李筠加官为宋朝廷中书令。当朝廷使者到达潞州时，李筠当即打算拒绝诏命。只是左右官员恳切劝谏，才请进太祖派来的使者，设置酒宴奏起音乐，但随后又取出周太祖画像，悬挂在厅堂墙壁，流泪不止。宾客僚佐惶恐惊惧，告诉使者说："令公醉酒有失常态，请不要见怪。"北汉国主睿宗刘钧听说此事，就用蜡封密信交结李筠共同起兵，李筠长子李守节此时哭泣劝谏，但李筠却不听。

第二步：激（激怒）。宋太祖听闻李筠的种种表现，一方面用亲笔诏书安慰招抚，另一方面又召李守节进京为皇城使。李筠则趁机派遣李守节入朝观察动静，太祖迎面对李守节说："太子，你为什么缘故前来？"李守节惶恐四顾，用头碰地说："陛下怎么这样说？此必定有说坏话的人在离间臣父和陛下的关系。"太祖说："我听说你多次劝谏，但你父亲不听，所以派遣你来，想让我杀你罢了。你回去告诉你父亲：'我没有做天子的时候，任凭你自己作为；我既然做了天子，你难道不能稍微让我一点吗？'"李守节驱马飞驰回去报告，李筠命令幕府起草檄文历数宋太祖的罪状。十四日，逮捕了宋朝廷所派的监军周光逊等人，派遣手下牙将刘继冲等押送到北汉表示归顺，要求支援，又派遣军队袭击泽州，杀死刺史张福，占领泽州城。

第三步：变（叛变）。李筠反叛朝廷后，从事闾丘仲卿劝说李筠道："您孤军起兵举事，形势十分危险，虽然表面上倚仗河东（指北汉）的支援，恐怕实际上也得不到他们的有力帮助。大梁（指宋朝）军队武器精良锐利，难以同他们争斗决胜。不如西下太行山，直抵怀州、孟州，堵塞虎牢关，占据洛邑城。然后向东去争夺天下，这是上策啊。"李筠却说："我是周朝老将，和周世宗的情义如同兄弟，宫禁警卫将士，都是我的故旧，听说我到达，必定会倒戈投归，怕什么不成功呢！"不采用闾丘仲卿的计策。

十七日，昭义兵变奏报。枢密使吴廷祚向太祖进言说："潞州岩崖险峻，贼军倘若固守的话，得用一年半载的时间攻破。然而李筠一向骄傲轻率没有谋略，应该迅速领兵攻击他。"十九日，派遣石守信、高怀德率领先头部队进军讨伐，太祖敕令石守信等说："不要放李筠西下太行山，急速领兵把守要塞，打败李筠就必定无疑了。"

五月，北汉睿宗闻李筠背叛宋朝廷起兵后，派遣内园使李弼将诏书、金银绢帛、好马赐给李筠，李筠派遣刘继冲前往晋阳，请求北汉睿宗起兵南下，自己作为前导。北汉睿宗派遣使者向辽国请求援兵，辽军没有集结，刘继冲陈述李筠意思，要求不用契丹军队。北汉睿宗当天举行军队大检阅，自己统领倾国之兵从团柏谷出发，群臣在汾水岸边为之饯行，左仆射赵华劝谏说："李筠起事轻率仓促，事情必定无成，陛下尽境内之兵赶赴征战，臣下看不出来其事可行。"北汉睿宗不听从。

当北汉军队行进到太平驿时，李筠亲自率领官员僚属迎接谒见，北汉睿宗命令李筠朝拜时，赞礼人不唱其名，坐在宰相卫融的上方，封为西平王。李筠看到北汉睿宗的仪仗卫队又少又弱，内心很后悔，却又自言蒙受周朝的恩宠不忍心辜负。北汉睿宗同后周世代结仇，听到李筠的话，也不高兴。李筠准备返回，北汉睿宗派遣宣徽使卢赞监视他的军队，李筠心中越发不平。卢赞曾经会见李筠计议事务，李筠不理睬，卢赞发怒，拂袖起身。北汉睿宗听说卢、李有矛盾，派遣卫融前往军中进行调解，致使叛军出师便不利。

第四步：赶（征讨）。宋太祖获悉李筠背叛朝廷，勾结敌手北汉、辽国军队，公开叛乱后，除调遣军队外，自己又亲自布防，并率军征讨。既剿平叛军，又彰"惊"蛇、削弱北汉与辽军势力。

这是实施此计的关键一步。

同年四月，宋太祖召三司使、清河人张美征调军队、粮食。张美说："怀州刺史、大名人马令琮，估计李筠必定反叛，日夜储备粮草来等待王师。"太祖采纳宰相范质的谏言，由于大军北上攻伐，依靠马令琮按需要供给，不可再转移到其他州郡，将怀州提升为团练使州，让马令琮充任团练使，以保障后备供应。

五月初，宋太祖又任命洛州团练使郭进为本州防御使，兼任西山巡检，防备北汉军队。

叛军头目李筠留下长子李守节守卫上党，自己则率领部众三万人向南出击。不久，朝廷的军队石守信等部在长子击败李筠军队，又攻克他的大会寨。

十九日，宋太祖下诏亲征，讨平李筠叛乱。不久，从大梁出发，二十四日，在荥阳停留。这时，西京留守向拱劝说太祖："渡过黄河，翻越太行山，乘着贼军没有集结就攻击它。如果滞留拖延十天，那贼军的势头就越发猛烈了。"枢密直学士赵普也说："贼人认为我国家新建，不能出兵征伐；倘若日夜兼程，攻其不备，可以一战而胜。"太祖采纳此意见。

二十九日，石守信、高怀德在泽州南面打败李筠叛军三万余人，俘获北汉河阳节度使范守图，杀死卢赞。叛首李筠则逃入泽州，环城固守。该月，永安节度使折德扆攻破北汉河石寨，斩首五百级。

六月初一日，宋太祖到达泽州，督令军队攻城，过十天还没攻下。宋太祖召见控鹤左厢都指挥使蓟人马全义询问计策，马全义请求全力紧急进攻，就率领敢死军士首先登城，飞箭穿透手臂，马全义拔出箭头前进战斗，太祖则亲率领警卫部队继续跟进。十三日，攻克泽州城。李筠投火而死，俘获卫融。

第五步：惊（惊蛇）。通过宋太祖亲征，终于将李筠叛军讨平。同时，还对北汉军队有所斩获和俘擒。李筠叛军覆灭，宋太祖的"打草"之举（驱赶），便叛军背后的支使者、盟主的北汉、辽军大为震惊，亦大伤元气。由此使宋太祖通过计谋所企达之目标全部实现。

当时，北汉睿宗听说李筠战败，便从太平驿逃回晋阳，对赵华说："李筠不成气候，果如爱卿所言，我侥幸保全军队而归，只是悔恨丧失卫融、卢赞罢了！"赵华不久便告老还乡。至于辽军则听说潞州被宋军攻破，也没有出兵。

二十九日，宋太祖从潞州出发。七月十日，到达京师。

当初，北汉宰相卫融被擒，宋太祖责问他说："你唆使刘钧帮助李筠反叛，是为什么？"卫融回答说："狗见了不是主人就叫，臣下实在不忍心背负刘氏。"并且说："陛下即使不杀臣下，臣下也必定不为陛下效力。"太祖发怒，命令左右卫士用铁杖打他的头，血流满面。卫融呼喊道："臣下死得其所了！"太祖说："是忠臣啊，放了他。"用好药敷贴伤口，因此让他送书致信给北汉睿宗，要求归还周光逊等人。为了表示诚意，将卫融送归太原，北汉睿宗命其任太府卿。

到此时，北汉、辽军"敌蛇"，不仅因李筠叛军被宋军剿平而"大惊"，同时本身还损兵折将，丢城失地，甚至连北汉宰相都作了宋军的俘虏。卫融被俘后，宋太祖亲审、亲惩后，又突然放了他，让其做传书信使回归北汉，北汉之主对宋太祖的书信拒不答复，又不放宋监军等人，还贬了放回的卫融之官职。这既表明北汉已元气大伤，毫无任何反击应变之力，还预示着内部矛盾加剧。卫融俘而复回，无疑是安放在北汉之主身边一颗内耗型定时炸弹，随时可能引而待爆，"敌蛇"之惊，已实成"重伤""内创"之状了。这一计谋运用成功的关键恰在于此。

3．欺骗

所谓欺骗，即是用欺隐蒙混、伪装骗取的办法，将甲驱打（打草），以使乙动而惊（蛇惊）。此种打草之法，对于狡猾的草中之蛇（多指敌手老谋深算），确有诱出使之惊惧的奇效。这样使蛇惊吓之余，或被擒，或被制伏。此处的"欺""骗"，关键在于掌握火候与节奏，否则，过早就会败露、露馅，过迟则反会被蛇惊吓，甚至被咬伤。故要"欺"得巧妙，"骗"得深沉。

事例：陈洪进夺印欺主，唐后主畏宋惊魂

北宋初年，南有南唐政权敌对势力未能肃清。但宋军统一各地的战争胜利，对敌军营垒中的一些人确有动摇军心、瓦解意志的作用，进而而思虑自身前程，观望之余，准备投奔宋王朝。其中，南唐政权掌管泉、南二州的清源军节度副使陈洪进，便是一个颇有心机的人，运用欺骗手法将大印夺到手，一方面向南唐求封要挟，另一方面则派牙将向宋王朝表示归顺求示任命，以此作为见面礼。这两手结果使南唐主子损将失地、被骗受惊，势力更加衰弱。陈洪进在用此计时，分三个阶段：

第一阶段：夺（骗）印掌军。

宋太祖建隆元年（960），南唐清源留后张汉思（清源军节度使），年迈不能治理军务，事情都由副使陈洪进决定。张汉思怕他专权，就设置酒宴，埋伏武装士兵准备杀死他。饮酒数巡之后，地忽然大震，同谋的人恐惧，将情况告知，陈洪进立即出来，埋伏的武装士兵便全部散去，张汉思从此严密警卫防备。

陈洪进袖中装着大锁，穿着平常衣服慢步进入军府，喝退值卫士兵。张汉思正在内室，陈洪进当即锁上门，对他说："军将官吏因为您年老昏聩，请求让我为留后，众人情义不可违抗，应当将大印交给我。"张汉思仓促惊惧，不知所措，就从门缝间投出大印。陈洪进立即召集将领官吏说："张汉思不能治理政事，将大印交给我了。"将领官吏都来祝贺。张汉思隐退，过了几年，寿终正寝。

第二阶段：欺呈（南唐）求封。

陈洪进在从张汉思手中夺（骗）得大印的当天，便将张汉思遣送到外面房舍，派兵看守，同时，派遣使者到南唐，欺主求任命，且以此为要挟。南唐立即授予他节度使之职，并且深信不疑。

第三阶段：投宋觅官。

在陈洪进遣使到南唐欺主求封的同时，又派遣牙将魏仁济抄小路奉持表章到宋王朝去报告，请求宋太祖下制令任命官职给他。同年八月，陈洪进又派遣使者前去向宋朝进贡，以示归顺效忠。

该年十月三十日，陈洪进派遣的牙将魏仁济，带着陈洪进的表章到达。陈洪进自称清源（军）节度副使，临时掌管泉、南等州，听从朝廷的命令。宋太祖又派遣通事舍人王班携带诏书安抚晓谕。

十一月初九日，宋太祖赐给南唐后主诏书，具体说明所以接纳陈洪进的本意，并且将要授予节度使之职。

第四阶段：惊主（放蛇）受损。

陈洪进夺印之后，拥军一方，一面欺主邀封赏，一面又投奔新主上表章邀官。这种"夺印"之打草法，既使旧主（南唐）损将失地而惊，同时又使新主因此举（拥有兵力）而不敢小视于他。此种欺主夺印惊南唐之举，恰是宋初地方军事首领两面讨好、打草惊蛇，自身更得以拥兵坐大、一石多鸟的策略精明之处，将此计效益淋漓尽致地发挥。

4．驱力

所谓驱力，即是利用外在的力量，使政敌、对手自身营垒内部起加速变化，以期达"自扰"、"自耗"、"自损"、"自惊"的效用。这种内哄互斗，自损自惊，瓦解了敌方阵营，破坏了敌方的团结，削弱了对手的力量，实际上起到了驱使政敌加速自溃的动力作用。这是以智力"打草"，而驱赶"蛇"（政敌、敌国）"自惊"的策略谋术。

事例：郑桓公驱诈谋夺，邻国君自惊亡国

春秋时期，郑桓公打算袭击邻国，出兵之前，先演出了一场驱使邻国君臣之间内乱自惊的假戏。用假戏真做之法来"打草"，然后再驱诈而使邻国君臣内部自扰自惊，一战而胜夺之。据《韩非子》载：郑桓公先将"邻之豪杰良臣、辩智果敢之士"编成名簿，然后再将邻国的良田和官爵分别书写在各自的名下，仿佛是事后论功行赏的依据。接着，郑桓公又煞有介事地故意大张旗鼓"设坛场郭门之外"，装模作样将赏赐名簿埋在地下，还祭以鸡豕，似"若盟状"。此诈伪消息，郑桓公更不惜余力地向敌国传播，大肆渲染。消息传至邻国，"邻君以为内难也，而尽杀其良臣"。不久，郑桓公"袭郐，遂取之"。这一编（名簿）、一赏、一祭、一盟的智力游戏，既由郑桓公自编、自导、自演、自播，更由他驱力使诈伪的信息传至敌国郐君耳中。结果，郐君更是对假戏、伪诈深信不疑，则是自信、自乱、自杀、自惊、自溃，最后导致国破自毙的下场。郑桓公的假戏驱力（打草）妙计，不仅使蛇自惊，而且自咬、自残、自杀而亡。此计谋的高超智慧与阴毒之处，于此可见。

第三，触此警彼，后发出击，制胜之计在其中。

这种手法的重点是"警"（惧）使其惊，而其前提、前奏则是触使其动，然后再后发出击、后发制人，而行制胜、取胜之策。采用的具体手段，常见有告诫、示戒、惩戒、杀戒等。这四种具体手段，在诸多典型事例中，常是兼行并用；抑或分阶段、分不同类型的人和事（政敌、敌国、对手等），加以实施，力求以惩。

1．告诫

所谓告诫，即是用诬告、诒告、媚告、悦告、苦告等方式，来触此"打草"，以收"警彼""蛇惊"之效，同时，后发出击，攻其不防、击其不备，置敌于死地。

事例：石显弄权诬贤臣，元帝心惊害师傅

西汉元帝时期，作为中书令的石显及其党羽，为了擅权专制，结党营私，施展种种"告诫"之术，似"警"元帝，然后或用己之力，或借他人之手，或利用元帝之威与位尊之势，后发制人，将对手、政敌一个个除掉。同时，又采用媚、悦、苦等种种手法，取信于元帝，稳固其权势。

从宣帝时代起，中书令弘恭、仆射石显，就长期掌管中枢机要，熟悉法令条文。元帝即位后多病，因为石显长期担任要职，又是宦官，无婚姻之家，少骨肉之亲，在朝廷中没有党羽，精明干练，可以信任，就把大权托付。朝廷事无大小，都通过石显转奏，再由皇帝裁断。石显的权势，超越所有朝臣。文武百官，都对他恭敬地侍奉。石显为人灵巧聪明，通晓事理，能领会皇帝隐藏在内心深处的旨意。他心肠阴险狠毒，以似是而非的狡辩诬陷他人，任何一点小小的怨恨，都会被滥用法律加害。他跟车骑将军史高内外勾结，在讨论国家大事时，萧望之等人常坚争奉行旧制度，与石显发生分歧，陷害计划也由此而生。

第一步，诬告逼杀萧望之。

汉初元二年（前47），正月，汉元帝命外戚乐陵侯史高主管尚书事宜，前将军萧望之、光禄大夫周堪做他的副手。萧望之是当时著名的大儒，与周堪都曾担任过元帝的老师，旧情很深。元帝对二人也很信任，屡次宴请接见，谈论历代的安危兴衰，陈述国家的大政方针。萧望之推荐皇族出身、精通儒家经典、品行端正的散骑、谏大夫刘向任给事中，与侍中金敞同在元帝左右，纠正元帝的过失。四人同心合力，筹谋商议，规劝引导元帝实行古代制度，打算多方纠正其政治上的失误。元帝对此，十分满意，且纳用其言。史高不过在高位上充数罢了，因此跟萧望之有了嫌隙。

由于萧望之等人憎恶许氏家族和史氏家族的放纵，又痛恨弘恭、石显之间的专权，便向元帝建议："中书是传宣诏书的地方，位居朝廷中枢，掌管机要，应该由光明正大的人士担任那里的工作。武帝因为常在后宫游玩宴乐，才改用宦官，这不是古代的制度。应解除宦官的兼任中书官职的规定，这才符合古代君主不接近受过刑罚之人的礼制。"这项建议激化了萧望之与史高、弘恭、石显的矛盾。由于元帝刚即位不久，谦让谨慎，不想轻易改变祖先的安排，所以这件事久议不决。最后还是把刘向由中朝调出，改任外朝官宗正，以缓和矛盾。

萧望之、周堪多次向元帝推荐名儒和学者，作为谏官人选。会稽郡人郑朋暗中企图投靠萧望之，上书元帝，揭发车骑将军史高派遣门客到各地营私，以及许、史两大家族子弟的罪恶。元帝把这份奏章拿给周堪过目，周堪建议说："命令郑朋在金马门等待召见。"郑朋遂上一份笺呈给萧望之，说："现在将军为国家谋划法制，只不过像管仲、晏婴便止休？还是忙到中午才吃饭，直追周公、召公的勋业才停止？如果像管仲、晏婴便止休，那么我将回故乡延陵看守祖先的坟墓，直到老死。如果将军复兴周公、召公留下的事业，不倦地兼听群言，那么我也许愿意竭尽绵薄之力，奉献给您！"萧望之开始接见郑朋，推心置腹相待。后来看出他是一个投机取巧的邪恶之徒，即与他断绝了往来。郑朋由失望而怨恨，就改而投靠许、史家族，对过去所做的事解释说："那都是周堪、刘向教唆我干的，我远在函谷关以东，怎么知道朝廷里的事？"侍中许章奏请元帝亲自召见郑朋。在跟元帝对话后，郑朋宣称："我向圣上检举萧望之有五项小过，一项大罪。"待诏华龙，品行恶劣，也想加入周堪等人组成的派系，周堪等不肯接纳，便与郑朋勾结在一起。

弘恭、石显命令郑朋、华龙二人控告萧望之等密谋罢黜车骑将军史高，使圣上疏远许、史两大家族。等到萧望之休假那天，让郑朋、华龙呈递奏章。元帝交付弘恭查办，萧望之回答说："外戚身居高位，大多荒淫奢侈，我期望圣上疏远他们，是为了扶正国家，并没有邪恶的意念。"弘恭、石显上奏说："萧望之、周堪、刘向，结党营私，互相称许推荐，多次诋毁国家重臣，离间陛下的亲戚，图谋控制朝廷，独揽权势。作为一个臣子是不忠，诬陷陛下是无道。请派谒者把全案移送廷尉。"当时元帝不了解移送廷尉就是关进监狱，批准了奏请。后来，元帝要召见周堪、刘向，左右回答说："他们已被逮捕关押。"元帝大惊说："不是仅仅由廷尉问话吗！"责备弘恭、石显，二人都叩头谢罪。元帝说："快让他们出来办公！"弘恭、石显唆使史高对元帝说："陛下刚刚即位，没有以德感人而闻名全国，却先用法律核验师傅。既然已把九卿、大夫级官员下狱，应就此将他们免职。"元帝下诏给丞相、御史："前将军萧望之，做过我八年的师傅，没有其他罪过，现今事情久远，记忆遗忘，难于明了，赦免他的罪过，收回他的前将军、光禄勋印绶；而周堪、刘向一律免官，贬为庶人。"

同年四月，元帝又下诏，封萧望之关内侯爵，兼给事中，每月初一、十五日朝见。该年七月，再次发生地震。元帝再次征召周堪、刘向，准备任命他们当谏大夫。弘恭、石显向元帝进言，从中作梗，元帝便任命二人为中郎。

元帝一直非常尊重萧望之，想让他担任丞相。弘恭、石显，与许、史两家族的兄弟，都怨恨萧望之等人。刘向想改变处境，便指使他的外亲就地震灾难上书说："地震发生，大概是针对弘恭等人而来的，不是因为萧望之、周堪、刘向三个匹夫。我非常愚昧，但我认为，应该罢黜弘恭、石显，以示对于压制善良的惩罚。应该擢升萧望之等，以便疏通贤者的道路。如果是这样，则天下太平的大门洞开，灾异的泉源也就堵塞了。"奏章呈上之后，弘恭、石显怀疑是刘向干的，要求元帝准许追究其中的奸诈真相。上书人在供词中果然承认是受刘向指使，便逮捕刘向，囚禁于牢狱，免官，贬为庶民。

恰好萧望之的儿子散骑、中郎萧伋也上书为其父的前案呼冤，奏章交付给有关部门。有关部门复查后上奏说："萧望之以前被指控的罪证很明确，并不是诬告陷害。他却教唆儿子，向陛下上书，引用《诗经》上关于无罪的诗篇。有失大臣体统，不敬，请逮捕审讯。"弘恭、石显等了解萧望之平素气节高尚，不可能接受下狱的屈辱。因此建议说："萧望之侥幸没有牵连进前案中去，又得赐爵位封邑，不悔过认罪，反而满腹牢骚，教唆儿子上书，把过失推到陛下身上。自以为是陛下的师傅，无论怎么都不会治罪。如果不严加审讯，萧望之的怨恨还会滋生，陛下就再也无法施厚恩予他了！"元帝说："萧太傅素来性情刚烈，怎么肯受审讯？"石显等人说："人所最重视的是性命，萧望之被指控的，不过语言上的轻罪，必定不会有什么可担忧的。"元帝便同意奏请。冬季，十二月，石显等把诏书封好，交给谒者，命令让萧望之亲自拆封。同时下令太常迅速调发执金吾所属车马，赶来包围萧望之住宅。谒者到达萧宅，鲁国人朱云，劝说萧望之自杀。萧望之仰天长叹说："我曾经位于将相之列，今年纪已超过六十。这么大年纪还要与狱吏对簿，去苟且求生，岂不鄙贱？"遂呼唤朱云的字说："游，快把药和好，不要延长我死的时间！"便饮下鸩酒，自杀身死。石显一伙宦官奸人先用诬告陷害，后又出击逼杀萧望之的阴谋得逞。

第二步，石显以苦告警元帝。

当汉元帝接到萧望之自杀身亡的报告后，大为震惊，叹息说："我本来就怀疑他不会去坐牢，果然杀了我的好师傅。"这时，太官正呈上午餐，元帝不肯进食，泪流满面，悲哀感动了旁边的人。召石显等责问，他们承认当初判断错误，都摘掉官帽，叩头请罪，过了很久，事情才算了结。元帝追思哀悼萧望之，不能忘情，每年四季都派使节去他坟墓前祭祀，直到自己去世方止。

石显的阴谋败露以后，又故意装作一副可怜相，在元帝责问时承认判断失误，又是摘掉官帽，叩头请罪，以此"苦告"，将大事化小、小事化了，以"警"元帝，事已铸成，无可挽回。阴谋得逞后，对责任又是"阳承阴卸"，其罪名更是"一开二脱"，如烟消云散。

对这种政治"怪象"，司马光曾经分析："元帝这位君主，太奇怪了，容易受欺骗，而又难以醒悟。弘恭、石显诬陷萧望之，其阴谋诡计，诚然有时候很难分辨。至于他开始怀疑萧望之不肯入狱，弘恭、石显却说必定不会出现意外，不久萧望之果然自杀，则弘恭、石显的欺诈，已经很明显了。如果是中等智慧的君主，谁不为之激愤，勃然大怒，给奸邪的臣子以惩罚！而元帝则不然，虽然以痛哭流涕、不进食来哀悼师傅，却终究不能杀掉弘恭、石显，只不过使他们脱下官帽谢罪而已。如此，奸臣又怎么惩治呢？这正是导致弘恭、石显肆意妄为而不再有忌惮的原因所在。"

同年，弘恭因病而死，石显却继任了中书令的官职。

其实，深究起来，汉元帝的所作所为，并非"奇举"、"怪行"，只不过是所患"间歇性政治昏聩症"的"症状"表现而已。对萧望之的死，汉元帝既"心惊"，可是对弘恭、石显的阴谋、奸诈、狠毒，却又"胆怯"。所以才有此举，也是石显等人用计成功的表现。

第三步，诣告周堪、张猛，逐贬出朝廷。

汉元帝永光元年（前43），中书令石显忌惮光禄勋周堪、光禄大夫张猛等，不断在元帝面前诬陷诽谤。已经被罢黜成了平民的刘向，担心有一天会被陷害，便上书说："我听说舜任命九官，济济一堂，互相礼让，和睦达到了顶点。群臣在朝廷中和睦相处，万物则在原野上欣欣向荣，所以箫管吹出了名叫《韶》的乐章，吹到九遍，凤凰便会飞来朝拜。到了周厉王、周幽王的时候，朝廷不再和睦，转而互相排斥怨恨，则日食、月食相继发生，水泉沸腾翻涌，高山深谷改变位置，霜降不合节令。由此看来，和睦可以招来祥瑞，互相抵牾则会造成灾异，祥瑞多则国家安定，灾异多则国家自然陷于危境。这是天地常存的规律，古今一贯的公理。而今，陛下开创三代盛世的宏业，招揽儒家学派的学者，给他们优厚的待遇，宽容他们的过失，使大家同心进取。然而，今天贤能的人跟一些坏人混杂在一起，黑白不分，正邪混杂，使忠奸同时进入政界。臣民上书，由公车接待，因上书不妥而被捕的，满满地囚禁在北军监狱。朝廷臣僚意见不合，互相拆台，甚至谗言陷害，惹出不少是非。以不实之词欺骗主上的耳目，影响主上的心意，这类事情很多，无法一一陈述。他们结党搭帮，往往同心合力，去陷害正直大臣。正直大臣晋升，是国家大治的表现；正直大臣遭受陷害，是国家大乱的原由。面对治乱契机，却不知道任用谁，而天灾变异屡屡出现，我所以寒心的原因在此。陛下登极以来已有六年。在《春秋》的记载中，六年之内，天灾变异从没有像如今这么频繁。所以如此，是因为说别人坏话的人和邪恶的人都进入朝廷的缘故。说别人坏话的人和邪恶的人之所以同时进入朝廷，是因为陛下心怀猜疑。任用贤能去推行好的政令措施，如果受到陷害，贤能的人被排斥，好的政令措施也就终止。由于陛下有怀疑之心，所以才招来奸臣陷害之口；由于陛下不能当机立断，才给群邪打开大门。说别人坏话的人和邪恶的人得意，则有德行和有才能的人失意，群邪增多则正人减少。所以《易经》上有否卦和泰卦，小人那一套如果得到欣赏，君子的主张就无法实行，则政治日益混乱；君子的主张如果得到欣赏，小人那一套就无法实行，则政治日益走上轨道。从前鲧、共工、骧兜、跟舜、禹同在尧的朝廷当中当官，周公跟管叔、蔡叔一同居于周朝的高位。当时，他们之间互相诋毁，流言中伤，不可胜言！帝尧、成王能够肯定舜、禹、周公的德行才能，而排除共工、管叔、蔡叔，所以国家大治，荣耀永垂，直到今日。孔子和季孙斯、孟孙何忌同时在鲁国做官，李斯和叔孙通都在秦朝当官，鲁定公、秦始皇认为季孙斯、孟孙何忌、李斯贤能，而排除孔子、叔孙通，所以国家大乱，耻辱一直流传到今天。这可以证明：治和乱，荣和辱，首先在于人主信任什么人。一经信任贤能，就要坚持，而不再动摇。《诗经》说：'我的心虽非磐石，但却不可逆转。'说明坚持善行的态度。《易经》说：'出令如出汗。'说明君王发号施令，犹如出汗；汗既流出，不能再返回体内。可是现在的情形是，有关善政的命令，颁布之后不到三个月，即行取消，是一种'返汗'

现象。任用贤能的人，不到三十天便黜退，是转动了大石。《论语》说：'看见邪恶，赶快避开，好像将手伸到滚水里。'而今，二府所弹劾的谄佞之辈，不应再留在朝廷。可是历经数年，并没有离开。所以颁布命令，如同返汗；任用贤能，却跟翻转石头一样。排除邪恶，简直就像拔起一座大山。在这种情况下，希望阴阳调和，不也是很困难的吗？因此一群小人，到处寻找漏洞，运用文字技巧，丑化、诋毁别人，制造谣言，写匿名信，在民间广为流传。所以《诗经》说：'我忧愁如焚，因小人而愤慨。'小人成群，实在是令人愤慨。从前，孔子跟他的学生颜渊、子贡互相赞扬，并没有结为朋党。禹、后稷、皋陶互相提携，并没有相互勾结。为什么呢？因为他们忠心为国，没有邪念。而今，奸佞的小人，跟贤德的君子，手拿剑戟，同时在宫内担任禁卫官。奸佞的小人勾结在一起共设阴谋，违背善良，走向罪恶，不干本职工作，不断制造险恶的谗言，要使人主动摇，而忽然信任他们，这正是天地用变异先行提出警告，灾难又不断发生的原因。自古以来，圣明的君主从来没有不经过诛杀而可以使国家治理好的。所以舜对于'四凶'，有四项流放的惩罚。孔子也曾在两观门下，诛杀少正卯。然后圣贤的教化，才得以推行。而今，以陛下的贤明智慧，诚能深思天地之心，观览《易经》中否、泰二卦的主意，考察唐尧和周成王的兴盛，作为榜样，而以秦王朝和鲁国衰亡的原因，作为借鉴。注意到祥瑞给国家的幸福，与灾异带给国家的祸患，用以掌握当前局势的变化，放逐奸佞邪恶的小人，击破专门从事阴险构陷的集团，关闭群邪幸进之门，广开正大光明的道路，坚决果断，不再犹豫怀疑，使是非显明可知，则百种奇异的灾异都会消灭，众多祥瑞都会来临，这是太平的基础，万代的利益。"石显看到这份奏章，与许、史两姓皇亲勾结得更紧，对刘向等恨入骨髓。

这年夏天，天气寒冷，太阳呈青色，暗淡无光。石显跟许、史二大家族，都说这是周堪、张猛当权引起的天变。元帝心中尊重周堪，可是面对众口一词的攻击，又无法堵他们的嘴。当时，长安令杨兴以有才干能力受到赏识，而且常常称赞宣扬周堪。元帝想得到他的帮助，对杨兴说："有些朝臣愤恨、反对光禄勋周堪，这是为什么？"杨兴是狡诈而看风行事的人物，以为皇帝对周堪有猜疑，便顺势指责说："周堪不但没有能力在朝廷当光禄勋，就是当一个乡下的里长伍长，也不适宜。我从前听说周堪跟刘向等人阴谋离间陛下的骨肉亲情，认为应当诛杀，之所以上书表示不同意见，只是为国家培养恩德。"元帝问："那么，用什么罪名可以杀他？现在应当怎么办？"杨兴答道："依照我的愚见，赐封周堪关内侯，给他三百户人家的食邑，不让他掌权管事。这样的话，圣上可以仍维持师傅的旧恩，应是最上策。"元帝便开始怀疑周堪、张猛。

司隶校尉琅琊人诸葛丰，以刚强正直、不随波逐流而闻名朝野，多次冒犯皇亲国戚，所以权贵大都说他的坏话。后来被控在春季和夏季逮捕法办犯人，不顺天时，贬谪当城门校尉。他上书控告周堪、张猛有罪。元帝认为诸葛丰不正直，给御史下诏："城门校尉诸葛丰，以前称光禄勋周堪、张猛的美德。诸葛丰当司隶校尉时，不顺应四时天意，不遵守法令制度，专用苛刻凶暴的手段来获取虚假的威严。朕不忍心法办，令他改任城门校尉，想不到他不知反省，反而怨恨周堪、张猛，以求报复。控告的全是没有证据的话，揭发的全是无法证明的罪，随心所欲地毁谤和赞扬，不实的言论，全无信义到了极点。我怜悯诸葛丰年纪衰老，不忍施刑，立即免官贬作平民。"奇怪的是又颁布诏书说："诸葛丰指控周堪、张猛毫无忠贞信守，朕心怀怜悯，不肯追究，而又惋惜二人的才干无法报效国家。决定贬周堪当河东郡太守，张猛当槐里县令。"

可见，此时的汉元帝，被石显和外戚集团所施计谋"惊警"之后，不仅对石显的政敌、对手们，样样使石显的诬告得逞；而且在客观上按其阴谋设计，用自己之力、之手，亲将周堪、张猛逐贬出朝廷。石显等人"打草"（诬告）的第三步，既使"蛇警"而"惊"，又使"蛇"被制伏，任其驾驭的目的，确已实现。

对此，司马光指出：诸葛丰对于周堪、张猛，从前赞扬，后来毁谤，其目的不是为国家进贤除奸，不过是投靠皇亲集团，企图飞黄腾达而已。他也属于郑朋、杨兴一类人，何来的刚烈正直？作为君主，应该察看善恶，明辨是非，用奖赏鼓励善行，用刑罚惩治奸邪，这样才是治理国家的原则。如果诸葛丰的话属实，则他不应该被罢官；如果他是以不实之词诬陷人，则周堪、张猛又有什么罪呢？而今双方都受到责罚，同时废弃，那么善与恶，是与非，区别又在哪里？

其实，司马光哪里知道，汉元帝在诸葛丰其人其事的处理上，忠奸莫辨、善恶不分、是非混淆，归根结底，既是政治昏聩的表现，又是在石显等人用计得逞，使其"师死臣亡"，元帝受警怵而心惊后，处处受石显一伙制驭的必然结果。

第四步，害告忠良，后发杀身。

永光四年（前40）六月三十日，出现日食。元帝召集那些先前说天变灾难都是为周堪、张猛而发的官员进行责问，他们都跪拜于地谢罪。元帝下诏褒扬周堪、张猛，调回京师长安。任命周堪为光禄大夫，支中二千石俸禄，主管尚书事务；任命张猛当太中大夫、给事中。这时候，中书令石显兼管尚书，尚书五人都是石显的党羽。周堪很难见到元帝，所有建议，往往不得不拜托石显代为转达，大政方针的决定权被石显控制。正巧周堪得了失音病，不能说话而去世。石显又诬陷张猛，让他自杀于公车官署。

汉元帝建昭二年（前37），东郡人京房跟从梁人焦延寿学习《易经》。焦延寿常说："得到我的学问而丧失生命的，就是京房。"他的学说长于占卜天灾人祸，共分六十卦，轮流交替地指定日期，用风雨冷热作为验证，都很准确。京房运用这种学说，尤其功力深厚，被地方官推荐为孝廉之后，到朝廷充当郎，屡次上书元帝，议论天象变异，十分灵验。元帝喜欢他，数次召见，向他询问。京房回答说："古代帝王按功劳选拔贤能，万事都有成就，祥瑞显现。衰亡之世，任用官员则以遭诋毁还是受称赞为依据，所以政治腐败，因而招致天灾变异。应当考察文武百官的行政效率及其政绩，天灾变异才可停止。"元帝命京房主持这件事，京房便拟定了考功课吏法，上奏元帝。元帝下令，公卿朝臣与京房在温室殿举行讨论会。大家都认为京房的办法过于琐碎，使上级和下级互相监督侦察，不可施行。但元帝却倾向京房。当时，正好各州刺史向朝廷奏报事宜，集中在京师长安。元帝召见他们，命京房向他们宣布考核之事，刺史们也认为不可施行。只有御史大夫郑弘、光禄大夫周堪，开始时反对，后来转为支持。

这时，中书令石显正独揽大权。石显的好友五鹿充宗任尚书令，二人联合执政。有一次，元帝在闲暇时召见京房，京房问元帝："周幽王、周厉王为什么导致国家出现危机？他们任用的是些什么人？"元帝说："君王昏庸，任用的都是善于伪装的奸佞。"京房进一步问："君王是明知奸佞而仍用他们？还是认为贤能才用他们？"元帝回答说："是认为他们贤能。"京房说："可是，今天为什么我们却知道他们不是贤能呢？"元帝说："根据当时局势混乱，君王身处险境便可以知道。"京房说："如果是这样的话，任用贤能时国家必然治理得好，任用奸邪时国家必定混乱，这是事物发展的必然轨迹。为什么幽王、厉王不觉悟而另外任用贤能，为什么终究要任用奸佞以致后来陷入困境？"元帝说："乱世君王，各自认为他所任用的官员全是贤能。假如都能觉悟到自己的错误，天下怎么还会有危亡的君王？"京房说："齐桓公、秦二世也曾经知道周幽王、周厉王的故事，并讥笑过他们。可是，齐桓公任用竖刁，秦二世任用赵高，以致政治日益混乱，盗贼满山遍野。为什么不能用周幽王、周厉王的例子测验自己的行为，而觉悟到用人的不当？"元帝说："只有治国有法的君主，才能依据往事而预测将来。"京房脱下官帽，叩头说："《春秋》一书，记载二百四十二年间的天变灾难，用来给后世君王看。而今陛下登极以来，出现日食月食，星辰递行；山崩泉涌，大地震动，天落陨石；夏季降霜，冬季响雷，春季百花凋谢，秋季树叶茂盛，降霜后草木并不凋谢。水灾、旱灾、虫灾，百姓饥馑，瘟疫流行。盗贼制伏不住，受过刑罚的人充满街市。《春秋》所记载的灾异，已经俱备。陛下看现在是治世，还是乱世？"元帝说："已经乱到极点了，这还用问？"京房说："陛下现在任用的是些什么人？"元帝说："今天的灾难变异和为政之道，幸而胜过前代。而且责任不在这些人身上。"京房说："前世的那些君王，也是陛下这种想法。我恐怕后代看今天，犹如今天看古代。"元帝过了很久才说："现在扰乱国家的是谁？"京房回答说："陛下自己应该知道。"元帝说："我不知道，如果知道，哪里还会用他？"京房说："陛下最信任，跟他在宫廷之中共商国家大事，掌握用人权柄的人，就是他。"京房所指的是石显。元帝也知道，他对京房说："我晓得你的意思。"京房告退。后来，汉元帝还是不能让石显退位。

这一年，汉元帝还命京房推荐他的学生中通晓检验政绩和有能力考察官吏的人，准备试用。京房上奏："中郎任良、姚平，希望能用为刺史，在各州试行考绩制度。请准许我留在朝廷，转报他们的奏章，免得下情不能上达。"然而石显、五鹿充宗都痛恨京房，想使京房远离元帝，便向元帝建议，应该试任京房为郡守。元帝遂任命京房当魏郡太守，允许他以考功法去治理本郡。

京房请求："年终的时候，请准许我乘坐驿车前来，向陛下当面报告。"元帝许可。京房自知数次因为议论受到大臣的非议，跟石显之间怨恨已成，不想远离元帝身边，便上密封奏章："我一出京师，恐怕被当权大臣所害，身死而事败，所以盼望在年终之时，得以乘驿车到京师向陛下奏事，幸而蒙陛下哀怜而允许。然而，六月辛巳（二十日），阴云乱风四起，太阳光芒暗淡，显示高级官员蒙蔽天子，而天子心里怀疑。六月己卯（十八日）、庚辰（十九日）之间，定有要隔绝陛下与我的关系，使我不得乘坐驿车奏事的事情发生。"

京房还没有出发，元帝便命阳平侯王凤奉诏通知，不要乘驿车回京师奏事。京房心中更加惊恐。秋季，京房出发，走到新丰，托朝廷传送文书的差人再上密封的奏章："我先前于六月间曾上书陛下，所说《遁卦》虽未应验，但占候之法说：'有道术的人刚刚离去，天气寒冷，大水涌出成灾。'到了七月，果然大水涌出。我的学生姚平告诉我：'你可以说通晓道术，却不能说笃信道术。你所预测的天灾变异，没有一件事不应验。现在，大水已经涌出，有道术的人就要被放逐而死在外边，还有什么话可说？'我说：'陛下最仁爱，对我尤其宽厚，即令因进言而死，我还是要进言。'姚平又说：'你只能说是小忠，不算大忠。从前，赵高执政秦朝，有一位叫正先的人，因讥讽赵高而被处死，赵高的淫威从此形成。所以秦朝的衰乱，是正先推动的。'而今我出任郡守，把考核功效引为自己的责任，只恐怕还没有着手便被诛杀。求陛下不要使我应验大水上涌的预言，像正先那样死去，让姚平嘲笑。"

接着，京房到达陕县，给汉元帝再上密封奏章说："我先前建议由任良负责官员考绩，让我留在朝廷。议论此事的人知道这样对于他们自身不利，而且不可能把我和陛下隔绝开来，所以说：'与其学生出面，不如试用老师。'可是，如果派我当刺史，又怕我面见陛下奏报，又说：'当刺史，可能与太守不同心，不如当太守。'目的在于隔绝我们君臣。陛下没有反对他们的主张，听从了他们的建议。这正是阴云乱风所以不散，太阳失去光辉的原因。我离京师长安渐远，太阳的昏暗越来越重。盼望陛下不要征我回京师而轻易地违背天意！邪恶阴谋，人虽不觉，上天却必有变化，所以人可以欺，天不可以欺，请陛下详察！"

京房仅离开一月余，竟被征回京师，逮捕入狱。当初，淮阳宪王刘钦的舅父张博是一个看风行事、无善行的人物，向刘钦要了许多金钱，到京师长安活动征召刘钦入朝。张博曾跟随京房学习《易经》，而且把女儿嫁给京房。京房每次朝见，回家之后，都把跟元帝之间问答的话告诉张博。张博暗中记下京房所说的机密言语，让京房代刘钦起草拟请求入朝的奏章。他把这些密语记录和奏章草稿，都送给刘钦过目，作为工作的证明。石显知道此事后，指控："京房跟张博通谋，诽谤治国措施，把罪恶推到皇帝身上，贻误连累诸侯王。"京房跟张博都被捕入狱，在街市上斩首，妻子儿女被放逐到边塞。御史大夫郑弘，被控跟京房是朋友，遭免职，贬作平民。

对于此事，司马光评论说：君王的德行不昌明，则臣属虽然想竭尽忠心，又从何着手呢？观察京房对元帝的诱导，可以说是把道理说得十分清楚透彻了，而最终仍不能使元帝觉悟，可悲啊！《诗经》说："我不但当面把你教训过，而且提起过你的耳朵。不但是用手携带着你，而且指示了你许多事。"又说："我教导你是那么的恳切细致，而你却漫不经心、听不进去。"这说的就是汉元帝啊！

同年，御史中丞陈咸不断抨击石显。过了一段时间，石显指控他跟槐里令朱云是好友，泄露宫禁之中的机密，这是石显暗暗侦察得知的。于是陈咸、朱云都被捕下狱，判处髡刑，罚做苦工。

可见，此时的石显一伙，位高权大，又深得元帝的信赖。因此，玩弄权术，利用"害告"之计，进行"打草"，一"警"元帝必须听其摆布；二"惊"朝野群臣百官，凡有敢于冒犯他们权势、揭其奸行诈术者，轻则下狱受刑，重则斩首示众，妻小则放逐边塞之地。

第五步，石显媚告、悦告，警宠元帝。

由于石显的淫威和权势日益增长，公卿及以下的官员都害怕，人人自危，不敢稍有宽纵。石显与中书仆射牢梁、少府五鹿充宗结为死党密友，凡依附他们的人，都得到了高官厚禄。民间有歌谣说："你是姓牢的人，还是姓石的人，是五鹿家的门客吗？官印何其多，绶带何其长！"

面对朝野百官和民人的众愤群怒，石显心知专权，把持朝政，一旦被皇帝疏远，就可能全部丧失，因此不断地验证元帝的态度，施之以"媚告"、"悦告"。建昭二年（前37），石显曾经奉命到诸官府征集人力和物资，先向元帝请求："恐怕有时回宫太晚，漏壶滴尽，宫门关闭，我可不可以说奉陛下之命，教他们开门！"元帝允许。石显故意到夜里才回来，宣称元帝命令，唤开宫门入内。果然有人上书控告："石显专擅帝命，假传圣旨，私开宫门。"元帝听说了这件事，笑着把奏章拿给石显看。石显抓住时机，流泪说："陛下过于宠爱我，委任我办事，下面无人不妒火中烧，想陷害我，类似这种情形已不止一次，只有圣明的主上才知道我的忠心。我出身微贱，实在不能以我一个人去使万人称心快意，担负起全国所有的怨恨。请允许我辞去中枢机要职务，只负责后宫的清洁洒扫，死而无憾。唯求陛下哀怜裁择，再给我一次宠幸，以此保全我的性命。"元帝认为石显说得对而怜悯他，不断慰问勉励，又重重赏赐。这样的赏赐及百官赠送的资金达一亿。当初，石显听说人们议论愤激，都说是他逼死前将军萧望之，怕招来全国儒生的抨击。由于谏大夫贡禹探明儒家经典，节操高尚而有名望，石显便托人向贡禹表示问候之意，用心结交，并向元帝推荐，擢贡禹为九卿，以礼相待，很是周详。因此舆论也有赞扬石显的，认为他不曾妒恨陷害萧望之。石显谋略变诈，善于为自己解围，以取得皇帝的信任，用的都是此类手法。

对于石显的阴谋诡计，司马光认为：只有用圣人的立论加以辨识，然后才能加以防范。诚如荀悦所说：奸佞迷惑君主的方法太多了。所以孔子说："要远离奸佞！"不仅不用他而已，还要驱逐到远方，跟他隔绝，把祸害的源头塞住，态度要至为坚决。孔子说："政治的意思，就是端正。"治理国家最基本的一件事，无非端正自己而已。耿直诚实，则是端正的主干。对于品德，必须核实是真实的，才授给他官位。对于能力，必须核实是真实的，才让他做事。对于功劳，必须核实是真实的，才颁发奖赏。对于罪恶，必须核实是真实的，才加以惩罚。对于行为，必须核实是真实的，才可以尊重。对于言谈，必须核实是真实的，才能够相信。对于物器，必须核实是真实的，才可以使用。对于事情，必须核实是真实的，才能够去做。所以各种端正风气都汇集到朝廷，则下面万事没有虚伪。古代圣王的道理，不过如此而已。

其实，此时石显一伙，玩弄权术，已达登峰造极地步。他们实现打草惊蛇的计谋，目的全部达到，手段则已炉火纯青。各种告诫的方式均已先后采用，且收到出乎意料的效果。汉元帝这条被石显一伙用各种告诫"打草"，而"警"、"惊"的"蛇"，这时不仅被降伏、制驭，而且任人摆布。石显深懂元帝的意愿，时时窥悉元帝的内心世界，更加时时邀宠，肆无忌惮，挟帝无恐。几经摆弄之后，汉元帝这条心惊又胆怯的"惊蛇"，最后竟成为石显一伙赞美、颂扬、媚悦的"笛声"中，在百官朝臣面前被当众耍弄，翩翩起舞的杂技"艺蛇"了。既无帝尊，又无皇势，只不过是石显一伙人脖子上挂着的、炫耀此计谋成功的"胜利的花环"而已。这是古代打草惊蛇计，在政治斗争和生活中，被阴谋家、野心家得心应手加以运用，且带来一个时代历史悲剧的惊心动魄一幕。它将永远警示今人和后世。

2．示戒

所谓示戒，即是用明示、暗示、正示、侧示等方式，来"触此"，"打草"，以收取"警彼"，"蛇惊"之效，同时，后发以击，将政敌、对手加以制伏。

事例：梁松计诬马伏波，光武吃惊冤功臣

东汉初年，虎贲中郎将梁松（伯孙）是光武帝的女婿，与老将马援同时受命出征，平息武陵蛮人叛乱。梁松自恃权贵子弟之势，遂与马援有隙，适逢战事小挫，便计诬马援，罗列罪名，以激"惊"光武帝刘秀。目的在于使权贵势力更为大张，排斥有功之将臣。其中，梁松实施此计时，便运用了多种示戒手段。

第一步，马援出征，梁松探病。

建武二十四年（48）七月，武陵蛮人攻打临沅，东汉朝廷派谒者李嵩、中山太守马成讨伐，未能取胜。伏波将军马援请求出征，光武帝怜他年迈，不肯应允。马援说："我还能够身穿盔甲，上马驰骋。"光武帝命他一试身手。马援跨在鞍上，转身回视，以示仍可征战。光武帝笑道："好一位精神矍铄的老翁啊！"便派马援带领中郎将马武、耿舒等率四万余众进军五溪。马援对友人杜愔说："我受皇恩深重，但年事已高，去日无多，总是担心不能为国而死。今日得遂所愿，我心甘情愿，死也瞑目。只是顾虑那些权贵子弟，他们或者近在左右，或者随从办事，很难调动，我唯独有此心病！"

次年三月，马援的军队到达临乡，攻破蛮兵，斩杀、俘获二千余人。

起初，马援曾经患病，虎贲中郎将梁松前往探望。梁松独自在床下拜见，马援没有还礼。梁松走后，马援的儿子们问道："梁伯孙是皇上的女婿，朝廷显贵，公卿以下官员没有不惧怕他的，为何唯独您对他不礼敬？"马援答道："我是他父亲的朋友，他身份虽贵，可怎能不讲辈分呢？"

马援的侄子马严、马敦都爱发议论，结交游侠。马援先前在交趾时，曾写信回家告诫他们："我希望你们在听到他人过失的时候，就像听到自己父母的名字一样，耳可以听，而口却不能讲。好议论他人是非，随意褒贬时政和法令，这是我最厌恶的事情。我宁可死，也不愿听到子孙有此类行径。龙伯高为人宽厚谨慎，言谈合乎礼法，谦恭而俭朴，廉正而威严，我对他既敬爱，又尊重，希望你们效法他。杜季良为人豪侠仗义，将别人的忧虑当作自己的忧虑，将别人的快乐当作自己的快乐。他父亲去世开吊，几郡的客人全来了。我对他既敬爱又尊重，却不希望你们效法他。效法龙伯高不成，还可以做恭谨之士，正如人们所说的'刻鸿鹄不成还像鸭'；若是效法杜季良不成，就会堕落成天下的轻浮子弟，正如人们所说的'画虎不成反类犬'了。"龙伯高，即山都县长龙述；杜季良，即越骑司马杜保，两人都是京兆人。适逢杜保的仇人上书，指控杜保："行为浮躁，蛊惑人心，伏波将军马援远从万里之外写信回家告诫臣儿不要与他来往，而梁松、窦固却同他结交，对他的轻薄伪诈行为煽风点火，败坏扰乱国家。"奏书呈上，光武帝召梁松、窦固责问，出示指控的奏书和马援告诫侄儿的书信。梁松、窦固叩头流血，才未获罪。诏命免去杜保官职，将龙述擢升为零陵太守。梁松遂由此而憎恨马援，再加之去军中探望，马援拒不还礼，更使梁松在经几次"正示"、"明示"后，认为马援确实在轻侮自己这个权贵子弟，便决定乘隙寻机实施计谋，进行报复。

第二步，伺机侧示，诬马败军。

马援奉命征讨武陵蛮人，大军到达下隽，有两条道路可以入蛮界：一从壶头，这条路近而水势深险；一从充县，这条路是坦途，但运输线太长。耿舒主张走充县，马援认为那样会消耗时日和军粮，不如进军壶头，扼住蛮人咽喉，则充县之敌不攻自破。两种意见上报朝廷，光武帝批准了马援的战略。汉军便进兵壶头。蛮贼登高，把守险要，水流湍急，汉军舰船不能上行。适逢酷暑，很多士兵患瘟疫而死，马援也被传染，便在河岸凿窟栖身以避暑热。每当蛮贼爬到高处擂鼓呐喊，马援便蹒跚跛行察看敌情，左右随从无不为他的壮志所感而哀痛流泪。耿舒在给哥哥好時侯耿弇的信中写道："当初我曾上书建议先打充县，尽管粮草运输困难，但兵马前进无阻，大军数万，人人奋勇争先。如今竟在壶头滞留，官兵忧愁抑郁，行将病死，实在令人痛惜！前在临乡，敌兵无故自来，如果乘兵出击，就可以将他们全歼。马援就像个做生意的西域商人，所到之处，处处停留，这就是失利的原因。现在果然遇到了瘟疫，完全同我预言的一样。"耿弇收到信后上奏朝廷，光武帝派梁松乘驿车前去责问马援，并就此代理监军事务。大权在握的梁松，认为时机已到，开始施展诬马败军而"惊"光武帝的计谋。

正当此时，马援去世，梁松乘机陷害马援。光武帝大怒，下令收回马援的新息侯印信。当初，马援在交趾时经常服食薏苡仁，因为此物可以使身体轻健，抵御瘴气。班师时，曾载回一车。等到马援死后，却有人上书诬告他当初用车载的全是上好的珍珠和犀角。光武帝益发愤怒。

第三步，辩诬失败，奸计得逞。

由于马援被诬告，光武帝既怒又惊。马援的妻子儿女获悉后又慌又怕，不敢将马援的棺柩运回祖坟，便草草葬在城西。门下的宾客旧友，没有人敢来祭吊。马严和马援妻子用草绳捆绑在一起，到皇宫门口请罪。光武帝拿出梁松的奏书给他们看，才得知马援的罪名，便上书鸣冤，前后共六次，情辞哀伤悲切。

前任方阳县令、扶风人朱勃，前往皇宫门阙上书说："我看见已故伏波将军马援，从西州崛起，钦敬仰皇上圣明仁义，历经艰险，万死一生，在陇、冀两地征战。他的智谋如泉水一样喷涌不绝，行动如转动圆规一样灵活迅速。他用兵战无不胜，出师攻无不克。剿伐先零时，飞箭曾射穿他的小腿；出征交趾时，以为此行必死，曾与妻儿诀别。过了不久再度南征，很快攻陷临乡，大军已经建立功业，但未完成而马援先死。军官士兵虽然遭受瘟疫，马援也没有独自生还。战争有以持久而取胜的，也有因速战而败亡的；深入敌境未必就正确，不深入也未必为不对。论人之常情，难道有乐意久驻危险之地不生还的吗？马援得以为朝廷效力二十二年，在北方出塞到大漠，在南方渡江漂海。他触冒瘟疫，死在军中，名声被毁，失去爵位，封国失传。天下不知他所犯过错，百姓不知对他的指控。他的家属紧闭门户，遗体不能归葬祖坟。对马援的怨恨和嫌隙一时并起，马氏家族震恐战栗。已死的人，不能自己剖白；活着的人，不能为他分辩，我为此感到痛心！圣明的君王重于奖赏，轻于刑罚。高祖曾经交给陈平四万金用以离间楚军，并不问账目与用途，又岂能疑心那些钱谷的开销呢？请将马援一案交付公卿议论，评判他的功罪，决定是否恢复爵位，以满足天下人的愿望。"光武帝之怒稍有消解。

朱勃十二岁时就能背诵《诗经》《书经》，经常拜望马援之兄马况，言辞温文尔雅。当时马援才开始读书，看到朱勃，自况不如，若有所失。马况觉出了马援的心情，就亲自斟酒安慰说："朱勃是小器，早成，聪明才智仅此而已，他最终将从学于你，不要怕他。"朱勃还不到二十岁，右扶风便试用他代理渭城县宰。等到马援做了将军并封侯的时候，朱勃的官位还不过是个县令。马援后来虽然身居显贵，仍然常常以旧恩照顾朱勃，但又卑视和怠慢他，而朱勃本人的态度却愈发亲近。及至马援受到诬陷，唯有朱勃能够最终保持忠诚不渝。

谒者、南阳人宗均则担任马援大军的监军。马援去世后，官兵因瘟疫而死的已超过半数，蛮军也饥困交迫。宗均同将领们商议道："我们如今道路遥远，官兵染疾，不可以再作战了，我打算权且代表皇上发布命令招降敌人，怎么样？"将领们全都伏在地上不敢应声。宗均说："忠臣远在境外，若有保护国家安全之策，可以专断专行。"便假传诏旨，调伏波司马吕种代理沅陵县长，命他带着诏书进入敌营，宣告朝廷的恩德和信义，自己率军尾随其后。蛮人十分震恐，冬季十月，他们一道杀死首领投降。宗均进入蛮贼大营，遣散兵众，命他们各回本部，又委任了地方官吏，然后班师。蛮人之乱平定。宗均还没到京城，先自我弹劾假传诏旨之罪。光武帝嘉奖他的功绩，派人出迎，赏赐金帛，命经过家乡时祭扫祖坟。

这样，梁松诬告马援，而"警"、"惊"光武帝的计谋，全部得以实施。乘进军受挫之机，诬告败军之罪；以从交趾载回草药之本，而指陷为满载珠宝归己，如此种种，"打草"之际，马援已出师未捷身先死，其诬难辩，其真难以剖白。又依仗自己的权贵身份，激怒光武帝，从而达成抬高身价，"警"、"惊"皇上不得依恃元老重臣，必须倾向权贵之家的目的。虽然有朱勃等人为马援辩诬，然不过是声小式微，难以根本扭转局势，未能雪冤。战功为宗均所获，赏赐为监军所得，而身先士卒、战死沙场的老将，却被钉在耻辱柱上。其妻小也只能忍辱偷生，苟活人间。梁松之辈，由忌恨马援→明示帐下（正示）→诬马败军（打草）→怒激光武（惊警"蛇"）→有诬莫辩的过程，也即是此计步步得逞的写照。梁松的诬陷、光武的"惊"、"警"，致使老将马援，在"打草惊蛇"计谋的"怪圈"里，生前是"出师未捷身先死，长使英雄泪满襟"，而死后更是诬名毁誉，"青山有幸埋忠骨，马革裹尸不能还"了。计谋的高超，战将的屈死，这一切只有留待今人与来者去评说了。

此外，关于惩戒、杀戒等手段的实施与运用，或兼施，或并用，或单用，或并行，以此作为用计施谋者的"打草"手段，进而"警"、"惊"藏蛇，使之惊走、制伏、驭使、驾用等，在上述的历史事例中，多有涉及，限于篇幅，兹不在此赘述。

三、触此警彼　意在出其不意

打草惊蛇之计在政治斗争中，被使用得十分广泛，无论是政治家，抑或是阴谋家、野心家，为了达到特定的政治目的，都要以不同的手法、手段来实施应用此计。然而，若就打草惊蛇之计运用的成功，须得讲求应用的范围及条件，否则，用计不成，反被惊蛇所伤。因此，使用它，且要收到预期效果，须把握应用的时间、范围、条件、背景的"度"才行。如此，既能打草，又使蛇惊，却又不为蛇所伤所害所咬，且能使它或惊走、或惊惧、或制伏、或驭用，即化害为利，变主动、主攻为制胜、获胜之举，以达用计之最终目的。

第一，在敌国之间。

敌国之间，虽互为敌手，然彼此的国力却大有差异和区别，有国力强大、旗鼓相当者，也有国力中等或弱小者。尽管如此，敌国之间在双方交战与争斗过程中，却大有施展此计的广阔舞台。重要的是，由于双方为敌手，相互交锋，彼此均有防范之心、警惧之惕，要应用此计必有一定难度，故制胜一方，须把握好时机，具有高超的智慧、惊人的胆识和进退适度的本领才行。

1．弱国对强国的使用

国力弱小的国家，由于面对比自身国力强大若干倍的强国，且要施用此计，获取成功，这里的关键则是要示强，运用技巧和智慧，掩饰自身的薄弱之处或薄弱环节，然后，以己虚强对彼真强，在士气、意志、思想上，直接挫其锐气、避其锋芒，先声夺人。同时，在示强的背后，则是打草之举，探强敌的真意实图、锋锐所指究为何方。然后，使之惊惧之余，或惊避、或惊走，化害为利，变被动为主动。要做到此点，"示强"的"打草"之举，必须具备：一是"奇招"，二是"智技"，三是"妙品"，四是"雷音"。实现这些的前提条件，则是强敌的"盲视"、"痹志"、"妄举"、"莽动"，还需加以充分、有效、准确、有节地利用。否则，待敌清醒过来时，则有可致被蛇惊咬的危险。故实施时的技（技巧）、时（时机）、度（限度）至关重要。倘差之毫厘，必会失之千里。前已述列的典型事例"弦高犒牛惊秦师"，便是弱敌对强军运用打草惊蛇之计，避害为利的实证。

2．强国对强国的使用

两敌、两军相遇，彼此均是国力强盛的国家，均想战胜、制驭对方。那么，要施用打草惊蛇之计的关键之点，在于向对方"示弱"。以松懈其警惕，麻痹其意志，瓦解其军心，然后，在创造特定的环境条件下，采用引诱、伪饰、欺骗手法，诱其上钩，挫其锐气，捕获上钩猎物和诱来之敌，开杀戒以惊众敌，使成惊弓之鸟和惧己之众。这样，便可在战略战术上处处主动，事事先发"打草"，后发制敌获胜以"惊蛇"。然而，实施此计的前提条件，则是敌方的判断错误、犹豫迟疑、盲动轻信、麻痹松懈，对此才需及时、有效地加以利用，再以自身的技高一筹的准确果敢出击，以收克敌制胜之效。

三国时期，诸葛亮率蜀军五出祁山时，与强敌魏军相遇，则将计就计，将魏军统帅司马懿派出的一支部队在伏击圈里消灭，魏军损兵折将。诸葛亮在将魏军的前锋"打草"消灭的同时，又惊惧了后续的主帅与大军之"蛇"，使其再也不敢贸然尾追主动后撤的蜀军，便是应用此计成功的事例之一。

当诸葛亮五出祁山时，率八万蜀军，司马懿带兵相迎。蜀军在陇西用计抢割麦子以充军粮外，又在卤城里应外合，打败魏军。因魏吴联合攻蜀，西川吃紧，诸葛亮决定撤军。为摆脱魏军的尾追，便决定设下埋伏，打草惊蛇，命杨仪、马忠率一万弓弩手在剑阁木门道设下埋伏，待魏军追到，只听号令将其歼灭。结果，司马懿命张郃领五千魏兵向前追击，自己带二万余魏军随其后。张郃中计被蜀军射杀，百余部将及魏军全部被歼。待魏军后援赶到时，山路已被阻塞。众军正要后撤，却听山头有人大叫："诸葛丞相在此！"只见诸葛亮立于火光之中，指着魏军说："我今天围猎，原想得一'马'（指司马懿），却误中一'獐'（指张郃）。你们回去告诉司马懿，我早晚要擒住他。"由此可见，蜀军的胜利与魏军的损兵折将、一败再败，正是诸葛亮充分利用魏军统帅和将领的判断失误，在发挥自身优势（心理优势、地形优势、战术优势、人才优势）的基础上，得心应手运用此计而取得的硕果。

第二，在君臣之间。

在中国古代的政治生活与斗争中，君臣之间，既存在着互相依存关系，又有着相互制约、斗争的一面。君主对臣下而言，臣"伴君如伴虎"；臣下对君主而论，更是臣"既可载舟、又可覆舟"。因此，双方彼此争斗时，多采用此计的谋略，以达获胜之目的。

1．君主与权臣之间的相互使用

朝中权臣，大权在握，或为功显，或为元老，或为重臣。他们对于在位的君主来说，既有需要依恃的一面，又有权臣手中日渐膨胀的权势，势必有"功高震主"的一面。为铲掉心腹之患，或削其威势，多用剪其党羽、惩其恶奸，以起"惊警"作用，打草之后，如果权臣继续作威作福，则一举而除之。清代康熙帝除鳌拜、嘉庆帝惩和珅，以及雍正帝清除诸王势力的斗争中，多用此法。在实施此计时，君主"打草"，一要隐蔽，以稳住权臣之"蛇"；二要打得巧妙、准确、及时，把握好时机，利用权臣及同伙、同党的外围人物的小过、小错，进行突破，顺藤摸瓜，紧追不舍，予以深究，使主子惊惧；三要智取，康熙帝在宫中，智擒鳌拜是典型事例。迅速、彻底、干净将权臣之"惊蛇"加以制伏，再将其罪行，诏谕天下，确立君主的至尊，又收惊警天下臣民之效。

2．臣僚对君主的施用

至于臣下对君主，则多用"触此警彼"之法，进行种种"告"、"试"、"诫"，以向君主传递各种信息，晓以利害、得失。石显一伙人对汉元帝所施行的打草惊蛇之计，采用软硬兼施的办法，既将元帝依恃的重臣——打草清除，又使元帝惊慑之余，更加依靠石显及同党，最后甘心听其摆布，如同傀儡玩偶，毫无主见，便是实例。

第三，在臣僚之间。

中国古代官场中，臣僚之间，明争暗斗，为争权夺位，经常演出一幕幕政治惊喜剧，更时有火并发生。因此，在政治斗争中，为了立于不败之地，保有已经取得的荣华富贵、权势地位，臣僚们经常施用打草惊蛇之计，以制伏对手，或施加威惧，或警告政敌，或嫁祸落井下石，不遗余力加害于人，从中渔利。其中，既有臣僚的下级之间（如清代两江总督噶礼与巡抚张伯行之间，为科场贿案的争斗），又有上级对下级之间（如汉代石显一伙与元帝老师、前将军萧望之之间的争斗），还有臣僚之间（如东汉梁松对伏波将军马援的诬告陷害）等的用计，诸多实例，充分表明此计应用之广泛。然计谋的成功，还须施计者：一是要掌握权势，以使敌于未打而先惧；二是要瞄准政敌之要害，寻其突破口，进行"打草"；三是要手段外柔内刚、口蜜腹剑、名正而意邪、毁他誉而洁己身。非此则不能打草，又不易使蛇惊，甚至会导致草未打而蛇先惊，或蛇惊后反致咬伤打草人，而草蛇人俱亡的恶果。

四、先声夺人　用计需要胆识

打草惊蛇之计是三十六计中，第三套攻战计（优势之计）的首计，这表明它在谋略学中的鲜明个性与特征以及应用范围用途的广泛和重要。

作为源于政治斗争而又高于一般政治斗争经验的打草惊蛇之计，它不仅是长期政治斗争实践经验的总结与升华，而且更为重要的是，所蕴含严密的数理逻辑、抽象的策略原则、丰富的辩证思维方法，则成为人们普遍认可、俱能掌握应用的智能技巧，起着重要的启迪、示范、教育作用。

第一，就实施方法而论，打草惊蛇计具有应变性、技巧性的特点。

打草惊蛇计的实施和运用，多采用"毛驴负重上山式"的办法，亦可概括为"三上式"的方法：

一是"拉"（时：待时、待机，应时而拉，顺时、遇会），关键在于要"就机"。具体而论，应当要有"草"可打。

二是"推"（势：创势、造势，推波助澜），关键在于要"就势"：具体而论，是要"打"草，既有工具，又要频仍。

三是"赶"（胜：制胜、取胜，逼其就范，催赶、催化），关键在于要能"制胜"。具体而论，是要通过"打草"，以达惊蛇、避走、击毁的目的。

第二，就实施过程而言，打草惊蛇计具有演绎性、递进性的特点。

打草惊蛇计在实施与应用过程中，所表现出的特征，可形象总括为"水到渠成"、"瓜熟蒂落"的四部曲：

一部曲为"酝"（酝酿），这是敌对双方（敌手、政敌、集团）积聚力量，致使矛盾、能量转移的过程；关键在于"请君"，具体而论，是要"寻草"与"备杆"。

二部曲为"变"（催化），这是政敌双方能量变化、扩散，致使矛盾交织的过程。关键在于"入瓮"，具体而论，是要"打草"。

三部曲为"激"（促成），这是政治对手两方能量倾斜，通过"打草"致使矛盾力量重新组合的过程。关键在于"烹煎"，具体而论，是要"频"打草、"巧"打草与"准"打草。

四部曲为"成"（克敌），这是政治较量双方能量重新平衡，致使旧矛盾解决，优势归于"打草"者一方的过程。关键在于"飨成"，具体而论，是要"蛇惊"、"避走"，或被"击伤"、"打死"、"自毙"。

第三，就施计者而论，打草惊蛇计要求施计人的素质，须具备统驭性、深邃性的特点。

由于施用打草惊蛇计，是在政治斗争中，用以对付深藏不露的对手、政敌或同伙、朋党爪牙和支持者，同时，又要通过寻草、伺机、打草、呐喊、声势、蛇惊、惧慑、避走、克敌等阶段，才能最后达到目的。它既要求用计者能统观全局，又能驾驭事态发展，更能洞悉对方的一切蛛丝马迹，还要能把握好度，使得自己能克敌，更能及时脱身。这便要求施计者目光深邃，具有政治家高度清醒、冷静的头脑。使之动能打草，静能观惊"蛇"，举能扬杆，止能避害。具体而论，运用此计者，一需有胆（豹胆虎心），二需有术（鹰眼火睛），三需有识（奇才诡术），如此方能达及目标，克敌制胜，随心所欲，为所欲为，无所顾忌。

第四，就用计者的政治心态而言，打草惊蛇计具有制胜心理（先发制人）的特点。

具体而论，在施计的手段、方式上，有着实发性、袭击性的特征。目的在于，使政敌处于"解怠"、"不备"、"不防"的"常态"，而施此计，则用非常规的"实发"手段，加以"奇袭'，以使"蛇惊"。前述例中，清代江苏巡抚对主考的副手（副主考官）赵晋受贿的"突审"、"密审"、"严巡"、"暗访"，以使案主（两江总督噶礼）与同伙"蛇惊"。若非如此，"草响"之后，蛇不仅不会惊惧，还会"溜走"、"深藏不露"，甚至会出现顺杆袭击打草人的险情恶状。因此，政治心理上须得有先声夺人、先发制人、迅雷不及掩耳的进取优势和态度，方能运用"惊"的心理战术，制敌获利。

第五，就计谋智道效应而论，打草惊蛇计具有辐射效应（波及广泛）的特征。具体而言，施计的后果上，有着神秘性、惊惧性的特点。

在中国古代政治生活与政治斗争中，由于对峙的政敌双方，表面上是各自集团代表人物的"单兵较量"，然而，在应用打草惊蛇计谋时，所涉及、波及的面，则远非个人，而是群体（即代表人物身后的同党、同伙、党羽、盟友、支持者）之间的格斗冲突厮杀。因此，所打的"草"，便不是"单株"、"独棵"，而是"草丛"，人数不少；所惊之"蛇"，更非"独蛇"，是"蛇群"。其窟也会为多窟、深洞。譬如，三国时，魏蜀两军在祁山、剑阁木门道的战斗，表面上是诸葛亮、司马懿之间的用计斗法，实际上，通过此计的实施，孔明打草，所惊的远非"一马"，而是魏军将帅的"群蛇"，并且对整个政治、军事格局的发展变化，均有着重要的影响。诸葛亮与蜀军出兵施计的神秘诡诈，司马懿与魏军将帅的惊惧疑虑，用兵的被动迟疑，正好通过此计的效应而辐射、映照出来了。

借尸还魂

——无为而用　拉大旗作虎皮

本计云："有用者，不可借；不能用者，求借。借不能用者而用之，匪我求童蒙，童蒙求我。"其大意是：凡是有能力，有作为的，均不可加以利用，因为人们难以驾驭和控制它。凡是没有能力，无所作为的，要加以充分的利用，因为这时它也需要依附于别人。利用没有能力、无所作为的并顺势控制它，不仅是要利用它，而且它也迫切地要求助于我。

借尸还魂计，源于古代的一则神话传说故事。据说，从前有一个叫李玄的人，长得十分英俊和潇洒，博闻强记，太上老君见其聪明伶俐，便收他作为徒弟，传授其长生不老的道术。

有一天，李玄要随师父太上老君到仙界去云游，但凡胎肉体却上不了天，就只好留下躯体，跟随师父去魂游太空去了。行前，在自己的灵魂离开躯体之前，李玄对徒弟说："我的尸体留在这里，你要好好守护，不得有半点马虎，七天之内我就返回。如果到时未归，就是我已成仙了，那时才可将我的尸体火化。"

徒弟遵照师父的吩咐，日夜守护李玄的尸体，已至第六日时，突然传来母亲病危的消息，徒弟此时十分难办，进退维谷。倘若

李玄变身铁拐李

要回家，为母送终，师父的灵魂还没有归返；若要厮守师父的尸体，则自己难尽孝道，母亲死难瞑目。

正当徒弟两难之时，有人则劝说他："在师徒之义、父母之情不能两全的时候，首先应当保全的是父母之情，何况你师父已有六日未归，说不定早已成仙去了。"徒弟听从劝告，只得洒泪将李玄的尸体焚化了。

到了第七日，李玄的灵魂却从天上回来了，然却四下里俱寻觅不到自己的尸体，无法还阳。正在他急切无奈之时，忽见路边有一刚刚死去的乞丐，只得借尸还魂了。可魂虽然是李玄的，但形却是乞丐的。致使一个体貌壮美英俊的李玄，却忽然一下子竟成为蓬头垢面、跛脚秃头的"铁拐李"了。

此传说后来便演绎成为"借尸还魂"的成语典故。其本意是，人死后，将自己的灵魂附归于他人的尸体而复活。在此基础上，又推广为泛指，比喻已经没落或死亡的事物，却又借助别的事物，又以另一种形式出现。在政治斗争与军事征战中，则是喻指能善于利用一切可以利用的事物，来达到、实现自己的政治目的、军事意图的举措。

一、顺理成章　正名求实攻敌

《周易·蒙卦第四》云：蒙：亨。匪我求童蒙，童蒙求我。初筮告，再三渎，渎则不告。利贞。《象》曰：山下出泉，蒙。君子以果行育德。

【一爻】初六，发蒙，利用刑人，用说桎梏。以往吝。

《象》曰："利用刑人"，以正法也。

【二爻】九二，包蒙，吉。纳妇，吉。子克家。《象》曰："子克家"，刚柔接也。

【三爻】六三，勿用取女，见金夫，不有躬，无攸利。《象》曰："勿用取女"，行不顺也。

【四爻】六四，困蒙，吝。《象》曰："困蒙之吝"，独远实也。

【五爻】六五，童蒙，吉。《象》曰："童蒙"之"吉"，顺以巽也。

【六爻】上九，击蒙。不利为寇，利御寇。《象》曰："利用御寇"，上下顺也。

据秘本兵法《三十六计》的原文记载，借尸还魂之计，是由《周易·蒙卦》的卦辞推演而来的。《彖》曰：蒙，山下有险，险而止。"蒙，亨"，以亨行时中也。"匪我求童蒙，童蒙求我"，志应也。"初筮告"，以刚中也。"再三渎，渎则不告"，渎蒙也。蒙以养正，圣功也。

彖辞的大意说：蒙即蒙昧幼稚，就像高山下有险阻，遇险止步，犹如童稚一样。蒙昧而亨通，说明把握适中的时机施行启蒙教育，便可走上亨通之道。不是我有求于蒙昧的幼童，而是蒙昧的幼童前来求教于我，双方志同道合，彼此感应。初次来求教，告诉他：因为蒙师有阳刚气质，行为适中。再三前来，就成为冒犯，冒犯了就不再告诉他，因为他亵渎了启蒙教育的原则。启蒙是为了培养正道，使之有正确认识，这是圣人的功效。

蒙卦之义，是蒙昧、启蒙、教育。此卦上艮下坎，艮为山，坎为险；山下有险，是昏蒙的征象。艮又为止，遇险为止，意味着内心恐惧，象征幼稚愚昧。此卦的主体是下卦九二，为蒙师，童蒙指上卦六五爻。九二阳刚得中，又与六五阴阳相应，具备启蒙教育的能力，所以才会"亨"，可以畅行无阻。解语点出"匪我求童蒙，童蒙求我"，表明蒙师与幼童的关系，就是此卦的卦眼。按照有教无类的教育原则，不管幼童资质天分的高下，蒙师都应该因材施教，悉心教诲。"匪我求童匪，童蒙求我"，两个"求"字，就把蒙师桀骜不驯、待价而沽、居心叵测的嘴脸逼真地描画了出来。所以，蒙卦也有两个对立的含义，一是教育蒙童，二是利用蒙童。而且，此卦的主体是九二，"蒙亨"的原因也在于九二，再根据两个"求"字，就显而易知，蒙童越蠢，蒙师越毒，蒙卦也就越是亨通。

蒙卦若是占战争国运，表明此时正是天下昏昏蒙蒙之际，也是有野心的人乘机崛起的大好良机。占卦人若要想成就霸王之业，施展用武的雄韬大略，建立丰功伟绩，就必须拿出蒙师的嘴脸手段，按照蒙卦的指示行事。上卦艮山为朝廷，下卦坎水为民间。坎为险，表明民间兵荒马乱，朝廷犹如水上之山，随时都有倾覆和灭顶之灾。五爻是君位阳位，阴爻居之，不当位。卦辞又点明其为童蒙，表明君主稚嫩柔弱，彷徨无依。六五爻与九二爻阴阳相应，表明六五在风雨飘摇之中，急盼九二阳刚武力之助，正如幼弱的童子渴望依附于蒙师而成才。九二爻虽然阳刚居中，但阳占阴位，又被上下两个阴爻小人包围，表明其身处民间，纵有雄才大略，奈何名不正言不顺，不被世人承认。九二爻一旦向上援助六五，正好比鲤鱼跳龙门，登时身价百倍，由民间草莽英雄一变而为朝廷的栋梁支柱。九二登上六五之位，阳爻居阳位，名正言顺，顺理成章。古人最重"正名"，名既正，则无往而不顺。此时以扶助弱主、中兴帝业为名，代弱主号令天下，使朝野上下皆有所归，咸感其德；自己却暗中培植势力，操纵一切，借尸还魂。久而久之，皇天后土，就莫不属已所有了。"初筮告"，是说当六五幼主初来向自己求助时，应当耐心告诉他治乱救世之道，使之深深地信任依赖于我。"再三渎，渎则不告"，是说自己一旦大权在握，六五再有事相问求助，就可以不理不睬，独断专行，翻脸不认人了。

借尸还魂，本意是比喻已经消灭的事物假借某种名义以另一种形式重新出现。此处用作计名，指出改朝换代之际，拥立亡国君主的后代，打着前朝的旗号去号令天下，利用人们的正统观念和惯用思维方式来借尸还魂，以实现自己的政治野心和军事意图。这种做法，与"蒙"卦的原理是极为吻合的。

借尸还魂计用于军事，它主要是处于优势地位者施展的一种攻战之计与谋略。在战场上，两军对垒长期厮杀，双方伤亡损失惨重。优势者在遭到暂时性的重大挫折、失败之后，仅凭现有的力量已无法挽回败局，更不能自我恢复原来的军事势力、优势地位时，为了能够东山再起，就需要利用一切可以利用的事物，凭借一切可以凭借的力量，使之能从另外的地方，以另外的形式重新出现。这样，虽然它改变了原来的面貌，却可以在战场上夺取最后的胜利。

在政治斗争中，借尸还魂之计，经常成为政治家、野心家、阴谋家们所惯用的手法之一。在与政敌、敌手激烈的搏斗格杀与较量中，当自己遭受暂时性失利、处于相对劣势时，就要凭借、利用外部某种力量，使之能东山再起、重振旗鼓，然后战胜对手，将政敌消灭。此时，所寻求、凭借的力量，便是"借尸"，而东山再起，则就是"还魂"之术。政治家们常交替使用欺伪（拣、偷、抬、换、逼）方式来"借"尸，或暂借，或长借；然后，再用诡诈（明、暗或半明半暗）之计来还魂，达到自己的政治意图、目的、目标。由于政治斗争常是风云变幻，险象环生，危机四伏，从无有"常胜将军"，所以，此计对于暂时失利者、欲有它图者、力求重振旗鼓和东山再起者、欲趁火打劫者与火中取栗者、久窥觅机夺大位者，具有特殊的吸引力和附着力，在心领神会、模计仿巧之后，在各种政治斗争中，反复、频仍地与其他计谋交相使用，致使成功者、失败者兼而有之。历史上，在每当改朝换代的时候，不少政治家、阴谋家、野心家，大都纷纷扶植亡国君主的后代，以达自身的政治目的，这便是运用借尸还魂计的典型。那些以武力支援别人进攻或防御的，也同样是为了控制别人，达到自己的政治目标，这亦是此计的应用体现。正因如此，使得借尸还魂之计在政治心理与智道效应上，更具有着伪装性、隐蔽性、转移性、逼夺性的强烈色调。

二、借形借力　集无用为有用

借尸还魂之计，在政治斗争中，经常成为政治家们为实现某种政治意图、达到特定的政治目的、克政敌而制胜的手段，其常用手法虽多，事例各异，然其要旨和总的特点则是：一是将无为而用之；二是拉大旗作虎皮，包裹着自己，然后壮自身之胆、势、力，以威震政敌、对手，一举而获胜。目的则在于东山再起。所谓东山再起，系指在政治斗争中，政治家对暂时的失势、失败有两种态度，一种是消极的一蹶不振，自暴自弃，自认其输；另一种则是积极的永不服输，伺机重新积聚力量，重振旗鼓，再展雄威。持后一种态度的政治家，常从战略的、全局的高度，进行判断、分析、评估，在暂时失利时，一是面对现实，二是保持清醒的政治头脑，冷静进行分析总结教训，准确作出判断，然后不惜一切手段、代价，使之主动地转败为胜。其实现的必备条件则是：其一，是将无为而用之。这即是在借助外力、外形时，一般不借用有能力、有作为的，因为它们对失利者政治家来说，还难以驾驭和从命，应借用那些无能力、无作为的。由于它既可以方便地控驭，又不易引起政敌与对手的注意。将无为而用之，即利用那些所谓无用的东西，加以有效利用，为己增威添势。其二，是拉大旗作虎皮。政治家若在失败时欲图东山再起，关键在于要会"借"，一借形（虎皮），二借力（拉大旗）。由于自身力量不足以转败为胜，就要借助一切可以利用的力量，以壮大自己的势力，并争取一切可以利用的机会、机遇，以增加获胜的可能。同时，又要借用一切可用的形式（正统的、非正统的、邪的等），以尽快实现其政治意图。也就是说，只要能"还魂"，其所借之"尸"的正畸、美丑、健跛，全不必过分计较，甚至可假借他人之名，偷梁换柱，推行自己的战略计划。不择手段，以达政治目的之最高准则。

　　此计常用手法的核心要旨、智理依据则是《长短经》中所述的智力竞技原则：古人有言曰：得鸟者，罗之一目，然张一网之罗，终不能得鸟。鸟所以能远飞者，六翮之力也。然无众毛之助，则飞不能远矣。以是推之，无用之为用也，大矣！

这一段话的大意是，古人有句话说：捕获飞鸟的，仅是罗网的一个网眼。但是张开只有一个网眼的罗网，无论如何也捕获不到鸟。飞鸟之所以能飞得很远，主要靠鸟的翅膀的力量，如果没有众多羽毛的帮助，就不能飞得很远。根据这些来推论，无所作为的东西，倘被利用起来，所发挥的作用也是很重要很广泛的。这即是说：集无用之众羽，方能成为奋飞鸟之六翮，亦可拉大旗作虎皮，化腐朽可为神奇！

借尸还魂之计，在政治家们长期的实践应用中，具体手法虽层出不穷，然归结起来，大体可分以下几种互相关联的手法技巧：

第一，尸死未僵，静以待借，待胜之计在其中。

这种手法技巧的重点是"借"，等其时机，静观其变化，然后再抓住这一机遇，决定其行动对策。这种手法实现的前提，必须是"尸死未僵"：一是原尸已坏，受到打击、挫折、失败，原形旧骸（指原有势力、实力、威势），确已不复存在；二是尸虽死，灵魂已无，然还其新魂，仍可复活。

对于借尸之术，政治家们常用的具体手法，则有借正、换形、易法、赖力、利机等方式。

1．借正

所谓借正，系指借用"正统"的名义，来达到、实现自己的政治目的。名义本来是一种无形的外壳和事物的包装，但对于失利的政治家来说，应是非常有利用价值的无价之宝。可以借用他人、他国、他事（群体、事物）的名义，来趁机扩大自己的势力、影响，提高自身的声望，壮大自己。在改朝换代的时候，许多政治家、谋士，为壮大声威，招募部众，常借恢复"正统"之名，拥立早已亡国之君的后代，以达到、实现自己的政治目的，便是此法的典型。

事例：反秦之兵群无首，借名兴楚自称王

秦末，陈胜、吴广率农民义军，在楚地揭竿而起，向秦军发起猛烈攻击，随即各路义军纷起响应。陈胜死后，群龙无首，义军首领之一的项梁与诸将在薛城召开会议，提出为了将各路义军重新组织起来，并更广泛、更深入地发动群众，商议公推一位楚王，以作号召。在薛城会议上，对此众说纷纭，莫衷一是。有的提出请项梁将军决定，有的则认为就请项梁将军为楚王。项梁对此议亦颇为动心，亦有欲想自立为楚王之心愿。但此时却有一位名为范增的谋士，出面前来献策献计，并力排众议说："秦王灭掉了六国，其中楚国受害最大。几十年前，楚王被骗到秦国，客死他乡，楚国百姓仍刻骨铭心，愤恨不已。如果能找一位楚王的后代来做楚王，不但楚国的百姓人心皆向，楚国各地的义军也可以归附。"项梁一听，觉得范增的话很有道理，便派出专人，四处寻访楚王的后代。最后终于在牧羊的孩子群中，找到了楚怀王的一个孙子，刚满十三岁，名字叫熊心。义军将领们便急不可耐地拥戴这个牧童小孩熊心，做了新的楚王，即新楚怀王。

新的楚王拥立，且以此为"正统"相号召，一是使各路义军有了新的首领，大大增强了凝聚力与聚合力；二是迅速激发了楚国百姓的旧恨新仇，使之对秦王朝的反抗意识和情绪大增。致使农民义军在人力、物力上得到了极大支援，在政治上"正统"一提出、新王一拥立，更赢得了军心、民心、人心，使义军将士勇气百倍，声威大振。结果，在各路义军凌厉、势如破竹的强劲攻势下，秦军迅即溃败，秦王朝终于被推翻。

谋士范增，在农民义军首领陈胜死后，众军无首、暂时失利遭挫的关键时刻，提出立楚王之后为新楚王，并以"正统"相号召的计谋，便是政治上借尸还魂的典型实例。此计成功之处在于：时机把握准确，即义军由高潮到受挫之际，急需寻求旧尸（外力），此其一。其次，有旧尸可借，而且尸死未僵。楚国早已被秦国所灭，已属"不能用者"。但时隔未久远，人们仍能唤起旧的政治意识、亡国之痛、故国之思。即楚王在楚国百姓心目中仍有巨大的号召力和凝聚力。立了新的楚王之后，就等于借用楚国的名义，重新抬出和树起了楚国这面大旗，并用"正统"的美名号令天下，此其二。最后，农民义军立新楚王，借"正统"之名，实际上行反秦壮己之实，企达的政治目的则是推翻秦王朝统治，这是巧妙的还魂之术，而非恢复楚国的疆界和版图。因此，是借了旧尸而还的则是新魂，在政治家、谋士、义军首领将士的心目中，历史已不需要、也根本不可能彻底恢复旧貌了，此其三。

2．换形

所谓换形，即是以旧的、原有的形式，而因人们不能接受，需要换上新的形式，以求得生存、发展。"换形"若从广义上讲，既可以是换用新形式，利用旧内容，也可以是旧形式，灌注新内容，还可以是此形式而借彼内容。其目的在于使被借用之尸能为人们普遍接受，方才有政治号召力、吸引力、凝聚力，使还魂能企达目的。这是政治家们在政治斗争中，战胜对手、制胜政敌的重要变换手法与策略之一。

事例：秦穆公换立新君，晋重耳回国还魂

春秋时期，晋献公死后，国内发生了大乱。晋献公的一个儿子重耳，为了避免国内的混乱，便带着一些忠于自己的大臣，出外流亡。晋公子重耳先后到过狄国、齐国、宋国、楚国，但均遭冷遇，一直很不得志。当此之际，与晋国相毗邻的秦国，却很想控制晋国。就在晋国国内发生内乱时，秦国统治者便乘晋之危，插手拥立夷吾为国君，这就是晋惠公。但就在晋惠公拥立后，却对秦国统治者立即反目，恩将仇报，发兵攻打秦国，结果失败，晋惠公也做了秦军的俘虏。后来经人说情，晋国答应割让五座城池给秦国，并用太子圉作为人质去秦国，这样，秦穆公才将晋惠公释放回国。晋太子圉在秦国做人质时，得知父王生病了，怕君位传给别人，便偷偷地跑回晋国。到第二年时，晋惠公死，便夺得了君位，且从此再也不与秦国相交往。秦穆公对此颇为伤心，更令其忧愤的是，如此下去则无法达到和实现自己企求的政治目标。在这种情况下，秦穆公权衡利弊得失，决心拥立流亡在外的晋公子重耳做晋国的新国君，派专人从楚国接回了晋公子重耳，并把女儿怀嬴许配给了他，以示友善和礼迎。之后，为了帮助女婿晋公子重耳尽快夺得晋国的王位，秦穆公便发重兵前去攻打晋国。秦军入晋后，将晋军打得大败，且将公子圉赶跑，从而拥立公子重耳做了晋国的新国君，这就是晋文公。晋文公登上王位后，十分感激秦穆公的恩德和救助，从此，秦晋两国结为"秦晋之好"的政治、军事盟国。秦穆公多年的以秦"驭晋"的政治夙愿与梦想，终于得以机巧地实现。

此计的实施者为秦王秦穆公，通过拥立重耳，"以旧换新"，结秦晋之好获实利的则是秦国本身。为施用借尸还魂之计，秦穆公一是乘晋国内乱之机、重耳远避他国备受冷遇之时。这样，既是"尸死"（重耳）然未僵，可加利用（废立在握）；同时，又可进行感情投资，加重政治筹码的重量、抬高其身价。此为静观择机之术。二是换形借尸，巧伪得宜。为控驭晋国，秦穆公曾将晋国三易其王、三借其尸，以寻求秦国利益的代理人，但前两次均以失败告终。晋惠公抗借其尸，太子圉更拒借其骸，只有对落魄公子重耳，软（招婿）硬（出兵）兼施，方才拥立为新主，并结"秦晋之好"。从而，使换形得手，伪结而实驭的企图有实现的可能。三是为婿出兵，"还魂"技奇。秦穆公将公子重耳自楚接回秦，然后又招为婿，再以助婿为名而名正言顺出兵，加以拥立；又以新婿须加眷顾的血缘纽带，将秦控驭晋国合情合理合法化。可见，其还魂之技，真可谓精（施恩）、巧（联姻）、奇（出兵）、绝（眷顾）。

3．易法

所谓易法，即是为借尸而易旧的、愚笨的方法，使用新的、更加先进完善的方法，以便更好地完成还魂任务。政治家、野心家、阴谋家们，多惯用此法，甚至为达到自己的政治目的，还借鉴别人的先进方法或模式。这样，在完成任务时，便可收到事半功倍之效。

事例：田子春巧易汉法，齐王复得拥兵权

汉高帝刘邦登帝位后，为剪除地方割据势力，便利用各种手段去铲除异姓诸王的力量，大封同姓王，在原有的封地上，分封刘氏家族子弟为王，且取而代之。高祖死后，朝廷由吕后独揽大权，致使汉朝已成吕家的天下。此时，吕后不能容忍刘家诸王势力的存在，对刘氏各王，不是捏造罪名加以杀害，便是借故削去他们的兵权，以防止他们对吕氏朝廷的反叛。

其中，齐王刘襄，见诸兄弟逐个被吕后迫害，极为痛心疾首，更加恐惧万分。有一天，齐王在封地的园中，正一筹莫展地散步，谋士田子春疾步前来相问："大王为何这般忧虑？"刘襄叹息说："我虽为王，现在却毫无权力，昔日父皇给予二十万大军的兵权，现在也被吕后收回，今后如何是好？"田子春听罢却笑着说："这有何难。我有办法去长安向吕后要回兵权便是了。"刘襄听后大喜，随即问有何办法。田子春却不语，只要了一些金钱和黑、白两匹骏马，便带着儿子上路了。

谋士田子春父子离开齐王封地后，来到长安。在京城长安的繁华街道住下，然后四处打探吕后身边的心腹为何人物，获悉此心腹为经常路过此地上朝的六宫大使张石庆。田子春了解到这些情况后，一日早晨，将白马拴在旅店门前桩上。张石庆上早朝入宫路经此地，见到这匹膘壮肉实的大白马，非常喜欢。次日，田子春又将黑马拴在门口，张石庆途经，见黑马更赞不绝口，问左右这是谁家的马匹，随从回答这是外地贩马者所贩卖的马匹。张石庆一听，急欲购买得手。田子春得知后，便亲自到张石庆府上，登门求见。门卫回禀说："外面有一个外地贩马者要求见大人。"张石庆心中窃喜，忙唤家人将贩马者带入。扮成贩马者的田子春与张石庆商议购马一事时，田子春说："如果大人果真喜欢这两匹好马，何言购买之事，小人愿意亲自奉上，以表致意。"张石庆一听此言，惊喜异常。随即反问道："为何你卖马却不要钱呢？"田子春却说："倘若卖马，我只能弄些钱，我愿以马借此疏通官府，得到一个差事做做。"张石庆一听，不断点头允诺说："要想做官，这个好办，请暂且留在我的府上如何？"田子春听罢，心中暗暗高兴，一面答应，一面却在暗中思忖下一步棋该如何走。张石庆将良马得手后，心中高兴万分。因夫人娘家姓田，田子春为迎合其夫人，又攀了本家，与张石庆以妻弟相称，以博他们夫妇二人的欢喜。

有一日闲谈时，田子春故意逢迎张石庆说："姐夫要想讨好吕后的喜爱并不难，现今我有一计，准保能使姐夫上升为上大夫的显官要职。"张石庆急忙便问，究竟为何计。田子春却故意漫不经心地说："听说吕后还有三个兄弟尚未封王，不如请姐夫上奏请封吕氏三人为王。这样一定能使吕后喜悦，姐夫被封上大夫也就指日可望了。"张石庆一听，觉得颇有道理，决定按此办理。第二天上朝时，张石庆便向吕后奏上此本，吕后果然接纳，并立即命封吕超为东平王、吕禄为西平王、吕产为中平王，又加封张石庆为末厅丞相，赏帛金三万。张石庆回到府中，便将上奏及升官得赏的经过，向田子春一一细述，并表致谢之意。田子春听完后，却故作满脸惊讶地说："哎呀！这可不好，上次我只是随便说说而已，没有意思让你真的这样去做。这样一来，岂不是对朝廷不利了。"张石庆急问究竟为何故。田子春却说："吕太后一日连封三王，刘氏的王爷会服气吗？如果他们借此而蓄意造反又如何是好。"张石庆一听，已急得满头大汗，急问该如何办。田子春又故作神秘地献上一计，张石庆决定再照计行事。

张石庆当晚入宫，见到吕后禀道："外面已有传闻，刘襄、刘长、刘号三王知道太后又加封吕氏三王，甚为不平，恐有造反之意。百姓对太后此举也颇为不满。我的意思是，对于刘氏三王，有官者赏赐，无官者则付以兵权，以此来平息他们的不满和愤怨。"吕后听完也觉得很有道理，认为目前也只好照此办理了，随即便召见丞相陈平入宫商议。陈平听完后，说道："刘氏三王中，现在只有齐王刘襄，是无职无权镇守山东。"接着，吕后便命立即召刘襄进京来议事。齐王到京城长安后，吕后对他说："齐王镇守边城而无兵权，怎么能行使守卫之责，现在将兵印交付给你，务须谨慎从事！"刘襄听罢，立即跪地谢恩致意。但究竟给他多少兵马，吕后却一时拿不定主意。便问陈平说："三万如何？"陈平、刘襄听后皆不回答。"五万如何？"俩人又不说话。"七万如何？"陈平此时向刘襄暗暗眨眼示意，仍皆不语。吕后一见此状，气愤已极地说："如果七万不行，就不给了。"这时陈平却故意高声喊道："齐王还不赶快叩头谢恩，太后已给你二十五万兵马啦！"刘襄连连伏地叩头谢恩。吕后却质问陈平，陈平说："你刚才不是说'七万不行就二十五万'吗。"吕后见状，也只好心中暗暗叫苦，只得转过身来，无可奈何地向刘襄说："看在高祖的分上，把兵带走，去镇守边防吧！"刘襄立即带领二十五万大军回到山东。此时，谋士田子春也不辞而别地离开了张府。过了不久，吕后得悉，刘襄果真在山东起兵造反，极为恼怒，急忙召问陈平、张石庆询问其中的因由。到此她才明白知晓，骗夺兵权者，实际乃是刘襄的谋士田子春施计所为。吕后命人立即火速捉拿田子春，却不想田氏父子已经溜之大吉。吕后只落得个中计丧兵权，封赏而激天下众叛，在内外交困的情况下，吕氏天下也难持久了。

此事例中，实施"易法"而借尸还魂之术者，为谋士田子春，中计者为吕后，所还之魂，即夺回齐王刘襄失去的兵权，行计中的穿梭人物则为张石庆。通观此计的实施全程，有如下特点：首先，认"尸"精准。田子春正当齐王丧兵失势、前途危惧之时，挺身而出，父子二人"单刀赴会"，铤而走险奔长安，抓住吕后亲信、六宫大使张石庆做主攻对象，认定此"尸"（外力）可借，实现了"距离敌人核心越近，反倒最为安全有利"的军事策略，从而为"借"、"还"提供了必要前提，奠定了制胜基础。其次，易法"借尸"巧诈。田子春为"借尸"，在张石庆身上狠下功夫，先投其所好献良马（情、物投资）；其次委身张府攀其亲（故作姿态以接近而释疑）；再则两献妙计假其手（设下圈套，圈内有圈，套外有套）。使之用常法之技难达之"借尸"目的，此"易法"则巧诈而得。此后的还魂便是顺理成章之事了。第三，还魂之术奇绝。齐王刘襄若用常法、常技、常规，向吕后索还兵权，既不可能，反倒可遭杀身之祸。经上面两步的运行、铺垫之后，刘襄的重掌兵权便是势所必然，备具安抚、政治平衡的性质。因此，刘襄被召入宫后，在吕后面前，才有兵力上讨价还价的余地和潜在理由。再加之刘、陈二人的一番真戏假做、假戏真唱，一唱一和的"政治双簧"的出色表演，终使吕后在"君无戏言"的信条下，乖乖地认输，默认刘襄率二十五万大军而去。待"梦醒时分"，方觉齐王叛势已成，悔莫当初。此"还魂"之奇绝、魂定之瞬息、失者之惨烈，可称之惊世骇俗了。

4．赖力

所谓赖力，即是在政治斗争中，自身处于弱势（或受挫、或刚兴），力量削弱或势始弱，又企图重复旧势或希望威声日炽时，就需要依赖外在的、别的力量（或名、或势、或声、或威、或力，即"借尸"），来逐步或一举达到自己的政治目的，实现其政治意图，置政敌、对手于死地（即"还魂"）。"赖"的目的，在于"壮"己之力、之威势，以还其魂。

事例：赖扶苏项燕之力，陈胜拉大旗称王

秦王扫六合，一统全国，用兵日久。统一之后，又北修长城，以抗匈奴；南伐百越，以振国威。再加之大修阿房宫、始皇陵，开凿驰道，百姓劳役赋税日重，大有不堪重负之势。

秦二世元年（前209）七月，秦王朝从汝阴（今安徽阜阳）、蕲县（今安徽宿县东南）征集了九百名贫苦农民去渔阳（今北京密云西南）戍守边防。他们在两名官吏的押送下，昼夜兼程，风餐露宿，苦不堪言。行至大泽乡（今安徽宿县刘村集）时，突遇暴雨数月，道路受阻延期，无法按期赶赴渔阳。按照秦王朝的法律，戍边误期者将被处斩，这些人均面临可能被处死的巨大威胁。

陈胜（又称陈涉）、吴广则在此次被征戍的民夫之中。陈胜少时，"曾与人佣耕"，饱经沧桑与苦难。他们被押送官员指派为这批戍卒的头领，亦深得人们的信任和拥戴。值此死生存亡之际，大家一致要求陈、吴二人想办法，商量如何死里逃生。陈胜说："咱们误了期，赶不到那里，非死不可。"有人提出："咱们逃跑吧！"也有人讲："那也不行，我们能逃到哪里去呢？所以说，不逃是死，逃也是死！"吴广对大家说："我们与其等死，不如去拼死，如果这样，或许还能有条活路。"大家同意这样办。陈胜、吴广虽然看到众戍卒均有拼死求生的强烈要求，但却需要有个有威望的人出来相号召，起事才有可能。他俩私下商议之后，便想出一个先在戍卒中制造舆论的办法，来树立自己的威信，此法即"鱼腹丹书"与"篝火狐鸣"。为实施此法，陈胜用丹砂在一块丝帕上，写上"陈胜王"三字，偷塞于渔夫刚捕捞到的鱼腹之中，故意让戍卒们买走这条鱼，待他们回去剖洗此鱼时，发现丝帕丹书，无不称奇。消息不胫而走，人们纷纷私下传说陈胜是个有帝王之命的人。与此同时，陈胜又叫吴广在夜里偷偷跑到附近的荒庙里，烧起一堆野火，假装狐狸的叫声，嘶喊着"大楚兴，陈胜王"，众人远远听到这种声音，又见闪烁不定的篝火，惊恐之际，越发相信陈胜绝非凡人。戍卒们中间，大家纷纷传说着连日来的怪事，认为这是天意所为。陈胜在人们的心目中，逐渐拥有了极高的威信。

在陈胜树威大获成功的同时，他俩又决定"拉旗"揭竿，以相号召，以凝聚众戍卒的战斗力，为一个共同的目标去决一死战。对此，他们则借用了秦扶苏太子、楚名将项燕的名义，"拉大旗"以行反秦暴政之义举。在当时，秦朝的各地百姓都知道扶苏是秦始皇的长子，理当继承帝位，且为人之贤杰，深得民心，却不知扶苏已经被秦二世胡亥所杀。项燕则是楚国的一代名将，屡立战功，为人们所崇敬、仰慕，在与秦国作战中，为王翦所杀害。由于交通不便、讯息不畅，人们不知其被害，纷纷传说二人逃亡在外，尚活在人间。为此，陈胜、吴广利用有利时机，便拉起扶苏、项燕为"大旗"，以相召唤，号召人们立即起义。陈胜、吴广在首先杀死了两名押送的官吏后，对九百戍卒说："大家遇到了大雨，已经延误了到达渔阳的期限，误了期就得被处死。即使如期到达那里，防守边疆，十有六七也是受尽折磨，客死他乡。我们堂堂男子汉，不死则已，死也要死得其所，闻名于天下。"又说："王侯将相，宁有种乎？"难道那些王侯将相天生就该享福，我们天生就该做奴隶吗？不是如此。大家听完这番话，觉得很有道理，便纷纷表示拥护。他们又与陈胜、吴广设坛盟誓，打起了扶苏、项燕的旗帜，公开提出了"伐无道，诛暴秦"的起义口号，以相号令天下，共举义旗。

陈胜、吴广率领义军，一鼓作气连续攻克五座城池。义军所到之处，杀官吏，放囚徒，废苛税，开仓放粮，赈济饥民，深得民心。四方民人纷纷来归，每日均有数千之众投奔义军而来。致使起事不久，义军迅速壮大到了数万人之众，战车达六七百乘之多，战马更拥数千匹之巨。

陈胜、吴广在率义军攻克五城之后，又直指陈县而来。镇守陈县的秦王朝官兵，闻讯早已逃散。起义军顺利占领陈县县城，陈胜、吴广随即召集当地贤达，共襄大计。这时，大家纷纷赞颂陈胜说："将军披坚执锐，伐无道，诛暴秦，复立楚国之社稷，功宜为王。"故公推陈胜为王，拥吴广为假王（即副王），建立国号张楚。

这是秦末义军首领陈胜、吴广刚起事，势单力薄之时，依赖扶苏、项燕在人民心中的仰慕之力（吸附之力），拉大旗（借尸）举义帜，以相号召，从而获得成功的事例，也是赖力而"借尸"并以"还魂"的典型实证。这种赖力，一是充分利用扶苏、项燕的知名度和影响力；二是赖持其二人的人格力量，以作为聚积义军的凝聚剂；三是将扶苏、项燕作为义军反暴政、反无道的大旗，更具特殊的号召力。因为这二人是仁政、有道的化身和代表、体现者，使义军之举更加名正言顺。"伐无道，诛暴秦"的口号，会使社会各阶层人士均能信服、接受、理解，也更深入人心。还魂顺理成章，亦更持久。

5. 利机

所谓利机，即是充分调动、利用一切可能的条件、机遇来"借尸"，既有自身条件、机遇的创造，也有外在的、别的条件、机会的利用，即见机行事，以达"还魂"，实现政治目的。诸多政治家、阴谋家、野心家，经常惯用此手法，为有效地再展宏图、扼杀政敌服务。

事例：刘琦长子承父位，刘备借机据荆州

三国时期，想雄踞一方的刘备，占据荆州的打算由来已久。早在诸葛亮的隆中对策中，便率先提出了要以荆州为根据地，方能称雄蜀地。所以，刘备与孙吴联兵在赤壁大败曹操之后，就抢先占据了荆州，欲图立足，以求发展。荆州实乃刘表之地，刘备初来乍到，对当时的混乱局势一时无法控制。正在一筹莫展之时，名士马良便对刘备献策说："主公如果举荐刘表的儿子刘琦做荆州刺史，那么荆州人就一定会归顺的。因为刘表是荆州的故主，刘琦又是刘表的长子，子承父业，名正言顺。荆州百姓自然会心悦诚服。另外，刘琦继承父业，理所当然，孙吴也就没有索要荆州的借口了。"刘备听了此话，觉得很有道理，便举荐刘琦做了荆州刺史。刘琦做了荆州刺史以后，荆州的形势和局面果然迅速安定了下来。后来，刘琦病死，刘备出任荆州牧，便趁机长期"借"

踞了荆州，以做入川的基地和依托之处。

刘备在施展"借尸还魂"之计，利机借占荆州时，主要手法有三个特点：一是乘虚，利用荆州军事力量上的暂时真空和空虚地位，拥兵去荆州，填补此一"空白"。二是趁乱，为安定荆州之混乱局面，首先借刘表之名（旧尸）之威之势；其次是用刘琦做刺史，子承父位，顺应民心，系念旧情，方能使民悦而安顺。三是"还魂"巧据。刘琦病死，刘备出任荆州牧，既顺理成章，又使人民不惊，更使孙吴无奈不还之借口。为此，刘备所要企达的政治目标（还魂），即以荆州为根据地，便名正而言顺地实现了。

第二，魂蓄未举，伺机创还，创胜之计在其中。

这种手法技巧的重点是"还"（魂），窥伺条件，创造机会，以所借之尸，而还其魂。此种手法得以实现，必须具备"魂蓄未举"的前提：即政治家们所要企达的意图、争夺的利益、力求的地位、实现的目的，这些"魂"，还未能"还"，未找到归附、依托的适合的载体（尸）。故在"借尸"完成之后，则势必要创势、伺机、觅隙而加以"还魂"。总之，一是要有可借之"尸"；二是有未还之"魂"；三是要有可创之机、可利之势。

"还"魂之技，作为政治家、野心家、阴谋家们惯用伎俩，则有拣还、偷还、抢还、换还、夺还等方式和手法。

1．拣还

所谓拣还，则是多与"巧借"互为关联。先将别人抛弃不要的东西，即所谓无主认领之"尸"，加以巧借拾起；然后，再将此加以有效地利用，拣还"新魂"，变成自己的东西。由于拣来的东西，一般不会与别人或别的群体发生矛盾、利益冲突或争执。因此，这种"创机"、"造势"还魂之技，多为顺手牵羊式，或顺理成章式，不必花费多少机巧权术。然则所费政治家们心力之处，却在于拣还新魂时，务必要精确、及时、适度。否则，稍有疏忽、闪失，巧借之"尸"无主会变成有主（冒认者大有人在），而拣"还"更会导致错还（政治角逐中浑水摸鱼者甚众）。

事例：王莽谎言托借古，逼宫拣玺登帝位

孺子婴始初元年（8），梓潼人哀章在长安学习，一向品行不好，喜欢说大话。他看见王莽居位摄政，就制造了一只铜柜，做了两道标签，一道写作"天帝行玺金匮图"，另一道写作"赤帝行玺某传予黄帝金策书"。所谓某，就是汉高祖刘邦的名字。那策书说王莽是真天子，皇太后应遵照天意行事。图和策书都写明王莽的大臣八人，又加上两个好名字王兴和王盛，哀章乘机把自己的姓名也塞在里面，共是十一人，都写明了官职和爵位，作为辅佐。哀章熟知齐郡新井和巴郡石牛之事，当天黄昏时，便穿着黄衣，拿着铜柜到汉高祖庙去祭庙，并将它交给了仆射。仆射奏报。戊辰（指十一月二十五日），王莽到高帝祭庙拜受天神命令转让统治权的铜柜，戴上王冠，晋见太皇太后王政君（即孝元后），回来便坐在未央宫的前殿，发布文告说："我德行不好，幸赖是皇初祖黄帝的后代，是皇始祖虞帝的子孙，又是太皇太后的微末亲属。皇天上帝予以隆厚的庇佑，令我继承大统。符命、图文、金柜中的策书，都是神明的诏告，把天下千百万人民托付我。赤帝汉朝高皇帝的神灵，秉承上天的命令，传给我转让政权的金策书，我非常敬畏，敢不敬谨接受！根据占卜，戊辰日（二十五日）是吉日，我戴上王冠，登上真天子的座位，建立'新王朝'。决定政变历法，改变车马、服饰的颜色，改变供祭祀用牲畜的毛色，改变旌旗，改变用器制度。把今年十二月朔癸酉（初一）定为始建国元年正月的初一，把鸡鸣之时作为一天的开始。车马、服饰的颜色配合土德崇尚黄色，祭祀用的牲畜与正月建相应而使用白色，使者符节的旄头旗幡都采用纯黄色，写上'新使'、'五威节'，表明我们是秉承皇天上帝的威严命令。"

由于王莽将要即位当真皇帝，便先捧来各种符命祥瑞向太皇太后报告。太皇太后方才大吃一惊。这时，因孺子刘婴并没有即位，皇帝御玺仍放在太皇太后所住的长乐宫。等到王莽即位，向太后请求交出御玺，太皇太后不肯给。王莽让安阳侯王舜规劝。王舜一向谨慎恭敬，太皇太后平素喜欢、信任他。王舜来见，太皇太后因其是为王莽索求御玺，怒骂道："你们父子宗族，靠着汉朝的力量，几代富贵，不但没有回报，反而利用人家托孤寄子的机会，夺取政权，不再顾念恩义。这样的人，连猪狗都不吃他剩余的东西，天下难道会容下你们兄弟吗！而且你们自己以金匮符命当新皇帝，改变历法，改变车马、服饰颜色，改变制度，也应该自己另刻御玺，使它传到万世，用这个亡国不祥的玺做什么，别想得到它。我是汉朝的老寡妇，早晚都要死，打算跟御玺一同埋葬。你们终究得不到！"太后一面说，一面哭泣。王舜也哀恸落泪，不能自止。过了很久，王舜才抬头问太后："我等已无话可说，只是王莽一定要得到传国御玺，太后难道能够最终不给他吗？"太后听王舜的话恳切，又怕王莽用暴力胁迫，拿出传国御玺扔在地上，对王舜说："待我老死后，你们兄弟将被灭族！"王舜从地上捡起传国御玺后，报告王莽。王莽则万分喜悦，便为太皇太后在未央宫渐台设酒宴，让众人得以纵情欢乐。

王莽托古改制而篡汉，这是汉代历史上的大事，也是借汉之旧尸，而拣还新朝"新魂"的典型事例。此计的用计者，为政治家、阴谋家、野心家三者兼而有之的王莽，施用时则有如下特点：首先，是托古巧借"旧尸"，用金匮符命来为自己登上帝位制造舆论，造成既仰仗"汉朝高皇帝的神灵"，又"秉承上天的命令"的假象，使之神授化、合法化。这是典型的"拉大旗作虎皮"的手法。其次，则是拣"传国御玺"而还"新魂"。这是既要篡汉，又要将汉朝的"亡国不祥"的御玺拣拿到手，一则可以名正而言顺，二则可以挟汉朝"御玺"而令诸侯，三则更可以"拣"旧玺而"颁"新命、新诏。将汉朝的权柄（御玺）玩弄于股掌之间，发政令以还"新魂"（实现自己的政治意图、制驭政敌、消灭对手）于瞬间之时。真可谓将"拣还"之术，玩得信手拈来，淋漓尽致了。第三，王莽"借"、"拣"、"还"之技的实现，更与他善于用人（用投机的小人哀章、用太皇太后顺臣王舜）、擅长伺机乘隙（伺其托孤寄子之机、乘太皇太后寡弱情伤之隙）大有关系。这样，在短时期内，步步得手之后，改历法、改国号、改舆服、改供祭、改旌旗、改用器之旧制，而还"新魂"之制，一切为我所用，便是唾手可得，顺理成章。

2. 偷还

所谓偷还，系指在政治生活与斗争角逐中，政治家们为实现其政治意图和目的，对别人正在使用，或虽一时不用，却仍未放弃之"旧尸"，趁其不防不备之际，偷还其"新魂"。"偷还"其魂，必须与"妙借"其尸紧密相关联。即"妙借"要不付任何代价，"偷还"之举亦当秘密进行，待发现之时，"新魂"已注入，目的已达到，其"旧貌"早已换了"新颜"了。运用这种手法，一须借尸高"妙"；二须还魂能"偷"巧；三须换"颜"及时、迅速，待主人发现，却早已生米成熟饭、木已成舟，只能默认了。

事例：刘璋失算派卑使，刘备偷图入四川

东汉末年，益州（四川）牧刘璋获悉据有关中（陕西）之地的张鲁之部，将兴兵入侵益州。刘璋深感势单力薄，难以抵御，十分恐慌。后听从谋士臣下们的意见，决定派部将张松，前往许昌去游说曹操，出兵攻汉中，使张鲁首尾不能兼顾，益州之围始解。张松其人外貌奇丑，气质猥琐不堪，在曹操眼中，这位来使形同猪狗，当然不放在眼里，遂使联曹以失败告终。张松事败气丧地出走荆州，刘备此时则乘隙施恩布义，收买了这位卑使。为回报刘备的恩德，张松不但默默交出所携带的载有各地山川险要、官府钱粮数目的益州（四川）地图，而且劝刘备准备入川，以图霸业。这位使魏的卑使，在刘备的恩惠面前，见利忘义，束手献图，被刘备"偷"去，并成为被刘备收买后充当说客的角色。

建安十六年（211），刘璋听说曹操要派兵讨伐张鲁，心中恐惧。张松乘机劝刘璋说："曹公兵力强盛，天下无敌，如果他利用张鲁的物资来攻取蜀郡，谁能抵抗住他呢？"刘璋说："我本来就担心此事，但是没有办法。"张松说："刘豫州（指刘备）是您的同宗，又与曹公有深仇，善于用兵，如果让他去讨伐，张鲁必败。张鲁败了，益州就会更强盛，曹公即使来了，也无能为力了。"刘璋欣然同意，派法正率四千人去迎接刘备，前后所赠礼物数以亿计。法正乘机向刘备陈述攻取益州方略。刘备留下诸葛亮、关羽驻守荆州，率几万步兵进入益州，刘璋亲迎，见面十分高兴。同年，刘璋回到成都，刘备则率三万兵力，各种辎重、物资，向北到达葭萌，却未立即讨伐张鲁，而是广施恩德，以收揽人心。

次年，刘备指挥军队转回来向南进发，攻城夺地。建安十九年（214），刘备进兵到成都，围城几十天。当时，成都城里虽尚有精壮士兵三万人，储存粮草绢匹虽丰，但刘璋为免去更多百姓的死伤，便出城去向刘备投降了。刘备则将刘璋迁到南郡公安县居住，自己则占据了益州，且以此为蜀国基地，与曹魏、孙吴呈三国鼎立之势。

在此计的运用中，刘备能"偷"图入四川，得益州而为霸业的基地。其"偷还"其魂，所赖实现政治意图的条件有三：一是张松的叛主献图，使刘备能乘刘璋不备将张松收买为说客，而成为刘备入川的引路人。这是妙借其"旧尸"的成功之处。二是刘璋对刘备的误识与不疑，且委以重兵讨张鲁，给刘备"偷还"其"新魂"以可乘之机，刘备恩将仇报反戈一击，南图益州，直逼成都，致使刘璋不得不束手就擒。此乃"偷还"其"新魂"之速。三是刘备善于审时度势，伺机察隙，充分利用刘璋的庸懦、用人的失算、决策的错误等造就的有利时机，推进了"妙借"、"偷还"的加速实现。

3．抢还

所谓抢还，系指在政治生活与斗争中，政治家们在具备相当实力的状况下，将久蓄未举之"新魂"（政治意图、政治目的），"抢还"于"逼借"而来的"旧尸"身上。这是在"偷还"不可能的情况下，又非用此"旧尸"不行，才使出的伎俩和手法。这里的"抢还"其"新魂"，一有掠夺之意，二则须付一定代价，三则要有"逼借"而来的"旧尸"。否则，便不能实现。

事例：拥兵誓要清君侧，郭威称帝代后汉

五代十国时期，后汉隐帝时，大将郭威屡立战功，成为当时手握重兵的唯一主帅。当时的后汉隐帝暗弱无能，治国乏术，致使一些强臣骄横跋扈，朝中形成文臣与武将之间水火不相容的局面。乾祐三年（950），郭威奉命前去征伐南方蛮部和其他叛军。在郭威身边的一帮谋士，此时分析了形势，倘若平叛成功，定会功高震主，势必引起主上的猜忌。加之文臣奸佞在君前的谗言，定将落得兔死狗烹的下场。为避免遭临横祸，郭威一面广泛收买人心，另一方面当受到皇帝奖赏时则辞功不受，请隐帝重赏帮助过他的文臣、武将、地方官，从而广结人缘。此外，他又广结党羽，扶植亲信。为防不测，在平息叛乱获胜后，郭威更以防备契丹侵犯为名，移军大名府。这样，一则可以养兵，积聚实力；二则倘朝中有变，可即刻南下扫平异己之势。郭威将家眷妻儿留在京城，以使朝野不生疑心。不久，妻儿在京被杀、亲近文臣遇害，郭威深知这是朝中佞臣的政变所为。手握重兵的郭威，树起"诛奸佞，清君侧"的大旗，清除了一帮搞政变的奸贼。随之去拜见后汉王朝的皇太后，请求另立新君。

正在此时，契丹获悉后汉朝廷内乱，兴兵南侵。郭威便率军北上抵御，同年十二月十九日，郭威渡过黄河，寓居澶州驿馆。次日清晨，将要出发时，将士数千人忽大声喧哗，郭威即下令关上房门，将士们便翻越墙头登上房顶而进入说："天子必须侍中

（指郭威）您自己来做，我们已经与刘氏（指后汉皇室）结仇，不可再立刘氏为君了！"有人随即撕裂黄旗披在郭威身上，共同扶抱起郭威，欢呼万岁，震天动地，趁势簇拥着他向南行进。郭威向太后上奏笺，请求主持宗庙社稷，侍奉太后做母亲。不久，太后发布诰令，任命侍中代理国政。次年正月初五日，后汉太后颁诰，将传国玺授予郭威，正式即皇帝位，即是后周太祖。

郭威拥兵举旗，代汉称帝，是借后汉"旧尸"而抢还"新魂"（改朝）的典型事例。郭威能成就代汉帝业，主要基于：首先，是具有足够的实力，一手握重兵，二身居显要之职，三立有军功，四是抓有部众与军心、民心。其次，"逼借"旧尸有术。他打着"诛奸佞，清君侧"的大旗，颇能蛊惑人心，这样，便师出有名，且名正而行（动）顺。再次，是"抢还"快速、及时。黄袍加身后，郭威对皇太后、地方官、人民的举措，甚为得体，皇太后只得对此加以默认和服从了。

事例：众将士陈桥兵变，醉主帅黄袍加身

后周太祖郭威称帝后，功业又有新的进展。郭威死后，由其养子柴荣继位，这即是周世宗。柴荣英勇善战，且自幼备尝人间苦难，故能知人善任。赵匡胤由于屡立战功，且率军有方，深得周世宗的赏识和信赖。后周显德五年（958），柴荣由于长期征战，身染重病，三十九岁便沉疴不起。其子柴宗训年方七岁，其国家大业，原本托付妹夫张永德，但此人统领禁军却乏治国韬略，且久对帝位虎视眈眈。柴荣弥留时便将孤主幼子托予赵匡胤。960年正月初一日，后周朝廷群臣正贺元旦，镇、定二州使者飞驰来报，辽国契丹军队与北汉合会，趁后周主幼新立之机，南下进犯。

恭帝与众大臣商议，决定命归德军节度使、检校太尉、殿前都点检赵匡胤，率领宫禁值宿警卫的众将抵御来敌。赵匡胤执掌军政六年，深得士卒之心，早已是众望所归。初三日晚，大队人马在陈桥驿驻扎，此地离京城二十里，将士们相互密谋说："主上年幼弱小，我等出生入死拼力破敌，有谁知道！不如先拥立点检为天子，然后北上征战。"诸将随即将密谋之事告知随军的赵匡胤之弟赵匡义与归德节度使掌书记赵普。由于赵匡胤醉酒卧睡，一点也不知晓此事。次日黎明，众将身穿铠甲手执兵器，直接敲门说："众将无主，情愿策立太尉为天子！"赵匡胤惊醒起来，没来得及回答，立即被披上黄袍，众将围着下拜，口呼万岁，搀扶赵匡胤上马向南行进。赵匡胤觉得无法推辞，便勒缰问众将："你们贪图富贵，拥立我为天子。我有号令，你们能够奉行吗？"众将下马说："唯命是听。"接着，赵匡胤又重申军纪，命对百姓安抚，对人民应秋毫无犯，且要保护后周太后与幼主，不得侵犯皇宫重地，凡欺凌朝臣权贵与闯入内府大库者，满门抄斩。接着，又率军拿下京城，杀死敢于抵抗的朝臣部众。正月初五日，赵匡胤在崇元殿行禅代帝位之礼，受百官朝贺称帝，改国号宋。并侍奉周恭帝为郑王，符太后为周太后，迁西宫居住。

赵匡胤雄才大略，久孚众望，深得人心，被诸将黄袍加身，势所必然。陈桥兵变，致使赵匡胤"抢还"新魂，禅代后周幼主帝位成为可能；他身居显官要职、战功卓著，深得柴荣信赖，又委以家国之大任，这些实力，亦使得他方能"逼借"后周"旧尸"，号令三军，指挥部将，镇压一切敢于反抗者。继郭威之后，又重演了逼宫禅让、借旧朝之"尸"而抢还新朝之"魂"的历史活剧。所不同者，赵匡胤实力更充足，抢还付的代价甚小，而还的新魂、所建宋王朝，也终于结束了五代十国的纷争局面，掀开了历史再度辉煌的新篇章。

4．换还

所谓换还，系指在"智借"旧尸的前提下，付出一定代价以作交换，然后换还"新魂"，这种"交"与"换"，双方既可以接受，又可得其好处。施计者却可以通过此，达到与实现久盼之政治意图。

事例：李愬智借用敌将，雪夜袭蔡平淮西

唐朝中叶，淮西镇（今河南东南）藩镇叛乱。814年，唐宪宗发兵九万，四路进讨，却四年之久，无功而还。于是命太子詹事李愬这位文职官员为节度使，指挥西路军进讨淮西叛将吴元济。

李愬是位很有政治头脑、长于谋略的官员。深知"智借"敌军的力量，来达到瓦解、击溃对手的重要作用。因此，特别在此事上先狠下功夫。

首先，"智借"敌将，化敌为友。一次，唐军生擒叛军骁勇之将、被封为"捉生虞侯"的丁士良。深受其苦的唐军将士纷纷要求处死他。李愬先同意，后见丁视死如归，认为可以争取，便亲自为之松绑，且劝其弃暗投明。丁大受感动，述其身世，愿为之效劳，以报不死之恩。李愬还当场封他为"捉生将"，给予诸多优待。果然，丁向李献计，并亲自活捉了叛军之将吴秀琳的谋士陈光洽，又通过陈说服了吴部率兵投降。

其次，是"护借"敌将，以瓦解敌阵。叛军骑兵将领李祐，很有韬略，且深得吴元济信赖。李愬设伏将其俘获后，晓之以理、明之以利，谈至深夜。致使本不愿降的李祐终于感动，详述了淮西的地域及蔡州的布防、兵将情况。唐军却认为李祐是叛军奸细，多次要求将他斩杀。为防不测，李愬先密奏报到长安，说明情况及取蔡州的打算。接着又当着众将之面，将李祐押送长安，请圣上决断。结果宪宗命其释放返回淮西，听候调用。众将皆服。

第三，"换还"妙计，雪夜袭蔡州。李祐回到淮西，李愬便当众宣布了圣旨，又委任他为统率三千"突将"的六院兵马使。李祐深受感动，献出平叛妙计，被采纳后，李愬便趁风雪夜出兵，以李祐三千"突将"为先锋，自率三千兵马为中军，又命部将李进诚三千人为后军，奇袭蔡州，终于消灭叛军，活捉了吴元济。

唐代藩镇叛将，多系武夫，拥兵自恃，横行一方，既无政治远见，又无长谋韬略。李愬以政治家风度治军制敌而平叛，终获成功。关键在于：一是"智借"旧尸。如果直取，不是以投降通敌，便是以失败告终。但他却用攻心之计，将敌将或化敌为友，为我所用；或护借以还，以图妙计。这是化无为而有为、无用为有用的"借尸"典型。二是拉大旗作虎皮，以"护"其战略实施，充分利用宪宗克敌心切，用圣旨赦还敌将，更加能放心使用，保证战略行动的成功。三是"换还"新魂、克敌袭蔡，自然而又奇绝。因有上述铺垫，终使敌将以献计而"换"恩德、以敌计制敌，这既符合常理逻辑，却又因奇计成功而叹绝。结果，平叛成功，李愬得皇上之赐，丁、李等人受益得赏便势所必然。

5. 夺还

所谓夺还，系指在政治斗争中，政治家们自身力量还暂时不够充足、壮大时，便用"委借"旧尸的办法，以蓄积力量。到一定的时候，待时机成熟时，便反手夺其势、还"新魂"。这是一种以退为进的策略，也是变"有用"（他用）为"无用"，又变"无用"为"己用"的过程。

　　事例：刘秀巧夺绿林果，舍兄保弟还汉魂

　　西汉末，孺子婴初始元年（8），汉元帝皇后的侄儿王莽废掉了孺子婴，自立为帝，改国号为"新"。

　　新莽天凤年间，荆州、新市（今湖北京山）一带因自然灾害，饥民大增，加之王莽的倒行逆施，使社会矛盾加剧，引发了绿林军的抗争。地皇三年（22），南阳郡春陵的豪强刘縯、刘秀兄弟，为西汉的皇亲宗室，由于王莽废除了汉宗室的封号，切断了荣升进宫的仕途，心怀积怨，便以"复高祖之业"相号召，联络地方豪强，并把宗族族人、宾客组成七八千人的军队，号称春陵军，参加反对王莽的新军，从而发展壮大起来。刘秀是一位颇具政治野心，又具政治谋略和胆识的政治家，眼见绿林军的强大，很有发展前途，就劝刘縯暂时委身参加了绿林军，欲借义军的力量，击败王莽，恢复汉刘的宗室王朝。地皇四年（23）二月，绿林军拥立刘玄称帝的更始政权，以刘縯为大司徒，刘秀为太常、偏将军。同年六月，在著名的昆阳之战中，绿林军消灭了新军的主力，接着推翻了王莽政权。在昆阳之战中，刘秀立了大功，刘縯又夺取了宛城。更始帝刘玄怕二刘兄弟势力超过自己，借他们与农民义军分庭抗礼之机，以违令之罪，杀掉刘縯。刘秀闻讯，施巧计，以退为进，赴宛城谢罪，以搏更始帝信任，被封为破虏大将军、武信侯，不久又行大司马事。不仅免死，而且升官。接着，被派往河北去招抚州郡。刘秀以计脱身，到了河北，犹如放虎归山，势力很快发展起来。次年五月诛灭邯郸的王郎，封萧王。河北地区的豪强势力归附，势力大增。同年秋，收编铜马等军，与绿林军决裂。建武元年（25），刘秀在柏乡称帝，史称光武皇帝。接着定都汉阳，称为东汉。此后，刘秀镇压了绿林军和赤眉军，用十二年时间，消平群雄，完成了中兴汉室的统一大业。

刘缤、刘秀兄弟，为实现政治野心和抱负，暂时委身于更始军之中，借义军之手消灭了政敌王莽政权。接着，又施展打进去、拉出来的办法，软硬兼施，甚至不惜舍兄而保弟，终于乘归河北回山之机，壮大自己而称帝（还其"新魂"）。反过来又消灭更始军、剪除豪强，将曾"委借"之"旧尸"彻底消灭、清除、深埋，以绝后患。这种委借"旧尸"到灭尸、埋尸，然后夺其果、还"新魂"的策略，是历史故技的重演，也显示了刘秀的政治控驭本领。

第三，瓜熟蒂落，顺势正名，制胜之计在其中。

这种手法技巧的重点是"正"（名），待瓜熟蒂落、水到渠成之时，再在此基础上，对已借到手之"旧尸"，以顺其时、正其名、利其势的态势，而还其"新魂"。这实际上是如何"拉大旗"，又如何名正言顺地"作虎皮"以还"新魂"的问题。此种手法得以实现，必须具备"瓜熟蒂落"的前提，即政治家、野心家、阴谋家们为达到自己的政治目的，所需要加以利用的"旧尸"已经找借到手，还其"新魂"的时机已到，但其借口、名义还未找到之时，故需以"正名"方式来为己开路、架桥，归服部众、收买人心，使还"新魂"之举的阻力减小到最低限度，以顺利达其目标。

总之，一是要巧借"旧尸"（或借题）得手；二是须还"新魂"时机得宜（或发挥有可乘之机）；三是应师出有名，名正言顺，能广揽人心。有此三者，则借尸还魂之计的实施，可收长效、显效、多效（一箭双雕或数雕）。

大凡高明的、远见卓识的政治家，在完成自己的政治使命时，除绞尽脑汁巧借"旧尸"之外，更要乘隙度势，名正言顺地去还"新魂"，以此来向人们验证"天意助我"、"得道多助"的信条。这是对对手进行"武力讨伐"获胜的同时，实施的"道义征服"。使政敌既"身败"又"名裂"，自己则功成名美，而众心归服。在具体运用上，则有扶正（去邪）、谏正（拒曲）等方式和手法。

1．扶正（去邪）

所谓扶正，系指施计者为实现其政治意图，在积蓄实力（借尸）、审时观势之后，为排除阻力、扫平道路，便打出扶正（助王）去邪（除奸）的旗帜，以使还"新魂"的行动举措一举成功，且师出有正名。同时，其"善后"更能稳操胜券、得心应手。

事例：殷侯三监齐作乱，周公辅王力除奸

周代著名的政治家周公姬旦，为辅佐成王行仁政，当殷侯与三监共同叛乱时，兴王师，举除奸之大旗，一举清除外贼（殷侯）与内奸（三监），而安定天下的置措，是后代儒家思想家与谋士们向帝王推荐、讲解"王道"、"仁政"时，所津津乐道的美谈盛事。

周武王兴兵讨伐无道暴虐的殷纣王，一举将商朝灭亡之后，周王朝统治者为了安抚商朝留下的旧贵族，便将商纣王的儿子武庚封为殷侯，留住在殷故都。同时，周武王为防不测，又特派自己的三个兄弟管叔、蔡叔、霍叔去监视他们，称之为"三监"。武王建立周朝后，身心交瘁，不久就病死了。继位的周成王年幼，年仅十三岁，便由武王的弟弟周公姬旦掌管政事，辅佐朝政。

虽然周公忠贞不贰地辅助戎王，管理国事，但是弟弟管叔、蔡叔、霍叔却对此妒火中烧，心怀不满，不断造谣说周公有篡夺王位的野心或另有图谋等，进行中伤。对此，武庚误认为复国报仇的时机已到，便利用了"三监"对周公的妒嫉和怨气，故意极力迎合他们，且又彼此串通一气，联络了一批商朝的旧贵族势力，终于发动了东方的淮夷、徐戎，共同开始叛乱。致使周朝的国都镐京形势动荡不安，十分危急。

周公面对险势，临危不惧。首先说服朝中重要的大臣召公奭，安定了内部。前1062年，周公姬旦亲率王师，高举兴王除奸的大旗，进行东征，讨伐叛乱。同时，周公姬旦又授权太公望，控制了东方诸部。接着，又用了三年时间，终于平定了叛乱，杀死了武庚。管叔面对此局面，羞愧地上吊自缢身死。蔡叔则被充军，霍叔被革职。周公还将原有商朝的旧贵族定为"顽民"，集中迁移到洛邑，并派兵严厉地将他们监管起来，周朝的统治得以巩固和安定。

周公姬旦是一位深谋远虑的政治大家，在兴王师、平叛乱、除奸贼的过程中，高超地运用了"正名"之术，使政治、军事方略步步获胜而实现。其主要手段，一是伺机而动，以观后效。对殷侯的处置、三监的设立，既有相互监督的作用，也有朝廷便于制驭、监视的功能。二是兴王平叛，扶正除奸。平叛除奸，师出有名；扶正去邪，深得众心，故得以功成。三是除奸安内，迁监殷顽。对三监和殷顽的处理，既有区别，又目标一致，使得内外皆安。将"殷顽"迁监，更是"正名"的继续，是"道义征服"、"政治宣判"的实证，也就从根本上彻底清除了后患。

2．谏正（拒曲）

所谓谏正，系指施计者为达到特定的政治目的（举荐、献策、出计、进谏），利用对手的速胜心理、虚荣心理、求全心理、制驭心理，以"逆反"（与众不同或力排众议）、"示正"（正面阐发、推行策略）的方式，巧借"旧尸"（对手的心理、处境、利害的利用），并以还"新魂"（达到推销自己策略、谏言、计划的目的）而言。其谏正的目的，在于拒绝曲理而行正理、正义、正道、正途，采纳明正谏言。此种"谏正"而还"新魂"的方式，多在君臣（直臣）之间、部属（上司与下属、臣属）之间，政治斗争紧张、危急时刻采用，是以常奏奇效。

事例：汉明帝苛察兴工，钟离意直言劝谏

东汉明帝性情狭隘而苛察，好用耳目窥探群臣的隐私，认为这就是英明。公卿等高级官员屡屡被辱骂，陪伴近侧的尚书以下官员甚至遭到殴打。当时朝中群臣无不胆战心惊，争着表现出严厉苛刻的态度，以逃避诛杀或斥责。唯独尚书仆射、会稽人钟离意敢于同明帝争辩，直言劝谏，屡次将他认为不妥的诏书封还。官员有了过错，便设法解救。永平三年（60），适逢天象接连出现怪异，钟离意便乘机上书谏言道："陛下尊敬畏惧鬼神，怜悯体恤百姓，然而却出现气候失调，寒暑不合时令的现象，其过错在于百官不能推广皇恩和尽到职守，而以苛刻作为时尚。群臣之间没有相亲的心愿，官民之间没有谐调的感情，以致影响违逆了祥和之气，招致天灾。百姓可以用恩德来感化，却难以用强力来压服。

《诗经·鹿鸣》之诗一定要提到欢宴的缘故，是由于人神之心相通，然后气候才能调和。希望陛下赐恩德，宽刑罚，使天时之气和顺，以谐调阴阳。"明帝虽未正式采纳建议，但在实际所作所为上已有所收敛。明帝知道钟离意出于赤诚，所以基本上能够接受他的劝谏。

同年六月，汉明帝又大兴土木，兴建北宫。当时正逢天旱，尚书仆射钟离意来到皇宫门前，摘去官帽，上书谏正道："从前商汤遇到旱灾，曾用六件事责问自己：是执政用权不节制吗？是使用民力过度吗？是修建宫殿建筑太多吗？是女人、宦官掌权吗？是贿赂贪污盛行吗？是进谗言的小人得势吗？如今，我看到正在大修北宫，农民不能适时耕作。自古以来，忧患之事不是宫室狭小，只是担心人民不安。应当暂且停止修建北宫，以顺应天心。"明帝下诏答复道："商汤提到的六件事，错误只在一人身上。钟离意可以戴上官帽，穿上鞋，不要请罪！"并命令将作大匠停止营建一切宫室，减少不急的开支，还因此下诏向公卿和百官谢罪，承认过失。

汉明帝性格狭隘苛察，然却畏惧鬼神，既好大喜功，大兴土木，却又深信天人感应，迷信天象异变，必将降祸人间。他喜窥探臣下隐私，可又生怕落下暴君的恶名。对汉明帝的双重政治人格所导致的心理误区及性格弱点，作为尚书仆射、皇帝近臣的钟离意看得一清二楚，才能够向明帝谏（呈）正（见）。钟离意施展了"心理攻势"的伎俩，正言若反、答而故疑、意曲而直义，旁敲侧击，软硬兼施，以退为进，终于使明帝下令停工，罪己认过。在对臣下的责罚上，则不得不有所收敛，以免"天诛"。可见，这是以帝王贪图之虚名、惧畏之神鬼（借尸），投其所好，戒其所恶、惧其所畏、述其所应为，来达到（进）谏正（见）的政治目的（还"新魂"）。同时，更是拉鬼神的"大旗"来作天有异象的"虎皮"，包着自己，去进谏皇帝的典型、成功手法。所起效应，也就非同一般了。

三、居处有方　巧借尸智还魂

借尸还魂之计，是施计者在实力上处于优势地位时，所施用攻战计的重要一环，同时，又可配合其他计谋手法，作为总的策略方针中的配套性政治手腕。由于借尸还魂之计，有着一计独用、一计多用、一计合用、一计配用的特色，且实施后，尽可收短效、长效、近效、远效、多效、显效，所以此计向来受到政治家、阴谋家、野心家们的重视与青睐。在实现各种各样的政治意图（大至改朝换代，小到进谏纳言），达到各色政治目标的过程中，不仅惯用此权术伎俩，而且反复多次地加以运用。

借尸还魂之计的实施和保证其成功，必须具备若干先决的条件：

一是不能借错尸。如果施计者的政治家，将尸借错，既会招致为他人作嫁衣裳的结果，而且还魂之后面目全非。不仅久谋的政治目标不能企达，还可招致还魂后的对手、政敌的反咬和伤害，导致引狼入室的巨大恶果。

二是不能丢了魂。在政治斗争中，激烈的较量与角逐，随时可使政治家们暂时失利或受挫，但此时千万不能丧魂落魄。若丢了魂，则失去了借尸的根本与意义。若丢了尸，则还可以再借；只要不丢魂，则仍可东山再起，重新借尸，还其新魂。

三是借尸不能带进鬼。政治家在判断政治斗争的发展态势与动向时，一定要准确。由于每具尸骸的附近都有鬼相萦绕，还有其他各种政治势力相互牵制。如果借尸不当，方法不对，那么，该尸附近的野鬼便会附尸而来。这将会给还"新魂"带来阻力，延长驱鬼除害的时间，分散政治家的注意力和实力。可见，一定要区分有鬼无鬼之尸，窥其是否真的是"无为"还是"有为"，是"无害"还是"有害"的东西。这样，才能真正借到无鬼之尸，变无为而为有为，完成借尸的任务。

四是不能随便弃尸。在还"新魂"之后，大凡精明的政治家和用计者，一定会将弃尸深埋，或斩草除根，以绝后患。否则，随便弃尸，或仅将政敌、对手击伤、打败，而不是消灭或斩草除根，那么，一定会卷土重来，或留下无穷后患。更有甚者，敌人、对手还会将随便所弃之尸，为他们所用、所借，从而还敌之魂，反手击己。故一定不能随便将用完之弃尸乱扔，而是深藏、坑埋，或彻底消灭，以使政治敌手无计可施，无隙可乘，无口可借。

只有把握好上述实施借尸还魂之计的先决条件，并将应用的时间、范围、条件选择适度，才能用计成功，达到自己既定的政治目的。这样，才能巧借其尸、智还其魂，却又不为政敌留下任何借口、机会，且将其斩草除根、彻底消灭。或者能解燃眉之急，或者能顺利渡过生死存亡关头，总之，以达到、实现用计者预定的目的为标准。此计在政治斗争中的应用，大多在敌国之间、君臣之间、臣僚之间的范围内实施。

第一，在敌国之间。

敌国之间，时常兵戎相见、互为寇仇，同时，为战胜、制伏对手，则又软硬兼施、攻守并用。这就使得在战阵对列、攻伐相间的流血战场之外，又形成和开辟了双方斗智斗勇、施计图谋的第二个战场，即政治斗争的战线。为着战争的目的、战略意图的实现，在这两个重要的战场上，政治家与军事指挥者们，都力图将借尸还魂之计加以熟用与巧用。

然而，敌国之间，国势有强弱之分、军力有大小之别，实施军事行动的政治家、军事指挥者，能力有高下之异，判断、谋略更有悬殊之差。这样，能否用好、用准借尸还魂之计，达到克敌制胜的目标，既是敌对双方个人之间的斗智、斗勇、斗狠，更是群体之间的一场生死格斗与较量。

1. 弱国对强国的使用

由于国力悬殊、威势难较，故弱国对强国的侵凌、军事征伐，往往采用政治、军事两手策略兼施，文攻与武卫双管齐下的办法。为克敌制胜，弱国在实施借尸还魂之计时，则多用避强攻弱、避实就虚的办法，使强敌不能逞其威；然后，再用强借、逼借、智借敌尸的办法，化害为利，以赢得破敌、避祸、自存的胜利，从而还其"新魂"。

弱国施用借尸还魂之计，要战胜强国，关键是要巧"借"智"还"，实现条件必须是敌愚敌盲而己明己醒，即时时引导敌手、政敌犯错误（误判、错断、偏信、诈言、盲行等），然后乘其隙、攻其懈、伐其痹、克其害。

事例：夜窃楚帅强借令，宋围遂解还国魂

春秋时期，楚国围困中原的弱小宋国。宋人认为楚军远离故土，不能久战，便采用坚壁清野的策略，待楚军粮尽自退。楚军看穿了这一策略，本要撤兵，却假装命令全军士卒在驻地附近开荒盖房，以此施加压力，示其久驻之意。宋国人果然惧怕起来，宋国大将华元说："我看楚国并无撤兵的意思，全城百姓都将被饿死，陈尸街头。如实在别无良策，就让我悄悄地出城，面见楚军元帅公子侧，或许能够得救。"当夜，宋人把华元从城墙上吊下去。华元偷偷来到楚军统帅公子侧的营帐中，只见公子侧喝醉了酒，正伏在案边酣睡。华元先整束好公子侧的衣服，把他搬坐起来，然后唤醒。华元陈述来意说："楚围宋已历九个月，城内粮食已经吃光，现在城内百姓都互相交换着吃孩子，把人骨头当柴烧，真是困难到了极点。即使这样，宋国上自国君下至士民，都愿为保卫国家而献身，誓与国都共存之！想逼迫我们签订屈辱的城下之盟，那是绝对办不到的。贵军倘能退避一舍（三十里），宋国愿意成为楚国的盟友。"说罢拔出匕首，在公子侧眼前晃了晃说："如果你不答应我的要求，华元我就在今天夜里与元帅同归于尽！"公子侧被这突如其来的举动惊得目瞪口呆，赶忙制止华元说："宋国被围困到了现在这种程度，我怎么忍心再去加剧这种惨况呢？"便请示楚王，和宋国订立盟约后撤围而去。

事例：齐顷公受三军围，逢丑父借衣救主

春秋时，齐国虽是强大之国，却也遭诸侯反抗。前633年，晋国应鲁国、卫国的请求，出兵攻打齐国。面对鲁、卫、晋三国，齐国一时处于劣弱之势。齐顷公被晋军围困在华不注山下，齐军兵败，被晋军紧紧追赶。这时，逢丑父见军情危急，便对齐顷公说："事情已经非常危急了，请您赶快把衣服脱下来给我穿上，您穿我的衣服，以此迷惑晋人，您就可以逃脱了。"顷公不得已和逢丑父换穿了衣服。果然，晋军大将韩厥率军误将逢丑父当作齐顷公俘获了去见晋君。这时，晋国另一位大将郤克已经知道韩厥中计，被逢丑父骗了，便要将此人斩杀。逢丑父大声抗争说："晋国的臣子们把我当作一面镜子吧！做人臣的理应救君于祸患，如今要把这样的人杀掉，从此以后你们晋国再也不会有敢于牺牲自己保全国君的人了。"郤克听了，认为言之有理，便说："我把全心全意忠于国君的人杀了，大不吉利。"叫人把逢丑父暂时关押起来，饶他不死。待到战事结束，两国签订盟约后，才把逢丑父释放回国。

在这两个事例中，弱手遇强敌，要免于灭顶之灾与束手就擒的命运，必须利用、借敌人的错误、弱点（即"旧尸"），来乘机化导，摆脱困境。宋将华元利用楚军的麻痹，偷袭主帅营帐，逼令撤军解围（还"新魂"），以命相拼，终致化险为夷、围解国存。逢丑父见国君被困，引导对方犯误识之错（诱借"旧尸"），以更衣使君脱险；更以敌人的心理弱势（惜名、顾义）为主攻方向，致使自存而返国（巧于"还魂"）。这是"心战"胜于"实战"、政治攻势挽救军事政局、以弱赢强的典型实例，其成功的关键、局势的转折点，在于运用此计的巧妙高超。

2．强国对强国的使用

强国之间，势均力敌，国势、国力不相上下，彼此以对方为敌手，长期进行较量。借尸还魂之计，是彼此双方常用的计谋手段。两强相争，胜者只有一方。其关键在于施用此计时，或隐借（尸）明还（魂），或明借（尸）隐还（魂），致使施计已完、目标已达时，敌手才大梦初醒，但却败局已定。

事例：申包胥明借秦师，伍子胥惧撤吴军

春秋时期，吴、楚、秦均是强国，雄踞一方。为争霸业，吴国军队攻破楚国都城郢，意欲灭掉敌国。这时，楚臣申包胥先修书给伍子胥，请求吴国允许另立一个继位之君，以便保存楚国的宗庙，维系国体。伍子胥为报杀兄弑兄之仇，对此不予理睬。申包胥转向秦国乞师以救楚，秦哀公一时难下决心，遂叫楚臣暂安客馆以待。申包胥却说：“我们国君楚昭王现在逃亡在外，奔波于草莽之间，要吃没吃，要住没住，作为臣子我怎敢在贵国客馆里享清福？”就站在秦廷，倚着柱子日夜痛哭。一连七日不吃不喝，结果眼里都流出了血来。秦哀公见此景况，终于动了恻隐之心，对他说：“臣子爱他的君主，竟达到这种程度啊！楚王有这样的贤臣，吴还要灭掉它，干出这样不仁不义的事，怎么能容忍呢？”秦哀公为申包胥的行为所感动，即兴作了一首名为《无衣》的诗，来表彰他对君主的忠心耿耿，同时也是为了勉励天下做臣子的人，并即刻决定发出拥有五百辆兵车的大军援助楚国。吴国闻秦发兵援楚，十分惧怕，只得与秦通好。楚围遂解，国以图存而复兴。

事例：借粮助越赈饥荒，蒸粟还吴削其强

吴越争霸，虽为近邻，却互为敌国。两强相斗，各有得失。越国图谋灭吴，时时伺机，欲使吴国先贫且乏，而后以武力制灭。越王便命令大夫文种到吴国去借贷一万石粮食，用来赈济国内的饥民。吴王夫差不以为然,如数借粮。

次年,越国农业获得大丰收,越王便与文种商讨还粮之事。越王说:"去年借吴国的粮食,如不归还恐失信用,否则吴将借口伐越。可如数照还,却又有损于越而利于吴。此事你以为如何呢?"文种则说:"我意,从粮食中精选出一部分来,蒸熟了以后再还给他们。他们定爱我们的粮食好,必将留作种用,如此,他们就中了我们的计了。"越王决定如数将蒸粟发还吴国。吴国人果然爱其还粮籽粒饱满,第二年春天用作良种以播,结果均未出芽,至秋颗粒无收。致使这一年,吴国发生了大饥荒,国力、国势大不如前,越国的国势却暗中增长,更使灭吴之举又大跨一程。

前例楚臣申包胥为救楚而明乞秦师(借尸),为说秦王,晓以忠义,感其恻隐,终使哀公发兵。然则所"隐还"(还魂)者,是借秦之强以克吴之灭楚之心。结果,迫使吴不得不与秦通好,解楚围,复楚王业,而兵不血刃。后例中,文种则"暗借"吴粮以赈饥,实则为"明还"蒸粟铺垫了道路。吴国以越明还之粮作种,阴受颗粒无收、大饥国贫之祸。这是两强相争,施用"明中有暗"、"暗中有明",巧借(尸)智还(魂)手法,制敌得逞的实例。

第二,在君臣之间。

在古代政治生活与斗争中,君臣之间,关系微妙,错综复杂。他们既有共同维护统治政权,而风雨同舟、彼此共济的一面;又有因分属不同既得利益的群体,而有政争、权争、位争、势争、财争,互不相让、形同水火的尖锐冲突。为此,围绕权力这一中心,君臣之间,往往各施权谋,以相制驭。用借尸还魂之计,以达目的，则是惯用伎俩。

1. 君主与权臣之间的互相使用

君主与权臣之间，君主既要依靠权臣，以为辅政之用，但更重要的，还有防其谋反的一面。作为后者，君主则要不断施用借尸还魂之计，对权臣的忠心加以测试。其具体运用的手段，则是"明察"（明借）、"暗访"（暗还）、"反探"（仇借思还）等。

事例：秦子婴明察权奸，诛赵高斋宫设伏

秦朝末年，权臣赵高杀了秦二世胡亥以后，拥立二世的侄儿子婴为皇帝。子婴便私下对两个儿子说："赵高之所以立我为帝，是恐怕群臣把弑君之罪加在他头上。如果不杀了他，说不上他又要打什么鬼主意。我正式册立的那一天，你二人可在斋宫设下伏兵。我则谎称有病，等赵高前来迎接，立刻抓住把他杀掉，借此来为父辈报仇雪恨。"到了这一天，赵高果然来到斋宫，为伏兵所杀，后又灭了赵氏三族。

事例：汉高帝反探权臣，快恩仇先封雍齿

汉高帝五年（前202），垓下一战，消灭了项羽的主力，统一了全国。之后，则大封功臣。起初，先封了张良、萧何、曹参等二十余人。其余的将领则日夜争功，久拖不决，一时无法定封位。有一天，刘邦到洛阳南宫，在路上，看见诸将三五成群地围坐在沙滩上交谈。刘邦便急忙询问身边的张良说："他们究竟在谈论什么？"张良则回答："陛下不知道吗？这些人是在谋反。"刘邦则不解地问："天下既然已经安定下来了，为什么还要反呢？"张良回答："陛下起于布衣，是依靠了这些人才取得了天下，而所封的功臣却都是萧、曹这一班故人，所诛杀的则是平生所仇恨的人。

这些人既怕得不到封赏，又怕因为过失被诛杀，所以相聚在一起愤愤不平。"刘邦忧虑地说："那怎么办呢？"张良便乘机向刘邦问道："陛下最憎恶，而且群臣都知道的人是谁呢？"刘邦说："雍齿与我有故怨，曾经几次窘辱我，我想要杀掉他，因为他功多，我又不忍心。"张良建议道："现在应该先封雍齿给群臣看看，群臣看到雍齿封侯，人心就安定了。"刘邦摆下酒宴，封雍齿为什方侯，又催促丞相、御史快一些定功行赏。群臣在酒宴结束后，都说："雍齿还能够封侯，我们这些人不用担心了。"这样，因封功臣所引起的不安情绪全都消失了，帝王对权臣的控驭，则大为加强。

事例：晋明帝微服暗访，惊叛军路遗宝鞭

东晋明帝时，朝内权臣王敦将要叛反，举兵内向。消息传到晋明帝耳里，为了探听虚实，便骑着巴滇地区产的良马，微服来到王敦率军在湖阴的军营。察看之际，军营中有人外出，突然发现晋明帝非一般寻常之人，形迹可疑，便回去禀告王敦。王敦闻讯，则立刻派五个兵卒骑马追赶，以询究竟。晋明帝发现行为暴露，叛军已惊警，便策马返回。王敦派出的五个兵卒，远远望见背影，在后紧追不舍。在一处地方，晋明帝见有一个卖东西的老妇，便将随身七宝马鞭递给她，并吩咐说："假如后面那几个兵来到这里，您可以把这件东西拿给他们看。"不一会儿，那五个兵卒果然追赶到了这里，便向老妇盘问晋明帝的去处。老妇人则说："已经走远了。"随即把七宝马鞭拿给他们看。那五个兵卒见此宝鞭，便相互传观，且不断称奇，万分惊喜，这样观赏了很久。当他们突然想起要再去追赶时，晋明帝早已跑远不知去向了，故得以脱身回朝。

这些帝王对权臣的"明察"、"暗访"、"反探"之举，目的在于除灭权奸或防止叛反，以安君权社稷。在施用此计时，帝王或借权臣的有恃无恐（如赵高），或乘叛臣的懈怠与不备（如王敦），或利用权臣有功待赏之心等，观其行，听其言，察其动（借"旧尸"）；然后，采取对策与行动，达到其政治目的（还"新魂"）。

2．臣下对君主的施用

如果说，君主对权臣使用借尸还魂之计时，具有以攻为守（君权）特点的话，那么，臣下对君主施用此计时，则多采用以守（臣权）为攻的策略手段。这是由于在大多数情况下，臣下对君主而言，处于受制于从属地位。因此，时时得体察"圣上"的言行、举止、好恶、需求、心态变化，然后再借其微识动静之机，乘其隙，或"识微"借情察变（借"旧尸"），而知己臣下之进退（还"新魂"）；或臣下借古喻今（借"旧尸"）说帝王，以行进谏之事（还"新魂"），达到保存自己（实力、权势、官职）和臣僚群体的目的。

事例：范蠡识微求退存，陶朱逍遥泛五湖

凡是高明有识的臣下，在伴君时，不但谙识虎性，而且能时时察变而知进退，以求自存。如有的虎只可饥饿时与之相伴（共患难），深通人性；饱食时则会张牙舞爪（不可共欢乐），伺机伤人。也有的虎乃是饱食则驯而可伴，饥饿时则食不择人而扑杀伴者。如此种种，不一而足。越国的名臣范蠡，既深通此道，又善用借尸还魂之计。当越灭吴以后，越王便在贺台之上大摆宴席，招待各位臣下。宴席间，群情甚为欢腾。越王勾践实现多年梦寐以求的灭吴复国愿望，此时却神态反常，面无喜色。深谙越王心性的大臣范蠡见此状，便在私下感叹说："大王不想归功臣下，这就打开了怀疑猜忌的大门，有功之臣从此就该倒霉了。大王的为人，是只可以与他共患难，而不可以同享安乐呀！"范蠡便入见越王辞行说："我听说过，君主受了屈辱，臣子也就不能苟且偷生。过去，大王在会稽被吴王夫差打败，做了俘虏，蒙受莫大的耻辱，我之所以未能死节的原因，是想忍辱负重，帮助大王完成复国安民的大业。如今吴国已经灭了，我请求大王能开恩赦免臣子在会稽犯下的死罪，留下一条生路，让我归老于江湖之间，以了却残年。"勾践好言相劝，再三挽留也不成。次日，再召见时，范蠡已不辞而去了。后来，范蠡浮海到齐国的临淄经商，致富后便周济亲朋，曾三致千金，史称其为"陶朱公"。

事例：汉冯唐说古喻今，汉文帝明辨忠奸

为使帝王纳谏，或改弦易辙，或平冤改过，或闻过则喜，或从善如流，臣下更须借助各种手段，伺机而行，方能达其政治目的，使帝王或臣僚均得以自全或转危为安。说古喻今，借古讽今乃是一种惯用的巧术上策。汉代郎署长冯唐，便是这样的能人。汉文帝时，魏尚任云中太守。当时，匈奴人时常侵扰边塞，使北方诸郡时刻不得安宁。魏尚任云中太守以后，便开始整治军队，积极抵抗，一时汉军声威大震。匈奴人闻知魏尚贤勇，故轻易不敢来犯云中。有一次，一支匈奴的军队进入云中境内，魏尚便亲率兵卒迎战，杀伤甚众，打败了匈奴入侵。由于一时疏忽，魏尚在向朝廷报功时，多报了斩杀的六个首级。汉文帝便认为魏尚冒功，撤消了魏尚的职务，且要依法治罪。臣下们都感到魏尚获罪有些冤枉，却无法解救。一天，汉文帝见到郎署长冯唐，便问："你是哪里的人呀？"冯唐回答说："我是赵人。"汉文帝一听，便来了兴致，说："以前我听说赵国的将领李齐十分了得，巨鹿大战时，威震敌胆。现在，每当我吃饭的时候都想起李齐。"冯唐回答说："李齐远不如廉颇、李牧。"文帝听后，对赵国当时拥有那么多良将，既感到惊喜，却又感叹道："可惜呀，我没有得到廉颇、李牧那样的将才，如果有他们那样的人为将，就再也不担忧匈奴人了。"这时，冯唐见救魏尚而进谏的时机已到，便脱口说出："陛下如果得到像廉颇、李牧那样的将领，如今也不一定会用。"汉文帝一听此言，却感到十分惊诧，反问说："那你怎么会知道呢？"冯唐则回答说："古时候的帝王派遣将领出征，总是说：'大门以内我负责，大门以外，请由将军治理。'军队里按功行赏，这本来就是将军们的事，由他们先决定以后再转告朝廷。以往，李牧在赵国做将军时，所在地的租税都自己享用了，赵王从不责怪，所以李牧的才智得到了充分的发挥，赵国也几乎成为霸主。而当今，魏尚做云中太守，其所在地的租税收入，全部用来供养士卒，因此匈奴才惧怕他，不敢接近云中的边塞。陛下仅仅因为六个首级的误差，便将他下狱治罪，削掉了官爵，所以，我才敢说，陛下即使有廉颇、李牧那样的将才，也不能够很好地任用他们。"冯唐的这番话，既借古而讽谏了汉文帝，又为魏尚说了情，鸣了冤，却没有因此而得罪汉文帝。因此，汉文帝听了冯唐这些话后，很受感触。当天，就派冯唐拿着符节到云中赦免了魏尚，并且恢复了其云中太守的官职。

范蠡对越王在庆功宴上的细微举止变化，将此"无意"（无用）

之心态流露，加以借题发挥、借情判疑，然后立决功成身退以求自保之计，而且坚辞以谢，浮海远游，终避兔死狗烹的杀身之祸，这是权臣将帝王的无为变有为（无意为有意），然后决策以达其政治目的（急流勇退）的生动一例。至于冯唐借古讽今，以进谏文帝，使魏尚冤洗而官复、功显而名正，则是明借暗喻以谏君，进辨臣之忠节的计谋手法具体运用。前者具有以退为进的特点，后者则以进为退，以求帝悟而臣保。可见，手法不同，然用此计的目的，却是殊途同归，有异曲同工之妙。

第三，在臣僚之间。

臣僚不论官职高下，地位尊卑，作为一个官僚政治群体而论，在帝王君主面前，均存在主奴关系，同属奴才效命之辈。官僚群体内部有着官阶、权势、贵贱、上下之别，更有着权位之争。在官场的政治角逐中，臣僚之间围绕权力为中心，所展开的明争暗斗、用计施谋，既有刀光剑影，又有杀机四伏的环生险象。为将政敌同僚置于死地，争相实施借尸还魂之术，便是情理之中的事了。

1．同僚之间：霍光拉"圣上"大旗除政敌

西汉昭帝即位时只有八岁。根据汉武帝的遗诏，让大将军霍光（霍去病之弟）辅佐幼主，以决国事。霍光为人沉静详审，资性端正。辅政后，日理万机，精勤谨慎，却引起朝中同僚大臣的猜忌妒恨。其中，最不满的是左将军上官桀，他位居九卿，在霍光之上，且其子是昭帝的岳父，曾因为亲戚求封遭霍光拒绝而结怨。次为桑弘羊，亦因为弟及子求官未成而忌恨霍光。此外，长公主、燕王旦则因皇位而记仇于霍光。以此四人为核心，组成一个反对霍光的阴谋集团。经过策划，上官桀、桑弘羊便伪造了一封燕王旦的信。信中诬霍光私自动用朝廷的侍卫部队羽林军，又擅自调动、增加大将军府的校尉，要发动叛乱。此信乘霍光休假之机交给昭帝。桑弘羊更煽动大臣们，力主要罢黜霍光，但昭帝未从。次日上朝时，霍光获悉此事后，便在画室中停留不敢入朝。昭帝追问，上官桀乘机说因有人告他谋反，霍光已不敢入朝了。昭帝便下诏朝见，霍光便摘下官帽上朝谢罪。昭帝则说："大将军戴上帽子，我已知此信是假的，大将军没有罪。"霍光大吃一惊，忙问："陛下怎么知道呢？"昭帝说："将军大张旗鼓演习羽林军，此为分内之事。调选校尉之事还未超过十天，远在燕地的燕王怎知此事呢？且大将军倘要做不本分的事，也用不着调动校尉呀。"昭帝的话使朝臣惊惧，上书的人闻讯便逃跑了。不久，他们又阴谋杀霍光，废昭帝，均以失败受严惩而告终。

2. 下属与上司间：寇恂借机矫令夺印

新莽政权覆亡之前，刘玄建立更始政权，遣使者巡行郡国，声言先降之人可复原爵。上谷郡功曹寇恂随太守耿况在郡界迎接使者，且交上了太守印绶。使者取印后过了一夜，却无发还之意。寇恂便带亲兵进见使者，求将印绶归还给耿况。使者却拒不交还，并说："我是天王使者，你想要胁迫我吗？"寇恂则回答说："使君持节负命巡行四方，反而先丧失了信用。耿府君在上谷一带很有威望，今天使君欺负他，必将产生祸患。"使者仍不答应。见此，寇恂借机令手下人矫以使者之令召耿况。耿到后，寇恂走到使者面前，取出印绶给他佩上。使者不得已，只好以更始帝的名义，让耿况继任上谷太守。

3．上司与部属间：苏章借酒秉公惩属

苏章是东汉时的冀州刺史，为官正直无私，深得众望。其友人为清河太守，属冀州下属之官。此人在任上，贪赃枉法，胡作非为，致使民怨沸腾。苏章到清河去巡视时，得知此情，便想惩治他。为此，苏章专门备办酒席，宴请此太守。酒宴中，二人畅叙友情，甚为欢洽。友人便误以为苏章会徇私情，不治他罪，便得意地说："别人头上只有一个天，而我头上却有两个天。"苏章回敬说："今晚，我与过去的朋友饮酒，这是私恩。明天本官冀州刺史去公堂办案，却是公法。"次日，苏章果然依法惩治了那位部属太守。

霍、寇、苏三人，使用此计，或为惩奸，或为夺印，或为治贪。其政治目的（还"新魂"）虽各异，但其借用的机会与手段、方式（借"旧尸"），则大致相同，即拉帝王的大旗作虎皮，以相掩护，或圣上的恩德、威势（诏令、法律）等，以相凭借。从而，打击、制驭、惩治政敌与对手，以收克敌制胜之效应。

四、静以待借 斗智斗谋斗狠

借尸还魂之计是三十六计中的第十四计，也是施计者处于优势地位时的攻战计中的第二计。它首先在政治斗争与政治角逐中，多为强者，或有理、有势、有权的官员或群体所使用，以伺机借题发挥，或乘隙进攻政敌，然后实施多次打击，达到与实现自身的政治意图（克敌制胜、消灭敌手、瓦解敌营）的策略手段。其次，这一重要的策略、战术手段，也常被暂时失利者作为扭转败

局、转败为胜的奇谋"良方"。至于阴谋家、野心家们，为了达到特定的政治目的（诬陷、消灭政敌对手），也常用此法，且在技巧上加以发挥，借题发挥、伺机寻隙找借口，然后置敌手于死地。借尸还魂之计，在历代政治斗争中，曾被广泛使用。同时，由于各色人等的交互应用发挥，致使它本身的文化内涵、智道积淀（感性的与理性的）更为宏富，形成了诸多显示个性的基本特点。

第一，借尸还魂之计在政治应用目的上，呈现出明确性、巧饰性与伪装性的特点。

所谓明确性，系指处于优势地位的施计者，在运用此计谋时，早已筹谋在胸，目标明确。为实现其政治意图更具把握，则须寻求中介力量（借尸）以助、以附、以依、以托，从而使获胜的过程大为加速。因此，其终极目标与所要企达的战略意图，则贯穿于行计的全过程之中。

至于政治应用目的上的巧饰性与伪装性，则是由借尸还魂之计自身个性与特点所决定的。由于政治目的实现，须经"借"尸、"还"魂两道工序。两次转折，而不能直达和一次性完成。因此，为使过程中目标不致过早暴露，使政敌与对手有机可乘、有隙可间，故必须加以巧饰与伪装。既须拉大旗，又须作虎皮，包裹自己，麻痹对方的视线，然后进而取之。

第二，借尸还魂之计在政治角逐施谋的技巧、方法上，则有着隐蔽性、转移性的特点。

"借"、"还"是本计的主要政治手段，也是施计能否成功的关键所在。"借"、"还"自身所具有的客体性、转移性、他偿性、选择性与不稳定性，致使实施时，"借"、"还"与政治意图的实现，成为三个互相联系却又大有区别的阶段。客观外在条件的变化，所导致的诸多潜在逆反因素，更可随时使本计实施过程中，诸个环节出现中断、夭折或意外。这一切，使得政治家们在应用技巧上，必须具有隐匿、深藏不露、流动转移的娴熟本领。否则，一环不慎，或目标过早暴露，将导致不仅会借尸不成反引"鬼"，更可能还魂无处敌已惊（避、走）的恶果。因此，首先在借尸这个前提实施上，须慎之又慎、择之又择、隐之又隐，在上述的借正、换形、易法、赖力、利机的手法中，均体现了这一点。其次，在实现待机、创胜、制利（功）的过程中，"静以待借"、"视机创还"、"顺势制（正）名"等，又无一不包含着施计者的随机而动、伺情察变、顺时就势，以达功利目标的流动性特色。

第三，借尸还魂之计在政治权谋效应上，更具逼夺性、威慑性的特点。

此计在政治权谋效应上的这一特点，具体生动地显现在"还"新魂的过程中。无论是巧借"拣还"、妙借"偷还"、逼借"抢还"，抑或是智借"换还"、凌借"夺还"，除敌对两方的斗智、斗谋外，更需斗勇、斗势、斗狠，否则，两军相对勇者胜与鹿死智者之手的法则，在针锋相对的双方均有可能实现。因此，保持施计者在"还"新魂时的压倒优势之外，更须在各方面创造逼夺性、威慑性的氛围与政治效应才行。届时，还魂才可能易若反掌，而致政敌对手不得不束手就范，或被迫承认既成事实。

　　第四，借尸还魂之计在政治心理与智道招数上，有着投机性、换偿性和启迪性、易仿性的特点。

　　在借尸还魂之计的实施过程中，由于存在着己、敌、尸主、魂归者四方，互为关联，这种彼此制约、相互牵制的利害关系，使得用计者，必须时时伺机而动，察隙而变，寻其有利之机以行事，方能成功。"借"尸、"还"魂的实现，更须权衡得失，进行有限度的偿换，才能得手。正由于此计谋内涵宏富，又通俗易懂，故在政治斗争的诸多领域，人们争相仿效，加以运用。然而，此计由于施展时头绪太多，方面甚繁，利害各异，目标更殊，加之外在时机、条件、环境的瞬息万变，制约性因素的不稳定性，这就大大增加了用计成功的难度与力度。正因如此，带给人们对主客观条件，事物内部的诸多机制，诸多因素的多样性、随意性、不稳定性、互为联系性等特点，以及远为深刻的认识和众多的启迪。

调虎离山

——诱之以利　化为虎落平原

本计云："待天以困之，用人以诱之。往蹇来反。"其大意是：等待天时对敌方不利时再去围困他，用人为的假象去诱骗他。运用蹇卦的原理：往前有危险，就反身离开，引诱敌人击战，则对我们反而有利。该计用于军事，在敌人比较强大，并占据着有利地势的情况下，我若向前强攻，则损失必然惨重，为削弱敌人的力量，先要把敌人同其所凭借的优势条件分离开来，使其处于对他不利而对我有利的环境中。在敌我优势发生变化之后，再与之决战，以图赢得最终胜利。

调虎离山之计，典出《管子·形势篇》："蛟龙，水虫之神者也。乘于水则神立，失于水则神废。人主，天下之威者也。得民则威立，失民则威废。蛟龙待得水而后立其神，人主待得民之后而成其威。故曰：蛟龙得水而神可立也。""虎豹，兽之猛者也。居深林广泽之中，而人畏其威而载之。人主，天下之有势者也，深居则人畏其势。故虎豹去其幽而近于人，则人得之而易其威。人主去其门而迫于民，则民转之而傲其势。故曰：虎豹托幽而威可载也。"托与"脱"通，托幽，意为离山。据此，有"龙游浅滩

伍子胥借伐楚名，公子光剪除三虎

遭虾戏，虎落平川任犬欺"之说。

一、稳操胜券　诱九五离本位

《周易·蹇卦第三十九》云：蹇：利西南，不利东北；利见大人，贞吉。《象》曰：山上有水，蹇。君子以反身修德。

【一爻】初六，往蹇，来誉。《象》曰："往蹇来誉"，宜待也。

【二爻】六二，王臣蹇蹇，匪躬之故。《象》曰："王臣蹇蹇"，终无尤也。

【三爻】九三，往蹇，来反。《象》曰："往蹇来反"，内喜之也。

【四爻】六四，往蹇，来连。《象》曰："往蹇来连"，当位实也。

【五爻】九五，大蹇，朋来。《象》曰："大蹇朋来"，以中节也。

【六爻】上六，往蹇，来硕，吉，利见大人。《象》曰："往蹇来硕"，志在内也；"利见大人"，以从贵也。

调虎离山之计是由《周易·蹇卦》逻辑原理推演出来的计谋。查《周易》"往蹇来反"，是水山蹇卦九三爻的爻辞。九三爻动，变为水地比卦。可以蹇卦九三爻辞为占，以象辞解释"蹇"卦。《易》云："九三，往蹇来反。"意思是说：九三，往前行走艰难，归来退回原处。"《象》曰：蹇，难也，险在前也，见险而能止，知矣哉！蹇利西南，往得中也；不利东北，其道穷也。利见大人，往有功也，当位贞吉，以正邦也。蹇之时用大矣哉！"意思是说：蹇，行走艰难，譬如险境就在前面，行走必难。出现险境而能停止不前，可以称为明智啊！行走艰难之时，利于走向西南平地，这样前往就能合宜适中；不利于走向东北山麓，往东北必将路困途穷。当置身于困境时，必须遇到伟大人物；给予协助，才能继续前进，获得成功。九五爻刚健中正，象征大人物；六二以上的五个爻，又都得正，表明坚守正道以致吉祥，可以整饬家邦。困境是不会永久持续的，而且困境有时反而会激励人奋发有为。这样"蹇"的功效就太大了。

蹇，原意是跛脚，引申为行走艰难、前进困难。此卦的象辞是较为费解的。下卦艮是山，上卦坎是水，山高水深，跋山涉水极其艰难。坎为险，艮为止，表明前面还会有危险，要立即停止前进。所以，象辞才说，见险即止，急流勇退，是智慧的表现。但象辞接着又说，利于走向西南，不利于走向东北。在《周易》中，八个经卦代表八个方位，艮为东北，坤为西南。蹇卦有艮无坤，有的易注家就认为坎卦也可以代表坤。因为，在《周易》中，凡是一阳二阴的卦形，如震、坎、艮，都是由坤卦变来的。但是，内卦艮为己，而艮正是东北山路，"不利东北"，就是要继续朝前进，不能停留在自己所待的地方。象辞刚说过见险即止，一会儿又要朝险而进，岂非自相矛盾？所以，此处以坎代坤是不合适的。西南指坤卦，而坤之性至阴至柔；东北指艮卦，而艮之性刚强固执。

此卦九三爻动，九三爻阳居阳位，阳刚得正，是内卦两个阴爻的唯一依靠。阳爻象征进军、攻击，九三又与上六阴阳相应，表明九三秉艮之本性，有急于冒险上登的欲望。但是，上位无位，柔弱的上六虽有援引九三之心，却无其力。而且，九三在内卦的最上方，再前进一步就是坎险。这表明，九三若执意逞性，等待着他的就必定是跛脚命运。所以九三爻辞谆谆告诫"往蹇来反"，要九三及早退归原位。九三爻辞说："往蹇来反，内喜之也。"意思是九三认清了形势，急流勇退，返回内卦，不仅使内卦两个阴爻喜悦，而且九三本身也懂得了以静应变，借此筑下了成功的基础。

参考变卦水地比。蹇之九三爻动，变为比之下卦坤。由于一卦的内容是可以兼容并蓄、包罗万象的，每个爻也可以从自己的层面来理解诠释卦义。从艮到坤，最能说明蹇卦象辞"利西南而不利东北"的含义。这是暗示九三，一定要以坤道来制坎险。蹇卦的济蹇之法，虽然有赖于上卦九五大人之助，无非是诱使对方九五上当，来个无心插柳柳成荫。水地比卦五阴一阳，为五凰求一凤之象。当蹇卦之状时，九五虽然与六二阴阳相应，但中间隔着九三，也与六二阴阳相比。九五纵有恋慕之心，见有阻碍，自己又陷于六四、上六的阴柔圈内，也就不再作绮梦遐想。当艮卦变为坤卦，九三的阻隔消失，九五当五阴之众，首先便会选择六二之阴。这意味着，当战争形势于我不利时，不可逞艮卦之性，冒险进攻；应当仿坤卦之用，把九三主力部队的动向虚实隐藏起来。我方最害怕的就是九五阳爻，而只要九三突然由阳变阴，由实变虚，九五便会盲目地扑向下卦六二。一阳九五威如猛虎，而下卦坤为平地。所谓虎落平川被犬欺，只要九五一旦离开了本位，窜入非我方主力部队所在地，调虎离山之计便基本成功。我方九三主力，避开了难以抗争的九五，就能从容收拾敌之六四、上六。然后，集中所有兵力，围歼九五，必大获全胜。

调虎离山，原意是设法使老虎离开它所占据的深山，以便于捕获。此处用作计名，经过卦理分析，便意味着在战争中引诱敌人离开和错过对他有利的地形和战机，使敌人由强变弱，再与之决战并消灭之。本计包含调虎落平原、调虎分其势、调虎占其山三种含义。在一般情况下，需要调离其山的虎具有以下的特点：（1）老虎比较凶暴、强悍，不可等闲视之；（2）对环境有一定的依赖性；（3）具有调其离山的可能性。本计用于政治斗争则是千方百计把主要的危险人物引出他那根深蒂固、赖以生存的地盘，使他丧失了反抗的凭借，慢慢予以打击削弱消灭；或者是把他身边的危险人物弄走、杀死，削弱他的实力，然后逐步将他收拾或者挟持，变为自己手中操纵奴役的工具，发号施令，随意驱赶，以达到满足自己欲壑的目的。韩非子所说："夫虎之所以能服狗者，爪牙也。使虎释其爪牙而使狗用之，则虎反服于狗矣。"就是一个很好的说明。

调虎离山之计在政治斗争中经常为政治家、阴谋家、野心家用作争权夺利、钩心斗角，打击消灭政敌，保存自己的势力，扫清仕宦通达之途的惯用手段。在具体运用过程中，往往与其他计谋交替并用，智者用智，谋者施谋，计中有计，环环相扣，神秘莫测，难辨真假虚实，更具有诱惑性、巧饰性、快捷性、制驭性的特点，无论是成功还是失败的事例，在史载中不乏其例，多如牛毛，不胜枚举。同样的调虎离山计谋，在不同的时代、针对不同的对象，其表现形式也不尽相同，但其总的趋势是愈用愈为巧妙，手法一代胜过一代，运筹帷幄，神机妙算，更是越来越见神化，理论也是炉火纯青，登峰造极，令人叹为观止。

二、示敌以利　去势避害制驭

俗话说：官场如战场，政争必有敌手。古往今来，在错综复杂，生死攸关，瞬息万变，风云莫测的政治角逐旋涡中，彼此竞争的政治对手，不同的政治集团和成员，从各自的政治利益出发，为了在政治斗争对抗中击败各自的政敌，求生存，求发展，在运用智慧、实力的同时，往往设计谋策，故意制造冲突，混淆视听，冀图分化瓦解对抗的一方或数方，达到自己的目的。在这种日趋激烈残酷的斗争中，调虎离山计是各种政客惯用的手法之一。介入政治斗争的各方，无论其处何种政治地位，围绕权力，必然相互虎视眈眈，都不能摆脱用计或彼此用计的命运，只不过有计谋高超，能否识破对方计谋以及针锋相对，寸土必争，以其人之道还治其人之身的水平的高低之差别。各种计谋在政治斗争中的使用常常具有连环、多重交叉使用的特点，手段残酷不仁，无所不用其极，目的十分明确，以将政敌对手置之死地，永世不得翻身为终极目标。在政治角逐中，如果是忠臣贤良之吏剪除奸佞卑劣邪恶之徒，则有利于安邦治国，励精图治，得至太平盛世；相反，如果是野心家，阴谋家施计打击陷害社稷贤臣良将，指鹿为马，别有用心，祸国殃民，则其后果必是朝乱国衰。简而言之，政治角逐中调虎离山计的使用主要有以下三种主要方式。

第一，欲之以动，诱之以利，待胜之计在其中。

在这里欲使政敌上钩，顺从"调"、"动"是问题的关键，而要使之处于被"调"与"动"的前提，则必须有能使之动心的诱饵，"利"之所在，人皆趋之。"利"在这里有多重含义，它可以是美女、显名、金帛、厚禄高官、封妻荫子、锦绣前程等。具体运用此计的形式多种多样，一般是因势利导，推波助澜，主要有诱之以利、驱之以害、乱之以虚等惯用伎俩。

1. 诱之以利

可以用敌手渴求、欲得、争索而不能达的荣誉、钱财等，引诱政敌离开其赖以生存凭借之地。特别是在政敌冀求急功近利之时，用唾手可得、名利双收的小利来诱骗往往是很奏效的。在中国古代政治角逐中，不乏生动事例。

事例：卫石碏调虎离山，借陈国除暴戮子

东周末年，卫庄公有三个儿子，长子名完，次子名晋，三子名州吁。州吁生性暴戾，喜武谈兵，动辄兵戈车马，但庄公溺爱，任其所为，丝毫不予禁止。大夫石碏是一位正直而有远见卓识的人，国人对他十分信任。他预见公子州吁所为将来有害于江山社稷的稳固，曾经规劝庄公，说："臣闻爱子，教之以义务，弗纳于邪。骄、奢、淫、佚，所自邪也。四者之来，宠禄过也。将立州吁，及定之矣。若犹未也，阶之为祸。夫宠而不骄，骄而能降，降而不憾，憾而能眕者，鲜矣。且夫贱妨贵，少陵长，运用长，远间亲，新间旧，小加大，淫破义，所谓六逆也。君义，臣行，父慈，子孝，兄爱，弟敬，所谓六顺也。去顺，效逆，所以速祸也。君人者，将祸是务去，而速之，无乃不可乎？"卫庄公听后竟然当作耳旁风，对州吁的行为，照样不加干涉。

石碏有个儿子叫石厚，和州吁的个性一样，好似是天生一对宝贝，臭味相投，经常同玩同游，同车打猎游戏，骚扰民居。石碏看石厚不务正业，胡作非为，有恃无恐，将其鞭责五十，锁禁空房，不准再出去惹是生非。可是石厚恶怙难驯，野性不改，竟然翻墙而出，逃往州吁府里，一直躲在那里不敢回家。石碏预感不久将来便会有大祸降临，只得装聋作哑，把气忍在肚里。

不久，卫庄公死了，公子完继承了王位，即卫桓公。桓公生性懦弱，没有魄力，无所作为。石碏深知他不可能有所建树，而州吁又是那样嚣张不可一世，料定朝廷一定会生出乱子，身家性命难保，于是借口年老，辞职归家，远离政敌，对于朝政不理不问。这样一来，州吁更加肆无忌惮，有恃无恐了，日日夜夜和石厚密谋怎样篡夺王位。

适逢周平王驾崩，太子桓王林即位。这是国家的大事，各地诸侯要亲往去吊唁的，卫桓公便整装准备前往入朝。石厚认准这个机会，欢天喜地对州吁说："大事可成矣！明日主公往周，公子可设饯于西门，预伏甲士五百于门外，酒至数巡，袖出短剑而刺之。手下有不从者，即时斩首。诸侯之位，唾手可得。"州吁听后喜笑颜开，眉飞色舞，令石厚暗中部署一切。

次日一早，桓公便出发了，州吁亲自驾车，迎入行馆，宴席早已摆好，互相寒暄客气一番之后，州吁便躬身向卫桓公进酒说："兄侯远行，臣弟特备薄酒与兄侯饯别！"卫桓公说："又教贤弟费心了，此行不过个把月就可以回来了，烦劳贤弟暂时代理朝政，小心在意。"州吁说："兄侯放心，小弟会特别小心！"急忙斟满一杯酒奉上，桓公一饮而尽，亦斟满了杯酒回敬，州吁双手去接，诈为失手，酒杯跌落于地，慌忙拾取，亲手把杯子洗涤，桓公不知其中有诈，命令左右另取一只酒杯来，想再敬一杯，州吁乘此机会窜到桓公背后，抽出短剑，猛刺桓公后背，剑刃穿透前胸，桓公当场被杀死。

　　随行的文武大臣目睹这突发事件，大吃一惊，但平时已知州吁的行动非同一般，石厚又引军把公馆围得水泄不通，自知不能对抗，只好投降归顺。州吁很快就把桓公的尸体安葬好，向外界宣称是得了急症暴毙，便自立为君，拜石厚为上大夫，他的二哥公子晋见势不妙，慌忙逃到邢国寻求政治庇护。

　　州吁即位三天，听到外边的议论沸沸扬扬，都在说他弑兄夺国的事情，因此又和石厚商议起来，他说："你听见外面的话没有？举国上下都在说我的坏话了，看来唯有施展武威，征讨邻国，打两次胜仗，以此压制国人的反抗不满情绪。你说应该向哪一个国家动兵呢？"石厚很高兴地回答："那自然要攻打郑国，郑国侵略过我国，正好趁机报仇雪耻！"他们筹划密谋之后，立即调兵遣将兴师动众向郑国发动了攻势。在五天之内，打了一个小胜仗后，石厚下令班师。州吁不明其中奥妙，惊讶地问："为什么大军还未接触就要班师？"石厚请州吁屏退左右，秘密地告诉他："郑国的兵素称强悍，而且其君是王朝的卿士，我们没有全胜把握。现在打了小胜仗，足可以向国人示威一番了。何况王公登位不久，国事未定，若久留在外，恐怕国内有变乱。"州吁说："你想得真周到，我还没有考虑到这一点呢！"于是，石厚得意扬扬地下令班师，叫兵士沿途高唱凯歌，拥着州吁浩浩荡荡地班师回朝。

　　州吁对石厚说："打了胜仗回来，国人还是不服从，还有什么办法？"石厚回答："臣父石碏，昔位上卿，素为国人所信服。主公若征之入朝，与共国政，位必定矣。"州吁即命人带着白璧一双，白粟五百钟，前去问候、聘请石碏入朝理政、辅佐。石碏深谙"多行不义必自毙"的道理，卫国的实权落入弑君叛逆之手，必将后患无穷，百姓遭殃，国将不国，便推辞说："我年老了，病情一天比一天加重，昏聩无能，就是上朝也无助于任何事情了。"州吁又问石厚："你父亲已经托病不肯入朝，我想亲自造访向他请教定国安民的妙计，如何？"石厚说："主公亲往，他也未必愿见，还是让我回家一趟，代主公美言传意，看他的意思如何！"

石厚回家拜见父亲，并转达了新君的敬慕之意。石碏就问："新主要召见我究竟为了什么？"石厚告诉父亲说："就是因为国人对新主没有好感，人心不服，诚恐王位不稳，故想请父亲筹划良策，以安国人社稷！"石碏说："这有什么困难？凡是诸侯即位，必先禀告周王朝才算正统，如果新王能得到周天子的诰命，国人还会说什么呢？"石厚说："这意见固然很好，但现在无故入朝，恐怕周天子会起疑心，最好先派一个在天子面前说话有分量的人去疏通一下，但又有谁能担当此任呢？"其意是想让父亲承担此任。石碏说："目前陈公（即陈桓公）忠顺周天子，每年朝聘不缺，甚得周天子的嘉奖宠幸。我国与陈国一向亲睦共处，近来又有借兵之好，如果新主亲往陈国造请陈公，央求他从中撮合，然后入觐周天子，这件事顺理成章，定能成功。"却不想这是石碏的调虎离山之计。

石厚把这番话回告，州吁听后不胜欢喜之至，立即备好玉帛礼仪，命上大夫石厚护驾前往陈国而去。

石碏和陈国的大夫子针一向要好，见二逆上路，等盼已久的机会终于来了，便割破手指，沥血写下一信，派遣心腹之人，秘密送给好友陈子针，托他呈送陈桓公。信中写道："外臣石碏百拜致书陈贤侄殿下：卫国褊小，天降重殃，不幸有弑君之祸。此虽逆弟州吁所为，实臣之逆子厚贪位助桀。二逆不诛，乱臣贼子行将接踵于天下矣！老夫年耄，力不能制，负罪先公。今二逆联车入朝上国，实出老夫之谋。幸上国拘执正罪，以正臣子之纲。实天下之幸，不独臣国之幸也！"

陈桓公看罢来信，便问子针："你看这件事咋办？"子针毫不犹豫地回答："我国和卫国素相亲睦，希望相助。卫国的不幸，也就是我国的不幸，他们前来，乃是自己送死，万万不能放他们回去。"桓公说："好，就这么办！"便制订了擒获州吁、石厚的计策。

州吁和石厚威风凛凛地到了陈国，并不知卫国石碏与陈桓公之间已经秘密制订擒拿他们的计策。陈桓公特派公子伦出郭城迎接，安置他们下榻华丽的馆舍里，并致陈侯仰慕之意，同时约请第二天在太庙里接见。州吁见到主人这么殷勤客气，心里非常欢欣。翌日，太庙上摆设得严肃堂皇，陈桓公站在王位，左右文臣武将排列得十分整齐。大夫子针先陪石厚到来，一下石阶，石厚一眼瞥见门口竖立一个白牌，写着"为臣不忠，为子不孝者，不许入庙"十三个大字，顿时心里一怔，大吃一惊，回头问子针："立这个牌是什么意思？"陈子针很有礼貌地解释："这是我们先君留下的祖训，君王以示不敢忘记。"石厚这才放下心来，没有产生怀疑。

不一会儿，州吁驾到，站在宾位，赞礼官高唱，请诸臣来宾入庙去行礼。州吁整饰衣冠，正要鞠躬行礼。子针大声高呼："奉周天子命令，擒拿弑君贼州吁、石厚两人，余人俱免！"话声未完，已先把州吁拿住，石厚急忙想拔剑抵抗，一时慌神着急，拔不出鞘，只得赤手格斗，打倒二人。这时埋伏在左右壁厢的武士一拥而上，把石厚也捆绑起来。陈桓公想将州吁、石厚二人就地正法。左右群臣异口同声地说："石厚是石碏的亲子，况且这件事又是他主谋的，未知其意如何，不若请他自己到来，把两人交还给他亲自处置好了，这样才可以避免误会。"便把州吁和石厚分别囚禁起来，连夜派人前往卫国通告石碏。

石碏自从告老居家之后，未曾出户半步，看到陈国有使臣到，心里便明白一切，即令人驾车伺候，准备上朝，再派人通知各文武官员出朝相见。各官员见石碏破例要上朝议事，大为惊奇。石碏到朝当众宣读陈侯的来信，称州吁和石厚被陈国拘禁，专等卫大夫去亲自发落。群臣齐声回答说："这是国家大计，全凭国老主张是了。"石碏继续说："两个逆徒罪恶昭著，俱杀无赦，不明正典刑，何以告谢先灵？有谁肯往陈国诛杀这两个逆贼？"右宰丑站了出来说："乱臣贼子，人人得而诛之！臣虽不才，窃有公愤。逆吁之戮，丑当莅之。"诸位大臣都说："右宰足办此事矣。但首恶州吁既已正法，石厚从逆，可以轻议。"

话声未落，石碏勃然大怒，拍案而起，大声叫道："州吁之恶，皆逆子所酿成。诸君请从轻典，得无疑我有舐犊之私乎？老夫当亲自一行，手诛此贼。不然，无面目见先人之庙也！"家臣獳羊肩连忙说："国老不必发怒，我愿意去执行国老的命令。"

他们两人赶到陈国，谢过陈侯，先后分别执行使命。先把州吁押赴市曹，州吁对右宰丑说："我是君，你是臣，怎么敢于犯我？"右宰丑说："你兄长为君，你为臣，你竟胆敢包天把他刺死了，我现在只好跟你学一学罢了。"说完，一刀下去，州吁顿时身首异处。獳羊肩把石厚从监狱里押出来，石厚向他求情说："我自己知道死有余辜了，但是事到如今，只请你把我押回卫国去，见父亲的最后一面，然后就死！"獳羊肩说："我奉你父亲命令而来，就是要将你就地正法。你如果想见父亲，我带你的头回去见好了！"不由得石厚再说，一刀从脖子砍下去，一切宣告结束，祸害为虐卫国的恶逆终被根除了。

这是中国历史上，在复杂政治斗争中，巧妙筹谋运用调虎离山之计铲除卫国弑君恶逆的成功范例。在整个用计过程中，因为所调之虎非常凶猛而有智谋，胆识过人，武艺高强，系弑兄谋逆篡位之徒，身旁又有谋臣助纣为虐，筹划操纵，狼狈为奸，不但不易上钩，而且稍有破绽漏洞，就可能招致杀身灭族之祸，风险极大，所以谋计者确实花费了一些心机。贯穿调虎的过程中，还穿插使用了瞒天过海、借刀杀人、杀一儆百等计谋，用计过程较长，一波三折，高潮迭起，一环扣一环，调猛虎而分其势，夺其锐气，直至最终彻底制伏它，的确有许多高超过人的智慧在其中，足以给人启迪深思。

从本例可以看出：一要识虎（习性）。老虎有强虎、猛虎、恶虎、驯虎之分，但无论哪一种虎，其庞大凶狠的外貌足以使人望而生畏，不寒而栗，退避三舍，敬而远之。因而不仅接近它不易，而且稍有不慎即有被虎生吞活噬的危险。本计的巧妙运用者春秋时期卫国的上大夫石碏，确实是一位德高望重而足智多谋的贤臣，当他看到卫国的公子州吁喜武嗜斗的本性后，便高瞻远瞩地预感到此人的存在，将来势必会染指卫国的朝政，对江山社稷的安危构成巨大威胁，所以起初卫庄公在位，宠爱骄纵州吁时，他就曾忧心忡忡地劝谏庄公说："我听说喜欢儿子，应当以道义教导他，使他不要走上邪路。骄傲、无礼、违法、放荡，是走上邪路的来由。"并且说："如果准备立州吁为太子，那就定下来；如果还不定下来，这就会逐渐酿成祸乱。"卫庄公却置若罔闻，不予理会。亲生之子石厚，与州吁十分要好，臭味相投，虽有鞭笞教导，也不肯改悔，与州吁同流合污，随波沉浮。石碏感到大势不妙，于是在卫庄公去世、桓公继位后，看到新主已非旧主所望，不能有所作为，改变国家日趋严重的危象，便佯称年老无能托病归家。后来卫国政局的发展的确如他所料，州吁果然伙同石厚倒行逆施弑君篡位，不行仁政，穷兵黩武，滥施淫威，招致国人上下怨怒，人心沸沸扬扬，处于混乱飘摇之中。自己虽然不在朝廷辅佐理政，但关心着江山社稷安危，国家民族的生死命运。他不甘心国家就这样被无耻恶逆之徒操纵，虽然深藏家门，却密切注视政局的发展演变，等待并创造机会，以期铲除逆贼，重振国威，求存图兴。实践证明，州吁、石厚无法也没有能力治国安邦。然而尽管如此，石碏谙悉，改变现状必须首先扳倒祸国殃民的二逆，可是二逆仍然把持朝政，不可贸然铲除，仅靠卫国政坛的力量难以迅速拔除，必须借助他国的力量，才能达到分其势、夺其气，制伏它的目的。石碏精心谋划导演了上述精彩的调虎离山之计，终于如愿以偿，实现了重振卫国的宏大志愿。运用这一计谋之所以成功，关键的问题在于对"虎"要了如指掌，识其性，辨其迹，谙其嗜，懂得该如何驯服、控制乃至将其置于死地。

二要巧调（择饵）。要实施调虎离山之计，关键问题在会调，而且是善于巧调，实现"会"与"巧"，则须慎选"虎食"、"香饵（肉）"，只有这样才能因势利导，将老虎调出山，化为平原之虎，分其势，制伏它，并不被它吃掉。正因为老虎的存在时时刻刻都是一种威胁，又不能轻易制伏它，所以首先做的就是调其出山，使之丧失赖以生存的地盘。石碏作为卫国的元老忠臣，综合国力以及民众之势，在当时的情况下，凭借自己的力量确实不能制伏铲除州吁、石厚业已形成的党羽势力，又不甘心他们把持朝政，故当他们为稳固政权向他请教如何安抚民心，如何取得周天子诰命，获得正统地位时，便心生妙计，利用自己的智慧，顺水推舟，独具慧眼，用篡位之暴君急欲所求之"正名"、"服众"为调（钓）饵，设下圈套，将他们调到与卫国友邻的陈国，联合上演了智擒猛虎而无损国威的计谋。整个计谋的运用过程中，石碏老谋深算，对机会的把握（去其国），火候的恰到好处（出访陈），引虎诱饵的投置（见周天子），以及调虎离山分寸的掌握都做了精心细微的考虑与安排，所以州吁、石厚尽管勇猛凶恶，多谋猜疑，难以揣测琢磨，不易上当受骗，多么刁奸精明，在官场"老猎手"石碏面前还是暴露出了弱点，被其置于死地，未能幸免一损俱损、一亡俱亡的命运。

三要去威（乘隙）。剪除虎威则是调虎并置其于绝境的首要前提。再凶的虎也有其"弱"，再恶的虎也需食其"肉"。即强中有弱，壮中有虚，去威便有隙可乘。石碏在残酷激烈无情的政治斗争中，看到州吁弑兄篡位，在卫国耀武扬威，作威作福，嚣张横行不可一世，又有石厚助其为虐，但未能取得民心，弑兄不义又为当时的礼义所不容，其政治地位还没有得到周天子和邻国的认可，未取得合法身份，因此利用这样一个有利机会，在巧调老虎离山的筹谋中，又设计采用离其党羽爪牙（使其远离卫国至陈国，形同孤家寡人，毫无反抗能力）、昭彰恶名劣行（致书陈君，罗列弑兄篡位、不行仁义之举）、激起众怒天怨（民心不服）、伏其佞臣（大义灭亲，斩杀己子）、借其天威（尊奉周天子名义）等手法，贯穿其计之中，从精神和智谋上彻底打掉了州吁、石厚的威风，逼迫他们走上失道寡助、自取灭亡的暮途。

四要制伏（杀儆）。在政治斗争中，调虎离山之计的一个突出特点就是，调虎使之落入平原，或被犬驭，或被猎杀，或儆杀示众，甚或食其肉、寝其皮，以壮己威。总之，就是要制伏它，消灭它，其过程就是使猛虎恶虎变为庸虎困虎，然后寻机予以一网打尽，斩草除根。此例的结局也是如此，是以斩除卫国的两虎而告终的。但制伏它的目的并不在于惩处已有的老虎，而是还包含有一种更深层次的意义，那就是杀一儆百，警告伺机图谋不轨的后来者，是为前例。

事例：伍子胥借伐楚名，公子光剪除三虎

春秋后期，吴国的公子光（即后来的吴王阖闾），早就想除掉吴王僚，由自己取而代之，成为名符其实的吴王，实现霸业。吴王僚有三个骁勇剽悍的儿子时刻在身边保驾，作为左膀右臂，使人难以下手。公子光只能暗自着急，无机可乘。由楚国亡命吴国的伍子胥，"其状伟，长一丈，腰十围，眉间一尺"，是一位足智多谋、善用诡谋的勇士，不但看出了公子光的心思，而且暗中活动，创造条件，等待时机，打算帮助他。这时正赶上楚国的楚平王因为内外交困而死去，楚国更加动乱不安，正是吴国乘乱取利，实现霸主之业的最佳时机，是分散吴王僚及其诸子的最好借口，也是伍子胥报家仇的最好时机。伍子胥便对公子光说："如果你向吴王僚建议，乘楚国发生混乱危机的时候，向他们发动进攻，吴王僚认为不费吹灰之力，灭其国，掠其财，夺其民，占其国，一定会同意的。然后你借口自己的脚被扭伤了，再建议吴王僚派他的儿子掩余和烛庸带兵前往，轻而易举，不费举手之劳荣立赫赫战功，他的两个儿子依恃骁勇气盛，决不会轻易放弃这样的良机，就会远远离开他。同时建议派他的另一个儿子庆忌出使郑国和卫国，游说他们一起参加伐楚，这样一条计策，就可以去掉吴王僚赖以淫威横行的三个羽翼，分其势，夺其气，驾空他，剩下一个吴王僚无论多么精明过人，足智多谋，善于用计，但毕竟势单力弱，丧失依托之盾，就很容易对付了。"吴王僚听信了公子光的建议，认为这是千载难逢的机会，把三个儿子全都委以重任派遣赴命。公子光认准这个机会，在伍子胥的精心策划布置下，请勇士专诸刺杀吴王僚成功，自己顺势登极为王。吴王僚的三个儿子知道等待他们的是什么样的结局，不敢回来，只好亡命他国，成为丧奉之奴。

在伍子胥眼中，吴王僚同他的三个儿子在一起时，人多势众，就好像是四条猛虎，仅凭公子光个人拥有的力量根本无法与之抗衡明斗取胜，唯有分其势，各个击破才有战胜敌手的可能性。公子光听从伍子胥的谋略，以"伐楚"、"复仇"之名为诱，将三只老虎"调"走，不但达到群虎"分其势"的目的，而且使虎王势力大减，使之由强变弱。沿着群虎（逞威）→调虎（分势）→杀虎（捣胆）→丧犬（失魂）的演化过程，自己则由弱变强，导引势态的进展，把握主动权，从而由被动转为主动，并且在吴王僚被刺杀的时候也失去了救助，使自己如愿以偿，顺利登上了王位。

2. 驱之以害

趋利避害，图吉避邪，也是人之常情，特别在激烈复杂的政治角逐中朝不保暮，危在旦夕，正成为惊弓之鸟的政敌，对于即将出现的祸害更是避之唯恐不及，如果在他的背后以害相威胁恐吓，乱其方寸，那么其就会不顾一切力图摆脱即将从天而降的灾祸。运用此种手法调虎关键在于"驱"（逼使）虎，使之避害，对于虎来说，它有求安图存欲生的迫切愿望，并且有较为理想的避害场所可以藏身保命；用计者向老虎晓之以害，促使它避害，并不是纵虎归山，另筑新巢，正是要达到首先分其势，然后逐个予以收拾，最终达到彻底消灭它的目的。这是在战略策略上灵活运用调虎离山之计的一种常用手法。

事例：陈平设计除诸吕，周勃信谋安刘氏

陈平是汉高祖刘邦最重要的谋士之一，善于审时度势，分析情况，果断地选择最佳方案，能够提出奇谋异策，被史书誉为"六出奇计"。刘邦去世之后，陈平施展韬晦之计，赢得了吕后的信任，保全丞相职务。在吕氏子弟密谋篡权的关键时候，陈平与太尉周勃等人一举粉碎了吕党，平息了内乱。在平息诸吕、安定刘氏江山的过程中，陈平、周勃等人不但屡施奇谋保全了自己性命，而且巧用调虎离山之计，与瞒天过海、分化瓦解、借刀杀人、欲擒故纵等计谋手段交相迭用，彻底消除了诸吕势力。其过程如下：

第一步，明保暗潜，蓄谋以待。

刘邦死后，吕后在朝中专权，鸩赵王，害戚姬，为所欲为，嚣张煊赫一时。陈平虽为左丞相，但知吕后势力日大，多说无益，便施行韬晦之计，极少参与朝政，更不愿为吕氏诸族出谋献策。惠帝七年，吕后欲封吕氏子弟为王，朝廷顿时沸腾，人人议论纷纷。都说高帝曾与群臣杀白马饮血盟誓："非刘氏不得封王，非有功不得封侯；如违此约，天下共击之。"若吕后提出这个问题，答应不是，不答应也不是，难于左右逢源。人人忐忑不安，唯恐吕后问到自己头上，让自己表态。这日，吕后在朝议时，果然就此事问右丞相王陵，他当即表示现在分封吕氏为王，不符合白马之盟所约。吕后又问陈平、周勃，二人心想，此时吕氏掌管朝政，自己同意与否，她都会这样干。如果得罪了太后，丢了高官厚禄不说，就连尽忠高帝的机会都有丧失的可能，便违心地说："高帝统一天下，分封刘氏子弟为王；现在太后临朝管理国家，分封几位吕氏为王，没有什么不可以的。"吕后一听，喜笑颜开。陈平、周勃的回答，颇合太后本意，给太后解了围，来了个退避为守的策略，顺利过关。王陵听到此话，气得脸红脖子粗，朝议结束后，责备陈平、周勃说："当初与高皇帝饮血盟誓时，你们二位不在场吗？现在高帝驾崩了，太后以女主当政，要封吕氏为王，你们逢迎太后意旨而背弃盟约，又有何脸面去见高帝于九泉之下呢？"陈平、周勃对王陵说："现在，在朝廷之上当面谏阻太后，我二人确实不如您；可将来安定国家，确保高帝子孙的刘氏天下，您却不如我二人。"王陵无言以对。果然不久，吕后明升王陵为皇帝的太傅，实际上剥夺了他原任丞相的实权。王陵称病，被免职归家，由陈平接任其职。

第二步，外示假象，欲擒故纵。

接任右丞相后，陈平深知吕氏集团对高帝旧臣老将怀有很深的芥蒂，如有不慎，身家难保，便纵情声色之中，不问政事，心猿意马，拥赵姬，抱楚女，凡事由吕后及其亲信处理。吕后心中窃喜，以为陈平不给她捣乱，吕氏天下可保无虑。其实陈平心如刀绞，七上八下，十分矛盾。心想：自己对吕后委曲求全，意在保住官职，以求得一旦有变，安刘氏，整朝纲，以报先帝知遇之恩。无奈吕氏势焰，日盛一日，欲在此时阻止吕氏的活动，会过早暴露目标，恐如螳臂当车，不自量力。若听任其发展下去，万一吕氏篡权得逞，羽翼丰满，日益强大，自己有何面目见太祖高皇帝呢？又怎能对天下人解释呢？这个局面可比在荥阳、白登山时难办多了。冥思苦想，实在找不出一个万全之策，一筹莫展，以致忧思郁结，难以自拔。

正当陈平在屋中担忧诸吕横暴，自己又无力制止，恐怕大祸临头时，陆贾前来造访，劈头便问："丞相思虑何事，竟然如此全神贯注！"陈平抬头望见是因不满吕氏专权，托病辞职的大夫陆贾不请自到，从天而降，便笑着说："先生猜测我思虑何事？"陆贾说："您富贵无比，位极人臣。但您却有忧虑，不外乎是担心诸吕和皇上年幼罢了。"陈平见陆贾一语点破心机，也就坦诚地说："先生料事如神，陈某钦佩至极。敢问有何妙策，方能转危为安？"陆贾说："天下安，注意相；天下危，注意将。将与相关系和谐，士人就会归附；天下即使有重大变故，大权也不会被瓜分。安定国家的根本大计，就在你们二位文武大臣掌握之中。我曾想对太尉绛侯周勃说明这一利害关系，绛侯平素与我常开玩笑，不会重视我的话。丞相为何不与太尉交好，密切联合呢！"陈平是何等聪慧的人，马上领悟到陆贾的意思，连声说："高见，高见。"接着陆贾为陈平谋划将来平定诸吕的几个关键问题。陈平本来与周勃不和。当年他归汉时，周勃曾经说过他受金盗嫂，陈平当然心存芥蒂。但诸吕日盛，势必危及国家和自身安全，陈平决定"捐弃前嫌"，以五百金厚礼向周勃上寿，博取将相交好。周勃亦隐恨诸吕，自然与陈平情投意合，两人你来我往，经常筹谋除吕大计。陈平又让陆贾借交游公卿之便，联络反吕之人，结成联盟，伺机行事。自己仍作吕氏忠臣的模样，骗取吕后的信任，顺水推舟，将错就错，支持吕后干些蠢事，让其自掘坟墓。

第三步，迫吕（禄）交印，驱虎出军。

高后八年（前180）秋季，吕后病重，诏令赵王吕禄为上将军，统领北军，梁王吕产统领南军。吕后临终前预感到诸吕与高帝旧臣老将之间将会发生激烈的政治流血冲突，便告诫二吕说："封立吕氏为王，大臣心中多不服。我就要去世，皇帝年幼，恐怕大臣们乘机向吕氏发难。你们务必要统率禁军，严守宫廷，千万不要为送葬而轻离重地，以免被人所制！"诸吕加紧夺权步骤。陈平、周勃虽有心发难，但看到诸吕戒备森严，警觉事态发展无懈可击，也只有忍而不发。考虑再三，权衡利弊，陈平认为铲除吕氏必须一要借助封国刘氏诸子之力，转移朝廷视线；二要分化瓦解、离间吕产与吕禄的关系，破坏其联手同盟，各个击破；三要驱之害，迫使吕禄交出北军的权力，调他前往封国；四要在军队中寻找新的合作力量。陈平终于策划出一个较为周全的计划，秘密派人找到朱虚侯刘章，由他出面串联刘氏诸王在外起兵发难，自己和周勃在朝中策应，内外结合，不信动摇不了诸吕的堡垒。

果然，齐王刘襄、琅琊王刘泽，率兵入京，欲诛诸吕。吕产、吕禄闻变大急，立即遣颍阴侯灌婴统兵征讨，消灭刘襄。灌婴行前向陈平告别请教，陈平面授机宜说："荥阳为天下重镇，进可攻，退可守，不可丢失。"灌婴心领神会，与其部下计议说："吕氏在关中手握重兵，图谋篡夺刘氏天下，自立为帝。如果我们现在打败齐军，回报朝廷，这就增强了吕氏的力量。"灌婴率兵行至荥阳屯兵据守，并派人告知齐王和诸侯，决定阵前反戈一击，互相联合，静待吕氏发起变乱，即一同诛灭吕氏。各王得知此意，就退兵到齐国的西部边界，待机而动。这时吕禄、吕产想发起变乱，但内惧朝中绛侯周勃、朱虚侯刘章等人，外怕齐国和楚国等宗室诸王的重兵，又恐手握军权的灌婴背叛吕氏，打算等灌婴所率汉兵与齐军交战之后再动手发动宫廷政变，阴谋篡权。

更令人担忧不安的是，当时双方的力量对比相差悬殊，此时济川王刘太、淮阳王刘武、常山王刘朝及鲁王张偃，都年幼，没有就职于封地，居住在长安；赵王吕禄、梁王吕产分别统率北军和南军，都是吕氏一党。列侯群臣没有人能保安全，太尉绛侯周勃手中没有军权。曲周侯郦商年老有病，其子郦寄与吕禄交情甚好。绛侯与丞相陈平商议，只要驱之以害，由人说服吕禄交出北军统率权，返回封国，二吕的联盟就会不攻自破，吕产就是再嚣张，也易于擒拿，而要说服吕禄扰乱其心，调他出京就封，最合适的人选莫过于郦寄。陈平、周勃便以议事为名，将郦商父子骗到相府，以郦商为人质，迫令郦寄游说吕禄说："高帝与太后共同安定天下，立刘氏九人为诸侯王，立吕氏三人为诸侯王，都是经过朝廷大臣议定的，并已向天下诸侯公布，诸侯都认为理应如此。现在太后驾崩，皇帝年幼，您身佩赵王大印，不立即返回封国镇守，却出任上将，率兵留在京师，必然会受到大臣和诸侯的猜疑。您为何不交出将印，把军权还给太尉，请梁王归还相国大印给朝廷，您二人与朝廷大臣盟誓后各归封国？这样，各兵必会撤走，大臣也得以心安，您高枕无忧地去做方圆千里的一国之王，这是造福于子孙万代的事。"吕禄本无韬略，以外戚身份掌权，哪里是陈平等人的对手。郦寄以从陈平那儿学来的一番话，居然说得吕禄头昏脑涨，不知所措。吕禄将此言转告吕氏父老，诸吕也是众口纷纭，莫衷一是。唯有吕婴头脑尚清楚，大叫："庸奴，汝为上将，不思保国安邦，反而终日离军游猎，还要交出兵权。你若交出兵权，吕氏一族，将死无葬身之地。"

恰巧在这个关键时刻，郎中令贾寿出使齐国返回，批评吕产说："大王不早些去封国，现在即便是想去，还能够吗！"随即贾寿把灌婴已与齐、楚两国联合欲诛灭吕氏的事告诉了吕产，并且催吕产迅速入据皇宫，设法自禁。平阳侯曹窋听到贾寿的话，快马加鞭，十万火急，赶来向丞相和太尉通报了突发的局势变化。

陈平得到报告，知道巧夺军权的谋略可能中途夭折，决心冒险行事。派人请来负责典掌皇帝符节的襄平侯纪通，晓以大义，让他与周勃一起，伪称奉皇帝之命允许太尉进入北军营垒，代吕禄统领北军。怕吕禄不服，再派郦寄和典客刘揭先去劝说："皇帝指派太尉代行北军指挥职务，要您前去封国。立即交出将印，告辞赴国，否则祸在眉睫。"陈平怕郦寄也不能说服吕禄，又派两名武艺高强的刺客，伺机下手诛杀吕禄。不料吕禄认为郦寄不会欺骗自己，就解下将军印绶交给典客刘揭，把北军交给太尉指挥。太尉进入北军时，吕禄已经离去。陈平、周勃等人谋划的驱之以害，调虎离山，分其势，夺其锐气的第一步策略取得了成功。太尉得了将印，召集将士们说："为吕氏右袒，为刘氏左袒！"北军将士都袒左臂，愿听周勃将令。但是，还有南军未被控制。丞相陈平召来朱虚侯刘章辅佐太尉。太尉令朱虚侯监守军门，又令平阳侯曹窋告诉统率宫门禁卫军的卫尉说："不许相国吕产进入殿门！"

吕产不知吕禄已经离开北军，进入未央宫，准备作乱。吕产来到殿门前，无法入内，在殿门外徘徊往来，被奉命前来保卫皇帝的刘章抓住，一剑杀死，并火速通报。陈平、周勃见吕产已死，二虎中的一只最凶猛的恶虎已被铲除，料知诸吕无能为力，当即派遣将士，分别捕杀诸吕，一场诸吕阴谋政变篡权的祸难，就如此平息了。

显而易见，在汉初刘邦死后，诸吕势力与刘氏后裔的朝政争夺中，诸吕占有明显优势，控制着政军大权，发号施令，朝纲独断，刘氏则处于劣势，直到吕后死去一直保持这种格局。刘氏诸裔之所以能够战胜诸吕，重掌朝廷大权，靠的完全是跟随刘邦南征北战，屡立奇功，各闻遐迩的老臣陈平、周勃等人运用政治计谋，巧调诸吕，分化瓦解其阵营，各个击破，里应外合战略实施的成功。在这场剑拔弩张、你死我活的政权争夺中，诸吕蓄谋已久，控驭着主动权，诸刘处于被动防范状态，斗争的双方都试图吞并对方，独霸一尊，均在玩弄政治权术与计谋，真是计计相对，环环相扣。诸刘面对复杂的斗争形势，尽管使用了多种计谋，但其中最关键的驱之以害（交将印），调虎离军，分化吕产、吕禄的计谋取得了成功，从而破坏了诸吕阴谋篡权中枢系统的正常运转，为倾吕安刘创造了条件，赢得了主动权，转弱为强，后发制人，以迅雷不及掩耳之势，铲除了诸吕势力，稳固了汉室江山。

3. 乱之以虚

所谓乱之以虚，就是以虚虚实实的声东击西之法来扰乱敌人的视听，造成其判断上的失误，使其中枢系统发生混乱，不能把握全局，如同无头之蝇，四处乱撞，就可以将之引诱到次要的方向，或对敌不利的地方，然后置其于死地，达到完全控驭的目的。在政治争斗中，运用这一计谋对付政敌，乱其阵脚，惑其视听，致其歧途，剪其党羽，使其寡助，举而歼之，是常见的手法。如果运用者能够准确把握时机，并将之与他计套用妙用，更见奇效。

事例：陈平迭出神奇计，刘邦战胜楚霸王

楚汉战争的关键时刻，刘邦采纳陈平的"奇计谋，卒反楚"由弱变强，由被动为主动，终于战败楚霸王项羽，平定天下，登上了帝位。这里陈平的奇谋妙计，都是套用反间，乱之以虚的策略，达到调虎离山，削弱、孤立楚霸王而后将他制伏的目的。陈平"救纷纠之难，振国家之患"的奇计，是由以下几个战略得以贯彻实施并取得成效的。

一是捐金行反间，乱霸王阵脚，废谋臣钟离昧。

汉高帝三年（前204），刘邦进攻彭城失利，反被围困在荥阳城内，并被楚军断了外援和粮道。刘邦派人与项羽谈判，愿意割让荥阳以西讲和。项羽不答应，非要杀掉刘邦不可。打则寡不敌众，和又和不成，刘邦在内忧外困，进退维谷，无所施展之际，便召集张良、陈平诸谋士商议说："项羽乘我兵力分散，城内空虚，率兵围攻，有何办法退敌？"陈平回答说："我在霸王手下干过，今又来到大王麾下，对他们的情况略知一二。项王能恭敬爱人，那些廉节好礼之士都愿意归附他。至于论功行赏，封官授爵，他却看得很重，吝啬得很。一个金印恨不得要在他手中磨成圆的，也不舍得给部下，因而那些追求官爵的人就不愿跟随他。大王您对人怠慢不注意礼节，那些讲究廉节的人就不愿前来。但大王您却舍得把金钱、爵位、封邑赏给有功之臣，那些不顾廉耻的人便会来投奔您。你们双方谁能克服自己的短处，吸取对方的长处，天下就是谁的。我希望大王能改掉随意侮辱人的恶习，尊重人才，就一定能得到更多人的拥护。"并且说："顾楚有可乱者，彼项王骨鲠之臣亚父、钟离昧、龙且、周殷之属，不过数人耳。如果能够离间他们，就可以解散项羽的核心组织，使其不能同心同德对敌，就能削弱他的进攻力量了。"刘邦急问："何以离间诸将，使其不和内哄？"陈平回答说："项王为人意忌信谗，大王诚能捐数万斤金，行反间，间其君臣，以疑其心。他们必内相诛，然后汉军可举兵而攻之，破楚必矣。"刘邦认为分析的极是，随即拨出四万斤黄金给陈平，让他任意使用，"不问其出入"。

陈平见汉王如此信任他，便放心大胆实施其去除虎翼的"拔木之术"，选定的第一个目标就是钟离昧。他亲自安排心腹小校，让他们扮作楚兵模样，怀金出城，贿赂项羽左右贪婪奸邪谄媚之辈，散布谣言。钱能通神，不过两三日工夫，楚军内已是传说纷纷，说什么钟离昧等人为霸王立下汗马功劳，始终未得封赏，他们心怀不满，要与汉王联合，灭掉项氏，瓜分楚地，各自为王，云云。一传十，十传百，一时楚营议论纷纷，军心大动；项羽有勇无谋，素好猜疑，一闻讹传，便信以为真，竟把钟离昧等视作贰臣，不加信任。只对范增信任如故。后人将陈平使用反间计，扰乱项羽视听，达到调钟离昧离开其核心组织，化害为利的计谋看作是其六出奇计的第一计。其实此计实属平常，只不过用得巧，用得是时候，用得干净、利落，对症下药，抓住了项羽的弱点和突破口，所以一下便收到异乎寻常的效果，使项羽的核心组织堡垒受到震撼，自溃内乱，开始出现裂痕。

项羽疏远了钟离昧，但对荥阳的攻势却丝毫没有放松，仍然挥军把荥阳围得水泄不通。然而汉军坚壁固垒，楚兵终不能越雷池一步，项羽十分急躁。陈平抓住时机，又向刘邦献计道："项羽攻城不下，正好派人去向他诈降。他必然应允，遣人来讨论条件，到时我们便以恶作剧戏弄来使，借此来离间范增，等到项羽军心浮动时再行突围。"张良也说："项羽断然不会亲临汉营和谈，只要能吸引他的臣下来到这里，事情就好办了。可以先差使数人去楚营求和，项羽刚而无韧，连日攻城不下，正在焦急，见有汉使前来，一定会派人前来汉营协商。"刘邦心领神会，遂命陈平、张良依计而行，借机演出谋害项羽忠臣范增的恶作剧。

二是无中生有，嫁祸于人，逼死谋臣范增。

却说张良、陈平派遣使者前往楚营游说，无非是厚礼甘言，说刘邦不敢与楚王分庭抗礼，愿各守封疆，共保富贵，划荥阳以东为楚界，荥阳以西为汉界。项羽果然中计，猜疑钟离昧诸人，并派人至汉军中一探虚实。项羽这一举动又为陈平进一步离间楚之君臣提供了千载难逢的良机。经过一段时间的对抗，项羽想到刘邦势力日大，韩信又善于用兵，继续对抗下去，两败俱伤，难料鹿死谁手，不如趁早讲和，休养生息，等待机会，东山再起，便召范增前来商量。范增分析形势，说道："议和是刘邦的缓兵之计，和谈不是本意，把战局拖住，坐等韩信救兵才是真正目的。今日正可猛攻快打，不给其以喘息机会，把刘邦消灭在这里，再去对付韩信。"

听了范增的一席谈，项羽犹豫起来。汉使料定是范增从中作梗，乃对项羽进谗说："陛下自应圣裁。左右的话，怕有私弊。因为战胜也好，战败也好，别人一样可以不当楚官当汉官，但陛下将怎样处理自己？况且汉王尚未势穷力尽，韩信的几十万大兵很快就会到来，内外夹攻，陛下师疲粮尽，那时欲退不得，欲进不能，不是后悔莫及吗？依臣鄙见，倒不如及时讲和，化干戈为玉帛，这样，不独汉王感恩戴德，百姓也会讴歌陛下的仁义呢！臣虽身在汉营，仍是天下一介贱民，望陛下三思，为天下着想，不要被左右暗中出卖了！"

汉使的话掷地有声，似乎入情合理，不容怀疑。项羽一时莫辨真伪，六神无主，难以回复，便道："你先回营，我即派人入城讲和。"汉使的激将法，果然见效。陈平得悉，心花怒放，便导演了一出离间楚君臣关系，调虎离山，气走亚父范增，孤立项羽的活剧。

项羽不听范增的劝谏，派遣虞子期等人为和谈大使进入荥阳城。刘邦谎称夜饮大醉，命陈平前来接待。陈平见到楚使，故作高兴之状，问长问短，并亲自引楚使到客房，摆设了丰盛筵席，请虞子期上坐，顺便问起范增的起居近况，大赞范增，并附耳问："亚父范增有什么吩咐？"虞子期回答说："我们是楚王差使，不是亚父差来的。"陈平故作惊讶地说:"吾以为亚父使,乃项王使!"便叫几名小卒撤去上等酒席,随后把楚使领至另一间简陋客房,改用粗茶淡饭、残羹冷炙招待。陈平满脸愠色,拂袖而去。楚使莫名其妙,如坠云里雾中,弄不明白楚王的使者与亚父的使者有何不同。他们整衣急切求见,刘邦传话说还未梳妆。侍从领着楚使在密室休息,奉陪一会儿,托辞起身说:"虞大使请稍候,小臣去帮汉王梳洗。"遂离开密室而去。

虞子期受到这般怠慢,大为不快,在密室里翘首以待汉王刘邦的接见,久不见汉王,却发现桌上有几件秘密文件,随即走过去翻阅,找出一纸首尾不写名的信。内云:"霸王提兵远来,人心不附,天下离叛,兵不过二十万,势渐孤弱。大王切不可出降,急唤韩信回荥阳。老臣与钟离昧等为内应,指日破楚必矣。黄金不敢拜领,破楚后愿裂土封于故国,子孙绵延百世,臣之愿也。"云云。虞子期看罢大吃一惊,暗思此信必是范增的无疑。近闻亚父与刘邦私通,尚不相信,今目睹信函,相信真的假不了,假的也真不了。于是将信揣入怀中,返回楚营向项羽汇报。并把如何遭到冷遇以及发现亚父匿名信的经过向项羽渲染了一番。

项羽看罢密信,怒发冲冠,猜疑病又发作起来,说:"我前日便有所闻,还道他老成可靠,谁知他果有通敌之事。"想立即召见范增,当面问个究竟。左右劝他说:"大王切勿操之过急,无有真凭实据,怎能当面诘责?万一弄错了,岂不伤了和气?"霸王这才强压怒火,不遂发作,但更加猜疑范增。果然轻易蒙受陈平小技的愚弄欺骗,霸王的核心攻刘联盟中枢又一次出现了裂痕,陈平的调虎离山、借刀杀人的计谋开始生效。

　　范增对这些事无所知，还一心想着为霸王消灭汉兵，见项羽派人入城议和，又把攻城之事放了下来，不免暗暗着急，便面陈霸王，力主督励将士，迅速攻克荥阳。项羽心中已对范增产生猜忌，怎肯再听从他的意见？便优柔寡断，支支吾吾，莫衷一是，不肯发兵。范增急了，大声说："古人云：'当断不断，反受其乱。'从前鸿门宴时，臣劝大王速杀刘季，大王不听臣言，以致养痈成患。今日，天赐良机，把刘邦困在荥阳，若再被他脱逃，那可是纵虎归山了。一旦卷土重来，恐怕后悔莫及。"项羽被其激怒，强压心头已久的闷气骤然迸出，勃然道："你叫我速攻荥阳，但恐怕荥阳未拿下，我的人头就被你送到荥阳了。"范增一听，惊得目瞪口呆，一时竟不知如何是好。心想："自从跟随项梁起兵至今，从未听到他对自己用这样的态度说话，一定是中了汉王的反间调虎离山之计。多年来风风雨雨，出生入死，竭尽智慧为他效力，到头来还是个不信任。"想到这里，万念俱灰，忍不住高声说："天下事已经大定，愿大王好自为之，勿堕敌人狡计。臣已年老体衰，原本应引退归乡，现乞赐臣骸骨，归葬故里吧。"说完，头也不回地走了，项羽也不挽留。范增见项羽如此绝情，便挂印封金，当日起程东归。一路上生气伤心，劳累不堪，竟酿成大病，起初是寒热侵身，接着背上起个恶疮，没几天凄凄惨惨、冷冷清清地病死于途中。陈平一条小计，断送了范增的性命，不费吹灰之力，砍掉了项羽这只猛虎的一条臂膀，不但达到了削弱孤立项羽联盟的目的，从此以后，项羽的霸业，如同江河日下，日暮途穷，再无起色。

　　范增死后，项羽痛定思痛，深刻反省，醒悟中了刘邦的反间计与调虎离山之计，但悔之晚矣。他决心踏平荥阳，将刘邦碎尸万段，以报亚父之仇。便召集大将钟离眛等人，好言相慰，并嘱他们着力攻城，立功候赏。诸将果然身先士卒，奋力攻城，一时荥阳再次告急。韩信援兵迟迟不到，荥阳朝不保夕。张良、陈平决定：先救刘邦出城，入关收集散兵，留御史大夫周苛、魏豹、枞公死守荥阳，再会同韩信所部围攻项羽。陈平诸人又巧用项羽急擒刘邦的心理，智诳楚军，调虎转向离山，起死回生，回天有术的计谋。

三是瞒天过海，乱之以虚，声东击西，解荥阳之围。

面对楚军日益猛烈的攻势，陈平等人一方面将形势之危急向诸将和盘托出，激励诸将誓与孤城共存，抵御楚兵；另一方面与张良密谋，对汉王说："请大王速写一封投降信给霸王，约霸王在东门相见。霸王定会把他的大军布置在东门，我再想办法把西、北、南各门卫士引到东门口来，大王就可以从西门冲出去了。"

这时汉王帐下的将军纪信，认为与其死守孤城，不若突围求生。要想突围，唯一的办法是找一个人假作汉王，只说出城投降，好叫敌人无备，让汉王乘乱冲出包围。纪信悄悄来到汉王帐下，言愿假代汉王，去诳骗楚军，请汉王组织人马突围。陈平等人认为此计可行，但必须周密策划，要有其他伪装作掩护，三计并施，才能蒙蔽项羽，乘乱突围。翌日，天还未亮汉军便开了东门，陈平差遣二千妇女，一批又一批地从东门出去。楚军闻讯围攻上来，竟见全是些手无寸铁的女人，谁也不好意思刁难，只好闪开一条道来。南、西、北门的楚兵听说东门全是美人儿，争先恐后地涌向东门。直到旭日东升，才见城中有兵士出来，打着旌旗，拿着武器，簇拥着一部兵车，缓缓而来。"汉王"走近楚营，霸王才发现坐车出来的不是汉王，气得火冒三丈，暴跳如雷，吩咐将这个假汉王连车一同烧了。这时，汉王趁着东门混乱，冲出西门，带着陈平、张良、樊哙杀开一条血路，逃之夭夭。荥阳城头又列满了守军，一个个甲胄鲜明，武器精良。原来陈平的三计是：（1）让妇女出东门，吸引楚兵的注意力，减少城中非战斗人员的数量，减轻口粮上的压力。（2）让纪信乔装汉王，大骂项羽，目的在于拖延时间，以使汉王君臣得以走得更远，守城的将士有更充足的准备。（3）留下一支守军，荥阳是军事重镇，历来为兵家必争之地。能够守住自然是好，万一守不住，也可拖住楚兵的后脚，使之不能尽快地全力追赶汉王。就这样，陈平使汉王死里逃生，为日后消灭楚军，奠定了基础。

敌国与政敌之间的军事征战和权力之争，既是实力的综合对抗，又是智慧谋略的较量。在楚汉战争生死存亡的攸关之际，被楚军围追堵截，困守孤城荥阳的刘邦之所以九死一生，能够死里逃生；处于劣势被动地位的汉军之所以能够重振旗鼓，变被动为主动，变劣势为优势，与在关键危急紧要关头，陈平屡出奇计谋略，玩弄阴谋诡计，计计连环套用，各得其效有着直接的关联。尽管项羽军威声震，兵勇将谋，指挥中枢堡垒坚固，所向披靡，攻无不克，屡战屡胜，但是在荥阳围困汉军的激烈争战中，却轻而易举地败给了陈平以反间为手段，步步深入，扰乱楚军破坏项羽核心联盟的调虎离山之计。在施计过程中，陈平针锋相对，以出乎常人之情的手段，对症下药，反其道而行，把握准了项羽生性好疑、吝啬爵邑的不足，利用楚军的矛盾，以散布谗言，略施小恩小惠的手法，首先瓦解、挑拨了钟离眜（折虎翼），继之陷害项羽的谋臣范增，使其离他而去（去虎威），从而使楚军的坚固堡垒出现裂痕，不能一致对外御敌。接着又使用瞒天过海、调虎离山之计，以刘邦出降，美女为诱饵，吸引楚军到相反的方向，声东击西，制造混乱（虚乱以避虎），乘机突围而去。以上三计，每计的核心都是为了乱之以虚，达到调虎离山，分化瓦解楚军的目的，但在用计的对象、时间、方式上都采用了不同的隐蔽手法，示假隐真，令人将信将疑，使项羽在不能明辨曲直是否的前提下，不知不觉便上了陈平的当。其目的结果改变了战争的势态，待到其醒悟，欲加防范力抵再次上当受骗时，计谋又是魔高一尺道高一丈，防不胜防，毫无招架之势，只能听天由命。结果却是楚军功败垂成，而汉军刘邦则由被动渐趋主动，死里觅生，保存了卷土重来、东山再起的实力。

第二，去其要势，避之以害，创胜之计在其中。

这里所谓的"要势"，是指在安邦治国、政治权力之争，以及战争年代异军突起的，对各自集团个人利益、权势以及政治格局构成巨大威胁的，业已存在的或已经形成并正在兴起的各种政治、军事势力（如强有力的政治对手、朝廷外戚、宗室、诸侯封国势力以及家族、宗族以及边疆夷族力量等）而言的。这些"要势"的存在滋生，无论是对君主，还是朝廷辅政的大臣武将来说，都成为他们维持政治统治秩序与现状的巨大阻力与强有力的竞争对手，彼此之间完全是你死我活、针锋相对的利害关系，因此他们遇到这种态势存在时，便会不遗余力，千方百计排斥、打击，直至予以消灭。其用心之狡诈叵测，手段之卑鄙残酷，目的之险恶狠毒，真是机关算尽，无所不用其极。如在古代朝廷斗争中，君主为牵制平衡群臣以达驾驭百官群僚惯用的以小制大、以贱抑尊，以微臣制贵臣，以近臣制权臣，以"酷吏"制重臣，以及利用臣属之间矛盾冲突，制造群臣互斗，君主居上操纵，坐山观虎斗，使臣属之间互相牵制，便于君主操纵控制；或者借用一方的力量，消灭另一方中可能危害君主的势力；或者借此抑彼，防止另一方的势力过度发展膨胀，以免对君主形成潜在的威胁等计谋的运用，均是调虎离山，去其要势，避之以害，韬略诡谋的活学活用，淋漓尽致的再现。因为所调的虎是业已形成，或正在成长中的"要势"，具备很强的反抗势力，极易伤人吃人，所以化其要势为劣势，直至为我所用，俯首听命，毫无反抗能力，关键在于一是否会调；二是否能因势利导，顺水推舟；三施用计谋是否高超，不会被其识破，运用得当，能够将其置于死地，趋吉避害。调虎去其要势需要借助诸多其他条件和因素，其态势也在因时因地因人发生变化，故稍有不慎，便会险象丛生，前功尽弃，甚至会被"要势"之虎，反戈一击，丧命黄泉，遭受不测之祸。历史上使用调虎去其要势之计，成功的范例很多，失败的例子也不少，但无论施计用谋是成功还是失败，经验教训均给后人以启迪、警惕，引为鉴戒。

事例：陈平调虎出封国，韩信就擒云梦泽

韩信是刘邦手下至关重要的战将之一，刘邦称帝之后改封楚王。因为韩信在楚汉之争中是一位"右投则汉王胜，左投则项王胜"的举足轻重的关键人物，卓立战功，连刘邦本人也说："统兵百万，战必胜，攻必取，我不如韩信。"所以刘邦称帝后，对韩信格外小心，视为心腹之患，处处予以监视防范。特别是燕王臧荼发动叛乱之后，刘邦对韩信的疑虑更加重了，时刻担忧他会举兵叛乱，欲取而代之，因而对其动静密切注视，毫无怠懈，始终将他看作称帝为君、安邦治国乃至威胁刘氏江山的重要政敌。对刘邦的复杂矛盾心态，韩信似乎也有觉察，处处小心，谨小慎微，但还是防不胜防，屡被汉王抓住把柄，有口难辩。

项羽的亡将钟离眜，家住伊庐，"素与韩信善"，项羽战亡之后，钟离眜走投无路，只好躲到韩信处避难。刘邦得到这个消息，担心多谋善战的韩信和骁勇剽悍的钟离眜一起造反，恐怕难以抵挡。赶快请来陈平，问此事该如何处理。陈平说："韩信与钟离眜都是楚人，自幼要好。韩信在楚讨，蒙他多方照顾，并有救命之恩，自是十分感激；今钟离眜穷途无归，投奔韩信，只是为了找个栖身之处罢了，决无反意。韩信若反，岂不早就发兵了？"刘邦将信将疑，不时派遣暗探潜入下邳，明察暗访，探看虚实，伺机而为。当暗探将韩信初至封国，"行县邑，陈兵出入"的情状告知时，刘邦愈加不安，唯恐韩信异军突起，挥戈汉廷，便设计待变谋算他。

汉高帝六年（前201）十月，有人上书告汉楚王韩信谋反。高帝便征求诸将领的意见，都说："赶快发兵，把这小子活埋罢了！"高帝默然不语。接着又询问陈平，陈平道："有人上书告发韩信谋反，这事情韩信知道吗？"高帝说："不知道。"陈平说："陛下的精锐部队与楚王的相比谁更厉害呢？"高帝说："超不过他的。"陈平又说："陛下的将领，用兵之才有能比过韩信的吗？"高帝说："没有赶得上他的。"陈平接着评述说："现在军队不如楚国的精锐，将领又比不上韩信，却要举兵攻打他，这是促使他起兵反抗呀。我私下里为陛下感到危险！"高帝说："那该怎么办呢？"陈平说："古时候天子有时巡视诸侯镇守的地方，会见诸侯。陛下只管出来视察，假装巡游云梦，在陈地会见诸侯。陈地在楚国的西部边界，韩信听说天子怀着友好会见诸侯的心意出游，必定是全国安稳无事，便会到郊外迎接谒见陛下。拜见时陛下就趁机捉住他，这不过是一个力士即能办到的事罢了。"高帝认为说得不错，运用此计谋调韩信出来，正是达到削弱其要势虎威的妙计，便派出使者去通告诸侯到陈地聚会，谎称"我将南游云梦"。高帝随即起程南行。

楚王韩信听闻这个消息后，坐立不安，颇为疑心害怕，心中明了汉高帝此行是冲着自己而来，稍有闪失便遭杀身灭族之祸，不知怎么办才好。这时有人劝韩信说："斩昧谒上，上必喜，无患。"韩信听从了他的建议。钟离昧知道韩信欲借己头保全自己，便对韩信说："汉所以不击取楚，以昧在公所。若欲捕我以自媚于汉，吾今日死，公亦随手亡矣。"同时骂韩信说："公非长者！"自刎而死。韩信提着钟离昧的头颅前往陈地拜见高帝，高帝即命武士将之拿下，韩信这才如梦初醒，知道中了计谋，便大声喊道："果若人言，'狡兔死，走狗烹；高鸟尽，良弓藏；敌国破，谋臣亡。'天下已定，我固当烹！"随后贬韩信为淮阴侯，留居京都，不使外任，处在刘氏的严密监控之下，再也不能有所作为了，只能等待命运的安排，听天由命，任人宰割，坐以待毙，无所适从。

这是一例运用调虎离山之计，没有兴师动众、调兵遣将，不费吹灰之力，玩弄政治权术与智谋，顺势解除政敌"要势"威力，使猛虎（韩信）落为平原之虎，毫无反抗为虐能力，只能束手就擒的典型事例。运筹帷幄，背后出谋划策者为汉代最善阴谋的陈平，施计用谋者为汉代的开国之君刘邦，而中计被调就擒者则为汉代最负盛名，足智多谋，骁勇善战，拥兵自重，独霸一方的韩信。从刘邦调韩信赴陈地云梦，然后一举而擒的用计施谋过程看，这调虎离山、去其要势的谋略，时机、地点均把握得恰到好处，不但达到了预期的目的，而且有如下的特点：

一是蓄谋已久，针对性强。刘邦对韩信的芥蒂，早在楚汉战争期间即已存在，只是当时由于战事正酣，鹿死谁手未卜，还需要利用韩信为刘氏打江山。因此，尽管韩信早已流露出称王为霸一方的端倪，刘邦从大局着想，也不得不忍让。如今刘氏江山已定，韩信拥兵割据楚地，对刘氏始终是一个巨大的心腹之患，刘邦统兵遣将征伐，恐有不胜之虞，何况刘氏子嗣更不是其对手，养痈为患，日益强大，危害更大，因此必须早除此患。可是韩信虽有一些把柄可以加罪，但还不足以将他置于死地。贸然行事，打草惊蛇，使他与其他异姓诸王联手共同对抗朝廷，得不偿失，所以最好的办法是智取，首先将他引离楚地，使其失去凭借施威的根基。去其要势，操之手中，任意摆布，也可以稳定其他异姓诸侯，达到擒贼擒王的目的。刘邦捉拿韩信之后，不是将之杀死，而是封为淮阴侯，置于京城长安，监护起来，可以随时处置。

二是施计者与用计者都是久经沙场、老谋深算、旗鼓相当之辈，彼此了若指掌，知根知底，势均力敌，足智多谋者胜。在这场高智商的政治角逐中，刘邦毕竟技高一筹；他虽然智谋不足，但却善于集思广益，集智集谋；韩信虽谙知刘邦的诡诈与阴险，预感将有不测之祸，然而在刘邦、陈平的周密策划下，又不能因怀疑而不来，落下不忠大逆的罪名，真是君叫臣来，臣不能不来，最终还是中了刘邦调虎离山之计，落入虎口，不能自容，应了智者千虑、必有一失的谚语。

三是刘邦调虎（韩信）去楚之云梦，并当即将他捉拿，削除其兵权封地（楚）的目的，也是刘姓诸侯王重新分配国土的治国安邦决策的一部分。韩信是否造反并不是根由，重要的是韩信的存在（如拥有楚地）本身就是实施这一战略策略的巨大障碍与威胁，因此必须铲除这一祸害，是为早晚之事，当时机成熟时，刘邦便毫不犹豫地采取了行动。刘邦的这一真实目的，通过前来祝贺的田肯之口说得极为透辟。田肯的贺词说："陛下拿住了韩信，又在关中建都。秦地是形势险要能够制胜的地方，以河为襟带山为屏障，地势便利，从这里向诸侯用兵，就好像在高屋脊山倾倒瓶中的水那样，居高临下而势不可当了。若说齐地，东有琅琊、即墨的富饶物产，南有泰山的峭峻坚固，西有浊河的险阻制约，北有渤海的渔盐利益，土地方圆二千里，拥有兵力百万，可以算作是东方的秦国了，因而不是陛下嫡亲的子弟，就没有可以去统治齐地的。"高祖说："对啊！"于此可见，韩信有无罪过，是否"谋反"无关轻重，最重要是以莫须有的罪名，控制了他，避免了更大规模的叛乱和战乱的爆发。达到了调其离楚，去其要势，避之以害的目的。

事例：谋臣施谋倡推恩，汉武建侯安社稷

西汉自文、景两代起，如何限制和削弱日益膨胀的诸侯王势力，一直是专制皇帝安邦治国中面临的严重问题。文帝时，贾谊鉴于淮南王、济北王的谋逆不轨，曾在《治安策》中认为当时形势是中央弱而王国强，像肿病患者一样，肢体和指头不能屈伸。他说，天子的近属有的并无封地以为藩屏，而天子的疏属有的却拥有足以通天子的势力。认为，要使天下治安，最好的办法莫过于"众建诸侯而少其力"。具体做法是，令诸侯王各分为若干国，使诸侯王的子孙依次分享封土，也尽为止，封土广大而子孙少者，则虚建国号，待其子孙生后分封。诸侯国小力弱，不具备割据称霸一方的势力，就不易产生邪心，天子也便于驭控。这样天子治理天下，就能够指挥如意，像身之使臂，臂之使指。文帝在一定程度上接受了这一建议，但没有完全解决问题。

景帝即位后，继贾谊之后，晁错屡次上疏建议削夺藩王的封土，在《削藩策》中说，诸王"削之亦反，不削亦反。削之，其反亟，祸小；不削之，其反迟，祸大"。景帝采纳晁错之策，随即削赵王常山郡，削胶西王六县，以次削夺，将及吴国。吴王刘濞见将有大祸临头，便联合吴楚七国以武装叛乱相对抗。平定七国之乱后，景帝巩固削藩成果，废黜王国官制及其职权，降低诸侯王权力，规定诸侯王不再治民。从此诸侯王强大难制的局面有所缓和，但危机仍然存在。

至汉武帝初年时，诸侯王虽然不像以前那样强大难制，但有的王国仍然连城数十，地方千里，骄奢淫逸，阻众抗命，威胁着中央集权的巩固。元朔二年（前127），出身贫寒，早年学长短纵横之术，后学《易》《春秋》和百家之言的山东临淄人主父偃，被汉武帝破格重用后，上书提出了去其要势、避之以害的建议。汉初，诸侯骨肉的爵位是由嫡长子继承的，庶出的子孙没有继嗣的资格。主父偃认为，诸侯骨肉子弟无尺地之封，仁孝之道就得不到播扬，因此建议令诸侯推私恩分封子弟为列侯。他的奏疏说："古代诸侯的封地不超过方圆百里，朝廷强地方弱的这种格局，容易控制。现在的诸侯有的连城数十座，封地方圆千里，朝廷控制较宽时，他们就骄横奢侈，容易做出淫乱的事情；朝廷控制紧时，他们就会凭借自身的强大而联合起来反叛朝廷。如果用法令来分割削弱他们，就会产生叛乱的苗头。以前晁错推行削藩政策而导致吴楚七国叛乱就是这种情况。现在诸侯王的子弟有的多达十几人，只有嫡长子继承王位，其他人虽然也是诸侯王的亲生骨肉，却不能享有一尺的封地，这就使得仁孝之道不明显了。希望陛下命令诸侯王可以把朝廷的恩惠推广到其他子弟的身上，用本封国的土地封他们做侯，他们人人都为得到了希望得到的东西而欢喜；陛下用的是推行恩德的方法，实际上却分割了诸侯的封国领地，朝廷没有采用削夺的政策，王国却逐渐衰弱了。"这一建议既迎合了汉武帝巩固专制主义中央集权的需要，又避免激起诸侯王武装反抗的可能，因此立即为汉武帝所采纳。同年春正月，汉武帝制诏御史："诸侯王或欲推私恩分子弟邑者，令各条上，朕且临定其号名。"是为"推恩令"的全部内容。

推恩令下达之后，诸侯王的支庶多得以受封为列侯。《汉书·王子侯表》所记载的王子侯，大部分是在元朔年间受封的。由于实行推恩令，河间王国先后分为兹、旁光等十一个侯国，淄川王国分为剧、怀昌等十六个侯国，赵王国分为尉文、封斯等十三个侯国。此外，城阳、个川、中山、济北以及代、鲁、长沙、齐等诸侯王国也都分为几个或十几个侯国。按照汉制，侯国隶属于郡，地位与县相当。因此，王国析为侯国，就是王国的缩小和朝廷直辖土地的扩大。这样，汉朝廷不行黜陟，而藩国自析。其后，王国辖地仅有数县。淮南王、衡山王谋反败露后，汉武帝又作左官之律，设附益之法。元鼎五年（前112），汉武帝以列侯助祭的"酎金"斤两成色不足为名，一次削夺106名列侯的爵位。这样，诸侯不但辖地缩小，而且仅得衣食租税，不得参与政事。汉初以来，同姓诸侯王对于专制主义中央集权国家的威胁，至此完全消除。

汉朝刘邦消灭异姓王，改置同姓王作为社稷安邦的屏障以来，同姓王与朝廷的关系和王权之间的矛盾冲突便日趋激烈、公开与表面化，形成与朝廷抗衡的地方权力中心，时刻威胁王权的存在和安危，专制君王作为天下之主，君命神授的化身，当然不能对此熟视无睹，无动于衷，任其欲为，便采纳谋吏大臣的计谋实施削弱、打击同姓诸侯的策略。上述贾谊的"众建诸侯而少其力"、晁错的《削藩策》等主张建议，都是为了削弱诸王的势力，使其丧失与朝廷对抗的实力，完全听命于君王。由于这些主张策略的重点是由朝廷君王直接干预侯国政务，因此矛盾的焦点集中于朝廷与侯国之间，两者互不相让，针锋相对，往往引发尖锐的政治冲突，吴楚七国之乱就是两者严重对立抗衡的结果。斗争虽然以朝廷战胜而告一段落，但是侯国割据地方称霸的格局仍未得到彻底扭转。汉武帝时的中大夫主父偃的高明智慧之处就在于，他在总结历史的经验教训的同时注意到：一是辨虎威之源。同姓诸王之所以如此猖狂骄横，目无朝廷，分庭抗礼，根本在于他们占据着全国许多重要政区，在政治、经济、军事上自成一体，相对独立，操纵控制一方国土，类似猴子称大王，如果削缩其国土封地，其势必然衰弱，也就容易控驭；二是定暗斗之策。如果朝廷明令割弱他们，锋芒毕露，他们岌岌可危，势必联兵对抗，誓与朝廷决一死战，肯定会发生战乱，对政局不利。三是行明推（恩）而实虚（势）之计。将独虎占大山，化为群虎据小岗，虎哮之吼，则成群犬之吠。众虎争食，必自伤其势。这是将调虎离山衍化为"分虎群斗"的高明之举。现在诸侯王子弟有的多达十几人，只有嫡长子继承王位，其他子弟却不得一尺的封地，这既不符合仁孝之道，又非诸子弟所愿，有机可乘。他认为朝廷命令诸侯王把朝廷赐给的恩惠推广到其他子弟，用本国的土地封他们为侯，可以达到一石三鸟的目的：首先是诸王自己分了侯国，并因此而产生矛盾冲突，可企达互相交错制约钳制；其次是不费一兵一卒，只要一个诏令（推恩）便削夺了王国封地，将朝廷与诸王之间的矛盾转嫁给了诸王，让他们自己彼此争斗，在内讧中自溃自灭；再次是朝廷处在双方仲裁人的地位，可以坐收渔利之利。汉武帝采纳实施"推恩令"之后，果然削弱了诸王的势力，使之再也无法与朝廷抗衡，只能俯首听命。这是汉武帝运用"推恩令"（形式）实行调虎离山，去其要势，避之以害计谋的绝妙发挥，也是政治家以因势利导、顺水推舟、落井下石的调虎离山手法的成功范例。

第三，激智晓理，占山制驭，制胜之计在其中。

在你死我活、生死存亡的残酷政治角逐中，有些足智多谋、深谋远虑的君臣谋士，极会利用政治斗争中各方的矛盾冲突和利害关系，利用时机创造条件，化干戈为玉帛，避害趋利而达到用最小代价保存或壮大自己实力的目的，且积聚政治资本。有些明智卓识的政治对手，也善审时度势，顺水推舟，待价而沽，以保高官厚禄，宗祠永续。只要能把握时机，向有些明智且能辨别向势之虎（强硬的政敌、拥兵自重者等），晓以利害之理，使其能在冷静之中做出理智的判断，并做出聪明的选择，也是很有可能的。晓之以理，使之自动退让，使之由"恶虎"而变为"驯虎"，游离于权力中心之外，可谓上上之策。三国时的孙策诱逼华歆献城，以及宋太祖的"杯酒释兵权"等，用的就是这种方法，虽有卸磨杀驴之嫌，但君臣各得其所，安居乐生，相安无事，达到了调虎避害，占山制驭，化猛虎、凶虎、恶虎为己所用"活镇虎"的目的。

事例：孙策施计降虎占山，华歆图谋死灰复燃

汉献帝建安四年（199），雄踞江东称霸一隅之地的孙策，看到北方的大小诸侯互相征伐，拥兵自保，曹操与袁氏家族连年混战，雄雌未卜，无暇南顾，有机可乘，一反坐山观虎斗的常态，调兵遣将征伐江东各郡，乘机扩大地盘，开始实施割江而治的远大政治抱负。这年孙策运用政治权谋策略攻取庐江郡之后，统率大军准备进攻豫章郡，驻扎在椒丘。孙策认为豫章郡太守华歆"少以高行显名"，深明大义，派人向他晓以利害，或许能够不战而降。因此孙策对功曹虞翻说："华歆虽有名望，但不是我的对手。如果他不开门让城，一旦发动进攻，不会没有死伤。请你就在他的面前，讲明我的意思。"虞翻奉命先去拜见华歆，说："听说您与我郡的前任太守王朗在中原地区都享有盛名，受到海内的一致

尊崇，虽然我居住在偏远的东方，心中常常景仰。"华歆说："我不如王朗。"虞翻又说："不知豫章郡的粮草储存，武器装备以及民众的勇敢斗志，比我们会稽郡如何？"华歆说："远远比不上。"虞翻说："您说名望不如王朗，是谦虚之词；但兵力精强比不上会稽，则正如您的判断。孙将军智谋出众，用兵如神。以前，他攻破扬州刺史刘繇，是您亲眼所见；再向南平定我们会稽郡，您也一定有耳闻。如今，你要固守孤城，已知粮草不足，不早作打算，后悔就来不及了。现在孙将军大军已到椒丘，我这就回去，如果明天中午迎接孙将军的檄文还没送到，我就不会再与您见面了。"华歆说："我久在江南，常想北归家乡，孙将军一到，我就离开。"于是，华歆连夜赶写迎接孙策的檄文，第二天一早，就派人送到孙策军前。孙策随即领军前进，华歆头戴葛巾，身着便装迎接孙策。孙策对华歆说："您年高德劭，名满天下，深为远近人心所归；我年幼识浅，应当用子弟拜见长辈的礼节见您。"孙策便按照子弟的礼节拜见华歆，将华歆尊为上宾。

这是孙策利用绝对的军事优势与政治权谋，以明调策略逼迫汉朝豫章郡太守华歆（猛虎）让山（拱手奉上郡士人民）俯首为臣（化敌为友）的典型例子。孙策之所以能使素有"以为政清静不烦，吏民感而爱之"的豫章郡太守华歆不战而降，顺利接收该郡，既是政治计谋运用的结果，也是由当时特定的政治背景和军事势力的强弱以及地利人和的向背决定的。一是"天"降吴军压境。无论是从军事实力还是天时、地利、人和等条件看，孙策均占有绝对的优势，锐不可当。他派虞翻前来向华歆晓以利害，令其归顺称臣，只是投石问路，试探华歆的意向如何，并且有威逼他无论内心愿意与否，都必须接受孙策所指点的宏图之意。否则大军压境，也志在必得。二是"地"郡危若累卵。从当时的政治、军事格局看，华歆作为豫章郡的太守，深知自己肩负责任与使命的重要性，汉朝已名存实亡，北方各大军阀割据势力之间，连年混战，根本无暇顾及江南政务。豫章郡孤悬而南，后继乏援，四面临敌，寡不敌众，随时都有被攻占的可能性，处在如此岌岌可危的境地，决策上稍有不慎，便会招致虎视眈眈的政敌的蹂躏挞伐，黎民百姓生灵涂炭，自己作为一郡之守，无法向朝廷及江东父老交代。与其宁为玉碎，不为瓦全，还不如坐观政局发展态势，图谋东山再起，何况政治的角逐从来没有绝对的输赢，所以当孙策派虞翻向他晓利明义，利诱与威逼胁迫双管齐下，要求他双手拱奉豫章郡时，便将计就计表示归顺诚服，听候调遣，欲求"北归家乡"。三是"虎"择让（离）山避害智存之途。在特定的历史条件下，代表不同集团利益的彼此角逐的政治势力，既是政敌，又是盟友，其分化瓦解与重新组合，并不是一成不变的，而是伴随政治统治的需求，会有组成为新政统联盟的可能。孙策运用谋略计策，兵不血刃而克豫章郡，其战略用意即是想化敌为友，扩大政治盟友，少树政敌，以便争取更多的支持，企图早日完成统一江东的大业。孙策善于运用计谋，深谋远虑，又很会利用时机，选择对象，问病号脉，对症下药，故不费兵卒之力，便达到了降虎占山并制驭他的目的。化险为夷，化不利因素为有利，为统一江东赢得了政治主动权和时间，仅此而论，他不能不算是一位足智多谋的将军。从另一方面看，华歆作为镇抚一方的要员，并非愚钝无为，无所举措，摆在面前的出路也并非一条，之所以不作任何反抗，顺水推舟，举城依服孙策，关键一条在于，深谙自己所处环境及其在孙策统一江东中所占的分量，退一步便可逢凶化吉，化害为利，平安无事，保存自己在政治斗争中立足的资本，因此他迫于无奈，不得不委曲求全，苟且寄人篱下，伺机再起。四是"山"易新主与虎背上的政治、权谋的利剑。以政治标准而论，华歆可谓是识时务的俊杰，但要以仁义道德为准的尺度而言，他是一位不忠的叛逆，然而政治并不能完全按道德标准予以衡量，政治就是政治，要看他是为谁效劳，以及最终所要达到的目的是什么。因此，孙盛不顾特定的政治背景，仅就华歆屈从孙策威逼一事所云的"华歆既没有伯夷与商山四皓那样不慕荣利的高风亮节，又失去朝廷大臣尽忠忘私的操守，却屈从邪恶书生的游说，结交孙策那样的横行之徒，官位被夺，气节堕毁，有什么过错比这更大的"说法，是不够全面公正的迂腐之见。后来华歆历经艰险返归北方，为朝廷重用并功绩卓著的事实证明，孙盛的结论是错误的。

事例：宋太祖杯酒释兵，众将领均成驯虎

宋太祖赵匡胤扫平李筠和李重进，统一天下后，召见赵普问道："自从唐末以来几十年，帝王总共八次改姓，征战不息，生灵涂炭，那是什么缘故呢？我想止息天下的战争，为国家长治久安打算，有什么办法？"赵普说："陛下说到此事，这是天地人神的福分啊。这不是其他缘故，只是因为方镇兵权太重，君主弱小，臣子强大罢了。如今想要治理天下，只要逐渐削夺方镇的权力，控制他们的钱粮，收回他们的精兵，那么天下就自然平安了。"

当时石守信、王审琦，都是太祖的故旧，各自典领宫禁警卫。

赵普多次对太祖进言，请求授给他们别的职务。太祖说："他们必定不会背叛我，爱卿忧虑什么？"赵普说："臣下也不忧虑他们会叛变，然而仔细观察这几个人，都不是驾驭军队的人才，恐怕不能制伏他们的部下。万一军队中有人造反作孽，他们也会身不由己啊。"太祖省悟，便召集石守信等人宴饮，酒喝到痛快时，屏退左右侍从对他们说："我没有你们的力量，不会到今天。然而当天子也太艰难，完全不像做节度使那样快乐，我整夜都不曾高枕无忧啊。"石守信等人请问其中缘故，太祖说："这不难知晓，对于处在这个位子的人，有谁不想取而代之！"石守信等人叩头说："陛下为什么口出此言？如今天下已经安定，谁还敢再有二心！"太祖说："爱卿等固然如此，假如部下中有想大富大贵的人，一旦将黄袍披加到你身上，你即使想不干，还可能吗？"石守信等人叩头流泪说："臣下愚昧，想不到这点，企盼陛下哀怜，指示可以安身的活路。"太祖说："人生犹如白驹过隙那样短促，所谓追求荣华富贵的，不过是多积金银钱币，增加娱乐快活，让子孙后代不贫穷困乏罢了。爱卿等为什么不放弃兵权，出去镇守大藩，选择便利上好的田地宅第买下，为子孙建立永久基业；多多搜罗歌手舞女，每天喝酒相伴取乐来终养天年！朕将同爱卿们相约作为婚姻亲家，君臣之间，两相无猜，上下相安无事，不很好吗！"石守信等人都跪拜感谢说："陛下顾念臣子到这个程度，真所谓是起死回生而枯骨长肉啊。"第二天，他们都奏称有病请求罢免，太祖准从，赏赐非常丰厚。不久，宋太祖任命石守信为天平节度使，高怀德为归德节度使，王审琦为忠正节度使，张令铎为镇宁节度使，全部罢免军职；只有石守信兼任侍卫都指挥使照旧，其实兵权已经不在他手。殿前都点检之职从此也不再授人，藩镇割据之乱迄此止绝。

这是宋朝开国之君赵匡胤采纳谋臣赵普的计策，向拥位功臣及掌握禁军的宿将晓以利害得失，以明调（杯酒）方式，鼓励诸将多买更好田宅，为永久之业；多置歌手舞女，厚自娱乐，提倡"君臣两无猜疑，上下相安"，引诱胁迫诸将（石守信、王审琦等）交出兵权，化猛虎为驯虎，化害为利，以高超的谋略之道缓和君将利害矛盾与冲突，维系彼此之间相安无事格局的典型事例。从计谋的运筹过程中看到：从小军官到殿前都点检，又从殿前都点检跃上皇帝宝座的赵匡胤，十分懂得唐末五代以来，在政治局面变换中，兵权所起的决定性作用。"兵权所在，则随以兴；兵权所去，则随以亡。"深恐五代以来拥兵禅代拥立的事件（如郭威黄袍加身及诸将加封自己）重演。诸将无论是心腹之臣，还是结义兄弟，只要他们拥兵自重，握有兵权，对自己就能构成威胁，君将之间势必就会因为权力而产生矛盾和冲突，历史的悲剧就可重演。因此必须解除他们所拥有的兵权。又由于赵匡胤深谙这些将帅的本性及内心世界所向往的是什么，所以采用明示晓利的谋略解除了石守信等人的兵权，从而达到了专权的目的。从诸将来说，他们虽有赫赫战功，拥立之功，但功高震主，稍有不慎，随时都有横祸临头，性命不保。他们深知自己处境微妙，所以当赵匡胤说出自己内心的担忧，并指出他们的归宿以后，便顺水推舟，顺梯而下，谎称有病，全都交出兵权，解甲归田。赵匡胤的计谋之所以一拍即合，顺理成章，关键在于用谋及中计者双方知彼知己，均非等闲平庸之辈，双方不僵持而相让（赵匡胤让财利宅第，诸将交统兵之权），互惠互利，既可避免争斗厮杀，又能惠及子孙后代，何乐而不为。这也是智者对智者用谋的理想结局。

三、谙识虎性　化猛虎为驯虎

调虎离山之计是三十六计中的第十五计，也是攻战计中的第三计；它在政治斗争中的应用范围十分广泛，无论是政治家，还是阴谋家、野心家及涉足政治权力范围的各种社会集团势力和宗族帮派群体，为了达到特定的政治目的和企图，都要竭尽全力，挖空心思，采用不同的方法、手段实施应用此计。由于调虎离山之计有其特定的含义，故欲图运用此计获得成功，必须讲求应用的范围与条件，否则，用计不成不慎，反会遭"猛虎"反扑，致使用计失败，弄巧成拙。因此，在变幻莫测，风云骤变的政治权力斗争中使用此计，欲求达到预期目的，须得把握好应用的时间、范围、条件背景的适度，知彼知己才行。只有具备这些智慧素养，谙识虎性，辨别山形，才能创造时机条件，调虎离山，又不为虎所察觉，达到调虎、占山、制伏并驭用它的目的，化猛虎凶虎为驯虎驭虎，化害为利，变主动有利为制胜、获胜之举，显然是计谋在政争中演化的特殊功用。

第一，在敌国之间。

敌对国家之间，虽然互为敌手，但彼此的国力威势却差异悬殊区别较大，国力强大者、势力旗鼓相当者有之，国力中等或弱小者也有之。敌国之间在双方征战讨伐与频繁争斗过程中，彼此各方的阵营、联盟、国势的分合消长，尽管处于剧烈的变化与重新组合状态，但此计却大有施展的政治舞台与空间，为许多足智多谋之士提供了用武之地。不过由于双方为敌手，相互交戈，势不两立，针锋相对，寸土必争，因而彼此之间从来就有一种防范戒备心理存在，都想运用智谋达到削弱、制驭对方甚至诸方势力的企图，这就要求使用调虎离山之计的一方具有高超的智慧、惊人的胆识，以及审时度势，高屋建瓴，运筹帷幄的谋略本领，方能立于不败之地。

1．弱国对强国的使用

国力衰弱的小国，面对比自身势强力众的大国，要想施用此计，变被动为主动，以弱制强，获得成功，这里的关键则是一要避免与勇猛强敌（占据山巅的凶虎）贸然发生直接冲突，不宜硬拼，将自己的弱点暴露无遗，而应当运用智谋智取；二要示强，运用技巧智慧谋略，掩饰自身的薄弱之处和薄弱环节，然后伺机察隙，以己虚强对彼真强，在士气、意志、思想上，必须保持抗衡不屈态势，使强敌虚弱不辨，真假难分，举棋不定；三要辨虎威，谙虎性，想方设法将虎调离其赖以生存和施展威力所盘踞的山势，诱入最不利的环境之中，然后乘机斩虎爪，分其势，去其威，实行蚕食谋略，有的放矢，对症下药，声东击西，才能达到以弱制强，调虎而占其山，并化猛虎为己所用的目的。因为"猛虎"本身就具备势、威、智、谋于一身，占有绝对优势，并不是所有的弱者都能与之较量周旋，但也不是无懈可击的，其也有弱点可乘可击，这就要求弱者必须具备十分高超的智谋，善于利用一切可以利用的时机，施展自己的谋略，做到滴水不漏，环环相扣，虚虚实实，真真假假，使"虎"在茫然似醒非醒中误入圈套，不能自拔，愈陷愈深，直至被制伏或被逼夺锐气。否则猛虎识破天机，不但不能调虎离山，反而会有被其将计就计、反咬一口的危险。所以，弱国要对强国实施调虎离山之计，把握施计时的技巧、时机、限度至关重要，而且要设法与其他计谋合用套用以作掩护，方能取得奇效。如前所述的在楚汉之争中，势弱力寡的刘邦被勇猛剽悍的楚霸王围在荥阳城中，后来之所以能够转危为安，死里逃生，全靠陈平临危不惧，智设计谋，调虎离山，分化瓦解项羽的中枢指挥系统，离间战将谋臣钟离昧、范增，除虎爪，分其势，灭虎威所产生的结果。这是运用调虎离山之计，化险为夷，以弱制强，变害为利，与虎谋皮而成功的范例。

2. 实力相当的国家（强国对强国，弱国对弱国）与势力（军阀割据势力、宗族地方势力）之间的使用

实力相当的国家和政治势力集团之间，在势均力敌的情况下，为了保持双方的均衡态势与实力，都施用各种计谋，企图战胜制伏对方。因为彼此双方势力相当，同样防备之心相同，故更加注意对方的一举一动，这就自然造成双方使用计谋上的困难，所以实力相当的强国对强国，势力均衡的军阀集团之间使用此计，一要注意隐蔽诡秘，诱之以利，扰乱其视听，兵不厌诈，瞒天过海，调虎逐渐离山而去，使其丧失凭借威福的条件，再乘隙察机伺空降虎占山。二要示弱，以松懈其警觉，麻痹其意志，瓦解其军，然后审时度势，创造条件，采用引诱、伪饰、欺诈手法，欲擒故纵，诱其上钩，挫其锐气，将引出山巅之虎逐个消灭，占山为主，这样才能处于主动地位，达到后发制人（虎）的目的。如在战国

时期，秦国攻打赵国，名将廉颇坚守长平关，地势非常险要，易守难攻，秦军屡屡受挫。秦军便利用反间之计，使赵王对廉颇产生怀疑，派毫无经验而善纸上谈兵的赵括代替了廉颇。秦将白起为了引诱赵括离开长平关，故意示弱，主动打了几个败仗后，即败退而去，赵括求胜心切，不知有诈，轻易杀出长平关，出城追击秦军，结果被诱入埋伏圈。秦军又切断赵军后路及粮道，并将四十万赵军分割为两段，赵军只好筑垒困守，等待救兵，不料救兵又被打败。赵括苦等了四十多天，仍然无法突围，结果赵括又一次离开营垒，闯入秦军埋伏，在毫无屏障的情况下，遭到秦军的四面围攻，使赵军全军覆没。在这里秦军三次使用了调虎离山之计。第一次是"调"去了廉颇这只虎，使赵军失去了坚强的首领，代之而来的赵括，只是只纸老虎，山中无虎猴子称大王而已，这就是调虎分其势。第二次是"调"赵括离开权且可以防守的临时营垒。这两次都是调虎落平原，赵括本就不是白起的对手，又接二连三失去地利，当然惨败无疑。秦军调虎之法，第一次使用的是"乱之以虚"，第二次、第三次使用的是"诱之以利"。三要向虎晓理明义，使虎"瞻前顾后"暂时离山而去，从而达到调虎占山的最终目的。不过使用这一手法必须具有超人的智谋，善于把握恰到好处的时机以及施计的技巧，才能得心应手，达到事半功倍的目的。

第二，在君臣之间。

在中国君主专制主义中央集权高度发达时代的政治斗争中，君臣之间的关系是极其错综复杂而难以理清的。君臣之间，大小官僚及其集团之间，却又总是存在着矛盾和冲突，君主建立的各种制度与措施，却都存在为臣僚私自所利用，甚至以之反过来损害君主专制的可能。君用权必使臣，臣有权必用君，君统臣以权术，臣事君以权变，正是他们真实关系的写照。在当时的君臣、上下、左右的政治和人际关系网络之中，到处是陷阱，步步有危机，无论是君还是臣，略有松懈疏忽，便有罹难致祸的危险。集权与擅权夺权，保位与篡位，颠覆与反颠覆，又总是层出不穷，恒无宁日，任何稳定都是一时相对的。因此无论是君还是臣，为了保持各自的地位、权势、荣耀、高官厚禄、至尊至崇之隆，彼此厮杀之时，无不采用调虎占山、去其要势的政治计谋韬略以达目的。

1. 君主与权臣之间的相互使用

"君臣之利异"、"君臣上下一日百战"、"功高震主"、"飞鸟尽，良弓藏；狡兔死，走狗烹"等等，就是君主与权臣之间相互依恃，而又必然发生激烈矛盾与冲突的生动记录。由于高度集中的君权从来就具有强烈的排他性，不容第二者染指分享，所以君主与权臣之间，历来都会产生不可调和的矛盾。君主为了防范权臣谋篡夺权，往往不择手段采用各种计谋，力图削弱消弭来自权臣的各种威胁，运用调虎离山之计谋，夺其气，分其势，分化瓦解权臣阵营，使之四分五裂，无力抗衡，俯首听命，则是惯用伎俩。历史上君主以近臣（如宦官）制权臣；在"整肃朝纲"、"严明法纪"的幌子下，假手酷吏，大肆杀戮重臣；利用臣属之间的矛盾，坐收渔人之利以及明升暗降等政治权术，都是调虎离山之计原理的活学活用。如历史上以酷吏制重臣的手段，借以改变君臣之间力量对比最典型的代表，莫过于女皇武则天。武则天统治初期，李唐宗室和朝廷大臣中反对者甚多。为了巩固自己的统治，武则天先后重用了周兴、索元礼、来俊臣等著名的酷吏，运用种种残酷非人的刑法，迫害和杀戮政敌，并广为株连，大量冤杀不易控制的元勋重臣和皇室子孙。当政敌被消灭殆尽，女皇的统治安然稳固之后，武则天又利用臣属之间的矛盾，将陷害杀戮大臣的罪名全部扣在周兴、来俊臣等酷吏头上，为政敌"报仇雪恨"，处死了来俊臣等酷吏。来俊臣被处死后，"仇家争噉（来）俊臣之肉，斯须而尽，抉眼剥面，披腹出心，腾蹋成泥。"武则天看到民愤之大，又下诏书历数来俊臣的罪恶，宣布"宜加赤族之诛，以雪苍生之愤"。武则天"以臣制臣"的伎俩诡计，可谓"一箭三雕"：既消灭了颇具实力的政治反对派，又防止了酷吏势力的过度膨胀，且扮演了为苍生雪愤的"圣主"的角色。这是武则天运用调虎离山之计原理达到"制虎"、"驱虎"、占山为王而极具"匠心"的成功实例。

　　2．臣僚对君主的使用

　　君臣"上下一日百战"，作为政治权力争斗的双方，必然各有各的看家本领和高超计谋。君既有驭臣之术，臣则有弄君之谋。君权的"神授天予"、"朕即国家"的天经地义，决定臣属的弄君之谋面临"欺君之罪"、"大逆不道"等罪名的威胁，随时都能招来杀身之祸与株连九族的灭顶之灾，因此，运用计谋只能战战兢兢地在暗中揣摩，依靠诡诈手段本身孤军奋战。历史上演出的一幕幕"清君侧，安社稷"，打击迫害异己，诬陷忠良贤臣，隔绝言路，封锁消息，蒙蔽君主等等伎俩，均是臣属玩弄权术，运用调虎离山之计谋，欲图孤立君主，把持朝政实权，将君主玩弄于股掌之上。如"请除奸臣，以清君侧"的弄君术，起始阶段以讨伐奸臣为旗帜，避免把矛头直指向君主本人，从而使阴谋诡计师出有名，"义正词严"，减轻舆论的阻力。然而，"项庄舞剑，意在沛公"，臣属的"剑锋"所指，实乃是君主身下的宝座，而非君侧之奸臣。在其真正的目的尚未达到时，即使奸臣已除、君侧已清，他们也不会就此罢兵休战，停止弄君的阴谋诡计。再如唐代奸相李林甫"欲蔽塞人主视听，自专大权，明召诸谏官请曰：'今明主在上，群臣将顺之不暇，勿用多言！诸君不见立仗马乎？食三品料，一鸣辄斥去。悔之何及！'"在李林甫的威胁利诱下，"自是谏争路绝矣"。从而达到了弄君与操纵朝政的险恶目的，君主因为失去耳目，诏命不能上传下达，形同傀儡一般，没有忠臣贤良可以依靠，只能听从李林甫的随意摆弄。这是历代奸佞之臣试图调君身旁之虎、占其山势、干预朝政惯用的伎俩。

第三，在臣僚之间。

在中国古代官场政治斗争中，臣僚之间，无论是忠君贤良还是奸佞权臣，其阵营的组合与分化瓦解，是随政治形势的变换（如王位的交替承袭、君王为政举措等因素）以及各自切身政治、经济利益的矛盾冲突而不断改变。为争权夺利，明争暗斗，将政敌视为仇雠，彼此时常火并则司空见惯，不足为怪。在你死我活的政治斗争中，为了保有已经取得的荣华富贵、权势地位，立于不败之地，政敌对手之间经常使用调虎离山之计谋，套用其他计策，谗陷、排斥打击异己势力，将政敌对手挤出朝廷，排除在权力轴心之外，或置于死地，永世不得复出，以免构成对自己的威胁。如汉景帝时，内史晁错多次请求单独与景帝谈论国政，景帝每每采纳他的意见，受宠幸超过了九卿，经晁错的建议修改了许多法令。丞相申屠嘉因景帝不采用他的意见而自行黜退，妒恨晁错。晁错作为内史，内史府的门东出不便，就另开了一个门南出。这个南门，开凿在太上皇庙外空地的围墙上。申屠嘉听说晁错打通了宗庙的墙，就上奏景帝，请诛杀晁错。有人把此事告知，晁错很害怕，夜里入宫求见景帝，向景帝自首，寻求保护。到天亮上朝时，申屠嘉奏请诛杀内史晁错。景帝说："晁错所打通的墙，并不是真正的庙墙，而是宗庙外边的围墙，原来的一些散官住在那里；而且又是我让晁错这样做的，晁错没有罪。"丞相申屠嘉只好表示谢罪。散朝之后，申屠嘉对长史说："我后悔没有先把晁错斩首再去奏请皇上认可，现在却被晁错所欺。"回到府中，申屠嘉吐血而死，晁错因此越发尊贵。由此可见，朝廷臣僚之间的斗争是十分尖锐而不可调和的。丞相申屠嘉看到内史晁错深受景帝重用，构成对自己专权的威胁，颇感不安，于是欲借晁错打通宗庙之墙，大逆不义之罪加害于他，达到铲除（斩虎）并孤立景帝的目的，不料晁错更有高超，"恶人"先告状，骗得景帝的同情与怜悯，幸免于难。申屠嘉不但不能实现调虎、降虎的企图，反而遭到景帝的怪罪，被虎反咬一口，阴谋败露，在忧愤中吐血而亡。这里一个是用计失败，另一个是顺计行事，不费吹灰之力便实现了调虎离山，去其要势，铲除了强硬的政治对手。

四、后发制人　以待敌之可胜

在政治斗争中，各种权谋诡术的使用司空见惯，无所不在，无时不存。调虎离山之计作为攻战计的一部分，其应用范围是相当广泛的，常常被君臣、臣僚以及各种政治势力、集团用来当作铲除政敌、排除异己、保存自己和御敌制胜的谋略战术。在运用中，其往往与其他计谋诡道连用套用，更具魔力效用。其特点是：

第一，就实施方法而论，调虎离山之计具有诱惑性、巧饰性的特点。

因为调虎离山之计的含义有三：一是调虎落平原，二是调虎分其势，三是调虎占其山。要做到每一步都是极其艰难不易的，稍有不慎疏漏，就有前功尽弃和被虎吞咽的危险，所以调虎者除了具有高超过人的智谋韬略，能够创势、造势，顺应事态发展随机应变外，还必须会巧饰伪装，隐藏实意真迹，使虎麻痹懈怠，不存疑虑戒心，才能使用诱之以利或蛊惑其心智的手段将虎调离山，诱入早已处心积虑设置的陷阱，置于死地；或反客为主，占山降虎。如果被老虎识破诡计，顺计行事，不但弄巧成拙，反而会赔了夫人又折兵，性命难保，自掘覆亡之墓。

第二，就实施过程而言，调虎离山之计具有快捷性、制伏性的特点。

从政治斗争的需求看，在一般情况下，强硬有力的政治对手，运用该计将政敌（虎）调离其位（或权力中枢）不是最终目的，它只是一种手段，用来使敌我力量对比发生转化的手段，还不能达到消灭敌人的目的，而仅提供了削弱政敌的一个条件。所以调虎离山之计成功之后，立即就要进行降伏老虎的权谋运用，及时彻底清占虎穴，使老虎既不能带走"山"，也不能再添翼逞凶作威。不然老虎一旦返回，仍可占山为王，即使此只虎不能返回，其他的老虎借机利用，也是不可收拾的。因此，调虎离山之计要求施计者在用计过程中必须环环相扣，具有快捷迅猛的反应能力，一旦完成调虎离山之后，务必摧毁虎穴和断绝虎的后路，逼迫虎无路可走，束手待擒，这样才算最终达到了调虎离山的目的。

第三，就用计者的政治心态而言，调虎离山之计具有制驭心理（后发制人）的特点。

具体而论，运用调虎离山之计的目的，就是使对方远离有利的条件，而后诱使其处于不利的地位，使己抢占地利，在运动中使"虎"丧失反抗能力，而便于捕捉或降服。所谓要"先为不可胜，以待敌之可胜"，才能"立于不败之地"，就是讲的后发制人这个道理。调虎离山即为降虎并为我所用，是足智多谋的政客惯用的诡计奇术。

第四，就计谋智道效应而论，调虎离山之计具有突发效应的特点。

在政治斗争中，调虎离山之计与其他计谋连用叠用，在一般情况下，施计者所追求和企图达到的效果就是突发效应，不但政敌在突如其来、迅雷不及掩耳的攻势下显得沮丧无力，毫无反抗之本，只能坐以待毙，而且还可以起到打草惊蛇，威慑其党羽爪牙的双重目的，取得一石三鸟或多鸟的多重效果。

欲擒故纵

——消其斗志　定擒疲惫之敌

　　本计云："逼则反兵；走则减势，紧随勿迫。累其气力，消其斗志，散而后擒，兵不血刃。需，有孚，光。"其大意是：如果逼得敌人无路可走，那么它就会拼命反扑过来。如果暂时放松追击，任其逃走，则可以减弱敌人的气势。对于逃走的敌人，要紧紧地跟踪，但不要过于急迫逼近，借以消耗他的体力，瓦解他的斗志。等敌人以为脱离险境、军心涣散之时，再突然擒获他，就可以避免流血牺牲。因而，暂时放松追击，使敌人心理上完全失败而屈服于我，可以收到更显著的效果。

　　本计的解语原文云：这里说的"纵"，对敌人不是放任不管，而是在后边追随，只是追得不要太紧罢了。孙子说："敌人已到穷困绝境的时候，不要过分逼迫他。"也是指这个意思。讲不追，不是不去追踪，只是不要过分逼迫他罢了。三国时，诸葛亮施用七擒七纵的计谋，就是既释放孟获，而又追踪他，逐渐把军队推进到边远地方。诸葛亮的七纵，意图在于扩大疆土，拿孟获作榜样，去降服其他的蛮族。这种做法是为了实现政治谋略，但不符合作战要求。如果按照作战要求，对被擒的敌人，是不能轻易再放走

群臣指鹿为马，赵高独揽大权

的。该计用于军事上，要想使敌军失去战斗力，彻底瓦解，必须示以一线生路，让其抱有不战而求逃生的念头，这样会造成更有利于我的战机。

欲擒故纵也可写作欲擒姑纵。该语出自《道德经》三十六章，云："将欲歙之，必固张之；将欲弱之，必固强之；将欲废之，必固兴之；将欲取之，必固与之。"陈鼓应先生译为："将要收敛的，必先扩张；将要削弱的，必先强盛；将要废弃的，必先兴举；将要取去的，必先给与。"并在《引述》中说道：（1）"将要合起来，必先张开来。"即是说在事物发展的过程中，张开来是闭合的一种征兆。老子认为事物处于不断对立转化的状态，当事物发展到某一个极限的时候，它必然会向相反的方向运转，好比花朵盛开的时候，它就要萎谢了（花朵盛开是即将萎谢的征兆）；月亮圆满的时候，它就要亏缺了（月亮圆满是即将亏缺的征兆）。这是老子对事态发展规律的一个分析，即"物极必反"、"势强必弱"观念的一种说明。对此，前人董思靖在《道德真经集解》中说："夫张极必歙，与甚必夺，理之必然。所谓'必固'云者，犹言物之将歙，必是本来已张，然后歙者随之。此消息盈虚相因之理也。其极虽甚微隐而理实明者。"释德庆在《老子道德经解》中说："此言物势之自然，而小人不能察，天下之物，势极则反。譬夫日之将昃，必盛赫；月之将缺，必极盈；灯之将灭，必炽明。斯皆物势之自然也。故固张者，歙之象也；固强者，弱之萌也；固兴者，废之机也；固与者，夺之兆也。天时人事，物理自然。第人所遇而不测识，故曰微明。"（2）"势强必弱"。在刚强和柔弱的对峙中，老子宁愿居于柔弱的对峙中端。老子对于人事与物性作深入而普遍的观察之后，他了解到：看来"柔弱"的东西，由于它的含藏内敛，往往较富韧性；看来"刚强"的东西，由于它的彰显外溢，往往暴露而不能持久。所以老子断言"柔弱"的呈现胜于"刚强"的表现。这些均是欲擒故纵之计最早的理论发端，也是对事物对立与统一关系的全面阐释。

《鬼谷子·谋篇》云："去之者纵之，纵之者乘之。"其大意是：要逃离的，就应放纵它，被放纵的，就要寻找机会消灭它。《太平天国·文书》篇也说："欲擒先纵，欲急姑缓，待其懈而击之，无不胜者。"大意是：要想擒拿，先要放纵，要想尽快取胜，暂且放慢攻击的速度。等待敌人的意志松懈了以后再攻击它，没有不获胜的。

一、疲而弱之　寻战机长斗志

《周易·需卦第五》云：需：有孚，光亨。贞吉，利涉大川。《象》曰：云上于天，需。君子以饮食宴乐。

【一爻】初九，需于郊，利用恒，无咎。《象》曰："需于郊"，不犯难行也。"利用恒无咎"，未失常也。

【二爻】九二，"需于沙"，小有言，终吉。《象》曰："需于沙"，衍在中也。虽小有言，以终吉也。

【三爻】九三，需于泥，致寇至。《象》曰："需于泥"，灾在外也。自我致寇，敬慎不败也。

【四爻】六四，需于血，出自穴。《象》曰："需于血"，顺以听也。

【五爻】九五，需于酒食，贞吉。《象》曰："酒食贞吉"，以中正也。

【六爻】上六，入于穴，有不速之客三人来，敬之终吉。《象》曰："不速之客来，敬之终吉"，虽不当位，未大失也。

据秘本兵法《三十六计》的记载，欲擒故纵之计是依据需卦的逻辑原理推演出来的计谋。计谋文中所云的"需，有孚，光"，是水天需卦的卦辞。需卦卦辞为："需，有孚，光亨，贞吉，利涉大川。"意思是说：需象征等待。心怀诚信，光明亨通；只要坚守纯正，就会吉祥，利于涉水渡过大河。"彖曰：需，须也，险在前也。刚健而不陷，其义不困穷矣。需，有孚，光亨，贞吉。位乎天位，以正中也。利涉大川，往有功也。"意思是说：需，就是等待，因为前面有坎之险陷。刚健的乾阳没有陷入危险，就是因为能够耐心等待有利的时机。等待必须信心坚定，才能光明亨通；更必须坚持纯正，才会吉祥。由于九五刚健中正，又居于至高无上的地位，所以利于涉过大河巨流，勇往直前就会成功。

此卦的象辞，明显地分为两个部分。前一部分是针对下卦乾而言的。乾卦虽然刚健，但因为前面有险阻，不可贸然前进，应当等待时机；所以此卦命名为需，即等待之意。象辞的后一部分，是针对坎卦九五爻而言的。由于九五刚爻居中得正，又在至高无上的天位，其形象中心充实，象征诚信和信心，所以前途光明，利涉大川，进取成功。就整体卦形而言，九五爻是主体，乾卦是九五君王拥有的刚健勇猛的部队。在遇到艰险时，君王能坚守信念，坚定信心，部队能耐心等待时机，所以最终能成就大业。

在战争中占得需卦，内卦乾为我，外卦坎为敌，乾卦与九五爻成了敌对关系，就不能再用象辞中的整体含义了。三阳乾卦，是阳卦中最刚强猛烈者，乃阳中之阳；其位又在下卦，阳气由下逼上，锐不可当。这表明，我方已占绝对优势，而敌人已陷入极大危险之中。按照乾卦的性格，此时定会乘胜追击，穷赶猛打，但需卦却告诫己方要等待一下，由于需卦的命名就是因乾的处境而起的，所以此时我方必须遵从卦义的指示。"需，有孚，光"是此卦的卦眼，也是我方何以要等待一下的原因。"有孚，光"，原指九五爻中心诚信，能坚定信心，所以前途光明。但敌人已穷途末路，诚信和光明根本无从谈起。这里应该理解为：此时我方要给敌人一线光明，使他们相信自己还有逃命的希望。因为，敌人虽然已遭惨败，但困兽犹斗。九五爻又是位居天位的中正刚爻，表明败逃的敌人仍很凶猛强悍。坎为水，当敌人被逼得走投无路时，必定要背水一战。人在绝望时，横下一条心，就会勇气倍增，以一当十。那时，我方固然能全歼敌人，但自己也会伤亡惨重。所以，此时要等待一下，放缓进攻的节奏。敌人有了侥幸求生的希望，就会失去决一死战的决心，四下奔逃，溃不成军。等到我方再发起总攻击时，敌人战机已失，斗志已丧，就很容易被捕获了。

欲擒故纵之计用于军事，主要是一种攻战之计与谋略。在敌人虽被击败，却仍有一定实力的情况下，为了防止其狗急跳墙，拼命反扑，便暂且虚留生路，纵其逃逸。而我们则紧随其后，但又不过分逼近，使之产生逃生厌战的心理，待其疲劳不堪，士气涣散之时，再发动突然袭击，一举将其擒获歼灭。

在政治斗争中，因为"纵"是为了达到"擒"这个目的手段，是一种以迂为直的手段，运用这一手段，往往还能达到防止政敌对手狗急跳墙，使其精力自耗，以及寻找有利时机的奇效目的。所以这一计谋也经常为政治家、阴谋家、野心家用作政治斗争的有力武器。在与政敌对手的斗争中，运用欲擒故纵之计，并不是将政敌放任不管，穷寇勿追，也并不是放虎归山，纵其任为，而是紧紧地尾随其后，稍松一些，不予过分紧逼，等待剪除消灭政敌对手的佳机利势人和。不紧逼又是为了"累其气力，消其斗志"，进而减弱其势，达到最后消灭的目的。所以"纵"是暂时的，这计使用的是疲而弱之的筹谋策略。其计谋被老谋深算、高瞻远瞩的政客对手与其他计谋交相套用后，常常能够收到事半功倍，不费吹灰之力拔除消灭政敌的效果。从该计在政治斗争中发挥的效应看，它具有权宜性、机巧性、隐秘性、瓦解性的特点。

二、纵擒有度　智谋诡计层出

在你死我活、针锋相对、瞬息万变、残酷激烈的政治斗争较量中，形形色色的政治家、阴谋家、野心家以及崇权诡道者，玩弄计谋权术为专权固势邀宠，甚至打击迫害异己势力服务，是司空见惯、屡见不鲜的。他们为了达到自己的政治目的与企图，或者为了保全已有的政治权势地位，排除政敌对手，无所不用其极，手段花样更是多种多样，令人目不暇接，难辨真假虚实强弱。三十六计中攻战篇的欲擒故纵计谋，更是他们频用的权谋之一。由于政治家常常是多种计谋诡道迭相并用，不断赋予它新的智慧内涵，所以其变化之多与对政治斗争中所产生威力之大，都是无与伦比的。简要概括欲擒故纵之计在政治斗争中的常用手法，可将其归结为以下互为关联的三种手法。

第一，任欲而观，迫而不反，待胜之计在其中。

这种手法的重点是纵而观之，横而随之。在激烈、复杂、多变、残酷不仁的政治斗争中，互为对应，彼此较量的政治势力、团体以及足智多谋工于心计、善于玩弄权术诡计的政治老手，一方面很会伪装、巧饰、自卫，形迹诡秘，深藏不露；另一方面对于任何威胁自身权势地位的对手和端倪，均会适时适机不遗余力地坚决予以铲除打击。如果当前的时间、地点条件不够成熟，或对自己不十分有利的话，也会暂时放过敌人，纵其逃逸，然后再寻觅有利的时机，予以沉重打击。这里纵容政敌，任其自走，不加任何限制，却要紧紧地跟随其后，密切监视政敌的行踪，追而随之，始终保持一定的距离，丝毫不放松，只是"不迫之而已"。横而随之，可以是公开的跟随，也可以是暗地里跟随。常见的具体手段，又有任纵、骄纵、放纵等多种形式。

1. 任纵

所谓任纵，就是纵容放开政敌对手，听其自便，向哪里走都可以，一般不加任何限制。之所以采用这一手法对付政敌，主要有以下原因：一是敌强我弱，寡不敌众；二是势均力敌，贸然对抗，鹿死谁手，颇难料定，硬拼不如智取；三是政敌对手的真实意图与目的尚未完全暴露，打草惊蛇，使敌手惊觉反而会遗患无穷；四是歼除政敌对手的时机条件暂时不利，或不够成熟。任纵并不是听任政敌肆无忌惮，胡作非为，高举屠刀熟视无睹，而是纵而随之，密切监视其行踪，待其气力、斗志自耗后，寻找佳机举而歼之。

事例：冒顿饰怯纵骄恣，东胡中计致亡国

前209年，匈奴单于头曼的太子冒顿杀了自己的父亲、后母和弟弟等人以后，自立为单于（单于系匈奴最高首领）。其时，东胡部落非常强盛，得知匈奴内部发生了政变后，便想给冒顿来个下马威，吓唬吓唬他。东胡王派出使者告诉冒顿说："我们想要得到头曼在位时拥有的千里马。"冒顿召集群臣商量，群臣都说："千里马是匈奴的珍宝，不能随便送给他人。"冒顿说："怎么能与人家为友好邻国，却还要吝惜区区一匹马呀！"随即冒顿不顾众人反对，力排群议，将千里马送给了东胡。东胡王初试顺利，尝到了甜头，得寸进尺，便又挖空心思，恬不知耻向冒顿再要一件东西。他听说冒顿的父亲生前有很多花枝招展、如花似玉、色貌绝佳的阏氏（即单于的妻妾），过了不久，东胡王又派使者来对冒顿说："想要得到单于的一位阏氏。"冒顿又征求群臣的意见，群臣听后勃然大怒，愤慨万分，异口同声请求："东胡这般无礼，竟然索求阏氏，请发兵攻打！"想不到冒顿却说："和人家是邻国，怎么能舍不得一个女子呢？"就选取自己所宠爱的美丽漂亮的阏氏送给了东胡。群臣见冒顿这样对东胡忍让，有求必应，百依百顺，都以为冒顿胆小无能，胸无大志，任人摆布。

东胡王见几次索要都达到目的，没有遇到任何麻烦阻力，轻而易举，便认为冒顿畏惧东胡国大势众，益发骄横放纵，肆无忌惮，猖狂不可一世。东胡与匈奴接壤的地方，有被丢弃的土地无人居住，方圆一千多里，双方各居其一边，设立屯戍守望的哨所。东胡王再次派使者对冒顿说："这些无人居住的荒地，我想得到它。"冒顿依旧召问群臣属僚，群臣见冒顿随便将国宝、美女送与东胡王，这区区荒芜不毛之地岂在话下？当下便有人说："这些荒无人烟的地方，割给他们可以，不割给也可以。"不料冒顿听后勃然大怒，说道："土地是国家的根本，一个国家没有土地便不成国家，怎么能随便割给人家呢？"冒顿将那些说可以给予的臣子都杀了。之后，迅即组织人马领兵袭击东胡。东胡王起初就非常轻视冒顿，自以为冒顿根本构不成威胁，没有防备，岂料到冒顿挥军转眼来到了国境线，率大军突袭东胡，势如破竹，所向披靡，一举灭亡了东胡。

这是匈奴单于冒顿智用谋略，故作怯懦无能之状，任纵东胡，懈其戒备之心，待机后发而举，一鼓作气攻灭敌国的成功范例之一。从冒顿任纵东胡的策略看，其足智多谋与出人意料表现在：一纵（舍国之宝马）在向东胡国王表明匈奴软弱，不敢违命，只能百依百顺，有求必应；东胡的威势声播遐迩，无所不在，使其愈加骄横，不可一世，根本不将匈奴视为威胁和对手。对匈奴群臣及部众来说，冒顿的做法却不合乎人之常情，因为匈奴此时的兵众国力完全可以和东胡对抗较量，匈奴也没有必要屈从求全，苟且偷生，所以群情激奋，同仇敌忾，一触即发。二纵（献国之绝色佳人）使东胡更加肆无忌惮，贪得无厌，忘乎所以，根本不将匈奴放在眼里，视若奴仆役力，欲令随时听候调遣，对其毫无戒备防范。此举不但出乎匈奴上下的意愿，而且犹如火上浇油，使本来就对东胡的所作所为极为不满的匈奴部众，更加义愤填膺，随时准备出击，报仇雪耻。冒顿认为民心所向志在灭掉东胡，灭胡的时机条件已经成熟，所以当东胡国王第三次遣使勒索匈奴国土时，出人意料地斩杀了谋求媾和的大臣，一反常态，出其不意，攻其不备，以迅雷不及掩耳之势，攻灭了东胡国，进而称霸北方，与中原汉朝对峙并立。

2．骄纵

所谓骄纵是指在政治斗争中故意退让，令来势凶猛的政敌对手自我膨胀，骄横跋扈，目空一切，丧失警惕，然后寻机、寻隙、寻时，实施攻战破敌的韬略谋划。有时在复杂多变的政治斗争中，凭借一方的力量很难与势力强大的集团或政敌对抗，为了战胜共同的强敌，也会出现数股弱小势力联合，共同对付一个政敌的格局。不过这种联盟是很松散的，一旦他们之间出现权力冲突时，彼此之间往往也会成为对抗的阵营。对抗矛盾是永恒绝对的，联合是暂时相对的。任何强大凶猛的政敌，随着时间、地点、条件的发展变化，不可能铁板一块，一成不变，相反会暴露弱点失误，出现疏漏，令人有机可乘。谙于世故、身经百战、深谋远虑的政治老手，是很善于利用骄纵的计谋，捕捉人性的弱点疏忽，伺察时机排除打击政敌的。

事例：谋臣骄纵智襄子，三家分晋韩魏赵

在晋文公称霸时，晋国有十几家有名的卿大夫，在内部的激烈争斗中，不少家族衰落下去，到春秋末期就只剩下智氏、范氏、中行氏和赵、韩、魏六家了。这六家几乎控制了晋国的全部军政大权，形成了"政出家门"、"军出六将军"的所谓"公卿专政"局面。后来范氏、中行氏又在竞争中失败，剩下了四家，其中智氏的势力最大，也最骄横。前403年，智宣子死后，接替他的是智襄子智瑶。这智瑶自恃才貌武艺双全，本家强盛，便目空一切，胡作非为，随心所欲。一日与韩康子、魏桓子在蓝台饮宴时，席间智瑶竟然戏弄韩康子，又侮辱他的家相段规。智瑶的家臣智国听说此事，就告诫说："主公您若不提防，灾祸就一定会来了！"智瑶说："人的生死灾祸都取决于我。我不让灾祸降临，谁还敢兴风作浪！"智国又说："这话可不妥。《夏书》中说：'一个人屡次三番犯错误，结下的仇怨岂能在明处，应该在它没有表现时就提防。'贤德的人能够谨慎地处理小事，所以不会招致大祸。现在主公一次宴会就开罪了人家的主君和臣相，又不戒备，还说'不敢兴风作浪'，这种态度恐怕不行吧。蚊子、蚂蚁、蜜蜂、蝎子，都能害人，何况是主君、臣相呢！"对于智国的好言相劝，智瑶不但充耳不闻，无所收敛，反而变本加厉，更加肆无忌惮，为所欲为。

智瑶时刻都在盘算削弱其他三家，独霸晋国。他以增强公室、治兵伐越、恢复晋国霸主地位为借口，向韩康子索要领地。韩康子想不给，段规进言："智瑶贪财好利，又刚愎自用，如果不给，一定讨伐我们，不如姑且给他。他拿到土地会更加狂妄，一定又会向别人索要；别人不给，他必定向人动武用兵，这样我们就可以免于祸患而伺机行动了。"韩康子说："好主意。"便派了使臣去送上有万户居民的领地。智瑶大喜，果然又袭用此法向魏家提出索地要求。魏桓子认为智瑶欺人太甚，意欲拒绝。家相任章问："为什么不给呢？"魏桓子说："无缘无故来要地，所以不给。"任章说："智瑶无缘无故强索他人领地，一定会引起其他大夫官员的恐惧，我们给智瑶地，他一定会骄傲。他骄傲而轻敌，我们恐惧而互相团结，用精诚团结之兵，来对付狂妄轻敌的智瑶，智家的命运一定不会长久了。《周书》说：'要打败敌人，必须先给他一些好处。'主公不如先答应智瑶的要求，让他骄傲自大，然后我们可以选择盟友共同图谋，又何必单独以我们做智瑶的靶子呢？"魏桓子说："此言极当。"也交给智瑶一个万户之民的封地。

两次要地都轻而易举地达到了目的，智瑶顿时忘乎所以，利欲熏心，得寸进尺，更加贪得无厌，遂又逼迫赵襄子让蔡和皋狼两处地方，却遭到了赵襄子的严词拒绝。智瑶勃然大怒，当即率领早已貌合神离的韩、魏两家军队去攻打赵襄子。赵襄子慑于大兵压境，准备出逃，向臣下问道："我到哪里去呢？"随从说："长子城最近，而且城墙坚厚又完整。"赵襄子说："百姓精疲力竭地修完城墙，又要他们舍生入死地为我守城，谁能和我同心？"随从又说："邯郸城里仓库充实。"赵襄子说："搜刮民脂民膏才使仓库充实，现在又因战争让他们送命，谁会和我同心？还是投奔晋阳吧，那是先主的地盘，尹铎又待百姓宽厚，人民一定能同我们和衷共济。"便前往晋阳。

智瑶、韩康子、魏桓子三家出兵围住晋阳，又引水灌城。城墙头只差三版的地方就被淹没了，锅灶都被泡塌，鱼蛙孳生，人民仍是没有背叛之意。智瑶巡视水势，魏桓子为他驾车，韩康子站在右边护卫。智瑶说："我今天才知道水可以让人亡国。"魏桓子用胳膊肘碰了一下韩康子，韩康子也踩了一下魏桓子的脚。因为汾水可以灌魏桓子的都城安邑，绛水也可以灌韩康子的都城平阳。智瑶以为经此一吓，韩、魏两家必定不敢有二心。智瑶的谋士绨疵颇有头脑，听到这话就对智瑶说："韩、魏两家肯定会反叛。"智瑶问："你何以知道？"绨疵说："以人之常情而论，我们调集韩、魏两家的军队来围攻赵襄子，赵襄子覆亡，下次灾难一定是连及韩、魏两家了。现在我们约定灭掉赵襄子后三家分割其地，晋阳城仅差三版就被水淹没，城内宰马为食，破城已是指日可待。然而韩康子、魏桓子两人没有高兴的心情，反倒面有忧色，这不是必反又是什么？"第二天，智瑶把绨疵的话告诉了韩、魏二人，二人说："这一定是离间小人想为赵家游说，让主公您怀疑韩、魏两家而放松对赵家的进攻。不然的话，我们两家岂不是放着早晚就分到手的赵家土地不要，而要去干那危险必不可成的事吗？"两人出去，绨疵进来说："主公为什么把我的话告诉他们两人呢？"智瑶惊奇地反问："你怎么知道的？"回答说："我见他们审视了我以后，就快步匆忙离去，知道我看穿了他们的心思。"智瑶固执己见，没有听从规劝。

赵襄子见有机可乘，就派谋臣张孟谈秘密出城来见韩康子、魏桓子二人，劝说道："我听说唇亡齿寒。现在智瑶率领韩、魏两家来围攻赵家，赵家灭亡就该殃及韩、魏了。"韩康子、魏桓子也说："我们心里也知道会这样，只怕事情还未办好而计谋先泄露出去，就会马上大祸临头。"张孟谈又说："计谋出自二位主公之口，进入我一人耳朵，有何伤害呢？"两人秘密地与张孟谈商议，约好起事日期后送他回城。夜里，赵襄子派人杀掉智军守堤官吏，使大水决口反灌智瑶军。智瑶军队为救水淹而大乱，韩、魏两家军队乘机从两翼夹击，赵襄子率士兵从正面迎头痛击，大败智家军，杀死智瑶，又将智氏族人尽行诛灭，赵、韩、魏三家平分了智氏的土地和人口。

　　在上述事件中，势弱寡众，处于劣势的韩、魏、赵三家之所以能够三分家大势强的智氏并取而代之，根本原因在于运用骄纵智瑶的欲擒故纵计谋策略的成功。面对智瑶割让国土与人民的蛮横无理要求，韩魏两家无力直接对抗，不得不委曲求全，忍辱割让，因为他们心里明悉，摆在面前的出路只有两条，要么答应要求，苟且残存，或许还能保住东山再起、卷土重来的资本；要么寸土不让，直接冲突，危在旦夕，毫无回旋之地，将自己逼入绝境死地。在权衡利害得失之后，两君均采纳谋臣的计策，选择了前者，认为宁为玉碎，不为瓦全，还不如姑且暂时屈就，先存国体，再图雪耻，伺机重振家威雄风。所以他们不但答应了智瑶的无理要求，而且还察隙伺机实施了骄纵智瑶的计谋，并达到了预期的效果。韩、魏、赵三家共同的遭遇和命运，使他们不得不为了对付共同的强敌结成暂时的统一战线，将矛盾的焦点对准智瑶，全力以赴，为生死存亡而战。因为三家任何一方随时都面临被击败或吞并的威胁，使得他们不得不暂时联合，互为依托。联合的结果，使弱者从弱小变为强大，敌我力量的对比发生了根本的变化，从而为灭智氏奠定了基础。另一方面韩魏骄纵智瑶的结果，使其更加贪得无厌，得寸进尺，骄横不可一世，树敌渐多，弱点渐渐暴露，将自己拖入了愈益危险和难以自拔的绝境，注定其失败是迟早的事情。在骄纵智瑶的用计过程中，因为韩、魏、赵三家对智氏的底细了如指掌，能够对症下药，在具体用计的技巧上又能以人之常情，把握用计的时机，审时度势，恰到好处，在信疑之间，所以操纵势态发展，主动权开始被弱者一方掌握，进而导致了韩、赵、魏三家分晋的结局。此外，智瑶的刚愎自用、骄横贪婪，也是骄兵必败最为形象的注脚。

3．放纵

所谓放纵就是在政治斗争中让政敌对手肆意妄为，使其积累更多的错误，待其罪恶昭著、路人皆知时，再伺机予以一网打尽。这样做，一则诛除政敌师出有名，名正言顺；二则可以放长线钓大鱼，等待时机挖除深藏不露的政敌，以免过早打草惊蛇，遗患无穷；三则在放纵政敌的同时，选择等待最佳的时机和方式，出其不意、攻其不备，对其发动突然袭击，出奇制胜。

事例：智者韬晦纵敌乱，罪者师出有正名

春秋初期，郑国庄公接替武公王位后，在位四十三年，南征北战，屡建功绩。他曾经率军伐卫、讨宋、侵陈、占许，还打败过周、虢、卫、蔡、陈五国联军，在春秋初期的政治舞台上叱咤风云，出尽了风头。取得这些功绩虽然依靠了郑的强盛国力，但与郑庄公本人的才能以及足智多谋也极有关系。郑庄公善于审时度势，深谋远虑，运筹帷幄，当机立断，是一位工于心计的政治人物。他在处置谋乱的弟弟共叔段时，便运用了欲擒故纵之计，表现出了非凡的智谋。

郑庄公的生母武姜是两周之际颇有影响的申国侯君之女，颇为娇气。她生庄公时难产（即"寤生"），所以不喜欢庄公。生次子共叔段十分顺利，又见他长得一表人才，面如傅粉，唇若涂朱，且又多力善射，武艺高强。武姜十分偏爱此子，心想："若由共叔段袭位为君，岂不胜寤生十倍？"屡次向其夫武公称道次子之贤，宜立为嗣。武公说："长幼有序，不可紊乱。况且寤生无过，岂可废长而立幼？"遂立寤生为世子。只以小小共城为段的食邑，号称共叔。武姜心里愈加不快。武公死后，寤生即位，是为郑庄公。

郑庄公继位后碰到的第一个难题，是武姜为共叔段请求制地作为封邑。制，是一座紧要处所，如果被共叔段控制，将会对郑庄公造成很大威胁。郑庄公不便严词拒绝母亲的请求，便委婉地说："制地是危险的地方，从前虢国的虢叔曾经死在那里，所以不能把制地给共叔段作为封邑。请您再考虑，除制以外的其他地方，将唯命是从。"这个回答有理有据，又没有使武姜难堪。武姜只得另请把京地给共叔段为封邑，郑庄公痛快地答应下来。共叔段得到京邑以后，与生母姜氏串通一气，招兵买马，训练士卒，加紧谋划夺权的步伐。郑庄公耳闻目睹这些逆迹后，却表现出极大的镇静，不急不躁，耐心等待时机完全成熟。郑大夫祭仲了解共叔段大修京邑、图谋不轨的情况后，向郑庄公报告，并一针见血地指出了其危害。祭仲说："凡属都邑，城垣的周围超过三百丈，就是国家的祸害。先王规定的制度：大的都邑，不超过国都的三分之一；中等的，不超过五分之一；小的，不超过九分之一。现在京城不合规定，这不是应有的制度，国君将不堪忍受。"庄公说："姜氏要它，又哪能避免祸害呢？"庄公直称母亲为"姜氏"，对武姜的厌恶于此可见。祭仲听到这些，回答说："姜氏哪有满足的时候？不如及早安排，不要让它各处蔓延，否则就难以对付了。蔓延的野草尚且不能锄掉，何况是您受宠的兄弟呢！"祭仲劝郑庄公立即采取行动。庄公说："多行不义必自毙。您姑且等待吧。"郑庄公预料共叔段的骄横行为还会继续下去，所以用"多行不义必自毙"来指明共叔段自取覆灭的下场。

　　事情果如庄公所料，共叔段不仅加大京的城邑，而且让郑国西部和北部的边境地区听命于自己。郑大夫公子吕看到情势危急，便前来叩见郑庄公，说道："主公嗣位，不是出自国母的本意。万一中外（即指武姜与共叔段）合谋，变生肘腋，郑国将不被主公所拥有。臣寝食不安，是以再请。"郑庄公说："此事的干扰阻力定要来自国母。"公子吕说："主公难道没有听说周公诛杀管蔡的事情吗？'当断不断，反受其乱。'望您能早做决断。况且国家不能忍受这种两面听命的情况，主公打算怎么办？主公要把君位让给太叔，下臣就去侍奉他；如果不给，那就请除掉他，不要让老百姓产生其他想法。"庄公说："我早就深思熟虑过此事。共叔段虽然不道，尚未显然叛逆。我若兴师加诛，姜氏必定从中阻挠，徒惹外人议论，不仅说我不友，还会说我不孝。我现在置之度外，任其所为。他恃宠得志，肆无忌惮。待其造逆，那时明正其罪，则国人必不敢助之为虐，而姜氏也会理屈词穷。"庄公意识到共叔段多行不义之事，必然不能团结其众，势力虽说雄厚，也一定会分崩离析。

　　前 722 年，共叔段整治城郭，修缮武器，增加士卒，准备偷袭郑都。庄公认为仍需要让共叔段的阴谋进一步暴露。他和大将公子吕私下里商定：庄公假称去周王室当差，引诱共叔段和姜氏提早行动。与此同时，公子吕派兵在要道埋伏，截击姜氏遣差送与共叔段兴兵袭郑的密信，送与庄公看毕后重又封固，并派亲信假作姜氏所差送达，共叔段的回书又被庄公所得，以作凭据，且从中得知共叔段的行动日期与联络暗号。另外，公子吕还派部分士兵扮作商人模样，混入共叔段的封地京城，待共叔段兵马离京城之后，就在城楼放起大火，以造成共叔段军混乱。自己则率二百辆战车，在京城设下埋伏。实际上郑庄公并没有去周当差，而是率兵马守候于鄢城附近。

京城共叔段接到姜氏作为内应的密信，果然中计，他一面给其母写回信，一面谎称前去朝廷办事，率兵出城。共叔段离城不久，城楼便燃起了冲天大火，公子吕统军趁势攻入京城。共叔段得知京城老巢丢了，本想回兵夺城，可军中又起大乱。不得已，跑到鄢城，又被郑庄公打得大败而逃。历尽艰难险阻逃到他原来的封地共城，又遭郑庄公和公子吕两面夹击，全军覆没。共叔段喟然长叹，拔剑自杀，一场蓄谋已久谋国篡权弑君的政变，以失败而告终。

这是郑庄公运用欲擒故纵计谋，故作大智若愚之状，巧布迷敌阵势，放任纵使政敌，待其种种叛迹完全暴露于光天化日之下，再檄列罪状，兴师诛伐，将政敌一网歼灭。这一成功事例，从施谋用计的策略中看到：郑庄公对于自己嗣位并非国母之意，对姜氏和共叔段企图里应外合、篡权夺位的阴谋，心里是清清楚楚的，并时刻密切注视着政敌的一举一动，操纵着时态的发展。之所以迟迟未对野心勃勃、仗恃国母的娇宠、企图阴谋篡权夺位的共叔段采取断然措施，主要是因为：一是倡乱篡位的罪魁祸首，一个是自己的生母姜氏，另一个是自己的亲弟弟，生母的养育之恩，兄弟的手足之情，都使他不得不再三思量，审慎从事，瞻前顾后；二是他们的叛逆行为虽早有端倪，但尚不明显、公开，过早动手，不但会打草惊蛇，使问题更加复杂尖锐化，而且罪行不昭，证据不足，恐怕徒惹外人议论，反落个不义不孝不仁的罪名，处于被动不利；三是当时郑国所面临的内忧外患处境，也使得他不得不深思熟虑处理每一个问题。外有宋、卫等国虎视眈眈，内有社稷之忧，而且共叔段也与自己的政敌暗中勾结。某一环节一旦处理不慎，过于咄咄逼人，都可能导致共叔段狗急跳墙，引狼入室，使问题复杂化，江山社稷不保，生灵涂炭，后果不堪设想，有损于郑国的形象。所以郑庄公认为武取不如智取，而智取又必须讲究策略与等待时机，因此在用计过程中，庄公首先是忍耐、退让，保持镇静，居高临下，密切注视势态的发展变化。其次采用欲擒故纵的计谋，诱导放纵共叔段进一步暴露，加速其倒行逆施的步伐，以为兴师诛伐铺垫；再次是待时机条件成熟，便当机立断，斩草除根，一举全歼政敌。由此可见，中国古代一般的政治家均具有应付驾驭变幻莫测风云的本领，足智多谋、高瞻远瞩、洞察秋毫、察机伺变，善于审时度势，因势利导，随机应变，乃是他们共有的一些特征。从郑庄公的所作所为，便可看出，他的确是一位胸怀韬略、老谋深算的政治强手。受到宠幸而暂时得势的纨绔子弟共叔段与其斗智斗谋，不堪一击，落得身败名裂，死无葬身之地，真可谓是咎由自取。

第二，紧随迫势，限纵自耗，创胜之计在其中。

这种手法的重点是密切注意政敌的一举一动，紧随其后，因势利导，不断向其施加压力，纵迫其按照限定的路线或在限定的范围内活动，然后竭尽全力，运用一切可以使用的智谋手段或方法，激怒政敌，令其惶惶无有终日，不断暴露弱点，不断出现决策判断失误，处于高度紧张状态，待其自懈自疲自耗时，再审时度势，屡屡予以沉重打击，进而实现彻底征服消灭政敌的目的。常用的具体手法有迫纵、限纵、耗纵等多种多样的形式。

1．迫纵

所谓迫纵是指在政治斗争中，彼此争斗较量的政敌，为了达到加速政敌对手覆亡自溃的目的，运用欲擒故纵计谋时，不是听任政敌随意而为，待其疲耗，而是在纵容的同时，还要不断向其施加威势，紧随不舍，迫而追之，消其斗志，疲其心智，操纵政敌往自己早已设置好的陷阱里跳，提早结束"政治生命周期"而又毫无反抗之力。许多政治老手，都擅长玩弄这一伎俩。

事例：宣帝欲擒迫纵计，崔氏贪婪遭族诛

霍光字子孟，霍去病的异母弟，西汉中期煊赫一世的权臣，由郎官、侍中升为奉车都尉、光禄大夫，供奉内廷二十余年，权重势大。汉武帝病危时，霍光受遗诏辅佐幼主，掌握汉朝的安危存亡，匡扶国家，安定社稷，维护汉昭帝，拥立汉宣帝，功勋可与周公、伊尹相提并论。然而，可悲的是霍光不学无术，不明大理，隐瞒妻子的邪恶逆谋，立自己的女儿为皇后，沉溺于过多的欲望，使覆亡的灾祸加剧，身死才三年，宗族就遭诛灭。

在霍光死后三年，霍氏家族便遭族诛，主要原因：一是因为霍氏贪得无厌，仗恃辅主有功，满门权贵，目空一切，傲慢不逊，冒犯了主上的恩威，与君主之间的矛盾对抗日益加剧，发展到了势不两立、不共戴天的地步，对此君主当然不能无动于衷；二是因为霍氏长期把持朝政，为所欲为，树敌众多，又做出许多大逆不道之事，故海内人怨天怒，众望所期，志在除奸；三是汉宣帝虽为霍氏迎立，但他作为一国之君，不能容忍霍氏的所作所为，听其摆布，于是在霍光死后，即着手解决这一严重问题。又由于汉宣帝善谋多智，很有韬略主见，所以运用迫纵的计谋，不但迅速铲除了巨大政治隐患，而且未引起社会的动荡不安。对霍氏的骄奢与汉宣帝施计剪除霍氏的具体细节过程，史书有详尽描述。

《资治通鉴》上说：霍光死后，霍氏一家在朝中势力强大，骄横奢侈。太夫人霍显大规模地兴建府第，又制造同御用规格相同的人拉辇车，绘以精美的图画，车上的褥垫用锦绣制成，车身涂以黄金，车轮外裹上熟皮和棉絮，以减轻车身的颠簸，由侍女用五彩丝绸拉着霍显在府中游玩娱乐。另外，霍显还与管家冯子都淫乱。霍禹、霍山也同时扩建宅第，常常在平乐馆中骑马奔驰追逐。霍云几次在朝会时称病而私自出游，带着许多宾客，到黄山苑中行围打猎，派奴仆去朝廷报到，却无人敢于指责。霍显和她的几个女儿，昼夜随意出入上官太后居住的长信宫，没有限度。

汉宣帝早在民间时，就听说霍氏一家因长期地位尊贵，不能自我约束。亲掌朝政以后，命御史大夫魏相任给事中。霍显对霍禹、霍云、霍山说："你们不设法继承大将军的事业，如今御史大夫当了给事中，一旦有人在他面前说你们的坏话，你们还能救自己吗？"后霍、魏两家的奴仆因争夺道路引起冲突，霍家奴仆闯入御史府，要踢魏家大门，御史为此叩头道歉，方才离去。有人将此事告诉霍家，霍显等才开始感到忧虑。

当魏相成为丞相后，多次在汉宣帝闲暇时受到召见，报告国事，平恩侯许广汉和侍中金安上也可以径自出入宫廷。当时，霍山主管尚书事务，汉宣帝却下令，允许官吏百姓直接向皇帝呈递秘密奏章，不必经过尚书，群臣也可直接晋见皇帝。这些都使霍氏一家人极为恼恨。汉宣帝听说不少关于霍显毒死许皇后的传闻，只是尚未调查，于是将霍光的女婿度辽将军、未央卫尉、平陵侯范明友调任光禄勋，将霍光的二女婿中郎将、羽林监任胜调出京师，任安定太守。几个月之后，又将霍光的姐夫给事中、光禄大夫张朔调出京师，任蜀郡太守，将霍光的孙女婿之一、中郎将王汉调任武威太守。稍后，又将霍光的大女婿长乐卫尉邓广汉调任少府。八月戊戌（十四日），改由张安世为卫将军，未央、长乐两宫卫尉，长安十二门的警卫部队和北军都归张安世统领。任命霍禹为大司马，却不让他戴照例应戴的大官帽，而戴小官帽，且不颁给印信、绶带，撤销他以前统领的屯戍部队和官属，只使他的官名和霍光同样为大司马。又将范明友的度辽将军印信和绶带收回，只让他担任光禄勋一职。霍光的另一个女婿赵平本为散骑、骑都尉、光禄大夫，统领屯戍部队，如今也将赵平的骑都尉印信和绶带收回，所有统领胡人和越人骑兵、羽林军以及未央、长乐两宫卫所属警卫部队的将领，都改由汉宣帝所亲信的许、史两家子弟担任。

　　霍显和霍禹、霍山、霍云，眼看霍家的权势日益被削弱，多次聚在一起痛哭流涕，自怨自艾。霍山说："如今丞相当权，受到天子的信任，将大将军在世时的法令全部更改，还专门宣扬大将军的过失。再者，那些儒生大都为贫贱出身，从偏远的地方来到京中，衣食无着，却爱说狂言，不避忌讳，大将军一向痛恨他们，但如今皇上却专爱和这些腐儒谈话。他们每人都上书奏事，纷纷指责我们霍家。曾经有人上书说我们兄弟骄横霸道，言辞十分激烈，被我压下没有呈奏。后来上书者越来越狡猾，都改成秘密奏章，皇上总是让中书令出来取走，并不通过尚书，日益不信任我。又听说民间纷纷传言霍氏毒死许皇后，难道有这回事吗？"霍显吓坏了，便将实情讲出，霍禹、霍山、霍云大惊，说道："果真如此，为什么不早告诉我们！皇上将霍家女婿都贬斥放逐，就是为了这个缘故。这是大事，一旦事发，必遭严惩，怎么办？"开始有反叛朝廷的阴谋。

霍云舅父李竟有一位要好的朋友，名叫张赦，看到霍云一家人惊慌不安，便对李竟说："如今是丞相魏相和平恩侯许广汉当权，可以让霍太夫人向上官太后进言，先将这两人杀死。废掉当今皇上，改立新君，全由皇太后决定。"后被长安男子张章告发，汉宣帝将此事交给廷尉和执金吾处理，逮捕了张赦等人。汉宣帝下诏，命令不要抓人。霍山等更加慌恐，商议说："这是皇上尊重太后，所以不深究，但已可看出苗头不妙，时间长了还会爆发。一旦爆发，就是灭门之祸，不如先下手为强。"便命霍家女儿各自回家告知自己的丈夫，霍家各位女婿都说："大祸一来，我们谁也跑不了！"

正巧李竟因受指控结交诸侯王而被朝廷治罪，审问中供词涉及霍氏家族，汉宣帝因而下诏命令："霍云、霍山不适合再在宫中供职，免职回家。"山阳太守张敞向汉宣帝上了一道秘密奏章，说道："我听说，春秋时期，公子季友有功于鲁国，赵衰有功于晋国，田完有功于齐国，都受到本国的酬劳，并延及子孙。但是后来，田氏篡夺了齐国政权，赵氏瓜分了晋国，季氏则专权于鲁国。因此，孔子作《春秋》，追踪考察各国的兴衰存亡，严厉批判卿大夫世袭制度。当年，大将军霍光做出重大决策，使宗庙平安，国家稳定，功劳也不算小。周公辅政才七年，就归政于周成王，而大将军掌握国家的命运长达二十年之久。在他执掌大权的鼎盛时期，威严震撼天地，势力侵凌日月。应由朝臣明确提出：'陛下褒奖、宠信已故大将军，以报答他对国家的功德，已经足够了。而近来辅政大臣专擅朝政，外戚势力过大，君臣之间没有明显的分别，请求解除霍氏三侯的官职，以侯的身份回家；对卫将军张安世也应赐给几案与手杖，让他退休回家，以列侯的身份充当天子的老师，由陛下时常召见慰问。'陛下则公开下诏表示对他们施恩，听从大臣所请。群臣再据理力争，然后陛下予以批准。这样一来，天下人肯定会认为陛下不忘旧勋的功德而群臣又知礼，霍氏一家也可以世世代代无忧无患。如今，朝中听不到直言，而使陛下自己下诏，这不是好策略。现在霍氏两侯已被赶出宫廷，人情大致相同，因此以我的心来猜度，大司马霍禹和他的亲戚僚属等必然会心怀畏惧。使天子的近臣恐慌自危，总不是万全的办法。我愿在朝中公开提出我的意见作为开端，只是身在遥远的山阳郡，无法实现，希望陛下仔细考虑。"汉宣帝对张敞的建议甚为欣赏，然而却没有召他来京。

霍禹、霍山等家中多次出现妖怪之事，全家人都非常忧虑。霍山说："丞相擅自减少宗庙祭祀用的羊羔、兔子和青蛙，可以以此为借口向他问罪。"便密谋让上官太后设酒宴款待博平君王媪，召丞相魏相、平恩侯许广汉及其属下作陪，然后让范明友、邓广汉奉太后之命将他们斩杀，乘机废掉汉宣帝，立霍禹为皇帝。密谋已定，尚未发动，汉宣帝任命霍云为玄菟太守，太中大夫任宣为代郡太守。就在此时，霍氏的政变阴谋被发觉。秋七月，霍云、霍山、范明友自杀。霍显、霍禹、邓广汉等被逮捕，霍禹被腰斩，霍显及霍氏兄弟姐妹全部被当众处死，因与霍氏有牵连而被诛杀的有数十家。太仆杜延年因为是霍家旧友，也被罢免官职。八月己酉（初一），霍皇后被废，囚禁于昭台宫。十二年后，霍皇后又被迁到云林馆囚居，自杀身亡。

这是汉宣帝运用迫纵的计谋，干净彻底剪除霍氏的成功事例。该计谋的运用有如下的特点：一是任用信赖魏相等新人，削弱其权，打草惊蛇，迫使霍氏不自安，有所欲图；二是将其家族握有兵权朝权者调出京师，遣放为外官，调虎离山，除其虎爪，折其羽翼，众分其势，互不统属，天各一方，使其家族联盟分化瓦解，自然崩溃；三是纵迫其无路可走。因为恐惧怨恨，铤而走险，生出反叛朝廷的阴谋，然后名正言顺予以诛除；四是以迫纵为主，辅以逼、削、调等计谋，五管齐下，恰到好处，因而收到了很好的效果，顺利实现了纵迫之而又智擒的目的。

2.限纵

所谓限纵就是有条件地放开敌人。虽为放纵，却不能随意乱走，在路线或范围等方面都有严格的限制。因为政敌只能按照规定的路线行走，或在划定的范围内活动，所以政敌完全受到对手的严格控制，虽然有所放松，但却没有行动的自由，它的"牛鼻子"始终被对手牢牢控制，这样一来很容易在敌人必经的路线上设置埋伏，挖掘陷阱，张设罗网，等其自投，结果是政敌始终处在不利的环境之中。有时虽然不给政敌划定唯一的出逃路线，却划定出一定的范围，范围之内可以任其往来，范围之外则不可能或不允许。这样做既不失去严格的控制，又能有效地松懈和疲劳政敌，等待最佳的创胜灭敌之机。

事例：曹操胸怀韬武略，公孙识务献敌首

曹操可谓是中国政治舞台一位颇有韬略计谋，很会搞阴谋诡计的老手。建安十年（205），三郡之地的乌丸乘着中原各地大乱，攻破幽州，掳掠汉民十多万户。此前袁绍把他们的部落首领都立为单于，以本族姑娘作为自己的女儿，嫁给他们。辽西单于蹋顿势力特别强大，被袁绍优待，所以其子袁尚、袁熙兄弟被曹击败后，前去投奔他们。他们多次侵入边塞骚扰破坏。建安十二年（207）春，曹操将要北征三郡乌丸，将领们都说："袁尚只不过是一个逃敌罢了，夷狄贪婪而不讲亲戚之情，哪能被袁尚利用呢？现在深入乌丸境内，刘备定会劝说刘表来偷袭许都。万一出了事，就后悔莫及了。"只有郭嘉料定刘表必不能信任刘备，劝说曹操出征。八月，在白狼山一带，曹军与乌丸军遭遇，曹军出其不意击溃了强盛的乌丸联军。辽东单于速仆丸与袁尚、袁熙投奔辽东郡太守公孙康，跟随他们的还有数千名骑兵。有人劝曹操乘势追击穷寇，予以一网打尽，曹操说："我将使公孙康送来袁尚、袁熙的人头，不必再劳师动众。"

九月，曹操率大军从柳城班师。公孙康想要杀死袁尚、袁熙，作为对朝廷立下的功劳，便先埋伏精兵在马厩中，然后请袁尚、袁熙进来，他们还没有来得及入座，公孙康叫出伏兵，把他们捉住。斩杀袁尚、袁熙，连同速仆丸的人头一起送给曹操。将领中有人问曹操："您已退军而公孙康杀死袁尚、袁熙，这是为什么？"曹操说："公孙康一向畏惧袁尚、袁熙，我如果急攻，他们就会合力抵抗；缓和时，他们就会自相残杀，是形势使他们这样做的。"

在这里，足智多谋、老奸巨猾的曹操运用欲擒故纵计谋中"限纵"的手法，轻而易举地剪除了长期与自己为敌的强敌袁尚、袁熙兄弟及北方乌丸的首领速仆丸。其计谋的高妙在于：一妙在于善于审时度势，转嫁矛盾斗争的焦点，曹军击溃乌丸与袁氏的联军后，限纵袁氏及其残部只能投奔辽东郡太守公孙康，令其自投罗网，把祸水泼向他，坐观时机之变；二妙在于他深知公孙康的为人及气量，恰如其分地利用了公孙康急于改善与曹的紧张关系与立功迫切的心理；三妙在于对穷寇不是追击猛攻，而是因势利导，纵而迫之限之，自编自导了借刀杀人的把戏，既保存了实力，又铲除了政敌，同时又警告了对自己怀有二心的动摇分子，达到了一石三鸟或多鸟的效应。

事例：孙策设诡计限纵，刘勋无谋难藏身

建安四年（199），庐江郡太守刘勋收编扬州地区叛匪首领郑宝的数千人马后，势力更加强大，对其他郡守构成潜在威胁。会稽郡太守孙策对刘勋的强大势力颇为忌惮，寝食不安，图谋设计予以削弱或吞并，便假装言辞谦卑地对刘勋表示顺服说："上缭的宗党民众，屡次欺负本郡，我打算进攻他们，但是路远不便。上缭很为富庶，希望您进兵讨伐，我愿出兵作为外援。"并用珠宝和葛布来贿赂。刘勋大喜，内外一致祝贺，只有皇族出身的刘晔，不以为然地说："上缭虽小，但城堡坚固，壕沟深广，易守难攻，不会在十天内攻克。大军被困在坚城之下而后方空虚，如果孙策乘虚袭击我们，便难于自守。这样，则将军进不能攻陷敌城，退又无家可归。如果大军一定要出，灾祸今天就会到来。"刘勋不听，讨伐上缭。大军到达海昏，宗党首领听到风声，全都赶快逃跑，只留下空城，刘勋什么也没有抢到。这时，孙策率兵向西进攻黄祖，走到石城，听说刘勋在海昏，就分派兄孙贲、孙辅率领八千人驻在彭泽，自己与兼任江夏郡太守的周瑜率领二万人袭击刘勋的根据地皖城，攻克该城，俘虏了袁绍与刘勋的家眷以及部曲三万余人。孙策上表推荐汝南人李术担任庐江郡太守，拨给他三千士兵，守卫皖城，把其余被俘的人都东迁到自己控制的吴郡。刘勋率军返回，到达彭泽，受到孙贲、孙辅的截击，大败。刘勋退守流沂，向黄祖求救，黄祖派儿子黄射率五千水军来援助。孙策再次前来进攻，刘勋大败，溃不成军，无处可去，狼狈不堪，只好向北投奔曹操，黄射也战败逃走。

　　这是会稽郡太守孙策运用"限纵"计谋，诱骗政敌庐江郡太守刘勋倾巢而出，远离自己统辖的根据地，导入早已预设的陷阱圈套，然后乘机伺时，以实就虚、以逸待劳、以弱胜强的成功事例。孙策的计谋之所以得逞，首先，因为孙策诡计多端，善于韬晦之术，伪饰自己，向刘勋示弱示虚，表现出无能的惨状，好像只能在刘勋的卵翼下苟且图存，骗取了信任，故对他建议远袭上缭的计谋不存疑虑。其次，孙策的建言正合刘勋依靠势强人众掠夺财富，扩大地盘的好大喜功心理，所以一拍即合。尽管有刘晔对之提出异议，规劝他不要轻举妄动，否则会招致灭顶之灾，但他却利欲熏心，一意孤行，固执己见。再次，战略策略运用得当。因为孙策知道自己不是刘勋的对手，所以采取了迂回的战术，不是直接与刘勋接战，决一雌雄，而是避实就虚，等待刘勋率军攻打上缭之后，率部抄袭了其老巢皖城，然后挥军，在刘勋必经的路线设下埋伏，养精蓄锐，以逸待劳。刘勋久攻上缭不克，听说老巢被占，只得率军返回，长期征战不得休养，给养得不到补充，沿途又不断遭到拦击堵截，腹背受敌，完全处于被动状态，被孙策牵着鼻子走，屡战屡败，元气丧失殆尽，溃不成军，最终无处可去，毫无立足之地，不得不逃归北方投奔曹操。最后，把握战机得当，很会见机行事，将劣势变为优势；善于玩弄兵不厌诈的诡道，使自己由被动为主动，由弱变强。又因为孙策对刘勋的底细了若指掌，其作战行踪与目标又与其所建言无异，所以孙策不但掌握了主动权，导演了势态的发展，而且轻而易举地铲除了强大的政敌，壮大了自己的势力，借他人之手坐收渔人之利，不愧是一位深谋远虑、具有战略眼光的政治人物。

3．耗纵

所谓耗纵就是指在复杂多变的政治斗争中，对于发现的威胁自身权势地位和图谋不轨、兴风作浪的政敌对手，不是仓促采取行动，而是静观局势之变，因势利导，寻找政敌本身已有的矛盾、不足和弱点，密切注视其一举一动，施放各种烟幕，引诱迷惑政敌，使其举棋不定，丧失良机，待其内部四分五裂，处于自疲自耗的崩溃边缘而罪行昭著时，迅速将政敌置于死地，予以铲除。这是利用人之弱点与盲区，顺水推舟、釜底抽薪的除敌方法。

事例：刘安图谋欲作乱，武帝耗纵智除敌

刘安是淮南厉王刘长之子，文帝前元八年（前172），封为阜陵侯，十六年（前164）立为淮南王。他喜欢读书做文章，又爱沽名钓誉，罗致四方宾客和各种技能之士数千人。他的臣僚、宾客，大多是江淮一带的轻薄之徒，常常用厉王刘长在流放途中死于非命一事刺激刘安。建元六年（前135），天空出现彗星，有人向刘安游说道："以前，吴王刘濞起兵时，彗星出现，长仅数尺，尚且流血千里。如今彗星贯穿天际，恐怕天下将有大规模战事发生。"刘安认为说得有道理，就加紧制造进攻的武器，积好金钱。

郎中雷被得罪了淮南王的太子刘迁，此时，汉武帝正颁下诏书，让有志参军报国的人到长安来应征，雷被表示愿意参军去打匈奴。因刘迁在淮南王面前说了雷被的坏话，所以刘安将雷被斥责了一顿，并将其免职，以防止其他人效法。就在这一年，雷被逃到长安，上书朝廷说明自己的冤情。汉武帝将此事交给廷尉处理，因牵连到淮南王，公卿请求将刘安逮捕治罪。太子刘迁定计，让人身穿卫士服装，手持长戟站在淮南王刘安身边，如果朝廷派来的使者欲将淮南王治罪，就立即将使者刺杀，然后举兵反叛。汉武帝派中尉段宏到淮南王处询问有关情况，淮南王见段宏神色平和，便没有发动。公卿大臣奏称："刘安拒绝有志奋击匈奴的壮士的请求，是犯了阻碍圣旨的大罪，应当众斩首。"汉武帝下诏削减淮南国的两个县。事后，刘安自怨自艾说："我做仁义之事，反而被削减封地。"他以此为耻，谋反的准备越发加紧。

当时，刘安与衡山王刘赐在礼节方面相互指责，不能相容。刘赐听说刘安有反叛朝廷的打算，害怕被刘安吞并，便也结交宾客，置备武器，打算在淮南王西进以后，发兵攻占长江、淮河之间的地区。衡山王王后徐来在刘赐面前诋毁太子刘爽，企图改立刘爽之弟刘孝为太子。刘赐囚禁了刘爽，将衡山王印信交给刘孝，命刘孝延揽宾客。前来投效的宾客们隐约了解到刘安、刘赐的谋反计划，便日夜慢慢地劝刘赐起事。刘赐命刘孝门下宾客江都人枚赫、陈喜造战车、锻箭矢，雕刻天子印玺和文武官员的印信。

这年秋季，刘赐照例应入朝谒见皇帝，途经淮南国，刘安用亲兄弟的语言交谈，消除了以往的矛盾，约定共同反叛朝廷。刘赐便上书朝廷，借口有病，不肯入朝。汉武帝赐书信给他，允许他不来朝见。

淮南王刘安以为朝廷没有觉察其起兵谋乱的计划，便与其门客左吴等日夜加紧谋反准备，察看地图，部署进兵的路线。刘安派往朝廷的使者们从长安回来，谎称"皇上没有儿子，且朝政腐败"，他就高兴。如果说"汉廷政治清明，皇上有儿子"，他就生气，认为是胡言。

刘安召来中郎伍被，商议谋反之事。伍被说道："大王您怎么能有这种亡国的言论呢？我好像已经看到王宫中生满荆棘，露水打湿人衣服的凄惨景象了！"刘安大怒，将伍被的父母逮捕，囚禁了三个月。刘安又将伍被召来询问，伍被说："当初秦朝无道，极为奢侈暴虐，十分之六七的老百姓都希望天下大乱。高皇帝在行伍中崛起，最终成为天子，这是因为利用对方的缺点，把握时机，趁秦朝土崩瓦解的机会举兴大业。如今大王见到高皇帝得天下容易，却单单不看不久前'七国之乱'的吴、楚吗？吴王刘濞统辖着四个郡的地方，国家富强，人口众多，经过周密计划并充分准备，而后才兴兵西进。然而为什么大梁一战失败，向东逃亡，本人身死，祭祀灭绝？是因为他逆天行事，不知时势。现在大王的兵力还不足吴、楚的十分之一，而天下的形势却比吴、楚兴兵时安定一万倍。大王如不听从我的劝告，马上就会看到您丢掉千乘之国的王位，接到赐死的命令，先于群臣死在东宫的惨景。"刘安听了，流着眼泪莫衷一是。

刘安有一个庶出的儿子名叫刘不害，年龄最大，刘安不喜欢他，王后不把他当儿子看待，太子刘迁也不将他视为兄长。刘不害有一个儿子叫刘建，才高而气盛，对刘迁心怀不满，暗中派人告发刘迁曾企图刺杀朝廷中尉，汉武帝将此事交给廷尉处理。

刘安很害怕，想要举兵谋反，又和伍被商量道："先生认为当初吴王兴兵造反，是对呢，还是不对呢？"伍被道："不对。我听说吴王后来非常后悔，希望大王不要像吴王那样后悔。"刘安说道："吴王哪里懂得什么叫造反！当初朝廷的将领一天中有四十余人经过成皋。如今我截断成皋通道，占据三川的险要之地，再征召崤山以东的兵马，在这样的情况下举事，左吴、赵贤、朱骄如等都认为可以有九成把握，只有您认为是有祸无福，这是为什么呢？一定会像你说的那样，不可能侥幸成功吗？"伍被回答说："如果大王一定要干的话，我有一计。当今各封国国君对朝廷都没有二心，老百姓也没有怨气。大王可以伪造丞相、御史的奏章，说是要请求皇上将各郡、国的豪杰之士和殷实富户迁徙到朔方郡，大量征发士兵，使集合期限紧迫。再伪造诏狱之书，声言要逮捕各封国的太子和宠臣。如此一来，就会百姓怨恨，诸侯恐惧，再派遣能言善道之人接着到各地游说，或许可以侥幸有十分之一的希望吧！"刘安道："这是可以的。不过我觉得用不着这么麻烦。"

刘安伪造了皇帝印玺和丞相、御史大夫、将军、军吏、中二千石及周围各郡太守、都尉的印信，并伪造了朝廷使者的信节。又准备派人伪装在淮南国犯罪而西逃长安，投到大将军卫青门下，一旦发兵，立即将卫青刺死。刘安说："朝廷大臣中，只有汲黯喜欢犯颜直谏，能够严守臣节，为忠义而死，难以迷惑；至于游说丞相公孙弘之流，就如同去掉物件上的覆盖物，或摇掉树枝上的枯叶一般容易。"

刘安打算调动本国的军队，怕国相、二千石官员不肯依从，便与伍被商议，计划先将国相、二千石官员杀死，同时打算派人身穿官员服装，手持告急文书从东边奔来，高喊："南越国的军队攻入我国边界了！"要以此为借口起兵。就在此时，廷尉前来逮捕淮南国太子刘迁。刘安听到消息后，与刘迁密谋，召国相、二千石官员前来，企图杀死他们，兴兵造反。召国相，国相一人应召来到，内史、中尉却都不来。刘安觉得光杀国相一人没有什么好处，就放他走了。刘安犹豫，拿不定主意，刘迁便刎颈自杀，但没有死成。

伍被前往廷尉那里，告发与刘安图谋反叛的情节。廷尉便派人逮捕了淮南国太子和王后，并且包围王宫，悉数搜捕在淮南国内与淮安王一道谋反的宾客，取得谋反证据后，奏闻朝廷。汉武帝命公卿处治刘安党羽，派宗正手持皇帝符节前往淮南国处治刘安。没等宗正来到，刘安便自刎而死。便将淮南王后荼、太子刘迁处死，所有参与谋反计划的人一律灭族。

汉武帝因为伍被平常的言论中曾多次赞美朝廷，所以不想杀。廷尉张汤说："伍被首先为淮南王作谋反计划，其罪不能赦免。"伍被被杀。侍中庄助平时与淮南王关系密切，二人曾私下议论事情，淮南王还曾送给庄助许多钱物。汉武帝认为这是小罪，不想杀他。张汤认为："庄助出入宫廷，是皇上心腹之臣，与诸侯如此结交，如不杀庄助，今后类似的事情就不能禁止。"庄助也被当众斩首。

衡山王刘赐上奏朝廷，请求废掉太子刘爽，立刘爽之弟刘孝为太子。刘爽听到消息后，立即派亲信白嬴到长安上书朝廷，揭发"刘孝私自造兵车、锻箭矢，并与父亲的姬妾通奸"，想除掉刘孝。正好主管官员在逮捕参与淮南王谋反计划的人时，在刘孝家中抓到陈喜，便参劾刘孝窝藏。刘孝听说法律规定"先行自首的，可以免除罪责"，便先向朝廷告发了共同密谋反叛的枚赫、陈喜等人。公卿大臣奏请汉武帝逮捕衡山王治罪，衡山王自刎而死。王后徐来、太子刘爽及刘孝都被当众斩首，参与谋反计划的人一律灭族。总计淮南王和衡山王谋反两案，因受牵连而被处死的列侯、二千石官员及地方豪侠人物达数万人。

这是汉武帝运用耗纵的计谋策略，密观事态发展动向，巧用政敌内部的矛盾斗争，诱导政敌（刘安、刘赐）判断失误，错失良机，优柔寡断，待其懈怠疲惫，四分五裂，罪行确凿时，不费一兵一卒，轻而易举挫败犯上作乱强敌的成功事例。

第三，待机后擒，兵不血刃，制胜之计在其中。

这种手法的重点是故意制造各种假象，纵容迷惑政敌对手，使其不能保持冷静，出现判断失误，然后待时机成熟时，察隙伺机予以擒获。以计取、智擒为主，企达事半功倍，兵不血刃是其最终目的。常用的手法则有疲擒、诱擒、智擒等多种手法。

1．疲擒

所谓疲擒就是指在政治斗争中，为了达到最终擒获政敌对手的目的，运用智谋韬略，权衡利弊，随机应变，故意向敌示弱示虚，以假象掩盖真实，迷惑纵容政敌对手，耗其心智，懈其斗志，待其疲惫不堪时，乘机攻取。这是示假隐真，化不利为有利，变有利为智取的制胜策略。与其他计谋并用套用，尤为生效。

事例：王翦疲敌有方略，后发制人灭楚国

前 224 年，王翦指挥六十万大军取道陈丘以南攻入楚地，夺城占地，所向披靡，势如破竹，声威大震。楚国为抗御秦军，调兵遣将，动员了全国所有的军队，在著名楚将项燕的统率下，前来与秦军决战。王翦看到楚军人数众多，士气旺盛，决定采取以逸待劳、后发制人的作战方针。因此，当楚军倾巢而出时，王翦命令秦军筑垒固守，坚壁不战。秦军在坚固的营垒里养精蓄锐，厉兵秣马，抓紧进行军事训练，士卒们整日练习跳跃投石。这样，两军相持了一段时间后，秦军士卒个个身强力壮，求战情绪日益高涨，士气颇盛。楚军来势汹汹，求战不得，屯兵坚壁之下，斗志日渐松懈，师老兵疲，难以持久，楚将项燕只得率楚军东撤。楚军撤退时防备松弛，王翦见有机可乘，立即抓住战机，穷追不舍，直追到蕲南（今安徽宿县南），击败楚军，杀其统军主帅项燕。楚军主将被斩，群龙无首，部队当即溃不成军，完全失去了抵抗能力。接着，王翦又指挥秦军乘胜猛击楚军余部，很快攻占了楚都寿春（今安徽寿县），俘虏了楚王，一举灭掉楚国。

这是秦将王翦以疲擒的计谋，故意向敌示弱，坚壁固守，耗疲楚军斗志，待其懈怠，无心恋战之机，出其不意战胜强楚的事例。明显看出，王翦的疲擒谋略有如下的特点：一是向楚军示弱，坚壁不出，不与楚军直接战斗，从而避免了长途奔袭，孤悬深入，后继乏援等不足，这就使楚军无机可乘，奈何不得，只能对峙；

二是王翦判断无误，攻战策略得当，深知秦军远袭楚国，不具有天时地利人和的优势，楚军倾巢而出，未必能够久拖持延，日久天长，楚军求战不能，欲克不得，不但士气会低落，斗志懈怠，而且时局还会发生变化，必然有机可乘；三是善于审时度势，随机应变，因势利导，利用一切可乘之机，化不利为有利，运用谋略攻势智取。

2．诱擒

所谓诱擒就是指在瞬息万变的政治斗争中，政敌为了击败各自对手，以阴谋诡计利用人的贪欲本性，布设陷阱圈套，投其所好，引诱纵容政敌判断失误，是非好歹不辨，上当受骗，然后乘人之危，反戈一击，坐收渔人之利，实现自己预期的政治目的。政敌对手运用此计谋，往往以物欲为诱饵，投石问路，不择手段，更具有诱惑和欺骗性，不易被利令智昏、刚愎自用者识破，所以其危害后果不堪设想。

事例：张仪诱楚绝齐国，怀王失地丧友朋

前313年，秦国企图攻打齐国，又顾虑齐国与楚国合纵亲善，秦惠王想到诡谋家张仪，由他出面引诱楚怀王，破坏齐楚之盟，便先免去张仪的宰相之职，然后派遣他出使楚国面见楚怀王。

楚怀王是个好大喜功、愿听奉承之人，张仪便尽可能拣好听的说，投其所好，纵其心智。进言道："秦王最喜欢的人莫过于你楚王，而我心甘情愿为效犬马之劳的人，也没有超过你楚王的。秦王最憎恶的人莫过于齐王，而我最讨厌的人也莫过于齐王。但是大王你却和齐国亲善友好，因此秦王不能够支持你楚王，我也不能为你效劳。如果你能听我的话，跟齐国断绝关系，你即可派使者跟我到秦国去，收回秦王过去从楚国兼并的商於地方的六百里土地。这样，齐国就变弱了。你这样做削弱了北面的齐国，施恩于西面的秦国，自己又得了六百多里的商於之地。同时让秦国的美女来做侍奉你的妾婢，秦、楚两国互通婚嫁，永远结为兄弟之邦，这是一举三得四利的美事。"楚王听了眉开眼笑，忘乎所以，不知中计，反而把宰相的印信交给了张仪，视其为功臣，每天请他饮酒作乐，并扬扬自得地说："我又重新得到了过去失去的商於之地了。"文武百官都纷纷前来向楚王祝贺，唯独陈轸郁郁寡欢前来吊慰。楚怀王见状，十分恼怒，问道："我一兵未发而得到六百里失地，有什么不好？"陈轸回答："你的想法不对。以我之见，商於的土地不会到手，齐国、秦国却会联合起来，齐、秦一联合，楚国就将大祸临头，危及社稷之安。"怀王问："你有什么解释吗？"陈轸回答："秦国之所以重视楚国，就是因为我们有齐国作盟友。现在我们如果与齐国断交毁约，楚国便孤立了，秦国又怎么会偏爱一个孤立无援的国家而白送商於六百里土地呢？张仪此来不怀好意，回到秦国以后，一定会背弃对大王您的许诺。那时大王北与齐国断交，西与秦国结怨，两国必定联合发兵夹攻。为你谋划，不如我们暗中与齐国仍旧修好而只表面上绝交，派人随张仪回去，如果真的割让给我们土地，再与齐国绝交也为时不晚。"楚怀王斥责道："请您陈先生闭上嘴巴，不要再说了，等着看我去接收大片土地吧！"又重赏张仪。随后下令与齐国断交毁约，派一名将领随张仪前往秦国接收土地。

张仪回到秦国，假装喝醉了从车上跌下来，托辞养病，三个月不出门，转让土地一事束之高阁。楚王知道后，说道："张仪是不是觉得我与齐国断交做得还不够坚决？"便派勇士宋遗借了宋国的符节，北上到齐国去辱骂齐王。齐王大怒，把象征着和好的楚国兵符也折断了，同时降低身份与秦国修好。秦、齐两国修好后，张仪才上朝露面，见到跟随来的楚国使者，故作惊讶地问："你为什么还不去接收割地？从某处到某处，宽广一共六里。"楚使说："我奉命接收的是六百里，不是六里。"便愤怒地回国向楚怀王报告。怀王勃然大怒，准备发兵讨伐秦国。陈轸劝阻说："我可以开口说话吗？讨伐秦国不是个好办法，不如拿一个大城市去贿赂秦王，联合他一起去攻打齐国，把我们给秦国的土地，从齐国要回来，这样我国尚可保全。如今大王已与齐国绝交，又出兵讨伐秦国，这是撮合秦、齐交好，将招引天下大兵群起攻击，国家一定会受到严重的伤害。"楚王一心想复仇雪耻，不听陈轸的劝说，便和秦国断绝关系，派屈匄率军队西攻秦国，秦国也任命魏章为庶长之职，起兵迎击。

前312年春季，秦、楚两国军队在丹阳大战，楚军大败，八万甲士被斩杀，屈匄及以下的列侯、执圭等七十多名官员被俘，秦军乘势夺取了汉中郡。怀王闻讯更加恼羞成怒，怒不可遏，征发国内全部兵力再次袭击秦国，在蓝田决战，楚军再次大败。韩、魏等国听说楚国危困，也向南袭击楚国，直达邓地。楚国听说了，只好率军回救，割让两座城向秦国求和。

当时，秦国向东扩张势力，遇到的强大阻力和主要敌人是关东齐、韩、魏、赵、燕诸国和南方的楚国，其中楚国和齐国的势力完全可以与秦的力量相抗衡，楚、齐联盟对秦来说，尤其威胁巨大，秦当然对此不能熟视无睹，无动于衷。秦惠王意识到齐、楚联盟的严重性，派谋士张仪出使楚国，运用诱擒的计谋说服楚怀王，不但完成了离间楚齐联盟的使命，而且凭借三寸不烂之舌，玩弄是非，挑拨君臣不和，乘虚而入，赢得怀王的信任不疑，从而为奸计阴谋的得逞做了铺垫。从用计的技巧看，张仪算是强中之高手，有其诸多巧妙之处：一巧在于他知悉怀王之习性，不以卑躬屈膝，好言奉迎，低三下四为耻，给怀王留下了好印象，初步取得了信任，有了对话的基础；二巧在于示假隐真，示弱隐强，以物欲美女为诱饵，投其所好，极力劝谏楚齐解除盟约以及秦楚联合美好前景，阐述其利害得失，居然使怀王利令智昏，贪得无厌，完全信服，是非不明，黑白不分，认贼为父，以敌为友，竟将楚国相印授予张仪，真是言听计从，百依百顺，使怀王完全变成了张仪奸计畅通无阻的"通行证"；三巧在于张仪离间楚国君臣关系有方，结果是反客为主，为其乘乱而入浑水摸鱼大开方便之门。楚国君臣上下不和，意见不一，刚愎自用的怀王又听不进忠臣的劝谏，反过来只能与张仪密商国政对策，为其火中取栗，更加纵容了张仪的奸诈阴谋行径；四巧在于使怀王久不得所诺商於之地，中了张仪的诱纵姑擒之计谋，还坚信不疑张仪是不会愚弄自己的，反而自责楚与齐的绝盟不够彻底，再次派人激怒齐国，逼得齐国乞求与秦联盟对付楚国；五巧在于竟然使怀王彻头彻尾上当蒙骗后，还不能冷静反省，听从忠谏善策，居然不分青红皂白，不作周密统筹布置，不顾江山社稷安危，为泄个人私怨，调兵遣将与秦交战，结果是损兵折将失地，又被韩魏诸国乘危占了邓地，最终不得不割城向秦求和，国势大衰。

3．智擒

所谓智擒就是指在政治斗争中，政敌为了达到轻而易举制伏对手的目的，首先揣摸洞察对方的内心习性，然后寻找机会，对症下药，因势利导，运用智谋诡计，借助他人之力，乘隙察机将对手落井下石，置之死地，而又不会危及自身。

事例：郑袖妙施智擒纵，美人中计被割鼻

魏王为了讨好巴结楚国，赠给楚怀王一个如花似玉的美人，楚王一见钟情，很喜欢她。楚怀王的夫人郑袖知道楚王很宠爱这位新娶的美女，所以表面上也很爱护这个新人，倍加关心照顾。衣服和装饰品，都选择她所喜好的送去；房间和家具，也选择她所喜欢的让她享用，似乎比楚王更爱护她。楚王见此情此景就曾说道："女人用来取悦丈夫的就是美色，而嫉妒不过是人之常情。如今郑袖知道我喜欢新人，可是她爱新人比我更加周到，这简直是孝子侍候双亲，忠臣侍奉臣主的德行。"

当郑袖知道楚王以为自己没有嫉妒时，就去对新人说："大王喜爱您长得好看。虽然这样说，但是他讨厌您的鼻子，您以后见到大王，一定要捂住鼻子。"从此，新人见到大王之后，就捂住自己的鼻子。楚王对郑袖说："新人见到我，就捂住自己的鼻子，这是为什么？"郑袖见时机一到，就说："我倒是知道这件事。"楚王追问说："即使再难听的话，也一定要说。"郑袖回答："她好像是讨厌君王身上的气味。"楚王听后，勃然大怒："太刁泼了！"命人割掉新人的鼻子。郑袖由嫉妒而残害美人，正可谓绵里藏针，手段十分毒辣。从计谋的实施看，郑袖运用欲擒故纵之计，将怀王心爱的美人置于死地，确有高超过人之处：一是示假隐真，蒙骗怀王新人有方。其所作所为既合乎人之常情，又滴水不漏，无懈可击，弄假成真，难辨虚实，误以为出自真情实意，使人不得不信；二是取得信任，两相无猜后，选择新人鼻子做文章，确实意味深长，切中要害，将只可意会揣摸而不宣于人的奸计恶谋与美人的鼻梁挂上钩，让美人见了怀王就遮鼻，而且习以为常，的确为郑袖离间怀王与新人如胶似漆的关系，智废美人奠定了基础；三是时机恰到好处，怀王见美人一反常态，遮住鼻子与己保持距离，知道其中必有缘故不可告人，心中大为不快，只得向身边最亲密而又最了解美人的郑袖询问原因，这就为郑袖向怀王谗毁美人提供了绝佳时机，而且将怀王的体味与美人的遮鼻自然结合，犹如火上浇油，旁敲侧击便将美人割鼻毁容，真是一箭双雕，既铲除了情敌，不使怀王生疑，又保住了自己受宠幸的地位。于此可见，郑袖的欲擒故纵计谋的运用可谓炉火纯青，深谙其蕴。

三、乘机利势　纵擒以我为主

作为攻战计之一的欲擒故纵之计，在政治斗争中的使用相当广泛，无论是政治家、阴谋家还是野心家，为了达到某种特定的政治目的或目标，均会采用不同手法与技巧来使用它。然而无论如何，在何种范围内应用此计，却是有一定的规律可循的。即只有在适合于使用欲擒故纵之计的范围里使用它，用计才会收到预期的政治效应，达到既定的政治意图。否则，如果不视条件范围是否适宜，不加斟酌考虑，不但会达不到预定的政治效果，反而会因此招致弄巧成拙，打草惊蛇，暴露目标，功败垂成，遗患无穷。因此，在政治斗争中，各式各色的人都高度注意与重视欲擒故纵之计的应用范围。

第一，在敌国之间。

敌国也有强国与弱国之分，但无论是强国还是弱国，在敌对之争中，统治者都十分讲究斗争策略与外交智谋，欲擒故纵之计常常被用作主要的对敌武器。由于敌对国家之间，彼此之间本来就互有戒备、警惕与防范，因此，要使用欲擒故纵之计，必须具有十分高超的政治艺术技巧与驾驭全局的多变应付能力。否则，施计不成，反而会被敌国顺势利导，乘虚而入，坐受敌祸。

1. 弱国对强国的使用

弱国在使用欲擒故纵之计时，对于比自己国力强大的敌国，首先是要示善示弱佯畏，即进行痹敌、懈敌；其次则是寻隙察机投其所好，纵容敌国，耗费财力与国力。只要能达到削弱敌国的目的，可以不遗余力，不择手段；再次则是狐假虎威与敌国的对手结成暂时的同盟，借助其力，预设圈套，故意激怒政敌，引其中计，然后乘其懈怠之际，出其不意，攻其不备，擒疲惫之敌。如前324年，苏秦与已故燕文公的夫人私通，被燕易王发现。苏秦十分恐惧，便对燕易王说："我留在燕国不能使燕国变得重要，而我要是在齐国，可以设法增强燕国的力量。"易王同意了，苏秦便伪装得罪燕国逃奔齐国，齐宣王不知底细，把苏秦当作客卿对待。齐宣王死后，齐湣王继承了王位。苏秦为了完成削弱耗疲齐国的目的，千方百计劝说齐湣王隆重地为齐宣王举办葬礼，以此表明孝敬之心，又极力诱导齐湣王大修宏伟的宫殿，扩大围猎的苑林，以此来炫耀齐国的国力。由于苏秦利用了自己足智多谋、名气鼓噪一时的特殊身份，所以苏秦替燕国消耗齐国的财力民力的阴谋，被齐湣王当作忠诚之举，而深得宠幸信赖。齐国的许多大夫不但未能识破此计，反而纷纷与苏秦争宠，甚至派刺客暗杀，苏秦虽没被一下子刺死，但也受了致命的重伤。这是弱国运用欲擒故纵计谋的智慧削弱强国的手法之一。

2．强国对弱国的使用

强国具有雄厚的政治军事实力，对于相对处于弱势的政敌敌国，既可显耀其威势强盛，又可用多种方式计谋来惑敌迷敌，待其斗志懈怠精力疲惫之时，乘机利势，攻其不备，达到削弱惩罚敌国的目的，解除外部存在的不安因素。如战国时期，赵国良将李牧，防守北部边疆，对付匈奴时，便采取了欲擒故纵的计谋，示敌以弱，骄纵匈奴，然后乘其懈怠麻痹，全线反击，重创匈奴。史书上说：李牧曾经领兵驻扎在代、雁门防备匈奴入侵。李牧针对匈奴逐水草而居，到处游牧以及边地荒凉、兵少而防线较长的特点，采取了一系列强边措施。他在那里可以自行任用军政官员，而城市的税收也都直接送到李牧的帐下，充作养兵的经费。李牧令人每天宰杀好几头牛，供给将士们食用，并指挥部队练习射箭和骑马，小心谨慎地把守烽火台，多次派出侦察人员打探敌情，同时申明约束号令说："如果匈奴兵侵入边境进行掠夺，我军应立即收拾人马、物资等退入堡垒中固守，有胆敢逞强捕捉俘虏的，一律处斩。"因此，匈奴兵每次入侵，李牧的军队都点燃烽火报警，然后人马、物资退入堡垒之中，只守不战。这样过了好几年，也没有什么伤亡损失。采取了骄纵匈奴、后发制人的方针。匈奴人因此认为李牧怯懦，就连赵国守边官兵也认为自己的将帅太胆小了。

久而久之，匈奴都以为赵军不敢出战，更加肆无忌惮，屡屡犯边侵扰。赵王得知此情，责怪李牧无能，一气之下，派其他人取代李牧统兵。此后一年多时间里，新任将领一改李牧的骄敌示弱战术，屡次率军迎击犯境的匈奴，不但屡次作战失利，损失惨重，而且使边境骚扰不断，百姓无法正常地耕作和放牧。

赵王见新任将领不胜任，就又请李牧出守。李牧声称有病而闭门不出，拒绝接见来者。可是赵王坚持着非要他重新出马不可，李牧便说："如果一定要用我，必须允许我仍照从前的办法行事，我才敢接受您的命令。"赵王答应了他的要求。李牧重返北部边境，继续实行以往的约束。匈奴几年来侵掠都毫无所获，却终究以为李牧是畏惧他们。守边军士每天得到赏赐却不被派去抗击匈奴，都希望与匈奴人打一仗。

常言道："骄兵必败。"李牧看到匈奴已被骄纵得容易战胜，而自己一方的实力又大为增强，除了使匈奴思想上继续麻痹外，便开始暗中筹谋反击。临战前李牧备齐精选的战车一千三百辆，战马一万三千匹，勇士五万人，善射的士兵十万人，加紧严格的战前训练。为了引诱匈奴上钩，李牧又故意让边民把牲畜都赶出来放牧，使放牧人遍布边境田野。当遇匈奴小股部队来抢掠时，赵军就佯装败退，故意丢下几十人让匈奴抢去。匈奴单于见有利可图，便将散居各处的匈奴人聚集起来，大举来犯。李牧见匈奴中计，多设奇阵，指挥部队从左、右两翼包抄，猛烈冲杀入侵之敌。狂傲已久的匈奴根本没有料到赵军会如此勇猛，很快溃不成军，仓皇逃跑。李牧率军穷追不舍，歼敌十多万人。紧接着又乘胜前进，降服丁东胡、林胡等许多部落。匈奴遭此重创后，十多年不敢再深入赵国内地袭扰了。这是赵国名将李牧为智胜弱势的匈奴，一再示怯示懦示弱于匈奴，使之疲懈，丧失警惕，消其斗志，然后突发奇兵，攻其不备，摧其锐势狂傲，重创匈奴的实例。这也是强国以较少代价而换取巨大政治声势的用计施谋之道。

　　3．实力相当国家之间的使用

　　如果是政治军事实力相当的国家，彼此之间使用欲擒故纵之计，前述的各种技巧手法普遍适用。在特定的环境、条件、背景、形势下，双方却绝非是旗鼓相当、势均力敌，这时敌对双方则必须要有明察秋毫、高瞻远瞩、更加巧妙应变的计谋手法、更加高超的心理战术，只有这样才能掌握主动权，察识敌国的纰漏，为纵容疲敌消志打开缺口，以达到擒敌的目的。如前597年春，楚庄王以郑国通晋叛楚为名，调兵遣将伐郑。这年六月，楚军在围郑三月后，攻破郑国都城。因郑国为晋国进入中原的通道，晋景公不能允许楚国控制这里，遂派荀林父为中军元帅，率军救郑。当晋军行抵黄河北岸的温县之地时，得悉郑已与楚媾和，荀林父便与诸将会商进止之策。荀林父认为：郑既降楚，已失去救郑的必要，不如等待楚军撤兵南归后，再行伐郑。如此便可不与楚国作战，而仍可恢复对郑的控制。中军佐将先縠反对这个意见，私自率其部属渡河南进。荀林父只得率军在衡雍（今河南郑州市东）渡河，行至邲地（衡雍西南），由西而南背靠黄河列阵。

　　楚庄王得知晋军已经来到了邲地，便派出使者前往晋营，明为谈判，实为探察窥伺晋军的意向与虚实。当楚庄王得知晋军存在着上下意见分歧的情形后，一面命令手下暗地里厉兵秣马、养精蓄锐，准备战斗，一面再次派人以卑屈的言辞向晋军求和。荀林父原来就是不得已而渡河的，现见楚军主动求和，立即答应。正当晋军等待着与楚军谈判的时候，楚庄王突然派出小股兵力向晋军发起袭扰，迷惑晋军将领官兵。晋将魏锜、赵旃素与荀林父不和，想乘此机会立功，给荀林父看看，一比高低。便根本不听荀林父的号令，借口与楚军讲和，率部向楚军进攻。岂不知这正是楚庄王求之不得的，见晋军杀气腾腾蜂拥奔来，便统领全军向晋军铺天盖地压去。晋军猝不及防，全线崩溃，损兵折将，一败涂地，余部逃往邲地，由荀林父接应渡河逃遁。

在晋楚对峙之初，显然晋军占有天时地利人和的优势，荀林父待楚军南撤，再袭取疲惫不堪的郑国，恢复对其控制与避免与楚军对抗的谋略也是极为正确的，然而晋军将领的不和，却导致事态向不利的方面转化。楚军长途奔袭，久围郑国，虽然最终破之降之，但师老兵疲，又远离本土，因此晋军突然而来，对楚军能否顺利南归的确是巨大的威胁。在对敌国敌军的真实目的不了解的情况下，楚军与之交战，当然会更加不利。楚庄王便故意向晋军示弱示卑，表示愿意和谈解决问题，借此对敌情做进一步的侦察。当他得知晋军将领上下意见不一时，认为有机可乘，但时机还不成熟，要进一步离间其矛盾。于是一面加紧备战，一面派人与晋军假装求和，在思想上纵容骄疲晋军。当晋军将领真误以为楚军要求和谈时，却以小股楚军袭扰晋军，使晋军将领固有的矛盾进一步激化，上下因为意见分歧而不能共同对敌，晋军的优势开始削弱，而楚军借谈判为名得到休整，士气振奋，所以晋军向楚军发起攻击，当然溃不成军。这是楚庄王运用欲擒故纵计谋与分化瓦解战术，成功击败强晋的成功事例。

第二，在君臣之间。

在君权至高至尊的中国古代社会，君主和文武百官虽然同在统治集团，但在具体利益方面难免存在种种矛盾冲突之处。频繁的王朝更迭，突变莫测的风云变幻，也会使野心勃勃的臣属产生"彼可取而代也"的奢望，梦想有朝一日自己也能黄袍加身，品尝登极称帝的滋味。一顶顶的王冠落地，也会使神经过敏的君主无时无刻不高度警惕着自己身旁的文武大臣，生恐他们当中又会立一新的"真命天子"。这就决定君主既是臣属获取权势福贵荣禄的来源，又是臣属随时丧失名禄地位的克星和觊觎最高统治权的严重障碍和威胁。臣属则既是君主必须依赖的力量，又是君主刻意提防的对象。因此，无论是在君臣之间，还是臣属之间，为了各自的政治利益，无不使用计谋圈套，欲擒故纵计谋是常用不疲的手法之一。

1. 君主对权臣的使用

君主对朝中担任军政要职的权贵，一方面百般笼络利用，使之为江山社稷而效犬马之劳；另一方面又处处予以防范限制，恐其功高震主，滋生挟君端倪，更防其会犯上作乱。因此，君臣关系始终处于极度微妙的变化之中。君主一旦察觉大臣有忤君之动向，略有不满，便会施用欲擒故纵之计谋，纵其暴露"庐山真面目"，等待时机举而擒之，置之死地，根除政治隐患或不利因素。如前150年，太尉周亚夫因为平定吴楚七国之乱勋劳卓著出任丞相，景帝诏令罢除太尉这一官职。不久，景帝因为与梁孝王是一母所生，关系最为亲密，又有平定吴、楚叛乱的大功，在窦太后等人的怂恿下，想废掉栗太子而立梁孝王为太子。周亚夫认为不妥，坚决反对，没有产生作用，景帝因此疏远了周亚夫。梁孝王每次来朝见，经常对太后说周亚夫的短处和不是。窦太后说："皇后的哥哥王信可以封侯。"景帝表示谦让说："当初，您的侄子南皮侯和您的弟弟章武侯，先帝都不封他们为侯，等到我即位后才封他们为侯，现在王信也不得封侯。"窦太后说："人生在世，只各自根据当时的情况办事罢了。当年我弟弟窦长君在世时，竟然不得封侯，死后，他的儿子窦彭祖反而得以封为南皮侯，我十分遗憾！皇帝赶快封王信为侯吧。"景帝说："请允许我和丞相商议此事。"便和丞相商议，周亚夫说："高皇帝约定，'不是刘氏宗亲不得封王，没有立功的人不得封侯。'现在王信虽然是皇后的哥哥，但没有立功，如果封他为侯，就违背了前约。"景帝默然，只好把这件事放下来。后来，匈奴王徐卢等六人归降朝廷，景帝想封他们为侯，以鼓励后来人继续归降。丞相周亚夫说："他们背叛自己的君主投降，陛下封他们为侯，那么还怎样责问不守节操的臣子呢？"景帝说："丞相的议论不可采用。"把徐卢等人全封为列侯。周亚夫因此就自称有病，请求免职。九月戊戌（三十日），景帝罢免了周亚夫，任命御史大夫桃侯刘舍为丞相。

在这里景帝以废栗太子立梁孝王为太子，以及封皇后之兄，与来降匈奴徐卢等人为侯为由，多次征询丞相周亚夫的意见，亚夫均以正当理由予以拒绝，说明景帝与亚夫之间的矛盾与分歧达到了相当尖锐的程度。其实这三件事，都是景帝自愿而为的，他之所以征询丞相亚夫的意见，就想借此试探劳苦功高的周亚夫对其的态度如何，对他是否尊重，是否言听计从，能够理会他的苦恼和内心世界。周亚夫全然不明晰其中的奥妙，不识抬举，均严词给予拒绝，让景帝难堪，使景帝类似傀儡皇帝，这当然也不是景帝所期望的答案。因此，周亚夫称病请求免职，正好遂其所愿，顺水推舟。不过，周亚夫虽被免职了，但心有不服，日久天长必会生成祸乱，又何况他是平叛定乱的老臣呢？景帝便开始寻找周亚夫的不是，等待时机，予以铲除，周亚夫便面临杀身之祸了。

没有多久，景帝在宫中召见周亚夫，赏赐食物，只放了一大块肉，没有切开，又不准备筷子。周亚夫心中不高兴，回过头来吩咐主管宴席的官员取筷子来。景帝笑着说："这莫非不满足您的意愿吗？"周亚夫摘下帽子向景帝谢罪，景帝说："起来！"周亚夫就快步退了出去，景帝目送着他走出去。说道："这位愤愤不平的人，不能做幼年君主的臣子。"此波未平，又起一波，把周亚夫送上了断头台。

当时，周亚夫的儿子给父亲从工官那里买了专给皇室制造的可用于殉葬的五百件铠甲盾牌，虐待搬运这些东西的雇工，却不给他们工钱。雇工知道这是盗买皇室专用器物，怀着怨恨上书朝廷，检举周亚夫的儿子，事情牵连到周亚夫。景帝见到检举信，知道置周亚夫于死地的时机已到，就下令将此案交给司法官员审理。官员用簿书逐条审问，周亚夫拒不回答。景帝得知，骂道："朕不必要你的供词，也可以杀你。"下诏让周亚夫去廷尉处接受审判。廷尉审问说："你为什么要造反？"周亚夫说："我购买的东西，都是殉葬用的，怎能说是要造反呢？"审案的官员说："你即使不在地上造反，也要在地下造反！"官吏的审讯逼供越来越残酷。起初，官吏逮捕周亚夫的时候，周亚夫就想到自杀，夫人劝阻了他，因此没有死，被送进了廷尉的牢狱。周亚夫惨遭迫害，实在无法忍受肉体的折磨，绝食五天，在悲愤交加中吐血而死。从中可以看出，自从周亚夫罢相乃至以前，景帝就想除掉与己为敌的周亚夫了，只是时机不够成熟，罪行不彰，所以运用欲擒故纵的计谋之后，亚夫果然上当中计，陷入了景帝设下的圈套中。景帝以欺君犯上作乱之罪名杀他，昭示天下，当然名正言顺。

2．臣下对于君王的使用

在政治斗争中，至高无上的权势地位与利禄财物，对于任何一位染指政治圈的文武臣僚来说，都具有巨大魔力，会乐此不疲地进行智力投入。为能获得这些荣耀，为臣者对君王一般是既顺从又崇拜，这主要是因为威惧君王手中的至尊至隆的权力。至于手中执掌权柄的权臣，更是欲壑难填，得寸进尺，贪得无厌，时刻不忘觊觎帝位，急欲伺机取而代之，或成为无冕之帝，代君行令。有些善于玩弄阴谋诡计的野心家，极会利用时机，创造条件，以各种名义，实行夺位之计。如秦国的奸臣赵高，就是利用欲擒故纵之计，代帝把持朝政的高手。史书上说：秦朝郎中令赵高，仗恃着受皇帝恩宠而专权横行，为他的私怨杀害了很多人，他怕大臣们到朝廷奏报政务时揭发，就劝二世说："天子之所以尊贵，是因为群臣只能听到他的声音，而不能见到他的容颜的缘故。况且陛下还很年轻，未必对件件事情都熟悉，现在坐在朝廷上，谴责、提拔若有不当之处，就会把自己的短处暴露给大臣们，因此便不能向天下人显示圣明了。所以陛下不如拱手深居宫禁之中，与我和熟习法令规章的侍中们一起等待公事呈奏，等公事来了就有办法决定了。这样，大臣们便不敢奏报是非难辨的事情，天下便都称您为圣明的君主了。"二世认为赵高分析得颇有道理，未加深思熟虑，便采纳了这一建议，不再坐朝接见大臣，常常住在深宫之中，赵高侍奉左右，独掌大权，一切事情由他来决定。

第三，在臣僚之间。

置身于官场较量与政治斗争角逐的文武百官，他们虽然以职权大小、地位高低、爵秩俸禄品级，被划为类似金字塔式的等级，但是他们之间的这种等级划分，随时都会因为权力的变化发生变更，重新排列组合。因此，他们之间存在着切身的利害冲突，祸福并存，喜忧同在，稍有不慎不当，便会招致种种危机，性命不保，身首异处。为了最有效地保存自己，他们都有一套为政避祸的谋生之道，真可谓狗猫各有其术。他们往往将政敌置于死地，以消灭或主动进攻，剪除异己作为壮大自己立于不败之地的资本和前提。玩弄欲擒故纵之计更是其司空见惯的伎俩。

1．上级对下级的使用

上下级文武百官之间，在政争与权势的逼夺中，存在着不可调和的矛盾和激烈的冲突。上级官僚一般要求属下官员对己忠心耿耿，绝对服从。有时为了试探属僚是否忠诚，上级官僚也会玩弄一些阴谋诡计投石问路。对于危险分子或强硬的竞争对手，更是不遗余力，千方百计予以打击迫害，各种计谋手法交相使用，以置政敌于死地而后快，其中欲擒故纵计谋则是频频连用的手法之一。例如，秦二世时丞相赵高想独揽朝廷大权，但又担心群臣不服，便心生一计，先试探群臣，牵来一只鹿献给二世说："这是马啊。"二世笑道："你错了吧，怎么把鹿当成马？"问侍立左右的大臣们，有的沉默不语，有的说是马以迎合赵高，有的则说是鹿。赵高便暗中借秦法陷害了那些明说是鹿的人。此后群臣都畏惧赵高，没有人敢谈他的过错。这是阴谋家们为了固势揽权而设的政治圈套，他指鹿为马，颠倒黑白，掩耳盗铃的目的，并不在于是马还是鹿，而是借题发挥，试探群僚是否与他同心，是否有人敢于与他为敌，借此辨敌擒敌歼敌，因为其做法出乎人之常情，故轻而易举达到了清除政敌的意图。这是历史上运用欲擒故纵之计，最为生动成功的事例之一。

2. 下级对上级官僚的使用

在阶梯式的等级制度和官僚制度中，上下关系是相对而言的。对下为上，对上为下。通常情况下，上级掌有一定权力，往往对属下官员有升降予夺之权，因此，下级对上级官僚要在政治斗争中，使用欲擒故纵之计，不仅要有超人的智慧韬略，善于察言观色，捕捉时机，而且还要在奉承上级的同时，寻找其弱点缺处，对症下药，纵容其不断积累失误而又不被察觉，然后联络其他的力量，或借助君主的威势，出其不意，攻其不防，达到将其彻底铲除或钳制、惩戒的目的。此外，向上级谄媚，投其所好，利用物欲进行贿赂，巴结上司，也是下级官僚运用欲擒故纵之谋的常见手法。这么做的最终目的，是为自己继续晋升官阶，获取更大的利禄而扫除障碍，为本身的切实利益服务。

四、无不胜者　取予自在神机

欲擒故纵之计，是三十六计的第十六计，也是攻战计之中的第四计，说明此计极其重要，较之其他计谋而言，不但应用范围极为广泛，手法独特，而且概而论之，其在政治斗争中的应用，具有以下的特点。

第一，以欲擒故纵之计在政治斗争中应用目的来说，具有权宜性与瓦解性的特点。

所谓权宜性，是指随着政治斗争的特殊需要与形势的变化特点而采用的变通之策。正因为其具有权宜性的特点，所以其往往有较大的灵活机变性，能够适应多变的政治风云变幻，为政治家企达目的服务。所谓瓦解性，是就欲擒故纵之计的结果而言的。在该计中，纵是手段方法，擒获瓦解政敌，将其聚歼置于死地才是最终目的。纵敌者无论采用什么形式、何种途径，其目标的针对性强，所要达到的目的明确。

第二，以欲擒故纵之计在政治上应用作用来说，具有隐秘性和机巧性的特点。

所谓隐秘性，是指用计者常常韬光养晦，老谋深算，不露声色，使中计者在不知不觉中被引入圈套又不能自拔，而且越陷越深，直至斗志消疲，精力耗尽，势穷力竭，只能束手就擒，坐以待毙，毫无反抗之力。所谓机巧性，是就用计者所把握的时机和用计的技艺水平而论的。智勇双全富于韬略者，不但时机运用恰到好处，技艺高妙，滴水不漏，无懈可击，而且常常能够达到事半功倍、意想不到的效果。有些高明者，将此计的运用与其他计谋相辅交叉，形成连环之套，其效应更为广泛深远。

第三，以欲擒故纵之计在政治上影响来说，具有实用性和广泛性的特点。

欲擒故纵之计在政治斗争中的应用，屡见不鲜，这说明其有很强的实用性。它适用于各种形式的政治斗争，也适用于各种各样的人物。政治家使用这一计谋，而定擒拿疲惫之敌；野心家、阴谋家使用这一谋略，逞威作福，为所欲为。他们都可以运用此计来实现自己的政治目的，这也说明其他计谋是无法替代其在政治斗争中的特殊重要性的。就广泛性说，欲擒故纵之计运用手法多样，范围广泛，因此，该计在政治上的影响也十分引人注目。正由于它带有普遍性，所以具有长久而旺盛的生命力，并且随着时代的发展，人类智慧的丰富，更赋予它新的蕴含。

抛砖引玉

——类以诱之 使其懵懂上当

  本计云:"类以诱之,击蒙也。"其大意是:使用、运用彼此相类似的事物、手法去迷惑、引诱敌人,使其懵懂上当,然后再乘机去击溃、消灭它。

  抛砖引玉之计,源于唐代的一则文学故事与诗坛佳话。唐代苏州诗人常建,为了请另一位颇有名气、自己又钦慕的诗人赵嘏作诗,便自己先在苏州名胜、赵嘏常去的灵岩寺墙壁上写了两句诗(半首),果然,赵嘏途经此处,阅毕墙壁上常建所写的两句诗句之后,突然诗兴大发,感慨万端之余,立即提笔顺此诗续了两句,使之成为一首完整的艺术佳作。赵嘏所续诗句,在用词、遣字、押韵、意境上,均比前两句好。此事迅速传开,成为诗坛上一段佳话。世人与文人骚客,即将常建这种以己之诗,引发出赵嘏的天衣无缝、艺高才溢的诗句佳作的做法,冠以"抛砖引玉"的美名。之后,便逐渐衍化为具有特定内涵的成语典故。本意为抛掷出普通、寻常的砖块,引发出了超凡、珍贵的美玉,并以此比喻甲乙两方事物,甲方使用与乙方貌似相类、雷同的事物,去引诱乙方,使之上当、受骗,然后乘其蒙昧,进行打击、惩治,

楚王掷柴薪之利，绞侯贪小失国家

以击溃之。比喻凡做事疏忽而无深谋，致使对方乘懈而用貌类实异、以假乱真的办法，使自己上当受骗被蒙，招致失败、受挫。

一、利而诱之　真假不分伯仲

《周易·蒙卦第四》云：蒙：亨。匪我求童蒙，童蒙求我。初筮告，再三渎，渎则不告。利贞。《象》曰：山下出泉，蒙。君子以果行育德。

【一爻】初六，发蒙，利用刑人，用说桎梏，以往，吝。《象》曰："利用刑人"，以正法也。

【二爻】九二，包蒙，吉。纳妇，吉。子克家。《象》曰："子克家"，刚柔接也。

【三爻】六三，勿用取女，见金夫，不有躬，无攸利。《象》曰："勿用取女"，行不顺也。

【四爻】六四，困蒙，吝。《象》曰："困蒙之吝"，独远实也。

【五爻】六五，童蒙，吉。《象》曰："童蒙"之"吉"，顺以巽也。

【六爻】上九，击蒙，不利为寇，利御寇。《象》曰："利用御寇"，上下顺也。

据秘本兵法《三十六计》原文记载，抛砖引玉之计是由《周易》山水蒙卦的逻辑原理推演而来的。卦云："上九，击蒙；不利为寇，利御寇。"意思是说：上九，猛击以启发蒙昧；这种方式不利于侵略他人，却有利于抵御他人的侵略。蒙卦的含义是蒙昧幼稚，上九爻辞又明白提出要打击蒙昧，所以，占得此卦，表明敌人的主要弱点是愚蠢幼稚，而我方的取胜之道，也在于利用敌人的愚蠢幼稚。

　　此卦内卦坎为我，外卦艮为敌。两军对峙，从战阵部位来看，上九爻是敌人的大本营；从艮卦本身看，上九为唯一的阳爻，代表敌人的主力部队。所以，上九爻辞的"击蒙"，既可以暗示猛击敌人的老巢基地，又可以暗示猛击敌人的主力部队。"不利为寇"，是说不要采取直接攻打的方法。"利御寇"，是说要采取抵御敌人侵略的方法。可是，明明是我方要攻打敌人，这个"利御寇"又从何说起呢？参考变卦地水师。蒙之上九爻动，上卦艮变为坤。坤为至阴之物，暗示所谓"利御寇"，不过是阴谋诡计，无非是要制造出敌追我逃的局面，诱使敌人主力部队离开大本营。要使敌人能来追我，我方人员必须是极容易被捕获的。坤又为至柔至弱之体，象征老弱残兵；坤卦由艮卦变来，在战阵上代表敌人的部位。这表明，我方可派些非战斗人员，深入敌人的领地，有意让敌人俘虏去。等敌人尝到甜头后，我方六三前沿战士就可混在非战斗人员中，诱使敌人来追赶。六三与上九阴阳相应，上九爻动，必下迎六三。这表明敌人主力为了抓住六三，会穷追不舍。我方只要在途中伏击，必可使敌军溃败。内卦九二是我方主力，与六五阴阳相应，表明我方应该及早抢登六五之位，截断敌主力归路，然后两面夹击，必大获全胜。

　　卦是活变的。此卦的关键是上九动爻。无故不动，动必有因。《易》根据阴阳相吸的原理，上九爻动的原因，就是为了六三爻。如孙膑之斗庞涓，就是不断地向庞涓显示六三阴爻的柔弱之处，诱使上九庞涓穷追不舍，进入内卦坎之陷阱。此处用作计名，经过卦理分析，便含有把老弱、粮草放在敌人最容易捕获的地方，诱使敌人出动主力部队的意思。

抛砖引玉之计用于军事，主要是一种攻战之计与谋略。两军相对时，由于敌方还保存相当的实力，为了以较小的代价，换取更大的胜利，必须先用麻痹、引诱对方的办法。在战争中，迷惑引诱敌人的办法甚多，除去用似是而非、容易使敌猜不出的办法之外，最为巧妙而有效的，是用极相类似、以假乱真的方法。这样，即可以迅速吸引住敌力，使之不致起疑心，一直蒙在鼓里而真假难辨，不得不按照我方设计、希望的方向，不断地作出错误的判断决策，被我方军力所击溃和消灭。这是运用以类引敌，以假诱敌，然后克敌制胜的良方上策。《百战奇略·利战》载："凡与敌战，其将愚而不知变，可诱之以利。彼贪利而不知害，可设伏兵以击之，其军可败。法曰：'利而诱之'。"即为此意。

在政治斗争中，抛砖引玉之计，也经常成为政治家、阴谋家、野心家们所惯用的手法。在与政敌、对手（包括群体性、帮伙性、集团性敌人）的较量争斗中，力图将兵法中的"类引"之法、商业中的市易之法（以少赚多、以假易真）、经济中的不等价交换之法（以小换大、以小抵大、以轻易重），通过抛砖引玉之计的实施运用过程，加以体现出来。古代众多战例表明，凡是指挥采用旌旗招展、鼓号齐鸣的"疑似"战术，倘遇上精明而深谋的对手，往往会被识破而不能奏效。但是，若用老弱残兵和缺粮断炊来迷惑敌人的策略，即用"类同"、"类引"、"诱取"之法，则一般易使狡诈的敌人误入歧途，使之上当受骗，从而利敌之误、攻其不防、击其不备，实现最终取胜。具体而言，在政治角逐与激烈斗争中，政治家们常用掷施、佯动、假忽等方式，以迷惑、引诱政敌对手，使之上当受骗，然后再根据时机的变化，将上钩、吞饵之敌，分割、瓦解、包围，乘其昏蒙懵懂与不防不备，一举聚歼。这样，致使此计在历代政治斗争中，被政客们反复、频仍且与其他计谋交替使用，成败事例，代皆有之，层出不穷，就更使得它富有引诱性、偿换性、假象性、易取性的神幻色彩。

二、施惠厚予　取敌于贪利间

抛砖引玉之计在激烈变幻莫测的政治角逐较量中，通常成为政治家、野心家、阴谋家们的常用之计与惯用法宝，虽然成败实例各有不同，胜负相异，但在多种不同手法中，归结起来，最常用的则有以下互为关联的三种手法：

第一，掷施小惠，以小引大，待胜之计在其中。

这种手法的重点是"引"（出）其美"玉"、引出政敌。既可以小引大（敌）、以虚引实（敌），又可以假引真（敌），然后再伺寻其机，予以击溃消灭。采用的具体手段，又有掷利、施惠、予隙、授机（柄）等。

1．掷利

所谓掷利即是指为引出政敌，使之上当、受骗，需掷抛出一定的小恩小惠，付出部分军事、经济、物质、人员的代价，方能使敌"鱼"群上钩吞"饵"。随后寻机以制敌，这是以掷小利而引出大敌，获得显胜的重要手段。

事例：楚王掷柴薪之利，绞侯贪小失国家

春秋时期，楚国为了称霸诸侯，曾多次降服小国以增国威，以强国力。前 700 年，楚武王率军伐绞国（今湖北郧县），但绞国却固城自守，两军相峙月余，仍难定胜负。楚武王急欲得破绞国之妙策，便征询部下谋士的意见。大夫莫傲屈瑕剖析了军事态势发展变化后，认为只能用政治权谋与"掷利"相诱的办法，才能引出固守城池的绞军，使之上当受骗，聚而歼之。他提出行此计的依据是，围城已月余，绞国城中的柴薪肯定多已耗尽用光，若掷以急需待用的柴薪之小利，诱之出城，必吞饵上钩。他向楚王献策后，楚武王决定按此计行事。

楚武王立刻下令：一批楚军士兵扮成伐薪的樵夫，进山砍柴担回营，故意诱绞军出城来劫道掠薪。一支楚军藏之深山，寻有利地形，以行埋伏；还有一支人马则包抄后位，伺机切断绞军退回城中的后路。困守城中的绞侯此时正因柴火的用光而犯愁，忽听前哨奏报发现楚国樵夫在山间打柴，遂令绞军将士在晌午时分，将进山砍柴而归的楚樵掳进城。第一天绞军便掠去楚樵三十余人，获不少柴火、衣物、干粮等。绞侯便以此为胜果。次日，又命绞军出城以掠楚樵所伐之薪，却又认为，如此行事，图利太小太慢，便令更大批的绞军出城进山以掳柴薪，以济城中军民之需。至第六日，出城进山追捕楚樵，以掠柴草的绞军士兵更多更众。楚樵夫见此状，便故作惊弓之鸟、受伤之兔、触网之兽的恐惧状，待大批绞军来抢，便慌乱地急急向深山中逃去，以引成批绞军抢掳。

绞军得柴火、抓楚樵以立功得赏之心过分急切，便纷纷奔入深山。当进入一片山谷地带，四周峰峦叠嶂，突然间冲出大批埋伏的楚军，喊杀声震天动地，回荡山谷云间。绞军见此状，早已魂飞魄散，丧失战斗力，毫无抵抗之志，便急欲返逃回城。在返城途中，另一支楚军又早已截断其退路，致使绞军进不能攻、退无可据之地，结果被楚军分割包围，左冲右突的绞军死伤无数，大批人还做了楚国的俘虏。楚武王命楚军乘胜攻城，绞侯见此，方才大梦初醒，知中计已无可挽回败局，只得亲自出城，向楚武王递交了降表，绞国遂被楚国攻灭。

绞侯因贪小利而失国，楚王则以掷柴薪之利引绞军上钩，一举获胜。败胜、得失的两相对照，恰好映照出施用抛砖引玉之计的智慧闪光。真正向楚王献此计谋的楚大夫莫傲屈瑕，确是一位颇有政治头脑与谋略的人物。他在与楚王讨论此计实施的可行性、必然性时，曾有一段精彩对白。屈瑕说："利而诱之。大王可派士卒扮作樵夫，以引绞军，让其先得蝇头小利，待其麻痹、肆无忌惮，大批出城时再设伏聚歼。绞城外围多山，颇宜行施此计。"楚王说："那绞军能够被引诱出城吗？"莫傲很肯定地说："绞国弱小而轻躁，轻浮急躁则遇事少谋略。若将此香饵巧置于他面前，恰合他胃口，定会吞饵上钩的。"事后的发展，果不出楚国大夫所料。在此，莫傲屈瑕恰是将政治心理战中的利诱、用敌心理之弱势，使之上当，使之进入心理误区不能自拔，最后才将自己真强以逞、克敌使败等战术，成功地演绎、运用在军事、政治斗争中。

2．施惠

所谓施惠即是指在政治斗争中，施计者为着引诱麻痹政敌对手，先寻机略施以小恩小惠，以行笼络，使之误上圈套，然后再达到施用武力、强攻等硬的一手所不能企及的政治目的。这实际是用"软绳"套住猛虎之办法行事，不过为使猛"虎"入绳套，需先施以鱼肉活禽等"活鲜"之物（恩惠），抛出此"砖"，方才能引"玉"（擒虎）。

事例：汉高和亲安边塞，匈奴盟誓待汉强

西汉初年，汉高帝刘邦平定天下以后，民困国弱，社会生产亟待恢复，社会经济更须复苏，以至于出现"天子不能具纯驷，而将相或乘牛车"的困顿局面。在内忧不止之际，边塞外患却时时频传，特别是北方游牧民族匈奴的军队叩边犯塞之事防不胜防。在经历过匈奴首领冒顿率军的"白登之围"后，汉高帝刘邦为此更加忧心忡忡，便召众臣商议击匈奴以安塞的良计妙策。

汉高帝八年（前199）秋，匈奴冒顿率军又侵扰汉朝北部边境。高帝刘邦一行刚自洛阳返回长安，便闻边塞急之战报，对此颇感忧虑，便询问建信侯刘敬，有何对付匈奴之策。

刘敬说："天下刚刚安定，士兵们因兵事还很疲劳，不宜用武力去征服冒顿。但冒顿杀父夺位，把父亲的群妃占为妻子，以暴力建立权威，我们也不能用仁义去说服他。唯独可以用计策，使他的子孙长久做汉的臣属，然而我担心陛下做不到。"汉高帝刘邦则问："你说应当如何做呢？"刘敬说："陛下如果能把嫡女大公主嫁给他为妻，又赠送给他丰厚的俸禄，他一定会仰慕汉朝的恩威，以公主为匈奴的阏氏，生下儿子，肯定是太子。陛下再命人每年四季用汉朝多余而匈奴缺乏的东西，去频繁地慰问与赠送给他们，乘机又派能说会道、能言善辩的人士前去说劝与讲解礼节。

这样一来，冒顿在世时，他本是汉朝天子的女婿辈；他若死后，则陛下您的外孙便理所当然地为匈奴王单于。难道曾听说过外孙敢和外祖父去分庭抗礼的事吗？如果这样做的话，我们便可以不经一战、不动一兵一卒，就会让凶狠剽悍的匈奴渐渐臣服。如果陛下舍不得让大公主去的话，而是令宗室及后宫女子假称公主前去，他们知道了，也是不肯尊敬和亲近汉家天子的，因此还是没有用。"高帝听了此策说："好！"便想让自己的亲骨肉大公主去与匈奴冒顿单于和亲。吕后知道此事后，便日日夜夜哭泣着说："我只有太子和公主，您为什么竟这么狠心地去把她扔给匈奴！"刘邦最终没有让大公主到匈奴去。

次年（前198）冬季，汉高帝刘邦为实行与匈奴的和亲之计，便在庶民之家找来一名女子，称之为大公主，嫁给匈奴单于冒顿做妻子，同时派建信侯刘敬作为特使，携诏书前往匈奴去缔结"和亲盟约"。

刘敬顺利完成任务，从匈奴归来，对刘邦说："匈奴的河南白羊、楼烦王部落，离长安城近的只有七百里，轻骑兵一天一夜就可以到达关中。关中刚遭过战事洗劫，缺少百姓，但土地肥沃，应该加以充实。诸侯最初起事时，没有齐国田氏，楚国的昭、屈、景氏就不能勃兴。现在陛下您虽然已经建都关中，实际却没有多少人民，而东部有旧六国的强族，一旦有什么事变，您也就不能高枕而卧了。我建议陛下把旧六国的后人及地方豪强、名门大族迁徙到关中居住，国家无事可以防备匈奴，如果各地旧诸侯有变，也足以征集大军向东讨伐。这是加强根本而削弱末枝的办法。"高帝听后，便说："对呀！"这年十一月，汉高帝刘邦便下令迁徙旧齐国、楚国的大族昭氏、屈氏、景氏、怀氏、田氏五族及豪强到关中地区，给予田宅安顿，共迁来十余万人之众。

由于采取上述软硬两手（攻防、和备相结合），确实收到了很好的效果。汉、匈代代联姻，睦边共处了数百年之久，直至王昭君下嫁匈奴之后，仍继续维持这一关系。这是以和亲、联姻这种政治形式为名，而行怀柔之实的具体表现。更是汉家天子借助和亲，对匈奴单于施加小恩小惠，而收政治、军事多种实利，以安定边塞，减少边患的"抛引"之计实施的结果。

3．予隙

所谓予隙，即是为使政敌、对手上钩、吞饵，便故意留给其可乘、可利、可用的"空隙"（空子），抛出此"砖"，让其有可图之利、可钻之隙。接着，促成对手为图大利、为钻深隙，而误判、错辨、盲行，然后伺机将其击败或制伏。

事例：司马懿诈病予隙，曹宗室轻敌亡身

曹魏明帝景初三年（239），明帝曹叡死，养子曹芳即帝位，即邵陵厉公。根据明帝遗诏，由于曹芳年幼，命由大将军曹爽、太尉司马懿共同辅政。司马懿是曹魏的元老重臣，在魏明帝时抵御诸葛亮蜀军北伐和伐吴的战争中，以过人的胆识、军事才能，屡建奇功，故逐渐掌握了曹魏兵权。司马懿是早就怀有政治野心的阴谋家、野心家。明帝病危时，他自襄平驻屯前线赶回朝中，与大将军曹爽一起受诏辅政。

辅政以后，由于曹芳年幼，司马懿权重，不仅主幼国疑，而且功高权倾而震主，这当然会引起曹氏宗室对司马氏势力的膨胀野心的戒备心理。明帝之所以让曹爽、司马懿共同辅政，其意图也在于使曹氏宗族与司马懿之间形成一种力量较为均衡的政治格局。在政治角逐中，曹爽与司马懿二人之间，无论在年龄、资历、战功、才干、威望等方面，均非对手。司马懿曾与曹爽父亲曹真一起辅政于明帝，故属父辈、前贤。最初曹爽每逢军国大事，不敢自专独断，均由司马懿决断以行。随后，曹爽为增己势，以何晏、邓飏、李胜等人为心腹，委以要职。何、邓、李等人劝曹爽不要将军国大权委于司马懿。涉世未深的曹爽听信此言，任命何晏、邓飏为尚书，毕轨为司隶校尉，李胜为河南尹，将司马懿手中之权全部夺了过去，只让他当有名无实的太傅。司马懿为避锋芒、更好地窥伺时机，决计诈病予隙于政敌曹爽等人，让其得意麻痹。

司马懿病卧家中不出，曹爽以为获胜，朝中大患已除、心病已去。在此误判之下，便得意忘形起来，终日与何宴等人吃喝享乐，作威作福，用权使威。致使车舆服饰亦如天子规仪，仍觉得不过瘾，还将宫中的嫔妃、乐师也领回宅中，充作乐伎享用。

司马懿对此看在眼里，记在胸中，暗喜其昏昧无为。正始九年（248），李胜出任荆州刺史，曹爽便命他去司马懿家中看视，以窥动静。老谋深算的司马懿当然知道李胜来者不善、善者不来之真实用意，便故意让两个婢女搀扶着自己久病羸弱之身，倚坐在床上。及至李胜来探，又假装去拿衣服，失手无力，将衣服落在地上。更为奇妙的是，又向婢女示意口渴咽干乏力，当使女送上粥让其喝饮时，司马懿更让粥汁顺涎流至胸前，显示病危，连粥米流汁均难以进的险状。见到此情此景，李胜更误以为司马懿衰朽不堪，命在旦夕，便装模作样地哭着说："方今主上尚幼，天下人都依赖明公，人们只听说您风病复发，却万万没有想到病得这么厉害。"司马懿借机故意仰天长叹一口气说："我年老体衰，又身染重病，沉疴不起，危在旦夕呀。君屈当并州，并州离胡人很近，好自为之，恐怕我们不能再见面了。"李胜一听，马上纠正说："是赴任荆州，不是并州。"司马懿仍故作老而昏聩地说："君将去并州，努力自爱吧。"李胜急了，连连大声说："是去荆州，不是并州。"司马懿好像才稍做清醒之状，明白过来，才不紧不慢，却假装吃力地说："君还本州去做刺史，盛德壮烈呀，正好建立功勋，我与你分别以后，恐怕再也见不到面了。"又故作身后吩咐之态，将两个儿子司马师、司马昭叫了出来，要李胜多加关照，并让三人结为朋友。一番嘱托之后，司马懿随后便呜咽难语，其情其景，表面上甚是悲凉、凄惨。

其实，司马懿此时身体状况颇佳，此番演戏，全是为了迷惑李胜，以此来抛砖，为引鱼来上钩罢了。果然，李胜从司马懿家出来，回见曹爽，竟得意忘形地说："太傅病沉身危，言语错乱，口不摄杯，且昏聩莫辨，竟指南为北，肯定将不久于人世了。"曹爽一听，竟一厢情愿地深信不疑，对司马懿再也不加防范和戒备。

司马懿一见敌手对自己所抛之砖、所予之"隙"，竟深信不疑，且吞饵上钩之后，便开始实现自己第二步、第三步"引玉"的计划行动。

次年春正月，幼主曹芳按照以往之惯例，前往高平祭祖先，曹爽兄弟均随御驾出巡。趁此空虚之际，司马懿在都城中部署兵马，调动士卒，强行先占据了武器库，将都城牢牢地控制在自己手中，又引军出屯在洛水架设浮桥。然后派人向曹芳、曹爽等人送信说："臣以前从辽东归还时，先帝曾诏陛下、秦王和臣一起坐御床，把着臣的手臂，深以后事为念。臣也对先帝说：'二祖也曾嘱托臣后事，这些陛下都已见到了，万一有不如意的事情，臣一定以死奉明诏。'当时黄门令董箕等人都在场。今天大将军曹爽背弃顾命，败乱国典，内则僭拟，外专威权，破坏诸营，尽据禁兵，群官要职，皆置所亲，天下汹汹，人心危惧。过去赵高极意，秦氏以灭；吕、霍早断，汉祚永世。现在皇太后命令臣辄敕主者及黄门令罢免曹爽兄弟官职，自回家中，不得在外逗留，如果胆敢稽留车驾，便以军法从事。"曹爽见此信后，立即手足无措，六神无主。大司农桓范则建议说："请大将军立即让车驾幸都城许昌，召集外郡兵马，以讨伐司马懿。"曹爽却甚为犹豫不决，一是家眷仍在洛阳，二是司马懿信中尚无杀意，只夺兵权，三是以为罢兵投降即可免死。便说："即使没有兵权，还可做一个富家翁。"其实这是束手就擒的下策，他拒绝桓范的建议，为自身溃灭埋下了祸根。

果然，曹爽兄弟回家以后，司马懿便立即征发民工八百余人，在曹爽家宅四围强筑高楼，派人日夜监其动静。曹爽兄弟却仍蒙在鼓中，不知司马懿究竟要做什么，便写信索讨粮食接济。司马懿为了暂时稳住他们，便马上派人送粮一百斛，且送有肉、盐、大豆等食物，曹爽兄弟一见，又立即欢天喜地起来，以为司马懿宽免了他们。其实，司马懿正在朝中紧锣密鼓地加紧进行剪除曹爽党羽的事情，将何晏、邓飏等人统统罢官免职，收入狱中。又以谋反大逆不道之罪，将曹爽兄弟全部逮入牢中，然后诛杀殆尽，将政敌全部歼灭。这样，便为司马氏日后篡曹魏政权以代扫清了障碍，以司马懿大胜、曹氏大败，将此政争画上了一个段落的句号。

这是司马懿成功地运用抛砖引玉之计，实现政治意图、野心阴谋、消灭政敌的典型事例。他采用"予隙"手法以抛砖：一予退官隐位（在家）的韬晦之隙给政敌；二予沉疴不起、昏聩无力、行将就木的假象之隙给对手；三予嘱托后事，将子与敌交朋结友、再也无力关照之隙给敌人。均表明自己再无东山继起之意，又无政争夺权之图，更乏自存以保之力等等，借以痹敌，使之作出轻视对手的错误判断。当敌上钩吞饵后，立即便行"引玉"之略，一是调兵遣将以实去都城之虚；二是拥兵架桥以自待，断其反抗之路；三是挟皇太后拥部众以令天子、大将军曹爽兄弟等政敌，逼其投降就范。同时，又充分利用曹氏兄弟的错判、误断、专行、侥幸、图存（身家）、轻信等弱点，攻其不防，袭其不备，将朝中内外政敌集团，全部罪以谋反不教之名，一网打尽，全部、干净、彻底、利索地歼灭诛杀之，斩草除根未留下任何后患。司马懿所引篡位夺权之"圭玉"，确乎光彩诱人，经此番较量，已稳稳地握在手掌之中了。

4. 授机（柄）

所谓授机（柄），即是指在政治斗争中，为先引出对手、政敌，使之上当，须使用"授机（柄）"之策，以相类诱。行此计者，预先给敌人以一定限度的有利之机，使之尝到甜头，才能诱敌深入和继续暴露。然后，待政敌之情全部摸清时，再伺时机，予以"引玉"，加以制伏。

事例：李世民兵变玄武，李建成被斩失嫡

中国古代，为了争夺帝位，父子相残、兄弟互间，同室操戈，兵戎相见之事比比皆是。至于政敌之间，相互设谋用计，力求以逞，则更是层出不穷。李世民（即唐太宗）在唐初的帝位争夺战中，为战胜政敌对手（建成、元吉集团），便成功地运用了抛砖引玉之计，并以"授机（柄）"之策，使敌暴露无遗，且得其短，待时机一到，则导演了"玄武门之变"，将政敌射杀，且获美名之后，名正言顺地夺嫡而登大位。

在唐高祖李渊起兵代隋兴唐的事业中，秦王李世民襄赞最力，战功卓著，故天下人心多归之，更深孚部属之众望。因李建成是李渊的嫡长子，故被立为皇太子。此人颇忌恨李世民的功劳与威望，多次想将他谋害。626年六月，李建成在夜间叫李世民来饮酒，想以经过鸩羽浸泡的毒酒毒害李世民。李世民饮后突然心脏痛楚，吐了几升血，淮安王李神通搀扶着他返回西宫。李渊来到西宫，弄清事情后，命令李建成说："秦王平素不善于饮酒，从今以后，你不能够再与他夜间饮酒。"又对李世民说："第一个提出反隋的谋略，消灭平定国内的敌人，这都是你的功劳。我打算将你立为继承人，你却坚决推辞掉了。建成年纪最大，作为继承人，为时已久，我也不忍心削去他的权力啊。我看你们兄弟似乎难以相容，你们一起住在京城里面，肯定要发生纷争，我应当派你返回行台，留居洛阳，陕州以东的广大地区都由你主持。我还要让你设置天子的旌旗，一如梁孝王开创的先例。"世民听罢哭泣着，以不愿意远离高祖膝下为理由，表示推辞。李渊又说："天下都是一家。东都和西都两地，路程很近，只要我想念你，便可动身前去，你不用烦恼悲伤。"当李世民准备出发时，李建成与李元吉又一起商议说："如果秦王到了洛阳，拥有土地与军队，便再也不能够控制了。不如将他留在长安，这样他只是一个独夫而已，捉住也就容易了。"他们暗中让人以密封的奏章上奏皇帝:"秦王身边的人们得知秦王前往洛阳的消息以后,无不欢喜雀跃。察看李世民的意向,恐怕他不会再回来了。"他们还指使高祖宠信的官员,以秦王去留的得失利弊来劝说,高祖便改变了主意,致使此事又半途搁置了。

李建成、李元吉与后宫的妃嫔日夜不停地向高祖诬陷李世民,李渊信以为真,便准备惩治他。由于陈叔达的劝谏阻止,才未能惩治。李元吉暗中请求杀掉秦王,高祖说:"他立下平定天下的功劳,而犯罪的事实并不显著,用什么做借口呢?"李元吉说:"秦王刚刚平定东都洛阳的时候,观望形势,不肯返回,散发钱财布帛,以便树立个人的恩德,又违背陛下的命令,不是造反,又是什么?只应该赶快将他杀掉,何必担心找不到借口!"高祖李渊却没有答应。

由于秦王府拥有许多骁勇的将领,李建成与李元吉打算引诱他们为己所用,便暗中将一车金银器物赠送给副护军尉迟敬德,且写就一封书信招引说:"希望得到您的屈驾眷顾,以便加深我们之间的布衣之交。"尉迟敬德推辞说:"我是编蓬为户、破瓮作窗人家的小民,遇到隋朝末年战乱不息、百姓流亡的时局,长期沦落在抗拒朝廷的境地里,罪大恶极,死有余辜。秦王赐给我再生的恩典,现在我又在秦王府注册为官,只应以死报答秦王。我没有为殿下立过尺寸之功,不敢凭空接受殿下如此丰厚的赏赐。倘若我私自与殿下交往,就是对秦王怀有二心,就是因贪图财利而忘掉了忠义,殿下要这种人又有什么用处呢!"李建成大怒,便与他断绝了往来。尉迟敬德将此书呈告,李世民说:"您的心就像山岳那样坚实牢靠，即使他赠送给您的金子堆积得顶住了北斗星，我知道您的心还是不会动摇的，他赠给您什么，您就接受什么，这又有什么值得怀疑的呢！况且，这样做能够了解他的阴谋，难道不是一个上好的计策吗！否则，祸事就将降临到您的头上了。"不久，李元吉指使勇士在夜间刺杀尉迟敬德。尉迟敬德得知这一消息后，将窗户敞开，自己安然躺着不动，刺客屡次来到院子，终究没敢进屋。李元吉向高祖诬陷尉迟敬德，敬德被关进奉诏命特设的监狱里审问处治，准备杀掉。由于李世民再三请求保全他的生命，这才得以不死。李元吉又诬陷马军总管程知节，李渊则将他外放为康州刺史。程知节对李世民说："大王的辅佐之臣快走光了，大王自身又怎么能够长久呢？我誓死不离开京城，希望大王及早将计策决定下来。"李元吉又用金银布帛引诱护军段志玄，也不肯从命。李建成便对李元吉说："在秦王府有智谋才略的人物中，值得畏惧的是房玄龄和杜如晦。"李建成与李元吉又向高祖诬陷，使他们遭到斥逐。

李世民的亲信只剩下长孙无忌还留在秦王府中，他与尉迟敬德等人，夜以继日地劝说李世民诛讨李建成与李元吉，李世民则更加器重他们二人。此时，适逢突厥郁射设带引数万骑兵驻扎在黄河以南，进入边塞，包围乌城，李建成便推荐李元吉代替李世民督率各军北征突厥。高祖李渊听从了他的建议。

趁此时机，李世民便让长孙无忌秘密地将房玄龄等人召来，房玄龄等人说："敕书的旨意是不允许我们大家再侍奉秦王的。如果我们现在私下去谒见秦王，肯定要因此获罪致死，因此我们不敢接受秦王的敕令！"李世民生气地对尉迟敬德说："房玄龄与杜如晦难道要背叛我吗？"摘下佩刀交给尉迟敬德说："您前去察看一下情况，如果他们没有前来的意思，您可以砍下他们的头颅，带着回来见我。"尉迟敬德前去，与长孙无忌一起晓谕房玄龄等人说："秦王已经将采取行动的办法决定了下来，您们最好赶紧前去秦王府共同计议大事。我们这四个人，不能够在街道上同行。"便让房玄龄与杜如晦穿上道士的服装，与长孙无忌一同进入秦王府，尉迟敬德由别的道路上也来到了秦王府。

同年六月初三日，李世民开始实施铲除政敌的行动计划。他首先暗中奏陈李建成与李元吉淫乱后宫嫔妃，而且说："我丝毫没有对不起哥哥与弟弟的地方，现在他们打算杀死我，似乎是为王世充和窦建德报仇。如今我含冤而死，永远离开父皇，魂魄回到地下，如果见到王世充等人，实在感到羞耻！"高祖望着李世民，惊讶不已，回答说："明天就审问此事，你最好及早前来朝参。"

初四日，李世民便率领长孙无忌等人入朝，将士兵埋伏在玄武门内。待李建成、李元吉上朝时，李世民立即射杀李建成，尉迟敬德则将李元吉杀死。这即是有名的"玄武门事变"。

玄武门事变后，高祖李渊说："事情已经发生，应该怎么办呢？"萧瑀与陈叔达则说："李建成与李元吉原来就没有参与举义反隋的谋议，又没有为打天下立下功劳。他们嫉妒秦王功勋大，威望高，便一起策划邪恶的阴谋。现在，秦王已经声讨并诛杀了他们，秦王的功绩布满天下，我国疆域以内的人们都诚心归向，如果陛下能够决定立他为太子，将国家政务交托给他，就不会再发生事端了。"高祖说："好！这也正是我平素的心愿啊！"便颁布亲笔敕令，命令各军一律接受秦王的处置。不久，又立为皇太子，命军队与国家的各项事务，无论大小，全部交付太子处置决定即可。

作为政治家的李世民，在击败政敌集团的过程中，确属煞费苦心。为引敌人上钩受骗，他一授对手以图谋之"机"（毒酒），二授坚辞不另立大旗之机以示弱，三授众叛亲离、自身难保之机。如此种种，待政敌的全部阴谋暴露于外，所有诡计招数用尽之时，再定下"引玉"歼敌之决心。为此，他又做到有理（向高祖历数政敌对手之罪行）、有利（已多次被冤、被罪、被害，功高不显，博得李渊的同情支持）、有节（合法使用高祖要次日在宫中审讯建成、元吉二位敌手之机），同时又巧设伏兵，先斩后奏，造成歼敌的既成事实。使高祖不得不接受既成事实，并作出一系列果断决定，从而为登帝位，铺平了道路。因此"玄武门之变"的前因后果，既是一场敌我双方激烈竞争的帝位争夺战活剧，又是由李世民亲自导演、参与、谢幕、实现的运用抛砖引玉之计，进行夺嫡而登帝位的一幕"政治斗争艺术的杰出表演"。

第二，佯动厚予，以小易大，创胜之计在其中。

这种手法的重点是"易"（取）出其美"玉"，即通过佯动来抛出其砖，然后又进行"厚予"，以召唤、诱出政敌、对手，使之吞其厚"饵"、上其钩"予"。这一切完全实现后，再进行反击，一举实现预定的政治意图，达到克敌制胜的目标。这是以小利而易取"大玉"，以小失、小挫而获大得、大胜的典型伎俩。寻常采用的具体手段，则有佯动、佯攻、佯退、佯溃等。

1．佯动

所谓佯动，即是指在敌人面前，故意佯装，显示出一副蠢蠢
欲动之状、进攻之态，却无确定之向、既定之方，更乏良策、妙
计。总之，通过佯动而向对手示弱、示衰、示颓、示乏，从而引
起敌人的痹志、贪欲。待敌得其所予之小利丰益时，再诱使之"欲
吞难咽，欲吐不能，欲罢未休"，随后，趁其手短、嘴软、中空、
身困之际，将其制驭。

事例：王曾曲顺施佯动，丁谓大意失朝权

北宋真宗时，由奸臣丁谓执掌朝政，此人阴险狡诈，两面三
刀，很会逢迎、讨好皇上，故深受宋真宗的器重与信任。恰因此，
丁谓便凭借手中所握的大权，规定在朝会时，不许同僚单独面对
皇帝奏事，想以此来防范大臣们在真宗面前说自己的坏话，以堵
大臣们的嘴。其中，王曾是一位很有心计的朝臣，他深知要锄掉
丁谓这个权奸，如果硬碰，不仅锄不掉，而且自己还会招致杀身
之祸，便决定采用"抛砖引玉"之计的策略。王曾首先在表面上
对丁谓百依百顺，事事从不悖逆他的旨意，从而博得丁谓的深信
不疑。因此，王曾却可以单独面见皇帝，作为臣僚中的一个例外。

其次，王曾还在每次面见真宗时，事事请示丁谓，以示自己
的"无能"、"软弱"和对丁谓的"依附"。有一天，王曾佯动，装
作有事的样子，却又显出自己遇事无从做主的样状，便向丁谓毕
恭毕敬地请示说："臣膝下无子，想让弟弟的儿子过继为嗣，使之
后继有人，香火不致断绝。此事我将要面见圣上，以求恩准。但
是，此事我又不敢一个人留下来面见圣上，这事您说究竟该怎么
办才好呢？"丁谓则说："这事好办。这对你来说无妨，我信得过

你。"于是，王曾被批准单独面见真宗皇帝。当王曾从丁谓府中出来时，便立即向皇帝奏事。他借机便在宋真宗面前，将丁谓在朝中耍弄权术的罪恶行径和种种劣迹，详详细细地呈奏给皇帝。听了王曾的陈奏以后，宋真宗才如大梦初醒，深知丁谓原来是一个心怀诡计的大奸臣，便下诏将丁谓贬官，发放到海南的琼崖地方去了。从此，朝中这一大害，方才铲锄。

王曾为锄朝中之大奸臣丁谓，一是表面归顺丁谓以示"无害"、"诚服"，以博取丁谓的信任和不防。二是佯动以示弱，事先向丁谓请示，以定其行止。从而以小事、家事见君，以使丁谓不疑、不虑。待吞此饵及钩后，王曾则单独面呈君，历数丁谓的弄权罪行，使帝深醒，而有将丁谓逐出朝廷、贬官外放的举措，一举将权奸锄掉。王曾以巧妙的"抛砖"之术，获取时机，一举锄奸，以达"引"君辨忠奸、溢美和"玉"成此事之目的。可谓是以静求动、以抛求引的典型事例。

2．佯攻

所谓佯攻，即是为制伏对手、政敌，必先作出故意进攻的姿态，使之造成错觉，以为是直冲他们而来，实际上矛头、锋芒却并非直指他们，待敌瞬间惊惧过后，再立即将矛头倒戈转向，直捣敌巢。这是行计者，先示强，以使敌恐；然后，又将锋锐改向，以痹敌；最后，才真攻敌营以制伏。

事例：张浚率军佯渡江，高宗下诏诛内贼

北宋末年，靖康之变后，金军铁骑渡过黄河，围攻汴京（今河南开封），将钦、徽二宗及宫中财物掳掠而去，致使北宋灭亡。在金人围城、掳帝、抢劫的过程中，宋军京城巡检范琼与张邦昌一道，不仅勾结金军，为虎作伥，且以武力逼迫徽宗去金军营而被掳掠。他们又乘机烧杀抢掠，为害百姓。终于成为金人的帮凶、宋军引狼入室的"内贼"。

南宋高宗时，范琼从洪州入朝，傲慢无礼，且又多次为发动叛乱、迫高宗逊位的苗傅、刘正彦说情强辩。由于宋高宗惧惮范琼的威势，不敢治他的罪，且委他任御营司提举。一时，范琼一伙更为嚣张。爱国将领、抗金名将张浚是一个很有政治头脑的人物。由于他将率军出征四川、陕西前线，为防朝中心腹之患，决定用"佯攻"而"抛砖"之计将"内贼"制伏。

有一天，张浚命令部将率领一千多名士兵，渡过江去，"佯攻"平止盗匪，但却让士卒们身披铠甲而来。以有军国大事为由，召集范琼、张俊、刘光世直接奔赴都堂议论政事，并设宴加以款待。待酒足宴欢之际，刘子羽坐在堂下走廊上，为防范琼有所察觉，便取来一张黄纸，快步走到众人面前，举起黄纸对范琼说："上方有令，将军请去大理寺当面对质。"且不断在范琼眼前挥动此黄纸，范愕然不知所措，刘迅速给手下人递个眼色，大家一拥而上将范琼强行塞入车中，再用兵押送监狱。这时，刘光世出面安抚范琼的部属，并历数范琼的投靠金人卖国罪行，致使范琼的部属投降。范琼在狱中招供其罪后，亦被伏诛处死。这样，朝廷中的"内贼"终被除掉。

勾结金军的"内贼"范琼，虽罪行累累，然手中仍握有部分兵权，且被南宋高宗委以官职。要诛除这样的政敌，只能"计伏"、"智取"，而不可强夺。张浚等人，以调兵"佯攻"渡江平息贼匪为名，故未引起敌人的注意，且又召集范琼入堂议事，再伺机将范琼智擒入狱,加以诛除。这也是将军事策略诱敌,运用于政治斗争中,行"抛砖"之计引敌智擒而后聚歼的成功范例。

3. 佯退

所谓佯退,即是指在政治斗争中,为引政敌、对手上当、受骗、中计,则先行佯装退却之状,以示败。由此,以痹敌、欺敌,然后,使之作出错误决策、判断,最后再伺机进行致命反击,将敌人击败、降伏。

事例:徐阶佯退实攻进,严嵩托孤失爱子

明朝嘉靖年间,严嵩与其子严世蕃横行不法。严嵩把持朝政,专横独断,结党营私,其子更是在地方作恶多端,官民均对严氏父子深切痛恨。因为严嵩深得嘉靖帝的宠信,故威势日隆,反对者多有畏惧。大学士徐阶深知严氏父子的恶行及对国家的危害,图谋清除这一祸根。他深感己力尚不能摧敌,便采用"佯退"实攻的策略,以谋有利时机。他先是违心委曲侍奉严嵩,日渐讨得严嵩的信赖与好感。嘉靖帝后来逐渐对严嵩产生了怀疑,且知道徐阶非严氏的忠实帮凶与党羽,便密语下令推举进荐能辅佐朝中大事的官员。致使袁炜等官员被引进,严氏党羽吴鹏等被免官,但总体实力上,徐阶认识到自己仍非政敌严氏集团的对手,尚需继续伺机以待。

不久,都御史邹应龙上奏弹劾严世蕃,奏书中历数他贪财受贿、横行不法的罪行。且认为此为严嵩纵容包庇所致,又指斥严嵩排斥贤能,在朝中结党营私的种种恶行。并称所述若非实事,愿割首以悬竹竿,甘愿向严氏父子谢罪。嘉靖见邹应龙辞陈恳切、有理有实的奏书后,颇为动情,便诏令严嵩辞官归家。当邹应龙上奏后，徐阶却故意前往严嵩家，进行百般抚慰，以除戒心。严嵩一见，大喜过望，连连拜首称谢。回到家中，徐阶又故意痛斥儿子要他趁机"雪耻"复仇的荒诞谬论，说如此将使人们不将他当人看待，正因他是"严氏之党"，方须如此。这番话是故意说给严嵩密派探听动静的亲信听的，此番"佯退"，深深获得严氏父子的信赖。实际上，徐阶知道，严嵩虽受挫，而严氏党羽未伤根本，嘉靖帝仍对严嵩恋恋不舍，不愿立即恩断义绝，致使严嵩虽离朝，嘉靖帝仍致信问询不绝，便是表现。徐阶感到消灭敌手的时机仍未成熟，须继续"佯退"，以蓄己力。

至于严氏集团另一元凶严世蕃，一向恨徐阶，曾借酒发誓要取徐阶之头以解心中之仇。待到严嵩被皇上诏归，徐阶的种种慰藉与奉承，渐使严世蕃的怨恨消散，且认定徐阶不会与他作对，勿须防范，便更放肆地、变本加厉地纠集工匠大修馆舍，聚敛钱财。此时，袁州推官郭谏臣，因公途经严世蕃住所，见纠集民工修如此浩大工程，甚为惊讶。严世蕃见郭不仅傲慢无礼，且借故寻衅，加侮于郭。郭谏臣立即将此上告御史林润，林润便奏呈嘉靖帝，历数严世蕃委人占卜，在深山筑城，乘轩车，衣蟒袍，大有占地为王，谋反之举。嘉靖帝闻讯，龙颜大怒，朝中皆惊，遂下诏将严世蕃以谋反罪打入狱中，并交法司严审。

至此时，徐阶才认定清除严氏父子时机成熟，便上疏痛陈严世蕃不法之事早已核实。他还外通倭寇，阴谋作乱，以作内应，人赃俱在，罪不容赦。应速正典刑，以伸正义，以平人之愤。嘉靖帝立即准此奏，命即速将严世蕃及同伙罗文龙斩首示众，又将严嵩家进行抄家，没收财产以充国库，且将严嵩逐出京城。为祸数十载、盘根错节、结党营私、气焰嚣张一时、不可一世的严氏父子集团，终于被彻底击溃，徐阶行计也以全胜告终。

徐阶所面对的政敌、对手，是一伙玩弄阴谋诡计的老手，恃圣上（嘉靖帝）支持而有恃无恐，又因广结党羽而助其势焰。对暂时性的敌强我弱的局面，要置政敌于死地，一须智斗，二须时机，三须痹敌抛砖（即委身曲意侍奉，以博信任；不求以逼，而是"佯退"以示弱、示惧、示赖、示求，以痹敌待机）。然后，待严氏父子谋反作乱、勾结倭寇事发、真相大白于天下，嘉靖帝动怒以惩时，徐阶才真正竭尽全力推波助澜，历数罪行，将政敌集团彻底摧毁，从而引化出以正压邪、忠存奸灭的"美玉"之正果。

4．佯溃

所谓佯溃，即是在敌人面前，佯装故作溃败之态，以此"厚予"敌方以进攻之机会，待敌深入时，再伺机夺其势、歼其有生力量，挫败敌人。这是实施以"佯溃"之小败，易取歼敌之大胜，行佯"抛"其砖，而诱引出"美玉"的良方妙策，

事例：蜀军佯溃归汉中，魏兵中计失战机

234年春季，诸葛亮统率十万蜀军，第五次北伐曹魏，驻屯五丈原（今陕西岐山）。司马懿则率魏军驻扎渭水之南，与蜀军对峙。由于蜀军远来，劳师以待，务求与魏军速决胜败。诸葛亮便每天派人在阵前叫骂，激魏军迎战，甚至派人给司马懿送去女人衣服进行羞辱，使之恼怒出战。司马懿深知蜀军补给不足，势难乏师久留，便相持以待，拒不出战，以守为攻。却每日打探诸葛亮的生活、身体健康状况，料定他日夜操劳过度，食少事繁，病入膏肓了。当年八月，诸葛亮果然病累交加，卒于军中。蜀军

遵循诸葛亮所遗之计行事，首先是秘不发丧，以定军心；其次是"佯溃"向汉中撤退。司马懿获悉诸葛亮已身亡，便立即率魏军追击。蜀军"佯溃"之中，若见魏军追兵将至，则突然间将战旗倒转，速做进攻魏军之势，且紧擂战鼓。司马懿鉴于以往追击蜀军，曾多次中埋伏之计的惨痛教训，以为又是计谋，深惧诸葛亮仍活在人间，是在诱之以战，遂不敢紧追深入，只好引军回到营中，致使蜀军从容、安然撤退。待司马懿再欲率军追击，且获确切情报时，战机早已延误，蜀军已经撤得无踪无影了。

诸葛亮率军北伐，五出岐山，驻师五丈原却未能迎战魏军主力，魏军以逸待劳，本该取胜，此其一；诸葛亮出师不利，累死军中，致使主帅有谋却身先死，万军无主理应乱，魏军趁乱又该胜，此其二；蜀军后撤回川，本是败亏求存，司马懿更该率师追击而获胜，可事实和结局却正好相反。诸葛亮足智多谋，用政治斗争权术之策，来指挥军事行动，从而用心理战术、攻心为上之策；"佯溃"而真攻之术，表面上"厚予"魏军一次又一次即将获胜之机，却一次又一次地"抛"小砖而引"大"玉：一抛"辱"军之"砖"，对阵叫骂、送去妇人衣服，羞辱司马懿，以挫伤魏军士兵的士气，从而先声夺"玉"；二抛秘丧之"砖"，诸葛亮累死军中，却秘不发丧，使魏军真假难辨、虚实莫测，既可固己威，又可使敌手步入囊中而取"玉"物；三抛佯溃之"砖"，蜀军撤兵，见魏军追至，先佯溃，后举旗倒转，紧擂战鼓，做真攻之势，魏军鉴于以往战争之教训，不敢深追而撤，敌人的错判、误断，终为蜀军赢得时间，安撤回川。从而以小技易大存，完"玉"归蜀。

第三，假忽真取，以小抵大，制胜之计在其中。

这种手法的重点是"抵"（换），即以抛出之小"砖"（假忽），而抵换、换夺其大"玉"（真取）。在实施这种手法中，行计者要针对敌人、对手在特定的政治斗争环境、氛围中，所暴露出的弱点、盲区、误识、错觉，及时以假忽之状，麻痹、稳住政敌，获取无害、利己、可利之印象，然后，再伺机察势，攻之不防、击之不备，以制敌而获胜。采用的具体手段，则有假失、假错、假疏、假乱等。

1．假失

所谓假失，即是指在政治斗争中，敌我双方激烈较量之际，为诱敌、引敌、骗敌、愚敌，行计者假作失败、失手、失利、失势之状，引其彻底暴露政敌的后台、实力、伎俩、意图、目标等，待窥知一清二楚之后，再制订决战对策，时机成熟，一发而肃敌。

事例：温峤酒醉施间计，王敦轻信遭愚弄

东晋初年，王敦率军占据长江上游的江陵一带地区，手中握有朝廷的重兵，早就有图谋叛乱、反叛朝廷的打算。当时，足智多谋、遇事善断而又忠于朝廷的温峤，在王敦的部下任左司马，目睹王敦野心日渐膨胀，深感忧虑与不安。温峤先是装出一副勤勉谨慎的样子，时时处处迎合王敦的心意行事，进授一些小秘妙计，以博取好感。故王敦对温峤也越来越器重，愈加亲密。此时，王敦身边还有一个心怀叵测的亲信人物，名叫钱凤，温峤为使王敦、钱凤不疑，主动与钱凤交往，常常称道他经纶满腹、才智出众，使钱凤听得满心欢喜。不久，晋朝的丹阳尹去世，温峤乘机给王敦献策出谋说："丹阳一地，地处咽喉重地，公应该自己选派人去做丹阳尹。"王敦听后，颇觉有理，便反问他："谁可胜任此官职呢？"温峤便顺势推荐了钱凤，而钱凤获悉后又举荐温峤，温峤假装极力推辞。王敦听信了亲信钱凤的举荐，立即向晋明帝司马绍上表，请求任命温峤为丹阳尹。丹阳地处东晋京师建康（今江苏南京）附近，王敦之所以要推荐温峤为丹阳尹，其本意是想用温峤来窥伺朝廷中的动静，以便自己好乘隙起兵反叛。对此，温峤心中深知，却故意深藏不露。但他恐怕自己走后，钱凤这个两面三刀的人物，在王敦面前挑拨自己，从而使清除政敌王敦、钱凤一伙的计划过早暴露而招致失败。温峤便在王敦为自己赴任丹阳的饯别宴会上，故意在酒过多巡后，站起来行酒作答，待走到钱凤身边时，还没等钱凤举杯，温峤便故意假醉而失态的样子，手脚错乱，行步摇曳，用笏板将钱凤头上所戴的头巾碰掉在地上，并且在口中喃喃大声吼道："钱凤是什么人，竟敢在温太真行酒时而故意敢不饮！"王敦一见此状，便以为温峤是真的酒后胡言乱语，便急忙将此二人拉开，进行调解。待酒宴散后，温峤离宴向王敦告别时，又满脸涕泪横流，待走出门后又折返回来，一连几次均如此，颇大有饮酒深醉难醒、精神恍惚、有失常态之状。见此，王敦更加坚信温峤是真的喝醉了，一切皆酒后所为，不足为奇。待温峤走后，不出所料，钱凤果然对王敦忠告、告诫说："温峤与朝廷关系甚密，更与庾亮的交情颇为深笃，此人不可信，靠不住啊。"又提醒王敦应对温峤严加防范，王敦却大不以为然，便对钱凤说："昨天温太真饮酒醉了，因此对你说话时动了一些声色，触怒于你，又何必因为计较这些小事来进他的谗言，说他的坏话呢？"自此以后，钱凤便不敢再在王敦面前说温峤的不是与坏话了。温峤到了东晋都城建康以后，便将王敦密谋逆反作乱的阴谋，如实而详尽地奏告晋明帝，并且在暗中与庾亮计划、筹备讨伐王敦事宜。后来，当王敦起兵叛乱之时，由于温峤、庾亮对此早有准备，便立即奉朝廷之命，起兵加以讨伐，最后终使王敦一伙的野心未能得逞。

温峤只身一人，独在密谋反叛的王敦属下为官，要破敌，首先须保存自己，便用"假奉（承）"、"假恭（顺）"、"假谋（计）"等，以博取王敦的信赖与不疑，为赴丹阳尹之任，开辟了道路。其次，对钱凤则是一拉二打三离间，即先密交、后举荐，再"假（酒）失（态）"而辱之，以引私怨，这样，钱凤进谗言便有挟私报复之嫌，而失王敦之信任。而"间敌"，则免后顾之忧，赢得筹备破敌的宝贵时间。再次，上奏朝廷，下谋庾亮，密谋紧筹，使王敦叛起而不慌，讨逆而有备。这是温峤行抛砖引玉之计，击溃政敌集团，使用一抛"假顺"之砖以博信，二抛"假失"之砖以间敌，以赢得时机，"玉"成朝廷讨逆破敌计划的实施。

2. 假错

所谓假错，即是指在政争角逐中，施计者用假装出错的办法，麻痹、愚弄、欺骗对手，使之做出误判、轻敌的决策，再一举乘虚反击，挫败政敌的策略手段。

事例：孙膑装疯以避害，庞涓大意留敌手

战国时期，孙膑与庞涓本是鬼谷子的学生，也是亲密无间的一师之徒。鬼谷子因孙膑聪颖好学，性格淳朴，便单独将孙膑先人孙武所著的兵书《十三篇》秘授予他，致使庞涓因未获而不知。两人学成后，庞涓先至魏国，出任统军大将，孙膑后到，便向好友谋事做，但共事后，庞涓方知孙膑从老师那里另有所获，便起嫉友恨师之心。他生怕孙膑的才华高出自己而获赏识重用，便先发制人，在魏惠王面前诬告孙膑里通敌国的恶状，并请魏惠王加罪于孙膑，处以剜掉双腿髌骨的残酷刑法——"膑刑"，让孙膑成为活着的废人。由于魏惠王的轻信，以及对庞涓的信赖，便遵此而施酷刑于孙膑。

孙膑身受残刑之后，先是庞涓将他关押在一个秘密的小屋里，并假殷勤地供食养伤。孙膑不知原委，对庞涓之举感激万分。庞涓乘机便向孙膑索讨《孙子兵法》，孙膑因无抄录手本，只能记得部分内容。庞涓便拿来木简，让他抄录成书，待抄书成册后，再将孙膑秘密困饿致死。庞涓打发来服役的童仆，因怜孙膑的无辜受害，才将真相告之。孙膑恍然大悟之后，便想出用假疯之计以痹敌脱身，再图东山再起。当日晚上，孙膑便做狂乱疯魔之状，一会儿号啕大哭，不省人事，一忽儿又嬉皮笑脸，抓耳搔腮，过会儿又做出各种傻相，不是唾沫横流，便是衣衫零乱，说话胡言乱语，并将自己前不久亲手抄录的书籍简册翻出，用火焚烧掉，情绪喜怒无常、笑骂不定。庞涓一见此状，先疑他是装疯卖傻，为试验真伪，竟命人将孙膑扔进厕所的粪坑之中，孙膑虽满身屎尿，却在粪坑中爬行，好像什么也看不见、闻不着似的。接着庞涓又叫人送上丰盛的酒席，并欺骗他说庞涓不知此举，孙膑却两目圆瞪，大声怒骂狂叫说："你们想毒死我呀。"便将酒食打翻在地。随后又叫人拿来土块和污物，孙膑便抓过来吃得津津有味。庞涓这时才相信孙膑是真疯而精神错乱了，疑心渐消。又派人继续秘密监视，孙膑依然如故，每日发疯不止。

正在此时，墨翟（即墨子）的弟子禽滑厘，从魏国到达齐国，便将他在魏国见到的孙膑的状况，如实地告诉了齐的相国邹忌，邹忌又立即将此转告给齐威王。齐威王下令辩士淳于髡到魏国去聘问魏惠王，几经周折，才设法找到了孙膑的下落，然后秘密地将孙膑用车拉回齐国，孙膑得以自存而东山再起。此后在率齐军解魏赵联合攻韩之围，攻魏都大梁（今河南开封）时，与田忌一起，成功地运用"退兵减灶"之计，使庞涓进入齐军陷阱，兵败如山倒，拔剑自刎。

孙膑在身陷庞涓所设置的囹圄之后，待真相大白，为求自存以图东山再起，次为传兵法于后世，决计用"假错"的抛砖引玉之计谋，一抛"假疯"之砖，焚书（木）简册；二抛"错乱"神经之砖，似痹敌，使庞涓感其真疯而再无用处，减少注意力。所有这一切为以后的脱身魏国而去齐，打下了基础。最终，以"假错"疯乱之砖，引得了自存脱身奔齐，东山再起之机"玉"（遇）。

3. 假疏

所谓假疏，即是指在政治斗争中，行计者故意假装疏忽某事以相诱，使政敌、对手（或潜在对手）上当、受骗，做出误判、错行，然后，再乘势寻机制伏对方。

事例：*李林甫诱华山金，李适之疏遭帝怨*

唐玄宗天宝初年，李林甫被委命为朝中宰相。此人心狠手毒、口蜜腹剑，惯于使用两面三刀的手段，将朝中凡是与之意见不合的官员，通统予以排斥、清除。当时，李林甫与李适之共同管理政事。李适之此人性格粗疏，说话办事直率不忌，李林甫想堵住他的嘴，同时更想拿住他的短处之后，以便任其摆布，自己则能独揽大权，便对李适之说："开元年间以前，每年由朝廷内府供给守边士卒的粮食、草料、衣服的费用，不过二百万。天宝以后，由于兵员逐渐增多，每年须支用一千零二十万匹绢，粮食一百又九十万斛。如此繁多的公私劳务费用，致使国库空虚，库存越来越少。倘若不开源节流，财源将会要马上枯竭。华山有金矿，如果开采出来，定可以使国家富强。但圣上还不知道此事，您何不向圣上奏明。"

李适之按照李林甫所吩咐的办法，向唐玄宗李隆基奏明了。唐玄宗就此事询问管事的李林甫，他却回答说："这事我早就知道了。但是华山是陛下的根本，龙脉与王气所在之地，如果贸然开采，将是不吉利的呀！"唐玄宗一听此言，认为他说得句句在理，处处维护圣上的根本所在，是忠于自己办事的。唐玄宗便对李适之说："你今后再奏事，应当先与李林甫商议后才是。"李适之只得哑巴吃了黄连，难以表白，难言其苦，更不敢向圣上奏明此事的底细与原委。为保住自己的官位，从此办事说话唯唯诺诺，再不敢在李林甫面前道个不字，致使李林甫施小技而顺利独揽大权。

野心家、阴谋家李林甫，是唐代著名的奸臣，亦是玩弄权术与阴谋诡计的老手。在实施此计时，他向政敌、对手李适之，一抛公私费用日巨，国库空库之砖；二抛华山有金矿可开采之砖；三抛故作假疏之状，要李适之奏明皇上以开采，以开辟财源之砖。结果，李适之中计，向玄宗呈奏此事，而皇上又询问李林甫，他则较之"明"一套说法（对李适之）而言，又对皇上来了"阴"一套。致使引来取悦、讨好玄宗，媚上之"玉"；又引华山有金矿自己早知，但系龙脉、王气所在，故不宜开采，一切均为维护圣上之根本，忠贞不贰之美"誉"（玉）；再引在皇上面前赢得较对手办事更周到、勤慎、忠诚的桂冠，从而政治身价倍增之"玉"，为独揽朝政大权、制驭政敌对手，铺平了道路。真可谓李林甫抛"假疏"小利之砖，而引出独揽大权之巨玉。

4．假乱

所谓假乱，即是指在激烈复杂白热化的政治斗争与角逐中，敌对双方各施其计，而为获胜的优势一方，却采用假做胡乱、错乱、狂乱之状，向敌手示弱、示乱、示虚，借以痹敌、耗敌、懈敌，分散政敌的注意力，然后，暗中加紧积蓄力量、组织进攻，一旦时机一到，予敌手以致命打击。即抛"假乱"之砖，以引溃敌制胜之玉。

事例：朱棣佯狂求避祸，建文犹豫失帝位

明太祖朱元璋死后，由孙朱允炆登基，即建文帝。建文帝的首要政治举措是削藩，将有的王废为庶人，致使诸侯王各怀恐惧。燕王朱棣为太祖第四子，精明干练，颇有政治头脑。为求自保，他采纳了姚广孝的主意，一面加紧操练部卒、补充军械；另一方面，为避祸与分散朝廷注意力，便"假乱"而诡称得了癫狂的不治之症，一会儿狂呼乱叫，奔跑于北平街市之上，公然在市上夺取酒食，口中胡言妄语；一会儿又卧倒在地，终日昏睡不醒。政敌对手建文帝仍不放心，派张昺、谢贵亲入燕王府打探情况。时值六月，北平时当盛夏，暑热蒸逼，朱棣却坐在炉火旁，还浑身颤抖，直呼喊冻冷。见到张、谢二人，才勉强扶杖起身相迎。这种情况，使张、谢二人大吃一惊，认为燕王也许真的有癫狂之病。

燕府长史葛诚却私下警告二人说："燕王本无病，千万不可轻信而松懈。"

时值燕王朱棣派人入朝奏事，结果被抓严审，将内中情状和盘托出。朝廷发布命令，遣人乘机除掉燕王，又密令北平都指挥使张信，活捉燕王。张信如实告知，朱棣立即下拜说："给我一家人生路的，是您哪！"朱棣马上与姚广孝商量对策，命令护卫指挥张玉、朱能等人带领壮士八百人入府保卫。不久，削夺燕王爵位与逮捕燕王手下官员的诏书发到。谢贵等人率领甲士包围燕王府，朱棣召来张玉问对付之法，决定智取。

第二天，朱棣宣布病已痊愈，出御东殿，在朝官僚前来祝贺。朱棣先命埋伏壮士于左右和端礼门内，派人去召谢贵、张昺。二人不至，又派属下的内官带着已草拟好的逮捕名单去了，张、谢二人只好前来。此时，朱棣拖杖坐下，设宴款待他们，还拿上不少瓜果，并说："刚才有人献上新鲜的瓜果，愿与诸君一同品尝。"朱棣先拿起一片瓜来，欲食又止。突然，将瓜片猛力掷地，口中怒骂道："如今在籍的普通百姓，尚且知道兄弟、宗族之间应当互相体恤，我身为天子的叔父，性命却旦夕不保。朝官竟如此对待我，既然事已至此，天下还有什么不可为呢？"朱棣边骂，边将瓜捽掷于地上。暗藏的甲士见此信号，立即一拥而上，将张昺、谢贵及作为内应的葛诚、卢振等人捉住，斩于殿下。朱棣抛开手杖站起身来说："我哪里有病？迫于奸臣陷害，我不得不如此呀！"随同谢贵等人前往燕王府的军士，由于被拦截在府外等候，不知府内有乱，天色又晚，遂多自散。待张昺等人被杀消息传出，北平城中大乱。都指挥使彭二见势不好，跨马奔呼于市中，召集散乱军士，却仅得千余人。双方经过战斗，朝廷之兵大多乘机作鸟兽溃散，朱棣很快平定了北平的局势。次日，朱棣兴师问罪，率军直向南京讨伐建文帝。经四年激战，以朱棣获胜告终。朱棣登皇帝位，号永乐，并迁都北平。这便是有名的明成祖"靖难之役"。

这是中国古代众多用计谋夺帝位的成功事例中，运用"假乱"佯狂的抛砖引玉手法，颇为典型的代表。朱棣面对政治强敌、错综复杂、瞬息万变的政治形势，他一抛佯狂"假乱"之砖；二抛借病积聚兵力器械、扩充实力之砖；三抛病愈借机除"潜敌"之砖，从而为扫平道路、安定后方、剪除隐患，奠定了坚实稳固的基础。这就顺理成章地引来了举起"靖难"讨伐之旗；且"玉"成了登帝位、成大业政治目标的实现。

三、择机有度　制敌于懵懂中

在尖锐、紧张、激烈、复杂多变的政治斗争中，抛砖引玉之计被广泛使用，无论是多谋善断的政治家，抑或是心怀叵测、另有图谋的野心家、阴谋家，为着实现、达到某种特定的政治目标、政治意图，都会以不同的手段、方式、伎俩，将抛砖引玉之计，加以"创造性"地发挥和使用。当然，抛砖引玉之计的实施、应用，须具备相应的条件与范围，施计者更需具备足够的实力、灵活多变的技巧和控驭能力，才能将"抛"、"引"的力度、强度、范围、内容、发展态势掌握好，尤以实现目标的"机"（时机）、"度"（客观变化的临界线）的调节，最为首要。否则，将难以收到预期效果，实现既定政治目标。甚至可能导致适得其反的助敌恶果。在中国古代的千变万化的政治斗争激流中，无论是政治家，还是阴谋家、野心家，都非常注意此计应用的特定范围。

第一，在敌国之间。

中国古代，在敌对国家之间，有实力相当者，也有国力对比悬殊者。其中，有强国，亦有弱国；有大国，更有小国。无论强弱国家之间，或者大小国家之间，在彼此进行政治、军事、外交斗争时，均可以对之使用抛砖引玉之计。由于敌对国家之间，彼此防范甚严，加之客观条件、环境变化迅速急剧，敌对情绪的存在与增大等等，势必会给施计者带来重重阻力。因此，使用此计，并要获胜，这就要求使用抛砖引玉之计的一方，具有相当高的水准。不仅要使抛出之砖，敌国能够接受，并能正中其下怀，投其所好，这样才能"相诱"之，使之吞饵上钩，上当受骗，然后伺机引玉，制击敌手。尚有更高明的用计者，还能将自身的不利条件化为有利因素，能在隙中求存、死里觅生，最终使"类诱"者"饵"失钩断、"砖"毁人亡，自我反败为胜。

1. 弱国对强国的使用

弱国与强国之间，由于国力相悬，致使弱国在对远比自身实力强大的强国施用此计时，首先，须向对手抛出示弱又无害之砖以相诱；其次，则抛出可利、可用于敌方之假砖，然后，再以政治、军事、外交手腕，三管齐下（实际上，军事、外交不过是政治手段的延伸与补充而已），创机造势，一举引"玉"，实现预期的政治目的。

事例：刘渊抛兵助之砖，刘宣引复国之玉

西晋初年，晋武帝司马炎封匈奴人刘豹之子刘渊为匈奴左部帅。刘渊自幼俊聪好学，广览经史。长成后援骑善射，武艺超群，性爽气豪，为人轻财好施。在被委命前，西晋朝中便有臣下向武帝声称，刘渊非我族类，其心必异，此人才气无双，不可委以重任。晋武帝没有听从此谏。刘渊任左部帅后，匈奴五部首领和幽州、冀州一带的名儒都与他交好，往来密切。他的从祖父刘宣便对族人说："自汉朝灭亡以来，我们单于徒有虚名，无有尺土可据，与齐民编户一样。现在我们人数虽然不是很多，但是也有二万人，为什么要徒手受奴役呢？现在司马氏骨肉相残（系指晋惠帝时期的八王之乱），四海沸腾，恢复呼韩邪单于的事业就在此时。"便推举刘渊为大单于，又派呼韩攸到邺城转告。刘渊在得知被推拥为大单于后，便乘机向晋朝廷请求回归本部落，晋惠帝并没有允许他的请求。当时，正逢成都王司马颖要作乱反叛朝廷，刘渊就先派呼韩攸返回部落，召集五部人马，声言要出兵帮助司马颖。刘渊在邺城说："现在方镇专横，恐怕宿卫之士不能抵御，请放我回去带领五部来保卫朝廷。"朝廷便放他回去了。刘渊回到左国城以后，刘宣等人便给他加上了大单于称号，二十几天时间，人马便增至五万之众。晋惠帝建武元年（304）十月，在离石（今山西）定郡称汉王。刘渊对部下说："我是汉氏的外甥，约为兄弟，兄终弟及，不是很好吗？大丈夫应该学汉高帝、汉光武，岂能效法魏、晋在孤儿寡母手中取天下。"便在永嘉二年（308）称汉帝，建都平阳（今山西临汾）。史称其国为"汉"——前赵。

刘渊以一弱国待位之主，被强国羁留之身，成功地运用抛砖引玉之计谋，乘强国之内争、自乱，一抛相助成都王起兵反叛之砖相诱；二抛引兵保卫朝廷之砖以作饵，对内乱双方，左右开弓，两面出击讨好，引其上钩以自脱。然后，回到左国城后立即集聚部众兵马，一举称王立都，随之再称帝立国。运用政治、军事、外交等手段，避其强敌之害之锋，得以在政治斗争的夹缝中求生存，实现称帝复国之"玉"（预）定政治计划。

2．强国对弱国的使用

强国的国力充盈、兵力强大，要击败弱国与小国，易若反掌。然而，强国在强大中亦有其弱，弱国小国在弱小之中更有其强。因此，强国在与弱国的政治、军事、外交的斗争较量中，也得仔细盘算一番，应力图以最小最少的代价来换取最大最多的胜利。因而，抛砖引玉之计，常是强国引诱贪婪、残暴、自信而又愚蠢的弱小敌国之君的香饵，伺机让其上钩之后，再乘其沾沾自喜、自欺自骗之时，一举进攻而予歼灭，待敌醒悟时，方知上当。可见，这是政治斗争中弱肉强食的最佳伎俩。

事例：强秦慷慨送金牛，弱蜀开路引秦师

战国时期，蜀国是一个既小又弱的小国，因其地处僻远之壤，入蜀之道艰险而漫长，故诸多大国虽对它的富庶垂涎欲滴，却终因兵无所至、鞭长莫及而束手无策，只得拭目而忍其存。蜀国虽小而能长期自存。

蜀国北部边界相连的是强秦之国，到秦惠文王时（前337—前311），便利用蜀侯的贪婪之欲与蠢行愚智，设计、运筹了一条抛"金"砖香"饵"，而钓引蜀侯上钩，再夺取蜀国之地，以引"玉"的妙策。秦王探侦得悉，蜀匡有五个大力士，俱有神力功夫，举国上下皆颇为钦敬，便命人用生铁铸造成五个大铁牛，放在秦蜀两国交界的边境地方，且派人四处扬言说，此铁牛乃是天降神牛，每天能遗出五斗的金矢（屎），且天天不断，具有神功妙力，价值连城。有此神牛之后，致使秦国更富，民人皆惊且喜，等等。借以招引起蜀侯的贪欲与夺获肥己之心。

与此同时，秦王还估算推测时间，借在秦蜀交界的边境一带打猎之机，故意装作偶尔与蜀侯相遇时，便向蜀侯谈及石牛（即铁牛）之事，且立即送赠给蜀侯许多金子，蜀侯问及来处，秦王则告知此为神牛所遗。蜀侯为报秦王的馈赠之礼，便送了一把蜀国的国土给秦王，以相答谢。秦王得到蜀侯的国土回赠后，却又佯作十分慷慨大方的样子，答应贪得无厌蜀侯的无理要求，表示愿将天降于秦国的五个能遗金矢（屎）的石牛送给蜀侯。蜀侯一听，真是喜出望外，美不自禁，一再感谢秦王的厚赠。秦王以无力搬运为名，要蜀侯派人来边界来搬取。蜀侯不知是计，连连答应，认为他们能够搬走石牛。蜀侯回国之后，急欲得取这每日能遗金矢（屎）的石牛，便派这五个大力士开通前往秦国边界的道路，准备取回这五只石牛。

五个蜀国的大力士，历尽艰险，终于带兵将蜀国首都通往秦国边境的道路开通了，也真的将石牛搬运到了蜀国，发现石牛的肚子里确实藏有很多金子，也是扬扬得意，却不想诡计多端的秦王派军队沿着搬运石牛的道路进军，很快便打到了蜀国，夺占了蜀国的首都，活捉了蜀侯，不但将这些石牛与金子全部收了回去，而且灭蜀，并且将蜀地划为自己的属部。

这是贪妄、愚昧的小国蜀侯，因贪得遗金矢（屎）之石牛，而吞金钩、食香饵，而误中强秦所设政治"金色"圈套，招致身亡国灭惨剧的历史典型。

第二，在君臣之间。

在中国古代君主专制制度之下，以"君为臣纲"为政治准则，君主握有对臣下生杀予夺的绝对支配权力。为了打江山、定社稷，任何君主均需要有一批文武双全，能够忠心耿耿的臣僚。与此同时对于任何敢于谋反作乱的臣下，一定及时加以清除，这自不待言。夺取天下之后，为防止功臣居功自傲、功高震主，形成尾大不掉的局面，大杀功臣、谋士，屠戮权臣的开国之君，亦不乏其人。这正好印证了"兔死狗烹"、"鸟尽弓藏"的信条与准则。也有一些权臣为求自保，或急流勇退，或引祸自存，甚或以自污而求生，以除君主之疑心，等等，不一而足。他们分别实施与运用抛砖引玉之计，以类相诱、以高官厚禄香饵美食作钓物，引其上钩。或以子作质，自扑罗网以灭势，使君王消疑而求生。总之，各抛其"砖"，亦各求护自己所引之"玉"。

1. 君主对权臣之间的使用

君主与臣僚的政治关系，一向十分微妙，既有相辅相成的一面，但更多的是相克相制的一面。虽然也有权臣挟天子而令诸侯的状况，但更多的是君要臣死，臣不得不死；主叫奴（才）亡，奴（才）不得不亡的专横。至于对权臣，君主对其忠心始终持将信将疑的态度，对其才华则是妒用参半，对其手握之权更是骨鲠在喉，不吐不快，对其功劳亦憎有震主之嫌，故势必乘机度势而夺之。更有甚者，则是国立而臣（权臣）灭。探究君主对权臣实施"抛砖引玉"之计，以达巩固君权政治目的过程中，行使的"抛"、"引"手段，政治伎俩及循行的政治行为轨迹为：一是"招"（招募），二是"引"（引荐），三是"用"（使用），四是"赏"（赏赐），五是"封"（封官、封侯），六是"荫"（荫子），七是"制"（制驭），八是"惩"（惩治、惩罚），九是"诛"（诛杀），十是"灭"（灭族）。总之，处处体现了"软"、"硬"兼施，"赏"、"惩"并用的特点。

事例：越王抛遗属镂剑，文种七谋无自裁

越王勾践率越军灭吴复国以后，范蠡不辞而别，大夫文种见势不妙，便抱病不朝，却遭朝中奸臣诬陷，并对越王说："文种自以为有功未得封赏，心怀不满，怨恨大王，才借故不朝。"越王深知文种才能超群拔众，在灭吴中未能派上大用场，故有余勇可用。如不加以制驭诛除，定会成为国之隐患，成为朝中的"定时政治炸弹"。如今感到时机已到，便以探病之名为由，乘辇前往文种的宅府。勾践进屋后，先解下佩剑，后落座问病。他看了看文种以后，便说："爱国的仁人志士，从不忧虑个人的身家性命，所忧虑的是自己的理想抱负不能实现。您有七套智谋，我才只用了其中的三套，就足以灭吴国而使我登上了越王的宝座。如今还剩下的那四套计谋，想用到什么地方呢？您愿意为我谋算已埋入地下的吴国先人吗？"说完，也不等文种答话，就乘车离去，有意将宝剑遗留在座位的旁边。

待越王离去，文种则取过长剑一看，剑名叫"属镂"，即是吴王夫差赐给伍子胥自杀的那一把。文种哀叹道："古人有云：'大功大德往往得不到好报。'我后悔当初不听范蠡大夫的话，以致落到今天的下场。"接着又大笑着说："百世以后，有论古人优劣的学人，一定拿我和吴国敢于冒死直谏的忠臣烈士伍子胥相提并论。这是我的光荣，死了又有何恨？"说完就用剑自杀了。

这是越王勾践在功成霸业、复登王位之后，故抛"遗剑"以诱迫权臣"自灭"，而引诛除政治隐患之"玉"的典型事例，也是权臣助君完成霸业，而心存旧幻、另展新图，以致误中君王政治圈套而自寻末路的历史悲剧。

然而，历史既有悲剧，也更有君臣同演的喜剧。且高明的君王，为激励忠臣义士，更施"抛砖引玉"之计，导化出群臣争相"效死"的忠烈场面。

事例：美人宴席遭调戏，楚庄绝缨得死力

春秋时期，楚庄王有一次设宴待群臣，命得宠美人劝酒。突然，风过烛灭，宴席顿时漆黑。那位美人正席间劝酒，黑暗中不知被谁拽住衣袖，情急之中，她拉断这个臣子系帽的带子（冠缨）。随即奔回楚王身边，哭诉被人调戏经过，且说已将冠缨扯断，再点蜡烛，即可寻找。楚王却颇不以为然地说："怎么能为了显示妇人的贞节，而使臣下受到污辱呢！"便在黑暗中大喊："适逢盛宴，诸位要开怀畅饮，谁的冠缨不断，谁就是没喝好！群臣为讨楚王欢心，纷纷把自己的冠缨扯断。等蜡烛重新点燃时，大家的冠缨都断了，那调戏美人的人，自然也就蒙混了过去。及至后来，楚军围郑之役时，有一武将奋勇当先，五次交兵就斩首五人，使敌人闻之丧胆。楚国则最终取得了胜利。后来才知道，这人就是那晚被美人扯断冠缨的臣子。

这是楚庄王趁宴抛出"绝缨"之"砖"，既诱群臣助兴以乐，更得文武争趋归君王之心，从而消疑释虑，弥合君臣之间可能引起的间隙与误解。转激群臣争相"效死"之情、报国之志、忠君之绪。伐郑围城之战表明，楚王此"砖"却引来喜人的战果与"效主"之"玉"。

2．权臣对君王的施用

权臣对君主而言，既有报效、辅佐的一面，更有在政争中彼此争权夺利、图保自存的利害冲突。权臣既要效忠君王，建功立业，又要不致功高震主、引起君王猜忌难以求存，便广施抛砖引玉之计。在建立勋功大业之后，为防帝王对己有"难驭"之嫌，"二心"之不测，他们多抛身家妻儿性命之"砖"，委作君王身边的"人质"、"活口"，以迎引夹缝求生、身家作保以延命的护身"玉"符。

事例：寇恂自谋安身计，光武得质释疑心

东汉初年，光武帝刘秀建武年间（25—56），守卫河内（今河南黄河以北、京广线以西地区）、拥有军政大权的权臣寇恂，便是施用抛砖引玉之计，消除君主疑心、避其嫌乱的成功者。当时，刘秀北伐燕、代之后，寇恂守在河内，选练士卒，检修武备，甚得民心与拥戴。在破了苏茂的军队以后，更是威震邻敌。正是由于寇恂对河内的治理卓有成效，河内郡成为刘秀中兴大业巩固的根据地，军粮转输，前后不绝。刘秀几次派人来慰劳问候，以示倍加关怀、爱护之状。一见此状，茂陵人董崇便对寇恂说："皇帝刚刚即位，四方尚未安定，而您占据大郡，内得人心，外破强敌，功名卓著，这正是谗人侧目怨祸的时候。过去萧何为汉高帝守关中，高帝也曾经几次劳问他，实际上是高帝已经有了疑心。经过鲍生劝说，他把自己的儿子、兄弟等能够参军的人都派到了高帝的军中。而今天，君侯所属的诸将，都是您的宗族兄弟，正应该以前人为借鉴。"寇恂便向刘秀申请跟随出征，刘秀却说："河内没有安定，你不能离开。"为了避免刘秀猜忌，寇恂便完全依照了董崇的建议去做，立即派侄子寇强、外甥谷崇到刘秀军中为先锋。刘秀果然十分满意，便再也不像从前那样频繁地派人劳问寇恂，以探虚实了。

这是权臣寇恂，将君主刘秀对他所施"无功受禄"以探动静、以辨忠奸的政治伎俩，加以识破之后，便立即先抛跟随出征之"砖"，却被刘秀拒收；又抛侄子、外甥充作君王军中先锋之"人质"之"砖"，刘秀则喜纳胜收。这样，新君既可以此"活口"生死存亡相要挟，逼权臣就范、根绝谋反作乱之野心；权臣寇恂则以此"人质"作保相押，共同与君主玩这场政治游戏，致使政争中"棋盘"上的"对手"相防，而化为政治赌场上的互有输赢胜负、自寻其乐、舍予共存的"赌徒"、"博友"。君主刘秀对寇恂的嫌疑大释，而权臣寇恂头上笼罩的叛云骤散。终引潜存君臣对抗之"干戈"，化为同赌共玩、互得助济之"玉帛"。

第三，在臣僚之间。

作为官僚群体本身而言，中国古代共同侍主御君的臣僚，有着某些共存的利害关系。然而作为群体内部，官阶有高下之分、权力有大小之别、威势更有强弱之差。趋利避害、追名逐利、加官晋爵、光宗耀祖，则是跻身仕途之人的同一心愿。人品有忠奸、君主有贤愚、弄权有巧拙、行计有直隐，用谋更有得失之差。结果是臣僚之间为企达某种政治目的，行计者绞尽脑汁，所抛出之

"砖"，却未必能引化出美"玉"，倒有可能导致砖碎人亡、玉焚瓦碎的苦果。因此，在本来就日常惯用政治权术伎俩、人鬼兼作的官僚群体中，要施用"抛砖引玉"之计，且获成功，就不仅要具备"道高一丈"的素质，而且还须在"与狼共舞"中，以活羊香饵相诱，用自己故作乱步狂蹈相惑，使之上钩被骗，在翩翩中陶醉被擒。使政敌对手在猝不及防中，含玉而死。

1. 忠臣对权奸之臣的使用

中国古代的权奸之臣，既是诸多冤狱错案的制造者，更是政治斗争中兴邪风作恶浪之人。他们一是能媚上讨好，深得皇帝及上司的信赖和赏识；二是能纵横捭阖、左右开弓，善于玩弄阴谋诡计，故施阴计却又多找替罪之身，专事诬陷却又伪作公正君子，置人死地却又佯装救人解悬；三是最善伪装巧饰与窥人隐私以作他日制驭之柄；四是心狠手辣与拉帮结伙。因此，忠臣施计对付他们，一要用手中之权柄；二须工于心计，抢在阴谋者的前面；三是以其人之道还治其人之身，亦善抛巧"砖"而引美"玉"；四是要以得道之身，引其多助，即正直群臣、同僚的声援与支持，以夺奸敌之势，以间帮伙之徒，使诡计阴谋不得以逞。

事例：狠刘瑾谋杀政敌，智阳明投江避祸

明正德初期，宦官刘瑾深得明武宗信赖，专权横行。正德元年（1506），正直御史戴铣因上疏论刘瑾罪，而被谪发边疆。在戴铣蒙冤之后，兵部主事王守仁上书论救，为其辩白，奏书中言辞极其恳切。刘瑾知悉后大怒，便矫诏以假皇帝之名，责打王守仁五十大板，直打得王守仁皮开肉绽，多次死而复苏，随后将他谪贬为贵州龙场驿丞。王守仁被贬官后，刘瑾仍然是耿耿于怀，不善罢甘休，必欲置之死地而后快，以绝后患。权奸刘瑾便暗中派人在道途之上，伺机谋杀王守仁。而当王守仁赴贵州路上，行至钱塘时，自知刘瑾心狠手辣，不肯轻饶于他，亦不免一死，便施展"抛砖引玉"之计，抛出"投江"之"砖"，而引发"脱死"匿身之"玉"。便乘黑夜假装投钱塘江自沉而死之状，故意将鞋子、帽子浮在江水之上，并作遗诗一首，诗中则有"百年臣子悲何极，夜夜江涛泣子胥"的悲愤欲绝、不愿苟活人间的句子，以示与亲友故旧作诀别之留赠。次日，浙江藩臬及郡守杨孟瑛见遗物、留诗，对王守仁投江而死都信以为真，并在江上祭奠他的忠魂。王守仁的家人则身着丧服，进行祭奠，以悼亡灵。此时的王守仁，却早已隐姓埋名，进了武夷山中。不久，因怕连累家中的老父，才到驿站去赴职就任。刘瑾的阴谋暗算却始终未能得逞。到后来，权奸刘瑾一伙事败被诛，才得以复官。

2．权奸之臣对直臣同僚的施用

权奸之臣手握大权，又深得帝君的信赖，为清除、诛灭、惩治擅权的障碍政敌直臣同僚，往往好施"抛砖引玉"之计。或抛嫁祸之"砖"，或阴出其策，待事败密发，却又佯装不知，假持阳道正义，从而引来诛杀直臣、灭其政争对手，又在帝君面前留下秉公持正之美"玉"（誉）。

事例：奸诈严嵩巧谢罪，诚实汝夔失其首

明嘉靖年间，内阁首辅、老奸巨猾的权臣严嵩，乃是惯用"抛砖"，以类相诱政敌权臣、两面三刀，待其上钩后则诛灭之（"引玉"）的政坛老手。

嘉靖二十八年（1549），北方蒙古俺答部屡次进犯，率部逼近都城京师（今北京），内阁首辅、权奸严嵩不做任何迎战敌军的准备，却又故意对兵部尚书兼督团营的丁汝夔说："士卒力量弱小，难以与俺答争胜。都城是近地，败兵不好收拾。当令诸将坚守，不要出城。敌寇目的在掠夺财物，足了自退。"诸将便以为："有禁令不要出战。"俺答退兵以后，民间皆归罪于丁汝夔，嘉靖帝遂以惧战自守、拒不出战的罪名，下诏逮捕丁汝夔。严嵩恐怕前谋败露，便欺骗丁汝夔说："莫要害怕，我为你想办法。"丁汝夔对此信以为真，便不自诉辩白其冤，严嵩得以自保，丁汝夔却被判处死刑。丁汝夔临刑时大呼道："严嵩害了我！"遂被斩首示众。严嵩用计之奸诈，致使清除政敌直臣的诡计以此得逞。

严嵩为诛除直臣政敌，在施计过程中，他先抛固城自守之"砖"，以获丁汝夔之信赖与不疑；继抛事败后为了设法圆通之"砖"，以此作为诱丁之香饵、上钩之钓食，使丁不伸其冤、不辩其诬，至死方才醒悟，方知上了严嵩的当、误中其政治圈套，然为时已晚，终于成为严嵩施计成功祭坛上的牺牲品、供品。严嵩在抛"砖"设钩之后，却由此引来在嘉靖帝面前事败不露、秉公执法之美"玉"（誉），更引来敌诛臣灭、大可陷直养奸之难逢机"玉"（遇）。

四、乘隙造势　一举攻其不备

抛砖引玉之计是三十六计中的第十七计，也是"置敌于死地"的攻战计中的重要计谋。正因如此，处于优势地位的施计者们，往往施用此计，然后在尖锐、激烈、复杂、矛盾交错的政治斗争中，对政敌、对手乘隙造势，伺其心理上的懦弱和缺陷，进行攻击，类以相诱，诱之香饵，钓其贪欲，痹其斗志，衰其心性，抛以假砖，而后使敌、逼敌、驱敌、诱敌，引敌懵懂上当、上钩、入网、进圈、挂套，再一举攻其不备，而置之死地。总括起来，这种计谋在政治上应用有如下基本特点：

第一，就抛砖引玉之计在政治上应用目的而言，具有假象性、易取性的特点。

所谓假象性，即是指施计者在以类相诱，使政敌对手在吞饵、上钩、中计的过程中，所掷抛之砖，颇具利、功、得、权、势、封、赏等诱惑性、吸引力，一旦他们花最小的代价，甚或无偿获取这些唾手可得之物时，不知其中均为带钩之饵、含毒藏针之香物。因之，对被施计者而言，它具有欺骗性、假象性、麻痹性等特点。待吞下之时，方知已上钩上当，然仍处于懵懂、侥幸之中，真正觉醒时，却为时已晚，木已成舟，祸已临头，败局已无可挽回。

所谓易取性，即是指用抛砖引玉之计的政治家、野心家、阴谋家，在政治斗争中，为战胜政敌，置对手于死地，以"抛"出诱物（或人、或财、或官爵、或封赏、或地盘、或权力等）来招引敌人，方能引敌上钩进套，然后，再引出美"玉"，达到特定的政治目的。这一"抛"一"引"之间，均以相类之诱物作为媒介、中介、黏合剂，方能成功。因此，确实是以最为低廉、普通、实惠之"砖"，来易（交易）取（夺取、换取、骗取）质高物罕的美"玉"。

第二，就抛砖引玉之计在政治上作用而言，具有引诱性、偿还性的特点。

所谓引诱性，即是指整个施计用谋过程中，为希望得到的美"玉"（即实现政治目的），必须首先要抛出"砖"，而这种"砖"，并非寻常之土砖、火砖、碎砖，而是色、香、味、形俱佳的"肥砖"，使贪得无厌、见利忘义之徒，政争中的政敌、对手及同伙，见"砖"眼开、爱不释手才行。因此，所谓抛砖，即是置放"诱物"之巧举；而"引玉"，则是以"诱物"在使敌人上钩吞饵之后，顺势钓取、收网，然后制灭，"玉"成用计者所要实现的宏图大事。

此外，在作用上，抛砖引玉的偿还性特点，亦十分突出。一个以物相诱、以饵相招、以利相偿于政敌；对手则在陶醉中，甘愿以物、以地、以权、以人、以官、以爵禄相报，以图获更大更多更丰的利益。结果，却在偿还中，因小失大、因末失本，因贪失身。

第三，抛砖引玉之计在政治心态与智道效应上，具有迷惑心理（引诱易夺）、征服效应的特点。

在紧张、激烈、残酷、瞬息万变的政治斗争中，敌对双方，无论是敌国之间，抑或君臣之间、臣僚之间，彼此防范、戒备甚严。要施用抛砖引玉之计，施计者首先要突破、打碎的障碍、心理"外壳"，便是上述的防范戒备心理。要做到这一点，则必须使"诱物"和所要达到的引"玉"目的均要有迷惑性，使政敌、对手在迷茫中中计上钩，且在懵懂中落入圈套。这种迷惑心理，既是引诱易夺，更是乘迷就惑而达到政治目的所致。

此外，在就抛砖引玉之计本身的智道效应而言，施计者在用计上，较之政敌、对手，必须先发制人，同时又要有居高临下、制驭全局的本领。因此，抛"砖"与引"玉"过程及目标的实现，均须要有征服意识与强制的手段，才能保证成功。

擒贼擒王

——摧坚夺魁　陷之道穷解体

本计云："摧其坚，夺其魁，以解其体。龙战于野，其道穷也。"其大意是：摧毁敌军主力，抓住它的首领，这样就可瓦解它的整体力量。这种状况，就好像龙离开大海，让它到陆地、野外去作战，面临着绝境一样。

"擒贼擒王"一语，出自唐代著名诗人杜甫的《前出塞》一诗："挽弓当挽强，用箭当用长。射人先射马，擒贼先擒王。杀人亦有限，列国自有疆。苟能制侵陵，岂在多杀伤。"对此，《古今图书集成·戎政典·戎政总部总论七》中，对擒贼擒王所加按语说："此杜甫《出塞诗》语也。'射人先射马'一言，虽诗人吟咏之语，然亦制胜之要法也。御敌者不可不知。"究其本意，擒贼擒王是指抓贼要先抓住贼中的贼王，即首恶分子。它形象地比喻凡做事先要抓住关键，必须要先抓住或处治主要人物。具体到军事计谋与指挥艺术上，则是指军事活动与作战中，应首先歼灭敌人的主力或主要的指挥人员，借此影响和动摇敌人的全军斗志、士气，进而使敌人遭到彻底失败。随之则衍化为，凡做事、决策、处置，在多头绪众纷繁的状况下，则必须先抓住与解决主要的问

陈玄礼明察祸首，引怒卒一举锄奸

题、矛盾，解开最大的死结，然后，其他诸多问题与中小疙瘩，便会迎刃化解了。

一、龙战于野　穷途末路之际

《周易·坤卦第二》云：坤：元，亨，利牝马之贞。君子有攸往，先迷；后得主，利，西南得朋，东北丧朋。安贞吉。《象》曰：地势坤。君子以厚德载物。

【一爻】初六，履霜，坚冰至。《象》曰："履霜坚冰"，阴始凝也。驯致其道，至坚冰也。

【二爻】六二，直方大，不习无不利。《象》曰：六二之动，直以方也。"不习无不利"，地道光也。

【三爻】六三，含章可贞，或从王事，无成有终。《象》曰："含章可贞"，以时发也。"或从王事"，知光大也。

【四爻】六四，括囊，无咎无誉。《象》曰："括囊无咎"，慎不害也。

【五爻】六五，黄裳，元吉。《象》曰："黄裳元吉"，文在中也。

【六爻】上六，龙战于野，其血玄黄。《象》曰："龙战于野"，其道穷也。

据秘本兵法《三十六计》原文记载，擒贼擒王计是由坤卦哲理推演而来的。卦云："龙战于野，其道穷也"，是坤卦上六爻象辞。爻辞："上六：龙战于野，其血玄黄。""象曰：龙战于野，其道穷也。"意思是说：两条龙在野外战斗，流着黑黄色的血，这是穷途末路的凶险时刻。

乾卦与坤卦是对卦，二者性质完全相反。乾为纯阳之体，其每一爻都用中华民族的图腾标志"龙"来象征。实际上，六十四卦中，凡是用来象征龙、虎的，都是阳爻。中国有关龙虎的成语，如龙骧虎视、龙行虎步、龙盘虎踞、龙腾虎跃、龙吟虎啸、龙争虎斗等，也都是用来形容刚健、骁勇、强悍、暴烈的阳性状态的。坤乃纯阴之体，按理不应当用龙来象征。其初爻至五爻，也无一字涉及龙，为什么到了上六爻，一下子出现了两条龙呢？这正是乾坤二卦阴阳变化的奥妙之处。坤卦全部是阴爻，到上六已达到阴的最高位，又当位，其阴气已盛到极点。阴极必阳，上六之中已含有乾阳之气，但上六阴恶至极，疾阳如仇；体内刚生一点阳气，通体阴气便逼之而出，化为上九亢阳暴戾之气。内阴毒而外亢阳，上六的凶残强悍，比乾卦上九亢阳有过之而无不及。所以，坤之上六便成了阴爻中唯一的一条龙，并成了坤卦的主体。从上六到上九的转变，是由阴至阳的恶变。阳已产生，但阴不肯让位，阴阳之间势必爆发一场生死搏斗。因此，上六阴龙的有形存在，本身就意味着还有一条无形的阳龙存在。坤为地为原野，所以爻辞象辞说"龙战于野"。古人认为天之色为玄，地之色为黄，故有"天玄地黄"之说。天为乾，地为坤；玄指阳龙，黄指阴龙。上六爻辞的"其血玄黄"，是说原野上流着黑黄两种颜色的血，暗示二龙恶斗，两败俱伤。由于阴极反阳是大自然不可抗拒的法则，上六阴龙尽管凶险，但毕竟已至上位，无路可退，所以上六象辞说"其道穷也"，意思是阴龙已到了穷途末路之际了。

在真刀真枪的战斗中，占得坤之上六，是不太吉祥的。一般说来，阴阳刚柔互相制化是人情物理的自然法则，但其间也有区别。以刚制柔难，以柔化刚易。因为，柔之被制出于无奈，而刚之被化心甘情愿。世间之物大都是阴阳互体的，阴中有阳，阳中有阴。但阴中的含阳量与阳中的含阴量，并不是对等的。为什么刚则易折、柔则长存？为什么阴柔的生命力要比阳刚长久？因为阴中的含阳容量，要大于阳中的含阴容量。阳中之阴少，其阴易于耗尽；阴中之阳多，其阳不易告罄。因此，阳对于外在之阴的需求量，要大于阴对于外在之阳的需求量。这在乾坤二卦的上九、上六中，也可得到说明。乾卦到了上九，便是亢龙有悔。上位无位，立即退位转化为阴。这个由阳转阴是自然的转变，出于乾阳本身的需要；因为乾阳到了上九，阳中之阴已经耗尽，急需外在阴气来维持生命。坤卦到上六，反而更加凶脸，成了坤卦的主体，上位有位，坚不让位。其由阴向阳的转化是一场恶变，要经过浴血奋战，拼死搏斗。因为坤阴到了上六，阴中之阳并未衰竭，不需要外在之阳来补充元气，由阴转阳也不是它本心所愿。看乾之上九与坤之上六，就可知由阳转阴易，由阴转阳难。也可知新旧事物的交替变革时期，玄黄之血难免要并流成河。乾阳为新事物，坤阴为旧事物；新事物既为乾阳，躁进便是其本性；进而至上九，难以为继，必然要向坤阴旧传统伸手求助。因为新事物若完全割断自身的历史基础，其生命也就到头了。向传统回归，是新事物继续发展的内在本身要求，自然而然就会发生。而坤阴旧事物到达上六时，遇到阳刚变革之气初生，其本来已经涣散的生命力，因阳之激，反而会在无位的上位凝聚起来。所以，对付纯阳乾卦，可用柔化；对付纯阴坤卦，却不能用阳制，须再济之以柔，使其本来已经涣散的生命力更加涣散。在战斗中占得坤之上六不利，其原因也尽在于此。

若在战争中占得坤之上六，不可便言凶，因为战争的范畴很广。此时，应当用阴柔之道来对上六，如阴谋诡计、打政治仗，玩外交手腕。上六的内在阴毒已外化为阳刚暴悍，所以只宜以阴攻阴毒，耗其阳气。具体的战斗，真刀真枪，就是纯阳之性了。坤卦到了上六，暴烈如火，逢阳如杯水车薪，反激火之怒。但战斗已经打响，卦纵然不吉利，也总有指导意义，坤卦象征敌军如蝗如蚁，密密麻麻。上六爻动，表明上六是坤卦的主体，敌军的首脑。以上六之凶强暴悍，再杀多少蚁蝗之兵也无济于事，唯一的取胜之道，便是消灭上六。所以，在战斗中占得坤之上六，除了擒贼擒王，别无他计可施。擒贼擒王之法，也是只宜阴取，不宜阳攻，亦即只宜暗杀，不宜明杀。

此篇计的按语中用了唐代张巡与尹子奇对战的例子，来说明坤之上六的卦理演用，是再恰当不过的。唐玄宗时，安史之乱爆发，长达七年之久。张巡时为真源县令，起兵抵抗安禄山叛军。尹子奇是安禄山之子安庆绪的部将，与张巡对阵。张巡的军队已经冲到尹军的大旗下，斩将五十多人，斩士兵五千多人，尹军虽然大乱，但张巡仍未获胜。这就是坤之上六的独特作用，占得坤之上六，正面的进攻，即便取胜，也只能奏一时之效。张巡是进士出身之人，必通易理，所以立刻用草箭为饵，设计辨识尹子奇；果然达到了目的。但坤之上六，阳气已见诸外形，只能用纯阴之计对付。张巡在战斗中设计，只是阳中之阴，所以只射中了尹子奇的一只眼睛，逼得其退军，却无法将尹擒获。参考变卦山地剥，"剥"是剥落之意。剥卦卦形，下面五个阴爻，全部象征剥落之状，而上九唯一的阳爻，其爻辞为"硕果不食"，即最大的果子未被摘掉。剥之上九是由坤之上六变来，也可见张巡虽然剥了尹军一层皮，由于所施之计为阳中之阴，所以没有捕获尹子奇，"擒贼擒王"之计也功亏一篑。剥卦上九亢阳率领五个众阴，是凶悍之人率领暴徒小人作乱的形象。由坤之上六到剥卦，可见纯阴坤卦被迫转阳后，接踵而来的便是动荡骚乱、强者为王、天下萧条、万民受剥的时期。在战斗中占得坤之上六的张巡，虽然在此战中因计获胜，但其后仍被尹子奇围困在睢阳，壮烈殉国。张巡的命运，在坤之上六中，其实就有了预兆。对付坤之上六，若不用纯阴毒计，非当时遭难，必日后受殃。

在张巡对尹子奇的战斗中，尹子奇是坤之上六。在整个安史之乱中，安禄山、史思明便是坤之上六。坤之上六，表明只宜用阴杀暗杀来"擒贼擒王"，当时勤王之师虽多，但都是正面的阳性作战，所以战乱久久不能消弭。后来，安禄山被其子安庆绪所杀，安庆绪又被史思明所杀，史思明又被其子史朝义所杀。这连续的父子残杀，就是阴杀暗杀，也是安史之乱得以平息的主要原因。这表明，坤之上六，往往不是毁于外在之阳，而是毁于自己内在的阴毒。因为，阴极转阳毕竟是大势所趋，坤之上六已到了穷途末路，虽然不容易被外在之阳制伏，但以其阴毒之性，迟早会演变成自相火并残杀。所以，对付坤之上六，应当济之以阴毒，攻之以阴毒，激发其阴毒，这才是擒贼擒王的最好办法。

擒贼擒王之计用于军事，主要是一种攻战之计与谋略。在战场上，敌我两军对阵时，在向敌人发起主动进攻时，为了给敌人以致命的打击，达到彻底消灭的目的，防止放虎归山，其日后卷土重来，致使前功尽弃的后患，就要集中优势兵力，攻打敌人的首领及其主力，待其首领及主力被消灭之后，敌人便处于群龙无首的状态，这时再转而攻击其他的力量，便会势如破竹，所向披靡。这是运用擒贼擒王之计对敌人作战的基本原则。

在政治斗争中，擒贼擒王之计，是政治家、野心家、阴谋家们经常应用的伎俩与手法。在与政敌对手的斗争中，为达到彻底、干净、快速、利索地瓦解与歼灭敌人（或集团、或群体）的目的，在将对手的情况，即敌情、敌状、敌首（贼王）、敌力侦察探明之后，随即决定制敌克胜方略，采用软硬两手，进行擒王。擒王用"糖衣炮弹"法，是软的一手。它主要是从心理上驭敌之战术，须先从心理上对贼王发动攻击，摧毁其意。然后，消弭、损耗其体质、智能，使其丧失统帅的能力。用计者企达以最小的代价，而获擒王之巨功。其糖衣与炮弹，多用贼王求之若渴、急需的美女、金钱、利禄、名位等，加以包裹诱饰。硬的一手则是用真枪实弹去擒王。它主要是依靠武力、实力，再辅之以威慑，然后对贼王强行擒拿，不管政敌如何激烈反抗挣扎，也无济于事。这种手段需有强大的实力，行动要迅速果断，用计者唯有掌握主动权、制控权、操纵权，才能进退自如，游刃有余，贼王及其余众，任凭使尽浑身解数，也难逃被擒拿的厄运。此即为先擒与强擒、力擒、克擒。而前述软的一手，则为后擒（先发糖弹攻敌）与智擒、套擒、掏擒（恶虎掏心、掏窝）、硬擒，主要是敌对双方在政治斗争中赛勇斗力；软擒，则是政敌之间，彼此进行斗智斗谋的较量。

擒贼擒王之计在政治斗争中，被反复、频繁与其他计谋交替使用，更使它富有先发性、奇效性、伪饰性、扼制性的色彩。

二、动观态势　先发制人者胜

擒贼擒王之计在政治斗争中，经常成为政治家、野心家、阴谋家们的惯用手法，虽事例各有不同，技法亦因人而异，但归结起来，可具体分为以下互为关联的三种手法：

第一，动观其势，察识王主，待胜之计在其中。

这种手法的重点是察（识）其王主、动观其态势，然后审时度势，伺机擒其王主，消灭群贼，达到战胜政敌的目的。采用的具体手法，又有明（观）察、暗（侦）察、辨（分）察等形式。

1．明（观）察

所谓明（观）察，即是对敌手的政治（军事）实力、背景、声势、常用伎俩、手法等态势，进行公开的、明确的观察，然后，在此基础上，对敌营的实力分布进行评估，对其决策者进行判断分析，确定识别其真正的王主，再进行擒拿。

事例：陈玄礼明察祸首，引怒卒一举锄奸

唐玄宗时期，身为朝廷右相兼吏部尚书，又兼领四十余使的权臣杨国忠，结党营私，贿赂公行，专权误国。因与三镇节度使安禄山矛盾加剧，终于在天宝十四年（755）冬，酿成安禄山以"清君侧"诛杨国忠为名，发兵反叛朝廷。天下人对致乱误国祸首杨国忠，莫不恨之入骨。唐肃宗至德元年（756）六月，叛军直逼潼关，唐守将哥舒翰战败投降后，唐玄宗获悉战报，才开始害怕，慌忙召集宰相商讨应变对策。由于叛军直捣长安，杨国忠便首先倡议到四川避难，皇上无可奈何，便委任崔元远为西京留守，命龙武大将军陈玄礼整备六军。借黎明时分，玄宗与杨贵妃姊妹、皇子、妃子、公主、皇孙及亲近宫人、宦官等一同从宫中出发。妃子、公主、皇孙以外的人，一概不得随从。

唐玄宗及随行车驾行至咸阳，时至正午，逃难的队伍还没有吃饭。这时有百姓进献粗食淡饭，掺杂些豆麦。皇孙辈因饥饿至极，便用手捧着狼吞虎咽起来，登时便吃得一干二净。六月十四日，一行队伍走到马嵬驿时，众将士由于饥饿、疲劳、困乏，个个怨怒愤懑，再也不肯向前行进。陈玄礼看到这种情况，目睹怒卒的恨杨（国忠）痛奸的义愤，认为此祸是由权奸杨国忠一手造成的，只有锄杀杨国忠，才能稳定军心，便通过宦官李辅国转告皇太子，而太子却一时决定不下来，更难当机立断。这时，恰逢有吐蕃使者二十多人拦住杨国忠的马，向他诉说与求讨食物。军士们见此状，怒火中烧，便趁势大声呼叫："杨国忠与胡人要阴谋造反！"随即，一拥而上，有人用箭射中了杨国忠坐骑的马鞍。杨国忠急忙逃命，逃至马嵬驿西门内，士兵们便应声杀了杨国忠，并肢解其尸体。哗变的士卒，还用枪挑着他的头悬挂在驿外，又一并杀了他的儿子、户部侍郎杨暄及秦国夫人与韩国夫人（杨国忠堂姐妹）。御史大夫魏方进说："你们胆大妄为，竟敢谋害宰相！"士兵们又把他杀了。

愤怒的士兵们又包围了驿站，玄宗听见外面的喧哗之声，就问是什么事，左右侍从回答说是杨国忠谋反。玄宗拄拐杖走出驿门，慰劳军士，命令他们撤走，但军士不答应。玄宗又让高力士去问话，陈玄礼回答说："杨国忠谋反被诛，杨贵妃不应该再侍奉陛下，愿陛下能够割爱，把杨贵妃处死。"玄宗说："这件事由我自行处置。"然后进入驿站，拄着拐杖侧首而立。过了很久，京兆司录参军韦谔上前说道："现在众怒难犯，形势十分危急，安危在片刻之间，希望陛下赶快作出决断！"说着不断地跪下叩头，以至血流满面。玄宗说："杨贵妃常住在戒备森严的宫中，不与外人交结，怎么能知道杨国忠谋反呢？"高力士说："杨贵妃确实是没有罪，但将士们已经杀了杨国忠，而杨贵妃还在陛下的左右侍奉，他们怎么能够安心呢！希望陛下好好地考虑一下，将士安宁，陛下就会安全。"玄宗这才命令高力士把杨贵妃引到佛堂内，勒死了她。然后把尸体抬到驿站的庭中，召陈玄礼等人入驿站察看。陈玄礼等人脱去甲胄，叩头谢罪，玄宗安慰他们，并命令告谕其他的军士。陈玄礼等都高喊万岁，拜了两拜而出，然后整顿军队准备继续行进。韦谔是韦见素的儿子。杨国忠的妻子裴柔与小儿子杨晞、虢国夫人（杨国忠之堂姐妹）与她的儿子裴徽都乘乱逃走，到了陈仓县，被县令薛景仙率领官吏士卒抓获杀掉。

在马嵬驿事件中，龙武大将军陈玄礼面对饥疲劳顿、愤怒哗变的士卒，他一面主动观察太子的意图、士卒的动向与态势；另一面又明察其祸乱根由，悉由权奸杨国忠兄妹所致，故杨国忠在军士将帅的心中，实为贼王、祸首。他向太子要求诛杀杨国忠，太子却犹豫不决，便容忍且引导怒卒以谋反罪斩杀杨国忠，兵谏玄宗割爱缢杀杨贵妃，以绝后患。陈玄礼在这场攸关唐王朝生死存亡的激烈政治斗争中，采用擒贼擒王之计，用明察之法，动观其势，察识贼王与祸主杨国忠兄弟及其同伙，上陈奏（太子）"兵谏"（玄宗），引导借助怒卒斗士，快速果断干净地将他们诛杀锄灭。这是用明察共识其贼，再引行导势，同诛其贼王的成功典例。

2．暗（侦）察

所谓暗察，即是指对政敌、对手的实力、爱好、憎恶、背景、侧翼、状况，先动观其发展态势，后则侦探、暗察、觉察其真正的贼王贼主。然后，再寻隙伺机，将贼王擒拿，制驭政敌，并进而达到与实现其既定的政治意图与目标。

事例：后宫争宠各施计，武氏某深成皇后

唐高宗的王皇后没有儿子，萧淑妃得以宠幸，致使王皇后十分忌妒。高宗做太子的时候，进寝宫侍奉太宗，看见才人武氏（即武则天）便十分喜欢。太宗驾崩后，武氏随着众位妃嫔到感业寺当尼姑。到了太宗的忌日，高宗到感业寺行香拜佛，见到了她，武氏哭泣，高宗也流泪。王皇后听说后，暗中让武氏留发，劝说高宗纳武氏入后宫，想要以武氏采离间高宗对萧妃的宠爱。武氏机敏聪慧，善施权术，刚进宫时，侍奉皇后十分谦恭有礼；皇后十分喜欢她，多次在高宗面前称赞她。不久颇得宠幸，拜为昭仪，皇后与萧妃均失宠，二人又一同诬告武氏，高宗均不予采纳。武昭仪想要追赠父亲武士彟官爵，苦于没有什么名义。永徽五年（654）三月十四日，便假托要褒奖赏赐功臣，所褒奖的功臣中就有武士彟。

由于王皇后、萧淑妃与武昭仪之间相互诬告诽谤，高宗不相信王后、萧妃的话，唯独信任武昭仪。王皇后不会曲意侍奉高宗身边的人，她的母亲魏国夫人柳氏及舅舅中书令柳奭进见六宫妃嫔，又不讲礼节。武昭仪侦察到皇后所不敬重的人，必定倾心相交，所得到的赏赐都要分送给他们。因此王皇后与萧妃的一举一动，武氏都要告诉高宗。

王皇后虽然失宠，但高宗并未有废后的想法。正巧此时武昭仪生下一个女孩，皇后怜爱并逗弄玩，皇后走出去后，武氏趁没人将女孩掐死，又盖上被子。正好高宗来到，武氏假装欢笑，打开被子一同看孩子，发现女儿已经死了，武氏啼哭。问身边的人是怎么回事，身边的人都说："皇后刚刚来过这里。"高宗勃然大怒说道："皇后杀了我的女儿！"武昭仪便哭泣着数落皇后的罪过。皇后无法解释清楚，高宗从此有了废皇后立武昭仪为后的打算。担心大臣们不服，便和武氏一道临幸太尉长孙无忌的宅第，宴饮酣畅欢乐到了极点，酒席上将无忌宠姬的三个儿子都拜为朝散大夫，又命人装载金银财宝、锦缎丝绸等共十车，赐给无忌。高宗乘机讲到王皇后没有子嗣，以此暗示，无忌顾左右而言他，竟然没有顺从旨意，高宗与武氏二人在不愉快中结束这场酒宴。武昭仪又让母亲杨氏到无忌的宅第，多次请求，无忌最终还是没有答应。礼部尚书许敬宗也曾多次劝说，无忌则正言厉色地斥责。

永徽六年（655）六月，武昭仪又诬陷王皇后和她的母亲魏国夫人柳氏，求巫师施厌胜术诅咒昭仪，高宗敕命禁止皇后母亲柳氏进入宫内。秋七月戊寅（初十），将吏部尚书柳奭贬为遂州刺史。柳奭赴任走到扶风县，岐州长史于承素揣摸圣意，上奏称柳奭泄露宫禁秘密，又贬为荣州刺史。

唐因隋制，后宫有贵妃、淑妃、德妃、贤妃，都是正一品。高宗想要特别设置一个宸妃，封给武昭仪，韩瑗、来济谏阻，认为无旧例可循，也只得作罢。

中书舍人李义府为长孙无忌所厌恶，降职为壁州司马。敕命还未到门下省，李义府已经暗中得知，便向中书舍人王德俭问计，王说："皇上想要立武昭仪为皇后，正在犹豫不决，一直担心宰相们会有异议。你如果能提建议立武氏为后，则转祸为福了。"李义府赞同，借代王德俭值夜班之机，叩阁上表，请求废掉王皇后，立武昭仪为后，以满足黎民百姓的愿望。高宗十分高兴，亲自召见李义府与谈，赐给珍珠一斗，让其官居原职。武氏又暗中派人慰劳勉励，不久破格提拔为中书侍郎。卫尉卿许敬宗、御史大夫崔义玄、御史中丞袁公瑜，都暗中向武氏表达其效忠之心。不久，长安县令裴行俭听说朝廷要立武昭仪为皇后，认为国家的祸患必定从此开始，便与长孙无忌、褚遂良私下议论此事。袁公瑜听说后，将这一情况告诉武氏的母亲杨氏，结果裴行俭因此而获罪，贬为西州都督府长史。

同年九月的一天，高宗退朝后，宣召长孙无忌、李世勣、于志宁、褚遂良进入内殿。褚遂良说："今天皇上宣召，多半是为了皇后的事，皇上的主意既已定了，违抗者必是死罪。太尉是元舅，司空是功臣，不可以让皇上承担杀元舅与功臣的不好名声。我褚遂良出身平民，没有汗马功劳，到了今日这个地位，而且接受先帝临终之托，不以死谏净，无颜去见先帝！"李世勣称病没有去内殿。无忌等人到了内殿，高宗对他们说："皇后没有子嗣，武昭仪有，如今朕想立武昭仪为皇后，你们看怎么样？"褚遂良答道："皇后出身名家，是先帝为陛下娶的。先帝临终的时候，拉着陛下的手对我说：'朕的好儿子好儿媳，如今就交付给你了。'这些话都是陛下亲耳听到的，言犹在耳。未听说皇后有什么过错，怎么能够轻易废掉呢？我不敢曲意顺从陛下，以违背先帝的遗愿！"高宗十分不高兴，只好作罢。第二天又言及此事，褚遂良说："陛下一定要更换皇后，我请求遴选全国的世家望族，何必非武氏不可。武氏曾经侍奉过先帝，这是众所周知，天下人的耳目，怎么能遮掩呢？千秋万代之后，人们又将怎么评价陛下呢？愿陛下三思而后行！我今日触怒陛下，罪该处死。"说完将朝笏放在殿内台阶上，解下头巾磕头直至血流满面，说道："还给陛下朝笏，乞求放我回老家去。"高宗勃然大怒，命人将他带出去。武昭仪在隔帘内大声说道："何不就地杀了这老东西！"长孙无忌说："褚遂良是先朝顾命大臣，有罪也不可加刑。"于志宁不敢说话。

韩瑗找机会也来奏事，流着泪极力劝阻废皇后，高宗不予采纳。第二天他又劝谏，悲伤得不能自已，高宗命人将他带出去。韩瑗又上奏疏劝谏道："一般的夫妇，还要相互选择后再结合，何况天子呢？皇后乃是天下妇女的仪范，善恶由她而生，所以嫫母辅佐黄帝，妲己倾覆殷朝，《诗经》说：'赫赫有名的宗周，就灭在褒姒之手。'每次观览前朝史事，常会发出感慨，没想到今天圣明之世也会受到玷污。做事不依法度，后世子孙将如何看呢！希望陛下再三考虑，不要让后人讥笑。假使臣下的话有益于国家，即使被剁成肉酱，臣也甘情愿！当年吴王不听伍子胥的话，结果吴都姑苏破败，麋鹿出没。臣下担心海内之人失望，宫廷长满荆棘，宗庙不能继续享有祭祀的日子，为其不远了！"来济上表章劝谏说："君主册立皇后，应该依据天地之理，必须选择礼教名家的淑女，幽雅娴静，贤淑美好，才可与天下人的厚望相符，符合神灵的意图。所以周文王造船迎接太姒，这才有《关雎》的教化，百姓承其福祚；汉成帝纵欲成性，以婢女为皇后，使皇统断绝，社稷倾覆。周代的隆盛是那样，汉代的祸患又是这样，希望陛下详察！"高宗对这些谏言，都不予采纳。

又一天，李世勣进宫见高宗，高宗问："朕想要立武昭仪为皇后，褚遂良固执己见认为不可以。褚遂良既是顾命大臣，他反对，那么事情就应该停办吗？"李世勣答道："这是陛下的家事，何必又去问外人呢！"高宗废后主意便定了下来。许敬宗在朝中扬言道："庄稼汉多收了十斛麦子，还想着要换个老婆呢！何况天子要立皇后事情，与这些人有什么相干而妄生异议呢！"武昭仪让身边的人将此话讲给高宗听。九月初三日，唐高宗又将褚遂良贬官为谭州都督。

唐高宗永徽六年（655）十月十三日，高宗下诏说："王皇后、萧淑妃阴谋用毒酒杀人，废黜为平民。她们的母亲兄弟一并削除官爵，流放岭南。"许敬宗上奏说："已故特进赠司空王仁祐授官的凭证还保存着，这将使逆乱的余孽还得以受荫任官，请一并削除他的官爵。"高宗采纳了他的意见。

十月十九日，百官上奏表请求立皇后。高宗下诏说："武氏出身于有大功劳的家庭，累世都任官职，以前因才德出众选入后宫，声誉满后宫，品德光照宫闱。朕从前当太子时，她蒙受我已故母亲的特殊恩惠，时常得以侍从皇帝，日夜不离左右，在后宫中经常检点自己的行为，嫔妃之间未曾闹矛盾，皇帝看得很清楚，时常赞叹，于是将武氏赏赐给朕，就像汉宣帝将宫女王政君赏赐给了皇太子一样。武氏可以立为皇后。"

二十一日，大赦天下，皇后上表说："陛下从前打算封我为宸妃，韩瑷、来济在朝廷当面谏争。这样做是难能可贵的，难道不正说明他们一心一意为国家吗？请求表彰赏赐他们。"高宗把她的奏表给韩瑷等人看，韩瑷等更加害怕，一再请求辞职，高宗不允许。

十一月初一，高宗亲临殿前平台，命司空李世勣带印玺册封武氏为皇后。当天，百官朝拜皇后于肃义门。

原皇后王氏、原淑妃萧氏，一同被囚禁在后宫别院，高宗因思念她们，私下去囚禁的地方，看见囚室封闭得极为严密，只在墙壁上凿个小洞以便送食物的器具进去。高宗悲伤地喊道："皇后、淑妃在哪里？"王氏哭泣回答说："我等犯罪已成宫中奴婢，哪里还能再有后、妃等尊贵的称号！"又说："至尊如果念及从前的情分，让我等再见天日，请命名这个院子为回心院。"高宗说："朕即有所安排。"武后听说后，大怒，派人将王氏和萧氏各杖打一百下，砍去了手足，投入酒瓮中，说："让这两个女人醉入骨髓！"数日后她们死去，又被砍去脑袋。当皇后王氏听到宣布处置她们的命令时，拜了两拜说："祝愿皇帝万岁！武昭仪承受皇恩，死自然是我的本分。"淑妃萧氏大骂道："阿武邪恶狡诈，竟然到了这种地步！愿来生我变为猫，她变为鼠，我活活扼住她的咽喉！"从此宫中不养猫。不久又改王氏姓蟒氏，萧氏姓枭氏。武后多次看见王氏和萧氏的鬼魂作祟，披散着头发，浑身滴血，如同死时候的模样。她后来移居蓬莱宫，还是看见同样的情形，所以她多居住在洛阳，终生不回长安。

怀有巨大政治野心却身为昭仪的武则天，在实现自己政治目的（立为皇后）过程中，最大的、最难以逾越的政治障碍，便是王皇后和萧淑妃。武则天便视她们为"贼王"对手，朝廷中的支持者们则为"众贼"，均成为打击、被擒对象。为此，她施展暗（侦）察的权术：一是侦知王皇后不会曲意侍奉高宗身边的人；二是察悉皇后不敬重的人，则与之相交，加以收买，以获行止情报；三是针对王皇后没有子嗣，不惜亲手掐死亲生女儿，以诬告皇后，离间帝后关系；四是在朝中网罗许敬宗、崔义玄、李义府、袁公瑜等人，为废后制造舆论；五是擒除长孙无忌、李世勣、于志宁、褚遂良、韩瑗、来济等"众贼"，软硬兼施、威逼有加，贬官的贬官，罢朝的罢朝，迫其就范；六是待高宗废后立武后之意定后，诏令颁示，武则天更加害于王、萧二氏。不仅就擒被囚，且施酷刑以除灭"贼王"政敌，致使武则天终于从昭仪登上皇后宝座。

3. 辨（分）察

所谓辨察，即是指对所擒王主，施计者先行在"众贼"中加以区分、辨析、识别，然后在察明确定的基础上，伺机将其擒拿制伏。实现此法的具体步骤与举措，在于在"众贼"活动、行为模式中，动观其势、察辨其行、区别主次。只有将"众贼"与"王主"真正区辨清楚，才可能将主要实力、矛头对准所擒之王。并在先行擒拿"众贼"的基础前提下，后则擒"王主"政敌，予以消灭，实现既定政治目标。

事例：吕端辨察擒贼王，辅扶太子登帝位

宋太宗至道三年（997），太宗一直患病在身，及至三月二十八日，宋太宗病危，已不能视朝处理政务。次日，即二十九日，在宫中万岁殿驾崩去世，一场争夺帝位的激烈政治斗争，便在此前后展开。

当初，宋太宗患病时，宣政使王继恩忌恨皇太子赵恒英明，便与参知政事李昌龄、知制诰胡旦等人密谋勾结，准备拥立楚王赵元佐继新皇帝位，便常常在太宗面前，挑拨离间皇太子与太宗的关系。宰相吕端，胆大心细，颇有权谋之策，国家大事铭记心中，遇临难之大事，绝不糊涂。当他到宫中去探问太宗的病情时，看到皇太子不在太宗身旁，便怀疑其中有政治阴谋，更恐发生重大变故，便急忙在笏板上书写"大渐"（即病危）二字，命令贴身亲吏人员，赶快持此笏板去皇太子处，催促他火速入宫侍奉弥留的皇上。

待到宋太宗驾崩去世后，王继恩禀报皇后到中书门下要召见宰相吕端，商议所立新皇帝的人选。吕端事先知道这是政敌王继恩一伙人，在皇后面前挑拨皇太子的结果，亦是他们准备另立新主的政治密谋的一部分。为擒住"贼王"王继恩，吕端先要稳住他，便哄骗王继恩，让他进入书斋检索太宗先前御赐墨写的诏书，接着便将他锁在屋子里面，自己则赶紧入宫见皇后。见面后，李皇后对吕端说："皇上驾崩，立继承人选择长子，还是他人，如今将怎么办？"吕端说："先帝册立皇太子，正是为了今天，岂能容许再有异议呢？"李皇后听此言后，很长时间沉默无语。

在宋太宗驾崩的当天，即三月二十九日，参知政事温仲舒宣读太宗遗制，让皇太子赵恒在太宗灵柩前即皇帝位。太子即位（即宋真宗）后，吕端又平身站在大殿下，立着不跪拜，请求卷起新皇帝面前的帘子，再上殿仔细端详明白，确实新皇帝即是原来的皇太子后，然后才走下台阶，率领朝廷群臣，高呼万岁，跪拜恭贺新皇帝即位。

按照常规常理常制，皇太子在皇帝驾崩去世后，御登帝位做新皇帝，系名正言顺、顺理成章之事。宋太宗晚年，各股势力却在继位问题上，展开了激烈的政治斗争。以宣政使王继恩为首的一批官员，主张另立新主，且手中掌握实权，又近侍重病在身的皇上；另一派则是宰相吕端力主维护皇太子的合法继承人地位。吕端在这场政治较量中，成功地运用擒贼擒王的计谋，一是察敌情动静，立召太子入宫；二是辨析事态，在皇后召见商议新帝人选前，决定对策，予以实施；三是擒王智取，将"贼王"王继恩锁在屋内，使其在关键时刻不能施展阴谋，诡计不能得逞；四是识主再拜，即位大典时，吕端又恐事变，要卷帘亲识新帝，确为皇太子，然后才率群臣，俯地再拜。这显示了吕端在政治斗争的关键时刻，辨清分（析）势（事态）、察敌以明的决断能力，表明他大事不糊涂、智禁"擒（贼）王"，再乘势实现既定政治目标、驾驭全局的高超本领和政治手腕。

第二，先发制奇，佯翼捣心，创胜之计在其中。

这种手法的重点是捣（心）擒贼王，用先发制奇之术，佯翼侧击之法，引敌"贼众"暴露实力、真相、内情，然后，再一举捣心，擒其贼首，消灭诛除群贼之众，以获取置敌死地的政治效应。采用的具体手法，有直（夺）捣、智（谋）捣、套（取）捣等。

1．直（夺）捣

所谓直捣，即是在政治斗争中，敌对双方对峙中，施计者对政敌的"众贼"与"贼王"一目了然，能够分辨清楚的状况下，为捣擒贼王，多采取先发制奇的办法，与政敌内外勾结配合，假装佯翼侧攻（包括试探、窥敌情、进行麻痹活动等），然后乘其不备，攻其不防，一举直捣政敌营垒心脏，将贼王擒杀。

事例：骁果部将思故土，兵变直捣擒炀帝

隋大业九年（613），杨玄感发动兵变，被炀帝镇压。大业十二年（616），炀帝逃奔江都（今江苏扬州）。大业十四年（618），即唐高祖武德元年，春三月，隋炀帝杨广到江都后，更加荒淫，宫中一百多间房，每间摆设都极尽豪华，内住美女，每天以一房的美女作主人。江都郡丞赵元楷，负责供应美酒饮食，炀帝与萧后以及宠幸的美女吃遍了宴会，酒杯不离口，随从的一千多美女也经常喝醉。不过炀帝看到天下大乱，心情也忧虑不安，下朝后常头戴幅巾，身穿短衣，拄杖散步，走遍行宫的楼台馆舍，不到晚上不止步，不停地观赏四周景色，唯恐没有看够。

炀帝通晓占卜星相，爱说江浙话，经常半夜摆酒，抬头看星相，对萧后说："外间有不少人算计侬，不过侬不失为长城公陈叔宝，卿也不失为沈后。我们姑且只管享乐饮酒吧！"然后斟满酒杯喝得烂醉。炀帝还曾拿着镜子照着，回头对萧后说："好一个头颅，该由谁斩下来？"萧后惊异地问他为什么这样说，炀帝笑着说："贵贱苦乐，循环更替，又有什么好伤感的？"

炀帝见中原已乱，不想回北方，打算把国都迁到丹阳，保守江东，下令群臣在朝堂上议论迁都之事。内史侍郎虞世基等人都认为不错，右候卫大将军李才力极说明不可取，请炀帝御驾回长安，并与虞世基愤然争论而下殿。门下录事衡水人李桐客说："江东地势低洼，气候潮湿，环境恶劣，地域狭小，对内要奉养朝廷，对外要供奉三军，百姓承受不起，恐怕最终要起来造反的。"御史弹劾李桐客诽谤朝廷朝政，公卿都曲意阿奉炀帝之意说："江东百姓渴望陛下临幸，已经很久了，陛下过江抚慰统治百姓，这是大禹那样的作为。"于是炀帝下令修建丹阳宫，准备迁都丹阳。

当时江都的粮食吃完了，随隋炀帝南来的骁果大多是关中人，长期在外，思恋故乡，见炀帝没有回长安的意思，大都策划逃回乡。郎将窦贤便带领部下西逃，炀帝派骑兵追杀，仍然不断有人逃跑，令炀帝很头疼。虎贲郎将扶风人司马德戡一向得炀帝信任，炀帝派他统领骁果，驻扎在东城。司马德戡与平时要好的虎贲郎将元礼、直阁裴虔通商量说："现在骁果人人想逃跑，我想说，又怕说早了被杀头；不说，事情真发生了，也逃不了族灭，怎么办？又听说关内沦陷，李孝常以华阴反叛，皇上囚禁了他的两个弟弟，准备杀掉，我们这些人的家属都在西边，能不担心这事吗？"元、裴二人都慌了，问："既然如此，有什么好办法吗？"司马德戡说："如果骁果逃亡，我们不如和他们一齐跑。"元、裴二人都说："好主意！"便相互联络。内史舍人元敏，虎牙郎将赵行枢，鹰扬郎将孟秉，符玺郎牛方裕，直长许弘仁、薛世良，城门郎唐奉义，医正张恺，勋侍杨士览等人都参与同谋，日夜联系，在大庭广众之下公开商议逃跑的事，毫无顾忌。有一位宫女告诉萧后："外面人人想造反。"萧后说："由你去报告吧。"宫女便对炀帝说了，炀帝很生气，认为这不是宫女该过问的事，杀了这个宫女。后来又有人对萧后说起，萧后说："天下局面到了今天这个地步，没法挽救了，不用说了，免得白让皇上担心。"从此以后，再也没人说起外面的情况。

赵行枢与将作少监宇文智及，历来很要好，杨上览是宇文智及的外甥，赵、杨二人把他们的计划告诉了宇文智及，智及很高兴。司马德戡等人定于三月圆那天结伴西逃，宇文智及说："皇上虽然无道，可是威令还在，你们逃跑，和窦贤一样是找死，现在实在是老天爷要隋灭亡，英雄并起，同样心思想反叛的已有数万人，乘此机会起大事，正是帝王之业。"司马德戡等人同意他的意见。赵行枢、薛世良要求由宇文智及的兄长、右屯卫将军、许公宇文化及为首领，协商定了，才告之。宇文化及性格怯懦，能力低下，听说后，脸色都变了，直冒冷汗，也只能够听从众人的安排。

司马德戡让许弘仁、张恺去备身府，对认识的人说："陛下听说骁果想反叛，酿了很多毒酒，准备利用宴会，把骁果都毒死，只和南方人留在江都。"骁果都很恐慌，互相转告，更加速了反叛计划。

三月初十日，司马德戡召集全体骁果军吏，宣布了计划，军吏们都说："就听将军的吩咐！"当天，大风刮得天昏地暗，黄昏，司马德戡偷出御厩马，暗地里磨快了武器。傍晚，元礼、裴虔通在阁下值班，专门负责大殿内；唐奉义负责关闭城门，唐奉义与裴虔通等商量好，各门都不上锁。到三更时分，司马德戡在东城集合数万人，点起火与城外相呼应，炀帝看到火光，又听到宫外面的喧嚣声，询问发生了什么事。裴虔通回答："草坊失火，外面的人在一起救火呢。"当时宫城内外相隔绝，炀帝相信了。宇文智及和孟秉在宫城外面集合了一千多人，劫持了巡夜的候卫虎贲冯普乐，部署兵力分头把守街道。燕王杨俊发觉情况不对，穿过芳

林门边的水闸入宫，到玄武门假称："臣突然中风，就要死了，请
让我当面向皇上告别。"裴虔通等人不通报，而把杨俊关了起来。

三月十一日，天还没亮，司马德戡交给裴虔通兵马，用来替
换各门的卫士。裴虔通由宫门率领数百骑兵到成象殿，值宿卫士
高喊有贼，裴虔通又返回去，关闭各门，只开东门，驱赶殿内宿
卫出门，宿卫纷纷放下武器往外走。右屯卫将军独孤盛对裴虔通
说："什么人的队伍，行动太奇怪了！"裴虔通说："形势已经是
这样了，不关将军的事，您小心些不要轻举妄动！"独孤盛大骂：
"老贼，说的什么话！"顾不上披铠甲，就与身边十几个人一起拒
战，被乱兵杀死。独孤盛是独孤楷的弟弟。千牛独孤开远带领数
百殿内兵到玄武门，敲阁请求："武器完备，足以破贼，陛下如能
亲自临敌，人心自然安定；否则，祸事就在眼前。"竟然没有回答
的人，军士逐渐散去。反叛者捉住了独孤开远，又为他的忠义行
为感动而放了他。早先，炀帝挑选了几百名勇猛矫健的官奴，安
置在玄武门，称为"给使"，以防备突然发生的情况，待遇优厚，
甚至把宫女赏赐给给使。司宫魏氏得炀帝信任，宇文化及等人勾
结她做内应。这天，魏氏假称圣旨放全体给使出宫，致使仓促之
际，玄武门没有一个给使在场。

司马德戡等人领兵从玄武门进入宫城，炀帝得到消息，换
了衣服逃到西间。裴虔通和元礼进兵推撞左阁门，魏氏开门，乱
兵进了永巷，问："陛下在哪里？"有位美人出来指出了炀帝的所
在。校尉令狐行达拔刀冲上去，炀帝躲在窗后对令狐行达说："你
想杀我吗？"令狐行达回答："臣不敢，不过是想奉陛下西还长安
罢了。"说完扶炀帝下阁。裴虔通本来是炀帝做晋王时的亲信，炀

帝对他说："你不是我的旧部吗？有什么仇要谋反？"裴虔通回答：
"臣不敢谋反，但是将士想回家，我不过是想奉陛下回京师罢了。"
炀帝说："朕正打算回去，只为长江上游的运米船未到，现在和你
们回去吧！"裴虔通领兵守住炀帝。

天明后，孟秉派武装骑兵迎接宇文化及，他浑身颤抖说不出
话，有人来参见，只会低头靠在马鞍上连说："罪过！"表示感谢。
宇文化及到宫城门前，司马德戡迎接进入朝堂，称丞相。裴虔通
对炀帝说："百官都在朝堂，需陛下亲自出去慰劳。"送上自己随
从的坐骑，逼炀帝上马。炀帝嫌马鞍笼头破旧，换过新的才上马。
裴虔通牵着马缰绳，提着刀出宫城门，乱兵欢声动地。宇文化及
扬言："哪用让这家伙出来，赶快弄回去结果了。"炀帝问："虞世
基在哪儿？"乱党马文举说："已经枭首了。"便将炀帝带回寝殿，
裴虔通、司马德戡等拔出兵刃站在边上。炀帝叹息道："我有什么
罪该当如此？"马文举说："陛下抛下宗庙不顾，不停地巡游，对
外频频作战，对内极尽奢侈荒淫。致使强壮的男人都死于刀兵之
下，妇女弱者死于沟壑之中，民不聊生，盗贼蜂起；一味任用奸
佞，文过饰非，拒不纳谏，怎么说没罪！"炀帝说："我确实对不
起老百姓，可你们这些人，荣华富贵都到了头，为什么还这样？
今天这事，谁是主谋？"司马德勘说："整个天下的人都怨恨，哪
止一个人！"宇文化及又派封德彝宣布炀帝的罪状。炀帝说："你
可是士人，怎么也干这种事？"封德彝羞红了脸，退了下去。炀
帝的爱子赵王杨杲才十二岁，在炀帝身边不停地号啕大哭，裴虔
通杀了赵王，血溅到炀帝的衣服上。这些人要杀炀帝，炀帝说：
"天子自有天子的死法，怎么能对天子动刀，取鸩酒来！"马文举

等人不答应，让令狐行达按着炀帝坐下。炀帝自己解下练巾交给令狐行达，令狐行达绞死了炀帝。当初，炀帝料到有遇难的一天，经常用罂装毒酒带在身边，对宠幸的各位美女说："如果贼人到了，你们要先喝，然后我喝。"等到乱事真的来到，找毒酒时，左右都逃掉，竟然找不到。萧后和宫女撤下漆床板，做成小棺材，把炀帝和赵王杨杲一起停枢在西院流珠堂。

炀帝每次巡幸，常常将蜀王杨秀随行，囚禁在骁果营。宇文化及弑炀帝，准备奉杨秀为皇帝，众人以为不行，便杀了杨秀和他的七个儿子，又杀齐王杨暕及其两个儿子和燕王杨倓，隋朝的宗室、外戚，无论老幼一律杀死。只有秦王杨浩平时与宇文智及有来往，宇文智及想办法保全了他。齐王杨俊一向失宠于炀帝，乱兵仍不放过，并杀了朝中其他官员。

宇文化及、司马德戡等人，是随侍隋炀帝身边的骁果营将领，又是怀有政治野心、久窥帝位的阴谋家。他们乘隋末天下大乱、民怨沸腾、炀帝巡游江都之际，发动兵变，以达其兴"帝王之业"的政治图谋。为保证兵变，即宫廷政变成功，他们运用了直捣擒王的手段。一是对炀帝等"贼王"政敌，先发制人，利用骁果营将士思恋故土心切，要求返还北方，煽动兵变闹事，巧借"毒酒"之谣，加速反叛计划；二是与炀帝宠信的司宫魏氏内外勾结，传假圣旨给给使，引他们出宫，入宫城时才能出奇制胜；三是佯翼侧攻，直捣擒王，捉住炀帝后，历数罪行，并加以绞杀；四是将"众贼"，即诸王、宗室、外戚与朝中的官员，不分老幼，一律处死。既擒王又擒杀"众贼"，以收摧坚夺魁之效；隋王朝的政治机构与实体，亦随之彻底崩解。这是宫廷政变中，施计者运用擒贼擒王之计，实现改朝换代政治目的的成功事例，亦是阴谋以逞的典型。

2．智（谋）捣

所谓智捣，即是指在政治斗争中，敌对两方对垒时，施计者对敌营中的实力进行分析、判断后，认为难以直接捣心以擒王夺魁，虽有摧坚之势，却难收速效，便采用先发制奇的战术，佯翼侧攻"群贼"，以摧其坚，然后再用智谋，一举夺其魁首，以擒贼王。这样，随计谋的实施，则其体亦渐解，而道则穷途，速取消灭政敌的政治效应。

事例：唐军破舟弃江流，李靖智捣擒萧铣

唐高祖李渊为统一全国，消灭自称梁王、建都江陵（今湖北江陵）的萧铣地方割据势力，便以唐军雄厚的军事实力作后盾，成功地运用政治计谋，"智捣"贼王，且一举将其斩杀。

武德四年（621）九月，唐高祖下诏征发巴蜀军队，任命赵郡王李孝恭为荆湘道行军总管，李靖代理行军长史，统领十二总管，从夔州沿长江向东顺流而下；又任命庐江王李瑗为荆郢道行军元帅，黔州刺史田世康取道辰州道，黄州总管周法明走夏口道，会同攻打萧铣。当月，李孝恭从夔州出发。当时峡江正涨水，众位将领请求待水落后再进军，李靖说："兵贵神速。现在我们的兵力刚刚调集，萧铣还不知道，如果趁长江涨水，疾速抵达他的城下，趁他没有防备突然袭击，这样必定能活擒萧铣，不可失去良机！"李孝恭听从了他的意见。

十月初七日，赵郡王李孝恭率领二千多艘战船，沿长江向东而下。萧铣因为长江正在涨水，未做任何防备。李孝恭等人率军攻克了萧铣占据的荆门、宜都二镇，推进到夷陵。萧铣的将领文士弘，率数万精兵驻扎在清江。初九日，李孝恭打退了文士弘，缴获三百多艘战船，杀死、淹死的人数以万计，一直追击到百里洲。文士弘收拾残兵再战，唐军又打败了他，进入北江。萧铣的江州总管盖彦举，以五州降唐。

　　萧铣裁去军队经营农业时，只留了几千名士兵担任警卫，听说唐军已压境，文士弘战败，大为惊慌，仓促征兵，所征之兵都在长江、五岭以南，路途遥远，不能马上调集，便将现有兵力全部用来迎敌。李孝恭准备攻打萧铣，李靖劝阻道："对方是挽救败局的军队，计谋没有预先制订，势头不会持久，不如暂且停泊在南岸，缓一天进攻，他们必然会分散兵力，有的留下来阻挡我军，有的返回城守卫，兵力一分散，势力就削弱，我军乘敌军松懈发起进攻，必然取胜。现在如果马上攻打，敌方会拼力死战，楚兵又剽悍勇猛，不易抵挡。"李孝恭不听，留李靖守卫军营，自己带领精锐部队出战，果然失败逃跑，奔向南岸。萧铣的部队放弃船只，去收拾抢夺唐军丢下的军资，人人都背负很多。李靖见敌军混乱，挥兵奋击，大败敌军，乘胜直抵江陵，进入江陵外城。又攻拔了水城，缴获大批船舰，李靖让李孝恭把所有船舰全部散弃于长江中。诸将领都说："打败敌人缴获战利品，应当利用，怎么能够放弃用来资助敌人？"李靖说："萧铣的地盘，南到五岭以南，东到洞庭湖。我们孤军深入，如果攻城不下，敌人援军从四方赶来，我军就会腹背受敌，进退不成，虽然有船舰又怎么能用？现在放弃船舰，让它们堵满长江顺流而下，敌方援军见到，必然认为江陵城已被攻陷，就不敢轻易进军，要前来侦察，他们行动迟缓十天半个月，我军取胜就有把握了。"萧铣的援兵见到舟舰，果然怀疑，不敢前进。萧铣的交州刺史丘和、长史高士廉、司马杜之松，准备去江陵朝见，得知萧铣失败，全都到李孝恭军前投降。

李孝恭带军包围江陵，萧铣内外断绝消息，向中书侍郎岑文本询问对策。岑文本劝他投降，萧铣对大臣们说："上天不保佐梁，我们不能再支撑了。如果一定要等到力尽粮绝，百姓就会蒙受忧患，怎么能为了我一个人的缘故，让百姓遭涂炭呢？"

十月二十一日，萧铣用牛、羊、猪三牲在太庙祭告了祖先，下令打开城门出城投降，守城人皆哭泣。萧铣带领他的群臣，穿着丧服到唐军营门前说："该死的只有我萧铣一个人，百姓无罪，希望不要屠杀抢掠。"李孝恭占领了江陵，各位将领想大肆掠夺。岑文本劝李孝恭说："江南的百姓，从隋末以来，受虐政的残害，加上群雄争斗，如今生存下来的，都是刀枪下逃出的性命，他们苦苦盼望着贤明的君主。萧氏君臣，江陵的父老所以决定归顺，是认为也许可以从此安定了，眼下若是放纵军队抢掠，恐怕从江陵以南的广大地区，不再有归化之心了！"李孝恭认为他的意见很对，立即下令禁止抢掠。诸将领又说："梁的将帅抵抗官军战死的，罪恶深重，请求籍没他们的家产，用来赏赐将士。"李靖说："王者之师，应当以仁义为先声。他们为自己的君主战斗而死，是忠臣，怎么能与叛逆罪一样籍没其家呢？"江陵城因此井然有序，秋毫无犯。南方各州县闻讯，均望风归顺。萧铣投降后几天，他的十几万援军来到江陵，听说江陵失守，纷纷脱下征袍放下武器降唐。

李孝恭送萧铣到长安，高祖数说他的罪过。萧铣说："隋朝残暴失去了天下，天下人都起兵纷纷来争夺。我萧铣没有上天的照应，才到了今天这种境地。如果要以此来定罪，我只有死路一条了！"最终在闹市斩了萧铣。

李靖等人是军事家，也是政治家，在降服梁王萧铣的过程中，首先是先发制奇，率领强大唐军戎舰，沿江东下，攻克夷陵，致使敌人猝不及防。其次，"佯翼"侧攻，利用政治心理战术，将敌舰破击后弃之江流，使下游守敌见弃舟，一是误以为江陵被攻陷，军心动摇；二是前来侦察打探，大可延缓援军抵达的时间，这是一举数得之事。再次，将江陵久围困乏，再加上强大的政治攻势，使唐军得以智捣贼王老巢，一举而擒贼首萧铣。同时，又大肆收揽民心，严禁抢掠行为，使萧铣援军抵达后，不战而降，"众贼"亦被擒。最后，唐军摧坚夺魁，智捣擒杀贼王萧铣后，贼军大乱，援军十余万则群龙无首，致使道穷而体解，只能束手就擒，投降唐军。在这场斗争中，唐军以最小的政治、军事代价，成功地运用了政治心理战术和擒贼擒王的计谋，获取了政治军事的最大成果，五岭以南、洞庭以东的土地人民，均归顺唐王朝。

3. 套（取）捣

所谓套捣，即是指在政治斗争中，施计者为达到、实现多种政治目的，或政治意图，既能使政敌不致发觉其计谋，又能将"众贼"擒拿，并将"贼王"捣擒而加制驭。这就需要高超、精明的政治谋略，布设智慧的政治圈套，引诱政敌、对手上钩，待其钻套中加以擒拿。该种手法，主要以政治攻心为上，使其"套捣"后既能"心悦"，又能"诚服"。这是真正的"摧坚"（防范心理的消除）与"夺魁"（收服王者），更是奇谋异术的"捣心"（对心的征服）与"道穷体解"（由敌对变友好，化干戈为玉帛）。

事例：班超火攻匈奴使，套捣慑服鄯善王

班超是东汉时期著名的政治家、外交家、军事家。东汉明帝永平十六年（73）时，他受朝廷之命，跟从奉车都尉窦固出击匈奴，以假司马将兵别击伊吾，战于蒲类海（今新疆巴里坤湖）。窦固对班超的胆识与谋略，非常赏识。同年春，为了完成从政治上抗击、孤立匈奴的任务，窦固又派班超与从事郭恂率吏士三十六人出使西域，以通友好，且使诸国诚服、归顺汉王朝。班超在完成此次出使任务中，便成功地运用了"擒贼擒王"的政治谋略。

永平十六年春，窦固派假司马班超和从事郭恂一同出使西域。班超到达鄯善国时，鄯善王广用十分尊敬周到的礼节，来接待这位来自汉王朝的使者，但后来忽然变得疏远懈怠了。班超对他的部下说："你们可曾觉出广的态度冷淡了吗？"部下说："胡人行事无常性，并没有别的原因。"班超却说："这一定是因为有北匈奴的使者前来，鄯善王心里犹豫，不知所从的缘故。明眼人能够在事情未发生前看出端倪，何况事情已显著暴露！"班超召来胡人侍者，假装已知实情，说："匈奴使者来了几天，如今在什么地方？"胡人侍者慌忙答道："已经来了三天，离此地三十里。"班超把胡人侍者关起来，召集全体属员，共三十六人，和他们一同饮酒。饮到酣畅之时，班超借酒激怒众人说："你们和我同在绝远荒域，如今北匈奴使者才来了几天，鄯善王就已不讲礼节了，若是使者命令鄯善王把我们抓起来送给匈奴，那么我们的骨头就要永远喂给豺狼了。我们应该怎么办？"部下一致回答："如今处在危亡之地，我们跟随司马同生共死！"班超说："不入虎穴，不得虎子。如今可行的办法，只有乘夜用火进攻匈奴人，使对方不知我们到底有多少人马，必定大为震恐，这样便可将他们一网打尽。除掉北匈奴使者，那么鄯善人就会胆战心惊，我们便成功了。"众人说："应当和郭从事商议此事。"班超生气地说："命运的吉凶就在今天决定，郭从事不过是平庸的文吏，听到我们的打算，定要害怕，计谋便会泄露，到那时候，我们死得没有名堂，就不是英雄了。"众人说："好！"入夜，班超便带领部下奔向北匈奴使者的营地。当时正刮着大风，班超命令十人拿鼓，躲到匈奴人的帐房后面，相约道："看见火起，就要一齐擂鼓呐喊。"其余的人全都手持刀剑弓弩，埋伏在帐门两侧。班超顺风放火，大火一起，帐房前后鼓声齐鸣，杀声震耳。匈奴人惊慌失措，一时大乱。班超亲手格杀三人，下属官兵斩杀北匈奴使者及其随从共三十余人，其余约一百人全部被火烧死。班超等人次日返回，将事情的经过告之，郭恂大为震惊，接着神色一变。班超明白他的意思，举手声称："从事虽然没有前去参与行动，可班超怎敢一人居功！"郭恂这才大喜。班超召鄯善王广前来，给他看匈奴使者的首级，鄯善全国震恐。班超将汉朝的国威和恩德告诉鄯善王，并说："从今以后，不要再同北匈奴来往。"广叩头声称："我愿臣属汉朝，没有二心。"便将王子送到汉朝充当人质。班超归来后，向窦固讲述了出使经过，窦固十分高兴，将班超的功劳上报，并请求重新选派使者出使西域。明帝说："有班超这样的官员，何必还另选他人呢？现任命班超为军司马，让他完成先前的功业。"此后，班超又多次出使西域。

　　班超在完成出使鄯善国的任务中，面对北匈奴使者这个"贼王"及其随从的"众贼",同时又有鄯善国王与臣僚,这些需要争取、威慑的力量,采用先擒后慑的方略,实施套捣擒贼王的政治目标。其具体的施计过程,共分四个步骤:第一步是察势观情,从鄯善王的态度变化上侦知敌情、了解态势,以决定对付之策;第二步是先发制奇,对侍者先发制人,用计摸底证实后,一举将侍者囚禁,以免事泄;第三步套捣擒贼王,设圈套,用火攻,将北匈奴使者"贼王"与随侍"众贼"全部擒杀;第四步是威服鄯善王,使之与北匈奴断绝往来。由于斩杀了北匈奴使者,使鄯善王大惊,结果在班超的强大政治攻势下,归顺汉王朝。可见,班超使用了套捣擒王的功效,既将北匈奴使者"贼王"擒杀,又将鄯善王的"王心"真正收归臣服。一计而收数利,一捣一套而擒二王。

第三,擒首自溃,分割待毙,制胜之计在其中。

这种手法的重点是擒(首),即先擒其首,夺其魁,擒住"贼王",使之群龙无首、群羊无头(带头羊);然后使之自溃,再将"群贼"、"众贼"加以分割、包围,摧其坚、拔其锐,使之待毙而降。这实际上是先擒王,然后再擒贼,使政敌从总体上道穷体解的高招谋术;更是克敌制胜、在政治斗争中获取具有战略意义的胜利制高点的有效法宝。常用的具体手法,有引(导)擒(强→强)、诱(惑)擒(弱→强)、逼(迫)擒(强→弱)、割(分)擒(弱→弱)等。

1. 引(导)擒

所谓引擒,即是指在敌对两方尖锐、激烈的政治斗争中,处于优势地位的施计者,为了抓住与充分利用对己有利的时机,一举克敌制胜，便设计出特有的政治圈套，将政敌招引、导入其圈套，一举将"贼王"群首擒住，在夺魁之后，再分割擒拿"众贼"，使之道穷而体解。这种手法多用在敌对双方实力相当、势均力敌，且有较大群体性的政治斗争中。如敌对国家政权之间的政争与对抗，便常借用此法以制敌。

事例：金军兵临汴京城，媾和引擒宋二帝

北宋靖康元年至二年（1126—1127），金军南侵，铁蹄所至，宋军披靡败溃，致使大军直抵汴京城下。金军在兵临城下之际，又施展媾和之计作诱饵，一举将徽、钦二帝"引（导）擒"至金营，最后连宗室、宫人、抢掠财物一起北掳而去，宋军则不战而自溃。中原大片土地沦入金人之手，历经"靖康之难"的北宋王朝则宣告灭亡。

宋钦宗靖康元年（1126）闰冬月十三日，金人攻下亳州，宋朝廷则派遣密使传呼各道兵救援京城。十六日，钦宗开始避居正殿。次日，金人越过登天桥，来攻打汴京通津门。当时救援兵不能来到，汴京城中可以用的兵只有三万，也是十分之五六都逃走了，却令官军挑战，以显示尚能够抗敌。金又派人来，声言不须皇帝出城，请亲王前往金营计议。十八日，朝廷派人出使金军请求议和，宋使到了以后，金军元帅宗翰又立即把他们遣送回来，没有讲任何话。二十日，金人又派使臣来议和，要亲王出城结盟。二十二日，金人攻打通津门、宣化门，范琼带领一千人出城，渡河，冰裂，五百多人被水淹没，从此宋军士气愈发受到挫折。二十五日，大风雪，金军登上汴京城墙，宋军四处溃散。金人进入南薰等各门，汴京终于被攻破。钦宗伤心地痛哭说："朕不用种师道的建言，以致到了这个地步！"二十六日，朝廷遣使至金军营中，请求和解。到了金营，金帅宗翰、宗望说："自古有南就有北，不可互相没有。今天所商议的，目的在于割地罢了。"使者回来，说金人打算邀太上皇（即宋徽宗）出行城外。钦宗说："太上皇帝惊忧而病，一定要让太上皇出郊，朕当亲自前往。"三十日，钦宗前往金营，后回京。

十二月初三日，金遣使来，索要金一千万锭，银两千万锭，帛一千万匹。初五日，宋割两河地区给金朝。靖康二年正月初三日，金元帅宗翰、宗望派人赴金朝廷奏捷，并呈上宋帝的投降表。正月初十日，钦宗又到青城金营。当时金人索要金银越发着急，打算放纵士兵入城。钦宗则留住青城金营，下榻之处，陈设帷帐等萧索不堪，饭食不能接继。金人手持武器守卫着宫门，并用铁绳系住，夜间则燃烧柴火敲击梆子，整夜传呼不绝。群臣相对大惊失色，钦宗每每对着他们流泪。二月初一日，钦宗在青城金营，都城百姓每天都出城迎接皇上，金帅宗翰却不让他回来。初六日，金太宗下诏废弃宋帝及太上皇（即宋徽宗）为庶人。二月初七日，范琼逼迫太上皇及太上皇后前往金营，金人又将宋朝皇子及后宫人员全部索取入军。

四月初一日，金元帅宗翰退军。钦宗、徽宗被掳北迁。皇后、太皇太后、皇太子都跟着一起走，举凡法驾、卤簿，皇后以下的车辂、卤簿、冠服、礼器、法物、大乐、教坊乐器、祭器、八宝、九鼎、圭璧、浑天仪、铜人、刻漏、古器、景灵宫供器，太清楼、秘阁、三馆的图书，天下州府图以及官吏、宫女、内侍、技艺工匠、倡优，府库的蓄积，为金人一扫而空。钦宗在军中，头顶青毡笠，骑着马，后面有监视的军人，从郑门向北去，每经过一座城，他总要掩面而号哭。

宋将宗泽在卫州，听说两位皇帝被掳北去，便提兵奔赴滑州，经黎阳，到达大名，打算直接渡过黄河，占据金人的归路，拦截救回二位皇帝，但勤王的兵卒到最后也没有一个来的，所以未能成功。

金统治者早就对中原之地虎视眈眈，要实现此一政治野心，亦绝非易事。一是北宋王朝有合法统治者及其官僚实体；二是宋王朝的军队尚有一定实力。在军事上，金统治者采取长驱直入，直捣汴京的攻势做法；在政治上，则以兵临城下作背景与依托。将军事、政治两手交替使用，攻诈相辅、战和并用，为其擒贼擒王的政治伎俩服务。其具体做法是：其一，引大军兵临汴京城下，大军压境，形成宋王朝朝不保夕之势，在政治心理上造成空前的"末日感"；其二，招降订立城下之盟，割地索财求金，以给宋统治者一线生机，使之在政治上、心理上产生麻痹与妄存侥幸之念；其三，导计擒"贼王"，第一次让钦宗来金营后则放回，第二次则来金营后予以囚禁，使宋王朝群龙无首，朝野军民大乱，在政治、军事、士气、民心上，不战而自溃；其四，掳人掠财，一发而收数功。金军不仅将钦、徽二帝"贼王"擒掳，而且将数以万计的财物珍品、官僚随从，满载北去。在汴京则留下傀儡政权，以作政治军事代理人。这样，便将其政敌北宋统治集团，在军事上加以击溃，在政治实体上加以分割制驭与消灭，在领土上则加以割让破碎不堪。真正实现与完成了摧其坚（汴京城破）、夺其魁（掳钦、徽二帝北去）、解其体（朝臣官僚战将死伤降叛无数），使之陷于"道穷"末路，导致北宋王朝政权的彻底覆亡。金军则取得了独霸北方中原的具有战略意义的胜利，打破了旧的政治格局，形成了宋（南宋）金对峙、划江而治的新局面。

2．诱（惑）擒

所谓诱擒，即是指在敌对双方的政治（军事）较量与搏斗中，势力处于弱势的一方，为了求得速胜与打破强方的壁垒，便常使用此法。弱方的施计者察情观势，从总体上分析判断后，感到难以从全局、总体实力上制驭、降服对手，便决定从局部进行突破，抓住有利战机，设置诱计惑阵，一举将对方首领的"贼王"擒住，使"众贼"自溃。先"擒王"，再对其残存余部进行分割包围，分化瓦解，或围而不攻，待其自毙；或攻而不围，使之歼灭。这样一来，敌我的力量对比，政治格局将会发生重大的、根本性的变化；其政治实力均衡的天平，将会向弱方一边进行巨大的倾斜。

事例：也先施计诱擒王，英宗惊俘土木堡

明英宗时期，朝中大权实际被宦官王振所把持。他百般讨好北方的元朝残部瓦剌，甚至让自己的党羽私自制造箭镞换取瓦剌的良马，以求边境的安宁。瓦剌则视明王朝软弱可欺，入侵则变本加厉了。

正统十四年（1449）春，瓦剌派使入贡，因王振等人强行压低马价，引起不满。同年七月，也先率瓦剌大军攻打大同。大同的明军遭到惨败，各处防御城堡相继陷落，朝中一片惊慌。英宗决定御驾亲征，与王振仓促率五十万大军离开北京，沿居庸关、怀来、宣化赴大同。由于出师仓促，加之天气恶劣，粮草准备不足，所经地区人烟稀少，筹粮困难。故还未到大同，耗粮已尽，且军中减员甚众。

也先知明英宗亲征，决定用计诱使"擒王"。也先令大队人马后撤，并命骑兵暗中向明军两翼迂回。八月初，明军赶到大同，见瓦剌军退去，决定追击，但中埋伏，追击的明军全军覆没。明英宗感到形势严重，决定班师回撤。也先打探到明英宗行踪后，调集瓦剌骑兵昼夜追击，结果在狼山、鹞儿岭一带，又消灭明军有生力量三万余人。

八月十三日，明英宗率明军逃至离怀来城二十里的土木堡。土木堡地势高，周围无一眼水井与泉眼，明军数日无水，致使军心动摇。也先猛攻两日却仍未能克，决定"诈以请和"，佯作后退，明军必移营城外，待移营时加以歼灭。也先便给王振写了一封信，建议双方罢战议和，派使者将信送到土木堡，并许诺后退三十里。待明朝派去与瓦剌议和的使者刚走，王振便急令向有水源的地方移营。当明军离开土木堡不到四里，瓦剌军四面围攻上来，喊声震天，致使明军死伤无数。混战中，王振带着明英宗，由几百名卫士护卫，在瓦剌军的重围中，左冲右突，仍不能解。明英宗见此惨状，决定下马，走到一块大石头上坐下，仰天长叹，结果被蜂拥而上的瓦剌军生擒活捉。王振则被明军将士砸死以消恨。

由于明英宗被俘，明军群龙无首，全军不战自溃，顷刻瓦解。五十万大军全军覆没，二十万头牲畜与无数辎重财物，也被也先部所获。消息传至北京，朝野震惊。幸得于谦主战，保卫北京，才力挽明朝的颓势以自存。

瓦剌部本系旧元残部，与明王朝则系臣属纳贡的关系。从总体上看，瓦剌是弱方，明朝则为强方。在土木堡争战中，也先部却在政治军事斗争中，处处领先于明朝，处于优势地位。也先成功地应用了擒贼擒王的妙计，一举将明英宗生擒活捉，并击败了五十万明军。这一举足轻重的胜利，则与也先所施的诱擒贼王手段有直接关联。这种诱（惑）的方法具体体现在：一是诈退，瓦剌军攻占大同后，又佯装诈退，以引诱明军追击，设计将深入之明军全部消灭；二是诈和，如果前者属于是"先攻后退"的话，这后者则是"先退后攻"，故意与重围中的明军，互相遣使议和，网开一条生路，后退三十里，然后在明军移营水源之地途中，一举围歼；三是诱擒贼王明英宗，在乱军中将英宗生擒活捉，擒明军之首，使之不战自溃；四是分割击歼，英宗被擒，明军群龙无首，加之瓦剌军的包抄、中间突破，使明军首尾难顾，军不成阵，最后只得被瓦剌军分割消灭殆尽。这是诱擒"敌首"使之自溃，以少胜多、以弱胜强、出奇制敌的政治军事斗争谋略成功的典型事例。

3．逼（迫）擒

所谓逼擒，即是指在政治斗争中，敌对双方的实力对比，强者对弱方施加强大的政治、军事、心理攻势，形成强烈的胁迫氛围和多种压力，然后，再乘势攻其不防、击其不备，迫使其就范、被擒而降服。当然，强方对弱方所施压力、形成的胁势，往往主要对准"贼王"，冀图从政治心理上达到擒拿、俘获的目的。

事例：行计设谋斩巫师，班超逼擒于阗王

东汉明帝永平十七年（74）五月，班超在完成出使鄯善国的使命后，窦固又让班超出使西域的另一重要大国于阗国。出发前，窦固想为班超增加随行兵马的数量，但他只愿带领原来跟从的三十六人，并说："于阗是个大国，道路遥远，如今率领几百人前往，无益于显示强大。如有不测之事发生，人多反而成为累赘。"当时，于阗王广德称雄于西域南道，但该国仍受匈奴使者的监护。班超到达于阗后，广德待他礼仪态度十分疏淡。于阗又有信巫之俗，巫师声称："神已发怒，问我们为何要倾向汉朝？汉朝的使者有一匹黑唇黄马，快去找来给我做祭品！"广德派宰相私来比向班超索求赠马。班超暗中获知底细，便答应此事，但要巫师亲自前来取马。巫师来了，班超便立刻将他斩首，并逮捕了私来比，痛打数百皮鞭。班超将巫师的首级送给广德，借机对他进行谴责。广德早已听说过班超在鄯善斩杀北匈奴使者的事迹，大为惊恐，随即杀死匈奴使者投降。班超重赏于阗王及其大臣，就此镇服安抚于阗。于是西域各国全都派出王子到汉朝做人质。西域与汉朝的关系曾中断了六十五年，至此才恢复交往。班超终于出色而圆满地完成了这次出使的政治任务。

东汉王朝是雄踞中原的巍巍大国，于阗则是称雄西域南道的大国，二者相较，政治军事实力大相悬殊，强弱对比十分明显。由于道路漫长、距离遥远，故前者对后者亦是鞭长莫及，采用军事手段绝非易事。对此，完成出使政治任务的政治家、外交家、军事家的班超，深信不疑。他认为要归服受匈奴使者监控的于阗国，只有采用逼擒贼"王"的政治谋略手段才能实现。班超在逼与擒上，很下功夫，先后实施：一是智逼，将笃信巫术的于阗国的巫师，用计骗来汉使营房；二是斩逼，班超将巫师骗来后，立即斩首；三是惩逼，与此同时，班超又将巫师的同伙、宰相私来比，严惩数百皮鞭，以示惩罚；四是警逼，完成上述几步后，班超则将巫师首级送给于阗国王，并对他们谴责，以示警告威逼。有鉴于此，广德国王又早听闻班超出使鄯善擒杀北匈奴使者的威名，便立即将匈奴使者杀死而投降汉朝。班超运用此计，降服于阗国，从而打通了中断六十五年之久的汉朝与西域各国政治交往之路。班超的逼擒之计，所擒"贼王"则有二：一是匈奴使者这一敌首"贼王"，终于被于阗国王斩杀；二是于阗国王心中降服匈奴、受命使者的"贼王"，使原来附依于匈奴"贼王"的"众贼"亦被擒拿而降服。完成此的依托，则是示其强、显其威、施其计、行其谋的逼取。以逼而摧其坚，以逼而穷其道，以逼而解其体，再一举逼而擒其"贼王"，夺其魁。进而以兵不血刃的代价，获取了重大的政治胜利。

4. 割（分）擒

所谓割擒，即是指在激烈的政治斗争中，敌对双方，较之更大强者而言，均属弱势者。弱势者对弱势者要加以制驭降服，不可能采取直逼、直取、直夺的方式，只能采用割（分）擒的办法，将对方加以分割包围，然后再摧坚夺魁，加以制伏，以实现其既定的政治目的。这种手法多在官僚群臣之间的政治斗争中进行使用，或为夺权，或为辩诬，或为正名。

事例：刘成巧施遗状计，割擒诬者以辩实

唐高祖武德年间，李靖智勇双全，多立军功，为政十分清廉，颇有政声。因他深得唐高祖李渊的器重，故招致群臣中阿佞之人的妒忌与不满。就在李靖当岐州刺史的时候，便有人控告他有政治野心，想要聚兵造反。唐高祖李渊获悉此诉状后，极为重视，立即命令御史刘成前去岐州调查是否属实。刘成知道李靖本人一向奉公守法，体贴百姓，多为民做好事，不可能图谋造反。因此，有人说他要造反，肯定是诬告与谄害。怎么才能够为他辩白，将此事的真相弄个水落石出呢？刘御史经过反复的思考，决定用"割"（分）擒"贼"王的办法，来处理这件诬陷之事。他请求和那个控告的官员一起去办理这个案子，唐高祖李渊答应。御史刘成领了圣旨，与那个控告的官员一起，直奔岐州而去。

刘成与随从仆役、控告的官员等一行人，从长安出发，走了几百里路程，正在此时，管行李什物的随从报告，将控告官员原来写的那张状子丢失了，却怎么也找不着。刘成命令再查找，可翻遍什物，却仍不见原状子的踪影。刘成大发脾气，用鞭子狠狠地将那个随从抽打一顿。那个随从胆战心惊，连连磕头求饶告错。一见随从那副惊恐万状之样，刘成从心里也是可怜，便放下鞭子，仰天长叹了一口气，对那个控告的官员说："现在随从把状子给丢失了，这可是要掉脑袋的杀头之罪。我们两人若办不成此事，不仅辜负皇恩厚爱，而且也有和李靖勾结的嫌疑，定会受到严厉的惩罚。"那个控告官员一听此话，也觉事之不妙，便向御史刘成询问对策。刘成无可奈何地摇了摇头，说此事非常棘手难办，又踌躇一下说："我看就只能这样办了，如果要想您我两人都不受连累的话，同时又要救随从一命，我看只有一个办法了，那就是您再重写一张状子，权当原控状子没有丢失。这样，我们还是照常去查办好了。"那个控告的官员一听此话，也觉得再没有第二个好办法了，便又重写了一张控告李靖谋反的状子给御史刘成。

这是刘成与随从定下的妙计，假装将状子丢失，实际上原控状子并未丢失。刘成拿出控告官员后写的控状与旧的状子相对照，发现其中的内容很不相同，且大有出入。御史刘成立即返回京城长安，向唐高祖李渊奏报了这种情况。唐高祖竟不知其中有何内情与文章，刘成便陈述说："如果李靖造反确有其真事的话，那么，控告人无论在什么时间、在什么地方，也不管在任何情状下，写出的控告状子应该是相同的；现在的新旧控告状子之间，有很大出入，许多地方甚至驴唇不对马嘴，这就充分证明这个控告状子是控告人凭空捏造出来的，否则这又作何解释才好呢？"唐高祖听了刘成的奏呈后，才恍然大悟，立即命令对控告的官员进行严厉的审讯，其有意捏造事实诬陷的真相大白于天下，刘成为李靖辩诬的政治目的也实现了。

在中国古代专制社会里，皇权至高无上，官员臣僚作为一个政治群体而言，本身均属政治实力上的弱势者。因此，官员之间的争斗，则属弱者对弱势者的政治斗争范畴。李靖被妒恨而招致诬陷，控告官员的罗织罪名，又使皇上深信不疑，要御史刘成查处治罪。刘成为其辩诬，便施用"割（分）擒"政敌"贼王"之计。为达此政治目标，先后采用如下步骤：其一，是引导贼"王"政敌上钩。刘成要原控官员一起去岐州查处，得到皇上应允，这就为施计提供了必要的前提条件。其二，是诱骗政敌"贼王"信计。借假失原状，痛打随从，晓以利害得失，逼骗原控官员，只得信计，答应重写新状子。其三，是割擒政敌"贼王"，刘成将新旧控状，分剖割析，详加对比参照，发觉其中巨大破绽，然后判定其有伪诈与诬陷不实之处。这既抓住了"贼王"罪恶之"手"，又有人证物证，人赃俱在，使之陷入道穷而体解的绝境。其四，是辩诬惩贼王。刘成将其中的原委，分析呈奏唐高祖，且新旧控状俱在，原控官员无法抵赖。皇上命令审此原控之官，终于招实为诬陷不实之词，且受反坐，而被惩办。刘成终于实现并达到了为李靖辩诬，又严惩政敌"贼王"的政治意图。这是巧施妙用擒贼擒王之计，在政争中对政敌摧坚夺魁，使之从进攻转为陷于道穷体解的被动局面，终致覆亡的成功例证。

三、摧坚夺魁　道穷体解心衰

作为攻战计之一的擒贼擒王之计，在政治斗争中使用十分广泛，无论是政治家，还是阴谋家、野心家，为了某种特定的政治目的，都会采用各种不同的手法与技法来使用它。那么，在何种范围内应用此计，这却是有一定规律可循的。也就是说，只有在适合于使用擒贼擒王之计的范围旦使用它，施用者才会收到预期的政治效应、达到既定的政治目标。如果是在不适宜使用擒贼擒王之计的范围里使用，将不会得到预定的政治效果，反而会因此招致失败或遗患无穷。因此，在中国古代的政治斗争中，施用者都高度注意与重视擒贼擒王之计的应用范围。

第一，在敌国之间。

敌国之间，既有政治军事实力强盛的强国，亦有综合实力相对较弱的弱国。无论是强国还是国力弱小的弱国，在政治斗争中，均可以使用擒贼擒王之计。需要指出的是，由于敌对国家之间，彼此之间互有戒备，亦多有所防范，因此，要施用擒贼擒王之计，必须具备十分高超的政治技巧与驾驭全局的应变能力。否则，倘若施计不成，可能会反受敌祸。

1. 弱国对强国的使用

弱国在使用擒贼擒王之计时，对于比自己国力强大的敌国，首先是要示善佯亲，即进行痹敌、懈敌；其次则是攻其不防，击其不备；第三，则是与敌国的对手结成暂时的同盟，然后借助其力量，联合一致，摧其坚，擒其王，夺其魁，使之陷于国无头首而道穷体解的困境。

春秋时期，楚文王在位期间（前689—前677），地处中原的两个小国息国与蔡国，本是亲戚之国。突然之间，两国却成为政治敌国。其中，蔡国又较息国国力强大，息国则国力较弱。两国成为寇仇，起因于息侯的夫人息妫回娘家探视，路过蔡国时，蔡侯仗其国力强盛，不但未将息妫作为上宾款待，反而欺凌戏谑了她一番。息妫只得强忍怒火，以示应酬，心中却非常恼怒，待她回到息国以后，便向息侯述说了她在蔡国的遭遇与不快。息侯因自己的娇妻受到蔡侯的戏谑调笑，十分震怒，便想寻找时机，惩治蔡侯，以报戏妻伤主的一箭之仇。息、蔡两国便立即反目，成为政治上的仇敌之国。

蔡国依仗与齐国有联姻关系，并与中原诸侯结盟，自恃有强大的靠山，因此对楚国颇多怠慢，不肯向楚国称臣纳贡，楚文王熊赀对蔡国此举深为不满。息侯想借助楚国的力量，以惩蔡国与蔡侯的骄气。息侯在前往楚国进贡时，故意提到蔡侯如何如何骄横，楚文王勃然大怒。息侯则趁机向楚王献计献策说："现有一个办法，可以使蔡国臣服于楚。"楚王便询问息侯有何妙计。息侯说："大王您派军队佯装攻伐我息国，我派人向蔡侯告急求救。蔡侯一向恃勇而无谋，容易受骗相信。那时，他必定亲自率兵来救，待到达之时，楚、息两国合兵来击蔡军，必定能把他打败，蔡侯还敢不向楚王称臣朝贡吗？"楚文王一听，觉得此计甚高，很快与息侯约定了楚军佯攻的时间与兵力合击的部署。到了预定的时间，楚文王便亲自率领大军攻伐息国。息侯则一边佯装组织军队进行防御，一面则火速派使者给蔡侯通信告急求救。蔡侯见此告急求助信后，果然亲统蔡军前来息国相救，还未到达息国，便被楚军强劲攻势打得个措手不及。蔡侯只得率领蔡军急忙向息国撤退，息侯见蔡侯与蔡军赶到，却故意紧闭城门不开，拒绝让他们入城。直至此时，蔡侯才方知上当受骗，急忙撤军，楚军紧追而不舍，在章野将蔡军击溃，蔡侯被擒。

息国联楚而擒俘蔡侯，一是为了报爱妻受戏谑之仇；二则是为了削弱蔡国，使之不敢骄横；三则是为了降服蔡侯，使之向楚王称臣朝贡。这一切则都是为了息国更好地自存与示强。

2．强国对弱国的使用

强国具有雄厚的政治军事实力，对相对处于弱势的政敌、敌国，既可显其威势，又可用多种方式来"擒贼"或"擒王"。当然，这里的"擒王"，绝非仅指一般意义上的擒拿王首、帝王，而是指能智取或征服、擒住政敌的军事统帅、头目，或使之中计，擒拿其心智，实际上即是摧坚夺魁的方式之一，亦是使之道穷而体解的一条加速途径。

春秋初年，郑武公掘突（前770—前744年在位），图谋消灭弱小之国胡国。为了能够顺利吃掉胡国，擒拿胡之国君，决定采用佯装亲善、欺骗麻痹敌人，继而发动突然袭击，一举擒王的策略。郑武公首先假装与胡国进行友好往来，接着又将女儿嫁给胡国国君。为了更加取得胡国的信任，郑武公甚至故意召集来朝中的群臣商议该去攻打哪个国家。胡国既是弱小之国，且又离郑国不远，因此郑国攻伐吞并的首要目标应是胡国，这是早有预谋，且是不言而喻的。郑武公对此深信不疑，却明知而故问，而其中又设有陷阱。大臣关其思却不知其有计，便立即建议说："攻打胡国比较容易获胜。"郑武公听到此话，勃然大怒，不容关其思怎么分辩解说，便立即下令将其斩首，并对群臣们说："胡国，是我们亲如兄弟情同手足的近邻国家，而他（指关其思）却建议派兵去兴兵加以讨伐，这究竟是出自什么样的心肠呢？"大臣关其思因建议攻打胡国而被郑武公怒斩，消息传到胡国以后，胡国国君则认定郑国将永远是可靠盟友，两国将永远友好下去，对郑国便不加任何的戒备防范。郑武公见条件时机已经成熟，便一举率军对胡国发动突然袭击，消灭了胡国，擒拿了胡国国君。

在这个用计实例中，作为政治家的郑武公，本来是强国之君，但为擒住弱小的胡国"贼主"、"贼王"，却一再示善、示弱、示信于政治敌手，使之麻痹松懈，丧失警惕，然后突发奇兵，攻其不防，摧坚擒王夺魁，迅速灭掉胡国。这是强国以较少的代价而换取巨大政治声势的用计之道，唯其借关其思人头以示好，未免失之残忍。

3．实力相当国家之间的使用

如果是政治军事实力相当的国家之间使用擒贼擒王之计，前述的各种手法都适用。在特定的环境、条件、背景、形势下，双方却绝非是绝对的实力相当，敌对双方则需要有更加巧妙的手法、更加高超的心理战术，只有如此，施计者的一方才能一举获胜。

北宋仁宗庆历年间（1041—1048），由党项族建立的西夏国王元昊，称雄西北地区（今宁夏一带），政治军事势力正处于强盛时期，曾多次挫败宋军。宋王朝从来不敢小视其政治军事势力，特别是西夏立国之后，元昊觊觎宋军所据的麟州已久，一直想将之占为己有。由于麟州地处黄河套外，是控制西夏的战略扼守要地。此地虽属战略重地，但自然条件环境甚差，城中缺乏淡水供应，没有一眼水井，致使守城的宋朝军民人等，吃水供给极为困难。

西夏国大臣向国主元昊献计攻麟州城，认为麟州城内无井，只要西夏军队围困守城的宋军半个月，那里的军民就会渴死，城池便会不攻而自破。元昊觉得这是妙计，便依此计而行。元昊亲自率领西夏军队骑步兵人马，包围了麟州。城中果然断水，守城的大宋军民形势万分危急。正在此时，宋军有一个军士想出了一条巧计，主张挖取城中的沟泥涂在城高处的草上，以示城中尚有饮水，且水源还十分丰足，这必可挫伤西夏国主与围城军队的锐气。麟州的宋军守将立即采纳了这个意见，照此办理。西夏国主元昊一见到城头草上涂着的稀泥，便立即泄了锐气，急忙问那个献计的臣下："你说城中无井，可是为何又有稀泥？"不容分说，便将这个西夏臣僚斩杀以泄其愤，然后撤军离去。

在这里，守麟州的宋军主帅，不仅对敌我实力、态势、动向了如指掌，深知西夏国主率军围城的真实目的和用意手段，更懂得"众贼"与"贼王"（敌帅）的真正心理弱势弱点之所在。在危急时刻，采纳了部下的妙计，向政敌示强、示实（水）、示定，成功地运用心理战术（用稀泥涂城高处之草上），对西夏国主进行干扰、攻击，致使这位"贼王"由主攻而变"被擒"中计之徒，结果，杀部臣，劳而无功地撤返，城围遂解，宋军起死回生，转危为安。这是一场斗智、斗勇、斗计的心理攻坚战，宋军用稀泥攻西夏国主心中之"坚（志）"、夺其"魁（围攻之主意）"，进而使之道穷（杀臣下）而军撤"体解"。

第二，在君臣之间。

在君权至上的中国古代社会，君主拥有至高无上的权力，对臣下部属、对整个国家都有支配、制驭之大权，"朕即国家"，便充分地反映出这一点。作为"主上"而"君临天下"的帝王，为维护自身的权力与统治，为分化瓦解敢于有谋反之心、有犯上抗命之嫌的臣下部属，便经常巧施擒贼擒王之计，以惩其"元凶"、"头领"，从而起到"杀一儆百"之效。在臣下部属中，既有远见卓识、忠心耿耿的政治家，又有久觊帝位与权力的政治野心家、阴谋家，他们为达到其自身的政治目的、扩大其政治势力范围或驾驭主上"挟天子而令诸侯"，往往亦对君主施展其"擒贼擒王"之计，使之中计受控。至于在臣属官僚之间，为争权夺利，为达到自己既定的政治目的，敌对的政治势力、官僚群体之间实施擒贼擒王之计，更是屡见不鲜。在施计中，彼此示强显弱，或智攻、或巧取，或直擒，或逼夺，手段繁多，层出不穷。

1．君主对权臣的使用

君主对朝中握有政治军事实权的权臣，既委以重任，加以笼络利用，使之为巩固帝王的江山社稷而效犬马之劳，同时又加以诸多的防范，恐其功高震主而尾大不掉，更防其谋反而犯上作乱。倘一旦有所觉察，则多施用擒贼擒王之计，加以引诱擒拿，再夺魁而消灭，以除绝政治后患。

五代十国时，吴国太祖杨行密（892—905 年在位）建国称帝，朱延寿、安仁义则是他的得力战将，更是朝中的权臣。此二人自恃功高权重，一向怀有政治野心，特别是他们率军将淮、徐地区平定之后，二人更是骄纵放肆，且图谋反叛吴国朝廷。吴王杨行密对此早有觉察，且决定施用擒贼擒王之计，伺机将此两个政治上的心腹大患一举除掉。

作为政治家的杨行密，政治上足智多谋善断，诡称眼睛有恶疾，每当接待朱延寿派遣来朝打探动静的使者时，便装作因眼病而将一切东西均看错了，颇有眼花目错之样，甚至行走时，也故意因眼病而撞在宫殿的柱子上，以致撞柱而身仆倒在地上。朱延寿夫人见状，搀扶他从地上爬起来，也要许久才能苏醒过来。吴王杨行密趁机借势，佯装哭泣着说："朕虽然立国之大业已成，然而却已双目失明，这是上天让我成为废人啊！我的儿子都不足以承继我立下的大业，如果能让朱延寿这位有本领有功劳的臣下来接替我的位置的话，那么，吴国的江山可保，而我也就没有什么遗恨了。"朱夫人听了便信以为真，万般感激，又将朱延寿亲自召来，要面听吴王的传位面谕。当朱延寿刚走进吴王杨行密的寝殿之门时，吴王便令人刺杀了他，随即又迅速将安仁义擒住，斩首示众。遂使欲行反叛的"贼王"被擒杀，而一场即将爆发的叛乱，亦很快被粉碎。

这是吴王向企图反叛的权臣政敌示病、示弱、示虚位、示信任，以引擒、诱招朱延寿入宫，加以歼灭的成功用计之举。也是他对拥有重兵部众"群贼"与大权在握的权臣"贼王"的"智擒"之术，且一发而擒杀二"贼王"，使"众贼"得以惊儆而归顺朝廷，其关键是借眼疾失明而做幌子，行计而痹"贼王"→诱"贼王"→擒"贼王"→斩杀"贼王"，消灭政敌，断绝后患。

2. 臣下对君王的施用

在政治斗争中，政治权力本身是具有巨大吸引力的。臣下对君王既顺从又羡慕其至高无上的权力，至于手中握有权柄的权臣，更是时时觊觎帝位，急欲取而代之。其中不乏在权臣中有一些政治上深谋远虑、远见卓识的政治家、野心家、阴谋家。他们在夺取帝位、由臣为君的过程中，苦心经营、等待时机，一旦时机成熟，便行夺位之计。然深究其全过程，仍是实施擒贼擒王之计的不同阶段而已。

五代十国中的后汉国，其大将郭威战功赫赫，屡建奇功，不仅手握重兵，而且掌握政治实权，是一位颇有政治头脑的实力权臣人物。在后汉隐帝刘承祐（949—950年在位）时，他率军攻占河中之地，在班师回朝的凯旋之日，汉隐帝对他及其部众犒劳赏赐的财物珍宝，甚是丰厚可观。大将郭威胸有宏图大业，富有高瞻远见，当即推辞这些赏赐，说："我率兵在外，凡是保卫京师重地的要点，供给亿万兵饷与前方将士所需，均是朝中各位大臣居中调停的结果，为何圣上只单独赏赐我郭威一个人呢？请陛下连他们一起都统统奖赏吧！"汉隐帝听了此话后，只能够遍赏宰相、枢密、宣徽三司、侍卫使等群臣官员，且赏赉财物珍宝的数量，均是人人一样的待遇，不分彼此与厚薄。

汉隐帝赏毕朝臣与群官之后，郭威又趁机建议说："现在朝中的执政官员普遍受到了皇恩，这样恐怕会引起藩镇绝望，圣上也应当赏赐藩镇官员，使之各有等差。"这样一来，郭威为他们请功求赏的举动，深得朝廷内外官员们的赞扬和赏识。自此以后，朝内外的人心都归向于他，这为他两年之后，即951年时，代汉称帝，建立后周国之举，打下了坚实的基础。郭威称帝后，即为后周太祖（951—954年在位）。权臣郭威在与弱主汉隐帝的政治斗争中，既不自恃军功以骄横，又不以手握大权而欺凌百官朝臣，却在凯旋之日，为内外官员求功请赏，借后汉帝王之手之财，遍赏群臣，自己却有收揽人心之效。用此伎俩，便使后汉国主的政治之"坚壁"不攻自破，用自己的手拆了自己的墙脚。由于百官群臣人心归服于郭威，又可收"擒王"之功。其日后取而代之而登帝位，便顺理成章了。因为，"王"已智擒而无威势，"坚"也早已被摧，且郭威手握重兵与生杀予夺之柄而使"道"入穷途，而"体"更因为官群臣心早已倾向郭威"新主"而"体解"了。这真可谓是，郭威大将：巧施赏赐收心计，实为"擒王"代（后）汉功。

第三，在臣僚之间。

置身于官场与政治斗争旋涡急流之中的臣僚百官，彼此各自存在切身的政治利益。因此，时时都在权衡行事做人的利害得失，事事均在为保存、扩大自己的权势而精打细算。官场如战场，风云突变，福祸并存，时有难测之风雨，更潜伏着巨大的种种危机。最有效地保存自己，除学会韬晦之术、潜存之法外，更重要的是置政敌对手于死地，将其制驭或消灭，剪除异己，壮大自我之势。这样，擒贼擒王之计，便成为他们在政争角逐中，常用、惯玩的政治伎俩。

1. 上级对下级的使用

上下级官僚之间，在政争与权势的逼夺中，存在着尖锐激烈的冲突。特别是对于那些怀有权力野心与政治目的下属官员及其部众群体，上级官僚除对之实行分化瓦解外，更重要的是在关键时刻，即视其有反叛行为或举动时，采取擒贼擒王之计，一举将其攻下、"贼王"聚歼消灭，以巩固自身的权力地位。

明熹宗天启年间（1621—1627），四川永宁（今四川叙永）宣慰司奢崇明反叛，进围成都，四川右布政使朱燮元率明军抵抗，在成都地方击破了叛军自制的吕公战车之后，大败叛军。奢崇明不甘心其失败，便派出间谍，要部将罗乾象假意向明军投降，然后伺机进行破坏与内部策应。朱燮元此时听说叛军有人来投降，知道这是叛首派来的间谍，将计就计，便对间谍进行收买与拉拢。朱燮元在进行了严格的防范与周密的部署后，就与罗乾象一起饮酒。罗乾象身着铠甲，佩着大刀，朱燮元却表现得十分镇定自若，毫无畏惧，表面上亦无所介意，甚至两人对饮之后，还同床而卧。罗乾象很受感动，对朱燮元说一定要以死相报。待罗乾象回到叛军营中后，贼营的大小举动，朱燮元均了若指掌，从而为平定叛乱、收集敌情起到了重要与关键的作用。

明朝镇守一方的大员朱燮元在平定军事叛乱时，颇具政治方略与计谋头脑，在施用军事剿灭之时，更施擒贼擒王之计，将"贼王"派出的假投降间谍，变为真投降，将间谍收买之后，又令其返回敌营，充当己方之内应。这样，在上级官僚对下属的部众叛乱时，便将敌首的情报"首脑"化为官军之用，这恰似擒扼住"贼王"的颈脖要害之处，将其置于死地，而使之"体解"和"道穷"。施此计成功的关键，则是朱燮元以上级官员的身份对下属部将的示诚、示厚，予以感化与进行政治攻心战，使之降服的结果。

2．下级对上级的使用

上级官僚手中既掌有权柄，又对下属官员有升降予夺之权，因此，下级对上级官僚要在政治斗争中施用擒贼擒王之计，则要另谋政治渠道，或讨好别的上司，以相制约；或直接巴结皇上，以对上司进行钳制、惩戒。这样，一些下属的政治家、野心家、阴谋家便可以伺机将政敌及政敌群体，通过编织罗列罪名，或陷害诬蔑，而将"贼王"擒住，再加以诛杀消灭，铲除其向上晋升的最大政治障碍。这里的关键是要识王与示伪。

秦王朝末年，朝中权奸、郎中令赵高，趁着秦二世胡亥（前209—前207年在位）沉湎于深宫的声色犬马，不理朝政之机，便在朝独断专权，玩弄权术。对赵高的专横跋扈，丞相李斯深感忧虑。赵高觉察后，怒火中烧，对李斯顿起擒杀铲灭之心，便实施阴谋诡计，加以陷害。他对李斯故意关照说："函谷关以东地区，现在盗贼纷起，皇上却从那里抽调更多的人去服徭役，修建阿房宫。我本想向皇上进谏言，因地位卑下，这应当是丞相您分内的事，您为何不在皇上面前进谏言呢？"李斯则回答说："皇上现在处在深宫之内，我想谒见他却没有寻找到适当的机会。"赵高则说："这样吧，等到皇上有空闲时，我再通知您好了。"终于有一天，赵高待秦二世正在举行盛大宴乐，宫女们簇拥在前，玩得正在兴头上时，便派人去告诉李斯说："可以向皇上启禀国事。"李斯立即赶到秦二世那里去谒见皇上，秦二世则认为李斯是要故意扫他的兴致，龙颜大怒。这时，赵高竟在一旁乘机编造谎言，述说丞相李斯久怀怨恨之心，想要伺机谋反作乱。秦二世便立即下令将李斯关进了监狱，判了他诛灭三族的重罪，进而使权奸赵高"擒杀"政敌与上司的政治目的、陷害忠良的阴谋得以实现。

位卑官微的赵高，因阿谀奉承有术，讨好秦二世，致使权倾一时，连丞相李斯均不在话下，更不放在眼里，可以随便罗织罪名，伺机"擒杀"陷害上司，更可以设置政治圈套，施之于政敌、对手，"摧坚"夺势，更可假手于皇上，罗织谋反之大罪，诛灭三族，将其所擒"贼王"消灭殆尽。这是权奸、阴谋家、野心家，对付上司政敌，先示诚、示卑，而后设置政治圈套以"擒王"，再予以诛杀的毒计得逞的必然结果。

四、先发先制　奇计妙出不穷

擒贼擒王之计，是三十六计的第十八计，亦是攻战计之中的最后一计，这就充分表明了它的重要性与价值、功能、作用的多元性、多向性。此计的应用范围颇为广泛，概括起来，这种计谋在政治上与政治斗争中的应用，有着如下基本特点：

第一，就擒贼擒王之计在政治斗争中应用目的而论，具有先发性与扼制性的特点。

所谓先发性，在于政治斗争中，敌对双方均处于临战状态，彼此戒惧甚高、防范甚严，要达到用计施策，而置敌于死地，欲擒灭"众贼"之时，轻而易举擒拿"贼王"，必须具有目标明确（辨认贼王精、准、无误），行动快速，反应及时，击敌要稳、准、狠、快等条件。在制驭敌人的力量上，更要集中主要力量，防止分散，以免被政敌各个击破。这一切具备之后，最为关键的是抓住行动时机。寻隙伺机，先发制敌、击敌、擒敌，直捣政敌的老巢，一举擒杀"贼王"，就可将"众贼"消灭。否则，后发制敌，失掉战机，不仅后患无穷，而且可能待政敌集聚力量进行反扑，可能会导致用计不成反被敌"擒"的巨大恶果。

基于擒贼擒王的用计者本身所要企达、实现的政治意图、目标，在于直接擒灭政敌头目、首领"贼王"，瓦解"众贼"，因此在施计的全过程中，采用、调动、实施的一切手段，均要有扼制敌人要害部位、要害环节、要害人物的作用。只有这样，才能在先发制敌的条件下，快速、敏捷地克敌制胜，"夺其魁"，扼制"贼王"，再"穷其道"，使"众贼"同伙陷于"体解"的境地，予以全歼，此为扼制性。

第二，就擒贼擒王之计在政治斗争中作用而言，具有伪饰性与奇效性的特点。

所谓伪饰性，系指在尖锐、复杂、激烈、多变的政治斗争中，敌对双方互相对立，均想置对手于死地。因此，对自己实施、制订、预达的政治目标、意图，须处于严格保守秘密的状态。在实施擒贼擒王之计时，行此计者，由于既非将政敌驱跑、惊走，也非仅为虚张声势，而是要直接夺取"擒贼"（众敌）、"擒王"（敌首），将其消灭的巨大胜利，因而在接近目标、进达敌城时，更须具有伪装、巧饰的功能。只有如此才能痹敌、诱敌、引敌，进而逼敌、迫敌、制敌、溃敌，一举而擒杀之。行施此计时所显现出的重要作用，在表面上看，像似仅"擒"众贼之"贼"而已，而实际上，摧政敌之坚后，根本目的在于擒王夺魁，只不过伪饰巧装加以掩盖而已。否则，难以企达彻底陷敌于道穷体解而加以消灭的目的。

正由于此计采用了"射人先射马"、"擒贼先擒王"，即抓住事物的主要矛盾，则其他次要矛盾就迎刃而解了。在政治斗争中，其实施的作用方面，确有着奇效性的特点。所谓奇是指"擒王"之后，"众贼"无首，群龙自溃，此一奇；二是有杀一儆百之效，"众贼"见王擒被杀，便会不战自降，此二奇；三是"擒王"之后，余贼既陷于道穷无技、投奔无路的绝境，又因心无斗志而自沉自扰，便于一举歼灭，此三奇；四是"王"擒而无"首脑"划策之谋，"头"断而体解自僵，这就使再强大的政敌，此时亦可分割包围，一举聚歼，更可以最小的代价，换取政治上、心理上、声势上的巨大胜利，此四奇。

第三，就擒贼擒王之计在政治斗争中影响而观，具有易用性与广泛性的特点。

擒贼擒王之计作为在政治斗争中常见和行之有效的手段伎俩，具有很高的易用性，它不仅表现在这些手段的奇效上，还表现在它的易用上。所谓易用性，即是指这种计谋的特点、要领、技巧、关键等，都易学、易懂、易会、易用。无论是远见卓识的政治家，抑或是居心叵测、怀有种种政治目的的野心家、阴谋家，均对此计加以广泛灵活使用。在政治斗争中，敌对双方所争夺的唯一目标，即是权力的制驭权、控制权等。权力可以带来财富，也可带来巨大的物质与精神的享受，更使掌握权柄的人获得对他人的支配权、控驭权、使用权、操纵权、予夺权、玩弄权等，借此以获得心理上病态的、畸形的满足，在被制驭者的灵魂与躯体上，构筑自身胜利者的享乐圣殿迷宫。要达此目的，将权力独享、独霸、独占，则必须战胜对手、政敌，使之消灭，或成为阶下囚、被驭者。这种目标的实现，最为快速、简捷、方便的办法，便是实施擒贼擒王之计。政治斗争中的敌对双方均将此计作为易学易用之术，且目睹其他施此计者所产生的显效近利远功来看，亦备受鼓舞和多受启发，致使此计的政治效应影响大增。

擒贼擒王之计在政治斗争中，应用实施中影响的广泛性，在于施用此计的文化背景与政治沃土，为此计的胜利之果提供了广阔的市场。若就文化背景而言，由于儒家思想长期居占主导地位，这种思想与中国政治结合的重要特点，便是将政治制度的统治性、制驭性、剥夺性、扼杀性等残忍本质，用仁慈、伪善、仁义道德的华美外衣加以遮掩、裹饰起来。具体则简化为"礼"与"刑"相辅而成。统治者官员必须要将注意力集中到"礼"，集中到自身道德修养与完善这个无边的"名海"中去。这就使政治本身带有极大的欺骗性、伪饰性，越是巧妙的夺权者、用权者、擒王者，便越行得道，其计谋也就越有市场。此计正迎合了这些需要置敌于死地，却又名利兼收的政治家、野心家、阴谋家特殊的政治文化需求。再就政治沃土而论，东方专制政治中体现的重要特点，便是君主拥有绝对的权力，而各级官员则依等序，对权力进行再分配。权力的拥有者，生前显荣富贵，死后则谥美留芳，且恩荫后世及九族宗人。这就使诸多政治家、野心家、阴谋家在保官护位的同时，更渴望进入新的权力范围之内，分享更大、更丰的权力之果。然虚位不多、官职有限，中国又提倡昭穆有序、论资排辈而上，这就使那些跃跃欲试者需另辟蹊径，再寻升迁的捷路，而将政敌斗倒擒杀，并且取而代之的擒贼擒王之计，便是最妙最实用的高招巧术，理所当然地赢得了广阔的市场，且为用之不衰、经久不竭。

第四，就擒贼擒王之计的政治斗争心理与计谋智道效应来看，具有威逼心理与惧慑效应的特点。

在白热化的政治斗争与较量中，擒贼擒王之计的实施者，所采用的突袭、扼杀手段，来对政敌进行摧坚夺魁本身，恰是施威、诱逼于对手政治心理的生动反应，更是高压之下迫其降的信条具体运用。因此，先"攻心"、"夺志"，然后再"瓦解"政敌、"体解"自毙，是其惯用之术。"擒王"之后，再擒"众贼"，使之惧慑而后俯首就擒，即是此计应用的智道功能，更是将危惧之下的"垒卵"击溃的多效之举。

混战计

——乱中制胜

引　言

　　"混战计"系三十六计的第四套计，由釜底抽薪、浑水摸鱼、金蝉脱壳、关门捉贼、远交近攻、假道伐虢等六计构成。

　　所谓"混战计"，其本意系指敌对双方斗争态势处于混乱之时，施计者在乱战、混战中使用的谋略计法。譬如，当力量不足以克敌时，为削弱其气势，便须用釜底抽薪之术，以柔克刚；当混乱之际，敌方内乱而自行削弱又没有主见时，为使其按照己方意图而行，便须用浑水摸鱼之计，夺取胜利；当争斗激烈，又有第三种力量出现，而又必须对付，那么就要存形完势，用金蝉脱壳之法，分兵迎击，使友不动疑，敌不进攻；当遇到弱小的对手，更须关门捉贼，围而歼之，不留后患；对远邦要结交，对邻国要进攻，这是地理形势使然；当遇到受攻击又侥幸图存的敌对势力，要诱之以利，迅速渗透，控其局势，兵不血刃，即可收到"假道伐虢"之效。

　　上述六计，就政治斗争中敌对双方力量对比、时机的选择和技巧的运用而言，亦有差异，尤其是处在复杂多变的争斗中，些微的变化，瞬间的异动，偶然的闪失，都会引发全局态势的激变与逆转，更关系到计谋的成功与失败。这是因为，混战计本身，就是在混战、乱战中寻求胜机。一个"混"字，表明它既有敌对双方的人员、矛盾相互交织、一时泾渭难分、胜负莫辨、真伪不明、虚实兼存的特点，也有相较其他计谋具有更为强烈、急速的变化因素。如釜底抽薪、金蝉脱壳二计，前提是我方力量比之对方为弱，或是遭到第三种力量的突袭，手段是示柔、示假；目的是减其势、保实力，以实现全局性的胜利。浑水摸鱼、关门捉贼、假道伐虢三计，在力量对比上，或者势均力敌，或者优于对方，或者对方矛盾重重，给己方以可乘之隙。据此，当充分利用摸鱼、捉贼、"伐虢"，则可如愿以偿。远交近攻，与前两类计谋的区别在于，前者是行动，后者是策略。也就是说，在运用计谋之前，要考虑到周围的环境，尤其是地理环境、人文条件。此处的"远"与"近"，有两层内涵：一是指地理实际距离而言，二是指政治上的亲疏、盟敌、类异关系而论，故实为地理空间距离与政治心理距离的概括。若策略得当，就会事半功倍；否则，不仅不能如愿以偿，且会危及自身。当然，就混战六计而言，也有其共同点，即乱中求存，乱中克敌，乱中耗敌，乱中取胜。若智能高超，当条件不成熟时，可以主动出击，创造条件，制造混乱，达到乱中取胜的目的。以混战计的性质及目的来观察，它的最大特点，则是闪击性，即在政治斗争中，双方呈现胶着、滞积态势时，为使局势急转，便运用诸计谋略，出敌不意，攻其不防，击其不备，在"混"、"乱"的烟幕掩护下，迅速克敌制胜。其次，它也具有相对的稳妥性。这是因为：一是施计者的实力和地位都可以与任何对手相抗衡；二是将获利的主动权掌握在自己的手中，能胜则胜之，不能胜则不为，均可见机行事。然而由于判断的失误，对稍纵即逝的时机把握不当，其结果就会适得其反。这又是稳妥之中的不稳定因素，由此也会导致危险。

釜底抽薪

——不敌其力　以柔消刚之势

　　本计云："不敌其力，而消其势，兑下乾上之象。"其大意是：两军对垒之际，不直接抗击敌方的锋芒，而是以柔消刚，削弱其气势，从根本上瓦解它的战斗力。此为混战之计，避实击虚，乱中取胜。釜底抽薪，语出于《淮南子·精神训》。其说云："以汤止沸，沸乃不止。诚知其本，则去火而已矣。"《淮南子》的作者从道家哲学的角度，论述克服人欲的根本途径，认为："不本其所以欲而禁其所欲；不原其所以乐而闭其所乐，是犹决江河之源而障之以手也。"圣贤之辈禁欲而从善，其结果是"情心郁殪，形性屈竭"；暴君独夫纵欲为恶，其结果是"残亡其国家，损弃其社稷，身死于人手，为天下笑"。问题的关键，就在于不能从根本上解决人欲的产生与泛滥。必须釜底抽薪，去其火势，才可收汤存而沸止、欲亡而心安之效。

一、攻其要害　避锋芒击虚弱

　　《周易·履卦第十》云：履：履虎尾，不咥人，亨。《象》

赵飞燕争宠夺爱

曰：上天下泽，"履"。君子以辨上下，定民志。

【一爻】初九，素履往，无咎。《象》曰："素履之往"，独行愿也 。

【二爻】九二，履道坦坦，幽人贞吉。《象》曰："幽人贞吉"，中不自乱也。

【三爻】六三，眇能视，跛能履，履虎尾，咥人凶。武人为于大君。《象》曰："眇能视"，不足以有明也。"跛能履"，不足以与行也。"咥人之凶"，位不当也。"武人为于大君"，志刚也。

【四爻】九四，履虎尾，愬愬，终吉。《象》曰："愬愬终吉。"志行也。

【五爻】九五，夬履，贞厉。《象》曰："夬履贞厉"，位正当也。

【六爻】上九，视履考祥，其旋元吉。《象》曰：元吉在上，大有庆也。

在六十四卦中，乾为天，兑为泽，兑下乾上得履卦。象曰："柔履刚也。"意思是以柔消刚。《六十四卦经解》云："庄子曰：文王履纣之刚暴而亨也。又鸿门已无项，玉津犹有越，汉高、勾践，亦其义也。"周文王羑里之囚，汉高帝鸿门之厄，越王勾践卧薪尝胆，皆用以柔消刚之法战胜对方。可推演出此计在政治斗争的可能和结果如下：

第一种，使用者必须掌握抽薪的时机，把握到时机之后，也不要声张，最好单独行动，就是无咎之事。

　　第二种，使用釜底抽薪之计，以隐秘为吉，不能够自乱。此爻为阳，以刚强为上，因为有两变卦，刚则吉，柔则凶，避凶之术在于不自乱。

　　第三种，使用釜底抽薪之计时，有可能使自己受损，这是因为没有看清形势，把握时机，当然为凶险之事。要注意本计有行险而顺的变化，以坚定不移的信心去应对，虽然处在四变卦的阴爻之中，但把握好时机，还是能够化害为利的。

　　第四种，使用者处在刚阳的八变卦之爻，虽然面临各种危险，但心怀恐惧而终利于行。刚阳之爻，要以刚强为主，即便是面临种种困难，但不妨碍行事，所以为吉。

　　第五种，使用者依然处在刚阳的十六变卦之爻，还是阳卦，利于决断，即便是会出现种种情况，因为位置正确，可以大刀阔斧地行事，不用有顾虑。

　　第六种，釜底抽薪是把握机会，上九之爻虽然处三十二变卦之中，但各种变化都在机会之内，因此可以放心大胆去实施，一定会取得重大胜利，故此为大有庆，也应该注意排除不利因素，所以要考详。

　　该计用于军事，主要是不与强敌正面交锋，而是攻其要害，削弱其势力，逐步达到消灭强敌的目的。秘本兵法《三十六计》在解释此计时说：水的翻滚沸腾，是由于它的力量。而这股力量的来源，却是燃烧着的火。火为强猛力量中的最强者，乃"阳中之阳"，锐不可当。但是，作为烈火之源的柴草，却是"阳中之阴"，它易受控制而无害于人。认识到这一点，就掌握了不当其力而消其势的方法。尉缭子说："气实则斗，气夺则走。"气而夺气之法，则在攻心。当年，吴汉为东汉大司马时，有敌兵乘夜袭击汉军营地。军中惊扰，乱成一团。吴汉安卧不动，镇静如常。士卒见吴汉如此，军心逐渐稳定。吴汉便挑选精兵，突击敌阵，大获全胜。这就是"不直当其力而扑消其势力"。薛长儒为宋代汉州通判，有戍卒偷开营门，放火鼓噪，杀入州衙，企图杀害知州与兵马监押。有人前来报信，知州、兵马监押都惧而不敢出门。薛长儒挺身而前，对叛兵说："你们都有父母妻子，为何铤而走险呢？凡是没有参加谋反的，站到另一边去！"于是胁从之辈皆不敢动，只有八个首恶之人突门而逃，藏匿于村野之间，很快便被抓获。当时有人说，若非薛长儒在，则一城生灵必遭涂炭。这就是"攻心夺气"之法的作用。也可以说：敌对双方交兵之时，攻击敌人的弱点，能够阻止对方获得即将到手的胜利，使其功败垂成。

该计用于政治，则是避免正面冲突，掌握影响全局的关键，打击对手致命的弱点，使对方无立足之地，或自消自灭，或迫其就范，或令其规避，操主动权于自己手中。由于中国古代政治斗争的复杂性，政客或帝王要在错综变幻的形势下，想要保全自己，消灭对手，必须善于分析形势，抓住关键，避免陷入混局，招致惨败。釜底抽薪之计正是在这种场合下，能够出奇制胜的良策。因此高瞻远瞩之辈，老谋深算之流，无不乐用此计、善用此计。

二、巧思多变　窥虚问实求是

政治斗争的复杂性，导致斗争策略的多样性。在政治旋涡之中，釜底抽薪之计的运用，既常见而又善变。成功的经验与失败的教训，史不绝书，不胜枚举。其运用之妙，又足以使人瞠目结舌，拍案叫绝。

事例：暗设机关，志在除敌固宠

春秋战国时期，秦国大臣公孙衍，深得秦王的赏识，即将受到重用。秦王不仅经常与公孙衍奇议大政方针，而且亲口许诺，要任命他为丞相。当时，秦国的丞相是甘茂，此人累世高官、老谋深算，在秦国政界中是一个很有影响力的人物。甘茂估计到秦王有意用公孙衍取代自己，忧心忡忡，又苦于抓不住公孙衍的把柄，只能眼看着对手权势日隆而无计可施。不过，秦王赏识公孙衍，受到威胁的并非仅仅是甘茂一人。秦军统帅樗里疾，因为害怕秦王用公孙衍为将，自己丢掉职位，同样也是惶惶然不可终日。为了防备不测，及早采取措施，樗里疾在秦王经常与大臣议事的处所附近，秘密地凿了一个地穴，派人藏身于其中，偷听秦王的谈话。过了一段时间，樗里疾没有得到秦王打算任命公孙衍为统帅的消息，却意外地知道了秦王准备用公孙衍为相的许诺，便把秦王与公孙衍的谈话张扬开去。一传十，十传百，很快就弄得人人皆知、满城风雨。正在焦急之中的甘茂，听到这个消息以后，心中暗喜，立即去见秦王。他对秦王说："大王得到了一位贤明的丞相，请允许我向您表示祝贺！"秦王闻言，心中暗惊，表面上却不动声色。秦王若无其事地对甘茂说："寡人已经把秦国的大政托付给您，哪里又冒出来另外一位贤明的丞相呢？"甘茂不慌不忙地答道："大王不是已经亲口许诺公孙衍，要任命他为丞相吗？"秦王更加吃惊，知道无法隐瞒，便问："您是从哪里得到这个消息的呢？"甘茂回禀说："此乃公孙衍对臣所言。"秦王听罢，真的以为是公孙衍泄露机密，怒不可遏，立即下令将其斥逐。

运用釜底抽薪之计，既要抓住对手的把柄，又要明察形势、掌握分寸，才能击中要害。混迹于政界，难免给对手留下把柄。但是，究竟哪些把柄可以置人于死地，在什么时间、什么场合使用，才能够收到最佳效果，却要进行一番认真的筹划。甘茂是政坛老手，明于世故，深知秦国政治的症结所在。

春秋战国时期，正是中国政治大变局的时代。一方面是列国纷扰、争雄争霸，礼崩乐坏、生灵涂炭；另一方面却是专制政治日益强化，君主的权势不断膨胀。秦国发展的历史虽然较晚，但国力日强、疆土日广、君权日重。专制政治的特点之一，就是大权独掌而不能够公开，尤其是君主的意图不能随便泄露。因为权力的高度集中，固然会使君主威势赫赫，同时也会使其势单力孤，变成了真正的孤家寡人。不保持一种神秘性，就无法保持对臣下的威慑力，一旦被人看破虚实，后果不堪设想。甘茂正是深明此中的奥妙，利用秦王唯恐臣下窥测其虚实的心理，不去和公孙衍进行正面冲突，不向秦王流露与公孙衍争夺相位的实情，而是抓住公孙衍的把柄，一举破坏了秦王对他的信任感。公孙衍失去了秦王的宠爱，拜相之事自然也就随之告吹。一切都进行得极为自然，甘茂向秦王祝贺，并不是抱怨自己失宠；甘茂称公孙衍为贤相，看起来心悦诚服。但是，消息是从哪里走漏的呢？原来是公孙衍透露给了甘茂。绝不牵扯别人，避免节外生枝，公孙衍有口难辩，秦王信以为真，甘茂一身干净。把柄抓得准确，用得巧妙。

事例：审时度势，瓦解合纵之谋

运用釜底抽薪之计，关键在于审时度势。知己知彼，掌握要害，才能稳操胜券，力挽狂澜。

战国时期，天下分崩，列国混战。秦国日强，虎视眈眈，有统一六合、平定海内之志。列国实力不支，惊慌失措，策士们乘机奔走游说，谋取富贵。主张列国俯首事秦的，称为连横派；主张列国联合抗秦的，称为合纵派。两派明斗暗争，奇策满天下。秦昭王时，合纵派联络天下之士，相聚于赵国，谋划攻秦。秦王大惧，忧形于色。丞相范雎对秦王说："大王不必担心，请让我来对付他们。秦国与天下之士并没有结下什么冤仇，这些人聚在一起谋划攻秦，不过是为了自己的富贵而已。大王难道没有注意到您的狗吗？或卧或起，或走或停，相安无事，和和气气。但如果扔过去一根骨头，马上就会咬在一处，乱作一团。这是为什么呢？就是因为有了利益争夺。"得到秦王的认可，范雎派唐雎携黄金五千斤，前往赵国，见机行事。唐雎来到赵国都城邯郸附近的武安，置酒高会，大宴宾客，请邯郸城内的士人前来取金，厚加馈赠。由于带来的黄金太少，谋划攻秦的主要人物并没有动心。唐雎千金散尽，无功而还。范雎对他说："秦国只计算您的功劳，不管黄金都到哪里去了。用得越多，成功的机会也就越多。"范雎又派人载黄金五千斤随唐雎而行。这一次，唐雎来到武安，黄金尚未用完，而天下之士为了争夺馈赠，已经闹得不可开交，离心离德，合纵攻秦之谋就此流产。

范雎瓦解列国合纵之谋，釜底抽薪，令合纵之士不攻自破，主要是看准并且利用了对方的争利之心。"六国犹连鸡，群士如斗狗"，天下熙熙，皆为利趋；天下攘攘，皆为利往。利益发生冲突，联盟便难以存在。范雎深明此理，所以不去与列国兵戎相见、正面冲突，而是避实击虚，以厚利收买士人，从根本上抽掉了列国联盟的基础。把天下之士比作"斗狗"，固属刻薄，却也实实在在地抓住了问题的要害之处，掌握了人性之中不可克服的弱点。尉缭曾经向秦王建议说："希望大王不惜重金，厚赂列国豪臣，使其谋略不行，不攻自乱。不过用去三十万金，就可以使列国消亡殆尽。"这一策略的核心，也正是利用了列国内部及相互之间的矛盾。列国之所以始终不能精诚团结，达到共抗强秦保存自己的目的，其原因除了实力不敌之外，各怀心腹事，使秦国有机可乘，各个击破，也是不容忽视的。

事例：攻其要害，务令言听计从

运用釜底抽薪之计，必须抓住对方的要害，这一点毫无疑义。但是，用计之时，却并不一定非要暗设机关、背后下手。秦庄襄王时，吕不韦为相，号为"文信侯"，权势炙手、朝野侧目。吕不韦计划与燕国联兵伐赵，拓广河间之地。他请张唐到燕国去做丞相，主持伐赵之举。不料，张唐坚辞不肯，理由是去燕国的途中要经过赵国。赵王悬赏百里之地，捉拿张唐，此行凶多吉少。吕不韦不能说服张唐，快快而回，心中不乐。吕不韦有一位家臣，名叫甘罗，年方十二，聪明善辩。见丞相生气，便询问缘故。吕不韦恨恨地说："伐赵之举即将实施，而我亲自请张唐相燕，主持大计，却遭其拒绝，功败垂成！"甘罗说："让我去劝劝他。"吕不韦闻言，越发恼怒，斥责他说："我自己去请，都没有说服他。此人顽固不化，你一个黄毛小子能管什么用！"甘罗不慌不忙地答道："项橐七岁的时候，就做了孔子的老师。如今我已经十二岁，您应该让我去试一试，为何不分青红皂白遽加斥责呢？"吕不韦只好同意甘罗去见张唐。甘罗对张唐说："先生的功劳，可以与白起相比吗？"张唐回答说："白起战胜攻取，不计其数；攻城夺邑，不计其数。我的功劳不如白起。"甘罗问："先生明知功劳不如白起，是不是？"张唐答："我知道。"甘罗又说："范雎与吕丞相主持秦政，哪一个更加独断专行？"张唐回答说："范丞相不如吕丞相。"甘罗问："先生明知范丞相不如吕丞相独断专行，是不是？"张唐答："是。"甘罗说："范丞相计划伐赵，白起加以诘难，结果被绞杀处死。如今吕丞相亲自请先生入燕为相，而先生不肯成行，我看先生将死无葬身之处了！"张唐闻言，矍然而起曰："请转告吕丞相，我听从他的吩咐！"立即备车马、载货财，前往燕国。

甘罗说服张唐，并没有啰啰唆唆摆出许多大道理，而是单刀直入，申明利害，使张唐恍然大悟，认识到了自己处境的危险。张唐功不如白起，而吕不韦权过于范雎；白起尚且被杀，张唐以卵击石，岂不危哉！一经点破其中奥妙，便由不得张唐固执己见，问题也就迎刃而解。假如甘罗以说服张唐相燕开场，势必引起对方的反感。但是，换一个角度，提几个问题，让对方受到启发，灭其骄气、杀其威风，却收到了最佳效果。

张唐成行以后，甘罗又前往赵国。他对赵王说："大王听说燕太子丹入秦为质了吗？"对曰："闻之。"又问："听说张唐入燕为相了吗？"对曰："闻之。"甘罗便进一步向赵王进言："燕太子丹入秦，表明燕国绝不会欺骗秦国；张唐入燕，表明秦国绝不会欺骗燕国。两国联盟，必将伐赵，形势太危险了。不过，燕、秦联盟，仅仅是为了攻打赵国以拓展河间之地而已。如果大王能够送五座城池，使秦国满足拓展河间之地的要求，秦国必将归还燕太子丹，与燕绝盟，而与大王联盟攻燕。"赵王闻言，立即割让五城之地予秦，秦国也马上遣送燕太子丹回国。秦、赵联兵攻燕，取三十六县，秦国得到了三分之一。

甘罗说服赵王，用的也是同样的方法。申明利害，打动对方，而且言必信、行必果，不留口实，不遗后患。在釜底抽薪之计的运用中，堪称高手。

事例：却楚存齐，巧用攻心之术

楚怀王时期，大将昭阳率军伐魏，魏军损兵折将，丧失八座城池。楚军乘胜前进，兵临齐国城下，边境告急，齐国震动。齐宣王计无所出，请秦国使者陈轸出面调停。陈轸应允，往见昭阳。陈轸见到昭阳以后，首先贺喜楚军战胜之功，然后不慌不忙地问道："按照楚国的法令，全歼敌军、杀其统帅，会得到什么官爵呢？"昭阳回答说："官为上柱国，爵为上执珪。"陈轸又问："比这更高的官爵是什么呢？"答曰："只有令尹了。"陈轸说："令尹太高贵了！楚王不可能设置两个令尹。让我给您打个比方吧，贵国有一位贵族举行春祭，事毕，赐其属下一卮酒。属下商议说：'这一卮酒大家分享，显然不足，一人独饮则富富有余。这样吧，我们每人在地上画一条蛇，谁先完成，就由谁来喝酒。'众人便开始竞赛，其中一人首先画成，拿起酒卮，将饮未饮，左手持卮，右手画蛇，对众人说：'我可以为蛇再添上几只脚！'不料，蛇足未成，另一个人已经画完，夺过酒卮，对他说：'蛇本来没有脚，你怎么可以乱来！'便一饮而尽，而这位画蛇脚的先生，终于没有喝到本来已经属于他的酒。如今，您率楚军伐魏，击破敌军，杀其统帅，获得八座城池，自恃兵强，转而攻齐，齐国上下恐惧，不知所措。您的名声已经够大的了，但官爵却不能再高了。依我看，战无不胜而不知止足者，必将军败身死，死后爵位复归国家，真好比是画蛇添足！"昭阳闻陈轸此言，点头称是，立即传令退军。

陈轸使用釜底抽薪之计，却楚存齐，功莫大焉。陈轸之所以能够成功，关键却在于他掌握了昭阳的后顾之忧。功高不赏，且有震主之虞，这是专制政治之下人臣的共同忧虑。楚国局势混乱，主昏于上，臣谄于下，奸佞当道，忠良屏气。昭阳率军远征，屡建奇功，上则震主，下则遭忌，一旦国内有变，上下夹攻，后果不堪设想。陈轸正是了解此中的隐情，因此不去与昭阳展开正面辩论，而是先贺其功，消除对方的敌意，然后从昭阳所处的地位提出问题，用一个深入浅出的譬喻，一举说中对方的心事，当对方有所领悟之后，才点破题意。整个谈话的过程，一环扣一环，步步深入，使昭阳不知不觉地按照陈轸的思路，考虑目前的形势与自己的前途，认识到继续攻打齐国，不仅胜负未卜，而且有害无益，不如挥师凯旋，保全自己。

事例：申明利害，尺书劝退敌兵

前284年，燕国大举进攻齐国，夺其七十余城，几乎灭亡了齐国。后来，田单为国人推举，率领齐军反攻，在即墨城下用火牛阵，击溃燕军，杀其统帅骑劫。齐军乘胜前进，克复大部失地，进围聊城。不料，战事进行了一年有余，士卒死伤甚众，聊城却仍然没有收复。原来，据守聊城的燕军将领受到诬陷，惧怕归国之后被燕王诛杀，进退维谷之际，只好拼力防御，以求拖延时日。田单损兵折将，计无所出，只得与鲁仲连商议对策。

鲁仲连是齐国名士，深知此中原委，他立即修书一封，束之于矢上，命人射入城中。信中写道："我听说，智者不背时而弃利，勇者不畏死而灭名，忠臣不先己而后君。如今，将军以一时之愤，抛弃君臣之义，这不能算是忠；城破身死，贻笑于齐国，这不能算是勇；功废名亡，无后世之誉，也不能算是智。机不可失，时不再来，死生荣辱，尊卑贵贱，眼下是一个关键时刻，希望将军认真考虑，不要为流俗之见所左右。

"也许将军认为，楚国进攻南阳，魏国兵临平陆，齐军受到牵制，不会全力以赴收复聊城，那就大错而特错了。此乃小害，齐国并不打算与楚、魏决战，而聊城关系重大，齐军志在必得。目前，秦国出兵救齐，魏国胆战心惊。秦、齐联盟，楚国的形势也十分危险。楚、魏退兵，燕国救兵不至，齐国无后顾之忧，一意攻打聊城，聊城指日可下。将军保据之谋必然不成。聊城决战，势在必行，将军岂有脱身之计？

"燕国政局混乱，君臣失计，上下迷惑。大将栗腹百万大军，而屡遭挫败。万乘之国，被赵军围困，割地折将，君主受辱，您听说了吗？如今燕王孤危，大臣束手无策，弊端百出，民心无所依归。而将军以聊城疲惫不堪之众，力拒齐国举国之兵，苦战累年，危城依旧，即使墨子当年却楚存宋，也不过如此；军粮乏绝，以人骨为炊，以人肉为食，而士卒无溃散北归之心，即使当年孙膑、吴起统帅之下的军队，也不过如此。将军威名，可以令天下之人折服了！

"因此，为将军的切身利益着想，不如罢兵休士，保全车甲，归国以报燕王，燕王必然心喜。燕国百姓，见到将军，必将如见到父母一样，奔走相告，谈论颂扬将军的功劳，使之大白于世。

将军就可以上辅孤主，下制群臣，休养百姓，资助辩说之士，改革弊政，移易风俗，使天下安康，国家稳定，此盖世之功名也。如果将军无意归燕，有心东游齐国，则可以裂地封侯，与陶朱公、卫公子荆一样富有，世世称孤道寡，与齐国俱存于永久，这也不失为一条好出路。这两条路都可收扬名致富之效，希望将军三思而行。

"我还听说，注重小节的人不能行大威，厌恶小耻的人不能树大名。当年，管仲射中桓公带钩，这是篡逆；忘记公子纠之恩而不能效死，这是怯懦；手梏足桎，束缚入狱，这是辱身。此三行，乡里不齿，君主不容。如果管仲因此而羞惭，避世不出，穷年而终，便不免沦为贱人恶行。然而，管子不拘此三行，掌握齐国大政，一匡天下，九合诸侯，为五霸之首，名高天下，光照邻国。曹沫为鲁国大将，三战三败，丧地千里。如果他不肯离开战场，不计后果，一味主张死拼，则不免为败军之将、阶下之囚。但是，曹沫认为军败被擒，非勇也；功废名灭，后世不留美誉，非智也。因此，他不顾三败之耻，退而与鲁君从长计议，报答知遇之恩。齐桓公称霸天下，大会诸侯，曹沫以一剑之助，劫桓公于盟坛之上，颜色不变而词严气正。三战之所失，一朝而复得，天下震动惊骇，威播吴、楚，名传后世。此二人并非不能行小节、死小耻，唯因杀身绝世，功名不立，算不得明智，所以息其怒恚之心，而成终身之名；弃其感忿之耻，而立累世之功，使其伟业与三王争流，美誉与天地同辉。希望将军慎重抉择！"

鲁仲连在信中并没有使用虚夸之词，卖弄浮诞之谋，而是实话实说，言之有物。从君臣之道说到处世原则，从聊城战局说到燕国形势，从古昔贤哲说到对方自己。婉转深切，用心良苦；除疑解惑，丝丝入扣。使燕将不仅明白了负隅顽抗无济于事，而且重新树立起归国效命的信心和勇气。山重水复，花明柳暗，坚守之志一旦动摇，釜底抽薪之计也便奏效。

燕将读过鲁仲连的信以后，说："谨遵先生之命！"立即解甲罢战，撤回燕国。

事例：塞聪掩明，毋令巧言惑志

赵惠文王时，李兑为司寇，掌握国政。苏秦远道而来，欲图游说。苏秦对李兑说："我乃洛阳乘轩里人，家贫亲老，无敝车驽马，负书担囊而行。触尘埃，蒙霜露，越漳水，渡黄河，日行百里乃就旅栈，脚板上长出了层层老茧，终于来到府前，愿一见大人，谈谈天下之事。"李兑不耐烦，对苏秦说："如果先生对我讲讲鬼神之事，倒还可以。如果讲人间之事，我已经全都知道了。"苏秦灵机一动，回答道："我就是想与您谈鬼神之事。"李兑高兴，苏秦便开始进言说："当我刚来到此地时，天色已晚，郭门已闭，找不到住宿之处，只好在田野里过夜，旁边有一大片灌木。半夜之时听见土埂与木埂斗嘴。只听土埂说：'你不如我，我乃土也，即使狂风暴雨袭来，将我摧垮，也只不过复归于土而已。你的情况可就糟了，非木之根，即木之枝，如果遇到狂风暴雨，漂入漳水、黄河，东流入海，恐怕永无休止之日。'我私下想，土埂与木埂的争执，大概土埂是胜利者。如今，您诛灭主君之族，恐怕形势危殆，难以立于天下。大人能听从我的计谋则有生路，否则，将死无葬身之地。"李兑闻言，不觉心动，对苏秦说："先生回旅栈休息吧，明天再来见我。"苏秦唯唯而出。

李兑有一位门客，精明过人，他对李兑说："我暗地观察您与苏秦的谈话。看来，苏秦的辩才与学识都远远超过您。您能听从苏秦的计谋吗？"李兑答曰："不能。"门客说："如果您不能听从苏秦的计谋，请您塞住两耳，不要听他的游说，以免为其蛊惑。"李兑依计而行，第二天，苏秦来见，侃侃而谈，终日乃罢。告辞之际，门客送行。苏秦对门客说："昨日我的谈话十分粗糙，而大人为之心动；今天我的谈话经过精心准备，自我感觉良好，李大人却无动于衷，这是什么缘故？"门客回答说："先生的计谋大而高远，我的主人难以运用。因此，我请主人塞住两耳，一句也不要听。"苏秦恍然大悟。门客又说："明日先生再来的时候，我将请人给您丰厚的资助。"次日，苏秦复见李兑，抵掌而谈，尽兴而返。李兑赠苏秦以明月之珠、和氏之璧、黑貂之裘、黄金百镒。苏秦受赠西行，得以大用于世。

苏秦随机应变，以鬼喻人，说动李兑，其言一举中的，不由得李兑不听。次日之谈，内容不得而知，但李兑既不能实行，又为之心动，徒乱方寸，其势尤其危险。苏秦自以为其说必中，却不料李兑门客釜底抽薪，为其定计，塞聪掩明，使苏秦无计可施，不解其妙，只能听门客的摆布，受赠而去。门客此计，堪称一绝。

事例：察言观色，消解冲天之怒

在说服对方时使用釜底抽薪之计，除了切实掌握对方要害之外，尤其需要注意分寸，循序渐进。当对方盛怒之下，如果不能察言观色，见机行事，而只是一味顶撞，针锋相对，令对方难以接受，也许不仅不能奏效，还会导致敌视情绪，造成僵局。在这一点上，赵国左师触詟说服赵太后，是一个相当成功的例子。

前 265 年，赵惠文王死去，其子丹立，太后掌政。当时，秦赵战事紧张，赵军屡败，损失许多城池。赵国势蹙，求救于齐国。齐国的答复是："必须以长安君为人质，救兵乃出。"长安君是赵太后的少子，太后爱如掌上明珠，说什么也不肯答应。齐国的要求得不到满足，救兵不出，形势更加危险。大臣们竭力劝谏，太后益发恼怒。最后，赵太后干脆向众人宣布："如果有人再来劝我送长安君到齐国做人质，我就吐他一脸唾沫！"这样一来，大臣噤口，再也不敢谈及此事。求救之举就此搁浅，陷入僵局。

左师触詟求见太后。太后盛怒之下，气势汹汹，等待触詟，准备一旦对方谈及长安君入齐为质，便撵他出门。触詟心知太后之意，便缓步而入，落座以后，向太后解释说："老臣有足疾，好久没有见到太后了，私下里自己原谅自己。只是非常担心太后玉体欠佳，因此求见太后，以释悬念。"太后答道："我以车代步。"触詟又问："饮食没有减少吧？"太后回答说："不过吃粥罢了。"这时，太后虽然敌意未消，但怒气为之稍解。

触詟察言观色，继续寻找可以打动太后的话题。他说："老臣的儿子舒祺，年纪最小，尽管不争气，但我还是很疼爱他。我已经老了，希望能够安排他做王宫卫士。冒死奏于太后，请求恩准！"太后闻言，回答说："好吧。他多大年龄了？"触詟回禀道："十五岁了。虽然年幼，但我希望在死去之前把他托付给您。"触詟的话果然勾起太后的兴趣，她不由自主地问道："难道大丈夫也疼爱小儿子吗？"触詟回答说："比女人还要疼爱。"太后答道："我真是感到太意外了！"

触詟见机行事，逐渐把谈话引入正题。他故弄玄虚地说："老臣私下以为，太后疼爱长安君远不如疼爱燕后。"太后不服，争辩说："您错了，我最疼爱长安君！"这时，太后已经怒气全消，注意力转移到对方扯出的话题。触詟乘机进言说："父母疼爱儿子，就当为其长远打算。太后嫁燕后之时，持其足，哭泣不止，想到女儿远嫁，非常悲伤。既嫁之后，虽然经常思念，但在祭祀之时，还是祷告神灵，希望她不会被逐返国。这不正是为她长远打算，使其子孙可以世代为王吗？"太后点头称是。触詟继续借题发挥地说："三世以前的赵王子孙，如今还有继承侯位的吗？"太后答道："已经没有了。"又问："不仅赵国，诸国之中，可有这种例子吗？"答曰："没有听说过。"触詟点破题意，接着说："君主之子，近者祸及其身，远者害及后代，这并不是他们封侯有什么不对的地方，而是因为他们位尊而无功，禄厚而无劳，得到的名位与金玉太重太多。如今，太后已使长安君的地位十分尊崇，又封之以膏腴之地。厚赐以名位金玉而又不肯借此良机使他可以为国立功，一旦太后驾崩，长安君凭借什么在赵国立足呢？"赵太后闻言大悟，回答说："好吧，一切由您决定！"立即为长安君准备车乘，前往齐国。齐师出援，秦军退归。

事例：识破机关，顺势以毒攻毒

楚、秦相争之际，秦国屡胜。丞相张仪企图继续削弱楚国的实力，对楚国叛臣昭睢说："楚国丧失了鄢、郢、汉中地区，可以用其他地区来代替吗？"昭睢回答道："不可以。"张仪又说："如果没有昭滑、陈轸，别的大臣可以支撑楚国大局吗？"昭睢回答道："不可以。"张仪说："请替我转告楚王，如果他能斥逐昭滑与陈轸，秦国将把鄢、郢、汉中地区归还楚国。"

昭睢回到楚国，楚王闻其言，以为可以收失地，非常高兴。昭滑忧形于色，计无所出。有人对他说："楚王不明事理，简直到了无以复加的程度！当年韩国要求周王任命工陈籍为相，魏国要求周王任命綦母恢为相，周王都没有应允。为什么呢？因为这就等于周王成了韩、魏的县吏。楚乃万乘强国，楚王乃天下贤王。如今张仪要求斥逐您与陈轸，楚王顺从，这就等于楚国把自己贬低得不如周室，而张仪的身价却高出了韩王与魏王。张仪的如意算盘，是欲立功名于秦，取富贵于魏，替魏国进攻楚国。因此，外谋绝其睦邻之交谊，内谋逐其贤德之谋臣。陈轸乃中原贤士，通晓三晋之事，逐之则楚无谋臣；您深得楚人之心，逐之则楚众不可复用。人心离叛，势在必亡。这就是内攻之计，釜底抽薪，而楚王竟然不加明察，轻易许诺。这样吧，请您引荐我去见楚王，我可以说服楚王保持与齐国的联盟关系。楚、齐之交不绝，张仪归还鄢、郢、汉中之议便须从缓。如此，昭睢的花言巧语便会被楚王看破，失去宠爱。"

楚王重地而轻人，轻信叛臣巧语蛊惑，欲逐其谋臣，不啻自毁长城。张仪正是看透了这一点，才提出以地易人的建议，使楚国自己削弱自己。国无贤才，军无良将，有地而不能守，有民而不可用，岂能长久维持。如果不是有人为昭滑出此计策，使昭睢失宠，楚国的局面就会变得更加不可收拾。

事例：制造矛盾，以成尊己之势

运用釜底抽薪之计，要明察形势，掌握关键环节。眼界要开阔，行动要果断，要善于抓住那个牵一发而动全身的要害之处下功夫、做手脚。

　　秦惠王时，与楚国联盟，牵制燕、赵、魏诸国。张仪为人质，居楚。后来，秦、楚争商於之地，楚怀王大怒，囚禁张仪，将欲杀之。

　　张仪施展计谋，说服楚怀王纵其归国。不过，楚怀王担心张仪归国以后对楚国不利，犹豫不决。宠臣靳尚自告奋勇，对楚怀王说："臣请与张仪同行。如果张仪对大王有二心，就杀掉他。"

　　楚国有一位小臣，是靳尚的仇人，听说此事以后，前往魏国，对魏国重臣张旄说："张仪如此精明，在秦、楚两国之间纵横捭阖，形势对您非常不利。"张旄正在为此而忧虑，闻楚小臣之言，不由心动，询问计策。小臣说："大人何不派人在途中埋伏，在张仪与靳尚经过时刺杀靳尚。这样一来，楚王必然认为是张仪所为，恨之入骨。张仪失去楚王的支持，势穷力竭，大人的地位也就随之尊崇有加。不仅如此，楚、秦发生冲突，对魏国的威胁便会大大减轻。"

　　张旄深然其计，果然派人在途中埋伏，刺杀了靳尚。楚怀王大怒，与秦绝盟。双方兵戎相见，争先恐后，来魏国请求结盟，以牵制对方。张旄主持魏国大政，因势利导，也就成为举足轻重的人物。

　　楚国小臣之谋，深识远虑，有效而易行，一石数鸟。既为己除去仇敌，雪其积愤；又为楚王清洗佞臣，为魏国解除忧患，使楚国摆脱了与秦国的虚假联盟。对秦国借楚国之力似牵制诸国，从中渔利的计划，不能不说是一个打击。其中的关键，就是靳尚。楚怀王惑于靳尚与张仪，楚小臣欲除仇敌，实非易事。楚、秦联盟，魏国欲求无害，亦非易事。靳尚目光短浅，与张仪狼狈为奸，惑主卖国，自以为得计。却不料被人抓住机会，身死而盟败，成为天下笑柄。楚国小臣可谓善于筹划釜底抽薪之计，张旄可谓深识明智，善于采用釜底抽薪之计。

事例：隔绝内外，以求专擅朝政

秦始皇死后，二世胡亥即位。二世为人庸愚而自负，宦官赵高恃恩专恣，独揽大权，多行不法。许多与他结怨的朝臣都被借故诛杀，弄得朝纲大坏，人人自危。赵高唯恐有人向二世奏明其事，处心积虑，日夜谋划，终于想出一条釜底抽薪的妙计。他对二世说："天子之所以高贵，是因为大臣只能遵行他的旨意，难得与他见面。今陛下年少，天下诸事未必尽通。坐朝廷、见大臣，一旦举措失当，就会被大臣小看，此非所以示神明于天下也。陛下不如深居宫禁之内，遇事与臣等仔细商议，然后采取对策。如此，则大臣不敢奏疑事难为陛下，天下人都会称颂陛下，天下人都会称颂陛下圣明。"二世采用了赵高的建议，从此不再坐朝与大臣面议军国大政。赵高得计，居中弄权，成了事实上的皇帝，主宰一切。

丞相李斯对此十分不满。赵高闻讯，心中怀恨，决心除掉李斯，以绝后患。他对李斯说："关东一带，群盗横行。如今，皇帝大征徭役，修建阿房宫，积聚狗马无用之物。我很想劝阻，但身贱位卑，不起作用。这正是您应该做的事情，为何无动于衷？"李斯不知赵高的真正用意，回答说："是这样，我早就想向皇帝进谏了。只是皇帝不坐朝廷，常居深宫，我想说的话，又不能由人转达，想见皇帝，又没有机会。"赵高见李斯中计，心中暗喜。他对李斯说："如果您能进谏，请让我为您寻找机会。"

不久，赵高通知李斯，请他入宫。当时，二世正在饮酒取乐。乐舞美人，罗列于前，心醉神驰，好不痛快。赵高在侧，曲意逢迎，弄得二世更加飘飘然。赵高见时机成熟，命人传李斯立即来见二世。来人对李斯说："皇帝正闲着，可以奏事。"李斯便至宫门，请求见驾，一而再，再而三。二世正在兴头上，闻李斯求见，怒不可遏，骂道："朕平日有的是闲工夫，丞相从来不求见；偏偏今天朕欢宴之时，丞相请求奏事！丞相这是以为我年少可欺呢，还是以为我愚蠢固陋？"赵高在侧，立即进言道："先帝驾崩于沙丘之时，李斯曾参与拥立陛下的谋议。如今，陛下已经立为皇帝，而丞相并没有得到什么更多的好处。他的企图，是裂地而封王啊！如果不是陛下问臣，臣何敢言。臣知道李斯的长子李由为三川太守，由于陈胜等人都是丞相的同乡，所以李由纵虎遗患，甚至群盗路过三川城，官军都不肯出击。臣听说他们经常有书信往来，只是没有拿到证据，不明详情，因此不敢奏闻。更重要的是丞相居外任事，权重于陛下。"二世听信了赵高的话，族灭李斯。从此，赵高更加跋扈。

赵高小人得志，阴险狡猾。他第一步是设计把二世与群臣隔绝开来，实现了控制群臣的目的；第二步是设计族灭李斯，实现了控制皇帝的目的。群臣居外，噤若寒蝉，李斯被杀，群龙无首；二世居内，懵然无知，李斯被杀，失去辅佐。李斯在这里是一个关键人物，除掉李斯，可使二世与群臣双方都失去支柱，只能听任赵高摆布。釜底抽薪，一箭双雕，用心可谓险恶。赵高之计之所以能够得逞，其中的原因并非仅仅在于赵高的手段如何高超。在君主专制政治体制下，君臣之间相互暌隔，本来就是不可避免的趋势。天下为私，君主视国家为己产，臣下视君主为路人，互相猜疑，各为身谋。一二贤臣，遇明君尚不能永保无咎，何况李斯乃贪权图富之辈，二世乃昏庸骄纵之人，沙丘定计，苟合而已，一旦生嫌，局面便不可收拾。赵高正是看准了这一点，才能施展手段，除掉李斯，独揽大权。

事例：赏其仇怨，以定众臣之心

运用釜底抽薪之计，既可以从根本上瓦解敌方的力量，乱中取胜；亦可以从关键处收拾己方的人心，稳定局面。运用之妙，存乎一心，要在掌握形势，击中要害。

汉高帝刘邦以布衣之身得天下，诸将随其征战，浴血半生，历尽艰险。及汉朝初定，刘邦只封了二十几个大功臣，其余文臣武将，不得封赏，焦躁不安，日夜争功，人心浮动。朝廷立足未稳，一旦将士哗变，祸乱立生，局面就将不可收拾。

刘邦浑然不觉，谋臣张良暗中着急。一日，刘邦在洛阳南宫与张良散步，偶然看见将士们三五成群，窃窃私语。刘邦顿生疑心，便问张良："这些人在谈什么？"张良回答说："陛下不知道吗？这些人在商议造反啊！"刘邦大惊失色地说："天下将定，为什么要造反呢？"张良回答说："陛下以布衣之身，依靠这些人冲锋陷阵，取得天下。如今陛下做了天子，而受到封赏的却都是亲戚故旧，被诛杀者都是平生仇怨。况且军吏计算将士之功，不可胜数，即使陛下把天下的土地人民都拿出来，也不可能使将士们的功劳全部得到酬答。这些人一来担心得不到陛下的封赏，二来惧怕陛下疑忌，获罪受诛，因此相聚私语，商议造反。"刘邦闻言，忧形于色，只好问计于张良。张良说："陛下平生最憎恶，而又人人都知道的人是谁？"刘邦说："雍齿与我有旧怨，又常常使我难堪。我打算杀了他，却又感到雍齿立功颇多，于心不忍。"张良说："那就尽快封赏雍齿。如此，则群臣之心可以稳定。"

刘邦心领神会，依计而行，立即传令摆下酒宴，封雍齿为什方侯。然后督促丞相、御史迅速给群臣论功行赏。群臣宴罢，喜形于色，都说："雍齿尚且封侯，我们这些人就更不必忧虑了！"于是人心逐渐稳定，刚刚建立的汉王朝得以避免一次内乱。

张良使用釜底抽薪之计，抽去的是群臣恐惧之心。刘邦初得天下，用自己爱憎行赏施诛，使群臣往往怀有怨望之意。张良为其谋臣，委以心腹之任，虽宜知无不言，亦须见机行事。只有找到恰当场合，耸动刘邦私天下之心，使其认识到形势危险，才能变异其意，封其仇怨。此事中的深意，乃以私攻私，非常人可以领略。

事例：巧夺兵权，安定刘氏天下

专制政治得以维持，重要条件之一是掌握兵权。帝王攘夺天下，非由民意公举，根基既弱，如无军队控制，局面自然不能稳定。所以，历代统治者无不以控制军队为第一要务。尤其是京师禁卫，守护天子门户，统帅之任，举足轻重。历史上，勋臣悍将得禁军之助，篡取帝位，例子不在少数。

汉高帝刘邦死后，吕后擅权。吕姓贵戚掌握政柄，封王封侯，拜相拜将，权势炙手，不可一世。吕后死后，诸吕畏惧大臣不服，行将作乱。周勃、陈平之属，乘机谋划诛除吕氏及其党羽，以安刘氏天下。议来议去，感到赵王吕禄、梁王吕产掌握南北禁军，是一个最大的障碍。双方争夺的焦点，在于如何掌握兵权。

陈平老谋深算，善用奇计。他与周勃密议，劫持老臣郦商，命其子郦寄去见吕禄，动员吕禄交出兵权。郦寄素与吕禄友善，见到吕禄后，道明来意。他对吕禄说："高帝与吕后共定天下，四海皆知。刘氏所立九王，吕氏所立三王，皆大臣计议，宣示诸侯，天下并无异词。如今，吕后驾崩，皇帝年少，足下不马上前往封国，享受富贵，反而率领禁卫之军久驻京师，为大臣所疑忌。如今，外有刘氏诸王之兵，内有刘氏旧臣之谋，内外交困。足下何不归还将印，把军队交给太尉周勃，并请吕产归还相印，与大臣盟誓，归于封国？如此，则外兵必罢，大臣心安，足下可高枕无忧而为千里之王，此万世之利也！"吕禄认为郦寄言之有理，欲从其计，但吕产等人犹豫不决，事情便拖延下来。不过吕禄不知陈平之谋，尚以为郦寄可信，经常与其外出游猎。吕禄姑母吕媭见状，又怕又怒，大骂道："你身为将军而轻离军营，吕氏恐怕要死无葬身之地了！"便把家中珠玉宝器尽数取出，散于堂下，说："毋为别人看守这些东西！"

不久，有使者自外而来，把大臣与刘氏诸王合谋诛杀吕氏的计划告诉了吕产，并请吕产从速入宫，以备不测。陈平、周勃得到消息以后，打算入北军军营，夺取军队，却被阻拦未果。周勃只好又派郦寄去说服吕禄，郦寄对吕禄说："皇帝令太尉周勃统领北军，希望足下归国。您应尽快归还将印，告辞而去，不然，大祸即将临头！"吕禄以为郦寄不会欺骗自己，遂交出将印，把军队授予周勃。周勃进入北军军门，下令曰："支持吕氏者右袒，支持刘氏者左袒！"一军将士尽为左袒，北军遂定。

此时，吕产尚不知吕禄已将北军交出，率从官欲入未央宫，至殿门，不得入，徘徊往来，计无所出。周勃闻报，急发兵卒千余人，击吕产于廷中。正巧狂风骤起，吕产等人不战自乱，逃到郎中府吏厕所中藏匿，被朱虚侯杀死。周勃遂分派人马，将吕氏宗族不分老幼，一律搜捕处斩，大局始定。

吕后临终时，曾告诫吕产、吕禄："吕氏为王，大臣心中不平。我死以后，皇帝年少，恐大臣乘机为变。务必据兵守卫禁宫，不要轻易送丧离开军营，以免为人所制！"不料吕禄如此庸愚，轻信郦寄之言，交出军队，终于导致灭族之祸。所谓太阿倒持，授人以柄。

事例：推恩分地，削弱诸侯之力

秦并天下，废分封，立郡县，海内一统，大权归于中央，无复东周列国纷争，民不聊生之象。不料，秦祚短促，二世而亡。及刘邦立汉，惩秦之弊，以为秦朝之亡，在于宗室无尺土之封，势弱力单；危难之际，不足以藩屏帝室，便大封同姓诸王，割地裂土，遂致诸侯林立，各自为政。

诸王之中，吴王刘濞等七国势力最强。吴国地处东南，饶铜、盐之利，财力殷实，百姓无赋，乐为用命。吴王刘濞久蓄异谋，招诱天下亡命，四十余年之中，骄横跋扈，朝廷不能制。景帝时，晁错几次上书，奏言刘濞之罪，建议削弱诸王。其说云："昔高帝初定天下，昆弟少、诸子弱，于是大封同姓，齐七十余城，楚四十余城，吴五十余城，天下之土，几去其半。过去，吴王与文帝太子有旧怨，诈称老病，不肯朝觐，罪不容诛，而文帝不忍，赐几杖，厚抚慰。殊不料吴王不仅不能痛改前非，反而日益骄恣，即山铸钱，煮海水为盐，招诱天下亡命之徒，图谋不轨。如今，吴王反意已定，反势已成，削之亦反，不削亦反。削之则其事立发，祸小；不削，养虎遗患，尾大不掉，其事拖延下去，祸大。"景帝采纳了晁错的建议，削除了楚国的东海郡、赵国的常山郡以及胶西的六县。

朝廷计议削藩，吴王刘濞恐惧，遂密谋举事。前154年，刘濞联合楚、胶西等七国，以"诛晁错、清君侧"为名，悉发国内丁壮，凡二十万余人，起兵于广陵，攻掠州县，西渡淮水，数破官军。一时之间，形势突变。

晁错建议削藩，其父闻讯，对他说："皇帝初即位，你掌握大政，建议侵削诸侯，离间刘氏骨肉，天下哗然，议论纷纷，你这是何苦呢？"以窦婴、袁盎为首的大臣，也认为削藩之举不宜操之过急。晁错认为："不如此，则天子不尊，宗庙不安。"义无反顾，一意孤行。晁错用意，并非不善。问题在于，以当时形势，强行削藩，势必招来祸乱。晁错两害相权取其轻，为国设谋，忠诚有加，却不料遭到政敌攻击，内外交困，衣朝服而被腰斩于东市。扬汤止沸，其害至深，晁错不了解其中的利弊，遂致身死国难。

晁错被杀以后，吴楚七国并不肯罢兵。战事进行了许久，七国之乱方才平息。但诸王实力尚强，时有嫌隙，国家无力一一剿除，只好迁就姑息。

汉武帝即位以后，锐意进取，削平藩镇，势在必行，又惧怕激起祸变，因此左右为难。前127年，临淄人主父偃为中大夫，向汉武帝建议说："古者分封诸侯，地不过百里，强弱悬殊，易于控制。如今，诸侯或连城数十，或地方千里，缓则骄奢，易为淫乱；急则恃强造反，联兵进攻京师；以法割之，又恐激起祸变，晁错前车之鉴，不可不审。如今，诸侯子弟为数极多，除嫡长子之外，虽为骨肉，亦无尺土之封，于仁孝之道大不相宜。臣请陛下令诸侯推恩分封其子弟，使诸侯之子皆得裂地封侯，人人得其所愿，心中必喜。表面上是施恩于诸侯，实际上是分割其国，使其由大而小，不削自弱，自消自灭。"汉武帝闻言大悦，立即下诏施行。

诏书曰："诸侯王如欲推私恩分其子弟以户邑者，令各奏明，朕将亲自定其名号。"诏书颁布之后，诸王侯陆续分封子弟，称侯者遍及天下。原来国强地广的诸王，很快就分割成许多小国，实力大大削弱。其后，朝廷一一加以削除，而诸侯国小力单，已无力反抗，只好俯首听命。

主父偃之谋，顺乎形势，合于人情，因势而利导，使诸王乐从，确实高出晁错一筹。其实，中国之积弊，冰冻三尺，非一日之寒，急功近利，往往不仅不能奏效，还会激起祸变，使局面不可收拾。历史上许多改革家，处心积虑，以身许国，结果却是出师未捷，前功尽弃，关键就在于不了解这一点。那些老谋深算之人，往往暗中着手，釜底抽薪，于关键而不显眼之处下功夫，事半功倍，也就收到了神奇之效。

事例：迁徙豪民，杜绝地方割据

主父偃之老谋深算，尚不止于出奇计，行推恩之法削除诸王。就在他建议实行推恩之法的那年夏天，又向汉武帝提项建议说："茂陵刚刚建成，其地空旷。可将天下豪杰、兼并之家、乱众之民迁徙于此。一来消除州郡奸猾，杜绝祸乱；二来充实京师户口，可以收不行诛戮而除害之效。"汉武帝深然其计，遂徙郡国豪杰及财产在三百万以上的大户于茂陵。

其实，迁徙地方大户于京师，几乎是秦代以来各王朝的既定方针。自从秦始皇废分封，立郡县，集权于中央，如何控制地方势力，维护中央政府的权威，便成为令帝王们头疼的一个问题。集权之制，其意有二：一为中央控制地方；一为皇帝控制群臣。唐代以前，问题主要在于前者；唐代以后，问题主要集中于后者。汉代的七国之乱，表面上是诸王封地广大，实力过强，桀骜不臣，蓄意造反，实际上却是地方大户为诸王割据提供了基础，提供了人力与财力。从这个意义上来说，主父偃的建议，是推恩之法的继续。削除诸王封地，迁出地方大户，地方势力才有可能被控制在一定范围与程度之内，不至于再生祸乱。内重外轻之势，由此便逐渐形成。

汉武帝迁徙大户之时，牵扯到一位豪侠。关东人郭解，任侠尚气，远近闻名。其家本来并不富裕，但地方官吏忌其得人心，迫令迁徙。郭解有一位朋友，官为将军。闻讯以后，前往说情，称："郭解家贫，不应迁徙。"事闻朝廷，汉武帝不悦，认为："郭解不过是布衣而已，能使将军为其说情，看来并不贫穷。"便令其迁徙。郭解来到茂陵以后，汉武帝听说他因私怨杀过许多人，命官吏治其罪。但是，这些案子都出在大赦之前，不应予以追究。郭解乡里有一位儒生，在接待使者时，听到有人称赞郭解贤德，大为不满，斥责说："郭解专以私怨违犯公法，何以称贤！"一句话惹恼了郭解的一位门客，便伺机将这位儒生杀死，割掉了他的舌头。官吏怀疑是郭解暗中指使，但郭解却毫不知情，谁也不知道究竟是何人所为。官吏查不出证据，奏称郭解无罪。后来，有人认为："郭解乃一布衣，为任侠行权，以私怨杀人；郭解虽不知情，但其罪甚于亲自杀人，当以大逆不道论处！"郭解就这样被诛灭九族。

从这件事例中，可以清楚地看出迁徙地方豪民大户的深意所在。郭解之罪并未达到诛灭九族的程度，但其身为布衣，有如此盛誉，可以号令一方人士，便不能不引起汉武帝的忌恨。主父偃的釜底抽薪之计固然高妙，却并不能解决所有的问题。君主专制政治的存在，使中央与地方的矛盾不可避免。利之所在，冲突常以各种方式表现出来。仅仅削弱地方实力，并不会完全消融矛盾，化解冲突。地方不能与中央抗衡，可以巩固中央集权，减少祸乱，却也牺牲了地方的利益，尤其是发展的速度。其后果是地方的落后，牵制了整个国力的增强。利与弊，权衡之际，值得后人深思。

事例：争宠夺爱，残杀后宫幼子

西汉成帝好声色。一次，微服出游，路过阳阿县主之家，喜欢上了舞女赵飞燕，遂召其入宫，大加宠爱。赵飞燕体轻如燕，美姿色，善歌舞，其妹赵合德尤为美丽，凡是见到过她的人，无不啧啧赞赏。不久，赵合德也应召入宫，封为婕妤。姊妹二人俱侍成帝，贵倾后宫，奢侈腐化，假势弄权，不一而足。

起初，成帝宠爱许皇后和班婕妤。二人比较贤惠，太后也十分赏识。自赵氏姊妹入宫之后，恩泽渐衰。为了夺得皇后之位，赵飞燕诬告许皇后与班婕妤密为蛊术，以求亲媚。成帝轻信其言，废黜许皇后，幽于上林苑中的昭台宫。不久，赵飞燕被立为皇后。成帝欲立赵飞燕为皇后时，大臣们竭力反对，一时之间，议论纷纷。赵氏姊妹心中不安，常怀戒惧之心。于是千方百计，媚惑成帝。赵飞燕无子，惧因此而见疏，遂多与侍郎、宫奴之辈私通，却始终没有生育。为了杜绝告密者，赵合德对成帝说："妾之姊性刚烈，得罪了许多人。万一有人加以诬陷，则赵氏一族灭矣！"
便哭哭啼啼，弄得成帝六神无主。此后，凡有上言告发赵飞燕之
罪者，无不被成帝所诛杀。自此，内外恐惧，无人敢言，赵氏姊
妹得计，更加肆无忌惮。

　　赵氏姊妹虽然权倾天下，却并非没有后顾之忧。在宗法制
度之下，生儿育女、传宗接代，一向是婚姻的主要内容。尤其是
在宫廷之中，母以子贵，是人人都十分清楚，并且体验深刻的道
理。遗憾的是，赵氏姊妹就是不生儿子。尽管汉成帝并没有因此
流露怨言，但姊妹二人还是感到担心。为了保持宠爱，赵氏姊妹
设下毒计，对后宫嫔妃所生之子一一加以杀害，以绝后患。许多
嫔妃在怀孕之时，便被用药坠杀胎儿。元延年间，女史曹宫有妊。
生产以后，赵合德迫使成帝下旨，派中黄门田客与狱丞籍武杀死
婴儿。三天以后，田客向籍武询问情形，发现婴儿未死，大惊失
色，对他说："皇帝与赵氏已经发怒，你为什么不尽快下手？"籍
武回答说："此儿乃皇帝之子。不杀，违反上命，罪不容诛；杀
之，是残害皇子之罪，亦为十恶不赦！"遂痛哭流涕。田客无奈，
只好回报成帝说："陛下尚无子嗣。此儿虽为庶出，亦当留意抚
养。"成帝稍悟，乃命将婴儿交给中黄门王舜，选择乳母喂养。不
料又过了三天，田客突然奉诏送来毒药，命曹宫自尽。曹宫大哭
道："赵氏姊妹果有专擅天下之心，吾儿额上有壮发，貌似元帝。
如今他在哪里？处境太危险了！如何才能使太后知道此事，保护
吾儿？"曹宫死后不久，婴儿便被人取走，从此失踪，下落不明。
其后，废后许氏也生下一子。赵合德怒气冲冲，质问成帝说："陛
下常常骗我，说是不曾去见许氏。如果没有见过，许氏的儿子从

何而来？陛下是不是要恢复许氏的皇后名号？"便大肆撒泼，以手自击，以头撞柱，从床上滚到床下，号啕大哭，不肯进食。又对成帝说："快放我走，我要回家！"成帝大惭，手足无措，回答说："告诉你实情，反而如此动气，简直不可理喻！"于是也不肯用膳。赵合德又说："如果陛下自以为没做错，何必如此。陛下亲口许诺，不会辜负赵氏。如今许氏生子，居然背弃前言，这算什么？"成帝无奈，劝慰道："我已经许诺不使许氏复立为后，令天下之贵者不得超过赵氏，你何必担心呢？"便下诏，命中黄门靳严从许氏处取来婴儿，盛于苇箧之内，送进赵氏居所。成帝与赵合德置帘闭户，侍御者皆出。须臾传旨，召中黄门吴恭，予以箧及诏记，命曰："将此箧交给籍武。告诉他，箧中有死儿，埋于隐蔽之所，勿令人知！"籍武承旨，将许氏之子埋在狱楼垣下。成帝之世，赵氏之宠长盛不衰，而许多无辜的皇子却因此而死于非命。一直至到成帝死后，其中的阴谋才得大白于天下。

事例：明而不断，终坠小人之计

三国时期，吴主孙休喜读书，颇识大体。即位以后，勤于政事。不过，孙休在即位之前，与左将军张布交谊颇厚。及其为帝，张布典掌宫省，弄权用事，倾巧百端，国人怨愤。

孙休在听政闲暇之时，常与博士谈论诗书。听说博士祭酒韦昭与博士盛冲博学多才，欲召二人入宫侍讲。韦昭、盛冲不仅才识过人，而且忠诚耿直。张布闻讯，十分担心，害怕二人入宫，揭露自己的种种过恶，心生一计，便向孙休进言，阻止其事。孙休清楚张布之意，对他说："孤努力向学，博览群书，仅仅打算与韦昭、盛冲讲习典故旧闻而已，有什么不好？你的意思，不过是害怕他们揭露臣下之奸慝，因此不愿他们进宫。这种事，孤心中有数，早已经有所准备，不一定非韦昭、盛冲入宫才弄得明白。"张布惶惧万端，又进一步申辩，认为二人入宫侍讲，有可能妨害政务。孙休不乐地说："政务与学业，其流各异，互不妨害，算不得什么。你何必三番五次，非要孤依你不可？我不同意你的建议！"张布拜谢，叩头不止。孙休说："孤不过是开导你罢了，何至于非要叩头呢？你对孤的忠心一片，远近皆知。孤得继此位，还不全是你的功劳？《诗》云：靡不有初，鲜克有终。开头易，坚持到底难。希望你能终如一。"

孙休心中其实并非不清楚张布之为人。张布施计，欲釜底抽薪，使孙休不得常近君子，而自己则可为所欲为，孙休已经一语道破。但是，孙休明而不断，只因为害怕引起张布的不安，终于听从了张布的劝阻，废其讲业，没有召韦昭、盛冲二人进宫，结果坠入张布计中，政事日昏，国势日弱。后来，张布助孙皓登位，主昏于上，臣佞于下，弄得国家空虚，民不聊生，被晋所灭。

事例：明宠暗忌，巧夺属下之权

用人之际，如用人不力，是掌权者最头疼的事情。熟视无睹，显然会贻误大事；明加黜责，又恐自断其臂，为政敌所乘。如何处理这一难题，确实需要动一番头脑心思。

北周末年，杨坚秉政，独揽大权，欲行篡位之举。北周旧臣纷纷举兵讨伐，一时之间，形势突变。杨坚日夜思虑，食不甘味，寝不安席。当时，刘昉与郑译位居要津，杨坚倚以为重，待之甚厚，赏赐不可胜计。不料，二人恃力骄恣，溺于财利，荒废政务。当杨坚与北周旧臣王谦、司马消难拼力周旋，废寝忘食之际，二人竟然只顾享乐，甚至拒绝出任监军之职。整日逸游纵酒，恣意奢华。如果不是高颎临危受命，力挽狂澜，杨坚的前程也许会就此断送。

杨坚对高颎日益信任，对刘昉、郑译则逐渐疏远。不过，二人毕竟是杨坚昔日功臣，不忍责罚。尤其是郑译，出谋划策，奔走于左右数年之久，如果显加废黜，一来令人有兔死狗烹之议论，于杨氏之党不利；二来给北周旧臣以可乘之机，一旦激起内讧，后果不堪设想。因此，杨坚虽然下决心用高颎取代了刘昉，对郑译还是照旧优容。不过，杨坚想出一条妙计，使郑译终于明白了主子的用心。当时，郑译还像平常一样到府衙听事，看不出有任何变动的迹象，心中稍安。不料一连几天，没有一个人向他请示政务。郑译就这样呆呆地在府衙之中干坐，无事可办，无令可发。原来，杨坚暗中早已经嘱咐其属下官吏，不得向郑译请示、汇报任何事情。郑译自觉没趣，恍然大悟，诚惶诚恐，立即前去拜谒杨坚，叩头请罪，自求解职。杨坚好言安慰了他一番。郑译感恩戴德，从此小心翼翼。

三、抓住要害　迫其就范入彀

釜底抽薪之计在政治斗争中的应用范围是相当广泛的。本计在敌强我弱的形势下，既可以用来消灭已经形成的敌对势力，又可以挫败萌芽状态的危险因素，而且行之有效。但是，在具体的运用过程中，必须慎之又慎，尤其不可使对方识破机关。否则，不仅有可能功亏一篑，还可能招致对方的全力反扑，使自己一败涂地，不可收拾。

第一，在敌国之间。

国与国之间，争夺各方面的利益，其例甚多，不胜枚举。利益之争导致冲突，自然不可避免；但利益之争也可以造成联盟，形成某种力量不均衡的局面。当某一国家面对几个国家组成的同盟时，釜底抽薪之计便大有用处。此外，本计在一国与一国单独对阵，甚至以强对弱之时，也可行之有效。无论在何种形势之下使用本计，都必须注意真正抓住问题的症结所在，否则一切都是纸上谈兵。秦相范雎瓦解合纵派联合攻秦之谋，就是因为看准了这些人不过贪图一己之富贵，并没有什么真正的正义感，甚至仇恨心理，只要略施小惠，就会使这些聚而图利的人，成为争食的狗一样，咬在一处，乱作一团。秦使陈轸退楚兵存齐国，齐名士鲁仲连尺书劝走燕将，是因为抓住了对方隐藏在内心深处的后顾之忧，使其权衡利害，不为无益之举，从而达到了釜底抽薪的目的。不过，运用此计之时，每一步都应落在实处。秦相张仪用釜底抽薪之计，企图欺骗楚王，驱逐楚之谋臣贤士，就是因为虚言无凭，被人看出马脚，结果其计不成，反而失去了楚王的信任。

第二，在君臣之间。

专制政治之下，君臣之间隔阂日深。权力的集中使君孤于上，臣惧于下。君使臣以术，臣事君亦需用术。双方既有共同的利益，又有各自的心事。利益发生冲突之时，互用心计自不必待说，即使为了共同的利益，亦需有所顾忌，保持一定的分寸。触詟说服赵太后以长安君入齐为人质，就是在利益一致的形势下，使用釜底抽薪之计的典范。至于君主防范、控御臣下，尤须善用此计。

汉高帝刘邦用张良之策，首先封赏其仇怨之人，稳定众臣之心，可以说本意为善而用心良苦；汉武帝刘彻用主父偃之计，推恩以分割诸侯之实力；隋文帝杨坚为了保全郑译，不明黜责而暗杀其气势，使郑译终于明白了杨坚的用心，则为善之又善。至于吴主孙休明而不断，识破张布釜底抽薪之计而又不能果断处置，终于坠入计中，以致国势日弱，则当为治国者所必戒。

第三，在臣与臣之间。

专制政治下，矛盾无处不在。由于小农经济的封闭性与分散性，人际关系往往不甚明确，其结果是政治斗争中往往呈现出无原则的特点。人人逐利，无所不用其极。利之所在，或分或合，全无一定之规。掌握了这一特点，便可以用釜底抽薪之计去瓦解对方的联盟，从而在劣势局面中反败为胜。尤其值得注意的是，专制政治之下，臣子之荣辱黜陟，往往只凭君主一己之意。争宠争利，关键是争取君主的欢心。因此，使用种种手段，破坏政敌在君主心目中的地位，始终是中国古代政治倾轧中的撒手之锏。甘茂破坏公孙衍在秦王心目中的地位，赵高引起秦二世对李斯的猜忌，都是运用釜底抽薪之计，使对手失去根本，无法立足，或遭贬逐，或遭杀戮。至于特殊情况之下，抓住对方要害，迫其就范，则尤须深识明察。甘罗说服张唐前往燕国，堪称一绝；而李兑门客用计堵塞苏秦驰说之口，则至为高妙。

四、不动声色　避实击虚待变

釜底抽薪之计作为混战计的第一计，在政治斗争中具有明显的特点，因为在混乱的局面下，能够抓住问题的主要方面，在具体实施上，则具有明显的特点：

第一，就釜底抽薪之计在政治斗争中应用目的而言，具有代价小而收获大的特点。

敌强我弱，抑或两强相遇，如果针锋相对，往往非自取灭亡，即两败俱伤。即使我强敌弱，进行正面攻击，也可能因对方背水一战而招致损伤。因此，善用釜底抽薪之计，往往是政治斗争中制胜的基本方法。此计运用得当，可于不动声色之间陷对方于死地，所谓不战而屈人之兵。避其实而击其虚，代价小而收效大，故老谋深算者，无不乐用此计。

第二，就釜底抽薪之计在政治斗争中作用而言，具有从根本上解决问题的特点。

政治斗争反复无常，形势复杂多变。正面冲突，拼死一战，往往不仅造成损伤，还容易留下后患。或为人口实，或予人可乘之机。如果善用此计，则不仅可以较为顺利地实现自己的目的，从而最大限度地保存自己的实力，还可以使对方丧失根本，无法东山再起、卷土重来。历史上应用此计而成功者，大抵极少后患。

　　第三，就釜底抽薪之计在政治斗争过程而言，具有清醒性与关键性的特点。

　　政治斗争的复杂性，也就决定政治局面是混乱的，施计者能够在混乱的局面下，发现问题的主要方面，抽薪不是火中取栗，所以危险性小。当人们关心沸腾的釜中之水时，施计者能够看到根本问题，即导致水沸腾的根源，不进入沸腾水中，免得被沸腾之水烫伤，去掉导致水沸腾的根源，也就抓住了问题关键所在，既可以保全自己，又能够静观其变，乃是清醒者所为。

浑水摸鱼

——乘其阴乱　利其弱而无主

本计云："乘其阴乱，利其弱而无主。随，以向晦入宴息。"其大意是：乘敌方内部发生混乱，利用其力量虚弱而没有主见，使之顺从于我，就像人按照天时而作息一样自然。此为混战之计，以假乱真，乱中取胜。浑水摸鱼的原意，是把水搅浑，使鱼晕头转向，无所适从，乘机将其捕捉。

一、以假乱真　乘机攻而胜之

《周易·随卦第十七》云：随：元亨，利贞，无咎。《象》曰：泽中有雷，随。君子以向晦入宴息。

【一爻】初九，官有渝，贞吉，出门交有功。《象》曰："官有渝"，从正吉也。"出门交有功"，不失也。

【二爻】六二，系小子，失丈夫。《象》曰："系小子"，弗兼与也。

【三爻】六三，系丈夫，失小子，随有求得。利居贞。《象》曰："系丈夫"，志舍下也。

纵横捭阖戏诸侯，浑水摸鱼存九鼎

【四爻】九四，随有获，贞凶。有孚在道以明，何咎？《象》曰："随有获"，其义凶也。"有孚在道"，明功也。

【五爻】九五，孚于嘉，吉。《象》曰："孚于嘉吉"，位正中也。

【六爻】上六，拘系之，乃从维之，王用亨于西山。《象》曰："拘系之"，上穷也。

在六十四卦中，"随"的意思就是随时变化。象曰："泽中有雷，随。君子以向晦入宴息。"意思是：夜晚来临，雷雨交加，洼地便要积水；而人亦需入寝休息。日出而作，日入而息，随时变化，理所当然。《六十四卦经解》云："随，从也。"又云："随有随时、随人二义。"无论"随时"抑或"随人"，顺应自然，随时变化，都是至为关键的一个原则。可推演出此计在政治斗争的可能和结果如下：

第一种，浑水摸鱼就是见机而动，而一爻为阳，乃是明摆着的事，所以是吉，但也应该注意把握时机，因为时机往往是稍纵即逝。

第二种，使用浑水摸鱼之计，虽然是见机而动，但不懂得把握机会，就不能够得到其利。此爻为阴，有二变卦，柔易失机，是小子所为，若是如此，则不能够兼得其利，却无所失。

第三种，处在四变卦的阴爻之中，若是使用浑水摸鱼之计，以把握时机为上，力求获利，但要注意取舍，不要因小失大，坐失其利。

第四种，使用者处在刚阳的八变卦之爻，若是有所收获，乃是凶事，必须把握时机，不要被收获所迷。刚阳之爻，在于把握刚强之道，得到此道，就能够获得成功，不会获咎。

第五种，使用者依然处在刚阳的十六变卦之爻，其位正义明，依道行事，自然是吉，当然要坚决实施，不用有顾虑。

第六种，浑水摸鱼本来就是明摆着的机会，但上六是阴爻，有三十二变卦，也就决定明摆着的机会，不能够明目张胆、大张旗鼓地去获利，要使用一些谋略，既获利，又不能够让人们知道自己趁机获利，也就达到该计的最高境界。

该计用于军事，主要是在敌人混乱之时，乘机攻之以取胜。秘本书法《三十六计》在解释此计时说：动荡局面之下，会存在相互冲突的多种力量，而势单力薄者往往依违无主。我方可以利用这一点，将其争取过来，或者消灭掉。《六韬》曾说："三军多次惊扰慌乱，队伍不齐，士卒惧怕遇见强敌，交头接耳地说着泄气的话。挤眉弄眼，谣言不断，人心浮动。不怕法令，不服主将。这就是怯弱的征兆。如此无主之"鱼"，在混战之际，应不失时机地加以捕捉。如刘备夺荆州、取西川，便是使用这一计谋的实例。而刘表、刘璋之流，恰是当时的阴乱无主之"鱼"。

该计用于政治，则是在混乱的局面中，采取主动行动，迷惑对手，使其无法了解形势，不辨真伪，无所作为，最终被我制伏。值得注意的是，浑水摸鱼不仅可以在水已浑之后乘机渔利，而且可以在水浑之前故意把水搅浑，有目标地从中渔利。专制政治的特色之一是君臣猜忌，臣与臣之间互相戒备，上下之情不通，缺乏透明感，有如捉迷藏一般。这种体制，不仅容易造成混乱，而且为形形色色的政治家、野心家、阴谋家所利用，可以在这种混乱中进行渔利。因此，本计不仅为人所乐用，而且不断得到完善与发展。

二、与时变化　花样尽可翻新

政治局势的混乱性，导致浑水摸鱼之辈层出不穷。在政治旋涡之中，浑水摸鱼之计的运用无处不在。与时变化，花样翻新，典范之例，随时可见。而用计之人，或虎口夺食，或死里逃生，或技高利厚，或弄巧成拙，亦足为前车之鉴。

事例：纵横捭阖戏诸侯，浑水摸鱼存九鼎

东周时期，诸侯争霸，天下大乱，天子势力日益衰弱。周显王的时候，秦国兴兵攻周，索求九鼎。九鼎乃天子的象征，失去九鼎，就等于亡国。周显王大惧，问计于颜率。颜率回答说："大王勿忧。臣请东去向齐国求救。"颜率来到齐国，对齐宣王说："秦国大逆不道，欲兴兵攻周夺取九鼎。周君臣想了许久，认为把九鼎送给秦国，不如归之于齐国。大王想想看，保存危弱之国，可获美名；得到九鼎，亦称厚利。齐国功援，获美名、得九鼎，一举两得。愿大王考虑！"齐宣王闻言大悦，发兵五万，以陈臣思为将，驰援东周，秦兵闻报，罢兵西归。

秦兵解围，齐国准备按约索求九鼎。周显王更加担忧。颜率说："大王勿忧。臣请东行，以解此厄。"颜率再次来到齐国，对齐宣王说："周朝得齐国之援，君臣父子免于乱亡。感激之余，愿意献出九鼎。不过，不知道大王打算从哪条路把九鼎运回齐国呢？"齐宣王说："寡人打算取道梁国。"颜率曰："不可。梁国君臣企图得到九鼎，处心积虑，无日而止。如果九鼎路经梁国，必然被其扣留。"齐宣王说:"那么就取道楚国。"颜率回答说:"这也不行。楚国君臣欲得九鼎,同样也是由来已久,如果九鼎路过楚国,也会被其扣留。"齐宣王既恼怒又担忧,无可奈何地说:"那么,寡人究竟应该从哪条路把九鼎运回齐国?"颜率不慌不忙地回答道:"周朝私下里很为大王担心。大王想想看,九鼎并非一般的油壶酱罐,可以怀揣手提带到齐国;也不像鸟聚鸟飞、兔窜马奔,叮咛片刻即至。当年,周伐殷,得九鼎,运至周都,一鼎用九万人来运,九九八十一万人,其余士卒护卫、器械用具不计其数。如今,且不说大王难以找到这么多人来运送,即使有人,又从哪里出入呢?我私下里真是为大王着急。"齐宣王这才恍然大悟,狠狠地说:"原来您反复往来于齐国,却什么也不打算给寡人。"颜率说:"我怎么敢欺骗齐国呢?请大王早定路线,周朝迁鼎以待命。"齐宣王计无所出,只好作罢。

运用浑水摸鱼之计,要在蒙骗对方。但是,这种蒙骗必须经过慎重考虑和策划,一旦被对方识破机关,后果不言而喻。因此,在运用本计时,既要使对方不生疑心,又要留有充分余地。周室衰弱,给列国分据以可乘之机,但列国之间矛盾重重,钩心斗角,也并非不可以利用。颜率正是看透了这一点,利用齐国窥视九鼎之心,说动齐宣王,出兵救难。齐宣王求鼎心切,竟然没有考虑到诸如如何把九鼎运回齐国这样一些关键问题。直到秦兵已退,颜率方才点破机关,点醒迷津。整个过程毫无破绽。乘乱而自存,这是一个突出的例子。

事例:制造口实夺权柄,献策进计逐政敌

浑水摸鱼之计,不仅可以用来迷惑对方,以达到制伏对方的目的，还可以用来迷惑决定对方命运的人物，使其真伪不辨，为己所用。

春秋战国时期，齐威王聪明刚察，天下闻名。但有的时候也不免糊涂，坠入他人计中，为渊驱鱼。当时，邹忌为相，田忌为将，二人不和，互相猜忌，倾轧不已。后来，一位名叫公孙阅的人给邹忌出了一个主意。公孙阅说："大人何不向齐王建议讨伐魏国？如果胜了，是大人谋划得高明，可以领功受赏；如果败了，则是田忌指挥不力，不肯用命，即使不死在战场上，也可以找个罪名除掉他。"邹忌颇以为然，遂献伐魏之谋。

田忌督师伐魏，三战三捷。邹忌不悦，又去找公孙阅问计。公孙阅便派人携带二百两黄金，到闹市上去卜卦，又对卜者称："我乃田忌派来的人。将军三战而三捷，威震天下，欲反齐而自为王，请先生卜之。"公孙阅派去的人走后，邹忌立即向齐威王告变。捉来卜者案问，果然铁证如山。田忌无奈，弃职出奔于别国。

田忌从齐国出奔以后，到了楚国。邹忌独揽大权，更加得势。但是，又担心田忌会借楚国之力重返齐国执政，心中不安。杜赫对他说："大人放心，我会使田忌留在楚国。"于是，杜赫南下至楚，对楚王说："邹忌之所以仇恨楚国，就是因为担心田忌会借楚国之力卷土重来。大王何不封田忌于江南之地，向邹忌表明田忌绝不会返回齐国。这样，邹忌就将与楚国修睦。田忌亡命之人，得江南之封，必对大王感恩戴德。如果他将来有机会归国，也会尽心竭力，报答大王。这就是一箭双雕之计，使田忌与邹忌同时被大王所利用。"楚王点头称是，遂封田忌于江南。

邹忌浑水摸鱼，逐出田忌，其计可谓高明；杜赫说楚王封田

忌于江南，亦不亚于前者。但是，兄弟阋墙，外人得利，真正从
中得到好处的却是楚王。大局为重，是人们常说的话，但一到关
键时刻，仍不免打浑水摸鱼的主意。摸来摸去，弄得国家虚弱，
民不聊生，水浑鱼尽，用计者自己也在其中。

事例：利其所利夺其利，得其所失争其失

张仪初到楚国的时候，遭到冷落，心中不甘。他对楚王说：
"大王无用臣之处，请让我北上去晋国。"楚王正不耐烦，立即应
允。张仪问道："大王不希望得到晋国的宝物吗？"楚王说："黄金、
珠玉、犀角、象牙皆产于楚国，应有尽有。寡人没什么想要的。"
张仪说："大王难道不喜欢美女吗？"楚王说："你这是什么意思？"
张仪回答说："中原的女子，粉面黛眉，立于衢闾之间，外来客见
了，无不嗟赏，以为遇见了仙子。"楚王心动地说："楚国地处僻
陋，不知道中原的女子如此美貌。寡人怎么会不喜欢呢？"便送
给张仪大批珠宝，请他寻找美女。

楚王后宫南后与郑袖听到这个消息，妒火中烧，十分害怕因
此失宠。南后派人对张仪说："听说您要前往晋国。我们这里有黄
金千斤，送给您做旅费。"郑袖也派人送黄金五百斤给张仪。

张仪收到双方的礼物以后，向楚王辞行，对楚王说："天下
关津阻隔，交通不便，不知何日可得再见。希望大王赏臣一杯酒
喝。"楚王允诺，摆下宴席，与之共饮。宴中，张仪再三叩首，对
楚王说："这里没有外人，能否请大王把宠幸的姬妾召来共饮？"
楚王便召南后与郑袖入席。张仪见到南后与郑袖以后，伪作惊奇
之状，向楚王叩拜请罪说："臣有死罪于大王。"楚王不解其意，
张仪回答说："臣遍行天下，从来没见过如此美貌的女子！这样说

来，臣请为大王寻找美人，是欺骗大王啊！"楚王说："你不必在意。我早就知道天下没有比南后与郑袖更美貌的女子。"

张仪在楚王与后宫之间蓄意制造了一场混乱，从中大捞了一把，受楚王之珠玉，获南后、郑袖之重金，然后溜之大吉。机关精巧，不愧为浑水摸鱼之高手。

事例：乘其争利失其利，窥其所失渔人利

浑水摸鱼，常须故意制造混乱。此中机关非轻易可以布设成功，倘若对手明察秋毫，且有一定之规，摸鱼者便不易下手。但是，乱局之中，总有可乘之隙。善于把握时机，善于布设巧局，就可以从中取得好处。

春秋战国时期，周室式微，日弱一日。列国窥伺侵夺，不一而足。但周室内部并未因局势窘迫而团结一致，内讧时起，矛盾重重，局外人乘机插手，浑水摸鱼。当时，周室领地的东部与西部分裂为二，西部居上流，控制水源，东部居下流，常为其所阻扼。东部打算种稻，西部便截住水源。东部常常为此而大受其害。苏秦之子苏代见有机可乘，便对东周君说："臣可以说服西周开放水源，何如？"于是西行，往见西周君，对他说："您的计谋是个大错误。如今，水源阻绝，东周改种麦子，这岂不是使其更富裕吗？您如果真打算坑害东周，莫不如给他们放一次水。东周之民只有麦种，一旦放水，必重新改为种稻，麦种便被抛弃。然后，您再阻断水源，迫其复为种麦。如此，则可令东周之民承仰西周而活命，您不就可以令东周之民为您驱驰效命了吗？"西周君称善，遂开放水源，并重赏苏代。苏代于东西之间翻云覆雨，得双方之厚贿，而东西之争遂愈演而愈烈。

事例：体贴入微伪施爱，阴险毒辣真心狠

魏王赠给楚王一位美人，楚王大悦，甚加宠幸。爱姬郑袖心中不平，千方百计加以倾害。她装出一副毫不妒忌的样子，对新人倍加关心，体贴入微，衣服器物，恣其所欲；宫室卧具，择其所善，比楚王想得还要周到。过了一段时间，新人放松警惕，以为郑袖果真贤德淑惠，并不像外司传说的那样阴险毒辣。楚王心中也十分满意，称赞道："妇人侍奉丈夫，靠的是美色。有妒忌之心，人之常情。如今，郑袖知道我宠爱新人，不仅不妒忌，而且比我还更要关心新人。如此贤淑，即使孝子侍奉父母、忠臣侍奉君主，也不过这样！"

郑袖闻楚王之言，心中暗喜，马上开始行动。她对新人说："大王十分喜爱你的美色，这你是知道的。不过，大王很讨厌你的鼻子。以后见到大王，一定要捂住鼻子才行。"新人不知是计，以后见到楚王，果然以手掩鼻。楚王纳闷，询问郑袖："最近，新人见到寡人，总是捂住鼻子，这是怎么回事？"郑袖说："妾知之。不过，说出来怕大王不高兴。"楚王说："你尽管从实说来。"郑袖回禀道："新人大概是讨厌闻到大王身上的臭味。"楚王大怒，骂道："悍妇！如此无礼！"下令对新人施以劓刑。郑袖得计，专擅后宫。

郑袖善用计谋，蛊惑楚王，不一而足。外廷诸臣，亦时常遭其倾害。当新人初入之际，郑袖曲意奉迎，博得双方欢心之后，立刻施展毒计。虚虚实实，真真假假，楚王不察其奸，自毁所爱，终于坠入郑袖计中。郑袖此计，利用的是新人的无知与楚王的昏庸。郑袖略施小计而楚王自乱，以此治国，安能不亡。

事例：澄本正缘清彻底，浑水摸鱼计难施

运用浑水摸鱼之计，先决条件是对方没有主见。天下大势，时时有乱，但也并不是时时可以从中渔利。

长平之战以后，秦军大胜而归。秦王派使者来到赵国，声称如果赵国割让六座城池，便可以议和。赵国新败，举国震动，闻秦使之言，君臣惶恐。这时，楼缓刚刚从秦国来到赵国。赵王问计于楼缓，楼缓已有主张，却故意推托，声言："此事非人臣可知。"赵王固请，楼缓说："大王听说过公甫文伯的母亲吗？公甫文伯在鲁国做官，病死以后，房中妇人有十六位自杀以殉。但是，其母闻讯以后，却不肯哭泣。有人问其缘故，其母回答说：'孔子当世贤人，从鲁国出奔，我的儿子不能追随左右。如今死去，却有十六位妇人为之自杀，这不是说明他对长者礼薄而对妇人恩厚吗？'这番话，从其母之口而出，是贤母之言；如果从妻室之口而出，不就成了妒妇了吗？话还是那句话，但由谁说出，则意味大不一样。如今，我刚刚从秦国到达赵国，如果劝大王不割城池，显然行不通；如果劝大王割让，又害怕大王以为臣替秦国说话，因此不敢妄言。不过，我私下以为，站在本王的角度考虑，还是割让的好。"赵王闻言，点头称是。

虞卿得到消息以后，立即去见赵王。赵王把楼缓的意思告诉了虞卿。虞卿说："此话甚无道理。"赵王问："从何说起？"虞卿回答道："秦军攻赵，是力尽而归呢？还是尚有余力，可怜大王而罢兵了呢？"赵王说："秦攻赵，不遗余力，一定是力尽而归。"虞卿说："秦攻赵，力不足而罢兵，而大王却使秦国得到了本来得不到的东西，这不是帮助秦国进攻自己吗？明年秦兵再来，大王岂不是没救了吗？"

赵王犹豫不决，又把虞卿的话告诉了楼缓。楼缓说："虞卿岂能完全了解秦国的实力？既然知道秦军攻无不克，又不同意割让弹丸之地，如果秦军明年来攻，岂不是要割让腹地才能讲和吗？"赵王说："如果我听从您的建议，割让六城，您能保证秦军明年不进攻赵国吗？"楼缓说："这我不敢保证。当年，三晋与秦相善，如今秦国放过韩、魏而专攻赵，看来大王侍奉秦国必不如韩、魏尽心。请允许臣为大王排忧解难，开关通商，与秦、韩、魏三国修好，至于来年秦军会不会专攻赵国，臣不敢保证。"

赵王狐疑，又去询问虞卿。虞卿说："楼缓认为不讲和，明年秦军再来进攻，会割让更多的土地。如果讲和，楼缓又不能保证秦军不会卷土重来。这样说来，割地有什么用呢？明年秦军攻赵，又会得到本来得不到的东西，讲和罢兵，这不是自己消灭自己吗？不如干脆不讲和。秦虽善攻，不能取六城；赵虽兵败，亦不失六城。秦兵力尽而归，必然疲惫。如果我们拿出六座城池，献给天下强国，与之联合攻秦，虽有所失，亦有所得，不是强于坐而割地、自弱而益秦？如果照楼缓的意思办，割地事秦，明年秦国又要求割地，大王是给呢还是不给呢？不给，则盟好立绝；给，则坐而地尽，这还有个完吗？秦怀虎狼之心，贪欲不止，而大王之地有限。以有限之地，奉无已之求，哪里还有赵国的生路？大王一定不要割地。"赵王曰："好吧。"

楼缓得到消息，又去见赵王。他对赵王说："虞卿知其一而不知其二。秦、赵交兵，天下大悦，这是因为列国都打算坐山观虎斗，从中渔利。如今秦胜赵败，列国皆贺，难道不是说明列国倒向秦国了吗？大王何不尽快割地讲和，使列国疑惑，使秦国安心。不然，天下将乘秦之怒，因赵之弊而瓜分之。赵亡日可待，如何图秦？望大王决断，不要再犹豫了。"

虞卿闻讯，又来见赵王，对他说："楼缓为秦渔利，形势太危险了！赵兵大败，又割地求和，天下共疑之，又怎么能使秦国安心？这不是示弱于天下吗？况且臣所谓不割地，并不是说不能把城池送给别国。秦国索要六城，大王可以用五座城池贿赂齐国，与之并力攻秦，夺其土地，是失于齐而偿于秦也。然后，大王可与韩、魏修睦。韩、赵、魏、齐联兵攻秦，何患不胜？"赵王闻言说："此话有理！"立即派虞卿东行，与齐王谋共攻秦。

秦王闻讯大惊。虞卿还没有从齐国返回，秦国的使者已经来到赵国，商讨和议。楼缓见势不妙，仓皇出逃。

当赵国新败之际，局势混乱，不一而足。秦乘其弊，要求割地。楼缓助秦之谋，浑水摸鱼，居心叵测，自以为其计必行。但是，赵国局势虽然险恶，虞卿善谋，赵王能断，亦能解危拯困，不坠渔人计中。由此看来，事在人为，其言不虚。

事例：虚与委蛇谈家事，制造假象坏敌盟

春秋战国时期，列国纷争，或盟或攻，往往朝三暮四。齐闵王时，与魏国不和，便约见燕、赵、楚的丞相在卫国会面，准备联合攻魏。魏王闻讯，非常害怕，便与公孙衍商议对策。公孙衍说："大王勿忧，请予臣百金，破坏他们的联盟。"于是，魏王为公孙衍准备了车乘与黄金。

公孙衍预先打听到了齐王到达卫国的日期，提前去那里等候齐王。公孙衍以百金为见面礼，请求齐王在会见诸国丞相之前先与他见面，费了许多周折以后，终于得到允许。公孙衍见到齐王以后，寒暄落座，故意东拉西扯，拖延时间，并把话题扯到齐、魏关系，言谈阔论，滔滔不绝。

果然，公孙衍与齐王会面的消息很快便被燕、赵、楚三国的丞相知道了，而且还传来了一些谈话的只言片语。三国丞相十分怀疑，又十分恼怒，便对齐王说："大王与我们相约结盟，共攻魏国。如今，魏国使者公孙衍到这里来，大王竟然与他谈了那么久，这不是齐、魏合谋，打算对我们三国不利吗？"齐王解释说："魏王听说寡人到卫国来，特派公孙先生问候寡人，寡人并没有与他说什么。"但是，三国的丞相坚决不肯相信，无论齐王怎样解释都没有用。齐、燕、赵、楚合盟攻魏之谋也便就此告吹。

公孙衍用百金之小利，轻而易举地破坏了敌国的联盟，关键是利用了诸国之间的互相猜疑。当是之时，各国之间矛盾重重、本来就缺乏建立稳固同盟的基础，一有风吹草动，便会闹得不可开交。公孙衍正是看准了这一点，才能成功地制造假象，使联盟不攻自破。而齐王贪图小利，不识大体，竟然允许公孙衍首先入见。事后之解释，不仅难以自圆其说，而且越描越黑，愈说愈乱，实为咎由自取。

事例：用人而疑难成事，听信挑拨终自毁

公孙衍在魏国，欲助魏王以成霸业，鞠躬尽瘁，四处奔走。但是，魏王宠臣田需对他非常忌恨，从中作梗，使其不得施展。公孙衍无可奈何，只好与魏王摊牌。他对魏王说："臣竭力尽智，一心为大王开拓疆土，使大王威名远扬。然而，田需从中掣肘，而您又对他言听计从。如此，则臣永无成功之日。如果大王能斥逐田需，则臣可以留在魏国；如果田需仍在大王之侧，则臣即刻离开大王。"魏王说："田需乃寡人股肱之臣。如果您感到不便，不论天下人怎样说，我都可以除掉他。这样吧，我将为您而将其斥逐，使他不敢干涉您的大事。如果他有不轨的举动，我就杀了他，如何？"公孙衍对这个回答十分满意，立即联络诸国，并把田文推举为魏相，共谋其事。

田需遭到冷落，问计于苏代。苏代应其求，前去游说魏王。他对魏王说："臣请问大王，田文为魏国效力，会有为齐国效力那样尽心吗？"魏王答曰："不会。"苏代又问："公孙衍为魏国效力，会有为韩国效力那样尽心吗？"魏王答曰："不会。"苏代便对魏王进言："公孙衍重韩而轻魏、田文重齐而轻魏。这两个人，将利用大王之国，谋利于世。齐、韩得利，魏国得祸，大王又从何而知之？必不得已，臣请大王召回田需而置于左右，以牵制公孙衍与田文。此二人见王如此，必知田需其非亲信，如举事而不利于魏，将为田需告王而挫败，从而不敢妄生异心。不管此二人举事利于魏，还是不利于魏，大王置田需于侧，从中牵制，都对大王与魏国有利无害。"魏王以为有理，果然召回田需，置于左右。

用人不疑，疑人不用。魏王与公孙衍之言，实有明君之风，然初因公孙衍而逐田需，继而以苏代之言又置之左右。田需是否贤能，姑且置之弗论，岂用人之道，可以如此反复无常？苏代聪敏善辩，攻公孙衍、田文之来历，使魏王误以为二人将重韩、齐而轻魏，其心叵测，而魏王竟惑于其言，使田需得以复用，所谓自毁长城，自毁大计。

事例：*为求尊重献狠计，左右逢源希渔利*

专制政治之下，君主独尊，用人由己。选贤举能，往往成为空谈。不仅如此，用人不由公选，则趋炎附势之人，可以媚事主上，获取高位。此风一长，争权夺利之事便不可遏止。得位者如升仙，失位者似沉泉，争来争去，无所不用其极。

秦、赵大战之际，赵国屡败。赵王宠信建信君，一时之间，权势炙手。当时，魏牟路过赵国，曾经向赵王进言，劝其另选贤能，以应危局。魏牟用了一个譬喻，企图使赵王明白，即使做一顶帽也需要内行之人，何况治理国家，怎么可以随便用人？他说："如今秦军兵锋正盛，而大王竟然用一个无能之辈与强秦抗衡，不是自取灭亡吗？"赵王不用其言。

建信君贵盛无比，重臣韩向不服，处心积虑，争夺丞相之位。后来，翟章从梁国来到赵国。赵王与翟章谈了几次，非常欣赏他的才智，几次打算任命他为丞相，但翟章坚决推辞，不肯接受。翟章得到赵王信任，建信君与韩向都不高兴，尤其是韩向，更加受冷落。这时，一位名叫田驷的人对韩向说："我可以为大人排忧解难。"韩向问计，田驷说："我替您刺杀翟章。如果成功，赵王一定认为是建信君所为，赵王必怒而诛杀建信君。建信君被诛，翟章被刺，接替丞相职务的一定是您。如果赵王不杀建信君，那么，建信君就会因为您替他除掉了政敌而感谢您，与您成为至交。您施恩于建信君，不是也可以受到重用吗？"

田驷之计，可谓一箭双雕。进可攻、退可守，左右逢源。此计是否得手，不得而知，但其用心却十分险恶。如果韩向听信其言、施行其计，恐怕真正在浑水之中获渔人之利者并不是韩向。

事例：出尔反尔失信誉，首鼠两端招致祸

春秋战国时期，楚国原来较为强盛。不过，楚国内部矛盾频起，主昏于上，臣佞于下，内政外交，一片混乱，很快就变得衰弱不堪。楚怀王昏庸无谋，信任小人，斥逐君子，不可能有什么大的作为，却偏偏好大喜功，结果总是赔了夫人又折兵。当时，秦国势力日强，虎视诸侯，往往利用楚国的力量达到自己的目的。而楚怀王不明形势，几次上当，竟然丝毫不知反悔。

前306年，秦国与楚国联兵进攻魏国，包围了皮氏。魏国告急，派人游说楚怀王。说客对楚王说："楚国与秦国击败魏国，魏王恐惧，以为将有亡国之祸。这样一来，魏国必然向秦国靠拢，楚国岂不危险？大王何不背秦向魏。魏王心喜，必然以太子为人质，与大王结盟。秦国害怕失去楚国的援助，一定会献城池与大王。大王得到秦国的城池以后，不是还可以进攻魏国吗？一战而得秦、魏两国之地，又不失秦、楚之盟，大王何乐而不为？"楚王大悦称善，便背秦国之盟。魏王送太子入楚，双方休战。

秦昭王闻讯，又怒又怕，答应给楚国城池，准备与楚国重新进攻魏国。但是，秦军统帅樗里疾，对楚怀王背信弃义的做法十分生气，决定与魏国联盟，共攻楚国。不过，楚国掌握着魏国的太子。樗里疾担心魏王不肯牺牲太子的安全，结盟不成，便又派人去游说楚王。说客对楚王说："樗里疾派臣来拜见大王，要我转告大王：秦王打算献城池于楚。但是，魏国太子尚在楚国，秦王怎么敢贸然从事呢？请楚国归还魏国人质，秦国就将立即献出城池，两国巩固联盟，马上进攻魏国。"楚王以为背秦向魏之计取得了成功，立即答应，送走了魏国的太子。樗里疾得计，与魏结成同盟，大举进攻楚国。

楚怀王于大战之际，轻信说客之言，出尔反尔，首鼠两端，结果被魏、秦玩弄于股掌之上，为天下所笑。反自以为得计，其庸愚迟钝，似非一般可比。秦、魏浑水摸鱼，各得其利，说客之功，功不可灭，但是，如果不是遇到了楚怀王，又哪里会如此轻而易举地得手呢？

事例：乘机邀利贼芒卯，巧计周旋诸侯国

春秋战国时期的芒卯，是一个极善浑水摸鱼的策士。

当时秦、赵两国联兵伐魏，魏王十分担心。芒卯对魏王说："大王不必忧虑，臣有一计，可以应敌。"魏王从其计，派张倚到赵国去，对赵王说："邺这个地方，魏国很难保住。如今，大王联秦攻魏，魏王恐惧，求献邺地。请大王罢兵。"赵王大喜，召相国议事曰："魏王求以邺地与寡人讲和，条件是寡人与秦绝盟。"相国回答说："联秦攻魏，死伤士卒，所得也不过邺地。今不用兵而得邺地，臣以为可以答应。"张倚见赵王已经允诺，便说："敝国准备献地的官吏，已经到达邺地，大王将如何回报魏国？"赵王便与秦国断绝关系，封闭关津，秦、赵之间立即剑拔弩张。

赵、秦绝盟，赵王派使者到魏国索要邺地。不料，使者见到芒卯之后，芒卯却对他说："敝国所以与大王讲和，目的就在于保存邺地。所谓献邺云云，是使者妄言，我丝毫不知情。"赵王自知上当，叫苦不迭，又害怕魏国与秦国合兵攻赵，只好忍痛割五座城池给魏国，维持双方结盟关系，以对抗秦国。

这件事过去以后，芒卯名声大振，魏国君臣都对他深为敬重，赏赐之物，不可胜计。不过，芒卯对此并不满足，找了一个机会，对秦王说："大王行事往往不利，问题在于没有得力之士在诸国做内应。臣闻明王行事不违中道，如今大王希望从魏国得到的，不过是长羊、王屋、洛林之地而已。如果大王能使臣作为魏国的司徒，则臣可以令魏国献出这些地方。"秦王闻言称善，便对魏国施加压力，使芒卯做了魏国的司徒。

芒卯做了司徒以后，立即回报秦王。他对魏王说："大王所担心的是上游一带，此地接近秦国，一旦秦军来攻，朝不保夕。不过，秦国所要求的，不过长羊、王屋、洛林之地。大王何不献之与秦，秦王高兴，上游一带便免遭进攻。上游无患了，大王可以出兵攻齐，获得更多的土地。"魏王称善，便把这些地方献给了秦国。秦、魏约定联兵攻齐。

过了几个月以后，魏王不见秦国有出兵的迹象，心中怀疑，便问芒卯："献地已经数月之久，而秦兵不出，这是怎么回事？"芒卯大惊失色地回答说："臣罪当诛，不过，臣死了以后，秦、魏之盟必绝，大王便没有理由指责秦国了。不如赦臣之罪，派臣入秦，要求秦国履行承诺。"魏王便派芒卯入秦。

芒卯到了秦国之后，对秦王说："魏王之所以把长羊、王屋、洛林之地献给秦国，就是打算请大王出兵共攻齐国。如今，地已献出，而秦兵不出，臣是死定了。不过，此后天下之士，谁还敢为大王效力呢？"秦王闻言猛醒，回答说："国家有事，未暇出兵而已。既然您如此说，便可带兵而归。"十日以后，秦兵出，与魏兵会合，芒卯为将，东击齐国，夺其三十二县。

芒卯以齐国布衣，肆其口舌，纵横捭阖于赵、魏、秦三国之间浑水摸鱼，大获其利，虽几次陷入困境，却终能化险为夷，则可见其智识才略必有过人之处。不过，其人所为，不顾大局，非为仁义，徒增天下已乱之势而已。至于三国，被其玩弄于股掌之上，赵王贪利心切，背盟毁约，结果不仅没有得到邺地，反而损失五城；魏王病急乱投医，虽失长羊、王屋、洛林之地，但得赵五城，得齐数十县，可谓不赔不赚；秦王以出兵助魏，得其长羊、王屋、洛林之地，最为胜算。三王之高下，由此可以了然。

事例：为固己位搅浑水，化害为友得其鱼

春秋战国时期，司马熹三次被任命为中山国的丞相。中山国的宠姬阴简，对司马熹十分忌恨，千方百计进行倾害。司马熹担心禄位不保，不敢贸然行事，因此十分焦急。

恰好此时阴简与中山君的另一位美人江姬争夺后位，闹得不可开交。司马熹有机可乘，便对阴简说："您与江姬争夺后位，事成，自然有荣华富贵；不成，则恐身家性命不保。您欲成功，臣有奇计，为何不与臣共商大计？"阴简闻其言，大喜过望，回答说："如果事情成功，必有重谢！"

得到阴简的许诺之后，司马熹立即去见中山君。他对中山君说："臣有办法，可使中山强大，使赵国衰弱。"中山君大悦，说："愿闻其详！"司马熹又说："臣不敢妄言。必须亲自到赵国走一趟，观其地形险阻，人民贫富，君臣贤否，进行一番比较研究，才可以回禀大王。"中山君以为言之有理，便派司马熹去了赵国。

司马熹见到赵国武灵王，对武灵王说："臣听说赵国之人善于音乐，佳丽妙姝，美女如云。如今，臣来到赵国，遍游都邑，却发现民俗鄙陋，女子容颜平平，绝无佳丽美好之人。臣周游列国，无所不至，从来没有见过有比中山国阴简更美的女子。不知道的人，还以为是仙子，怎样形容都不会过分。她的容貌颜色，确实远超常人。不过，此女眉目鼻颧，犀角偃月，闭月羞花，沉鱼落雁，乃帝王之后，非诸侯之姬也。"武灵王闻言，心猿意马，不能自制，高兴地说："吾愿得之，如何？"司马憙回答道："臣是有感于阴简的美貌，不由自主，告诉了大王。如果大王打算向中山君索要此女，这可不是臣可以随意应允的。希望大王不要把臣的话泄露出去。"

司马憙辞别赵武灵王，回到中山。对中山君说："赵王并不是什么明君。不好道德，专务声色；不好仁义，专务勇力。臣听说他打算向大王索要阴简，以为姬妾。"中山君闻言恼恨，司马憙又说："赵乃强国，以势压人，索要阴简一事，不可避免。大王如果不许，则大兵必至，社稷不保；许之，则示弱于人，为天下耻笑。"中山君忧形于色，计无所出，对司马憙说："为之奈何？"司马憙这才说："大王可立阴简为后，以绝赵王之意。世上岂有向别国索要王后的道理！即使赵王有此欲念，敢冒天下之大不韪，也必然会遭到诸侯的谴责。"中山君以为言之有理，遂立阴简为后。赵武灵王闻讯，只好打消了原来的主意。

司马憙此计，与张仪在楚国时，蒙骗楚王与郑袖、南后，得三人之巨贿，异曲同工，有过之而无不及。当其地位受到威胁时，故意制造危机，从而纵横其间，上下其手，浑水摸鱼。结果，司马憙得固其权，阴简得其所欲。至于赵王与中山君，为司马憙所愚弄，一个枉自多情，另一个虚惊一场，而其中好处，尽归他人。由此观之，为人君者，聪明善察，防微杜渐，勿坠他人渔翁之计，确实需要小心谨慎，慎之又慎。

事例：少主聪明察真伪，昭帝不坠渔翁计

西汉昭帝幼年继位，霍光、金日磾、上官桀等人共领尚书事，辅佐昭帝。霍光虽大权在握，政由己出，然忠心事主，处事公道，天下向往其风采。

霍光之女嫁给了上官桀之子上官安，生了一个女儿，品貌端庄。上官安企图借霍光之力，将其女儿纳入后宫，冀将来立为皇后，永操权柄。霍光以其女年方五岁，不宜入宫，执意不从。结果上官安借助长公主的近幸丁外人之力，说动长公主，将女儿送入宫中，封为婕妤。上官安父子因此飞黄腾达。为了报答丁外人，讨好长公主，上官桀求霍光封丁外人为侯，遭到拒绝；又求拜其为光禄大夫，又被拒绝。上官桀父子及长公主便对霍光恨之入骨，姻亲之家，顿时化为仇敌。至于燕王刘旦、御史大夫桑弘羊诸人，亦皆因不遂其志，互相通气联络，对霍光百计倾害。

一日，霍光不在禁中，上官桀等人以燕王旦的名义，上书言事，声称："霍光出行，仪仗违制，有僭越之举。又擅举无功之人为搜粟都尉，增加其幕府校尉。由此看来，霍光专权自恣，可能有不寻常的举动。臣等愿入京宿卫，以防奸臣阴谋政变。"

书奏之后，上官桀、桑弘羊诸人大肆活动，企图罢免霍光。一时之间，朝野震动。上官桀诸人万万没有想到，刚刚十四岁的昭帝，并不是一个简单的对手，也不是可以任人蒙骗、随意摆布的人。上官桀等人计议已定，拟定奏折。昭帝览奏，不加理睬。次日早晨，霍光听到这个消息，留在殿外待罪。昭帝问："大将军霍光安在？"上官桀回禀："由于燕王上告其罪，因此不敢入殿。"昭帝传旨："召大将军！"霍光入殿，免冠谢罪，不停地叩头。昭帝说："大将军不必如此！朕知此书乃诈也，将军无罪！"霍光问："陛下何以知之？"昭帝说："将军调发幕府校尉，不过十日，燕王远在藩邸，何以知之？更何况将军如欲作乱，也无须校尉参与。"左右闻昭帝之言，大惊失色。昭帝又令有司搜捕上书告变之人，其人潜逃，不知踪迹。昭帝督责甚急，上官桀唯恐露出马脚，奏请结案，声称："小事无须穷追不舍。"昭帝不从。

以后，只要上官桀之党向昭帝进谗言，加害于霍光，昭帝便怒加训斥："大将军忠臣，先帝嘱其辅佐朕躬，敢有诬毁者，坐其九族！"于是上官桀等人恐惧，不敢妄言。

司马光曾说，人君之德，莫大于至明，明以照奸，则百邪不能蒙蔽。汉昭帝正是这样至明的君主。周成王疑惧周公旦，汉高帝不任陈平，汉文帝罢免季布、疏远贾谊，汉景帝诛杀晁错，所谓"执狐疑之心，来谗臣之口"，与昭帝相比，岂能不怀羞惭！假如昭帝得到贤臣佐助，其功业一定会远远超过成康之治！

事例：任而不信失良佐，君主易欺少贤臣

同汉昭帝恰恰相反，汉元帝则是一位毫无主见、极易受人欺骗的君主。

汉元帝非常器重萧望之，欲倚以为相。朝廷里，弘恭、石显，以及其他一班奸佞之人对其侧目而视，必欲置之死地而后快。后来，刘更生派了一个亲戚，借地震之机，企图罢黜弘恭与石显，不料其事未果，刘更生被捕入狱，免官为庶人。弘恭与石显益发猖狂。

不久，萧望之的儿子萧伋上书，为其父申明以前的冤案。当时，弘恭与石显派其党羽诬告萧望之阴谋，罢免了萧望之的车骑将军，也是乘其休日上奏于元帝。元帝命弘恭问案，萧望之力辩，弘恭不听，又与石显等人上奏，称萧望之与人朋比为奸，诬陷大臣，离毁宗室亲戚，欲以专权，为臣不忠，大逆不道，应该送交廷尉。元帝初即位，不明内情，甚至不知道送交廷尉就是下狱，便稀里糊涂地准奏。后来询问别人，方才知道，也是大吃一惊，召来弘恭与石显责问，命其释放萧望之。二人竭力狡辩，声称如此，则天下不服。元帝无奈，只好下诏将萧望之从轻处置，事情不了了之。萧望之虽然没有被全部免除职务，但无辜被责，其子不服。等到诉状送交有司，弘恭等人又从中倾害，命有司复奏声称："萧望之前案证据确凿，并无冤情，而教唆其子上书妄诉，有失大臣之体，为不敬之罪，请逮捕治罪。"元帝问弘恭与石显如何处置，二人乘机谏言曰："萧望之前事，蒙陛下恩赦，不治其罪，复赐爵邑。不肯服罪悔过，而变本加厉，深怀怨望之心，教子上书，诽谤陛下，自恃曾为陛下师傅，必不下狱。如不系之于狱，折其威势，圣朝何以治天下！"元帝说："萧望之生性刚烈，岂肯受狱吏之辱？"弘恭、石显明知萧望之系狱，有可能自杀，却对元帝说："人命关天，萧望之岂能轻易从事，不必忧虑。"元帝乃许其奏。其年冬，石显持诏，令太常发金吾卫车骑，围住萧望之府第。萧望之见诏，仰天叹曰："吾曾备位将相，年逾六十矣。老而入狱，苟求活命，岂不是太不知耻了吗？"遂饮鸩自杀。元帝闻讯，大惊曰："我早知道萧望之不会受狱吏之辱，如今果然自杀，使朕痛失良臣！"涕泣不食，哀动左右，又召弘恭、石显，切加责问，良久乃止。元帝对萧望之十分怀念，岁时必遣使者祭祀。

元帝易欺而难悟，几乎达到了无以复加的程度。弘恭、石显最初谗害萧望之，元帝不明真相，情有可原。后来，元帝心知不可，却仍旧听从弘恭、石显之言，结果使萧望之自杀身亡。萧望之自杀前后，弘恭、石显的用心已经大白于天下，而元帝竟不能加以诛戮，以致奸臣肆无忌惮，忠良坐而受诛，国势日乱，朝政日非。仅仅涕泣不食、岁时祭祀，又有何用！

事例：惑于近侍，终至乱国乱家

君主专制，威权在上。上正则下不敢非为，上不正则下不得而正。故孔子曰："政者正也。"但是，天下为家，天下为私，帝王非公选而立。父死子继，子贤则天下治，子愚则天下乱，其中并没有多少选择的余地。一旦愚主继统，朝中虽有贤臣，亦无回天之力。即使贤主在上，以天下为私产，疑惧臣下攘夺，亦不免处处猜忌，使贤臣不得施展其忠谋。不仅如此。既然天下为家，亲疏自然有别。外戚乃帝室裙带，诸王乃天子骨肉，与朝臣相比，其亲信程度大不一样，用为重任，天经地义。不过，帝王之家非同一般百姓。天伦之乐中，权势之争无所不在；利之所在，无所不为。兄弟阋墙、外戚夺位，历史上并不缺少显例。天长日久，帝王们逐渐认识到这一点，加以防范，宗室外戚篡权夺位机会也会大大减少。遗憾的是，帝王不可能既独尊又独治。偌大中国，诸事庞杂，内政外交，需人掌管。即使军国大计、最高决策，帝王也不可能事事躬亲，这就需人辅佐。但是，在宗室外戚、朝臣与帝王日益疏远的情况之下，这是一件很难把握的事情。宦官无室无家，为帝王之奴，绝对没有做帝王的资格，用起来方便顺手，又不必担心攘夺宝位，受到帝王信任，几乎是必然趋势。因此，宦官从奉侍宫禁，到传达诏命，再到握兵掌权，一步一步地成为治国的关键角色，也是必然趋势。在中国历史上，宦官专权，层出不穷，为祸惨烈而不能彻底消除，原因即在于此。

宦官没有资格做帝王，却不意味着没有权势欲。这些君主专制政体所造就的怪物，往往善用权术，许多人都是浑水摸鱼的高手。他们依附于帝王，又千方百计地控制帝王，以达到他们自己的目的。离开了帝王，他们无虎威可假，自然不成；为帝王所控制，纯做家奴杂事，又于心不甘，所以，历史上帝王与宦官之间，同样也是矛盾重重，风波频起。

宦官浑水摸鱼，上下其手而从中获利，在秦代以后愈演愈烈。赵高陷害李斯，愚弄二世，人所共知。东汉末年，十常侍蒙骗灵帝，窃其权柄，宦官之祸达到了一个高潮。当时，朝臣与宦官形同水火。党锢之祸，朝臣大受挫折。十常侍得计，更加肆无忌惮，朝野侧目，计无所出。灵帝曾说："张常侍是我公，赵常侍是我母。"对宦官百般恩宠。在灵帝的庇护之下，十常侍倾害忠良，蠹国乱政。他们攘夺公私财物，大造宅第，穷极奢华，制度规模，可与帝宫相比。灵帝曾打算登上永安侯台远眺，十常侍害怕灵帝看见他们的宅第，十分恐慌。便派人进谏，声称："天子不当登高，登高则百姓虚散。"灵帝信以为真，从此不敢复登台榭。

唐代大宦官仇士良在告老还乡之际，曾经对手下亲信说过一番话："我辈之所以得势，关键是善于浑水摸鱼。我辈务须引诱君主寻欢作乐，使其荒废政事，才好从中渔利。倘若君主专心国政、明察秋毫，我辈岂不都要死无葬身之地！"此话虽然恶毒，却也十分透彻，可谓一语道破天机。

事例：欺君欺夫，终为骄臣所欺

北魏末年，胡太后擅权。胡太后奢侈淫逸，信任刘腾与元叉。刘腾为卫将军、仪同三司，元叉为侍中、领军将军，二人恃宠骄横，权倾朝野。当时，世宗崩逝，太子年幼即位，朝政紊乱。清河王元怿，素有才能，辅佐幼帝，多所匡益，颇有声望。刘腾、元叉所为不法，常常遭到元怿的抵制，因此对他恨入骨髓。

元怿曾经推荐一个名叫宋维的人任通直郎。不料此人浮薄无行，见利忘义。刘腾与元叉买通了宋维，令其上告有人企图作乱，另立元怿为帝。事闻胡太后，下旨察验，证据不足，无罪开释。胡太后心知二人之枉，但惑于其言，对诬告者从轻发落，刘腾、元叉因此更加骄横。

为了永绝后患，刘腾、元叉再次对元怿加以陷害。二人买通中黄门胡定，令其上告："元怿收买胡定，欲毒死幼帝，事成之后，许诺胡定可得富贵。"这一次，二人绕过太后，直接奏明幼帝。幼帝年方十一，信以为真，遂下旨案问。刘腾与元叉密谋已定，将胡太后闭锁于嘉福殿，奉幼帝至显阳殿。元怿入宫，在含章殿后与元叉相遇，被元叉阻住。元怿问："你要造反吗？"元叉回答说："我是在捉拿反贼！"遂将元怿缚送有司。其后，二人胁迫朝臣，联名奏请诛杀元怿，逼迫胡太后与幼帝传旨杀人。在半夜时，将元怿害死。元怿死后，二人又伪称太后诏旨，归政于幼帝，从此以后，大权尽落其手。

元怿被害，朝野丧气。胡太后被幽禁于北宫，宫门昼夜紧闭，内外断绝。刘腾亲自掌管锁钥，连幼帝都不能与其见面。胡太后服膳俱废，不免于饥寒，非常后悔。叹道："养虎遗患，这句话说的就是我啊！"

刘腾、元叉得计，一为外御掌兵，一为内防握权。政无巨细，决于二人。幼帝称元叉为姨父，事之甚恭。及刘腾病卒，幼帝成人，元叉独专国政，逐渐放松警惕，时出游于外，流连忘返。胡太后察知其情，伪称："我母子隔绝，无复用事。愿意出家，修道于嵩山闲居寺。"群臣惊异，竭力劝阻，遂留帝宿于北宫，密谋黜废元叉。元叉不知内中之诈，许母子经常见面。不久，胡太后重新摄政，元叉被赐死于家中。

胡太后恃宠擅权，信任小人，结果为其所制。元叉用浑水摸鱼之计，欺瞒孤儿寡母，消灭政敌，专掌权柄，竟不能防微杜渐，反被胡太后卷土重来。得而复失，失而复得，其中教训，不可谓不深。

事例：乘虚而入，攘夺庸王江山

运用浑水摸鱼之计，尚需对手有可乘之机。倘若本源清澈，局外人又何以有条件上下其手？

南朝梁武帝自恃聪明，弄得国政日非，实力不支。当时，南北形势未定，南朝唯宜坐观形势、不可轻动干戈，开启战端。偏偏梁武帝好大喜功，以一统天下为己任，结果引狼入室，祸国殃民。

546 年，东魏大将侯景与权臣高澄发生矛盾，密谋造反。侯景与南梁联络，求武帝出兵为援。朝臣大多以为不可造次，争执不下。恰好前一天夜里，武帝做了一个好梦，梦见天下太平。以为吉梦应兆，可借侯景之力恢复中原，便匆忙定计，派兵出援。不料，侯景为东魏军队打败，出援的南梁士卒也死伤殆尽。侯景率领残兵败将南下逃窜，进入寿阳。朝臣议论纷纷，梁武帝力排众议，拜侯景为南豫州牧。

侯景入寿阳以后，阴蓄异志，募兵征粮，勒索朝廷。梁武帝多方优容，有求必应。后来，梁武帝与东魏言和，侯景力谏不果，与梁武帝的关系愈来愈僵。每有表章，词气悖慢。梁武帝年老倦怠，虽知其事，亦无可奈何。侯景得知梁朝之虚实，更加狂妄不驯，遂加紧经营，联络势力，以图举事。

当时，鄱阳王密奏侯景有谋反之意，梁武帝不加明察，认为："侯景势孤力穷，前来投奔，譬如婴儿仰人哺乳。其势如此，岂能造反！"鄱阳王再次密奏，梁武帝竟然回报说："朝廷自有打算，何劳你来操心！"鄱阳王又请求率合肥之兵讨伐，梁武帝执意不从。后来，侯景联络梁将羊鸦仁一同举事，羊鸦仁不从，执其使者奏报朝廷。侯景上书称："若臣谋反是实，应以国法治罪；如查无实据，请杀羊鸦仁以谢臣！"又称："高澄离间臣与陛下，狡猾险诈，岂可尽信！陛下纳其奸计，与之言和，令臣感到可笑。臣怎么会与高澄重归于好，叛离陛下？臣请陛下把江西之地交臣管辖，如不许臣之所请，将率兵南下。这不仅是朝廷的耻辱，也是众臣的烦恼。"梁武帝闻报，派人慰问，对侯景说："这就好比贫穷之家，来几个客人，也算不了什么。您是朕唯一的客人，结果招待不周，令您恼怒，这是朕的过错！"便厚加赏赐，使者相望，不绝于途。

梁武帝好大喜功，不仅损兵折将，而且引狼入室。及闻侯景谋反，又不加认真防范，一味优容，真所谓自寻烦恼，自取其咎。548 年秋，侯景起兵于寿阳，以诛杀中领军朱异、太子右卫率陆验、制局监周石珍为名，浩浩荡荡，杀奔建康。这几个人是当时有名的蠹国之臣，举国上下，必欲杀之而后快。侯景之举，使不明真相的百姓也受其蒙蔽。不久，侯景攻破建康，囚梁武帝于台城。梁武帝后来死在台城。侯景做了几天皇帝，兵败身死。

事例：浑水摸鱼，技高者得其利

北周孝闵帝性刚果，颇善心计。当时，宇文护封晋公，掌朝政。司会李植与军司马孙恒恐不见容，便联络一班小人，向孝闵帝大进谗言。双方各怀鬼胎，演出了一场渔翁浑水大战的闹剧。

李植与孙恒对孝闵帝说："宇文护威权日盛，谋臣宿将，争相攀附，大小之政，皆决其手。以臣观之，宇文护岂有恪守臣节，愿陛下早做打算！"孝闵帝本来疑心重重，对宇文护常加戒备，闻二人之言，点头称是，丝毫没有想到他们自己的小算盘。二人的党羽也乘机进言，声称："以先王之明智，尚委任李植、孙恒主持朝政，今以大事付此二人，何患不成！宇文护常以周公自比，臣听说周公摄政，长达七年之久。以陛下之聪明睿智，岂能于七年之中，任由臣下摆布！"孝闵帝听罢，更加相信李植与孙恒，遂暗中筹划，诛除宇文护。孝闵帝经常召武士在后园讲习，演练擒拿之术，准备一旦时机成熟，便乘势下手。

李植、孙恒虽然得到了孝闵帝的支持，但还是害怕对方势力太盛，不易成功。便四处拉人，参与其谋。这样一来，秘密便难以保守。一次，李植等人拉拢宫伯张光洛同谋，结果被张光洛告发。宇文护先下手为强，斥逐李植与孙恒为远州刺史。孝闵帝遭此打击，无可奈何，日思夜念，企图将二人召回。宇文护谏阻说："天下至亲，无过于兄弟。若兄弟相疑，还有什么人可以相信呢？先帝以陛下年少，嘱臣以辅佐之任，于家于国，兼于一身，不敢辞其辛苦，愿效犬马之劳。若陛下可亲理万机，威加四海，臣虽死犹生；只恐无臣在，奸臣得志，非唯不利于陛下，亦将倾覆社稷，令臣何颜见先帝于九泉之下。况且臣既为天子之兄，位至宰相，于此之外，尚有何求！愿陛下勿信谗臣之言，疏弃骨肉！"孝闵帝听完宇文护这一番涕泪交下的言辞，不由得为之感动，尽管心中疑虑不曾全消，但是不再企图召回李植与孙恒。但是，李植与孙恒的党羽却更加害怕，活动得更加频繁。他们暗中设计，计划在宴请群臣之际，捉住宇文护，即刻杀掉。不料，他们的计谋又被张光洛告发。宇文护再一次先发制人，与柱国贺兰祥、领军尉迟纲等合谋，召其入宫议事，及至，一一拿下，执送宇文护府第。

这一次，孝闵帝才感到大事不妙，独处于内殿之中，勒兵自卫。宇文护岂肯放过这一大好时机，立即派遣贺兰祥入宫，逼迫孝闵帝逊位，将其幽禁于旧宅之内。宇文护与公卿会商，废黜孝闵帝为略阳公，另立宁都公宇文毓，将李植、孙恒及其党羽悉数诛杀。过了一个多月，孝闵帝也被害身亡。

孝闵帝在位之时，李植、孙恒与宇文护双方钩心斗角，各为身谋。孝闵帝号称聪明，却不能利用这种形势，使其互相牵制，借机巩固自己的地位。李植、孙恒与宇文护各以渔翁自居，企图浑水摸鱼，居心叵测，而李植等人不仅不能乘乱取利，反而于浑水之中，授宇文护以柄，被其一网打尽。唯宇文护老谋深算，利用对方制造的浑水，以逸待劳，大获全胜。

事例：设疑求利，利其疑忌之心

浑水摸鱼之计，不仅对昏君乱国行之有效，对那些精明过人的君主，也同样可以使用。其中关键，是抓住对方的特点，以疑设疑，令其生疑，最终自毁长城。

隋文帝时期，高颎深受信任，文帝委之以大政，言听计从。文帝聪明深察，善权术，御下有法，但对高颎，从来不曾生过疑心。高颎感其知遇之恩，竭忠以报，君臣相得，国家渐治。

在君主专制政体下，君臣相得并不是主流，互相疑忌却是常有之事，只不过轻重缓急的程度有所不同罢了。高颎专心国事，竭心尽忠，大概是忘记了这一点，因此遇事果断，自行其是，却不料得罪了文帝周围的人，三人成虎，天长日久，众人摸鱼，水便愈来愈浑，文帝一人，即使再聪明，也难免被人迷惑。

文帝惧内，独孤后性妒忌，容不得文帝另寻新欢。后来，文帝在宫中看见尉迟迥的孙女，姿色美丽动人，便召入宫中，大加宠幸。不料此事被独孤后知道以后，竟然乘文帝上朝之机，派人将其杀害。文帝大怒，单骑出宫，在山谷中乱跑一气。高颎与人好不容易追上来，劝回宫中。文帝叹息道："吾贵为天子，不得自由！"高颎说："陛下岂可以一妇人而放弃天下！"文帝闻言消气，高颎又从中和解，使文帝与独孤后言归于好。独孤后本来很感激高颎，后来听说高颎把自己称为"一妇人"，顿生恼恨之心。

当时，太子杨勇失宠，杨广乘机活动，讨得独孤后欢心。独孤后以妇人之见，为杨广大说好话。文帝为其说动，暗中计划废黜太子，另立杨广。一次，文帝把自己的想法告诉了高颎。高颎说："长幼有序，岂可妄加废立！"杨广闻其言，恨之入骨，时与独孤后谋划，诬害高颎。

恰好文帝选东宫卫士禁卫帝宫，高颎力谏，文帝不悦，以为高颎之子娶太子勇之女，因此心存偏颇。及高颎夫人病卒，独孤后劝文帝为其另娶，高颎坚辞，涕泗交下。后来，高颎爱妾生了一个儿子，独孤后乘机对文帝说："陛下还能信任高颎吗？陛下欲为之娶妻，而他另有所爱，竟然不对陛下说实话，反而借故推辞。如今，爱妾生子，有何可说！"文帝由是对高颎日益疏远。

隋军伐辽之初，高颎力谏，及督师出征，无功而还，独孤后又从中进谗，声称："高颎本不欲行，陛下强遣之，他怎么肯尽心竭力呢？"文帝闻言，以为有理。当时，汉王杨谅为帅，恨高颎自专，不从其言，及回京之后，也向文帝告状，甚至诬告高颎要杀死他。文帝不由得不信。后来，高颎又受到一些牵连，遂被免职。文帝曾召高颎侍宴，对他说："朕不负公，公自负也。"又对大臣说："人臣不可要挟君主，自称第一。"

自此以后，高颎日被疏远，又被人诬告，除名为民。文帝中了别人的浑水摸鱼之计，尚不觉悟。及高颎罢斥，内无支柱之臣，杨广遂得行其弑君夺位之谋。其实，高颎之逐，根源正在文帝。其以疑人之心御下，反被人利用，疑其所不应疑，这是专制君主不可避免的悲剧。

三、聪明睿智　周密安排筹划

本计在政治斗争中的应用范围是相当广泛的。在君主专制政体下，因为缺乏透明感，上下之情不通所造成的空隙之中，野心家与形形色色的人物可以在各种场合，制造浑局、利用浑局，浑水摸鱼，从中渔利。但是，在运用此计的过程中，往往不但需要聪明睿智，而且需要周密安排，认真筹划。一旦失于疏漏，将不仅是功亏一篑，还有可能造成各方势力的敌意，后果不堪设想。

第一，在国与国之间。

中国历史，有分有合。合久必分，分久必合。合的原因很多，分的原因也不少。作为大一统的王朝，分裂为许多国家，其中的关键却同政治一样，在于各地区之间的隔阂。关津阻隔、山川、纵横的地理环境，风采各异，自成一派的区域文化传统，以及经济形态、社会结构、政治体制各方面的因素，都在这种隔阂的形成与发展过程中发挥作用。隔阂产生矛盾，矛盾又加剧了隔阂，其结果是国与国之间不同层次、方方面面出现空隙。利用这种空隙，便可制造混乱，从中渔利。周显王利用秦、齐矛盾，解九鼎之厄，钻的是对方求利心切的空子，设下圈套，使秦、齐大上其当；苏代利用周室东、西纷争，大搅浑水，得双方之金，钻的是对方互相夺利的空子，翻云覆雨，使双方拱手让利；公孙衍利用齐、燕、赵、楚互不信任，破坏其攻魏之盟，钻的是对方各有私利的空子，制造假象，使盟会不欢而散；秦、魏二国利用楚国的混乱，使其首鼠两端，为己所用，钻的是楚王利令智昏的空子，伪施以利，玩其于股掌之上；芒卯利用赵、魏、秦三国之间的矛盾，得其高爵重金，钻的是对方不明形势的空子，肆其口舌，并最终化险为夷。至于楼缓设谋欺骗赵国，欲为秦夺赵之六城，其计固妙，却不料为虞卿一眼看破，据理力争，终于使楼缓计破逃亡，则其智又自有过人之处。

第二，在君与臣之间。

君主专制政体，君臣原本应该一体，但这仅是理论上的假设，实际上并非如此。"普天之下，莫非王土；率土之滨，莫非王臣。"在君主专制政体下，芸芸众生都是被统治者。而所谓的统治阶级、统治集团，在某种意义上，只不过是"臣工"、"治具"。卿相百官，即使是在一人之下，万人之上，与君主之间也存在着一条鸿沟。利用这条鸿沟，不仅可以制造浑局，而且可以从中渔利。尤其是在权力极度集中的情况下，倘若君主圣明刚断，还可应付；至于中才之主，甚或下才之主，便不免受人愚弄。轻者丧威失势，重者破国亡家。齐威王之英敏，天下闻名，而竟中邹忌浑水摸鱼之计，为渊驱鱼，贬逐田忌；楚王惑于郑袖，而对所爱之美人施以劓刑；魏王用人而疑，结果使公孙衍不得施展其忠心良谋；中山君庸愚无主，乃使阴简得为王后，奸相司马憙得固其权位；胡太后欺夫欺君，终为骄臣所欺；隋文帝一世令名，毁于妇人逆子之手；萧衍老翁自恃英才，竟为侯景所惑，亡国而死无葬身之地；至于汉世元帝、灵帝，或任而不信，以致丧失良佐贤臣；或溺于宦竖，以致政事日非；反不如昭帝孺子，聪明善察，不坠渔翁之计，保全了霍光一门忠耿。由此可见，浑水摸鱼之计，在君主专制政体下，能够被广泛应用，且十分有效。

第三，在臣与臣之间。

专制政治所导致的结果，并不仅仅是君臣之间因存在空隙而有机可乘，而且是臣与臣之间因种种隔阂而派系林立，矛盾百出。臣子利用君主之愚庸取渔翁之利，君主也利用臣子之间的矛盾浑水摸鱼，巩固自己的地位。至于臣与臣之间互相倾轧，智短势孤之辈，自然免不了遭殃。张仪利用南后与郑袖惧怕楚王另有新欢的心理，骗取大笔贿赂；而郑袖又利用楚王美人力图讨好楚王的心理，使其自讨苦吃；至于北周宇文护与李植各设摸鱼之计，而后者最终一败涂地，则完全归咎于李植无谋，连累孝闵帝也被杀身亡。由此可见，搅得成浑水之局，也未必摸得着鱼。

四、置身混沌　意在乱中取胜

浑水摸鱼之计，是混战计的重要计谋。正因如此，施计者既可以利用浑水以渔利，也可以将水搅浑而渔利，浑水则成为重要的前提。政治斗争本来就是复杂多变的，混乱的局面也容易形成，也就给施计者以更多的机会。总括起来，这种计谋在政治上应用有如下基本特点：

第一，就浑水摸鱼之计在政治上应用目的而言，具有混乱性与自保性的特点。

面对复杂的政治局面，在形势不明朗的状态，从中发现可以获得的利益，这本身就是一种智慧。能够制造混乱，又不被混乱现象所迷惑，进而在混乱中谋取利益，其渔利性特点明确。

在混沌世界里，置身于混沌之内，能够保持一种清醒的意识，这是浑水摸鱼之计的重要前提，其混乱性特点明确，而施计者渔利的目的也很明确。身在局内而能够从局外观察，看到利之所在，就是有孚在道，得到根本，当然不会有什么祸害，这是自保性所在。

第二，就浑水摸鱼之计在政治上作用而言，具有欺骗与被欺骗性的特点。

欺骗是实施浑水摸鱼之计的主要手段。没有欺骗，便收不到浑水的效果，自然也就谈不上摸鱼的可能。以假乱真，以虚掩实，制造混乱，激化矛盾，才有可能从中获利。施计者意在混乱之中取利，但很难置身于混乱局面之外，身在混乱局面之内，也难免被人所欺骗，最终成为受害者。这就要求施计者既要清楚浑水摸鱼之计的重点所在，也要看到识破此计的关键，若是能够澄本清流，使谎言大白于天下，没有浑水的条件，摸鱼者也就难以获利。

第三，就浑水摸鱼之计在政治心态与智道效应上而言，具有易暴露性的特点。

由于浑水摸鱼之计是以欺骗为主要手段，所谓浑水，往往就是谎言与假象的组合。所以，一旦某一环节出现疏漏，往往引起连锁反应，全面暴露。更为重要的是，谎言与假象经不起时间的考验，只能用于一时。因此，此计大抵只能用于应急，不可作为根本之策。利用已成之混局，固无大妨；故意制造混局，则需慎之又慎。历史上喜用此计之人，大抵没有好下场，便是明证。

金蝉脱壳

——存形留势　志在稳敌脱险

　　本计云："存其形，完其势；友不疑，敌不动。巽而止，蛊。"其大意是：保持阵地的原状，造成我方仍在原地防守的气势，使友军不疑，敌军不敢贸然进攻，当对方迷惑不解之时，隐蔽地脱离险境。此为混战之计，存其形势，抽去内容，变化多端，乱中取胜。

　　金蝉脱壳之计，由来已久。《幽闺记》有言曰："曾记得兵书上有个金蝉脱壳之计"，可为一证。《元曲·朱砂担滴水浮沤记》第一折："兄弟，与你一搭儿买卖呀，他们倒做了个金蝉脱壳计去了也！"也可说明此计流传、应用之广。尤其在文学作品中，用来形容暗中脱身，例子很多。如《西游记》第二十回："却说那行者、八戒，赶那虎下山坡，只见那虎跑倒了，塌伏在崖前。行者举棒，尽力一打，转震得手疼。八戒复筑了一钯，亦将钜齿进起。原来是一张虎皮，盖着一块卧虎石。行者大惊道，不好了！不好了！中了他计也！八戒道：中他甚计！行者道：这个叫作金蝉脱壳计。他将虎皮盖在此，他却走了。"此段描述，形象地解释了金蝉脱壳之计的基本内容。

刘禅装痴弄傻，委屈以求身全

一、阴柔善伏　分身刚强形事

《周易·巽卦五十七》云：巽：小亨，利有攸往，利见大人。《象》曰：随风，巽。君子以申命行事。

【一爻】初六，进退，利武人之贞。《象》曰："进退"，志疑也；"利武人之贞"，志治也。

【二爻】九二，巽在床下，用史巫纷若，吉，无咎。《象》曰："纷若之吉"，得中也。

【三爻】九三，频巽，吝。《象》曰："频巽之吝"，志穷也。

【四爻】六四，悔亡，田获三品。《象》曰："田获三品"，有功也。

【五爻】九五，贞吉，悔亡，无不利。无初有终。先庚三日，后庚三日，吉。《象》曰：九五之吉，位正中也。

【六爻】上九，巽在床下，丧其资斧，贞凶。《象》曰："巽在床下"，上穷也；"丧其资斧"，正乎凶也。

在六十四卦中巽卦讲："巽而止，蛊。"其意可喻为暗中脱险，防止对方为害。《六十四卦经解》云："阴柔善伏。"又云："沈潜克刚。"巽，代表风，位于东南，有卑顺、怯懦之义，但旺于春，衰于夏。"巽"有"股"、"风"之义，故可喻为进退。"蛊"，惑乱也。"刚上而柔下"，故可止"蛊"。可推演出此计在政治斗争的可能和结果如下：

第一种，金蝉脱壳是创造机会，初爻便是阴，就要以谋造机，是进是退，见机而行。这种进退适合于军事，在一般情况下，人们往往会犹豫不定。

第二种，使用金蝉脱壳之计，要创造机会，二爻是阳，有两变卦，得到机会是非常明显的，即便是犹豫不决，也不失中道，因为刚强在位。

第三种，处在四变卦的阳爻之中，若是使用金蝉脱壳之计，不要以刚强在位，就频频使用，那样会失去机会，不能够收到最佳效果，因此要谨慎小心。

第四种，使用金蝉脱壳之计者处在阴柔的八变卦之爻，虽然失去阳刚的保护，但也会有些收获，即使是收获不多，也算是有功。

第五种，使用金蝉脱壳之计者回归刚阳的十六变卦之爻，即便是没有什么教导辅助，也会获利，因为其位中正，利于以刚强行事，乃是吉象。

第六种，金蝉脱壳之计是创造机会，而上九是阳爻三十二变卦，几乎将所有创造力都用枯竭了，此时再以刚强争利，是已经失去机会，不但争不到利，还会受其所累，成为凶事。

该计用于军事，主要是脱险之法。秘本兵法《三十六计》在解释此计时说：与友军联合对敌作战，要冷静地观察形势。如果出现另一支敌军，需要分兵迎击，则必须在表面上保持原来的阵势。由此可见，金蝉脱壳，并非一走了事，它是一种分身之法。当我方主力移动之时，应在原阵地上故作旌旗招展、金鼓喧天之态，使友军不生疑心，敌军不敢妄动。等到完成摧毁另一支敌军的任务返回时，友军与敌军方才发觉，甚至仍然一无所知。如此说来，在对敌作战之际，使用金蝉脱壳之计，乃是隐蔽地抽调精锐部队，去袭击别支敌军的谋略。这里所说的分兵袭敌，实际上是主动进攻的策略，对理解本计的应用原则，至关重要。

该计用于政治，则是在敌强我弱、身陷困境的情况下，稳住对手，保存自己，使对方无法加害。政治斗争变化多端，福祸难以预料，欲有作为，必须有遭致失败的心理准备，并且在困境之中运用谋略，化险为夷。因此，政治经验丰富的人，无不善用金蝉脱壳之计。

二、巧妙脱身 方为智者之算

金蝉脱壳之计的运用，乃是以巧为本。政治斗争纷繁复杂，对手多种多样，形势千变万化。运用此计，必须头脑灵活，手段高妙，还要真切地了解对手情况与当前形势。否则，虽欲脱身，也只能有如笼中之鸟、网底之鱼、阱中之兽，枉费心机气力，徒然挣扎。唯胜算之人，方能应付裕如，或预为安排，暗留出路；或批亢捣虚，入险不困；或高瞻远瞩，以退为进。

事例：未雨绸缪，预为脱身之计

脱身之计，变化无穷，运用之妙，存乎一心。临危不惧，固属勇者之德；预作安排，方为智者之算。

春秋战国时期，张仪自楚入秦。秦之谋臣陈轸名重天下，张仪忌之，企图破坏秦惠王对他的信任。陈轸心里清楚，便在张仪尚未到来之时，请田莘对秦惠王说："臣很担心大王会像虢国之君那样糊涂。当时，晋献公计划讨伐虢国，畏惧舟之侨的威名胆略，便采用了荀息的计策，赠虢国之君以女乐，以乱其政。舟之侨谏而不听，便离开了虢国。晋献公得计，遂大举伐虢而破之。后来，晋献公又欲伐虞，畏惧宫之奇的威名胆略，便采用了荀息的计策，赠虞国之君以美男，命其破坏宫之奇的威信。宫之奇谏而不听，遂逃去。于是晋献公大举伐虞而灭之。如今，秦国称王，能对秦国造成威胁的，只有楚国。楚国知道秦国的大将横门君善用兵，谋士陈轸善用智，因此派张仪入秦，假借韩、赵、魏、燕、齐五国之势，企图除掉这两个人。希望大王不要上当。"张仪到了秦国以后，果然向秦惠王说三道四，因秦惠王已经有了心理准备，对张仪的话不听不信，还把他训斥了一遍。

张仪一计不成，又生一计，他又对秦惠王说："陈轸纵横捭阖于楚国与秦国之间。如今楚国对秦国并不友善，却对陈轸倍加推崇。这样看来，陈轸是自为身谋，并不是为秦国出力。陈轸打算离开秦国，回到楚国，大王为什么不允许他呢？"秦惠王闻言，不由得不信。便问陈轸："我听说您打算离开秦国，回到楚国，是这样吗？"陈轸心里清楚秦惠王此问的缘由，便坦然地回答道："不错。"秦王一听，大为恼火地说："张仪说的果然是实话！"陈轸不慌不忙地说："不仅张仪，大街上的人都知道。人所周知：孝己爱其亲人，天下人都希望他是自己的儿子；伍子胥忠其君主，天下人都希望他是自己的臣子。出售的仆妾被邻居买去，一定是好仆妾；休弃的妻子被同乡娶走，一定是好妻子。如果我不忠于君主，楚国会当我是忠臣吗？忠而被疏远，我不到楚国又到哪里去呢？"秦惠王闻其言，大加称赏，从此对他更加信任，言听计从。

陈轸乃当时名士，才德俱佳。当其遭到毁谤之际，初则未雨绸缪，防患于未然；继则临危不惧，从容应付，使张仪无可奈何。

真可谓大智大勇，兼而有之。

事例：有言在先，勿使进退维谷

在君主专制政体下，所要求的是，善皆归于君，恶皆归于臣。临危受命，成功则名归于君，失败则身家不保。更何况入于进退维谷之境，受命则费力而不讨好；不受命则立招大祸。于此之时，尤须用心盘算。

魏、齐、韩三国联兵攻秦，兵入函谷关，秦国形势危急。秦王召楼缓商议对策说："三国之兵深入秦国，寡人欲割让河东一带，与其讲和。"楼缓害怕秦王委派他去谈和，借故推托说："割让河东，代价昂贵；免于国患，实为大利。这件事，只有父子兄弟才可担当。大王为什么不召公子池商议呢？"秦王以为言之有理，便召公子池入宫。

公子池见到秦王，闻其言而知其意。他对秦王说："讲和会后悔，不讲和也会后悔。"秦王问其原因，公子池回答说："大王割让河东之地讲和，三国撤兵，大王一定会说：'太可惜了！三国已经快要退兵，我又白白送给他们三座城池。'这就是讲和之悔。如果不讲和，三国攻破函谷关，咸阳危在旦夕，大王又会说；'太可惜了，我竟然舍不得三座城池而不与他们讲和。'这就是不讲和之悔。"秦王闻公子池此言，当机立断地说："反正都是后悔，两害相权取其轻。我宁肯损失三座城池而后悔，也不肯因为咸阳危急而后悔。寡人决心讲和。"便派公子池出使三国。

公子池得秦王之承诺，以割让三座城池为代价，与三国讲和。三国兵退，公子池还，朝野上下无异辞。楼缓则因此躲开上下之怨，安身于官位，即便是秦王后悔，也不能够加罪于他，乃是巧妙脱身。

事例：巧计脱险，剖利害陈形势

春秋战国时期，列国纷争，礼崩乐坏。利之所在，无所不为。出使之人，倘无辩才大略，往往陷入困危之境而不能自拔。当是之时，欲行金蝉脱壳之计，非有过人之智，必不能成功。

楚怀王时，与秦结盟，对抗齐、魏诸国。楚王派景鲤入秦，联络关系。不料，秦国并无联盟的诚意，只不过打算从中渔利而已。景鲤入秦以后，有人向秦王献计说："景鲤乃楚王之爱臣，大王不如将其扣留，然后用他来换取楚国的土地。楚王同意，则秦国可以不用兵而得地；楚王不同意，则可杀掉景鲤。楚王更换使者，才具不如景鲤，秦国照样可以获利。"一举而两得，秦王便将景鲤扣留。

景鲤被扣留以后，并未惊慌失措。他派人去见秦王说："臣认为大王的权势将为天下人所轻视，而并不会获得土地。"秦王问其缘故，来人说："景鲤出使秦国，齐、魏两国纷纷献出土地，讨好于大王。之所以如此，是因为秦与楚结盟，势力增强。如今，大王扣留景鲤，是明明白白地告诉天下之人，秦国与楚国并无盟友关系。齐国与魏国知秦国势孤，必然轻视秦国，与大王为敌。楚国见齐、魏叛秦，不仅不会割让土地，还会结交诸侯，进攻秦国。如此一来，秦国社稷，岂不危险？不如放回景鲤。"秦王听罢，考虑了一番，下令将景鲤遣还楚国。

这一时期中，秦、楚、齐、魏钩心斗角，或盟或攻，翻手为云，覆手为雨，形势十分微妙。楚国与齐国争相事秦，秦国与魏国相互联络，又企图破坏齐国与楚国的关系。景鲤出使秦国，参与了秦、魏之间的谈判。楚怀王闻讯大怒，认为如果齐国知道了这件事，将会怀疑楚、秦、魏三国勾结，图谋伐齐，从而影响楚、齐关系，便打算治景鲤之罪。

景鲤得到消息以后，派人对楚王说："臣为景鲤参与了秦、魏谈判，向大王祝贺！"楚王不解其故，来人说："秦、魏谈判，意在与齐结盟而使齐、楚相攻。如今，景鲤参与其事，齐国绝不肯相信魏国与秦结盟将进攻楚国，况且齐国还会怀疑楚国与秦、魏两国暗中联盟，必将对楚国格外重视。因此，景鲤参与其事，大王将获大利。如果景鲤不这样做，魏国必令齐国与楚国绝交。齐国从之，必将轻视楚国。因此，大王切不可加罪于景鲤。这样一来，就会让齐国认为秦、魏、楚三国暗中有盟约，不仅会让齐国重视楚国，还会使他们怀疑秦国与魏国。"楚王闻言称善，不仅没有加罪于景鲤，而且还为他加官晋爵。

事例：施其辩才，以解必死之厄

以子之矛，陷子之盾，不仅可以使对方陷入自我矛盾的困境，而且可以使自己摆脱不利的困境。

有人向荆王献上不死之药，以求赏赐。侍从奉药入宫，一名官吏见到侍从，问所持何物，侍从告诉了他。官吏又问："可以吃吗？"侍从回答道："当然可以。"于是官吏夺过不死之药，三下五除二，吞进肚中。

荆王闻讯大怒，派人去杀死那位官吏。官吏求人对荆王说："臣问侍从，侍从说可以，因此臣吃掉了不死之药。这是侍从之罪，不是臣的过错。况且，人献不死之药，臣吃此药，竟遭杀戮之祸，这还是不死之药吗？分明是致死之药呀！大王杀了无罪之臣，不是让天下人都知道大王受了别人的欺骗吗？"荆王闻言称善，厚赏而释之。

这位官吏的话，不仅充满智慧，而且颇有深意。当是之时，神仙方术大盛，蠹政害民，不一而足。官吏夺不死之药而食之，志在使荆王醒悟，忠心固已可嘉，而又施其辩才，解脱杀身之祸，则其才智亦足为后人效法。

事例：纵横捭阖，挟人威以自全

张仪入秦，颇受秦惠王信任。后来，秦惠王死去，武王继位，对张仪就不像父王那样优容。左右与张仪有仇怨者，乘机进言，声称："张仪事先王，不能尽忠。"恰在此时，齐国派来使臣，责问秦国重用张仪，以出兵攻秦相威胁。一时之间，张仪内外交困，处境艰难。

张仪聪明过人，心生一计，立即去见秦王。他对秦王说："臣有愚计，愿献于大王。"秦王问："此事如何处理？"张仪说："为社稷考虑，东方有兵乱，大王可以收渔人之利，乘机夺取土地。如今，齐王痛恨张仪，臣之所在，必招兵祸。臣愿以微薄之躯前往梁国，齐国闻讯，必举兵攻梁。齐、梁交战不休，大王则可乘机伐韩，入三川，出函谷，直取东周，必能得其宗社礼器，挟天子，令诸侯，此王者之业也！"秦王不知是计，遂为张仪准备兵车三十辆，送他到了梁国。

张仪摆脱了秦王左右的攻击，梁国却受到齐国的威胁。梁王大惧，有逐客之意。张仪又对梁王说："大王勿忧，臣可以令齐国罢兵。"便派其舍人冯喜至齐，游说齐王。冯喜对齐王说："尽管大王痛恨张仪，对他还是应该加以厚惠，千方百计地为他想，让他再度受到秦国的重用。"齐王说:"寡人甚恨张仪,张仪所在之处,寡人必举兵伐之,必欲置之死地而后快,怎么能说我要加以厚惠,为他着想呢?"冯喜回答说:"问题就在这里。张仪离开秦国时,与秦王约定,前往梁国,令大王出兵伐梁。齐、梁兵祸不解,秦王即可乘乱伐韩,夺取东周祭器,挟天子以令诸侯。因为此故,秦王才把张仪送到梁国。如今,大王果然出兵伐梁,消耗国力,树敌友邦,使秦王信任张仪。这不是施惠于张仪又是什么呢?若是大王为张仪着想,当然也会从中得利的。"齐王闻言称善,于是罢兵。

张仪此计,一环套一环,设计精巧。既使政敌无所措其手足,使齐王无所用其士卒,又使秦王不生疑心。可谓"友不疑、敌不动",不受其害,反获其利。

事例:为避己害,利其避害之心

张仪周游列国,纵横捭阖,为秦国谋利,亦为己谋利,诸侯屡次上当受骗,数欲置之死地,却始终不能得手。其中关键,就是张仪善于用计,尤其善于使用金蝉脱壳之计。

楚怀王时,与齐结盟。秦王用张仪之计,派他入楚,游说楚王,许诺说:如果楚与齐绝交,将割商於之地六百里予楚。楚王贪利,遂与齐绝盟。及问张仪割地之事,张仪竟然装糊涂,说当初只答应割地六里,并不是六百里。楚王大怒,下令把张仪抓起来,准备杀头。

张仪入楚,早已想好退身之计。他赠给楚王的宠臣靳尚大批金银财宝,令其为自己出力。被囚禁以后,张仪立即请靳尚为自己出面活动。靳尚对楚王说:"囚禁张仪,秦王必怒,天下都会知道楚国失去了秦国的支持，楚国的地位可就危险了！"楚王闻言，心中犹豫。靳尚又去见楚王宠爱的夫人郑袖，对她说："难道您还不知道您很快就会失去楚王的宠爱吗？"郑袖大惊，问其原由。靳尚说："张仪对秦王忠心耿耿，屡立大功，很受秦王重用。如今被楚王囚禁，秦王千方百计要救他出去。秦王有爱女，年轻美貌，又选择宫中善音乐舞蹈者跟随她，携带大批金玉宝器，并献上庸六县之地，以此来交换张仪。秦女入宫，楚王必爱，秦女有秦国为后盾，又有金宝土地，必然夺走王后之位。楚王惑于她的美貌权势与资产，很快就会迷上她而忘掉您。如此一来，您不是将被疏远抛弃吗？"郑袖相信了靳尚的话，对他说："一切由您做主。您看该怎么办？"靳尚说："您何不赶快说服楚王，放出张仪，令其归秦。张仪得释，会时时感念您的恩德。张仪已归，秦女亦必不入楚，而秦国也会对您另眼相看。这样一来，您内有楚王之宠幸，外有秦国之支持，又有张仪为您奔走效力，您的子孙不是世世代代可以做楚国的继承人吗？这可不是一般的小利呀！"郑袖依言而行，果然说服楚王放回张仪。

张仪此计，利用了郑袖的避害求利心理，虚设疑阵，耸其听闻。楚王不察，惑于妇人之言，将错就错，放虎归山。如此易于听信谗言的对手，怎能不使张仪如鱼入水，游刃而有余。

事例：知止知足，退身以求免祸

君主专制政体，君主以天下为私产，股肱之臣，往往可以与共患难，不可以与共享成。此种事例，史不胜书。越国勾践称霸以后，范蠡引身自退，泛舟太湖，以求远祸。而文种不明时势，终招杀身之祸，已经成了妇孺皆知的典故。但是，真正能够像范蠡那样功成身退，却并不是一件容易的事情。

当年，智伯率韩、魏之兵伐赵，赵晋阳城被水围困，形势十分危急。三年之中，城中巢居而处，悬釜而炊，财食将尽，士卒病弱不堪。张孟谈以三寸不烂之舌，密访韩、魏之君，晓以利害，遂与之定盟，共灭智伯而三分其地。

张孟谈以存赵宗庙社稷之功，颇受赵襄子信重。但是，张孟谈不仅没有居功自傲，而且力求退身。他对赵襄子说："五霸之所以成功，大概是由于其君主善于控御臣下，不使臣下控制君主。因此，凡封为列侯者，不使处相位；自将军以上，不为大夫之职。如今，臣名显而身尊，权重而民服，臣愿意弃功名，除权势，隐居山野。"赵襄子闻言，心中不快地说："这是为什么呢？我听说辅佐君名必显，立大功者身必尊，掌国政者权必重，忠信在己众必服。这就是先圣之所以安国家、定社稷的原因。您以为对吗？"张孟谈说："君之所言，乃成功之美也。臣之所言，治国之道也。臣观乎古今，天下之势，有美而同，必相嫉也。君臣之权均而能美，是不可能的事情。前事之不忘后事之师。君若不能为之早作打算，则臣力不足以远祸。"言罢，凄怆之情，溢于形色。张孟谈离去以后，赵襄子一连卧床三日，最后才派人对张孟谈说："晋阳被围时，臣下不为国家所用，该如何处置？"张孟谈回答说："戮之。"推荐一位左司马，称其"效力于国家，安社稷，不避其死，以成其忠，君可委以大政"，赵襄子这才允许张孟谈隐居。

张孟谈功成身退，固为高节之士，但倘若言语不周，则亦有得罪之虞。故其语左顾右盼，虽决心引退，而犹露怆然之色，示不得已而为之，以释赵襄子之疑。由此观之，张孟谈得以功成身退，是由于他有过人之智的缘故。

事例：为君而谋，不入困厄之境

临危不惧，善于金蝉脱壳；未雨绸缪，预设退身之计。从根本来说，都不如审时度势，不入困厄之境更为高明。一旦入于危境，千钧一发，稍有差池，结果便是一败涂地，因此，真正的胜算之人，不仅要临危不惧，未雨绸缪，更要审时度势，善于高屋建瓴，立于不败之地。

魏安釐王时，与秦国交战。魏军大败，魏王打算入秦觐见秦王，以求讲和。周䜣闻讯，竭力谏阻。他对魏王说："宋国有位学者，出外游学三载。回家以后，直呼其母之名。其母问：'你学了三年，何直呼我名，这是为什么？'其子回答说：'我平生所佩服的，只有尧、舜。尧舜可以直呼其名。我平生所敬畏的，只有天、地。天地可以直呼其名。如今，母亲贤不过尧舜，大不过天地，因此直呼母名。'其母说：'你学的东西，都准备实行吗？如果是这样，希望你能够实行更重要的；你学的东西，有不准备实行的吗？如果是这样，希望你把直呼母名放在后面。'如今，大王奉事秦朝，还有没有可以代替入朝的事情？希望大王换一下，把入朝放在最后。"魏王回答说："您害怕寡人入秦不得归国，是不是？许绾曾经保证，如果寡人入而不出，便砍了他的脑袋。"周䜣回答说："即使像臣这样微贱的人，如果有人对我说'请你入于不测之深渊，保证你一定出来，如果出不来，将殉之以一鼠之首'，臣肯定不会答应。秦，不可知之国也，好比不测之深渊，而许绾的脑袋，就像老鼠的脑袋一样。陷大王于不可测之深渊，而殉之以一鼠之首，臣认为万万不可。"

魏王以为有理，但还下不了决心。支期谏曰："大王可以先看看楚王的行动，再作决定。如果楚王入秦，大王可以抢先入秦；如果楚王不入秦，楚、魏合力，尚可以与秦国一争高下。"魏王这才拿定主意。但他又说："寡人已经许诺范雎，如今不去，这不等于骗人吗？"支期说："大王勿忧。臣可以令与范雎友善的长信侯说服范雎，请大王稍等。"

支期去见长信侯，对他说："大王命我召您入宫。"长信侯问："大王为何找我？"支期说："我不知道。大王急着要见您。"长信侯力主魏王入秦，见状，不由得心虚，对支期说："我要大王入秦，怎么能是为了秦国呢？是为了魏国呀！"支期冷笑着说："您不必替魏国打算，先替您自己打算吧！您是要死呢，还是要活呢？是要贫贱潦倒呢？还是要荣华富贵？您先替自己打算清楚，然后再想魏国的事。"长信侯还想拖延，声称："楼公即将入宫，我会随后而行。"支期喝道："大王急令召您入宫，如果您不马上动身，我立刻杀了您！"

长信侯无可奈何，战战兢兢，随支期而行。到了宫门，支期对长信侯说："我去禀告大王。"支期首先入宫，对魏王说："您可以伪装有病，我已经吓唬了他一场，他不会拒绝您的要求。"长信侯入宫，见魏王抱病而卧。魏王对他说："我已经许诺范雎入秦，如今却重病在身。不过，即使病死在途中，我也要成行。"长信侯见状，乖巧地说："大王不必去了！臣可以说服范雎，取消入秦之议。大王勿忧。"

周䜣与支期皆为忠君之臣。周䜣善喻之以理，支期善行之以事。魏王庸碌，不可理喻，因此从支期之计，而不听周䜣之言。

如果没有周𫓹与支期，魏王必入秦而不能出，就像楚怀王那样。

事例：晓以利害，使无害人之心

魏王入秦一事，无独有偶。秦王曾要求魏相信安君入秦，信安君大惧，不敢前往，便请苏代为其谋划，以求脱离险境。苏代应允，立即前往秦国。他对秦王说："臣听说：交友而忠不一定朋比为奸，朋比为奸却一定交友不忠。现在，臣有肺腑之言面陈于大王，又恐大王以为臣不忠，招致斩首之刑，希望大王明察！大王令人代替信安君执政，召信安君入朝，以固盟好，臣以为这只能使秦、魏之盟更加动摇。大王此举，也许是企图孤立赵国，臣以为这只能使赵国更加强大。魏王信任信安君，甚矣；委之以大政，厚加优礼；而信安君畏惧尊重秦国，人人皆知。如今，大王派人入魏为相，如果魏王不肯用，则此举毫无益处；如果用而不加信任，还会令魏王深感不安。对信安君来说，弃相位而入秦，是一件难以下决心的事情。大王使魏王有所不安，使魏相行所不能，又指望两国盟好日笃，这可能吗？因此，臣担心此举会使秦、魏关系破裂。秦、魏交恶，赵、魏必固其盟，上有决战之心，下有坚守之志，哪里还谈得上孤立赵国呢？因此，臣担心此举会增强赵国的实力。"

秦王狐疑。苏代又说："大王欲巩固与魏国的联盟，使赵国恐惧，不如利用信安君而加以尊崇。信安君居相位，则国安而名重；失相位，则国危而权轻。信安君事魏王尽忠，为身谋而自全，对大王一定尽心竭力。这样的话，赵之谋臣就会认为：'信安君宗族不贵、土地不广，事秦而秦甚善之，国得安，身得全。如今，赵与秦交兵，国处削弱之形，非得计也；结怨于外，招疑于内，身处困危之地，非善谋也。'于是将悔其前过，多献地以事大王。如此，则大王可拱手而获重利，尧、舜也不能与大王相比。愿大王明察！"秦王信其言，遂罢前议。

周䜣劝阻魏王，使其不入险地；苏代为信安君游说，使秦王无害己之心。其中机关，异曲而同工。魏主有忠耿之臣，信安君有忠耿之友，得脱其厄，岂属偶然。但是，苏代入秦，直截了当，剖明形势，攻其求利之心而诱之以利，其智计显然远过于周䜣。

事例：入险不困，反因之而获利

福兮祸之所倚，祸兮福之所伏。险与不险并没有一个绝对的界线。善用计者，不仅可以蹈险阻而如平地，而且以险制险，常可从中获利，则其效又远过于脱离险境。

齐闵王令周最出使韩国，废黜公叔，另立韩扰为相。周最受命，进退两难。他说："公叔与周君交厚，周君对他十分倚重。如今，齐王派我出使韩国，废公叔而立韩扰。人言道：'怒于室者形于市。'公叔怨恨齐国，与我无关，但是，得罪了周天子，怎么得了？"史舍在侧，对周最说："但去无妨，我会让公叔感谢您的。"

周最来到韩国，公叔闻讯大怒。史舍入见，对公叔说："周最本来不愿意接受这个使命，是我私下里勉强让他接受的。周最不愿意接受这个使命，当然是为了您的缘故；我勉强让他接受，也是为了您的缘故。"公叔不解其意地说："愿闻其详。"史舍说："我打个比方吧。齐大夫之子有一条狗，凶猛异常，叱之必噬人。一位客人自愿请求试一试。客人瞪着这条狗，缓慢地加以叱责，狗没有动。再加叱责，这条狗遂无噬人之心。如今，周最奉事足下，不得已而出使于韩。他将以礼陈说，并不急于露出本意。如此，则韩必然认为齐王不急于废黜您，从而不答应任韩扰为相。如果周最不来，必有别人出使。使者为了讨好韩扰，又与您没有什么交情，必然竭力催促韩王照办。这样一来，韩王就会应允。"公叔闻言，恍然大悟，说："善！"从此对周最倍加优容，而韩王果然没有任命韩扰为相。

事例：喻情喻理，倾动人主之心

专制政治，本无道理可讲，更无情分可言。有理有情，全看君主是否爱听。当臣子陷入困境，面陈君主，言语之间，务须承人颜色，稍有过失，后果便不堪设想。明于此中奥妙，方有建功立业的机会。故古之谋士，莫不善于察言观色。

苏秦由齐归燕，燕王左右不悦，纷纷进言谗害，其说云："苏秦，天下最不讲信义的人。大王乃万乘之主，如果对他加以优礼，岂不是让天下人认为大王与小人为伍吗？"燕王首肯，待苏秦甚薄。

苏秦心知其故，往见燕王，对他说："臣初以东周贱民寄大王之门下，身无咫尺之功，而大王迎臣于郊，擢用于朝廷。如今，臣为大王之使节，东入于齐，得十城而归，有存燕之功。大王待臣如此之尊，一定是有人说臣不讲信义，在大王面前进谗。"燕王不置可否。苏秦继续说："臣不讲信义，难道不是有利于大王吗？如果臣像尾生那样守信用，像伯夷那样讲廉洁，像曾参那样行孝道，奉事大王，行吗？"燕王说："当然行。"

苏秦说："如果臣有此高行，哪里还会来奉事大王呢？"燕王问其故。苏秦说："孝如曾参，不肯离开父母在外面住宿一夜，大王可能派我出使齐国吗？廉如伯夷，不食周粟而宁肯饿死于首阳山下，如何肯步行数千里，来为衰弱的燕国效力呢？信如尾生，与人约而迟期，抱梁柱而死，怎么会虚张燕国声势，威慑齐国而取大功呢？况且所谓的信行，都是为自己打算，并不是为了别人，不过是自我掩饰，不肯进取罢了。三王代兴，五霸迭盛，岂用自我掩饰，大王认为自我掩饰有用吗？如果是那样，燕国的版图又怎么会扩大呢？臣有老母在周，而臣离开老母来事大王，不加掩饰，积极进取，看来与大王志趣不合。大王为自我掩饰之君，而我为进取之臣，这不是因为忠于大王而反受其殃吗？"

燕王说："忠信又有何罪？"苏秦回答说："大王不知。臣有个邻居，在远方为吏。其妻与人私通，丈夫将归，奸夫忧惧。其妻曰：'你不必担心，我已经备好毒酒，专等他回来。'两天以后，丈夫归来，其妻命小妾奉毒酒以献。妾知其为毒酒，献之则杀夫，告之则逐妻，为求两全，便假装跌倒，弃酒于地。丈夫大怒而笞之。小妾弃酒，上活夫，下存妻，忠心如此，而不免于责罚，这不是因忠信而获罪吗？臣之所为，真有些类似那位小妾。况且臣奉事大王，专心为国，今日获罪，臣恐怕以后奉事大王者将会裹足不前。臣游说齐国，不过是陈明利害，并没有欺骗之处。换了尧、舜，也不一定成功。"

燕王醒悟，称："善！"谗之者遂杜其口。

事例：因势利导，攻者自取其咎

司马熹到赵国出使，因便请赵王替自己谋取中山国丞相一职。赵王允诺。公孙弘知道了以后，准备乘机排挤司马熹。

中山君外出，司马熹驾车，公孙弘在侧护卫。公孙弘对中山君说："为人臣，假借大国之威势，为自己谋求相位，这对君主意味着什么？"中山君说："我把他杀了吃肉！"公孙弘心中得意，望司马熹而窃笑。司马熹在车轼上叩头说："臣自己知道将死无葬身之处了！"中山君不解其意地问道："这是什么意思呢？"司马熹回答说："有人说臣该当死罪。"中山君说："算了，赶路吧。我全知道了。"不久，赵国派使者来，请中山君任命司马熹为相。中山君想起上次在路上的谈话，怀疑是公孙弘故意设的圈套，对他大加疑忌，公孙弘无奈，只好逃走了。

司马熹挟外人之势，求一身之利，其罪固不容诛。公孙弘乘机倾害，亦属小人之心。但是，司马熹利用了这一点。公孙弘吞吞吐吐，司马熹欲言又止。二人素不相和，中山君心中十分清楚。二人都把心里的话藏起来，让中山君自己去猜。猜来猜去，越想越多，自然对首先发难者十分不利。及赵国使者至，中山君不疑司马熹而疑公孙弘，已经是必然之势。害人者反为己害，司马熹不愧为金蝉脱壳的高手。

事例：忍辱含垢，以为将来之计

秦相范雎，多谋善辩，佐秦王开疆拓土，富国强兵，功高位尊，国人不敢仰视。不过，范雎未入秦之前，可绝没有如此威风。

范雎是魏国人。一次，他跟随魏国中大夫须贾出使齐国。齐襄王听说他有辩才，私下里赏赐他黄金与饮食。须贾知道以后，以为范雎私通齐国，把魏国的机密告诉了齐王。回国以后，便禀告了丞相魏齐。魏齐大怒，对范雎严加拷打，打折了肋骨，打落了牙齿。范雎无可申辩，只好装死。小吏把他卷在苇席之内，放在厕所里，让客人在他身上便溺。魏齐说："以后再有人胡言乱语，范雎就是他的榜样！"

  范雎乘无人之际，对看守他的人说："如能救我出去，必有厚谢！"守者允诺，乘魏齐大醉，请求把厕所里的尸体扔出去。魏齐稀里糊涂答应了，范雎遂得逃命。后来，魏齐知道范雎未死，大为后悔，派人寻找，没有结果。

  范雎金蝉脱壳，脱离厄境，改名为张禄，由秦国使者带到秦，推荐给秦王。范雎佐秦王削除异己，巩固权势，周旋诸侯，封为应侯。几年以后，魏王派须贾出使秦国。范雎闻讯，穿上一套破烂衣服，悄悄来见须贾。须贾大惊，很同情他的处境，请他吃饭，又送他一件袍子。范雎谢过，毛遂自荐，为须贾驾车，前往相府。来到门前，范雎对须贾说："我先进去通报一声。"须贾等在门外，左顾右盼，不见范雎出来，只好询问门吏。门吏说："这哪里有什么范雎，刚才进去的，就是丞相张禄。"须贾这才恍然大悟，忧心忡忡。无奈之余，须贾膝行而入，向范雎谢罪。范雎责以前事说："之所以不杀你，是因为你送我的那件袍子，看起来尚有故人之情！"

  范雎大宴宾客，让须贾坐在堂下，像马那样吃草料，百般羞辱。最后，范雎遣须贾归国，让他转达魏王："速斩魏齐头来！否则，我立即派兵扫平大梁！"须贾归国，告诉了魏齐。魏齐大惧，逃亡到赵国，在平原君家里躲了起来。

  金蝉脱壳，变化多端，其中深意，并非消极逃跑。范雎受辱于魏齐，倘若任性使气，必然生路断绝。装死而逸，固属下下之策。但是，范雎用之，得以留住青山，为久远之计。因此，未雨绸缪，临危不惧，变害为利，只能顺势而动。智穷力竭之际，无所不用其极，只要能够奏效，便是好计。

事例：将错就错，释己错彰人错

人非圣贤，孰能无过。有过者未必受罚，无过者未必不诛。在君主专制政体之下，所谓法律，既不能人人平等，也不是无隙可钻，更能够为己所用，再加上工具的性质，其中漏洞更是无处不在。欲求有过而无罚，往往看你是否善于钻空子。钻小空子免小过，钻大空子免大错，聪明与愚蠢，这是一个重要区别。

范雎入秦，得王稽助，荐之于秦昭王。及范雎得志，遂举荐王稽为河东太守。后来，秦攻赵，王稽率兵围邯郸，赵人坚守，秦兵攻之一年有余，而城不可下。秦兵疲惫，军心浮动。有人劝王稽赏赐士卒，以定军心。王稽不从，自以为深得秦王信任，秦王不会听信别人的话。等到形势恶化，军吏遂告发王稽交结诸侯，阴谋造反。案结，王稽坐诛。

秦国法律规定，任人而所任不善，其人犯罪，举荐者同罪。当初，王稽做河东太守，曾三年不向朝廷汇报。郑安平降赵，其事也牵连到范雎。秦王唯恐伤了范雎的心，不仅不加责罚，反而厚加赏赐。如今，王稽阵前通敌坐诛，范雎为其荐主，亦当诛。秦王临朝，叹息不止。范雎大惧，计无所出。不过，范雎毕竟是范雎，老谋深算，善用金蝉脱壳之计。他对秦王说："臣乃东土之贱民，得罪了魏国，遁逃入秦。臣不识诸侯，举目无亲，是大王拔擢臣于逆境之中，使掌大政。天下都知道臣是大王亲自举荐的人。如今臣愚不可及，误荐王稽，坐与同罪，罪而当诛。不过，如果大王公开诛臣，势必使天下人知道大王荐错了人，从而招来物议。臣为大王考虑，愿意服毒自杀。死后，请大王以丞相之礼厚葬。这样，大王既可以治了臣的罪，又不会得一个误荐的恶名。"

范雎之言，软中有硬。表面上是为秦王着想，实际上却把秦王也牵在里面。我荐错了人，大王也荐错了人；治我的罪，大王也脱不了干系。专制之法，君臣有别，可以治臣，不可以治君，这是个大大的漏洞。君罪不可治，则臣罪亦未必治，治与不治，全凭君主高兴。范雎既抓住了法律的弱点，又抓住了君主的心理。不去与秦王正面交锋，大肆申辩，而是甘心认罪，在充分体谅对方难处的前提下，让秦王醒悟，于情于理，两便而两全。

秦王闻范雎之言，沉吟良久，最后说："算了吧，你的话也有道理。"于是免范雎之罪，对他更加优容。

事例：两害相权，弃重而取其轻

两害相权，弃重而取其轻，这是尽人皆知的道理。这个道理可以自己用，也可以劝别人用。如果使用得当，便可以收脱危解困之效。

春秋战国时期，齐国的张丑善用金蝉脱壳之计。一次，张丑作为人质来到燕国。不料，齐、燕交恶，燕王打算杀掉张丑。张丑闻讯，逃了出来，准备回到齐国。逃到边境，被守卫边境的军吏捉住，送往都城。张丑见势不妙，心生一计。他对境吏说："燕王之所以要杀我，是因为有人说我有宝珠。燕王企图得到我的宝珠，所以加害于我。如今，我已经逃了出来，宝珠也丢失了。但是，燕王是绝不会相信的。如果你非要把我解送都城，我就说你把我的宝珠夺去，吞在肚子里。燕王为了取出宝珠，一定会杀了你，剖开你的肚子，割断你的肠子。燕王志在必得，没有人能说服得了他。我是非死不可，不过，你也将被碎尸万段！"境吏听了张丑的话，非常害怕，只好把张丑放掉了。

张丑此番脱身，纯属大话欺人，对付境吏这样的无知之辈，尚说得过去。但要说动君主谋臣，则必须有真正的辩才。

楚威王憎恨齐臣田婴，必欲置之死地而后快。及楚国举兵攻齐，大胜于徐州，楚威王便打算乘机要求齐国驱逐田婴。田婴大惧，问计于张丑。张丑便去见楚王。他对楚王说："大王得徐州之大胜，是因为田盼不被重用的缘故。田盼为国，屡建大功，百姓慕其威名，乐为其用命。但田婴与田盼关系紧张，因此不用田盼而用申缚。申缚这个人，无德无才，大臣与百姓都讨厌他，大王因此才能取胜。如果大王驱逐田婴，田盼必然受到重用。田盼得位，必然重整旗鼓与大王决战，这对大王很不利。"楚威王认为其言有理，便放弃了驱逐田婴的念头。

张丑说服楚王，保全田婴，用的就是两害相权取其轻这个道理。楚威王对张丑的话，显然不能不加考虑，一旦加以考虑，便坠入张丑计中。

事例：以害相胁，令人为己除害

赵惠文王时，与诸国联盟攻秦，奉魏国为盟主。赵国谋臣虞卿对赵王说："以人情来说，大王认为是控制别人好呢，还是被别人控制好呢？"赵王说："这还用说吗？当然是控制别人好啊！"虞卿说："魏国得为盟主，关键是范痤在其中谋划。如果大王能献给魏王百里之地，或者万户之邑，请他杀掉范痤，魏王必从。范痤被杀，赵国就会成为盟主。"赵王正在为没有当上盟主而恼火，闻虞卿之言，点头称善，依计而行。

魏王贪利，见到赵国使者，立即答应下来，命司徒把范痤抓起来。范痤被抓下狱以后，给魏王写了一封信。信中说："臣听说赵王以百里之地为代价，请大王杀死我。我无罪而被杀，这是因为太卑微的缘故。以我之微躯，换得大王增加百里之地，此乃大利。臣私下里真是替大王感到高兴。不过，万一出了差错，大王得不到百里之地，而死者又不能复生，大王不是成了天下的笑柄吗？臣以为，与其用死人来换土地，不如用活人来换土地更保险、方便。"魏王览书，决定暂时不杀范痤。

范痤又给信陵君写了一封信。信中说："赵国与魏国，乃敌战之国。赵王送来一封信，魏王便轻率地许诺杀死范痤。我本无罪，曾为魏相，以国家之故，得罪了赵国。如果国家无有用之臣，虽有土地，又怎么能够守得住呢？如今，能够支撑魏国局面的，只有您了。魏王如果听信赵王之言，杀掉我以后，强秦效法赵国的做法，献上二百里之地，要求杀掉您，您有何办法免除灾祸呢？那样，您岂不是麻烦了吗？"信陵君览书，认为其言有理，立即说服魏王，释放了范痤。

兔死狐悲，同病相怜，此乃人之常情。魏王贪利，范痤以利说之；信陵君明势，范痤以势说之。此风不可长，长则永无休止，其势必危及信陵君。范痤考虑到这一点，因此开悟信陵君，使他来解脱，同时也为自己免除后患。其说恳切，绝无虚饰之词，而最终又切中要害。受其益者，非唯范痤，非唯信陵君，魏国亦在其中。

事例：放虎归山，自蹈危亡之境

秦末大乱，义军横行。项羽与刘邦共受楚怀王之命，入关击秦，约曰："先入定关中者，王之。"后来，刘邦先入关中，采纳别人的建议，派兵防守函谷关，以为日后之计。及项羽大兵至，关门已闭。项羽大怒，派黥布攻破函谷关，进驻戏下，有士卒四十万。当时，刘邦屯兵灞上，有士卒十万。

双方剑拔弩张，混战一触即发，恰在此时，刘邦的左司马曹无伤，为了讨好项羽，邀封求赏，便派人向项羽告密，声称："刘邦企图称王于关中，拜子婴为相，据有关中珍宝。"项羽闻报，立即下令犒赏三军，准备次日出兵击破刘邦。项羽的谋士范增也对项羽说："刘邦这个人，在山东之时，贪财好色，如今入关，不夺财物，不掠妇女，看来志在不小。我曾经派人望其气，见龙虎五彩，此天子之气也。大王一定要尽快消灭他，不可放过！"

项羽有位叔父，名叫项伯，与刘邦的谋士张良友善。他害怕刘邦兵败，玉石俱焚，便在夜间悄悄来找张良，劝他尽快逃走。张良闻言，对项伯说："刘邦有难，丢下他不管，这是不义之举，我必须通报他一下。"张良去见刘邦，把项羽随后的行动告之，刘邦大惊失色。张良问："您的士卒可以与项羽对抗吗？"刘邦默然地说："不能。为之奈何？"张良说："请对项伯说，您绝不会背叛项羽。"刘邦问："您与项伯的交情是怎么来的？"张良说："他曾与臣闯荡江湖，后来杀了人，是臣救他免于一死。因此，危急之际，他来通知我逃走。"刘邦又问："您与项伯谁的年龄大？"张良说："项伯年长于臣。"刘邦说："请叫他进来，我将像对待兄长一样对待他。"张良费了九牛二虎之力，将项伯请进来。刘邦亲自举酒为他祝寿，又相约子女结为婚姻。乘项伯高兴，刘邦说，"吾率兵入关，秋毫不犯，统计户口，封存府库，等待项羽将军。之所以派人守卫关门，不过是为了防备其他武装力量出入，出现不测。我日夜盼望项羽将军，岂敢造反！请您替我解释一下。"项伯许诺，对刘邦说："明日一早，一定要来戏下谢罪。"项伯回见项羽，果然替刘邦说情，又说："刘邦如果没有攻破关中，您怎么敢入关呢？如今，您打算进攻有功之人，这不是不义吗？何不对他优容一些，以免引起非议？"项羽认为有理。

次日清晨，刘邦率领百余名随从，见项羽于鸿门，说："臣与将军合力而攻秦，将军战于河北，臣战于河南，没想到能先入关中，又在这里与将军会面。如今有小人进谗，离间将军与臣，望将军明察！"项羽于是释然地说："这些话是你的左司马曹无伤说的，不然，我怎么会这样？"又挽留刘邦入宴共饮。席间，范增几次示意项羽下手杀死刘邦，而项羽默然不应。范增无奈，召项庄入，对他说："项王不忍下手，看来，此事只有靠你了。你可以舞剑助兴为名，乘机刺死他。不然，我辈都将成为刘邦的俘虏。于是项庄舞剑，故意靠近刘邦，伺机下手。项伯见状，也拔剑助兴，常以身体掩蔽刘邦。张良见势不妙，至军门，对樊哙说："项庄舞剑，意在刺杀主公。"樊哙便拔剑拥盾，撞翻卫士，闯入宴席，头发竖立，目眦尽裂。项羽为之一震，赏以酒肉。樊哙一饮而尽，置肉于盾上，拔剑切而啗之。项羽又问："壮士，复能饮乎？"樊哙说："臣死且不惧，一卮酒又算什么！秦政无道，天下皆叛，怀王命诸将入关，共破虎狼之秦，约定先入关中者为关中王。如今刘邦先入咸阳，秋毫不犯，屯兵灞上，以待将军。劳苦功高，不得封赏，反因小人之言，欲诛有功之人，这不是继续秦朝的暴政吗？"项羽无言以对，因赐樊哙坐。须臾，刘邦出如厕，遂与樊哙等人由小路逃回灞上。张良复入，对项羽说："刘邦不胜酒力，醉不能辞行。谨使臣奉白璧一对，拜献于将军足下；玉斗一双，拜献于亚父范增足下。"项羽问刘邦何在，才知道人早已逃走了。范增大怒，置玉斗于地，拔出剑来，击而碎之，愤恨地说："竖子不足与谋！夺将军天下者，必此人也。吾辈都将成为刘邦的阶下之囚！"四年以后，垓下一战，项羽兵败，自刎于乌江。刘邦平定天下，西汉王朝的历史由此而掀开了新的一页。

鸿门宴上，刘邦本来绝无生路。但是，刘邦巧妙地利用了项羽的弱点，首先说动项伯，替自己在项羽面前美言。然后，入项羽之军，当面谢罪。最后是刘邦借上厕所之机，悄悄溜走。项伯其人，义而不识大体；项羽其人，骄而不明利害。倘若项伯不为刘邦所惑，项羽未必犹豫不决。两军实力悬殊，一战则胜负可知，况且，刘邦自入虎口，竟得安然脱身，项伯之愚陋，项羽之骄狂，都起到了重要作用。由此观之，刘邦固然善于金蝉脱壳，项羽则难辞放虎归山之咎。

事例：装痴弄傻，委曲以求身全

曹魏末年，蜀汉被灭，后主刘禅被俘虏，送到洛阳，封为安乐公。刘氏子孙及君臣封侯者五十余人。

当时，曹魏名存实亡，晋王司马炎握朝廷实权。司马炎曾与刘禅宴饮，召来蜀地歌妓，奏蜀乐，舞蜀舞。在席之蜀汉旧臣，观之感怆，无不下泪。只见刘禅喜笑自若，毫无悲色。司马炎对贾充说："人之无情，乃至于此！即使诸葛亮还活着，也不能辅佐他永保太平，何况姜维远不如诸葛亮呢？"过了几日，司马炎又问刘禅："想不想蜀汉故土？"刘禅回答说："我在这里过得很快乐，不想故土。"蜀汉旧臣郤正知道这件事以后，对刘禅说："如果以后司马炎再这样问，您应该哭着回答说：祖先坟墓，远在川、蜀，其心悲凉，无日不西向而思之。"又告诉他回答完以后，要闭上眼睛。后来，司马炎果然又向刘禅询问，刘禅便照着郗正的话依样画葫芦说了一遍，然后闭上眼睛。司马炎听罢，说："此话怎么这么像郗正的腔调？"刘禅闻言，惊视司马炎，说："诚如晋王所言！"左右见状，无不大笑。从此以后，刘禅的乳名阿斗，便成了傻瓜的代名词。

其实，刘禅未必像人们传说或史籍记载的那样傻。刘备死后，刘禅继位，诸葛亮受托辅政。倘若刘禅果真可以任人摆布，诸葛亮就绝不可能毫无障碍地推行他的治蜀方针。仅此一点，就足可以说明刘禅即使并非聪明睿智，至少识时务，知大体，清楚什么人可以信赖。

中国历史上，改朝换代比较频繁，几乎很少有人可以毫无差错地说出中国到底存在过多少个朝代。造成这种现象的原因，一是王朝的形成不由民意公选。成者为王，败者为寇，当王朝腐朽之际，政权难以和平交接。要么一场战乱，要么一场政变。这样一来，历史上不仅出现了众多的朝代，而且出现了众多的亡国之君。对新朝代的统治者来说，这些人既无用又危险，如何处置，颇费脑筋。表面上加以优容，以求笼络人心；骨子里疑神疑鬼，时刻加以提防。因此，历史上的亡国之君，极少有善终之辈。刘禅虽非圣智，但这个道理，耳闻目睹，岂能毫不知晓？云"乐不思蜀"，其中隐含着多少悲凉，并不是常人可以体会到的。但不这样说，又让刘禅怎样说呢？国破家亡，身为系囚，既已苟活，又何必自找麻烦呢？如此说来，刘禅不仅明智，而且极会做戏，假戏真做，真戏假做。不管怎样说，刘禅做到了使司马炎不生疑心。

金蝉脱壳，谁说刘禅不会用计？

事例：预为身计，不坐亲朋之罪

中国古代政治受血缘关系的影响，极为深重。一人得势，鸡犬飞升；一人获罪，祸灭九族。此种事例，不胜枚举。明智而识人者，见其亲朋势不可长久，往往预为自全之策，以求免于孥戮。此亦金蝉脱壳之一计。以下策略举几例，以备其说。

春秋战国时期，秦、赵交战连年。范雎使用反间之计，使赵王罢免廉颇，任用赵括。赵括之父赵奢，乃赵国宿将，有勇有谋。赵括饱读兵书，常与其父论辩。父亲虽然说不过儿子，但心里清楚，纸上谈兵，派不上用场。当赵王拜赵括为将的时候，许多人竭力劝阻，赵王固执己见，不加理睬。赵括之母闻讯，上书赵王，力言不可，赵王更是听不进去。其母对赵王说："如果赵括不称职，我请求大王不要诛杀家属！"赵王许诺。不久，秦、赵两军战于长平，赵括大败，全军覆灭。赵王大怒，欲依法诛其家属。其母即举赵王之前言为凭，力加申辩。赵王无话可说，只有履行承诺，不了了之。

东晋时期，王敦居外，手握重兵，阴有异志。王敦有个侄子，名叫王允之，幼而聪颖过人，知书达理。王敦很喜欢他，把他留在身边。当有宾客来访，便与其一起会客。王敦好夜饮，席间往往与人密谋造反。王允之惧怕受到牵连，又担心遭到王敦的猜疑，经常称醉离席，卧于别处。客人离去以后，王敦前来查看动静，只见王允之昏昏沉沉，于卧处大吐不止，弄得浑身上下污浊不堪。因此，王敦从来不曾怀疑王允之听到了他的密谋。后来，王允之的父亲王舒出任廷尉，王允之以探望父亲为由，回到京师建康，把王敦谋反的消息告诉了王舒与王导。朝廷闻讯，得以充分准备，应付危局。及王敦兵败，王舒一家没有受到牵连。

南朝齐时，车骑将军张敬儿权欲无限。他曾经做了一个梦，梦见旧村社中一树，枝繁叶茂，其高冲天。醒来以后，到处乱讲，自以为贵不可言。齐武帝闻之，怀疑他有不轨之心，而张敬儿不知改悔，恣意而为。张敬儿的弟弟张恭儿，见其兄行为如此放纵，知其必遭灭门之祸，便深居简出。其居处山峦阻隔，高门深院，迂回曲折，有若迷宫。居处常备快马好车，每当其兄捎来书信，张恭儿一定立即上马，然后与使者相见，以防不测。后来，齐武帝设计，于斋宴之际，将张敬儿捉住杀死，四个儿子也无一幸免。当齐武帝派人诛杀张恭儿时，却发现他早已逃入蛮族境内，行动如此迅速，令人惊讶。

齐明帝时，尚书令王晏恃宠骄恣，企图独揽大权。齐明帝夺位，曾得王晏大助。但是，齐明帝即位以后，王晏自以为有功于君，常常菲薄朝政，目无长上。天长日久，积怨渐多，齐明帝对他也十分猜忌。后来，齐明帝听说他请人相面，又自言当获大贵，便有心将其除掉，而王晏竟然毫无察觉。王晏有一位远房弟弟，名叫王思远，官拜御史中丞。当齐明帝谋划夺位时，他便劝阻王晏说："兄蒙陛下厚恩，而助人篡夺宝位，不知兄将来如何立于朝廷？如能就此罢手，尽忠于陛下，及早自杀，尚可保全家室，不失美名。"王晏回答说："现在哪有闲工夫想这些！"及齐明帝夺位成功，拜王晏为骠骑大将军，王晏大会子弟，对王思远说："当时，弟劝我自杀，如果照你的话办，岂有今日！"王思远回答说："依弟所见，现在还不算晚。"后来，王思远知道齐明帝疏忌王晏，又找机会劝他说："近来情形大异于前，您察觉到了吗？人们往往善于算计别人，而不会替自己打算，太危险了！"王晏不理。王思远离去后，王晏叹曰："世上竟有劝人去死的人！"几天以后，齐明帝在华林园将王晏诛杀，牵连了很多人。齐明帝知道王思远劝谏王晏之言，因此没有加罪于王思远。王晏的妻弟阮孝绪也感到王晏势不能久，因此坚决不与他往来。王晏到阮府拜访，阮孝绪总是逃匿不见。一次，阮孝绪食酱，赞其味美，一问，知道是王晏所送，立即将口中的酱吐了出来，并把剩下的退还王家。及王晏被诛，阮孝绪与其妻族，依法应当坐罪，大家都替他害怕。阮孝绪说："虽为亲戚，并无勾结，何惧之有！"果然没有受到株连。

齐东昏侯时，平西将军崔慧景作乱，率兵围攻建康。崔慧景久闻处士何点大名，早就想与他交往，以壮己之声誉，而何点从来不肯稍加应酬。及崔慧景兵围建康，派人把何点硬请到军中。何点自知崔慧景必败，惧怕受其牵累，见到崔慧景之后，终日所谈，不过礼义而已，未尝有一句话说到军事。不久，崔慧景兵败，何点被俘。东昏侯打算杀死何点，萧畅为其开脱说："何点与崔慧景所谈，只是礼义二字。况且何点与其谈礼义，使贼兵无暇思考战局，若非如此，建康城早已陷落。由此看来，应当给何点加封！"东昏侯闻萧畅之言，便赦免了何点。

事例：患得患失，终失脱身之计

功成身退，既需要明智，又需要果断。错过时机，后悔便来不及了。

北齐兰陵王高长恭，美姿仪，勇武有力，曾率兵与北周战于邙山，大获全胜。将士们对他非常钦佩，仿效他冲锋陷阵、指挥若定的神态，制作了两种乐舞，名之曰《兰陵王入阵曲》，国人歌之，奉若神明。齐帝闻其事，又忌又恨，高长恭惊恐万端，竭力寻找退身自全之策。

过了一段时间以后，本来廉洁奉公的高长恭，突然变得贪婪起来，不恤士卒，专务聚敛，弄得上下怨恨，名声大减。高长恭有一位知心朋友，名叫尉相愿。他了解高长恭的苦衷，但又觉得这样做并不是办法，便对高长恭说："您是不是因为邙山之捷，功高名重，恐怕引起猜忌，才故意显出贪鄙的样子，贬损名声，以求自全？"高长恭说："是。"尉相愿摇了摇头说："如果忌恨您，您这样做，不正是给人家提供诛杀您的罪名吗？这岂不是本欲避祸，反而加速了灾祸的到来吗？"高长恭闻其言，泪流满面，膝行而前，询问脱身之计。尉相愿说："您以前既有大功，如今又获胜利，声威更重。莫不如称病居家，不参与国政。"高长恭认为尉相愿言之有理，却一直未能照办。后来，江淮一带战事又起，朝廷欲命高长恭为将。高长恭这才认识到难以自全，后悔地说："我去年脸肿，如今怎么竟不发病呢？"便有病也不肯医治。即使如此，齐帝还是不放过他，派人送来毒酒，把他毒死了。

在君主专制政体下，帝王惧怕别人篡位，即使自家兄弟，也不会真正放心。南北朝时期，政局混乱，朝代频更，帝王恐惧猜疑，尤甚于前日。欲于此时退身求全，必须善于抓住时机，绝不能迟疑不定。一旦嫌隙已成，再图免祸，恐怕便只能是南辕北辙。高长恭初则授人以柄，继则痛失良机，又不能毅然决然地与齐帝一决雌雄，不任人宰割，又有什么办法呢？

事例：聪明善感，故作全无心肝

与蜀汉后主刘禅不同，南朝陈后主陈叔宝是公认的聪明人。关于陈后主，史书中有许多处讲他如何荒淫无道、残害忠良、信任奸佞、搜刮民脂民膏。其实，陈后主未必如此失德，即使真有这些罪状，陈朝也未必便是因此而灭亡的。须知，大厦将倾，非一木所能支，实力对比发生变化，其中原因很多，全怪陈后主，显然有失公允。

陈后主亡国之后，从六朝金粉之乡来到隋京。昔日威势，荡然无存。昨为万钧之主，今为阶下之囚，其中滋味，何消说得。不过，人总是人，人总要活下去。为了能够活下去，陈后主必须用心谋划，才能免于杀身之祸。

隋文帝并不是一个大方宽厚的君主。但是，他对陈后主却表面上十分优容，经常召见他，位同于三品之官。每次宴会，为了不使陈后主伤感，下令不奏吴地音乐。然而隋文帝的眼睛，时时刻刻在盯着他，陈后主明白，自己并没有让隋文帝放下心来。

为了解除隋文帝戒备，陈后主故意要求监守者奏明隋文帝，声称："我在这里，经常参加宴会，希望陛下赏一个正式官号，以便称呼。"隋文帝大怒，骂道："陈叔宝这个人，简直是全无心肝！"转念又想，陈后主此举，其中是否有诈？便问监守者，陈后主平时都干些什么？监守者回禀："陈叔宝经常喝得大醉，很少有清醒的时候。"隋文帝又问其酒量。答曰："与其子弟每日可饮一石。"隋文帝又有些不高兴，便告诉监守者，让陈后主节制一下。但是，过了一会儿，又说："让他尽兴吧。不这样，他该如何度日呢？"此后，隋文帝下诏将陈后主的家属在各地妥善安置，不再过问其事。陈后主费尽心机，终于得终其天年。

三、保全自身　是为进退之道

政治斗争中，危险无处不在。抱鱼死网破之心，杀出一条血路，虽不为不善，但毕竟成功的希望比较渺茫。至于金蝉脱壳之计，如运用得当，则不仅易收其效，而且无处不可使用。

第一，在国与国之间。

诸国争霸争雄之际，使者往来四方，承君之命，忠君之事，进出敌国，无异身陷虎穴。一言不合，便有性命之虞。因此，老谋深算之士，无不重视此计的运用，以防不测。景鲤奉楚君之命，联络秦国对抗齐、魏诸国，而秦国本无诚意，以致景鲤无故被扣留。倘若不是景鲤善用此计，临危不惧，说动秦王，便永无归国之望。张仪入楚，为秦王破坏楚、齐之盟，又不能如约割让商於之地。倘若不是张仪预先交结楚国宠臣靳尚，使其为己奔走，则楚王一怒之下，张仪早做了刀下之鬼。而张仪竟能安然脱身，回国复命，则确为善用此计之人。范痤为魏国奔走游说，使诸国奉魏为盟主，合纵攻秦，结果惹恼赵王，几乎身首异处。倘若不是范痤善用此计，说动魏王与信陵君，则绝无逃生之理。而周䜣力阻魏王入秦，苏代使魏相信安君免遭入秦之厄，又都是不陷危境的范例，比绞尽脑汁方得脱险更为稳妥。至于刘邦于鸿门宴上溜之大吉，刘禅于囹圄之中装痴卖傻，陈叔宝亡国之后终日沉醉，或得卷土重来，或得终其天年，虽技不甚高，亦足供后人一观。

第二，在君与臣之间。

专制政治下的君臣关系特征，确实可用"伴君如伴虎"来形容。尤其在君臣猜忌、政局不稳之时，如何保全自己，实在需要耗费心机。陈轸在张仪未入秦之前，使秦王明白张仪的用心何在；公子池在与魏、齐、韩议和之前，使秦王明白自己的处境；范蠡、张孟谈功成身退；周最为齐王出使韩国以废公叔相位之前，使公叔明白自己的苦心；赵括之母在其子统兵出征之前，请求赵王先赦其罪；王允之、张恭儿、王思远、何点诸人，不参与其亲朋之胡作非为，都是善于未雨绸缪、预留退路的典范。至于荆王之官吏抢吞不死之药，而又施其辩才逃脱厄运；苏秦遭燕王之忌，而能以情理点悟燕王；司马熹遭公孙衍之攻击，而能因势利导，使对方自取其咎；范雎犯律当诛，而能将错就错，使秦王无法加刑，则显临危用计，亦必不可少。唯北齐高长恭功高震主，既无功成身退之谋，又乏临危应变之策，终于在劫难逃，饮鸩而亡。

第三，臣与臣之间。

臣僚互相倾轧，其危险性并不亚于君主猜忌臣下。而在己方陷入困境之时，金蝉脱壳亦为必用之计。需要注意的是，在这种场合下运用此计，往往必须动用第三种势力，即取得君主的信任。陈轸遭张仪之倾害，得以自全的关键是说服了秦王；苏秦遭燕臣之攻击，得以自全的关键也是说服了燕王；而司马熹击败公孙衍，保全禄位，则妙处在于利用了中山君的狐疑。至于范雎遭魏相之辱，装死潜逃；张丑为齐将所获，危言耸听，吓住对方，则无疑是背水一战。得成其谋，全凭对方之无能。

四、谋之所及　乱中以攻为守

在政治斗争中，使用权谋诡术乃是必然的现象，金蝉脱壳之计纳入混战计，其重要特点就是在混乱的局面下能够保存自己，在保存自己的情况下寻求制胜之道，故其特点是明显的。

第一，就实施方法而论，金蝉脱壳之计具有隐蔽性的特点。

运用金蝉脱壳之计，必须善于隐蔽自己的企图，否则极难成功，但未必一切都在暗中进行。从大量的事例中可以看到，公开行动，制造假象，在对方未察觉自己意图时逃脱险境，往往更易奏效。无论是隐蔽企图，还是公开假象，都要隐蔽自己的真实意图，不能够使人知道自己的心计，这也是实施此计的重要条件。

第二，就施计者而论，金蝉脱壳要求施计者在保全自己的情况下，还要具有进攻性的特点。

运用金蝉脱壳之计，目的首先在于保全自己。保全自己，即可卷土重来，最终消灭对方。因此，从根本上来说，金蝉脱壳只是进攻的前奏，并非纯粹的逃避。除此之外，在运用此计之时，往往也需要采取进攻态势，以迷惑对方。而以攻为守，往往更是保全自我的有效手段。

第三，就金蝉脱壳之计在政治斗争过程而言，具有混淆性

的特点。

运用金蝉脱壳之计，其意在保存自己，那么混淆是非，于乱中寻找适合自己的道理，既可以说服他人，又可以解脱自己，使他人不能够得知自己的意图。之所以金蝉脱壳纳入混战计谋之中，就是要在混乱的局面中，把握利于自己的机会，最终不受他人的危害，还能够获得利益，如此才能够把握该计的核心要点，即谋之所及，虑及己身。

关门捉贼

——小敌困之 势在置之死地

本计云："小敌困之。剥，不利有攸往。"其大意是：对弱小的敌人，要包围起来歼灭。至于零散小股的敌人，虽然力量单薄，但行动自由，难以防范，因而不利于追击。此为混战之计，斩草除根，乱中取胜。关门捉贼的原意，是关上家门，捉住盗贼。以计谋名之，意为对弱小的敌人或敌对势力，要围而歼之，以免后患。此计与金蝉脱壳之计处于劣势不同，这里是自己处于优势，但要注意"贼困"之后的凶恶性，因此也有需要把握的时机。

一、柔而变刚　利在当机立断

《周易·剥卦第二十三》云：剥：不利有攸往。《象》曰：山附于地，剥。上以厚下安宅。

【一爻】初六，剥床以足，蔑，贞凶。《象》曰："剥床以足"，以灭下也。

【二爻】六二，剥床以辨，蔑，贞凶。《象》曰："剥床以辨"，未有与也。

当断不断，反受小人之乱

【三爻】六三，剥之，无咎。《象》曰："剥之无咎"，失上下也。

【四爻】六四，剥床以肤，凶。《象》曰："剥床以肤"，切近灾也。

【五爻】六五，贯鱼以宫人宠，无不利。《象》曰：以宫人宠，终无尤也。

【六爻】上九，硕果不食，君子得舆，小人剥庐。《象》曰："君子得舆"，民所载也。"小人剥庐"，终不可用也。

在六十四卦中，"剥"的意思是"剥烂"，乃"刻割"也，"落"也。"万物零落之象"。象曰："柔变刚也。不利有攸往，小人长也。顺而止之，观象也。君子尚消息盈虚，天行也。"《六十四卦经解》云："'乾消至五，五至尊。'为阴所变，故曰剥也。"柔而变刚，小人得志，故不利有攸往。具体说来，就是不利于远追。可推演出此计在政治斗争的可能和结果如下：

第一种，关门捉贼是得到机会，初爻便是阴，是机会不是正道而来，其侵犯正道，当然是凶，乃是积小成大，并不是好机会，若是抓住机会，也会转害为利。

第二种，使用关门捉贼之计，是得到偶然机会，二爻还是阴，二变卦都是不利，在散乱无章的情况下，更要注意转机。

第三种，还是处在阴爻，有四变卦，若是使用关门捉贼之计，就要以阴柔之道而处之，查看转机所在，就是无咎。

第四种，使用关门捉贼之计者，一直处在阴卦，到了阴柔八变卦，已经是对自己十分不利了，凶象已经露出，却也是转机来临之时，不要因为凶而丧失勇气，要积极面对。

第五种，使用关门捉贼之计者，到第五爻，依然处在阴位，只能够以其人之道还治其人之身，也就得到转机，没有祸害，可以无往不利了。

第六种，关门捉贼之计等到转机来临，才来到上九阳爻三十二变卦，这就要以刚强行事了，获得硕果则对自己有利，但不能够让硕果丢失，若是被贼逃脱，则硕果无存，且贼人转机，因此要当机立断。

该计用于军事，主要是歼敌之法，即以优势兵力包围劣势之敌、将其一举全歼，切不可使其逃逸。秘本兵法《三十六计》在解释此计时说：捉贼之前关闭家门，不仅是因为怕盗贼逃走，而且因为怕他逃逸，以后为别人所利用。更何况为了不中对方的诱敌之计，对逃跑了的敌人不可穷追。贼性狡猾善变，长于奇袭，神出鬼没，有可能使我疲于奔命。《吴子》曰："假如有一个亡命之徒，逃逸隐匿到广阔的原野之中，即使追捕他的人成百上千，也会因盲目而左顾右盼。这是为什么呢？是因为害怕他突然冲出来伤害自己。所以，一个不怕死的人，足以使一千人胆战。"追击盗贼，只要有逃脱之机，盗贼就必然为之死斗；如果断其去路，则必束手就擒。因此，对小股之敌必须加以包围歼灭。如果做不到这一点，就应放走不追。人们常说的"穷寇勿追"，道理即在于此。

该计用于政治，则是动员己方一切力量，置对手于重围之中，寻找时机，断其归路，一举将其消灭，切不可令其逃逸，留下后患。在专制政治之下，政治斗争极为残酷。尤其是政权转移，决不能和平进行。你死我活之际，心慈手软，固然难成大事；追杀穷寇，亦可能反受其殃。或围或纵，关系成败，而关门捉贼之计，恰可以为人们提供启示。

二、见机行事　须知己更知彼

关门捉贼，以置对方于死地为目的，故其计甚毒。但仅有毒心，未必用得好此计。尤其是关门的时机，必须掌握得恰到好处。否则，关门过早，打草惊蛇，会使对方警觉；关门太迟，丧失良机，后果更难以预料。至于知己知彼，亦须充分加以注意。不掌握优势而欲关门捉贼，无疑自取灭亡。

事例：当断不断，反受小人之乱

置身于政治旋涡之中，既要善于谋划，又要处事果断。机不可失，时不我待，一旦落入对方圈套，失去主动权，后果不堪设想。特别是在专制政治之下，一旦发生政治冲突、权力争夺，往往便是你死我活，千万不可掉以轻心。

春秋战国时期，楚考烈王信任春申君黄歇。楚王当时无子，春申君非常着急。后来，门客李园把他的妹妹献给了春申君，怀孕以后，又说服春申君转献给楚王，生了一个儿子。李园的妹妹因此得到宠幸，立为王后，儿子立为太子，李园则居中用事，权倾朝野。但是，李园兄妹贵盛以后，又害怕春申君依恃太子之力，与自己争权，便处心积虑，日夜谋划，准备杀人灭口。

李园豢养了许多亡命之徒，寻找机会下手，消息泄露出去。后来，楚王病重，命在旦夕。一位名叫朱英的人对春申君说："世有无妄之福，又有无妄之祸。如今，您处于无妄之世，奉事无妄

之主，岂能没有无妄之人？"春申君不解其意。朱英说："您做了
二十多年的相国，实际上就是楚王。如今，楚王病重，即将死去。
太子衰弱，卧病于床。您辅佐幼主，将来归政于太子，便是伊尹、
周公；不归政于太子，即可南面称孤，自为楚王。这就是无妄之
福。李园虽不治国，而为楚之国舅；虽不掌兵，而偷偷豢养亡命
之徒。一旦楚王死去，李园必先入宫，矫命杀死您以灭口。这就
是无妄之祸。您可任臣为郎中，楚王一旦死去，李园作乱，臣就
可以先把他杀了，为您除害。这就是无妄之人。"春申君闻言，犹
豫不决，说："您不要乱讲。李园是一个软弱的人，与我素来友善，
不至于做出这种事来。"朱英知道春申君不会采纳他的建议，惧怕
祸及其身，便逃走了。

　　十几天以后，楚王病死，李园果然先期入宫，控制太子，封
锁王宫。又在四周埋伏人马，等候春申君的到来。春申君得到楚
王死去的消息以后，为时已晚，入宫以后，被李园手下的人团团
围住，乱刀砍死，把脑袋扔到宫外。随从见状，一哄而散。于是
李园矫称王命，派人把春申君的家属及亲戚朋友全部杀死。

　　事例：巧设计谋，必欲置之死地

　　秦始皇死后，李斯与赵高矫诏立胡亥为二世皇帝，害死太子
扶苏与大将蒙恬。赵高居中用事，权倾朝野。李斯失权，心中不
满。赵高知道以后，心中怀恨，决心除掉李斯，以绝后患。他对
李斯说："关东一带，群盗横行。如今，皇帝大征徭役，修建阿房
宫，积聚狗马无用之物。我很想劝阻，但身贱位卑，不起作用。
这正是您应该做的事情，为何无动于衷？"李斯不知是计。便请
赵高为他寻找机会，入宫进谏。

　　赵高见李斯中计，心中暗喜。他趁二世正在宴饮作乐的时候，让李斯入宫。二世玩得高兴，不想被李斯搅扰，怒骂道："朕平日有的是闲工夫，丞相从来不求见；偏偏今日朕欢宴之时，丞相请求奏事！丞相这是以为我年少可欺呢，还是以为我愚蠢固陋？"赵高在侧，乘机进言说："先帝驾崩于沙丘之时，李斯曾参与拥立陛下的谋议。如今，陛下已经立为皇帝，而丞相并没有得到什么更多的好处。他的企图，是裂地而封王啊！如果不是陛下问臣，臣何敢言。臣知道李斯的长子李由为三川太守，由于陈胜等人都是丞相的同乡，所以李由纵虎遗患，甚至群盗路过三川城而官军不肯出击。臣听说他们经常有书信往来，只是没有查到证据，不明详情，因此不敢奏闻。更重要的是，丞相居外任事，权重于陛下。"二世闻言，便派人调查李由，以便掌握证据，惩治李斯。

　　李斯中了赵高之计，引起了二世对他的猜忌，实际上已经陷入赵高的重围之中。他上书二世，揭露赵高的罪过，声称："赵高擅权，威侔陛下，与当年田常相齐，弑君夺国，并无二致。如今，赵高有邪佚之志，僭越之举，贪欲无厌，陛下不早加防范，臣恐必为后患。"二世览书，全然不信，说："这算什么话，赵高不过是一个宦官，忠心耿耿，洁行修善，朕认为他是贤德之臣，你为什么要怀疑他？况且朕不依靠赵高，又依靠谁呢？赵高为人，精明强干，廉洁公正，下知人情，上顺朕意，你不必多言！"赵高闻讯，又对二世说："丞相所惧者，不过我一个人而已。一旦除掉我，他就可以恣意妄为，行其篡逆之谋。"二世听了，越发憎恨李斯。恰好冯去疾、冯劫等人联合李斯，奏请停止修建阿房宫，减省赋役。二世大发雷霆，下令逮捕他们，冯去疾、冯劫自杀，李斯入狱，势孤力单。二世命赵高审理李斯一案，痛加捶掠。李斯不胜酷刑，屈打成招。

李斯自以为有功于国，并无反谋，便从狱中上书二世，称："臣为丞相，治国养民，三十余年。秦地狭隘，不过千里；兵卒寡弱，仅数十万。臣尽心竭力，周旋诸侯，训练甲士，修明政教，遂兼并六国，统一天下。臣罪不容诛，早就该被杀掉了，愿陛下明察！"李斯希望二世览书，会有所醒悟，从而赦免自己。不料，奏书被赵高扣压，二世根本没有看到。为了制止李斯翻供，赵高又派其亲信伪装成御史，前往审核，李斯称冤，这些人便对其施刑。后来，二世果真派人复查，李斯害怕受刑，反而不敢说实话。二世派人前去调查李由，李由已被项羽部下击杀，使者归，赵高便假作证词，声称李由确实与李斯合谋造反。赵高结案，定李斯谋反之罪，腰斩于咸阳市，夷灭三族。李斯临刑，与其次子抱头痛哭曰："吾欲与你像以前那样，牵黄犬而逐狡兔于故乡东郊，岂可得乎！"

运用关门捉贼之计，关键在于关门一招。可由对方自行入门，亦可用计诱使对方入门；可耐心等待对方入门，亦可迫使对方入门。无论如何，关门的时机必须恰当，恰到好处。过早则打草惊蛇，过迟则丧失良机。赵高用计，使二世憎恶李斯，又从中上下其手，诬陷李斯谋反，此即关门之时。及李斯落入赵高掌中，由其任意摆布，而竟毫无醒悟，寄希望于二世之垂怜。岂知门既已关，不可复开。赵高阴毒之辈，岂能放虎归山，自遗后患！故善用此计者，不仅需要心狠手辣，不给对方喘息之机，而且需要善于谋划，善于关门。

事例：兔死狗烹，加罪何患无辞

功高震主，此乃大臣取祸之一因。历朝历代，开国功臣很少有善终者，关键即在君主专制，以天下为私。为身家之计，卧榻之侧，岂容他人鼾睡！当是之时，天下已定，尊卑已序，江山之内，天网恢恢，功臣宿将，自保不暇，倘生异心，更是自取灭亡。

刘邦灭秦立汉，韩信诸人功莫大焉。及天下稳定，有功不赏，封爵屡削，心中自然不平。前197年，陈豨起兵反叛。韩信与彭越称病，不肯随刘邦平叛，而暗中与陈豨联络，欲观形势之变，举兵响应。时刘邦亲自率兵出战，韩信与家臣密议，企图袭杀吕后及太子。部署已定，不料被人告发。吕后与萧何设计，伪称有人从刘邦军中至京，言陈豨已平，令列侯、群臣入贺。萧何骗韩信说："虽然有病，亦当强起入宫尽礼。"及韩信入，吕后派武士将韩信捉住，斩于长乐宫悬钟之室。彭越因不从刘邦出征，被废为庶人，贬于蜀中。途中遇见吕后从长安而来，便自见吕后，辩其无罪。吕后与彭越共至洛阳，对刘邦说："彭越壮士，今贬往蜀地，岂非自遗其患？不如遂诛之。"于是吕后派人诬告彭越再次谋反，遂夷灭三族。其余功臣，尤其是异姓诸王，大抵或平或诛，保全者极少。

韩信临死，曾有"悔不用蒯彻之计，乃为儿女子所诈，岂非天哉"之言，于是刘邦逮捕蒯彻，欲治其罪。蒯彻说："秦失其鹿，天下共逐之，高才疾足者先得焉。跖之狗吠尧，尧非不仁，乃是因为尧不是它的主子。当是时，臣独知韩信，岂知陛下。况且天下精明强干之人，莫不欲为陛下所为，其人甚众，陛下能够全把他们杀了吗？"刘邦无言以对，遂赦其罪。彭越旧臣栾布出使归来奏事，于彭越尸首之前，痛哭流涕。刘邦将其抓来，欲治其罪。栾布说："当陛下困于项羽之时，项羽不能置陛下于死地，就是因为彭越与陛下合力抗击项羽。当是时，彭越合楚则汉亡，合汉则楚灭。况垓下之战，如果没有彭越，项羽怎么会兵败？天下已定，彭越剖符受封，岂不欲传之万世。如今陛下以小过诛之，臣恐功臣人人自危也！"刘邦闻言，亦无话可说，遂赦其罪，拜为都尉。

蒯彻、栾布之言，说出了一个重要的道理。刘邦之所以得天下，韩信诸人功不可灭。当其为齐王之时，举足轻重于楚、汉相争之间，不于其时谋反，及天下已定，以单弱之势而谋反，岂合常理？但是，对刘邦来说，楚、汉相距于荥阳，韩信于危难之际，擅自称王于齐。其后，刘邦追击项羽，与韩信相约夹击楚军，而韩信竟然违约不至。那时，刘邦已有诛灭韩信之心，只是力所不及而已。其余异姓诸王，大抵因此而为刘邦所忌，亦大抵因其力有不及而得以保全至汉初。及天下平定，刘邦正欲一一诛除，兔死狗烹，无罪尚且不免，何况有把柄于手中？天下未定，诛之不仅力不能及，还会造成内乱，使项羽有可乘之机；天下已定，韩信诸人失去凭借，刘邦除其异己，犹如探囊取物，易如反掌。利之所在，情义无存，帝王之侧，皆为敌手。帝王关门捉贼之术，固非凡夫所可逆料。

事例：计中有计，成己计败人计

东汉和帝时，外戚窦宪专权。窦氏兄弟并为九卿、校尉，充斥朝廷。其党羽邓叠、邓磊、郭举、郭璜等人出入禁中，与窦太后互为表里，作威作福。后来，他们认为和帝碍手碍脚，便阴谋杀死和帝。

和帝对窦氏的阴谋心里非常清楚。但是，窦氏势力庞大，和帝势孤力单，几乎等于是被囚禁在宫中一样，与朝臣几乎没有接触的机会。当时，窦氏威震朝野，朝中大臣很少不是窦氏的党羽。因此，和帝的心事，也不敢与朝臣们吐露。

窦氏杀害和帝的阴谋紧锣密鼓，步步逼近。和帝处境越发艰难，只有宫内的宦官与其朝夕相处。中常侍钩盾令郑众，谨慎而有心计，对和帝忠心耿耿。危难之际，和帝只有与他共商诛灭窦氏的大计。当时，窦宪屯兵凉州，和帝害怕此时发难，会造成战乱，难以收拾局面，因此只有待窦宪回京之后，关门捉贼，一举全歼，才能收到不生后患的效果。但是，窦宪回京之后，加紧谋划，又会使形势对和帝更加不利。不过，权衡利害，和帝还是选择了在窦宪回京以后，伺机动手。

92 年六月，窦宪与邓叠回到京师洛阳。和帝密计下手。他首先让清河王刘庆为他从千乘王刘伉那里弄来一部《汉书·外戚传》，偷偷送进宫中，仔细研究，又令郑众为他搜罗诛杀外戚的先例。胸有成竹之后，和帝突然驾临北宫，诏令执金吾及五校尉，勒兵守卫南宫与北宫，关闭城门，搜捕郭璜、郭举、邓叠、邓磊四人，下狱处死。除掉窦宪爪牙以后，和帝命人收回窦宪的大将军印绶，改封其为冠军侯，逼令窦宪即刻前往封国。为了不触动窦太后，和帝没有立即诛杀窦宪，而是在他到达封国之后，派人严加看管，过了一段时间以后，才迫令窦宪自杀。

窦宪谋划杀死和帝，蓄意已久，苦心经营，可以说是万事俱备。但是，风云突变，功败垂成，其中关键，是窦宪没有切实地把握住关门的时机。窦宪回京，其意或许就在即刻下手，却拖延时日，被和帝先发制人，一网打尽。其实，窦宪的十面埋伏，本身就存在着一个薄弱环节。素弄兵权之人，身握举国之兵，却偏偏忘记抓住守卫宫禁的金吾卫与五校尉。当是之时，双方互设大阵，虎视眈眈。关门捉贼，其门便是宫禁卫兵，谁掌握了这支军队，便掌握了门闩。百千之人，尽管不足以与百万大军临阵对敌，但捕杀几个手无缚鸡之力的对手，却富富有余。及窦宪羽翼被除，虽有百万之军，远水不解近渴，更何况天子威势，名正言顺，陷入其中，岂可自拔！机不可失，时不再来，弹指之间，沧海桑田。窦宪之败，可谓功亏一篑，咎由自取。

事例：骄狂之心，难有防身之计

东汉外戚擅权，例子不仅只有窦氏。桓帝时期，外戚梁冀秉政，权与君侔，朝野侧目。梁冀一门，前后有七人封侯，三人立为皇后，六人册为贵人，二人拜大将军，夫人女儿称君食邑者七人，驸马三人，其余为九卿、中郎将、河南尹、京兆尹、校尉者五十七人。梁冀独揽大权，把宫禁侍卫都换上了自己的亲信，宫内一切动静，梁冀了如指掌。四方贡献，珍奇之物，其上品先入梁府。官吏赏罚黜陟，由其一言，门庭若市，贿赂公行。许多人因为触怒梁冀，被其杀害。汝南人袁著，十九岁时入京，向梁冀建议及时退身，以求自全。袁著本自善意，却不料梁冀不仅听不进去，反而派人捉拿，袁著无奈，假装病死，扎了一个草人，放在棺木中埋葬，然后改名换姓，四处逃亡。但梁冀鹰犬遍及国中。不久，袁著被人捉住，梁冀下令，乱棍打死。

梁冀秉政日久，威行内外，天子形同虚设，大政方针，日常公务，一概不得插手。梁冀自以为宫禁内外，皆由亲信控制，风吹草动，无所不知。既然一切握于掌中，便可高枕无忧。于是恣行暴虐，日益骄狂。殊不知指掌之内，未必一切了然，其中巨细，时有变化。处于宫禁朝廷之间，如入危境，稍有不慎，马上招来祸端。更何况梁冀权高逼主，势必遭忌，竟然傲视一切，自以为得计，岂有不败之理？

梁冀所为，早已引起桓帝的怨恨。后来，梁冀认邓贵人为女儿，刺杀其姐夫，又欲杀其生母。桓帝闻讯大怒，决计诛杀梁冀。他借上厕所之机，向宦官唐衡询问有没有什么可靠的人，可为诛杀梁冀之助。唐衡推荐中常侍单超、小黄门史左悺、中常侍徐璜、黄门令具瑗等四人。桓帝便召单超等人进入内室，对他们说："梁将军兄弟专擅朝政，迫胁内外，公卿以下，莫不承其颜色行事。今朕欲诛之，你们看怎么样？"宦官对外戚擅权，自然心中不满，但梁冀势力太盛，单超等人不了解桓帝的底细，不敢贸然表态，便问："梁冀诚为国之奸贼，早该加以诛戮。但臣等懦弱庸愚，不知陛下究竟意下如何？"桓帝说："这还不明白吗？请你暗中设法诛之。"单超又说："诛之不难，只恐陛下腹中狐疑。"桓帝说："奸臣危国，罪固当诛，有什么可狐疑的！"桓帝与单超等人定计，啮单超之臂出血，以为盟誓。定盟决计之后，单超对桓帝说："陛下既已决计，勿与人言，恐事机泄露，为人所疑。"桓帝允诺。

单超等人与桓帝往来密切，逐渐也引起了梁冀的注意。159年八月，梁冀派中黄门张恽入禁中值宿，以防不测。桓帝闻讯，立即行动。黄门令具瑗派人捉住张恽，责以"擅入禁中，欲图不轨"之罪。桓帝驾临前殿，召诸尚书入朝，宣布梁冀罪状，命尚书令尹勋等群臣持兵器守卫各部门，命具瑗率禁宫守卫千余人包围了梁冀的府第，收回梁冀的大将军印绶，改封为比景都乡侯。梁冀见势不妙，与夫人一起自杀。梁氏宗族亲戚不分老幼，一律以弃市论，牵连公卿、列校、刺史、二千石不计其数，被诛杀者数十人。

梁冀架空桓帝，实际上已经形成了对桓帝的围困之势。但是，其门未关，桓帝并未成为瓮中之鳖，而梁冀竟然高枕安卧，不图久远之计。及闻桓帝举动异常，仅派张恽入值，观其形势，不能果断行事。其门欲关不关，不仅打草惊蛇，而且授人以柄。由此观之，梁冀之败，不仅在于疏忽而已。

事例：斩草除根，不留日后之患

关门捉贼，意在全歼，切不可纵虎归山，为日后之患。否则，对手逃逸，恣意所为，为患必烈。在这一点上，曹操是一个真正的明白人。

198年，曹操与吕布战于下邳，将其团团围住。吕布不听陈宫之谋，兵败势蹙，只好出城投降。吕布见到曹操以后，对曹操说："从今以后，天下就算定了！"曹操问其所以然，吕布说："明公所患，不过吕布而已。如今，吕布已降，若令吕布率领骑军，明公率领步军，天下何愁不平！"当时，刘备在座，吕布又以曾替刘备解围为由，要刘备为他求情，吕布说："刘玄德，你为座上客，我为阶下囚，绳子捆得太紧，你为何不肯替我说句话？"曹操闻言，笑道："缚虎不得不紧。"乃命侍卫稍微松一下绳子。刘备急忙喊道："千万不可！明公难道不知道吕布是忘恩负义的小人吗？"曹操认为有理，便下令将吕布缢死。

其实，即使刘备不说，曹操也不会放过吕布，曹操在后来挟持汉献帝期间的所作所为，充分证明了这一点。

曹操挟持汉献帝、迁都许昌以来，献帝只是一个傀儡而已。曹操把汉献帝的左右，全部换上了自己的亲信。一位名叫赵彦的议郎，经常向汉献帝献计献策，曹操对他非常厌恶，便把他杀掉了。从此以后，朝臣没有人再敢与献帝随意谈论时政。献帝对曹操十分惧怕。一次，曹操入宫去见献帝，献帝对他说："君若能辅佐我，当然最好；如若不能，希望放我一条生路！"曹操没料到汉献帝会说出这样一番话来，大惊失色，汗流浃背。从此以后，再也不去朝见献帝。献帝的处境日益艰难，朝不保夕，唯一能与外界联系的渠道便是几位外戚。但是，董承被曹操杀死以后，其女董贵人也被曹操害死。当时，董贵人已经怀孕，献帝几次为她求情，竟然毫无用处。伏皇后见状，惊惧不已，便给她的父亲伏完偷偷写了一封书信，让他秘密谋划诛杀曹操。书信中诉说在宫中与献帝备受欺凌的情状，血泪交下。伏完得信，不知所措。不久，事情泄露出去，曹操大怒，派御史大夫郗虑收回皇后玺绶，以尚书令华歆为副，勒兵入宫，收捕伏皇后。伏皇后关闭房门，藏于夹壁之中。华歆凿坏墙壁，把伏皇后硬拉出来。这时，献帝正在外殿，与郗虑对坐。伏皇后披头散发，光着两脚，边走边哭，对献帝说："陛下不能救我吗？"献帝说："我自己也不知道能活到哪一天。"又对郗虑说："郗公，天下竟然会有这种事！"伏皇后被幽禁而死，所生的两个皇子，皆被毒死，兄弟及宗族被杀者百余人。从此，献帝与外界的联系完全断绝，完全掌握在曹操手中。

事例：自投罗网，不为王而为寇

关门捉贼，要在关门。但关门二字，切不可作教条式的理解。

政治斗争就好像下围棋，你中有我，我中有你，互设疑阵，互相围困。生活中，人们常说："退一步乾坤大，饶一着万虑休。"但是，在政治旋涡之中，往往是一步错，步步错，全盘皆输，一败涂地。关键时刻，敢走险棋，当然会有胜负未卜之虞，但收局认输，死路一条，却也是一件更划不来的事情。因此，高屋建瓴，立于不败之地，固为上策；拼死一搏，鱼死网破，亦不失为大丈夫风范。棋盘上的棋子是死的，人却是活的。善于在你我混杂，胜负未卜之际，孤注一掷，才有可能走出真正的活棋。

曹魏正始年间，曹爽与司马懿争权。曹爽为人骄奢无度，自以为天下无敌，经常作长夜之饮，或外出游玩，流连忘返。谋臣桓范曾劝曹爽说："大将军总揽万机，典掌禁兵，不宜经常出游，一旦有人关闭城门，如何是好？"曹爽不听，我行我素。这一时期中，司马懿表面上步步忍让，可忍亦忍，不可忍亦忍；但在暗中，朝廷有名望的元老重臣，已经基本上被他拉拢过去。为了使曹爽不生疑心，司马懿装作老病不堪的样子，甚至喝粥都要由人喂，弄得满脸满襟，狼狈不堪。说起话来，上气不接下气，前言不搭后语，似乎奄奄一息，朝不保夕。

曹爽放松了警惕，继续宴饮游乐，司马懿加紧准备，迅速行动。249 年春正月，魏帝谒高平陵，曹爽与其弟中领军曹羲、武卫将军曹训、散骑常侍曹彦随行。司马懿在洛阳城内以皇太后的名义，传令关闭城门，勒兵占据武库，派兵阻断洛水浮桥，以司徒高柔假节行大将军事，控制曹爽军营；太仆王观行中领军事，控制曹羲军营。部署已定，派人去见魏太后，奏称："大将军曹爽背弃顾命，败乱国典，内则僭拟君王，外则擅权蠹政，据禁兵，窃要职，安插亲信，伺察至尊，天下汹汹，人心思乱。臣受先帝之命，奉太后之旨，罢曹爽、曹羲、曹训典兵，以侯爵归于私第，如敢稽留车驾，便以军法从事！"

司马懿送来的奏章，被曹爽扣留。但是，洛阳已经被司马懿控制，曹爽成了丧家之犬，随从慌慌张张，曹爽也六神无主，只好与魏帝滞留宿于伊水南岸。司马懿派人去说服曹爽归降，声称只是免官而已，可保富贵。曹爽闻言，犹豫不决。

其实，曹爽虽然丧失其家，司马懿此时所得，亦不过一座空城。司马懿关门的时机，选择得并不算十分恰当。胜负未卜，关键要看曹爽敢不敢走险棋。谋士桓范闻变，逃出洛阳，来见曹氏兄弟。他对曹爽说："当与天子共诣许昌，征发四方兵马，讨伐司马懿。"如果曹爽采用此计，围困洛阳，亦可收关门捉贼之功，而曹爽同样犹豫不决。桓范又转向曹羲，对他说："您读了这么多书，难道连这么明显的形势都看不清楚？以曹氏门第，欲求贫贱度命，岂可得乎！匹夫一人，尚百计求活，您手中有天子，令于天下，谁敢不从！"曹羲不答。桓范又说："从这里到许昌，不过二宿路程。许昌城内，府库颇丰，我身上又带有大司农印章，谷食亦不成问题。"曹氏兄弟始终拿不定主意。一直到了五更，曹爽终于垮了下来，投刀于地，说："我亦不失作富家翁！"定计归降。桓范闻言，痛哭流涕地骂道："曹真英雄豪壮之士，谁料到生下你们这些猪一样的后代，自取灭族之祸。"

曹爽兄弟回到洛阳，司马懿派人守住他的住宅，高墙之上，设有角楼，曹爽兄弟一举一动，全在司马懿掌握之内。曹爽自投罗网，尚不知死期将至。几天以后，司马懿以大逆不道的罪名，将曹爽夷灭三族。

事例：冤冤相报，用人计以制人

三国时期，孙吴大将军孙綝诛灭异己势力，滕胤、吕据皆遭其毒手，遂专擅朝政，为所欲为。及吴主亲揽政事，孙綝疑惧，称病不朝，以其弟孙据、孙恩、孙干、孙闿诸人分屯诸曹，以观时变。258年秋天，吴主暗中与全皇后、将军刘丞，谋划诛杀孙綝。吴主命全皇后之父全尚严整士马，准备围杀孙綝，并告诫全尚不得泄露出去。全尚的夫人是孙綝的堂姊，全尚不知轻重，草率从事，竟把此事告诉了夫人，夫人又告诉了孙綝，结果孙綝先发制人，杀死全尚与刘丞，率兵包围宫禁。吴主大怒，上马执弓，欲出宫杀孙綝，为近臣阻拦不果。孙綝得势，召集群臣，废黜吴主，另立琅琊王孙休。

孙休即位以后，孙綝权势更重。孙休为了保住自己的帝位，便与亲信大臣谋划诛灭孙綝。孙休表面上对孙綝厚加赏赐，优礼有加，实际上步步紧逼，层层围困。他擢升孙綝诸弟，以分孙綝之权。过了一段时间，孙綝见威权日去，不胜恐惧，要求出镇武昌，孙休假意允诺，有求必应，暗中却定下关门捉贼之计，准备在腊会之时，下手诛灭孙綝。腊会之日，孙綝称病，不肯入朝。孙休派了十几个使者，硬把孙綝拉到宫中。临行之时，孙綝对属下及家人说："准备兵马，以备不测。然后在府内放火，进宫禀告，我便可以借机脱身。"孙綝入宫，属下依计而行，果然派人告急，请孙綝回府。但是，孙休既已安排妥当，猎物已入网中，岂肯轻易放虎归山。便说："府上兵丁甚众，何劳您亲自操心！"把来人挡了回去。孙綝见势不妙，欲离席逃跑，被左右拿下。孙綝叩头，请求发配于交州。孙休说："你怎么不肯发配滕胤、吕据到交州去？"孙綝又请求没为官奴，孙休说："你怎么不肯将滕胤、吕据没为官奴？"便下诏将孙綝斩首，夷灭三族。

孙綝废黜吴主，另立孙休；孙休诛杀孙綝，用的都是关门捉贼之计。孙綝拥兵自重，围困宫禁，先下手为强，自以为得计，却不料反为孙休欺骗，自投罗网。当孙休使者接二连三，请孙綝入宫之际，正是孙休关门之时。孙綝心存疑虑，预为逃身之计，却没有想到孙休先下手为强，自己一入宫而不可返。由此可见，善用计者，必须防备别人用同样的计策来对付自己。遗憾的是，许多计谋之士往往看不到这一点，为别人设下网罗，反而自己钻了进去。

事例：既入重围，岂免旦夕之祸

在政治旋涡之中，一旦大势已去，便需要抛开一切。入他人重围之中，企图久安，真如痴人说梦。

东晋末年，刘裕权势日隆，举朝上下，莫不为其用命。晋恭帝见大势已去，倒也明智，因顺天时人意，不做无谓之举。420年，刘裕来到建康。傅亮承其意旨，劝恭帝禅位，写好了禅位诏稿，呈给恭帝。恭帝欣然操笔，依样誊写，一丝不苟。写完以后，对左右说："桓玄当政之时，晋氏天下就已经完了。全赖刘裕扶持，又延续近二十载。今日之事，本该如此。"

恭帝逊位以后，封为零陵王，在故居秣陵县居住。刘裕派冠军将军刘遵考率兵防卫。恭帝明于形势，安然度日，但刘裕却并不放心，曾派琅琊郎中令张伟去毒死恭帝。张伟拿着刘裕交给他的毒酒，又悲又气，叹道："杀君以求生，不如死掉！"便在途中自己把毒酒喝了。刘裕闻讯，并不肯罢手。他派人对恭帝严加控制，凡恭帝所生之子，一概杀死，以免留下祸根。恭帝心知其然，深居简出，与褚皇后独居一室之内，自己在床边埋锅造饭，一应饮食用品，皆由褚皇后亲自掌管。刘裕屡欲杀害，就是找不到机会。后来，刘裕命褚皇后之兄褚淡之去问候褚皇后，褚皇后只好与其在别室见面。褚皇后离开以后，士兵从墙上跳进去，逼迫恭帝饮毒酒自杀。恭帝说："佛教说：自杀者来世不得复为人身。"于是士兵用被子把恭帝活活闷死。

关门捉贼，必求歼敌，不留后患。此计甚毒，中之者必无生理。恭帝逊位，不做无谓挣扎，但却存有苟活之望。岂知刘裕以篡得位，哪里容得恭帝在世，令其食不甘味、寝不安席？故凡失位之主，大抵怀必死之心，倘不能金蝉脱壳，却指望对手垂怜，哪里还有生路？

事例：英明刚断，识此计破此计

发觉对方使用关门捉贼之计围困自己，必须审时度势，早做安排，才能够免于覆亡。

南朝宋文帝时期，宗室刘义康为司徒，专总朝政。文帝素有疾病，卧床累年，刘义康尽心侍奉，亲尝药石，或连夕不寐。其间，刘义康借秉政之机，树植亲党，朝士有才干者，皆被他搜罗入府，忤其意者，皆遭斥逐。一时之间，势倾远近，威震朝野。

刘义康专横跋扈，实际上并无异谋。但是，兄弟之间一旦成为君臣，便须小心谨慎。刘义康虽然精明干练，却素无学术，对君臣之间的奥妙之处不甚了然，自恃与文帝为兄弟，恣意所为。一些趋炎附势之徒，利欲熏心之辈，乘机巴结，企图从中渔利。

刘湛、刘斌等人，暗中密谋，欲立刘义康为帝。文帝察觉以后，兄弟之间，顿时成为对手。为了阻止刘义康扩大势力，文帝开始逐步削弱其权势。刘义康欲用刘斌为丹阳尹，文帝偏偏把他派到吴郡。刘义康又打算用刘斌为会稽太守，文帝偏偏另外用了一个王鸿。为了防备不测，文帝不再到刘义康府中。仆射殷景仁素有计谋，文帝倚以为重。当时，殷景仁卧病，文帝与其密函往来，大小之事，无不咨询。440年十月，文帝与殷景仁定计，诏刘义康入宿中书省，然后派人将刘湛、刘斌及其亲属党羽一并收监，或杀或逐。刘义康闻讯，上表逊位，被贬为江州刺史。

文帝此举，迅雷不及掩耳。殷景仁与文帝密函往来，朝中毫不知情。及诛杀刘湛之日，殷景仁命人拂拭衣冠，左右皆不晓其意。当天夜里，文帝诏其入华林园延贤堂，殷景仁乘小轿入，指挥若定，众人叹服。文帝之所以一举成功，关键却在于对方气候未成。刘义康羽翼虽众，但反意未定。刘湛关门捉贼之计，万事俱备，但刘义康未定，其门不得而关，遂至功亏于一篑。

刘义康贬到江州，颇悔前事，又担心文帝不容，日夜忧惧。后来，文帝到会稽公主府第宴饮，酒酣之际，公主叩头再拜，悲不自胜。文帝不解其意，公主说："义康必不为陛下所容，旦夕祸至，今特请陛下宽恕。"于是公主与文帝相对恸哭。文帝指着埋葬刘裕的蒋山发誓，必不害义康，又把剩余的酒封好，赐给义康，书曰："会稽姊饮宴忆弟，所余酒今封送。"刘义康遂免一死。

事例：养虎遗患，终为猛虎所噬

南齐武帝死后，郁林王继立，西昌侯萧鸾为尚书令，事无大小，与竟陵王萧子良参决。萧子良以仁厚见称，不乐世务，但萧鸾却并不是一个甘为人下的角色。其人外表俭素，居官清严有干才，很得朝野人望，骨子里却是野心勃勃，手段毒辣。

郁林王继位不久，萧鸾便计划篡夺帝位。他软硬兼施，拉拢了一大批智谋之士以及实权派，为废黜郁林王做准备。过了一段时间，萧鸾已经完全控制了朝廷，高官重位，悉为亲信。郁林王只顾享乐，起初并未察觉。后来，郁林王处处受到萧鸾的牵制，心中不平，便与人计议诛除萧鸾。

郁林王首先找鄱阳王萧锵商量。萧锵说："萧鸾在宗室当中，年纪最长，且受先帝顾命。我辈年少不堪重任，朝廷所赖，唯其一人，希望陛下勿以为虑。"郁林王闻言，顿时没了主意。回去以后，对徐龙驹说："我欲诛杀萧鸾，可无人同意，我自己又不能独立成事，看来只好暂且由他。"

萧鸾借郁林王放纵自恣之机，加紧谋划。郁林王的亲信萧谌、萧坦之皆被他笼络过去，不仅力劝萧鸾篡位，而且为其监视郁林王举动，通风报信。其余可以倚恃之人，皆被贬逐。萧鸾步步紧逼，郁林玉无计可施。及萧子良病卒，萧鸾更加猖狂。京城内外，传言纷纷。郁林王不堪其逼，又与中书令何胤谋划诛除萧鸾。不料何胤胆小怕事，不仅不肯为其出力，反而为萧鸾开脱，劝说郁林王不必担忧。郁林王无奈，又打算贬萧鸾为西州刺史，不果。是时，萧鸾党羽握兵权，掌政事，诸王皆被控制起来，不得与外人交通。郁林王无奈，对萧坦之说："外间传说，萧鸾与亲信谋划废黜我而自立，看来并非闲话，您听说什么了吗？"萧坦之说："天下哪里会有这种事，放着太平日子不过，闲来无事，废黜天子？朝廷贵臣岂容造此谣言，一定是尼姑们瞎说，千万不可相信！

如果陛下无端诛之，岂非动摇人心？"郁林王将信将疑，萧鸾闻报，加紧行动。494 年 7 月，萧鸾先发制人，派萧谌入宫，大杀大砍，郁林王亲信曹道刚、朱隆之皆遇害。徐僧亮见状大怒，对众卫士说："我辈蒙天子之恩，今日正是报效之时！"结果也被杀害。萧鸾亲自率兵，从云龙门入宫，亲信党羽，紧随其后。萧鸾心中紧张，入宫之时，竟然掉了三次鞋子。这时，郁林王正在寿昌殿，闻外间有变，仓促下令关闭内殿诸门。及萧谌引兵杀到，郁林王跑到徐姬房中，拔剑自刺，刃不能入，遂以帛缠颈，由萧谌用乘舆抬出延德殿。萧谌初入殿时，宿卫将士皆操弓盾准备拒战。萧谌对他们说："我要捉拿的人，与你们不相干，你们不要动！"将士们相信了他的话。后来，看见郁林王被拉出来，将士们心怀忠耿，只待郁林王发话，而郁林王竟然一言不发，将士们大失所望，眼睁睁地看着天子被人拉到延德殿西弄，做了萧谌的刀下之鬼。郁林王死后，幸姬与亲信全被杀死。

郁林王之死，固然与亲信大臣辅佐不力有关，但更重要的却是他自己遇事不断。郁林王早已察觉萧鸾的阴谋，几次打算加以诛除，但总是惑于人言，不能痛下决心，以致迁延时日，养虎遗患，失去除掉对手的良机。对萧鸾来说，运用关门捉贼之计，对郁林王层层围困，竟能做到顺应人心，使朝臣自愿为其效力，使郁林王束手无策，坐以待毙，其中固然有郁林王放纵自恣、丧失人心等因素在内，但是布置之周密，行动之畏断，显然也不可忽视。

事例：兄弟阋墙，覆巢岂有完卵

专制政治之下，天下为私。帝王之家，为了争夺权力，往往自相残杀。及嗣位之争有了结局，原来的对手便如陷入重围一般，倘无胜者怜悯，不仅自家性命难保，连子孙后代也会受到连累。当年曹操之子曹丕与曹植争位，曹丕获胜以后，对曹植百般刁难，弄得曹植不得不作了那首流芳百世的《七步诗》："煮豆燃豆萁，豆在釜中泣。本为同根生，相煎何太急！"这首诗成于七步之内，曹植可谓才思敏捷。不过，究竟有多少人真正理解其中的哀怨与悲凉，还真难说。

南朝时期，政局动荡，天子之位，阴险狡诈者为之，君臣反目，兄弟阋墙，史不胜书。其中最突出的例子，便是南齐。齐武帝死后，萧鸾废黜嗣君，自己做了皇帝，是为明帝。明帝为人阴狠而善于矫饰，外宽厚而内忌刻。当年，明帝夺位之时，宗室诸王几乎拱手相让，但是，明帝得位之后，对诸王并不放心。明帝身体虚弱，惧怕不得终其天年，而近亲弱小，将为诸王攘夺，便决心杀绝宗室，尤其是高帝、武帝的子孙。明帝从前殿归后宫，常常叹息说："我的儿子太小，而高帝、武帝子孙却日益长大，令人不安！"于是与陈显达、始安王萧遥光谋划。陈显达认为除掉这些人，并不是一件困难的事，但萧遥光认为应当逐步施行。其后，宗室诸王处境日益艰难，行动受到更加严密的监视与控制。明帝常令萧遥光乘小轿自望贤门入宫，与其密谋。及萧遥光出，明帝一定索求香火，对之呜咽流涕。次日，便会有一位宗室王受到诛戮。后来，明帝得了一次重病，几乎丧命，苏醒过来以后，命萧遥光尽快行动，杀绝高帝、武帝子孙。498年春，萧遥光将河东王萧铉、临贺王萧子岳、西阳王萧子文、永阳王萧子峻、南康王萧子琳、衡阳王萧子珉、湘东王萧子建、南郡王萧子夏、桂阳王萧昭粲、巴陵王萧昭秀等十王一齐处死。宗室诸王，几乎全被消灭。

隋恭帝在被缢杀之前，曾经说了一句话："愿从今以去，不生帝王尊贵之家！"隋末，炀帝同室操戈，大杀兄弟侄子，恭帝的感觉自然要比曹植深刻得多。但是，君主同室操戈，宗室自然无路可逃，只能束手就戮，而自残手足，后果却是陷入别人的重围。明帝杀绝宗室，结果被萧衍钻了空子，灭齐建梁；炀帝杀绝兄弟，结果被李渊钻了空子，灭隋建唐。旁观者的感觉，又当如何？

事例：玩火自焚，杀人必当自毙

北魏末年，秀容酋长尔朱荣为车骑将军、仪同三司，以及并、肆、汾、广、恒、云六州讨虏大都督，兵势强盛，朝廷畏惧。当时，胡太后擅权，与魏帝嫌隙日深，尔朱荣乘机计划举兵入洛阳，控制朝廷。528 年春，胡太后毒死魏帝，立皇女为帝。不久，又改立元钊。当时，元钊年方三岁，胡太后的算盘是借君主幼弱，永久掌握大政。尔朱荣有了借口，便发兵晋阳，直取中原。渡过黄河以后，尔朱荣立长乐王元子攸为帝，自封为侍中、都督中外诸军事、大将军、尚书令、领军将军、领左右千牛备身、太原王。兵锋所指，势如破竹。洛阳城内，郑先护、郑季明等人开门迎纳。入城次日，尔朱荣派骑兵捉住胡太后及幼帝，送至河阴。胡太后见到尔朱荣，百般辩解，欲求活命。尔朱荣拂衣而起，下令把胡太后与幼帝扔进了黄河。

杀了胡太后及幼帝以后，尔朱荣并不放心。费穆对他说："将军兵马不到一万之众，孤军深入，直下洛阳。既无战胜之威，又无群臣拥戴。京师百官知将军虚实，有轻侮之心，若不大行诛戮，恐怕他们结党密谋，将军北还之日，未至太行而内乱已作。"尔朱荣便请元子攸至淘渚，引百官于行宫西北，伪称祭天。百官到齐以后，尔朱荣骑兵将他们团团围住，责以丧乱天下、毒杀魏帝、贪残不法等罪名，一声令下，大杀大砍。可怜群臣贵戚二千余人，包括丞相、司空、仪同三司等元氏宗族，全做了刀下之鬼，元子攸的随从左右也全部被害。

元子攸成了孤家寡人，计无所出，便派人对尔朱荣说："帝王迭兴，盛衰无常。今四方瓦解，将军起兵，所向无敌，此乃天意，非人力也。我受将军之恩，立为魏帝，志在全生，岂敢妄据大位！不意将军步步紧逼，一至于此。若天命有归，将军便可早日称帝；若推让不肯，亦当择其贤明者辅佐朕躬！"尔朱荣不敢贸然行事，遂迎元子攸回宫，叩头谢罪。

元子攸以退为进，稳住尔朱荣，又选择幸存之人，添充朝廷。侍局势稍安之后，立即谋划诛杀尔朱荣。他表面上不断地为尔朱荣加官晋爵，对他言听计从。又立尔朱荣之女为皇后，解除他的疑虑。暗地里加紧行动，伺机施诛。一次，尔朱荣见元子攸于明光殿，再次为围杀公卿谢罪，并表示对元子攸绝无二心。元子攸亦竭力劝慰，起誓发愿。尔朱荣高兴，请元子攸赐酒，于是喝得烂醉。元子攸打算马上杀了尔朱荣，但左右认为时机不可，劝阻元子攸，把尔朱荣移到中常侍省安歇。尔朱荣午夜醒酒，见自己睡在宫中，吓出一身冷汗，再也不敢合眼。

元子攸暗中谋划，尔朱荣也处处防范。他不仅使女儿做了皇后，还把他的亲信安插到朝廷之内，占据要津。双方互设大阵，互相围困，竭精用智，力图战胜对方。520年秋，尔朱荣谋划借行猎之机，挟持元子攸迁都。元子攸闻讯，加紧准备，表面上仍然优礼有加。这时，尔朱荣在朝中的势力日益扩张，属下之人十分跋扈，凌辱元子攸近侍，肆无忌惮。元子攸尽力忍耐，暗中却把诛杀尔朱荣的细节都已商量妥当。包括哪些人必杀，哪些人当赦，动手时如何防备尔朱荣拼命等等。一日，尔朱荣与元天穆入明光殿，元子攸事先埋伏好人马，准备下手。不料，尔朱荣坐食未讫，突然离去，其事未果。此后，尔朱荣对元子攸的谋略有耳闻。但是，尔朱荣认为元子攸软弱无能，又在自己亲信的控制之下，成不了什么大事，并没有认真对待。

几天以后，元子攸与亲信大臣再谋动手。元徽献计，以生太子为名，诱尔朱荣入朝，借机杀之。当时，皇后怀孕刚九个月，元子攸恐尔朱荣不信，元徽坚持其计，便伏兵于明光殿内，由元徽驰告尔朱荣，声称太子已生。尔朱荣不假思索，立即与元天穆入朝。元子攸闻报，不觉色变，只好大口饮酒壮胆。这时，诏书已经拟好，中书舍人温子升执诏出殿，尔朱荣恰好入殿，见温子升手中诏书，竟然不加理会，径直入殿，来到元子攸面前。尔朱荣突然发现有人从东门闯入，手持刀剑。见势不妙，尔朱荣冲向元子攸，企图拼命。元子攸事先在膝上放了一把刀，见尔朱荣冲来，举刀便砍。伏兵赶到，刀剑齐下，把尔朱荣与元天穆杀死。随来的三十多名侍从也被伏兵杀死。

尔朱荣死后，元子攸见其手板之上，写满了黜陟官员的姓名，所逐皆元子攸亲信，所留皆尔朱荣爪牙，不由得倒吸一口凉气，说："如果过了今天，朕左右尽被贬斥，尔朱荣便很难除掉了！"

事例：逞余威，聪明反被聪明误

陷入重围的对手，未必束手就擒；胜券在握的一方，有时对手也是束手无策。其中关键，固然在于形势之优劣，但对手的气质往往也发挥不小的作用。

549 年，南朝梁侯景起兵寿阳，势如破竹，围攻京师建康。梁兵拒守，食尽援绝。不久，叛将董勋、熊昙朗引侯景兵登城，建康陷落。

梁武帝晚年骄庸，侯景之乱几乎可以说是他一手造成的。不过，梁武帝毕竟是梁武帝，萧衍老翁的大丈夫气概犹在，四十余年的帝王威风犹存。城破之时，永安侯萧确入宫，对武帝说："城已陷。"武帝安卧不动，说："尚可一战乎？"答曰："不可。"武帝说："天下是我自己得来的，又是我自己丧失的，有什么可遗憾的！"便对萧确说："你快回去，告诉你的父亲，勿以二宫为念。"然后，武帝派人慰劳守城梁军。

侯景派人入文德殿奉表，武帝召见。来人称："为奸佞所蔽，举兵入朝，惊动圣躬，今诣阙待罪。"武帝问："侯景何在？叫他来。"侯景带了五百名甲士，前呼后拥，来到太极东堂，见到武帝，于殿下施礼。武帝神色不变，从容问道："卿在军中日子很久，是不是太辛苦了？"侯景不敢仰视，汗流如雨。又问："卿何方人氏，敢到这里来，妻子还在北方吗？"侯景仍然无话可答。武帝再问："初渡江时，带了多少人？"答曰："千人。"武帝继续问："围建康城时多少人？"答曰："十万。"问："今有多少人？"侯景突然来了灵感，答曰："率土之内，莫非己有。"武帝无话。

侯景退出，对亲信说："吾常跨鞍对阵，矢刃交下，而意气安缓，绝无惧色。今见萧公，使人屏气，岂非天威难犯！我是不敢再见他了。"便纵兵大掠，派人严守宫殿，不许武帝随意行动，自称大都督中外诸军、录尚书事。

武帝虽被软禁，却对侯景无俯就之意。侯景为了装点门面，不得不有所奏请，而武帝数加折辱。侯景欲用宋子仙为司空，武帝说："调和阴阳，乃三公之职，此物有何用处！"太子闻讯，泣谏。武帝说："谁叫你来的！若社稷有灵，自当克复；如其不然，哭有何益！"侯景对武帝无可奈何，只好裁减武帝的饮膳。不久，武帝忧愤成疾而卒，年八十六。

事例：穷寇勿追，以免遭其毒手

运用关门捉贼之计，务求全歼对手，切不可纵虎归山。一旦对手得脱重围，穷追不舍，势必令其死斗。当是之时，伤人必深。

北齐世祖时，和士开得宠，与胡后关系暧昧。和士开专擅威福，与娄定远、赵彦深、元文遥、唐邕、綦连猛、高阿那肱、胡长粲等诸人，号为"八贵"。及世祖病死，和士开秘不发丧，谋划将太尉高睿及娄定远、冯子琮等人贬逐于外州，夺其军权。其事不果。及丧事已毕，高睿、娄定远等人奏请贬逐和士开。一时之间，朝中大臣异口同声，胡太后无奈，迫于众议，暂时许诺。

胡太后与齐帝召见和士开，问其计之所出。和士开说："先帝待臣恩厚，众所周知。如今陛下幼弱，大臣乃有觊觎之心。贬逐为臣，正是剪除陛下羽翼。陛下可对高睿说，元文遥与和士开皆应出任外州，岂可一去一留！可先让他们留下一段时间，待诸事完毕，立即发遣。这样，他们便不会怀疑。"齐帝与太后允诺，依计而行，遂任和士开为兖州刺史，元文遥为西兖州刺史。高睿企图令和士开立即出京，胡太后故意拖延，一定要留和士开过百日。数日之内，双方争执不下。有人知道胡太后的本意，劝高睿说："太后意既如此，殿下何苦如此。"高睿说："事关国家大局，嗣主年幼，岂可令奸邪之辈在侧！不以死力谏，有何面目见天下之人！"便又去见胡太后。胡太后请高睿饮酒，高睿正色对曰："我谈的是国家大事，不是为了这一卮酒！"说罢，拂袖而去。

和士开见高睿软硬不吃，又生一计，便向娄定远赠送厚礼，对他说："诸权贵欲杀我，承蒙您的保护，得留活命，又用为刺史。今当告辞，谨奉一女子、一珠帘，以表谢意。"娄定远大喜，对和士开说："还想不想重回朝中？"和士开答道："在朝中久不自安，今得外任，实遂本愿，不想再回朝任职了。只希望您从中多加照应，永为大州刺史就行了。"娄定远深信不疑。和士开告辞，娄定远相送至门，和士开突然说："我就要出远门，不知何日复归，要是能与太后与陛下见一面，当面辞行，那就太好了。"娄定远忘乎所以，便允许和士开入宫。和士开见到太后与齐帝，说："先帝登遐，臣不能同死，真是羞愧。观朝臣之意，是欲行废立之事。臣出京之后，朝中必有大变，令臣何颜见先帝于九泉之下！"便号啕大哭。齐帝与太后也一起落泪，问："计安出？"和士开收泪，答曰："臣已入宫，见到陛下，还有什么可忧虑的，只须一纸诏书罢了！"是日，有诏贬娄定远为青州刺史，责高睿以不臣之罪。

和士开骗过娄定远，冲破重围，东山再起。高睿怒不可遏，第二天，又去见齐帝与太后，企图谏止。临行之际，家人劝阻，高睿说："社稷事重，我宁肯以死报效先帝，也不能眼看着朝廷为小人操纵，乌烟瘴气！"行至殿门，有人偷偷告诉他说："殿下千万不可进去。情况异常，恐怕有阴谋！"高睿说："我上不负天，下不愧地，死而无憾！"便入殿，见到太后，慷慨陈词。胡太后竭力劝慰，高睿执意不从。出宫以后，来到永巷，突然遇见兵卒，将其捉住，送到华林园雀离佛院，由刘桃枝将其杀害。

高睿死后，和士开官拜侍中、尚书左仆射，重掌朝政。

高睿之死，是由多次失策造成的。当众怒难犯之际，和士开陷入重围，难以自拔。胡太后虽竭力回护，亦不能不顾众议。而高睿诸人中了拖延之计，不能穷追猛打，果断处置。及众心懈怠，和士开骗过娄定远，进入宫中，得胡太后及齐帝诏旨，高睿大势已去，却一意孤行，深入险地，穷追远赶，结果坠入小人计中，身死敌手。

事例：欲行己计，须防他人之计

王朝之末，天子之威荡然无存，有异志者乘机而起，或拥兵自重，或握权胁主。新贵旧臣，各为身谋，各为其主，往往一场混战。及局势澄清，营垒分明，往往不免于决战。当是之时，双方竭力拉拢势力，扩大阵营，围困对方，只有技高一筹者，才能在混战之中站稳脚跟，脱颖而出，掌握局面，因势利导，成就大业。

北周末年，杨坚以皇后之父的身份，参决朝政。杨坚善于拉拢人心，朝中才干之士，多投其门下，因此位望日隆，朝野瞩目。北周天元帝对杨坚素怀疑忌，几次打算除掉他，都因没有把柄而不果。曾对杨后骂道："必族灭你一家！"一次，天元帝召杨坚入宫，预先吩咐左右，如回话慌张，便下手诛杀。杨坚心知其谋，从容不迫，对答如流，天元帝看不出破绽，只好罢手。

天元帝病死以后，幼子宇文阐即位，是为周静帝。静帝年方八岁，刘昉、郑译、李德林诸人密谋，假称遗诏，命杨坚辅政。事情来得突然，众臣不知底细，仓猝之间，无所措其手足，大权遂落入杨坚之手。

杨坚得政,逐步进行篡位的计划。他广泛拉拢朝臣,亲附者重用,异己者贬逐,很快便控制了局面。但是,宇文氏旧臣颇多,在朝者握权,在外者握兵,宗室诸王实力也很雄厚,杨坚必须小心从事。他首先把亲信卢贲安排做相府宿卫,握重兵以自卫,以防不测,然后以千金公主将远嫁突厥为由,请赵、陈、越、代、滕等五位在外州的宗室王入京送行,把五王扣留在京城,控制起来,消除隐患。静帝幼冲,太后本为杨坚之女,生变的可能性不大。宗室诸王已被控制起来,无计脱身。只剩下几位元老重臣,不肯归顺,杨坚一一收拾,逐个围困。

杨坚密谋篡位,元老重臣亦不甘心失败。杨坚担心相州总管尉迟迥有异谋,借合葬之名,征其入朝。不料激起变故,尉迟迥举兵造反,许多州郡起兵响应,形成了军事对抗的局面。州郡起兵,朝中旧臣及宗室诸王也暗中联络,内外合势,一时之间,杨坚内外交困。赵王宇文招善密谋,他邀请杨坚至其府第做客。杨坚不察,带着酒肴前往。宇文招在室后埋伏下壮士,引杨坚入室。宇文招的儿子、亲戚排列左右,佩刀而立。杨坚随从皆被挡在门外,只有大将军杨弘、大将军元胄坐于门侧。杨弘与元胄是杨坚心腹之人,又有勇力。酒酣之际,宇文招假借切瓜,手持佩刀,企图行刺,元胄见势不妙,说:"相府有事,不可久留。"请杨坚离席。宇文招大怒,斥责说:"我与丞相说话,你是何人,胆敢插嘴!"元胄怒目而视,宇文招惊惧,赐酒,说:"吾无恶意,你何必如此猜疑?"又伪装呕吐、喉干,屡欲入后室。元胄疑有阴谋,屡加阻拦。宇文招无计可施,又命元胄入厨取水,元胄不应,持刀肃立。正好滕王宇文迪来到，杨坚前迎。元胄对杨坚耳语道："情形异常，公宜速去！"杨坚说："他们又无兵马，能成什么大事！"元胄说："先发制人，一旦伏兵杀出，大事去矣！"不久，元胄听见室后有甲胄之声，不由分说，拉起杨坚就走，边走边说："相府里公事繁忙，公何得如此！"宇文招见杨坚逃去，持刀追赶，元胄挡在门口，拼力拒战，宇文招被堵在室内，眼看着杨坚溜之大吉，气得以指弹案，血流不止。几天以后，杨坚以谋反之罪，处死了赵王。此次事变，若非元胄在侧，杨坚入人网罗之中，几乎没有生还的希望。这种事情以后还发生了几次，但都没有成功。

杨坚吸取教训，更加小心谨慎。同时加紧行动，消灭对手。不久，州郡叛乱平定，朝中大臣就范，宗室诸王大多被诛，周静帝完全掌握在杨坚手中。次年，杨坚废黜静帝，自立为帝，建立隋朝。

三、审时度势 行事果敢专决

关门捉贼之计在政治斗争中主要适用于君与臣以及臣与臣之间，尤其是在政权转移之际，逐步消灭政敌，剪除君主羽翼，以夺其政柄，取而代之，是野心家们常用的计谋。

第一，君与臣之间。

在君主专制政体之内的政权转移，大体上有两种方式：一种是暴力推翻前朝；一种是政变篡夺帝位。无论是哪一种方式，都伴随着流血冲突。至于在争夺中失败的一方，便如陷入重围一般，保存性命，已属不易；东山再起，可能性微乎其微。汉献帝、晋恭帝、齐郁林王、梁武帝、周静帝，以及各朝各代失势失位之君的下场，足以说明这一问题。但是，野心家的计谋，未必一定成功。政治的战场之上，形势千变万化，你中有我、我中有你。互相包围之际，关门开门之时，说不定是谁变成了瓮中之鳖。审时度势，高瞻远瞩，果断行事，都是使用此计成功的必要素质。窦宪谋弑汉和帝，羽翼已成，万事俱备，却不料被和帝先发制人，一网打尽，失败的关键，就在于关门太迟；梁冀专擅朝政，架空汉桓帝，势力倾朝野，宫禁内外一概被其严密控制，但其门未关，桓帝日夜谋划，梁冀竟然高枕安卧，结果桓帝突然行动，梁冀反而陷入重围，只好自杀。东吴权臣孙綝关门捉贼，诛杀异己，废黜吴王，另立新君，自以为得计，却不料反中新君关门捉贼之计，身首异处。南朝刘义康自恃为宋文帝之弟，专擅朝政，树植亲党，斥逐异己，结果引起文帝猜忌，中其关门捉贼之计，一败涂地，若不是其姊会稽公主竭力相救，必无生理。尔朱荣兴兵向阙，控制北魏朝廷，废黜君主，屠戮公卿，成了事实上的皇帝，却不料元子攸以孤家寡人，柔而变刚，冲破重围，东山再起，杀死尔朱荣，重掌朝纲。由此可见，关门捉贼，实际上是一种极冒风险的计策。

第二，臣与臣之间。

臣子之间争权夺势，其残酷性也不亚于一场政变。而欲图消灭对方，从根本上解决问题，往往亦需关门捉贼。楚春申君以天纵之才，握政柄二十年，竟中李园之计，惨遭杀害。李斯与赵高共谋，诛杀太子扶苏，拥立二世胡亥，自以为是万世之功，可永保富贵，却不知中赵高关门捉贼之计，夷灭宗族。曹爽与司马懿争权，先声夺人，势盛权重，自以为天下无敌，或为长夜之饮，或为数日之游，却不料司马懿暗中谋划，突然动手，而曹爽于生死存亡之际，竟然苟求存活，终于一败涂地。北齐高睿驱逐和士开，追杀穷寇，却被和士开暗中逃逸，令高睿自陷重围之中，高睿不能用计自保，遂至遇害身亡。由此可见，关门捉贼之计在运用中的技巧高下，对胜败存亡十分关键。

四、避免疏漏　化风险为成功

关门捉贼之计，在混战计中，施计者算是强者一方，但中计者被逼上绝路，拼死一搏也是必然的，也就导致此计实施的危险性存在，故此需要把握要点所在，以确保自己的安全。此计在政治上与政治斗争中的应用，多是要置对方于死地，有着如下基本特点。

第一，就关门捉贼之计在政治斗争中应用目的而论，具有进攻性与阶段性的特点。

关门捉贼是一种进攻性的策略，与金蝉脱壳之计恰恰相反，其进攻态势明显。但是，这种进攻不是乘胜追击的优势，而是在混战的条件下，其阶段性特点明确。也就是说，在混杂的形势下，选择对手，分别强弱，逐个围歼，最后形成整体优势，围歼主要对手，要分阶段地进行，把握时机，才有可能获得成功。

第二，就关门捉贼之计在政治上实施而言，具有隐蔽性与突然性的特点。

关门捉贼，尤其在关门之际，往往突然进行，使对手于毫无防备或防备不周的情况之下，陷入重围，这是实施此计的突然性。在具体实施过程中，为了不使贼拼死一搏，不能够过早地暴露意图，必须善于隐蔽，以确保实施的突然性，故此隐蔽性乃是此计成功的重要前提。

第三，就关门捉贼之计在政治斗争中实施效果而言，具有彻底性与风险性的特点。

关门捉贼之计，如果运用恰当，可以将对手彻底消灭，这是彻底性。但是，困兽犹斗，即使成功地将对手包围，也未必能够顺利地实现自己的目的。因为此计实施的最后一个环节，乃是正面交锋，而这种解决问题的方式，无论力量对比差距有多大，也难以避免互相损伤，只要一个细节出现漏洞，便有可能全盘皆输，其风险性也是不言而喻的。

远交近攻

——利从近取　远交难以成害

本计云："形禁势格，利从近取，害以远隔。上火下泽。"其大意是：当目标受到地理条件限制时，应首先攻取就近的敌人，不利于越过近敌去攻取远隔的目标。至于远敌，虽然与我们对立，亦可与之暂时结盟，使其不为我方之害，以利于各个击破。此为混战之计，减轻压力，各个击破，乱中取胜。

远交近攻之计，最早见于《战国策·秦策》，亦见于《史记·范雎蔡泽列传》。其原意是运用军事与外交手段，对诸侯国实行各个击破。在当时，这是一项超出同时代见解的战略，具有相当强的实用性和历史影响。史籍在记载范雎提出这项策略时，生动而详尽。

秦昭王时，范雎来到秦国。秦王闻其至，出庭相迎，执宾主之礼，其貌甚恭。入座，秦王屏退左右，跪而问曰："先生将教给寡人什么呢？"范雎唯唯，秦王复请，如是者再三。

秦王长跪，又说："先生不肯教诲寡人吗？"范雎见秦王之意甚诚，乃曰："不敢。臣闻当年吕尚遇文王之时，身为渔父而垂钓于渭水之滨，互不相识。及交谈之后，立即拜为太师，同车而归，

扬长避短，巧固嗣位之权

这是因为可以深谈。文王得吕尚之辅佐，统一天下，身处至尊之位。假如文王疏远吕尚而不与深谈，周朝便没有兴盛之望，文王、武王也成不了匡世之君。如今，臣乃落魄羁旅之人，与大王素无交往，而想说的话又都是匡正君主之事，处于秦室骨肉之间，虽欲尽臣愚忠，然不知大王心意，故三问而不答。但是，臣并不是因为害怕才不敢说话。即使今日言之于前，明日伏诛于后，臣亦不敢有所畏惧。只要大王采纳臣言，臣死不足惜，亡不足患，漆身为厉、被发为狂，不足为耻。五帝之圣、三王之仁、五霸之贤、乌获之力、孟贲夏育之勇，皆有一死。死者，人人不免，臣之所愿，唯处必然之势，有涓埃之益于秦国而已。臣之所惧，唯被诛之后，天下之士杜口裹足不敢入秦而已。如今，大王上畏太后之严，下惑奸臣之态，居于深宫之中，不离保傅之手，终身暗惑，临政不明，大者宗庙灭覆，小者自身孤危，这才是臣所害怕的。如果臣死而秦国大治，臣虽死犹生！"秦王闻言，说："先生这是说的什么话！秦国僻远，寡人愚陋，天以先生赐寡人，以保秦国宗庙，此乃寡人之幸，先王之幸，秦国之幸！事无大小，上及太后，下至大臣，愿先生悉教寡人，不必讳言！"范雎再拜，秦王亦再拜。于是范雎乃言。

范雎说："大王之国，北有甘泉、谷口，南临泾水、渭河，右接陇西、巴蜀，左倚函谷、陇阪。战车千乘，劲骑百万。以秦兵之强，车骑之众，与诸侯争雄，犹如驱名犬而逐拙兔，易如反掌，霸王之业可成无疑。之所以闭关自守，不敢出兵夺取山东之地，是因为丞相穰侯为国谋而不忠，大王之计有失误之处所造成的。大王越过韩国、魏国去进攻强大的齐国，这是一个错误的计策。出兵少，则不足以击败齐国；出兵多，则秦国实力难以承担。臣以为，大王少出兵而令韩、魏倾国而出，并不是个办法。如今，韩、魏与秦不睦，越过韩、魏而攻齐，行得通吗？过去，齐国伐楚，破军杀将，大获全胜，而尺寸之地不入于齐国，难道是齐国不希望扩大地盘吗？是形势不允许啊！诸侯见齐国疲敝，君臣不和，举兵来攻，乘虚而入，以致齐国主辱军破，为天下耻笑。所以如此，是因为齐国伐楚而韩、魏得利。这就好比借给贼兵武器，送给强盗粮食一样可笑。大王莫不如远交而近攻，得寸则大王之寸，得尺亦大王之尺。放弃易得之利，而远攻不易得之国，不亦缪乎？"秦王闻言大喜，依计而行。数年之中，不但削弱了韩、魏，而且威震了楚、齐、赵、燕，奠定了统一基础。

一、各个击破　逐一消灭对手

《周易·睽卦第三十八》云：睽：小事吉。《象》曰：上火下泽，睽。君子以同而异。

【一爻】初九，悔亡，丧马，勿逐自复。见恶人，无咎。《象》曰："见恶人"，以辟咎也。

【二爻】九二，遇主于巷，无咎。《象》曰："遇主于巷"，未失道也。

【三爻】六三，见舆曳，其牛掣，其人天且劓，无初有终。《象》曰："见舆曳"，位不当也；"无初有终"，遇刚也。

【四爻】九四，睽孤，遇元夫。交孚，厉无咎。《象》曰：交孚无咎，志行也。

【五爻】六五，悔亡，厥宗噬肤，往何咎？《象》曰："厥宗噬肤"，往有庆也。

【六爻】上九，睽孤，见豕负涂，载鬼一车。先张之弧，后说之弧；匪寇，婚媾；往遇雨则吉。《象》曰："遇雨之吉"，群疑亡也。

在六十四卦中，"上火下泽"，其卦为睽。象曰："火动而上，泽动而下"；"天地睽而其事同也"；"男女睽而其志通也"；"万物睽而其事类也。""睽"的意思是违隔乖离，乃是相互矛盾的。"天异位，男女异姓，万物异形。"象曰："君子以同而异。"要从综合万物的角度，来分析事物的异同，因此要注意防范害己之物，同时也要关注利己之物。《六十四卦经解》云："私事可行己志"；"定大策、成大业，必共济也"；"百官殊职，四民殊业。文武并资，威德相反，共归于治。大归虽同，小事当异。又禹稷颜回同道而异趣；夷惠同圣而异术。孔子齐鲁之去，异迟速；孟子今昔之馈，异辞受，亦所谓同而异也"。求同存异，故能同男女、天地、万物之异而成其功，所谓"以同而异"，意义即在于此。可推演出此计在政治斗争的可能和结果如下：

第一种，远交近攻是要创造与把握机会，初爻是阳，利弊都在明面上，如何去创造机会，就是要权衡利弊，少许损失不足为怪，被人所谋也是正常，因此要趋利避害，也就把握正道了。

第二种，使用远交近攻之计，与攻交之方狭路相逢，也没有什么祸害，只要是处以正道，就是无咎。二爻还是阳，两变卦都是机会，面对机会，则要泰然处之，寻找利益。

第三种，三爻已经改为阴爻，有四变卦，面对交攻对手，则要以谋处之，观其所长，察其所短，以阴柔之道处之，务使自己身处正道，遇刚则柔，遇柔则刚，则要刚柔相济，才能够利己。

第四种，四爻又回到阳爻，在八变卦中，发现交攻对手之短长，采取刚强的手段去交往、进攻，都是有利无害的，因为已经掌握交往与进攻之道，可以畅行其志。

第五种，五爻再次回归阴爻，在十六变卦之中，使用远交近攻之计者，纵然在交往、进攻过程中少有损失，也不算是大害，依然可以用阴柔之道处之，必然会对自己有利。

第六种，六爻又回到阳爻，上九三十二变卦，这就要刚强行事，交往者以交往之道，进攻者有进攻之道。在履行道时，不能够让交往与进攻者怀疑自己，即便是交往与进攻者发现自己的意图，但没有怀疑的理由，还是成功的远交近攻。

该计用于军事，主要是各个击破。秘本兵法《三十六计》在解释此计时说：局势混乱之时，各派势力或分或合，变幻不定，互相争夺利益而无所不用其极。在这种情况下，不要去进攻远敌，而应以利结之。如果交结近邻，反而会变生肘腋。范雎之谋，以地理之远近为攻取或结盟的原则，道理甚明。

该计用于政治，则是分化或防止对手形成联盟，孤立并消灭对自己威胁最大、最迫切的对手，逐步实现自己的政治目的。此种策略，对实力不足的政治野心家逐一消灭对手、扩张权势极为有用。

二、认真筹划　避免远近皆失

运用远交近攻之计，可以达到对敌手各个击破的目的。但是，在具体运用过程中，如何判明形势，分辨远敌与近敌；如何采取行动，实施远交近攻，都需要认真筹划。错估形势，行动不利，往往会导致失败，并且影响自己的全部计划，以至于远近皆失。

事例：各个击破，终成夺位之谋

运用远交近攻之计，必须深谋远虑。既要掌握形势，明确自己的最终目的；又要行动果断，逐步清除眼前的障碍。

西汉末期，外戚王莽阴谋篡夺帝位，使用的基本策略，便是远交近攻。王莽善矫饰，有才干，成帝在位时，官至侍中、骑都尉、光禄大夫，在朝中已略有名气。当时，曲阳侯王根辅政，以卧病日久，屡次请求卸任。王莽企图取得辅政之位，但遇到了淳于长的有力竞争。淳于长是太后的外甥，深得成帝宠爱，贵倾公卿，结交诸侯，朝野瞩目。王根对淳于长也相当垂青，便推荐他接替自己的位置。王莽知道以后，便找机会对王根说："淳于长见您久病不起，私下里非常高兴，自以为可以代替您辅政，甚至已经在与公卿谈论时，已经是封官许愿了。"王根闻言大怒，王莽又把淳于长与废黜的许皇后私自交通，收受珍宝，企图使许皇后复位一事报告给王根。王根说："既然如此，为何不早告诉我？"王莽说："不知您究竟是怎么想的，因此不敢说。"王根命王莽将此事禀告太后，太后也很生气，又命王莽奏明成帝。淳于长免官，后来又被治以大逆之罪，死于狱中。成帝认为是王莽首先揭发淳于长谋逆之罪，非常赞赏，王根便推荐王莽代替自己辅政。成帝准奏，拜王莽为大司马。

王莽辅政以后，倾心礼士，克己不倦，聘请名贤作为属下，朝廷赏赐及封邑收入全部用来结交公卿士大夫。生活务求俭朴，夫人衣不曳地，见之者还以为是僮仆。于是声名大振，威望日隆。及哀帝即位，王莽罢官，天下之人犹以为冤，上书为其申辩者动以百计。三年以后，王莽复起。及哀帝卒，王莽倾心侍奉太皇太后，除掉董贤、赵昭仪、共王太后、傅晏等人，专掌朝政。当时，平帝幼弱，大司徒孔光是三朝丞相，深得太后信任。王莽极力尊崇，把孔光的女婿甄邯擢升为侍中、奉车都尉，暗中借用孔光之力，贬逐了何武、公孙禄、董武、毋将隆、张由、史立、丁玄等异己之人。平帝时，红阳侯王立虽不居位，但系太后亲弟，王莽惧其与己争权，使孔光奏告王立之罪，太后不从。王莽对太后说："如今汉家衰败，太后您代替幼帝统政，形势并不乐观。以公正之心治天下，犹恐不及，反而以私恩违背大臣之议，长此以往，群臣倾邪，乱不可止。应当先遣其回到封国，避过风头，以后再召回不迟。"太后无奈，只好照办。数年之中，王莽的对手被逐个拔除。

前1年，王莽秉政，总摄百官。孔光见王莽威权日盛，忧惧无计，便上书求退。王莽乘机说服太后，拜孔光为太傅，任命马宫为大司徒，除掉了这个对手。然后，又在次年使公卿上言，请太后下诏："自今以后，除封爵之事以外，其他政务，一律由王莽处置。"这时，王莽的权势，已经可以与平帝、太后并驾齐驱，成了事实上的皇帝。

王莽运用远交近攻之计，不仅表现在在朝廷之内对政敌分而治之、各个击破，而且表现在他在朝中大打出手之时，对天下百姓及在野士人大力笼络。这是一种更加阴险而有效的策略。士民的拥戴，对王莽篡汉至关重要。以朝廷为近敌，以天下士民为远敌。远交近攻，收取天下人心，窃居朝中高位，双管齐下，水到渠成。及王莽动手毒死平帝，朝中已无对手，天下已无异议，新朝就这样顺利地建立起来。

事例：扬长避短，巧固嗣位之权

三国时期，曹操的两个儿子曹丕与曹植钩心斗角，争夺储君之位。曹植生性机敏，多才多艺，辞藻华丽，口齿伶俐，很受曹操宠爱。曹丕虽然也不是凡庸之辈，但与曹植相比，才思稍逊。按照中国古代的宗法制度，继承人应该先长后幼，先嫡后庶。这样，曹丕便成为嗣位的首选人物。但是，当年曹操打算把女儿嫁给丁仪，曹丕认为丁仪一眼大、一眼小，相貌不佳，阻止了这门婚事。丁仪怀恨在心，便与丁廙、杨修等人盛称曹植之才，劝曹操立以为嗣。一时之间，曹植声名大振。

曹丕受到冷落，却并没有消沉。他表面上不动声色，暗地里却在积极拉拢势力，培植羽翼。许多中原名士投其门下，为他出谋划策，四处奔走。曹操为立嗣之事拿不定主意，问计于崔琰。崔琰说："《春秋》上说，立子以长，曹丕聪明仁孝，宜承正统。"曹操又问毛玠。毛玠说："袁绍以长幼嫡庶不分，导致宗社覆灭，此前车之鉴，岂可忘记。"曹操问邢颙。邢颙也说："以幼代长，前世之戒，您应当明白此中的利害。"曹操又问贾诩。贾诩默不作声。曹操怪而复问，贾诩说："我刚才想起一件事，因此忘了回答您的问话。"曹操问他想到了什么，贾诩说："我想起了袁绍、刘表。"因为此二人都是废长立幼，所以才导致内部混乱，最终国破家亡。如此暗示，曹操如何不明白，便大笑而止，曹丕继承人的位置也就确立了。

公卿之议自然倾向曹丕，但曹操心里喜欢曹植，这是一个颇难对付的问题。曹丕文才稍逊，不能与曹植抗衡，心中焦急。贾诩给曹丕出主意说："您只要恢崇德度，克己勤业，朝夕孜孜，不违为子之道，就可以了。"其中深意，便是以己之长，克人之短。曹丕依计而行，勤勤恳恳，恭恭敬敬，曹植抓不到他的把柄，曹操对曹丕也说不出二话。一次，曹操率兵出征，临行之际，曹丕与曹植前去送行。曹植称述曹操功德，侃侃而谈，出口成章，辞义并茂。曹操听了非常高兴，左右随员刮目相看，赞不绝口。曹丕不知该做什么，手足无措，非常狼狈。这时，吴质对曹丕耳语道："您只要流眼泪就行了。"及曹操告辞，曹丕悲伤万状，涕泣交下，左右见状，感动得也陪着流了许多眼泪。曹植的华彩辞章，被曹丕的眼泪冲淡，了无痕迹。曹操仔细琢磨，逐渐改变态度，认为曹植华而不实，诚心不足；曹丕虽无才思，但仁孝之心，天下难得。曹丕终于战胜曹植，被立为太子。

远交近攻，其计可以用于方方面面。扬己之长，击敌之短，可以说是这一计策的发挥与灵活运用。战胜克敌，莫如攻心；取悦于人，亦莫如攻心。弃敌取长，放弃华辞而以泪感人，简捷易行，与远交近攻之计殊途同归。远得朝臣之助，近得曹操之心，曹丕可谓善于远交近攻。

事例：自作聪明，反坠他人计中

运用远交近攻之计，必须善于利用对手阵营中的矛盾，分而治之。在政治斗争战场上，原本没有固定的阵营。知人知面，未必知心。因此，在运用此计时，必须对形势有充分的估计，对自己将要与之联盟的远敌，也要有清醒的认识。螳螂捕蝉，黄雀在后，自以为利用别人，稳住别人，除掉了对手，也许实际上自己反被别人利用，为渊驱鱼，为丛驱雀。

西晋惠帝是个白痴，即位以后，政局混乱，不一而足。当时，宗室与外戚争权夺利，矛盾十分尖锐。宗室与宗室之间、外戚与外戚之间，同样也是钩心斗角。惠帝的皇后贾南风，是个忌悍而又极具政治野心的人物。她曾经因为吃醋，亲手杀了好几个人，若不是杨太后从中解脱，贾后早已被废黜了。不过，贾后对杨太后并不感激，因为杨太后的父亲杨骏为太傅，对贾后企图干政的举动百般摧抑。所以，贾后欲专朝政，必须首先除掉杨骏。然后对付宗室诸王，一一加以诛灭。

杨骏与汝南王司马亮素有过节。晋武帝临终时，曾命汝南王司马亮参加辅政，遭到杨骏排挤，逃出京城。贾后以为有机可乘，便在与孟观、李肇密谋诛杀杨骏的同时，派人与司马亮联络，请他出兵相助。司马亮没有答应。贾后又去联络楚王司马玮。司马玮欣然允诺，立即启程，与淮南王司马允一同赴京。

贾后在这里犯了一个错误。她缺乏干政的实力，却又野心勃勃；她打算对外戚与宗室诸王各个击破，却过早地把诸王引入这场纷争之中。司马玮与司马允入京以后，贾后立即行动起来。291年三月，孟观、李肇诬杨骏谋反，奏请惠帝，宣布戒严，捉拿杨骏，楚王司马玮屯兵司马门，以为策应。当时，杨骏在府中闻变，惊慌失措，计无所出。杨太后在帛上书写："救太傅者有赏。"缚于箭矢之上，射出城外，结果被贾后所获，便又诬告杨太后与之同反。杨骏居所被围，仓皇逃到马厩，被追兵所杀。亲党故旧，皆被捕杀，夷灭三族，数日之内，死者数千人。

杨骏被杀以后，贾后权势骤升。但是，宗室诸王参与了此事，与其瓜分权力，平起平坐。汝南王司马亮入京为太宰、录尚书事，辅政；秦王司马柬为大将军，东平王司马楙为抚军大将军，楚王司马玮为卫将军、领北军中候，下邳王司马晃为尚书令。一时之间，贾后几乎是处在诸王的包围之中。诸王之内，野心勃勃之辈并不乏人，贾后表面上专掌大权，实际上已经成为诸王的工具，不仅不能对诸王实行各个击破，达到控制朝廷的目的，反而使自己陷入困境之中。尽管后来贾后挑起诸王之间的矛盾，除掉了几个对自己威胁最大的对手，如司马亮、司马玮，但是，真正获利者已经不是贾后。一场混战之后，贾后销声匿迹。由此看来，远交近攻，并非简单的各个击破，尤其在衡量远敌与近敌之时，切不可掉以轻心，让对方形成尾大不掉之势，坐享其成。

事例：制造矛盾，以求乱中取利

运用远交近攻之计，不仅要善于稳住暂时威胁不大的对手，集中力量攻击近敌，而且应该善于在对方阵营中制造矛盾，分裂其阵营，以便各个击破，实现自己的目的。

西晋末年，匈奴人刘渊起兵，建立了一个割据政权，国号称汉。刘渊死后，其子刘聪夺位，立其弟刘乂为太弟，其子刘粲则做了相国。刘聪荒废政事，流连后宫，尽日饮宴，甚至一醉三日不醒，有时百日不出。军国大政，全部交给刘粲，只有杀人、拜官之事，才由中常侍王沈、宣怀，中宫仆射郭猗等人禀奏。这几个人乘机弄权，收受贿赂，卖官鬻爵，骄横不法，以致民不聊生，士卒怨愤。刘粲本人也是骄奢专恣，亲小人，远君子，国人不服。

当时，中护军靳准之女月光、月华并为刘聪皇后，贵盛莫比，阴怀异志，遂与郭猗等人深加交结。太弟刘义常加斥责，靳准忌之，便与郭猗合谋，首先向刘义开刀。

郭猗去见刘粲，对他说："殿下乃主上之嫡子，四海之内，莫不归心，为何拱手把天下让给太弟？我听说太弟与人谋划，要在三月上巳之日，于宴会中作乱，太弟即位，以主上为太上皇，以大将军为太子。这些人处于权力中枢，手握重兵，一旦举事，不仅不会失败，而且不会引起怀疑。太弟得志，殿下岂可保全？大祸临头，宜早作对策。我曾与主上谈及此事，主上以我是宦官，不肯相信。殿下只要把大将军从事中郎王皮、卫将军司马刘惇找来，一问便知。"刘粲许诺。郭猗又去见王皮与刘惇，软硬兼施。及刘粲召问，二人果然异口同声地说："臣有死罪，惟主上宽仁、殿下见怜。殿下所问是实，只是臣恐殿下不信，故不敢妄言。"刘粲信以为真。靳准又献计，请刘粲撤去东宫卫兵，让太弟与宾客自由往来，天长日久，无话不谈。过一段时间，搜捕宾客严问，定会找到证据，不由得主上不信。刘粲依计而行。

317年三月，刘粲命其党羽王平欺骗刘义说，刚才接到诏书，称京师将有变乱，应当在衣内穿上甲胄，以备不测。刘义不知是计，信以为真。靳准立即向刘聪秉奏，声称太弟谋反，已经披挂甲胄。刘聪大惊，便命刘粲包围东宫，捉拿刘义。靳准等人又捉来十余名氐、羌酋长，严刑拷问，命其承认与太弟共同谋反。供状呈上，刘聪废黜太弟为北部王，诛杀大臣数十人，东宫卫兵一万五千多人被活埋。刘义离开京师以后，被靳准亲信暗杀。

刘义被废以后，刘粲做了太子，靳准做了车骑将军，朝中政敌，几乎被清洗干净。及刘聪病重，靳准升为大司空、领司隶校尉，成为大权在握的人物。刘聪死后，刘粲即位。靳准又诬告太宰刘景、大司马刘骥、车骑大将军刘逞、太师刘颛、大司徒刘励，欲行废立，将他们全部杀死。靳准成为大将军，军国大事，由其一手决定，刘粲则效法刘聪，整日在后宫宴饮，寻欢作乐。

318年秋，靳准率兵冲进光极殿，捉住刘粲，历数其罪恶，将其杀死。刘氏男女，不分老幼，一律在东市处斩。又将刘渊、刘聪的陵墓掘开，把刘聪的尸体斩首示众，将刘氏宗庙一把火烧掉。靳准自号大将军、汉天王，称制，署置百官。靳准把晋朝传国玺交给汉人胡嵩，对他说："自古以来，胡人做不了天子。如今，我把传国玺交给你，还归晋家！"又遣使与东晋联络，准备归还晋闵帝的灵柩。靳准后来被刘曜击败。刘曜夺取帝位，靳准被乔泰、王腾等人杀死。

事例：为计不周，中人计中之计

设计远交近攻，而不明利害，不辨形势，结果中人之计，例子不仅只有西晋的贾南风。

东晋安帝时，司马元显专权，蠹乱朝政。当时，桓玄拥兵江陵，占据将近三分之二的国土，便有夺位之志。派了许多人伪造符瑞，声称自己命应帝王，当建大业，弄得人心惶惶。北府兵将领刘牢之，骁勇善战，兵强马壮，屡立战功，因为不受朝廷信重，同样也是怨气冲天，便阴怀异志，以观时变。

401年冬，桓玄给司马元显的父亲司马道子写了一封信，暗示将入京问罪。司马元显见信大惧。张法顺说:"桓玄承袭祖宗之威德,素有豪气,据有荆、楚,而阁下所管,不过三吴一隅。眼下公私困竭,恐其乘乱而入,应当及早设法。"司马元显问计,张法顺便建议派刘牢之为先锋,司马元显率大军继后,乘桓玄立足未稳,一举将其消灭。司马元显依计而行。次年春,东晋朝廷下诏,历数桓玄罪状,以司马元显为骠骑大将军、征讨大都督,刘牢之为前锋都督,出兵讨伐桓玄。

刘牢之虽为前锋,却满脑子都是自己的小算盘。他的想法是,司马元显对自己素无尊重信任之意,如果消灭了桓玄,司马元显权势益大,而自己功名日盛,肯定会遭到忌恨。自己拥有强兵猛将,何不坐山观虎斗,让桓玄除掉司马元显,然后自己乘隙击败桓玄,掌握朝政,便屯兵不进。

桓玄对刘牢之的举动十分清楚,知道刘牢之与司马元显不睦。但是,这两个人又都是自己的对手,唇亡齿寒。不分离刘牢之,司马元显的架子就仍然撑着,不会从根本上动摇。于是桓玄决定乘刘牢之观望之机,将其稳住,然后司马元显便将不战自败。

刘牢之的想法,已被张法顺看透。当司马元显派他去说服刘牢之时,张法顺便在回京后对司马元显说:"观刘牢之颜色,恐怕不会与您一条心。不如召其入京,杀了他,否则会坏了您的大事。"司马元显不肯相信。后来,张法顺又劝司马元显说:"桓玄的兄弟常为桓玄打探消息,应当将其斩首,以绝后患。如今,胜败之机,在于前锋。刘牢之反复无常,万一有变,则祸败立至。可令刘牢之杀死桓玄的兄弟,以示无二心。如违命不从,亦可及早防备。"司马元显又不从。

恒玄从江陵出发，一路东行。刘牢之从京口出发，一路西行。刘牢之到了溧州，参军刘裕请求出兵，刘牢之不许。刘牢之的舅舅何穆，应桓玄之请，劝说刘牢之："自古以来，戴震主之威，挟不赏之功而能自全者，您见过吗？越国的文种、秦国的白起、汉朝的韩信，奉事明君，功成之日，尚不免诛戮夷灭，何况司马元显乃凶愚之人？如今，您战胜则灭宗，战败则灭族，何不翻然改图，以求富贵？"刘牢之的外甥何无忌则受刘裕之托，说服刘牢之出兵攻击桓玄。刘牢之的儿子也对父亲说："今国家衰危，天下之重，在大人与桓玄。如果大人纵桓玄凌侮朝廷，使其威望日隆，权势日重，将来如何收拾？"刘牢之则认为："今日取桓玄，易如反掌，但司马元显却是更危险的对手。"便决计向桓玄请降。

刘牢之的儿子作为信使，来到桓玄军中。桓玄对他热情接待，拜为咨议参军，设宴共饮，观赏名书古画，以悦其心，而桓玄左右皆知刘牢之既降，便将会受到诛戮，偷偷取笑，而刘牢之之子浑然不觉。

刘牢之投降，桓玄势如破竹，直捣建康，司马元显全军溃散，仅与张法顺一人逃回府中，随即被桓玄捉住。晋安帝无奈，拜桓玄为都督中外诸军事、丞相、录尚书事、领扬州牧，兼徐、荆、江三州刺史，假黄钺、总百揆。东晋朝廷，完全被其控制。司马元显及其亲信被斩于建康市中，司马道子被贬出京城。

司马元显被杀以后，桓玄任命刘牢之为会稽内史，解除了他的兵权。刘牢之说："刚一开始便夺我兵权，这是大祸临头了！"刘牢之的儿子借故跑回父亲军中，劝其与桓玄决战。刘牢之与刘裕商量，刘裕说："将军以劲卒数万，望风降服，桓玄得志，威震天下，朝野人情皆已去矣！大势已去，吾不能从。"刘牢之又与其他将领商议，参军刘袭说："天下最不可做的事情便是造反。将军近日反司马元显，今日又反桓玄，反反复复，何以自立！"众将闻言，一哄而散。刘牢之计穷，一筹莫展，自缢而死。

刘牢之自以为可借桓玄之手诛灭司马元显，然后诛灭桓玄，远交近攻，万无一失，殊不知桓玄打的是同样的主意。其中关键，在于刘牢之的计划与桓玄相比慢了一个节拍。假如刘牢之争取桓玄中立，回师建康，诛灭司马元显，控制朝廷，然后回师西向，与桓玄决战，胜负虽不可逆料，却也不至于一败涂地。当是时，谁先控制朝廷，谁就占有了优势。桓玄知道刘牢之与司马道子的远近，刘牢之却不知道桓玄与司马道子的远近。双方使用同一计策，第一步走完以后，下一步要看的便是实力。远交近攻之计的精髓，便是在逐步消灭近敌的过程中，不断壮大自己的实力，而使原来的远敌、强敌不断变成近敌、弱敌。刘牢之本有取胜之望，却坐视桓玄壮大，还谈什么远交近攻？

事例：废昏立明，自取杀身之咎

南朝宋武帝死后，营阳王刘义符继位。刘义符昏庸骄恣，辅政大臣徐羡之等人担心获罪，心不自安，便日夜谋划，欲行废立。

当时，庐陵王刘义真警悟有文才，与谢灵运、颜延之、慧琳道人等一班文人墨客往来密切，曾说："将来得志，以谢灵运、颜延之为宰相，慧琳为豫州都督。"徐羡之对这些人十分讨厌，使人劝阻刘义真。刘义真说："谢灵运空疏，颜延之浅薄，正是魏文帝所说的文人无行。只不过性情所得，未能忘言于开悟褒赏而已。"徐羡之闻言，认为谢灵运、颜延之与刘义真朋比为奸，毁谤执政之臣，不仅把这两个人贬出京师，而且对刘义真产生了反感。后来，刘义真出镇历阳，多所求索，徐羡之等人每加抵制，以至刘义真对徐羡之也深怀怨恨，屡有不平之言。又上表要求还都，不得遂愿，更以为是徐羡之从中作梗。双方矛盾日益激化。徐羡之等人考虑，废黜营阳王刘义符以后，刘义真年纪最长，依次当立，岂不是前功尽弃。便利用刘义符与刘义真之间不和，向刘义符陈奏刘义真之罪，将其废为庶人，发配到新安郡。刘义真被废以后，吉阳令张约上书，为其申辩，认为朝廷立足伊始，不应兄弟相残，自断手足，应当广树宗戚，藩屏王室。徐羡之大怒，把张约贬为梁州府参军，不久又将其杀死。刘义真不久也被杀死。

刘义真废死，刘义符势力单弱。徐羡之等人加紧活动，将先朝旧将檀道济、王弘等人召入京师，共图大事。这时，刘义符在华林园玩得正高兴。在园内布设市场，陈列货物，亲自买卖；又与左右亲自牵引游船，在天渊池游览，根本不知道外面发生了什么事情。424年五月，檀道济引兵居先，徐羡之率兵继后，从云龙门闯进华林园。守御士兵先已被收买，没有发生任何抵抗。两名侍者从梦中惊醒，被士兵杀死。刘义符受了轻伤，被带出东阁，收去玺绶，囚于别宫。徐羡之等人与朝臣共立宜都王刘义隆为帝。不久，徐羡之派人把刘义符杀死。

徐羡之在与朝臣决定另立宜都王刘义隆以后，曾问傅亮："宜都王可与什么人相比？"傅亮答道："晋文公、汉景帝不如。"徐羡之说："如此，必能明白我的一片心意。"傅亮说："不一定。"刘义隆就是历史上著名的宋文帝，在位期间，成就了元嘉之治。刘义隆即位以后，进徐羡之为司徒，王弘为司空，傅亮加开府仪同三司，谢晦进号卫将军，檀道济进号征北将军。这些人加官晋爵，心中稍安。但是，不久以后，宋文帝便开始对他们采取行动。

宋文帝的策略，同样也是远交近攻。他首先把王弘、檀道济这两个后来参与的胁从者分化出来，恩威并施，使其反戈一击，为己出力。对徐羡之、傅亮与谢晦三人，亦分而治之。当时，谢晦拥重兵居荆州，宋文帝把他放在最后处置。426 年正月，宋文帝下诏召徐羡之与傅亮。二人见势不妙，各自逃命。徐羡之逃出建康，自缢身亡；傅亮被擒，受诛。随后，宋文帝发大兵讨伐谢晦。当徐羡之秉权之时，曾以谢晦居荆州，檀道济居扬州，上游下游，互相呼应。及谢晦闻檀道济率军来攻，惊慌失措，不久，兵败被擒。

傅亮在被捉住以后，听人宣读宋文帝诏书，感叹地说："我受先帝顾命，黜昏立明，乃社稷之计也。欲加之罪，何患无辞！"其中说出来的，不仅是申辩，而且是追悔。计谋固为周密，而不明大势，只能作茧自缚，后悔又有何用！

檀道济自徐羡之、傅亮、谢晦败死之后，威望日隆。436 年，宋文帝卧病，召檀道济入朝，下诏称其："潜散金货，招纳亡命，因朕重病，欲图不轨。"收付廷尉，问斩。檀道济被捕，尚不知根由，愤怒不已，大吼："坏汝万里长城！"

事例：杀兄弑父，谋夺储君之位

隋文帝为人，疑心特重，及其晚年，尤甚于前。不仅对公卿大臣心怀猜忌，就是自己的几个儿子，也严加防范。

隋文帝有五个儿子，杨勇以嫡长子，立为太子。杨勇为人忠厚，不善矫饰，又好声色，天长日久，逐渐失去文帝的宠爱。次子杨广，内骄纵而外节俭，处心积虑，谋划夺取太子之位。一次，文帝听说百官在冬至之日到东宫朝贺，心中不高兴，便问近臣："冬至之日，百官朝贺东宫，这是什么礼数？"有人回答说："此乃贺也，不能叫作朝。"文帝说："几个人前往，当然可以叫作贺，而有司征召，百官齐集，太子法服设乐以待之，焉得称之为贺！"便下诏责问。从此以后，文帝对杨勇更加猜忌。文帝皇后独孤氏，因为杨勇多美姬，而太子妃元氏暴病而亡，怀疑是杨勇所害，心中不平，也时时寻找杨勇的过错，在文帝面前屡进谗言。

文帝与独孤后对杨勇日益不满，给杨广造成可乘之机。他乘机活动，交结权臣，树立党羽，培植势力，同时不惜一切手段，争取文帝与独孤氏的好感。他摆出一副克己守礼的架子，平常公开场合，只与萧妃一个人居处。后宫所生子女，一概杀死。独孤后见杨广没有杨勇那样多的宠姜与子女，以为杨广真的不好女色，大加称赏。文帝与独孤后每次派人到杨广府中，不论贵贱，杨广都与萧妃亲自出门迎接，设宴款待，赠以厚礼。来人回禀，自然竭力为杨广美言。一次，文帝与独孤氏亲自来到府中，杨广预先准备，撤去珠帘华饰，换上缣素屏帐，藏起娇妾美姬，只留老丑奴婢，故意弄断琴弦，使上面沾满灰尘。文帝留心观察，看不出破绽，非常高兴，对朝臣竭力称赞杨广之贤，从此另眼相看。

杨广获得文帝与独孤氏的好感以后，加紧活动。他在任扬州总管时，一次入朝，临归之际，入宫向独孤后辞行，伏地流涕说："臣性识庸劣，恪守兄弟之义，但不知为何得罪了太子，对臣不满，屡欲加害。臣常恐太子进谗言，投毒杀臣，非常恐惧。"独孤后闻言，怒道："杨勇越来越不像话，害死太子妃，又欲何为！我活着尚且如此，我死了以后，还不把你们几个弟弟吃了！"便下决心废黜杨勇，另立杨广为太子。杨广又拉拢宇文述、张衡、杨素等人，在朝中大肆活动。杨勇闻讯，忧惧无计，遂用巫术，祈求自安。不料被杨素告发，于是文帝更加恼怒。杨广又派人对杨勇严加监视，搜寻过错，添油加醋，向文帝汇报。杨素见文帝动心，便公开提出废黜太子的建议，文帝命杨素办理，杨素罗织罪状，证成其罪。600 年，文帝废黜杨勇，立杨广为太子。杨勇被废之日，说："臣当伏尸都市，为将来之鉴；幸蒙哀怜，得全性命！"再拜而出，朝臣莫不伤感。

杨勇被废以后，蜀王杨秀心中不平。杨广恐其为患，密令杨素搜罗杨秀罪状，奏告文帝。文帝便召杨秀回京。杨秀回到京城，文帝召见，没有与他说话。次日，派了一名使者，严词责问。杨广又假仁假义，率宗室诸王为其求情。文帝不允，欲治其罪。一位大臣劝阻说："陛下五子之中，秦王杨俊早卒，太子杨勇已废。蜀王杨秀性耿直，今遭重责，一旦发生意外，如何是好！"文帝大怒，几乎割了那位大臣的舌头，又对群臣说："应当斩杨秀于市，以谢百姓！"便令杨素办理此案。杨广见机而作，偷偷做了两个木偶，缚手钉心，披枷戴锁，写上文帝与汉王杨谅的名字，以及"请西岳慈父圣母收杨坚、杨谅魂魄"等字样，埋于华山之下，然后叫杨素去发掘出来，声称："杨秀妄用巫术，图害君父兄弟；又作檄文，云将率兵向京问罪。"文帝大怒，立即下诏，将杨秀废为庶人，因于内侍省。

除掉杨勇与杨秀以后，杨广开始向文帝动手。604 年，文帝病重，杨广入阁侍疾，亲写书信，向杨素问计。不料宫人糊里糊涂，把信交给了文帝。此时，独孤后已经死去，文帝左右，皆被杨广控制，因此胡作非为，甚至对文帝夫人陈氏施行非礼。文帝后悔不及，欲召杨勇，又被杨广阻绝。杨广见事势紧迫，命张衡入于寝殿，将文帝杀死。

杨广在几天之后即位，称诏杀死杨勇。汉王杨谅起兵于并州，不久亦被消灭。一班佐助杨广夺位的佞臣，在后来被逐一清除。宗室诸王，屡遭杀戮，所余无几。

杨广夺位，策划周密，分而治之，将文帝与诸子各个击破，终于遂其本志。司马光说："隋文帝性猜忌，至疑其诸子。为帝王者，内宠欺后，外戚擅政，大镇势强，庶子争嫡，为之四忌。而文帝徒知嫡庶之争，不知势钧位逼，虽同胞兄弟，不能无相倾夺，可谓得其一而失其三。"

三、知己知彼　远近均可驰援

远交近攻之计在政治斗争中的应用范围十分广泛。凡国与国、君与臣、臣与臣之间发生矛盾冲突，争夺权势或利益之时，均可运用本计以取胜。

第一，国与国之间。

国与国之间争夺利益，或企图统一天下，往往不可能一朝一夕解决问题。特别是在形势复杂的条件下，各种利益互相冲突，分与合只是暂时之计时，利用远交近攻之计，分化瓦解对方的联盟，将其各个击破，是极为有效的制胜手段。范雎就是根据当时各国分合不定、各怀心腹事的形势，提出了远交近攻这一经典性的原则。而秦昭王知人善任，依计而行，终于改变了原来的不利局面，数年之间，拓土开疆，威震六国，形成了高屋建瓴的形势。此后，秦国进一步应用这一计策，卒灭六国，统一天下。在中国历史上，秦灭六国，是最早、最成功地运用远交近攻之计的范例。

内政与外交从来都是大国实现崛起的两支杠杆，彼此不是替代的关系，而是相辅相成、缺一不可。韩非子强调国家自强固然不错，但外交也同等重要：一个错误的外交决策可能使本国在过去数十年苦心发展所积累的成果化为灰烬；一个正确的外交决策也能够为国家争取更好的国际环境、发展空间，加速其崛起进程。从历史上看，秦的崛起正是内行变法与"外连横而斗诸侯"两种策略双管齐下的结果。要顺利实现崛起，在内部继续深化改革、奋发图强的同时，也必须有效化解外部威胁和制约。在战争成本愈加高昂，通过外交策略缓和首强大国的敌意，离间、拆散敌对联盟，拉拢其他强国，控制与本国利益密切相关的小国或转移矛盾、转嫁危机等，都是次强大国的决策者必须切实考虑的战略措施。从历史经验来看，成功的外交是安邦定国，乃至建立"王业"的关键，他们宣称："外事大可以王，小可以安"；"安民之本，在于择交"。鼓吹"纵成必霸，横成必王"，将国家的兴衰成败系于外交策略的得失，也是值得予以关注的。

第二，君与臣之间。

君臣之间互相争斗，力图控制对方，也需要逐步进行。王莽篡汉之际，为了控制朝廷，使用远交近攻之计，将汉室羽翼——

拔除，最后才下手毒死汉平帝，完成自己建立新朝的计划。十六国时期，靳准、郭猗等人谋划废黜汉主刘粲，亦用此计，逐一消灭刘氏势力，终获成功。隋炀帝争夺继统之权，杀兄弑父，步步为营，更是运用此计的高手。至于南朝宋刘义符中徐羡之远交近攻之计，身死人手，而徐羡之等人于事成之后反为新君使用此计加以诛除，则问题不在于用计本身，而在用计之目的不明。

智谋作为一种政治工具，或者称之为"术"。"术"本来就没有善恶之分，为忠臣所用则是善术，为奸臣所用则是邪术。北宋文学家苏洵认为："噫！龙逄、比干不获称良臣，无苏秦、张仪之术也；苏秦、张仪不免为游说，无龙逄、比干之心也。是以龙逄、比干，吾取其心，不取其术；苏秦、张仪，吾取其术，不取其心。"清代王夫之则认为："申、商之言，何为至今而不绝邪？志正义明如诸葛孔明而效其法，学博志广如王介甫而师其意。无他，申、商者，乃劳长逸之术也。无其心而用其术者，孔明也；用其实而讳其名者，介甫（王安石）也。"在以私家权益计而入仕的情况下，臣下视政治功利的实现为目标，权术则是他们所崇尚的，为了实现政治功利，远交近攻则成为可以选择的计谋之一，内可以固宠，外可以有援，也显示出更深的政治目的。

第三，臣与臣之间。

臣下争权夺利，诛除异己，在局势复杂的条件下，运用此计，亦易取得成功。曹丕与曹植争夺嗣位之权，不直接与曹植对阵，而是扬长避短，首先争取曹操的赏识，堪称本计的发展与活用。但是，欲用此计以达目的之时，不仅要目的明确，还要对对手有正确的估计，更要对自己的实力心中有数。西晋贾南风欲专国柄，对司马氏宗亲实施远交近攻之计，结果挑起大乱，不仅没有逐步增强自己的实力，反而为渊驱鱼，为人作嫁，便是一个显例。至于东晋时期刘牢之与桓玄互用远交近攻之计，刘牢之于稳操胜券之时，反为桓玄所灭，则原因不仅在于用计不周，而且在于不明大义。因此，在运用此计时，各方面的因素皆应考虑进去。目光短浅，智虑不周，实力不足，都可能导致惨败。

《战国策·齐策四·孟尝君逐于齐而复反》云："事之必至者，死也；理之固然者，富贵则就之，贫贱则去之。此事之必至，理之固然者。请以市谕。市，朝则满，夕则虚，非朝爱市而夕憎之也，求存故往，亡故去。"为了自己的利益而以更大的利益诱惑他人，这正是远交近攻之计赖以实施的基础。

四、利益至上　远交变为近攻

政治斗争特点之一在于利益的争夺，为了自身的利益，各政治主体之间，既有对抗性的行为，也有为了利益与其他政治主体联合，无论是联合，还是进攻，都是基于自己的利益。作为混战计的远交近攻之计，因其独特的立意和功效，被各种政治主体所关注，而且经常应用到实践当中，这是有其基本特点的。

第一，就远交近攻之计在政治斗争中应用而言，具有可靠性和稳妥性的特点。

远交近攻之计，在政治斗争中把对手分化开来，区别对待，由小而大，由近而远，各个击破，无论何时、何地，都是一种较为可靠、稳妥的制胜之策。在己方实力充足、目的明确、计划周密的情况下，采用本计，不仅可以逐步消灭直接竞争对手，而且可以逐步扩大自己的势力，同时也就可以使下一步行动具有更大的成功把握。但是，所谓可靠性，是就本计运用的全过程而言，以本计来说，把一个巨大而危险的对手化整为零，其本身就有很大的难处，所以，这种可靠性只是相对的。在具体进行某一步骤时，仍然充满危险，只不过这种危险在逐渐被缩小的情况下，逐渐可靠了而已。

第二，就远交近攻之计在政治上实施过程而言，具有持久性与长远性的特点。

远交近攻之计，将一个整体目标分割开来完成，把对手分化开来逐步消灭，所以必然延长获胜的时间。因此，使用本计者必须善于忍耐，不能操之过急。实际上，急于求成，两线作战，四处树敌，往往欲速而不达，这是其持久性。远交是策略，近攻是目的，若仅仅为了目的而实施本计，便是人无远虑，即便是获得进攻的利益，也会在引起远交的怀疑与戒心的情况下，不但会失去既得的近攻利益，而且会失去远交的意义，这是本计的长远性特点所在。

第三，远交近攻之计在政治斗争实施过程而言，具有功利性的特点。

远交近攻之计的实施，根本不会顾忌什么道义，充满了功利。

天下没有不散的筵席，世界上没有绝对的朋友，只有永恒的利益，因此，此计的实施者，都是利益之交，只要对自己有利，不管他人死活，甚至在眼前利益的基础上，已经将远交者纳入下一步攻击的范畴。如范雎的远交近攻策略，对于远交者，并没有纳入友人的范畴，而是在利用远交的基础上，不断地近攻，最终使远交者逐渐成为自己的近邻，又可以近攻了。这种理念一直为秦国所奉行，最终在秦始皇时实现了统一中国的宏愿，而以前的远交，也在近攻的凌厉进攻之下，变成敌人，但也无法与之抗争，这也是值得深思的问题。

假道伐虢

——敌胁以从　假势乘人之危

本计云："两大之间，敌胁以从，我假以势。困，有言不信。"其大意是：处在敌我两个大国之间的小国，当敌方胁迫它屈服时，我方要积极加以援助，并借机把自己的势力渗透进去。对这种处于两难之间的国家，只空谈支援而无实际行动，不可能真正取得其信任。此为混战之计，乃是要乘人之危，壮大自己，在乱中取胜。

假道伐虢，是根据春秋时期的一个历史故事，从"假道于虞以伐虢"这句话演变而来的，有的也写作"假途伐虢"，语源出自《左传·僖公二年》。据记载，前658年，晋国已经成为诸侯当中的大国，当时在晋国的南面还有两个诸侯国，一个是虞国，一个是虢国，虞、虢两国同姓毗邻，唇齿相依，早就订有盟约，一旦有事，互相援救。晋献公为了进一步扩充疆土，对邻近的这两个小国，早就想兼并过来，便采纳大夫荀息的建议，实行了先灭虢，后灭虞，一箭双雕的策略。晋献公派荀息带着北屈所产的良马、垂棘出的美玉，到虞国去交涉借路攻打虢国事宜。虞公得了晋国的厚礼，又听了荀息的游说，不但同意借路给晋国，而且

武则天各个击破，拉一方打一方

亲自派兵打头阵。这年夏天，晋将里克和荀息率兵很快占领了虢国的下阳。三年以后，即前 655 年，晋献公再次向虞国借道进攻虢国，虞公不顾宫之奇的劝阻，又答应了晋国的要求，结果晋军灭掉了虢国，回师途中路过虞国时，便驻扎在虞国不走了，并乘其不备，发动突然袭击，轻而易举地灭掉了虞国。

一、危行言逊　可受无穷之福

《周易·困卦第四十七》云：困：亨。贞大人吉，无咎。有言不信。《象》曰：泽无水，困。君子以致命遂志。

【一爻】初六，臀困于株木，入于幽谷，三岁不觌。《象》曰："入于幽谷"，幽不明也。

【二爻】九二，困于酒食，朱绂方来，利用享祀。征凶，无咎。《象》曰："困于酒食"，中有庆也。

【三爻】六三，困于石，据于蒺藜，入于其宫，不见其妻，凶。《象》曰："据于蒺藜"，乘刚也。"入于其宫，不见其妻"，不祥也。

【四爻】九四，来徐徐，困于金车，吝，有终。《象》曰：来徐徐，志在下也。虽不当位，有与也。

【五爻】九五，劓刖，困于赤绂，乃徐有说，利用祭祀。《象》曰："劓刖"，志未得也；"乃徐有说"，以中直也；"利用祭祀"，受福也。

【六爻】上六，困于葛藟；于臲卼。曰动悔有悔，征吉。《象》曰："困于葛藟"，未当也。"动悔有悔"，吉行也。

在六十四卦中，"困"有困迫之意。象曰："困，刚揜也。险以说，困而不失其所。亨。其唯君子乎？贞大人吉，以刚中也。有言不信，尚口乃穷也。"其大意是：当陷入困境的时候，并不会失去所依靠，因此亨通，乃是君子所为吧？由此来看，没有灾祸，很有可能有利于"大人"的出现。这种以刚得中，乃是有言不信，则可以坚定信心，最终可以摆脱困境。此卦针对主动方而言，其行动是阴，其素质是阳，态度则是阴；针对被动方而言，无论是行动、素质、态度，都是阳，而困于阴。只要能够坚守正道，就会摆脱困境，最终得到亨通。《六十四卦经解》云："君子处乱代，为小人所不容，故困。君子居险能说，危行言逊，故通。君子之困，由小人之谗，故有言不信。"可推演出此计在政治斗争的可能和结果如下：

第一种，假道伐虢也要创造与把握机会，所不同的初爻是阴，其创造与把握都建立在谋划之上，就要利用对方昏暗不明，利以诱之，害以威之，最终使对方就范。

第二种，使用假道伐虢之计，就是要使对方屈服，二爻是阳，二变卦是屈服之道，用强硬手段固然是无害，但也是凶；若是使对方困于自乱，对自己更为有利，故此要权衡屈服之道。

第三种，三爻已经改为阴爻，有四变卦，面对屈服攻灭的对手，以阴柔之道处之，可能难以施展计谋，若是不能够从根本上将对手击垮，对自己来说，并不是吉祥之兆，故此要全面考虑屈服攻灭的策略。

第四种，四爻回到阳爻，在八变卦中，向屈服攻灭的对手发起进攻，即便是以刚强的手段，不能够很快地得到效果，也是有所得，这是见利而动，虽然来之徐徐，且得之困难，还是可为的。

第五种，五爻依然处在阳爻，在十六变卦之中，使用假道伐虢之计者，若是急于用刚强取利，有可能陷入困境，若是利用其他的手段，可以收到更好的效果。伤其身不如得其心，若是在身心都能够屈服攻灭对方，可以受无穷之福。

第六种，六爻回到阴爻，上六三十二变卦，使用假道伐虢之计者，还是要阴柔行事，在不利于行动的时候，就不要行动；若是有利于行动的时候，也不能够迟疑，要尽快行动，不能够使机会丧失。

该计用于军事，主要内容是争取同盟，扩大自己的力量，并伺机将其吞并。秘本兵法《三十六计》在解释此计时说：借路用兵之举，并非仅仅依靠花言巧语可以骗得的。必须是这个国家如果不受一方之胁从，则将受双方之夹击。在这种情况下，敌方必然会用武力逼迫其屈服，而我方则可以用不侵犯它的利益作保证，利用其侥幸图存的心理，使其尽快信赖我方。这样，它便不能自立自存，因此可以不战而将其消灭。

该计用于政治，则是乘人之危，拉拢中间势力，以壮大自己；或拉一派，打一派，以实现自己的意图。在专制政治之下，矛盾错综复杂，处于政治旋涡之中，欲求扩大自己的实力与权势，必须善于利用矛盾，才能取得预期的效果。因此，假道伐虢之计在政治斗争中，也成为人们常用的方略。

二、一石二鸟　意在彼而及此

假道伐虢之计在运用于政治斗争时，有三个关键：一是就总的形势而言，第三势力不单独受到一方面的势力威胁，而是处在双方势力的夹击中，就当前局势而言，敌方用武力逼迫第三势力屈服；二是用计一方以不侵犯第三势力的利益作保证，利用第三势力侥幸图存的心理，赢得第三势力对自己的信赖；三是用计一方以较小的代价达到一石二鸟的目的，既消灭了敌方，又控制了第三势力。这三个关键一环扣一环，虽不是缺一不可，但如果不能充分利用，往往不能达到预期的效果。

事例：攀龙附凤，居奇货用奇计

假道伐虢之计，并非简单的大打出手。在政治斗争之中，从肉体上消灭对手，并不是上上之策。利用一切可以利用的力量，形成己方的绝对优势，实际上比消灭异己更划得来。反过来说，在两强或多强相争之际，看准形势，支持一方，然后借其力而行己之志，也是一种高明的策略。不过，运用假道伐虢之计，必须对将要支持、吞并或拉拢的对象有真正的认识，才能顺利地实现自己的意图。

春秋战国晚期，秦国诸公子争夺嗣君之位，各用其利势，无所不为。当时，秦太子的夏姬生了一个儿子，名叫异人，在赵国作人质。秦赵交恶，战争累年。赵人对异人十分冷淡，不加礼遇，而异人又非嫡子，秦人也不把他当作一回事。结果异人在赵国困顿潦倒，怏怏不乐。一次，阳翟大商人吕不韦来到邯郸，见到异人，对他很感兴趣。经过一番盘算，认为扶植一位国君于危难之中，所获之利，非经商所可比拟。用商人的话来说，此奇货可居，不可错过机会，便下决心去见异人。吕不韦对异人说："我可以使您摆脱困境，飞黄腾达。"异人笑道："您还是先使自己飞黄腾达以后再说吧。"吕不韦说："您不知道，我必须依靠您才能发迹吗？"异人明白吕不韦之意，遂与之深谈。吕不韦说："秦王已经老朽不堪，而太子所爱的华阳夫人又没有子嗣。您有二十多个兄弟，长兄子傒居于秦国，有士仓为之辅弼，势力已成。您既非嫡长，又不受宠爱，久在诸侯国中为质，一旦太子即位，您哪里有机会被立为嗣君呢？"异人问计，吕不韦说："能立嗣君者，唯有华阳夫人。不韦虽贫，尚可筹措千金，为您入秦活动。"异人说："如能成功，我将与您共同分享秦国。"

吕不韦便倾家荡产，筹得千金之资，把一半送给异人，另一半载以入秦。异人用这些钱大交宾客，树立名声；吕不韦则在秦国到处送礼。他向华阳夫人的姐姐献上厚礼，通过她向华阳夫人进珍奇宝物，声称异人贤德，不仅宾客遍天下，名重于诸侯，而且日夜思念太子及夫人，泪下沾襟，自言"以夫人为天"。华阳夫人闻言甚喜。吕不韦乘机进一步进言说："以色事人者，色衰则爱弛。今夫人您受宠而无子，不以繁华兴盛之时，在诸子之中选择贤德者立以为嗣，一旦失去宠爱，说话还管用吗？公子异人贤德，以不为嫡长，不得为嗣，困顿赵国，备受冷落。倘若夫人于此时立其为嗣，使其无国而有国，使夫人无子而有子，岂不是可以长宠不衰！"华阳夫人深以为然，便找机会对太子说："异人甚贤，众人称誉。妾不幸无子，愿以异人为子，以托妾身！"太子许诺，遂立异人为嗣，而请吕不韦辅之。

后来，异人在吕不韦的帮助下，离开赵国，回到秦国。及秦王卒，太子即位，异人立为太子。异人继位以后，以吕不韦为相国。异人践行了自己的诺言，吕不韦则达到了预期的目的。

事例：假以威势，令人从己之欲

前210年初秋，秦始皇东巡，病死于沙丘。当时，太子扶苏在上郡监军，秦始皇少子胡亥随驾而行。中车府令行符玺事、宦官赵高为了控制朝廷，遂谋划另立胡亥为太子，以继大位。

当时，秦始皇诸子争夺嗣位，胡亥虽然受到宠爱，但并没有立嗣的可能。不料天赐良机，始皇卒而胡亥在侧。赵高的如意算盘是，拥立胡亥，使其得望外之福，则己愿可遂。于是，赵高便说服胡亥，依其计而行。不过，赵高与胡亥之谋，必须征得丞相李斯的同意，才能成功。这时的李斯，与太子扶苏与大将蒙恬的关系并不十分和睦。始皇暴崩，李斯常怀惧色，唯恐太子即位，于己不利。赵高对李斯的心思十分清楚，便去说服李斯。赵高对李斯说："陛下赐太子扶苏的诏书及符玺，都在我们掌握之中。废立之事，唯由你我做主。丞相认为应该怎么办？"李斯说："此乃亡国之言。这种事怎么可以由臣下乱来？"赵高说："丞相想想，您的才能、谋略、功劳、人缘，以及太子是否信任，可以与蒙恬相比吗？"李斯默然曰："不及。"赵高又说："这样一来，太子扶苏即位以后，一定会用蒙恬做丞相。您将来怎么办呢？怕是会死无葬身之地！胡亥慈仁敦厚，一旦立为嗣君，岂会有功不赏？"李斯左右衡量，只好同意，便与赵高合谋，伪造诏书，害死扶苏与蒙恬，立胡亥为太子。

赵高上下其手，拥立胡亥，从此深得信任，掌握大权。李斯迫于形势，为了保全自己，中人假道伐虢之计，为虎作伥。殊不知此种联盟，乃利害所迫，兔死狗烹，鸟尽弓藏，赵高得势，岂容李斯存在，以分其权。不久以后，赵高设计，诛灭李斯，代其为相，独揽国政。

事例：运筹帷幄，和将相安帝室

刘邦死后，吕氏擅权，封王拜相，有夺天下之志。刘氏宗室诸王权力日削，坐立不安。丞相陈平虽尽忠刘氏，然大权旁落，计无所出，又恐祸及其身，便深居简出，屏退宾客。

陆贾焦急，去见陈平。恐其谢客，便夺门而入，一直来到陈平面前落座。陈平沉思之中，居然没有看见。陆贾问："您在想什么，如此专注？"陈平一惊，见是陆贾，便说："您猜猜看。"陆贾说："您富贵已极，还有什么可贪图的。如此深思，一定是为了诸吕擅权。"陈平回答道："不错。不过，如何解决？"陆贾说："天下安定，宰相最为关键；天下危亡，将帅最为关键。将相和，则人心归附。天下虽有变局，而大权不分。如今，吕氏擅权，您有心扶持刘氏，何不与太尉周勃交欢，深相结纳。将相合势，吕氏岂得妄为！"

陈平深信其言，赠以重金，为周勃祝寿，又准备丰盛的酒宴，与周勃共饮。周勃处于吕氏与刘氏之间，正在无可奈何之际，见陈平如此厚爱，遂厚加回报。将相一体，共助刘氏，吕氏夺位之谋，从此遭到挫折。

刘邦生前，曾称赞周勃厚重少文，必可安定刘氏天下。但是，倘无陆贾为陈平划策，周勃岂能有此作为。政治斗争纷繁复杂，千变万化，说不定什么人会在一夜之间变成关键性的中间力量。成败利害，就看谁能够把握时机，抓住这一关键人物，壮大自己的力量。由此可见，安天下者，非周勃，乃陆贾也。

事例：利用矛盾，以图匡复社稷

政治场上，两虎相争，不仅必有一伤，而且大有文章可做。处身于其间，自然有可能看错形势，押错筹码，以至全盘皆输；善用假道伐虢之计者，则可从中大获其利。

三国末年，曹魏出兵，两路夹攻，击灭蜀汉。魏将邓艾与钟会不和，矛盾日益激化。蜀将姜维见有机可乘，遂定假道伐虢之计，以图恢复社稷。

邓艾入蜀以后，自矜其文伐之功，扬扬得意，对魏丞相司马昭之命颇有违逆。司马昭屡加劝阻，不得要领，心中不平。钟会入蜀以后，心怀异志，欲图割据，独霸一方。姜维深知其意，便对钟会说："君深谋远略，攻无不克，战无不胜，司马氏兴盛，全仗君之神力。如今，克复蜀汉，威震天下，万民折服，而司马氏反加疑忌。您将如何安排退路呢？为什么不效法范蠡，泛舟远行，绝迹于朝廷，全功名，保性命？"钟会烦恼地说："您说得太远了，我做不到。况且，如今的形势，还不至于走到这一步。"姜维说："君言果决，令人鼓舞。大计既定，其余琐事，皆在您掌握之中，不须老夫多言。"两人自此交往愈密，出则同车，坐则同席，犹如一个人。

钟会得姜维之助，依计而行。钟会首先告发邓艾有谋反之意，又模仿邓艾笔迹，伪作表章，其中辞气悖慢，狂傲不逊，以激怒司马昭。司马昭果然大怒，下令逮捕邓艾，押送魏京。钟会受命，率军急趋成都，统帅两支军队，实力大增，又有姜维所统蜀中士卒，自以为可以长驱直入，攻克中原，夺取天下，便假借押送邓艾入京为名，企图令姜维率五万人马出斜谷，自己统大军继后，直取长安，然后分兵夹击，攻克洛阳。正巧司马昭派贾充率大军入斜谷，计划与钟会共同对付邓艾。钟会知道以后，怀疑司马昭用贾充来牵制自己，立即会合诸将，声称讨伐司马昭，关闭城门，部署军队。

姜维见钟会中计，邓艾已被除掉，便劝说钟会进一步采取行动，将北来将领全部诛杀干净，以绝后患。然后割据蜀中，以图大业。姜维之意，是令钟会之军自相残杀，自除羽翼，自己则乘机杀死钟会，复立刘禅。姜维给刘禅写了一封密信中有云："希望陛下忍数日之辱，臣可使社稷危而复安，日月幽而复明。"

钟会听了姜维的建议，犹豫不决。此时，北来诸将及官吏已被软禁。钟会帐下有一位亲信将官名叫丘建，原为软禁的将领胡烈的部下，说服钟会，允许这些将领各派一名亲兵入内送饮食。胡烈乘机对亲兵说，丘建偷偷告诉他，钟会已经挖好大坑，准备把北来将士全部活埋。亲兵信以为真，一传十、十传百，无人不知。胡烈又给其子胡渊带信，命其救援。次日清晨，胡渊击鼓而出，士卒不期而至，拼力攻城。钟会与姜维正在府中，闻士卒哗变，率卫士力战，寡不敌众，被乱军杀死。

姜维之计，功亏一篑，其过不在计之不周，而在时势不可。即使姜维得行其计，诛灭钟会，亦未必可以重建蜀汉。不过，姜维忠心刘氏，其心可鉴，虽计破身死，亦不必过加贬责。谋事在人，成事在天。机关过于巧妙，往往不能奏效。

事例：存亡之秋，为国谋而获咎

君主专制制度最突出的缺陷，是君主的选择不由民意。父死子继，立嫡以长，这许多的条条框框，使得即使在帝王之家，贤德者也未必有机会成为嗣君。假如在位帝王所生诸子皆贤，自然是国家百姓之大幸；假如情况正好相反，国家百姓便将陷入水深火热之中。特别是嫡长子贤否，尤关国计民生，因此历来为人注目。当然，君主之立，也并非毫无选择的机会。改朝换代，宗室纷争，权臣拥立，都是进行这种选择的手段。不过，前一种手段往往伴随着剧烈的社会动荡，后两种手段则往往伴随着残酷的流血冲突。由于选择范围不大，即便是进行了选择，也有可能留下更深的隐患。

废立君主之际，各派人物粉墨登场，或为国为民，或为身为家，巧计奇谋，无所不用其极。参与争位者，竭力拉拢势力，以壮声威；有关的公卿大臣文武百官，深思竭虑，选择立场。其中也有忠耿之辈，为国为民，不惜利禄荣辱，甚至身家性命，或设谋用计，或据理力争。不过，这些人多半没有好下场。

西晋武帝时，太子司马衷是个白痴。当时，朝野上下都知道司马衷不堪为嗣，但各为身谋，没人出来说话。以贾充为首的一班佞臣，与太子妃贾南风串通一气，打算利用太子的愚昧，乘机擅权，千方百计，为太子歌功颂德。晋武帝受这些人的蛊惑，马马虎虎，还以为自己的选择英明及时，可以避免宗室纷争。278年，征北大将军卫瓘入京任尚书令。卫瓘忠于王室，在朝臣中，颇有声望，又具谋略，正直之人倚从为重。卫瓘入京以后，屡次打算把太子愚昧、不堪为嗣这件事奏告武帝，却总是找不到机会，毕竟他也不敢公然与贾南风一党为敌。后来，卫瓘参加了武帝在陵云台举行的一次宴会。卫瓘假装喝醉了酒，跪在武帝座前说："臣有话要说。"武帝不解其意，问道："卿所言何事？"卫瓘见周围人多眼杂，欲言又止，如是者三。最后，他抚摸着武帝的座位，意味深长地说："此座可惜！"武帝恍然大悟，怕被别人知道，便假意说："卿真是喝醉了！"卫瓘见武帝已悟，从此不再进言。

武帝对卫瓘的话虽然重视，心中却将信将疑。武帝平时也风闻太子之愚，只是不能确认，而且也不愿意确认。为了证实卫瓘的担忧实属多余，也证实世代聪敏的司马氏不会有愚昧的子嗣，他下令召集太子属官，摆设酒宴，挑选了一些疑难政务，命太子处理。贾南风大惧，唯恐露馅，请文才之士预作答案。文人作的答诏，文辞华美，引经据典。一位名叫张泓的属官对贾南风说："太子不学无术，陛下早就知道。这份答诏，咬文嚼字，一旦被陛下看破，追根问底，岂不是麻烦。不如朴实无华，直书本意。"贾南风深以为然，便命张泓起草答诏，许诺云："替我作一个好答诏，事成之后，与你共享富贵！"张泓作好答诏，由司马衷亲笔抄写，呈给武帝。其文虽无华辞，却分析透彻，合情合理。武帝看过以后，大加称赏，便把答诏首先交给卫瓘，询问："您看如何？太子并不像您说的那样！"卫瓘无言以对，局促不安，众人便知道卫瓘是武帝考察太子的根源。贾充在座，咬牙切齿，立即给贾南风报信："卫瓘这个老奴才，几乎使你家破人亡！"

司马衷终于被立为晋帝，就是著名的晋惠帝。贾南风借惠帝愚昧，专擅国柄，酿成八王之乱，蛮族乘机入侵，晋室由此而衰亡。贾充、张泓之辈，以拥戴之功，享尽荣华富贵，而卫瓘则被贾南风百般刁难，最后夷灭宗族。

贾充临死之时，非常担心死后得不到一个好的谥号。他的侄子贾模说："是非功过，日久自明，谁也掩盖不了！"及贾充死后，朝臣为了贾充的谥号，发生一场争吵，最后决定，贾充昏乱纪度，谥为"荒公"。但是，晋武帝不同意，改为"武公"。不过，谥号归谥号，富贵归富贵，史家的笔墨是不会轻易为这种人留情的。

事例：乘人之危，反为对手所乘

西晋末年，北方少数民族入侵中原。匈奴人刘渊建立了一个割据政权，国号曰汉。刘渊死后，其四子楚王刘聪与太子刘和争位，互相猜疑。当时，刘和即位，以嫡子正统自居；刘聪为大司马，拥兵十万，屯于京城附近。

刘和生性猜忌，而驭下无法。宗正呼延攸、侍中刘乘、卫尉刘锐，由于各种各样的原因，对刘聪不满，企图诛杀刘聪及宗室亲王，便互相联络，积极谋划。他们说服刘和，声称："先帝不知形势轻重，使齐王刘裕、鲁王刘隆、北海王刘义掌握禁卫之军，居于宫城；楚王刘聪统帅十万士卒，屯于近郊。如此，则陛下乃寄人篱下，政非己出。应该及早设法，免除后患。"刘和乃呼延攸的外甥，对舅舅的话深信不疑，便在一天夜里，召安昌王刘盛、安邑王刘钦商议。刘盛以为不可，劝阻说："先帝梓宫未葬、尸骨未寒，四位亲王并无谋逆造反的行为，而一旦兄弟之间同室操戈，自相鱼肉，天下人怎样看待陛下！况且大业草创，陛下千万不要听信小人谗言，疑忌兄弟。兄弟尚不可信，还有什么人可以相信呢？"呼延攸、刘锐在座，闻刘盛之言，大怒，骂道："今日所议，不容置否，你说的这是什么话！"命左右一拥而上，把刘盛乱刀砍死。刘钦见状，吓得浑身发抖。说："唯陛下所命是从。"于是定计。

第二天，刘和指挥诸人分头行动。刘锐率人往单于台进攻刘聪；呼延攸率人进攻齐王刘裕；刘乘率人进攻鲁王刘隆；尚书田密、武卫将军刘璿率人进攻北海王刘义。不料，田密与刘璿中途变卦，劫持刘义，夺路归顺了刘聪。刘聪知道刘和的行动，立即着手准备迎战。刘锐来到半路，得到田密与刘璿已经叛降的消息，折回头来，与刘乘、呼延攸合兵共攻刘裕与刘隆。二人突然被袭，猝不及防，皆被杀死。呼延攸又怀疑刘钦、刘安国等人有异己之心，把他们也杀掉了。

刘和初战得手，正准备纠集人马进攻刘聪，不料刘聪已经开始反攻，大队士卒涌向京城，破门而入，把刘和堵在光极殿西室之内，乱刀杀死，剁为肉泥。刘和被杀，卫士溃散，呼延攸、刘锐、刘乘三人都被擒住，斩首示众。几天以后，刘聪即位，做了皇帝。

刘和与刘聪明争暗斗，呼延攸、刘锐、刘乘等人欲襄赞君主，本来无可厚非。但此三人既怀自利之心，欲报私仇；又不明形势，以寡敌众；所胁迫之人，既用而疑，胜负本来已经了然，且又自相残杀，焉有不败之理。刘和暗而不明，用人不当，操之过急，使诛除异己之事，变成一场混战，失位身死，实为咎由自取。欲乘势而取人，反被对方所乘，假道伐虢之计，岂能如此简单！

事例：左右开弓，自取杀身之祸

两强并列之际，运用假道伐虢之计，支持一方，倾心相结，助其成功，自然可获大利。在这种场合，除了一定要认清形势之外，还要注意不使自己两线出击，以免腹背受敌。如果被人发现自己如此举止，势必造成双方对自己的夹攻之势，自己的地位便不再是左右逢源，而是左右为难，进退维谷了。在政治场上，一旦看准形势，便须坚持始终，该做赌博之时，便应孤注一掷，切不可轻易玩火，两线作战，多树敌人。

十六国时期，前燕大将慕容根追随慕容儁，屡立战功，颇受信任。慕容根亦自以为才高八斗，目中无人。360 年春，燕主慕容儁死去，太子慕容玮即位。太原王、慕容儁之弟慕容恪，大司空阳骛，大司徒、上庸王慕容评与慕容根共受遗诏辅政。慕容恪进位太宰、慕容评进位太傅、阳骛进位太保、慕容根进位太师。慕容根向来不服慕容恪，见其总揽朝政，心中不满。当时，皇太后可足浑氏干预朝政，慕容恪颇有异词。慕容根以为有机可乘，便在双方之间煽风点火。

慕容根首先对慕容恪说："今主上幼冲，母后干政，殿下身居枢机之地，应该防备意外之变，考虑一个自全之策。况且，定天下者，殿下之功也。兄亡弟及，古有此制。待先帝葬毕，殿下应该废黜主上，自立为帝。此乃大燕无穷之福！"慕容恪闻其言，大惊失色，回答说："你是不是喝醉了？为何出言如此狂悖！我与你受先帝遗诏，辅佐幼主，为何突然有这种想法？"慕容根闻慕容恪之言，又羞又愧，唯唯而退。

慕容根又去说服可足浑氏和燕主慕容玮。声称："太宰慕容恪与太傅慕容评图谋不轨，臣请率禁兵以诛之。"可足浑氏不知是计，准备照办。慕容玮说："此二人，国家之亲贤，先帝选择，以辅佐朕躬，必不肯为此等事。谁知道是不是慕容根企图作乱呢？"

太后乃止。

慕容根没有说动双方火并，却引起了双方的怀疑。慕容恪把慕容根之言告诉了吴王慕容垂，慕容垂当即劝其诛杀慕容根。秘书监皇甫真也对慕容恪说："慕容根本来是一个凡夫小人，蒙先帝厚恩，参与顾命，而无智无识，骄纵日恣，必将为祸。明公今居周公之地，当为社稷深谋，早作准备，以防不测。"慕容恪认为，"今国家新遭大丧，强邻虎视眈眈，一旦宰辅之臣自相诛屠，恐令远近失望，宜先忍耐。"不久，慕容根又建议把都城由邺城迁回龙城。宰辅共议，闻于燕主与太后，真相大白，遂下诏将慕容根夷灭三族。

慕容根以小人之心，度燕帝叔侄之腹，以为两强之间，必有嫌隙，其于形势，固已属于妄测。倘慕容恪与慕容玮信其谗言，慕容根假道伐虢之计必中无疑。但是，慕容恪深沉有谋，忠心帝室；慕容玮明察善断，用人不疑。双方皆不为所动，此计便无从着手。

倘慕容根抓住一方，坚持不懈，即使不能成功，至少不会一败涂地。竟然两线出击，左右开弓，结果授人以柄，招致双方夹击，正所谓"有言不信"。

事例：翻云覆雨，终为替罪羔羊

政治场上，处于两强之间，一旦为人所用，切不可翻云覆雨，首鼠两端。反反复复，左顾右盼，不可能被人信任。一旦失利，往往身败名裂。

东晋在淝水之战以后，外部威胁暂时消除，内部倾轧随之又起。会稽王司马道子，忌谢安威望功名，欲专国柄，便向孝武帝屡进谗言。谢安的女婿王国宝，为人倾险，谢安讨厌他的为人，不肯擢拔。王国宝心中不满，见司马道子与谢安不和，觉得有机可乘，便结纳司马道子，合谋毁短谢安。司马道子也利用王国宝对谢安的怨恨，竭力拉拢，以为己助。

谢安遭到疏忌，司马道子取而代之，势倾内外，远近归附。孝武帝对他外示优宠，而心中不平。王国宝为了讨好司马道子，建议大臣奏告孝武帝，进司马道子为丞相、扬州牧、假黄钺，加以殊礼。其事虽然未成，但司马道子对他更加倚重。两人狼狈为奸，树植党羽，排斥异己。殊不知，孝武帝为了牵制司马道子，也在暗中物色人选，委以方面之任，王恭、殷仲堪之流，因此成为重臣。

王国宝依附司马道子，位势骤升，数年之间，官至中书令，又兼中领军，成为大权在握之人。这时，孝武帝与司马道子之间的矛盾已经公开化。双方各自拉拢势力，朝廷之上，一时党派林立，剑拔弩张。孝武帝对王国宝尤为憎恨，大臣屡加纠弹。王国宝大惧，唯恐受诛，权衡利害，便疏远司马道子，媚事孝武帝。孝武帝正欲利用司马道子的亲信，以防司马道子，见王国宝叛而来附，非常高兴。司马道子大怒。一次，两人在官署相遇，司马道子对王国宝大加斥骂，说到激愤之处，竟然抽出佩剑，投击王国宝。从此，两人绝交，成为仇敌。

孝武帝死后，安帝即位。安帝与惠帝一样，也是一个白痴，口不能言，寒暑饥饱，皆不能辨。司马道子势力复振，王国宝见势不妙，又倒向了司马道子，意欲痛悔前非，修复旧好，竭力献媚。司马道子为了对抗安帝心腹王恭、殷仲堪等人，也只好暂时捐弃前嫌，厚加抚慰。王国宝便重新参掌朝政，又一次成为权倾朝野的人物。

司马道子曾打算与王恭等人讲和，但王恭不肯俯就，便授意王国宝，伺机除掉这些人。王国宝的心腹曾劝其乘王恭入朝之机，伏兵将王恭杀死；王恭的亲信也劝王恭入朝杀掉王国宝，以清君侧。两人虽未立即动手杀人，但势同水火。王恭参加孝武帝葬礼之后，将还军镇，对司马道子说："主上幼而暗愚，大王秉政，应采纳直言，疏远小人。"王国宝闻其言，十分恐惧，力劝司马道子削夺王恭、殷仲堪的兵权；王恭、殷仲堪亦缮甲勒兵，预为防备，一时之间，朝野汹汹，人心不安。

王恭与殷仲堪密谋起兵讨伐王国宝。殷仲堪起初犹豫不决，桓玄劝殷仲堪说："王国宝素与您死敌，只是相互屠杀还没开始罢了。如今，王国宝执权，为所欲为。王恭势单力孤，必须与您合力，才可消除君侧之恶。东西夹攻，王国宝必死无疑。"殷仲堪便与王恭定计起兵，兴师问罪。

王国宝见到王恭、殷仲堪的问罪表章，惊恐万状。司马道子见势不妙，想起王国宝翻云覆雨之事，也不肯为其解围。王国宝大惧，计无所出，只好派出几百名士卒，到建康城外屯戍，以备不时之需。不料士卒在半夜遇到大风暴雨，一哄而散。王国宝的亲信王绪献计，要他捉住重臣王珣与车胤杀掉，以绝人望，然后挟制安帝与司马道子，发兵出讨王恭与殷仲堪。王国宝依计而行，捉来王珣与车胤。此时，王国宝方寸已乱，失去倚恃，往日威风荡然无存。见到王珣、车胤以后，胆怯不敢下手，反而向他们询问计策。王珣、车胤软硬兼施，又劝又吓，王国宝顿时没了主意，便上疏自请解职，诣阙待罪。司马道子苦于王恭、殷仲堪之兵逼迫，无计可施，见王国宝自请解职，立即应允。王国宝复又后悔，诈称有诏复其官职，意图再举。司马道子大怒，下令逮捕王国宝，把一切罪过，全推在他的头上，称诏令其自杀，将其党羽王绪等人也被杀逐。然后遣使向王恭道歉，请其罢兵归镇。一场风波，暂告平息。

事例：挖其墙脚，消灭难制之敌

王国宝死后，司马道子好不容易才使王恭与殷仲堪罢兵归镇。风波暂时平息下去，但司马道子的势力也大受削弱。司马道子的儿子司马元显，年方十六，文辞俊美，颇有才干，当时官拜侍中。他对父亲说："王恭、殷仲堪日益骄横，必为后患，应该暗中做些准备。"司马道子见儿子如此深谋远虑，非常高兴，便任命他为征虏将军，以徐州为驻地，配置文武官吏以及大批士卒，谋划讨伐王恭与殷仲堪。

398年，豫州刺史庾楷，因司马道子割其所辖内四郡，大为不满，遣其子庾鸿对王恭说："司马道子任用王愉、司马尚之、司马休之兄弟，权势炙手，假借朝廷之威削弱方镇，前车之鉴，不可忘记。应当趁其谋议未成之机，早日下手除掉。"王恭以为其言有理，联络殷仲堪等人同攻京师。双方定计，以王恭为盟主，刻期举兵。两路大军浩浩荡荡，直奔京师而来。八月，殷仲堪先锋将杨佺期、桓玄至湓口，击败王愉，将其擒获。

司马元显对司马道子说："前此王恭兴兵，不加讨伐，遂有今日之祸，如果继续退让，下一个就轮到您遭殃了。"司马道子便把讨伐王恭、殷仲堪之事，全都交给司马元显处理。九月，晋室以司马元显为征讨都督，卫将军王珣、右将军谢琰、谯王司马尚之，各司其职，率兵参战。不料，官军小胜之后，白石一战便大败溃退，形势对司马元显极为不利。

这时，王恭一伙内部也出了问题。北府兵将领刘牢之，在王恭麾下，素不得志。刘牢之部下多为北土人士，骁勇善战。王恭依靠刘牢之的支持，却不把他放在眼里。自从胁迫司马道子除掉了王国宝之后，王恭自以为才气地位无人可比，威无不行，战无不胜，把刘牢之当作自己的附属。刘牢之亦颇负才干，见王恭待其如此无礼，深怀愧耻。王恭举兵之初，刘牢之便劝谏说："将军乃国之元舅，司马道子乃天子之叔。司马道子当国秉政，为将军除掉亲信王国宝，来书致歉，看来已经为将军所折服。割庾楷之四郡，于将军何干！"王恭不从其言，刘牢之更加怏怏不乐。司马元显知道以后，便派庐江太守高素前去游说，许诺刘牢之，一旦叛归朝廷，击灭王恭，便用刘牢之代替王恭的职位与名号。刘牢之动心，对其子刘敬宣说："王恭过去蒙受先帝大恩，今为帝舅，不能翼戴王室，反而举兵进攻京师，我实在不清楚王恭心里到底打的什么主意。一旦攻入京师，还能臣服陛下吗？我打算奉国家之命，反戈一击，以顺讨逆，未知可否？"刘敬宣说："朝廷虽无成康之美，亦无幽厉之恶。如今王恭举兵向阙，蔑视天威，与大人亲非骨肉，义非君臣，虽曾共事，而素不协睦。今日讨之，于情义何伤！"刘牢之便决意叛附朝廷。

王恭听人报说刘牢之有叛志，不肯相信。自以为待其不薄，不至于此。于是设酒宴，当众拜刘牢之为兄，把精良装备全部交给他。又命帐下大将颜延为前锋，率军急进。王恭此举，更勾起刘牢之的心腹之事。行至竹里，刘牢之杀死颜延，遣其子刘敬宣及女婿高雅之，回师进攻王恭。王恭不备，士卒溃散，落荒而逃。后来被人擒住，押送京师斩首。王恭溃散，殷仲堪只好退军。

事例：分其形势，置对手于死地

王恭败死，殷仲堪攻势受挫。司马元显又准备击灭殷仲堪，彻底消除后患。右卫将军桓修献计说："殷仲堪之兵，可以口舌破之。这些人倚仗王恭之势，意图跋扈。如今，王恭已灭，其心沮丧恐惧。如果以重利买通桓玄与杨佺期，二人必喜。桓玄可以牵制殷仲堪，杨佺期则可以倒戈言灭殷仲堪。"司马道子与司马元显依计而行，任命桓玄为江州刺史，以杨佺期为雍州刺史，贬殷仲堪为广州刺史，令其收兵。

桓玄与杨佺期追随殷仲堪，各有自己的打算。桓玄野心勃勃，杨佺期怀才不遇，两个人都企图借机发展自己的势力，问鼎朝廷。接到朝廷委任之后，殷仲堪大怒，桓玄与杨佺期则心中暗喜，不肯听从其调度。殷仲堪百般威胁，才使残兵败将回到荆州。回到荆州以后，殷仲堪、桓玄、杨佺期，形成了新的联盟。殷仲堪有兵而无职，桓玄有职而无兵，于是桓玄成为盟主，联络各方势力，连名上疏，为王恭诉冤。司马元显暂时无力进攻荆州，只好恢复殷仲堪的原职。

与朝廷妥协以后，殷仲堪与桓玄、杨佺期又开始内讧。桓玄在荆州，恣为不法，殷仲堪左右早就劝殷仲堪杀掉他。后来，桓玄成为盟主，日益矜伐，对杨佺期百般裁抑。杨佺期心中怀恨，便密劝殷仲堪在盟誓之时，袭而杀之。殷仲堪害怕桓玄被杀，杨佺期不可控制，坚决不许。但是，嫌隙已成，不可弥合。三人各归本镇以后，殷仲堪又与杨佺期联姻，以为互援，牵制桓玄。桓玄处于其压制之下，恐为其吞灭，便奏请朝廷为其扩大所辖地盘。司马元显正欲在他们之中制造矛盾，于是许诺，任命桓玄为都督荆州四郡军事，又命桓玄之兄桓伟，代替杨佺期之兄杨广的南蛮校尉之职。杨佺期勒其部伍，准备与殷仲堪共袭桓玄。不料，殷仲堪虽与杨佺期联姻，还是对他不甚放心，坚决制止。杨佺期既不能独力攻灭桓玄，见殷仲堪从弟屯兵北境，不解其意，只好打消原意。

殷仲堪无谋少断，同盟叛离，亲信又不能用，实际上已经陷入孤立局面。399 年，荆州水灾，平地水深三丈，饥民遍地。桓玄欲乘机攻灭殷仲堪，发兵西上，写信给殷仲堪说："杨佺期受国恩而图逆，天下共诛之。如今，我已屯兵江口，如果您同意，便应杀掉其兄杨广；如不肯相从，我便率兵来攻。"殷仲堪无计可施，抓住桓玄之兄桓伟，命其写信，要桓玄罢兵。桓玄不加理睬。殷仲堪派兵阻击，又屡被桓玄打败。殷仲堪请杨佺期来援，而无粮饷军。杨佺期大怒，冒险出战，结果被桓玄击败，单骑落荒而逃，遭擒被杀，传首建康。殷仲堪闻报，逃往长安，亦被捉住，桓玄逼其自杀，兄弟亲朋，多遭戕害。桓玄擢拜荆、江两州刺史，都督八州军事，权势日隆。

从司马道子、司马元显秉政以来，东晋朝廷内讧纷起，焦点人物层出不穷。其势力消长盛衰，令人应接不暇，眼花缭乱。其中成败，无不在于用计之当否。假道伐虢，当时诸人几乎皆用此计，亦几乎皆中此计。利之所在，利令智昏；势之所存，有分有合。唯善用此计者，才能够高瞻远瞩，使人中计而不中人之计，削人之势、夺人之利而使自己利势双全。

事例：欲获其利，而失获利之道

假道伐虢之计，要认清形势，看准目标，尤其应该有自知之明，量力而行。否则，一来陷入于绝境，二来置己于死地。此种事例，史不胜书，而不自量力之辈，往往不顾前车之鉴，恣意妄为。

南朝宋孝武帝时，江州刺史臧质自谓人才难得，堪为国家栋梁，足成一世英雄，便潜怀异志，寻找机会，假道伐虢，以遂其志。

当时，太子刘劭作乱。臧质见荆州刺史、南郡王刘义宣庸暗易制，便竭力巴结，来到刘义宣所在的江陵，称名而拜，又劝其乘朝廷之乱，自立为帝。由于刘义宣已经宣布奉宋文帝第三子刘骏为帝，臧质之谋不成。刘劭被杀以后，刘骏做了皇帝，即孝武帝。刘义宣与臧质由于有拥戴之功，颇受信任，便更加骄纵。刘义宣居荆州，财多兵强，对朝廷节制，多有违背。臧质居江州，轻视孝武帝，政刑赏罚，独断专行。孝武帝表面上不加责罚，心中却很不满，对这两个人日益猜忌、疏远。

孝武帝曾经凌辱刘义宣的女儿，刘义宣由此对孝武帝大加怨恨。臧质见机，又写信密劝刘义宣举兵自立。信中说："功高不赏，威高震主，古来少有全者。今万物归心于大王，声名彰著。见机不作，将为他人占先。若能命将屯兵江上，我率九江楼船为大王前驱，至少可得天下之半。大王率八州之众，徐进而入京，虽有韩信、白起之才，亦不能解建康之围。况且陛下失德，闻于道路，所用之将，多为我之故人。一旦兵临城下，谁肯为庸主尽力！时光荏苒，日月如梭，机不可失，时不再来。我经常担心死期将至，不得展其才干，为大王效命。到了那个时候，悔之何及！"刘义宣左右将领也心怀富贵之望，企图借臧质之力，成其所欲，便竭力赞成。刘义宣又联络豫州刺史鲁爽、兖州刺史徐遗宝，约以454年秋季举事。不料，鲁爽喝醉了酒，刘义宣使者来到的当天，鲁爽便起兵于寿阳。徐遗宝、刘义宣、臧质闻报，仓促举事。这时，才刚刚是二月份。

刘义宣起兵以后，奉表朝廷，请诛君侧。命鲁爽为征北将军，臧质则奉刘义宣为候补天子，自命为候补丞相。几路大军浩浩荡荡，杀奔建康。一时之间，远近震动。孝武帝恐惧，欲逊位迎刘义宣入京。竟陵王刘诞坚决不许，说："为何把宝座白白送人！"于是孝武帝振作精神，派领军将军柳元景、左卫将军王玄谟迎敌。

臧质外表上气势汹汹，实际上无谋无略。两军尚未交锋，王玄谟根据臧质的部署，已经看出他是一个不难战胜的对手。及临阵对敌，鲁爽醉酒，被斩于阵前；徐遗宝逃亡，被人杀死。刘义宣与臧质闻二人之败，惊骇不已，气焰顿消。太傅刘义恭又给刘义宣写信说："臧质小人无行，假猛虎之威，欲行其私。倘若得逞，恐非池中之物。"刘义宣见信，以为有理，对臧质顿生疑心。

五月，刘义宣到达芜湖，臧质献计，请派万人分兵夺取南州，牵制王玄谟，自己顺江而下，直捣建康。刘义宣恐臧质入京，不可控制，坚决不许。后来，臧质请求自率军攻南州东城，刘义宣又害怕臧质独得其功，不准其请。臧质才本中等，又为刘义宣疑忌，不得施展。结果，双方在南州大战，刘义宣与臧质兵败。刘义宣逃到江夏，又折向江陵，闭关自固，神不守舍，后来被部将囚禁。荆州刺史朱修之入江陵，刘义宣及其诸子、党羽皆被诛灭。臧质逃到浔阳，带上妓妾，奔往武昌，随从散尽。臧质至南湖，追兵至，遂匿于水中。不久，被人发现，射之中心，乱刀砍死，斩首送往建康。

刘义宣在江陵被部下囚禁时，懊悔不及，坐地叹道："臧质老奴误我！"殊不知人要误己，乃是己之误人，均是自误也。

事例：选择明主，终于翼成大业

运用假道伐虢之计，不仅要有自知之明，还要有知人之明。在两强相争之际，善于选择明主，才有可能附龙尾，乘凤翼，成人成己，建功立业。

南朝宋末年，后废帝刘昱暴虐好杀，政事日非，国家益乱。萧道成功高权重，为刘昱所忌。一日，刘昱闯进领军府，见萧道成裸袒而卧，便命其立于室内，在其腹部画了一个靶心，引弓搭箭，准备射击。近臣王天恩见势不妙，对刘昱说："将军腹大，自然是个好靶子。不过，一箭射死，便再无用。不如去掉箭镞，可以多射几次。"刘昱同意，乃去掉箭镞，一箭正中肚脐。投弓大笑曰："此手何如！"又曾自磨刀霍霍地说："明日杀萧道成！"陈太妃骂道："萧道成有功于国，若害之，谁还为你尽力！"刘昱乃止。

刘昱忌害萧道成，萧道成亦自为身谋，欲行废立。表面上，君臣一体，实际上已经分道扬镳。知道内情的公卿百官，见萧道成有废立之意，也纷纷择主而事，以为将来之计。

领军功曹纪僧真首先赞成萧道成，他说："今朝廷昏乱，人不自保，明公何苦坐受诛灭之祸！存亡之机，应当立断！"

青、冀二州刺史刘善明，听说萧道成准备奔往广陵起兵，劝他说："宋室将亡，愚智共知。公神武高世，当静以观变，因机而动，功业自定。如远离京师，岂非自贻猖獗，丧失根本！"东海太守垣荣祖也以为不妥，劝阻说："领军府距台城不远，明公出奔，岂能不为人知。如单骑而行，万一广陵闭门不纳，您到哪里去！恐怕明公一出府门，便有人告密，大事去矣！"

越骑校尉王敬则与萧道成深相结纳，夜间穿青衣，伏于道路，为萧道成探听刘昱的动静去向，又为其交结刘昱左右杨玉夫、杨万年、陈奉伯等十五人，在殿中伺机动手，杀死刘昱。477年七月，杨玉夫与杨万年杀死刘昱，王敬则把刘昱的首级带给萧道成，遂定废立之事。

刘昱死后，公卿商议主政之臣，王敬则持白刃胁迫，褚渊则暗度陈仓，声称："非萧公不可办此！"亲自把政务交给萧道成。及袁粲谋诛萧道成，与褚渊商议，褚渊即刻告密，袁粲之计遂败。

自萧道成定计废立，至顺帝禅位于齐，其间攀龙附凤者极多，不可尽数。这些人不仅倾心结纳，而且以其计谋才干，使萧道成转危为安，终于成功。这些人在萧道成称帝以后，封爵封官，为将为相，享尽荣华富贵。而那些死保刘昱的人，或杀或逐，或贬或疏，很快便被人们遗忘了。

事例：出言不慎，无端遭罹诛戮

用人不疑，疑人不用，此不变之法。运用假道伐虢之计，争取中间势力以为己助，尤其不可用人而疑，自去羽翼。而欲附骥尾者，处于两强之间，铤而走险，亦须事事小心，慎之又慎。稍有疏忽，便有可能招来杀身之祸。

　　北魏末年，高欢秉政，野心勃勃，诛杀异己，拉拢势力，培植羽翼。孝武帝被高欢所逼，亦暗中寻找可用之人，以图除掉高欢。

　　当时，重臣高乾官拜侍中、司空。他在信都之时，父亲病故，国家多难之际，无暇卸任服丧。及孝武帝即位，朝廷粗安，高乾上表请求为父亲完成丧礼。孝武帝准奏，解除其侍中之职。高乾本意，并不想放弃政务，但拘于礼法，不得不如此而已。没有料到孝武帝丝毫没有挽留之意，不由得心中不乐。不久，孝武帝欲图除掉高欢，外倚贺拔岳，内恃斛斯椿，又竭力拉拢元老重臣，壮己声势。见高乾为朝臣所敬服，欲其归己，便在一次宴会之后，把高乾单独留下来，对他说："卿历代忠良之后，今日又有奇功。名义上你我是君臣，实际上义同兄弟。应该立下盟誓，永为莫逆之交。"高乾仓促之间，不知孝武帝深意，便草率地回答说："臣以身许国，何敢有二心！"遂立盟誓。事过之后，高乾也没有通报高欢。

　　过了一段时间，高乾发现孝武帝举动异常，与贺拔岳往来密切，知其有除掉高欢之意。便对亲信说："主上不信任勋贤之臣而亲近小人之辈，祸难将至，必及于我！"便暗中与高欢联络。高欢召高乾至并州，面议其事。高乾便劝高欢夺位。高欢大喜，应允恢复其侍中之职，重新执政。不料，高欢屡次奏请，孝武帝就是不准高乾复职。高乾处于两强之间，进退维谷，又见祸机日近，便请求出任徐州刺史。孝武帝便准其奏。

　　高乾尚未成行，孝武帝听说高乾经常与高欢有密函往来，泄露朝廷机密，大怒。便下诏给高欢说："高乾与朕私有盟约，而今反复两端，此种小人，岂可信任！"高欢读诏，以为高乾果真如此，大为反感，顿生疑心，便把高乾前后写给他的密信呈送孝武帝。不久，孝武帝安排妥当，召见高乾，把高欢送来的密函让高乾过目，令其对质。高乾自知不可免祸，说："陛下自立异图，反而说臣反复无常。人主加罪，谁能逃得了呢！"孝武帝遂赐高乾自尽。

后来，高欢使者返回并州，把在场所见所闻告诉了高欢，高欢非常后悔。及高乾之弟逃到并州，高欢与其抱头痛哭一场。

事例：欲行其计，须防强中有强

北齐时期，权臣和士开，深受世祖信重，朝廷大臣恶其奸佞，咬牙切齿。为了永葆权位，和士开采纳了祖珽的建议，劝说世祖及早禅位于太子，以防宗室及外臣在其死后夺取帝位。世祖准奏，太子即位，是为后主。此后，和士开之宠长盛不衰，日益骄恣。

黄门侍郎冯子琮，以太后妹夫的身份，参与朝政。冯子琮本来对和士开十分巴结，及后主即位，自恃亲贵，忌和士开擅权，遂与之相互排挤，日益不和。后来，冯子琮升任右仆射，权势渐重，与和士开的矛盾日益激化。冯子琮企图除掉和士开，但和士开深受后主及太后的宠爱，不得下手，便在宗室诸王之中选择琅琊王高俨，倾心结纳。计划废黜后主，另立高俨，诛杀和士开，独专国柄。

高俨有宠于太后，身兼京畿大都督、领军大将军、御史中丞、录尚书事等数职，出入仪卫，颇为壮观，服器宫室，与后主等量齐观。不过，这些优宠之礼，高俨并不满足。他曾经对世祖说："吾兄懦弱，如何控制左右！"世祖赞赏他的刚决之气，曾打算废掉后主，另立高俨。其事不果，怏怏不乐。又见和士开、穆提婆等人专横奢纵，心中不平。和士开与穆提婆二人也私下议论说："琅琊王目光奕奕，逼人心魄，与其对话，不觉流汗，比天子还要令人畏惧，应该尽早提防，采取对策。"便将高俨迁往北宫，五日一朝，不得随时面见太后。后来，和士开又欲令高俨出京任外官，夺其兵权。高俨大怒，冯子琮乘机进言，指责和士开离间高俨与太后。高俨更怒，声称要杀掉和士开，冯子琮竭力赞成，并策划趁机立高俨为帝。

571 年七月，高俨令亲信上表弹劾和士开之罪，请求收监。为了不被后主和太后察觉，冯子琮把这份奏表，夹在其他一些无关紧要的公文之中，呈送禁中。后主马马虎虎，一起批复。冯子琮得到批文，交给高俨。高俨便称诏，命领军库狄伏连捉拿和士开。调动京畿士卒，埋伏于神虎门外。这一天，和士开早朝，库狄伏连在门外见和士开到来，把他骗到行台，伏兵拥出，乱刀砍死。

高俨的本意，只想诛杀和一人。不料事端一开，不可中止。冯子琮力劝高俨尽诛异己，乘机夺位。高俨便率三千余名士卒屯于千秋门，围住皇宫。后主派人召高俨入宫，不从。后主大惧，六神无主。这时，双方都注意到一个重要人物，即宿将斛律光。斛律光参与辅政，屡立战功，朝野瞩目，而且掌握兵权。谁得到他的支持，便等于胜券在握。高俨召请斛律光，后主也召请斛律光，关键时刻，斛律光倒向了后主。斛律光入宫，对后主说："小儿辈弄兵，不足为虑。"便与后主同往千秋门。斛律光至千秋门，先派人对士卒宣告陛下驾到。士卒闻讯，惊慌失措，散去大半。后主驻马于河桥之上，遥呼高俨。高俨不动，斛律光便来到高俨面前，对他说："天子之弟杀一匹夫，算得了什么！不必惊慌。"把高俨硬拉到后主面前，对后主说："琅琊王年少无知，肠肥脑满，轻举妄动。年长以后自然懂事，希望陛下宽赦其罪！"后主把高俨痛打一顿，暂时饶过。冯子琮及高俨亲党皆被处死。不久，后主派人将高俨杀死，时年十四。

运用假道伐虢之计，关键在于拉拢势力。和士开处于世祖与后主之间，翻云覆雨，窃取政柄，自以为得计，却不料遭冯子琮暗算，身首异处。冯子琮处于后主与琅琊王之间，纵横捭阖，上下其手，自以为得计，却不料被斛律光轻轻一句话，弄得前功尽弃。强中自有强中手，声势宜壮，自不必说；而主谋之人的才干，尤须注意。否则，徒有声势，望风瓦解，如何成得大事。

事例：各个击破，拉一方打一方

假道伐虢之计的实行，要求用计者必须善于利用矛盾，因势利导，在一定时期内拉拢一方，打击一方；击败一方之后，再集中力量收拾被拉拢的这一方。各个击破，两方都是失败者，只有自己才是胜利者。中国历史上唯一的女皇武则天，正是采用这一计策，击败一个个对手，最终篡夺了唐室，取得了皇权。

武则天原是唐太宗李世民的才人，是后宫中的三等宫眷。因为应着"女主昌"的图谶，在唐太宗病重时，为避杀身之祸，而自请出宫削发为尼。武则天生性争强好胜，落到这种地步，她无论如何也不甘心，日夜盼望着有朝一日能够回宫。她把回宫的希望寄托在皇帝李治（唐高宗）身上，因为高宗在做太子时，曾经与她暗结秦晋之好，在她出宫时，也曾表示继位后将接她回去。后来她真的如愿以偿，重新回到了离别三年的宫中，被晋封为昭仪。她能够顺利地回到宫中，有两个原因：一是高宗不忘旧情，履行前约，同时她在高宗到寺中行香时及时抓住机会，刻意打扮一番，重提旧情，声泪俱下地追叙寺中三年所受的苦楚，深深地打动了高宗的心；二是后宫争宠，皇后王氏为了壮大自己的力量，大力支持高宗接回武则天。

武则天回到宫中以后，便卷入了你争我斗的旋涡之中，面临的第一仗是后妃之争。后宫萧良娣，饶有姿色，为高宗所宠爱，册封为淑妃。萧淑妃生有一子，取名素节，高宗十分喜爱这个小儿子，封其为雍王。这引起了王皇后的忌妒，屡次在高宗面前进谗言，贬损萧淑妃母子。萧淑妃也不甘示弱，便反唇相讥。后妃之间的明争暗斗日趋激烈。王皇后支持高宗接武则天回宫，原是她与萧淑妃争宠的需要，她与萧淑妃争宠占不了上风，便想到了武则天。她想武氏一入宫，就会去夺萧淑妃的宠，萧、武二人一争，自己来个坐山观虎斗。这样，仇人多一敌手，自己增一臂助，何愁萧淑妃不败在自己手下。其实，她的如意算盘，是瞒不过武则天的。面对这种情况，武则天来了个顺水推舟，采取了拉拢王皇后、打击萧淑妃的策略。她装出一副真诚的样子，一味巴结皇后，对王皇后百般奉承，千般感激，使王皇后真心真意地把她当为知己了。王皇后常常在高宗面前夸赞武则天，称她如何殷勤，如何温恭。这样一来，武则天便和王皇后结成了联盟。武则天同时紧紧地抓住高宗，又对宫监们和颜悦色，十分体贴，更把高宗赐给她的财物赏给他们，逐渐地得到了宫监们的好感，后宫之中充满了对她的一片赞扬之声。武则天乘机千方百计地排斥萧淑妃，萧淑妃愤极上诉，高宗全然不予理睬，逐渐地冷淡了她。武则天还收买了一些耳目，对萧淑妃进行监视。萧淑妃失去宠爱，心中不满，有时在背后流露出一些不满的言论，武则天听了宫人的密报以后，一一地记载下来。等到汇集多了，就在高宗面前一下子抖搂出来，某月某日，萧淑妃在什么地方，当着一些什么人的面，说了哪些不满的话，一件一件，时间地点人证，全都有根有据，清清楚楚，不容高宗不信，便宣召萧淑妃，加以责问。萧淑妃在确凿的证据面前，无法否认。这样一来，便惹怒了高宗，萧淑妃被打入冷宫，贬为庶人。武则天往上爬的第一个障碍扫除了。

挤倒萧淑妃，这既是王皇后的目标，也是武则天的目标。在这一点上她们共同联手。在王皇后利用武则天的同时，武则天将计就计，反过来利用了王皇后，借助于王皇后的力量，施展自己整人的各种手段，将自己出人头地的第一个对手打了下去。在与萧淑妃的交手中，武则天已经初露锋芒，接下来，在后宫的争斗中，则更可以看出她的城府之深。

武则天击败萧淑妃之后，便想进一层下手。这进一层的做法，就是要扳倒皇后了。为了达到目的，她对王皇后使用了栽赃陷害的手段，同时蒙骗、利用了高宗。她栽赃陷害王皇后的第一招，便是亲手害死自己亲生的女儿，之后嫁祸于王皇后。永徽五年（654），武则天生了一个女孩。高宗十分喜爱这个小女孩，每天下朝回来总要来瞧上几眼。武则天却感到生女无用，索性定下了牺牲小女构陷皇后的毒计。有一天，王皇后到了武则天住处，武则天事先闻报，密嘱宫女之后，便躲了起来。王皇后未见到武则天，见床上的女婴很可爱，便抱起来逗弄了一番，之后便走了。武则天在王皇后走以后狠了狠心，扼死了自己的女儿，仍旧把孩子放在床上，用被子盖好。等到高宗来时，发现女孩已死，武则天欺骗高宗说她到御园采花，不知孩子是怎么死的，追问侍女，都说："正宫娘娘到此一行，曾见到她坐床抚摩，过一会儿便走了。"武则天继而顿足大哭，连哭带诉，声声怨恨王皇后。开始时高宗还不相信皇后能够下此毒手，武则天便呜呜咽咽地诉说王皇后的诸多大过，极力搬弄是非，百般诬陷，煽动高宗动了怒，使其产生了废掉皇后的想法。她栽赃陷害王皇后的第二招是使用"厌胜"之术，嫁祸于王皇后。武则天笼络、买通了王皇后宫里的人，让他们充当自己的爪牙，随时监视并密报王皇后的一举一动。她密令宫人制作了一个木偶，在上面写上高宗李治的名字以及李治出生的年月日，在木偶的七窍和心口部位插上钢针，悄悄地埋在王皇后的床下。之后唆使王皇后的近侍到高宗那儿去告发，说皇后怨恨皇上，与她母亲魏国夫人一起使用了"厌胜"之术，诅咒皇上早死。高宗带领内侍监的宦官前往皇后宫中验视，果然在皇后睡床下面的砖下挖出来小木偶，高宗不由得怒气冲天，指问王皇后。王皇后莫名其妙，吓得浑身乱抖，跪地申辩表白，高宗置之不理，下决心废去王皇后。

武则天为了彻底击败王皇后，极尽笼络之能事，时时拉拢高宗。她一意揣摩上旨，多方迎合，即使有意进谗，也都是旁挑曲引，慢慢地浸润，从来没有遽色，没有疾言。当她诬陷王皇后害死自己的女孩，高宗表示出废后之意时，她又故作惧色，忙向高宗摇手，并且说道："废后是何等大事，陛下不应为了妾言，孟浪举事。况且满朝大臣，没有人能够知道内情，一旦提出此事，必会有人出来谏阻。还望陛下三思，宁肯逐妾，不可废后。"听起来语气委婉，赤诚相见，表面上劝高宗不要废后，实则柔中带刚，步步紧逼，以退为攻，不仅逼着高宗在她与王皇后之间二者择其一，而且暗示高宗要排除大臣们的反对。当她以"厌胜"之术诬陷王皇后，高宗持着小木人来到她宫中时，她瞧着那木人儿，装出许多懊丧，几乎要咬碎银牙。及至看到高宗怒不可遏，转而又好言解劝，请高宗息怒保身。极力表现出对高宗忠心耿耿，表现出对高宗深切体贴。

武则天采取了这些手段以后，已经深深地蒙骗了高宗，将高宗紧紧地拉向了自己一方，同时将王皇后打得摇摇欲坠，促使高宗下定了废掉皇后的决心。这又是武则天拉一方打一方手段的效果。

事情到这里还没有算完，王皇后还没有最后被扳倒，因为在朝中王皇后还有势力，还有一些重臣在支持王皇后，他们坚决反对废掉皇后。这些支持王皇后的大臣主要有太尉长孙无忌、尚书右仆射褚遂良、吏部尚书柳奭等人。这些人在朝中官职很高，大权在握，有的是先皇太宗临终前任命的顾命大臣，有的是高宗的长辈至亲。武则天为了达到扳倒皇后的目的，必须扫除这些障碍，她在紧紧拉住高宗的同时，对朝中大臣们也采取了拉一方打一方的策略。

太尉长孙无忌，不但位高权重，而且是高宗的母舅，又亲受先皇唐太宗顾命，无论对朝中大事，还是对皇上的家事，影响力都很大。武则天看准这是一个关键的人物，就千方百计地在他身上打主意，一味讨好、笼络、收买他。她曾经亲自与高宗同往长孙无忌府中走动，在长孙府中设席欢饮。席间武则天摆出一副关心的样子问及长孙无忌的嗣子，十分热情地接见了在家的三个表弟，当她听说三个表弟年龄尚小，都没有官职时，就旁启发高宗说："舅舅是国家的元勋，理应全家受荫，请陛下推恩加赐，给三位表弟封个官吧。"高宗听了这一番话后，立即封这三位表弟均为朝散大夫。武则天对长孙无忌一家人表现得十分亲热，见面时握着长孙无忌夫人的手，一口一个"舅妈"地叫着，告辞时又与无忌妻妾等人一一握手，千般叮咛。她还以礼相送，派遣宫监押载金宝缯珠十车，送给无忌。她又指使说客前往说情。武则天的母亲杨氏，与长孙无忌的夫人是旧相识，武则天就利用这层关系，让杨氏去走长孙无忌夫人的门路。又由礼部尚书许敬宗前去进谒长孙无忌，向长孙无忌密谈高宗废后的意图，再三劝长孙无忌勉从。长孙无忌人虽然性情鲁直，心胸也有些狭隘，但是在大是大非面前，还不糊涂，他不相信王皇后会害死武则天的女儿，也不相信王皇后会使用"厌胜"之术诅咒皇上，因此他反对废后。武则天建议高宗给他的三个儿子授官，他固辞不受，高宗不允，才勉强接受。武则天与高宗到他府上商谈废后之事，他一味装呆作痴，不答一言，或者暂且用他语支吾。武则天送他十车金宝缯珠，他也只酌受数物，其余一大半则令来人璧还。杨氏说情，碰了钉子；许敬宗充当说客，受到他的斥责。这样，尽管武则天挖空心思，下很大力量去拉他，却始终没有拉动他。武则天在扳倒王皇后过程中，还拉拢利用了三个人。一是礼部尚书许敬宗，他在武则天与王皇后的争斗中，见武则天逐渐得宠，便乘势媚谀武则天，武则天把他收作心腹，亲请高宗加授他的官阶，使许敬宗得以待诏武德殿西闼。许敬宗不但各处游说，还在朝堂上公开扬言："田舍翁多收了十斛麦子，还要换换老婆，天子富贵拥有四海，废一个皇后，再立一个新的皇后，也是人之常情，有什么值得大惊小怪的，何必议论纷纷呢？"二是中书舍人李义府，这个人巧言令色，表面上对人笑容满面，内心里却是十分阴沉，人们称其为笑中刀。李义府本是东宫食客，及至高宗继位，便得职为中书舍人。长孙无忌恨他奸佞，上章弹劾他，奏请高宗将他贬为壁州司马。李义府得到消息，急忙上表，奏请废王皇后而立武则天为皇后，以讨好高宗和武则天。武则天把李义府收为心腹，高宗很是高兴，赏赐他珠一斗，擢升他为中书侍郎，后来武则天又请求高宗加授他的官阶，因而他得以升任为参知政事。三是司空李勣，他是朝廷的功臣，讲话有一定分量，但是在朝臣争论废后事宜时他却一言不发，又自称有病，不上朝议事。武则天看出李勣在废后这件事情上有意袒护自己，便劝高宗密召他入宫，与其商量易后事宜。当高宗私下问他时，李勣却回答说："这是陛下的家事，何必质问外人。"这话表面上看似中立，实际上是等于赞同高宗的主意。

武则天还怂恿高宗，对那些反对废弃王皇后、反对立武氏为皇后的朝中大臣进行了重点打击。在朝廷正式讨论废后事宜之前，首先下诏无端地将皇后的母舅吏部尚书柳奭，贬谪为荣州刺史。接着对尚书右仆射褚遂良下了手。褚遂良不仅位高权重，而且是先皇唐太宗指定的顾命大臣。他坚决反对废弃王皇后，认为对王皇后的指控是他人的构陷，并以自己曾接受先帝遗命有责任保护皇后为由，在朝廷上据理力争，反驳高宗废后的一切理由。褚遂良公开地反对立武则天为皇后，对高宗说："陛下一定想要更换皇后，也应当选择令族。武昭仪过去曾事先帝，人所共知，现今如果立为皇后，岂不被后人所讥笑吗？"武则天曾经在朝堂上公开唆使高宗扑杀褚遂良，多亏长孙无忌等大臣相救，褚遂良才免一死，后来被贬为潭州都督。

还有侍中韩瑗、中书令来济，先是上言谏阻高宗为武则天特增宸妃名号，继而上疏反对立武则天为皇后，还极力讼褚遂良之冤，阻止高宗加刑或斥逐褚遂良，深深地得罪了武则天，武氏必欲除之而后快，曾经暗示高宗处置他们，后来又授意许敬宗、李义府进谗言，诬陷他们图谋不轨，借机把韩瑗贬为振州刺史，把来济谪为台州刺史。又有长安令裴行俭，听说朝中正在围绕着废后立后之事进行激烈地争论，前往长孙无忌府中拜谒，忍耐不住，发了一通议论说："武昭仪若立为后，必为国家大祸，太尉不可不争。"又激劝了长孙无忌几句。凑巧中丞袁公瑜也在场，他出了长孙无忌家门，就前往武则天母亲杨氏住处通风报信，杨氏随后便到武则天处告发，结果第二天一早，朝中便颁下诏书，把裴行俭贬为西州长史。

就这样，武则天击败了一个个反对者，终于扳倒了王皇后，高宗正式下诏，废皇后王氏为庶人，移置冷宫，武则天则被册立为皇后。武则天当上皇后以后，也没有放过业已遭贬的王皇后、萧淑妃，以及曾经支持过王皇后、反对过自己的大臣们。一次，武则天归谒家庙，高宗念及王皇后、萧淑妃的旧情，乘隙前往冷宫探视二人，并表现出恻隐之心。武则天回来后，有人将这种情况密行报知，她意识到，王、萧二人的存在，仍然是个潜在的威胁，就下了一道矫诏，命人将王、萧二人各杖一百，并且把她们的手足截去，投入酒瓮之中，二人忍着极大的痛苦活了几天以后，相继死去。二人死后，武则天又下令将二人枭尸，胁高宗下诏，将王皇后的母兄及萧淑妃的家族充戍极边，追夺王皇后已过世父亲的官爵。武则天又授意许敬宗、李义府二人，将曾经支持过王皇后，反对过自己的长孙无忌等人尽行贬死。后来许敬宗借理一件阴谋不轨案件之机，捏造口供，将长孙无忌牵连进去，贬其为扬州都督，后又进一步大肆株连，派人分别到几个贬官的住所，逼长孙无忌自尽，杀死了柳奭，又要杀韩瑗，韩瑗已先死，与这些贬官有关系的亲属、朋友也一个个贬的贬、逐的逐、杀的杀。

这一步，武则天彻底地胜利了。在后妃之争中，当萧淑妃得宠，王皇后处于不利形势下时，她本想借助于武则天的力量，打垮淑妃，巩固自己的地位，但是万万没有想到引狼入室，作茧自缚，让武则天来了个假道伐虢之计，既挤掉了萧淑妃，又扳倒了王皇后，一箭双雕，乱中取胜。王皇后是葬送了别人，也赔掉了自己，唯独白白地便宜了这个尼姑庵里出来的武才人。

到这里，武则天的假道伐虢之计并没有结束，她还在演。她的下一个目标就是唐高宗李治、李氏子孙，以及整个大唐江山了。在皇后位置之争中，武则天拉拢、利用的主要人物是唐高宗，唐高宗坚决站在武则天一边，使武则天得以把高宗的后妃一个个置于死地，把高宗的重臣一个个打下去，收拾得干干净净，而武则天一经得胜回兵，便把矛头指向了高宗，下一个倒霉的该轮到高宗了。

高宗性格庸懦，已为武则天所掌握，日子久了，她便渐渐地威逼自擅，骄恣起来，凌驾于皇帝之上，内外政事，她都要参与，后来几乎到了说一不二，不容高宗反驳的地步。高宗对武则天的专恣深为不满，曾经暗召侍郎上官仪，密议废黜武氏，并起草了一份废后的诏书，被武则天发现，与高宗大吵大闹起来，把高宗吓得魂魄俱丧，把废后的意见统统推到了上官仪的身上。武则天便唆使许敬宗上奏章，诬陷上官仪等人串通已废太子李忠谋逆。逼着高宗降旨，赐死李忠，杀了上官仪等人。至此，军国大权全归武则天掌握，高宗视朝，武氏在后垂帘，生杀予夺，任所欲为，一些蝇营狗苟的朝臣统称她为"二圣"，高宗则号称她为"天后"。到后来，高宗觉得这个皇帝当得没有意思，索性借口头痛、眼睛有毛病，干脆不去上朝，把朝政都交给了武则天去处理，武则天独霸了朝纲。

为了控制唐室江山，武则天还把手伸向了李氏宗室及唐朝臣子，对他们大肆杀戮。为了杀人，她重用了索元礼、周兴、来俊臣等几个酷吏，建立了投书告密制度，诬告的可以不受惩罚，发明了各种酷刑，严密监视宗室及大臣，一遇到有嫌疑可指，即诬人谋反，加以捕戮。仅仅几年，便先后诛戮李唐宗室贵戚几百人，大臣数百家，刺史、郎将以下更是数不胜数。为了控制权力，她甚至连自己亲生的儿子也不放过。武则天一共生了四个儿子，两个女儿。为了构陷王皇后，她掐死了自己的一个女儿。她的大儿子叫李弘，她当了皇后以后，逼迫刘氏所生的李忠让出太子的位置，李弘便被立为太子。李弘仁孝、谨慎，不像武则天那样狡猾，对自己母亲独揽朝中大权有些事情看不惯，常常忤旨，这样就渐渐地失去了母后的欢心。后来因为萧淑妃两个女儿的事，更深深地得罪了武则天。萧淑妃死后留下两个女儿，一个是义阳公主，一个是宣城公主，因为母亲得罪，她们被幽禁于宫中，年龄都已经超过了三十岁，尚未嫁人。李弘非常同情这姐妹二人，就代为请旨，将二人许配给了宫中卫士。武则天对李弘大为不满，在李弘随从高宗到合璧宫时，她亲赐酒食给他，之后他便腹中膨胀，服药无效，痛苦呻吟了好几天，年仅二十四岁便死去了。

武则天的二儿子叫李贤，容止端重，恣性聪敏，少时读书，过目不忘，曾受封为潞王，深受高宗喜爱。李弘死后，李贤继立为太子，当时武则天信任正谏大夫明崇俨，明崇俨向武则天进谗言说："太子福薄，不堪继承大位，而英王李哲长得跟太宗相似，相王李旦也有大贵之貌，从他们二人当中选一个立为太子，国祚才能长久。"武则天便很后悔立李贤为太子，组织人撰写了《孝子传》《少阳正范》等书，赐给李贤，暗寓训斥之意。李贤看出母后别有用心，母子间产生嫌隙。后来明崇俨被人杀死，武则天怀疑是李贤主使，李贤惴惴不安，索性沉湎歌舞，追逐声色，过一天算一天。不想他又因故得罪了司仪郎韦承庆，被韦承庆到武则天处告了一状。武则天派人到东宫搜查，搜出几百件甲仗，便将其作为太子谋反的证据，又诱使宫奴一口咬定太子指使人杀了明崇俨。武则天便提出要大义灭亲，拟将李贤置于死地。经高宗苦苦求情，武则天才同意将李贤免去死罪，废为庶人，幽禁起来，不久又将他流徙巴州。李贤在巴州住了几年，其间世事变迁，他的父皇撒手人寰，弟兄们升迁沉浮，多灾多难，死的死了，废的废了，在位的也只能做个傀儡，而造成这一切的，竟是他们的生身母亲。回首往事，他无限愤懑，忍不住写了一首《黄台曲》，以寄托自己的悲思和对小弟弟的怀念。诗中有云："种瓜黄台下，瓜熟子离离。一摘使瓜好，再摘使瓜稀。三摘犹为可，四摘抱蔓归。"这个时候，他们三个兄弟都已经被"摘"了，他是多么担心留在京城的小弟弟再被母亲"摘"掉呀！当年李贤出居巴州时，武则天便担心他因为不满而谋变，如今看到了这首诗，体会到了其中的怨恨情绪，疑心就更加重了，便密嘱将军邱神勣驰赴巴州，逼着李贤自杀了。

武则天的第三个儿子是李显，初封周王，后改封英王，易名为哲。李贤被废以后，李哲被立为太子。高宗死时，遗诏令太子李哲继承皇位，史称中宗。中宗生性庸柔，素来被母后所挟制，不能独立主持朝中大事。他继位后，便尊天后武氏为皇太后，一切政事，均由太后裁决，武则天即临朝称制。中宗册封韦氏为皇后，擢升韦后的父亲韦玄贞为豫州刺史。中宗素来宠爱韦后，就想要进韦后之父为侍中。中书令裴炎认为韦玄贞没有什么大功，不宜立即擢升高位，入朝谏阻，再三力争，惹恼了中宗。中宗高声叱责说："我就是把整个天下都给了韦玄贞，也无不可，何况区区一个侍中之职呢？"裴炎听后十分惶惧，便向武则天禀报。武则天自重返宫中以来，频频用计，击败了一个个对手，连连得胜，步步春风，扶摇直上，由才人进为昭仪，由昭仪进为皇后，由皇后进为太后，到此她并没有满足，还在得陇望蜀，想要实现更大的野心。听了禀报，她感到这是自己进一步攫取权力的好机会，便进行了一番秘密部署，命人带兵入宫，集百官入殿，她赫然临朝，宣布废中宗为庐陵王，理由是他已失德，想要把天下送给韦玄贞。武则天废弃了中宗，将其锢入别室，在李贤被逼自杀以后，又猜忌李哲，便令其出居房州，后又徙至均州。

武则天的第四个儿子是李旦，先后被封为殷王、豫王、相王。在中宗被废时，武则天曾问群臣："帝位应属何人？"其实这时在高宗所有的八个儿子之中，除了死的、贬的、废的以外，只剩下豫王李旦一个人了。要立皇帝，已经别无选择，无需再问帝位应属何人了。武则天之所以要这样问，是别有用心的，她是想要亲自出马，登上帝位。但大臣们当时众口一词，都说要推立豫王李旦，武则天尚不便独申己意。于是，李旦便被立为皇帝，史称睿宗。李旦虽然身为皇帝，却是居住在别殿里的，所有的国政，他都不能过问，形同虚设，就连这一朝的年号都不是皇帝的，而称之为"天后光宅元年"。武则天仍旧临朝称制，一切朝政全由她独自处理，当然朝堂上原来挂的那珠帘也早已撤掉不用了。武则天抓住朝政大权以后，最忌讳的就是还政。天后垂拱二年（686）正月，她为了收买人心，故作姿态，假惺惺地说要还政于皇帝，下诏归政给她的第四个儿子睿宗李旦。可是李旦心里清清楚楚，这是她的母亲在演戏，一想起几个兄长的遭遇，他就惶恐不安。他知道，如果自己真的接了政权，那么死期也就不远了。因此，他上表固辞。武则天便也顺水推舟，向大臣们宣布："皇帝不肯奉诏，是因为自己还年轻，让皇太后再协助他几年吧。"司马昭之心，路人皆知，朝野内外人们都清楚，武则天掌握了大权，还在进一步觊觎皇帝的位置。一些人对武则天的专政深为不满，同情李氏宗室的遭遇，更为诸武用事而愤愤不平。在这种情况下，李敬业在扬州起兵讨伐武则天，发出了著名的《讨武曌檄》。武则天召集朝臣，商议对策。中书令裴炎进言说："皇帝年长，不亲政事，因而叛党才有了借口，如果太后能够指日归政，那么叛众自然可以不战而平了。"武则天对裴炎劝她归政耿耿于怀，就把裴炎也株连到反案之中，最后将其杀头抄家。有两个大臣觉得裴炎冤枉，替裴炎辩解，也被逮捕下狱，后又将这二人分别贬谪、流放。有一个大臣刘祎之，曾经私下对舍人说："太后既然已经废昏立明，何必再临朝称制，不如指日归政，以便安定人心。"舍人向武则天告密，武则天下令将刘祎之处死。就这样，凡是胆敢提出让她退位还政的人，她都严惩不贷。

武则天把权力牢牢地抓到手以后，便开始实现她当女皇的梦想。武则天的侄子武承嗣，让人找来一块白石头，在上面凿了"圣母临人，永昌帝业"八个大字，派人进献给武则天。武则天十分高兴，立即提拔了进献石头的人，把那块大石头封为"宝图"，命令新建一座明堂，供奉那块石头。不久又把那块大石头更名为"天授圣图"，给自己上了一个尊号叫"圣母神皇"，又隆重地举行了祭奠洛水的大典，以扩大神赐明言的影响，称洛水为"永昌洛水"，封洛水神为"显圣侯"。后来便正式即皇帝位，自称"圣神皇帝"，改国号为"周"，定年号为"天授"，立皇帝李旦为皇嗣，赐姓武氏，对她娘家的子侄，也都封了王。至此，李氏江山正式落到了武氏手中。

武则天从处境艰难转到春风得意，从卑微的低层，爬到权力的巅峰，靠的是什么？靠的是计谋，靠的是手段。她在篡夺李唐江山过程中，拉拢、利用了一个个同盟者，击败了一个个对手，又把一个个同盟者打了下去，立于不败之地的只有她自己，这不能不说她的谋略、她的手段高人一筹。

三、利用孤立　事半功倍之效

假道伐虢之计在政治斗争中的应用范围十分广泛。尤其是在强弱之势尚未明朗之前，运用此计，可以利用一方，孤立一方，集中力量打击主要敌人，对击败政敌，攫取权力，都可收事半功倍之效。如果能够加以活用，还可以取得意想不到的效果。

第一，国与国之间。

假道伐虢之计，其源即出于国与国之间的互相冲突，用于这种场合，也尤其容易收效。需要注意的是，欲行此计，必须舍得对拉拢的对象施以厚利，并且对其处境及要求有真切的了解，这样才不会使自己的诺言无的放矢，造成"有言不信"的结果。

在国与国之间使用假道伐虢之计，则有大中小之分。对于大国来说，强强联合，也能够获得利益。"夫先与强国之利，强国能王，则我必为之霸；强国不能王，则可以辟其兵，使之无伐我。然则强国事成，则我立帝而霸；强国之事不成，犹之厚德我也。今与强国，强国之事成则有福，不成则无患，然则先与强国者，圣人之计也。"欲要假道伐虢，率先与强国结盟，强国能称王，自己也能称霸；强国不能称王，自己至少也可以躲避它的军事进攻。

对于中等强国而言，采取以自身为盟主的"结盟战略"。因为"安民之本，在于择交，择交而得则民安，择交不得则民终身不得安。"使用假道伐虢之计，其核心利益在于维护国家安全，并不是为了称霸。要达到维护安全的目的，就决不能两面树敌，要善于实施联盟战略。

对于弱小国家而言，使用假道伐虢之计也是在于维护国家安全，因为自身实力的关系，则有多种选择，若是依附大国，自己缺少发言权，充其量也就是"牛后"；若是联合其他小国，不仅有可能制衡大国，以其自身的实力，则有可能成为"鸡首"。是合众弱以制强，还是逢迎强者，这是弱国的选择，也是各有利弊。"王而不能自恃，不恶卑名以事强，事强可以令国安长久，万世之善计。以事强而不可以为万世，则不如合弱，将奈何合弱不能如一。"侍奉强国不能带来长久的安全，合众弱则很难团结起来，因此要慎重选择，最好是二者得以兼之，这就要有适当的策略。

第二，君与臣之间。

君主企图控制臣下，消灭敌对势力。臣子企图独揽大权，甚至取君主之位而代之。他们都必有可以借用的力量，才能达到目的。要做到这一点，就必须使用假道伐虢之计。

在政治斗争中，游离力量很多，面目不清，必须善于分析形势，看准对象，才有可能得手。在看准对象之后，施以厚利，作出恰到好处的承诺，同样是必不可少。吕不韦企图在政治上有所作为，如果不是看准了公子异人"奇货可居"；如果不是敢于倾家荡产以结其欢心；如果不是恰到好处地承诺改变其政治地位，便不会达到预期的目的。赵高企图独揽秦朝大政，利用了秦二世与李斯这两个游离的第三势力。他与李斯合谋杀害太子扶苏与大将蒙恬，拥立秦二世这个原本毫无希望继位的愚蠢之才，使其对赵高深信不疑。李斯为了保住自己的禄位，也不能不与赵高合作。赵高权势扩大之后，首先利用秦二世除掉李斯，然后又除掉二世，终于达到了预期的目的。与此相似的例子是贾充扶持晋惠帝。当时，贾南风与惠帝地位不稳，上有武帝之犹豫不决，下有卫瓘的坚决反对。贾充利用这种局面，花言巧语，上下其手，终于得以保住自己的地位。至于南朝宋末年，纪僧真、刘善明、王敬则、杨玉夫、杨万年、褚渊等人助萧道成成就帝业，则关键在于知人之明。

此计运用之时，失败的例子也不少。如前燕慕容根欲专朝政，见燕主慕容玮势弱，便劝说慕容恪乘机下手，不料遭到拒绝，便又去动员燕主除掉慕容恪，结果又不成功，结果反而促使燕主与慕容恪联合攻己，终至宗族夷灭，其中关键，便是没有认清可利用的力量。东晋王国宝在孝武帝与司马道子争权之时，依附后者，大获其利，后来见孝武帝势盛，又反戈一击。及安帝即位，又与司马道子言和，竭力献媚。此举为从政之大忌，其祸岂止"有言不信"而已。及王恭、殷仲堪兴兵问罪，司马道子便抛出王国宝作为替罪之羊。其中关键，就在于用计者的摇摆。至于南朝宋孝武帝末年，臧质企图利用南郡王刘义宣行假道伐虢之计，控制朝政，结果计败身死，则原因主要在于臧质实力有限，并不能给予刘义宣以真正有力的支援。

第三，臣与臣之间。

臣与臣之间争权夺利，同样可以对游离势力大做文章，孤立对手，发展自己。赵高利用秦二世之庸愚，除掉李斯，是一个成功的例子。陆贾在刘氏诸臣与吕氏相争之际，以三寸不烂之舌，使陈平、周勃团结一心，将相和睦，尤为深识远谋之举。姜维在兵败之后，利用邓艾与钟会的矛盾，企图假道伐虢，匡复蜀汉，失败纯系偶然。司马元显企图利用殷仲堪与杨佺期对付桓玄，但既不能给这两个人以实际的支援，又不能使这两个人精诚合作，反被桓玄上下其手，各个击破。北齐和士开于世祖与后主之间翻云覆雨，窃取政柄，却不料被冯子琮暗算；冯子琮于后主与琅琊王之间纵横捭阖，大获其利，却不料被斛律光所败，前功尽弃。由此可见，主谋人的才干，在运用此计之成败中，亦至为关键。

四、威逼利诱　为己不择手段

假道伐虢之计与远交近攻之计截然相反，远交近攻是意在图近，假道伐虢则意在图远，但核心内容却是相同的，无论远近，都是为了自身的利益，故此在交往过程中，就要借助混乱的局面，没有混乱，也要制造混乱，以便在乱中取胜，这是混战计的特点。假道伐虢位于混战计之末，也是混战计最复杂、最难成功制胜的计谋，故此在实施过程中，有明显的特点。

第一，就假道伐虢之计在政治斗争中应用而言，具有易行性的特点。

在政治斗争中，尤其是在政治局势混乱之时，游离势力较多，利用此计，往往易于得手。正因为有各种势力的存在，假道伐虢之计的应用范围才比较广泛。如果加以活用，则几乎可以随处可用。在政治斗争中，本无什么真正的信誉可言，相互利用，是假道伐虢的通则。以假道伐虢的策略而言，无外乎投其所好，巧言进谏；因其所惧，危言耸听；夸言其长处而以利诱之，攻击其短处而以威逼之。为了自己的利益而以更大的利益诱惑他人，这正是假道伐虢之计的真谛所在，也是扩大自身势力的基本手段。

第二，就假道伐虢之计在政治斗争中实施而言，具有危险性的特点。

假道伐虢之计多用而易行，风险亦寓于其中。人人知有此计，人人欲用此计，说不定谁是被利用的角色。因此，欲用此计，必须在能够满足本计所需要的基本条件之外，对己方的实力、地位、才干等因素充分考虑，才不至于在互相利用之际丧失主导地位，全军覆灭。只有充分认识实施此计的危险性，才能够把握主动权，若是只见其利，而不知其害，是很难成功的。

第三，就假道伐虢之计在政治斗争中实施过程而言，具有混乱性的特点。

假道伐虢之所以纳入混战计中，就是实施者是处在混乱的形势之下，也就给施计者提出更高的要求。在国与国之间，对于对方国家的政治、经济、地理状况、风俗、民情甚至国君的志趣、爱好，都应该是了如指掌。在君臣之间，一定要深入了解对方的意图、取向，就连对方的生活细节也不能够放过。在臣与臣之间，不但要关心对手个人的各种情况，还必须了解对手的各种政治关系，一定要做到知己知彼，才可以实施离间、拆散、拉拢、控制、转嫁，乃至于消灭的目的，这也是假道伐虢之计从困境走向亨通的根本所在。